文學研究叢書・臺灣文學叢刊

保釣世代的形成及其文化實踐：感覺結構與論述語境

陳俊益　著

目次

摘要 ……………………………………………………………… 1

第一章　緒論 …………………………………………………… 5

　第一節　研究背景與議題重要性 ………………………………… 5
　第二節　研究動機及目的 ………………………………………… 12
　第三節　研究框架與概念定義 …………………………………… 20
　　　一　東亞冷戰體制下的臺灣 ………………………………… 20
　　　二　學生運動的屬性 ………………………………………… 23
　　　三　「保釣世代」的定義及其覺悟啟蒙與創傷經驗 ……… 29
　第四節　研究回顧及對話 ………………………………………… 34
　　　一　保釣文獻、回憶錄 ……………………………………… 34
　　　二　學生運動研究 …………………………………………… 36
　　　三　保釣議題研究 …………………………………………… 37
　　　四　釣運相關刊物研究 ……………………………………… 37
　　　五　保釣作家論述 …………………………………………… 39
　第五節　研究對象及理論觀點 …………………………………… 44
　　　一　研究對象：釣運前（六〇年代中期以降）到
　　　　　釣運期間的刊物 ………………………………………… 45
　　　二　理論觀點 ………………………………………………… 58
　第六節　章節架構說明 …………………………………………… 63

第二章　釣運前的「世代」思想資源：
　　　　歐美思潮引介與臺灣知識分子的覺醒…………73

　　第一節　《歐洲雜誌》、《大學雜誌》、《聯合季刊》的發行
　　　　　　與訴求………………………………………………75
　　　　一　「美」化之外：《歐洲雜誌》與留法學生的新視野…75
　　　　二　止於至善：狂飆之前的《大學雜誌》與發刊初衷…85
　　　　三　「美」土紀實：《聯合季刊》的留學生與美國視角…96
　　第二節　被譯介的「留學潮」：六〇年代臺灣大學生的世界圖像
　　　　　　………………………………………………………106
　　　　一　憧憬「洋墨水」：「留學潮」的譯介與引力…………108
　　　　二　當局者「清」：「現實」與「想像」的留學經驗……117
　　　　三　異地「中國性」：從「無根」、「尋根」到「埋／
　　　　　　立根」的想望………………………………………128
　　第三節　「存在主義」追隨者：知識分子思想形塑及其他
　　　　　　思潮的影響…………………………………………138
　　　　一　思想的養分：沙特、卡繆及嬉皮文化思潮的時代
　　　　　　意義……………………………………………………140
　　　　二　「存在主義」的借鏡：臺灣知識青年的思想形塑
　　　　　　及精神結構…………………………………………149
　　　　三　「哲學」的思索：中西合併的文化與當代美國
　　　　　　思潮的重現…………………………………………154
　　第四節　政治「不冷感」：國際政治、民主制度、臺灣改革……162
　　　　一　反抗的力量：歐美學生運動與社會運動的思想資源 163
　　　　二　東亞冷戰體制的反思：反越戰、反共的世界性浪潮 171
　　　　三　政治的正軌：自由意志、民主思想的訴求…………180

第三章　釣運時期的「世代」成形分歧：
政論刊物中臺灣知識分子思想塑形 …………193

第一節　《大學雜誌》、《水牛》、《自由人》的發行與關懷…… 196

　　一　掣肘官方：《大學雜誌》與島內知識分子的
　　　　政治關懷 ………………………………………… 196

　　二　釣運「左」轉：《水牛》的左翼之眼與統運路線 …… 205

　　三　國府「右」手：《自由人》的先「右翼反共」再
　　　　「革新保臺」…………………………………… 214

第二節　挪植的遺產：「保釣運動」中的五四運動遺緒 ……… 224

　　一　「五四」再充電：《大學雜誌》中的「五四精神」
　　　　賡續與轉向 ……………………………………… 227

　　二　「五四」的左窗：《水牛》中「五四精神」的
　　　　左翼路線 ………………………………………… 233

　　三　不談而談：《自由人》中隱晦「五四精神」的意涵· 238

第三節　革新的聲音：追求「理想」的臺灣知識分子………… 244

　　一　耕耘左翼：《水牛》中的階級、經濟、反戰思想
　　　　及統一訴求 ……………………………………… 246

　　二　溫和妥協：搖擺在官方立場及革新意志之間的
　　　　《自由人》 ………………………………………… 253

　　三　針針見血：《大學雜誌》的具體主張及實踐目標… 258

第四節　文化的競逐：保釣世代的文藝思想及主張…………… 265

　　一　聞者足以戒：《自由人》中藉左批左的文藝攻勢… 266

　　二　同曲不同調：《水牛》左翼文藝中的樣板戲及
　　　　「尋根」策略 …………………………………… 273

　　三　夾縫求生存：《大學雜誌》革新意念及文藝社會觀· 291

第四章 「保釣世代」的共感及歧異：「感覺結構」及「霸權」、「場域」的競合......313

- 第一節 溶解流動中的社會經驗：「感覺結構」與「霸權」的關係......315
  - 一 「感覺結構」的溶解流動性質、「文化霸權」的宰制與內化......317
  - 二 「感覺結構」與「文化霸權」的連動、辯證關係......323
- 第二節 六〇年代中期以降的「感覺結構」：以「前釣運刊物」為例......330
  - 一 「前釣運刊物」在霸權體系中的位置說明......330
  - 二 「前釣運刊物」在霸權體系中的「感覺結構」......337
- 第三節 七〇年代初期的「感覺結構」：以「釣運刊物」為例......342
  - 一 「釣運刊物」在霸權體系中的「感覺結構」......343
  - 二 左翼思想的隱蔽、醞釀及再現：以左翼保釣世代分化前、後為例......351
- 第四節 場域中的「資本競合」及「生存心態」：「保釣世代」的歧異......360
  - 一 「場域」的要素：「資本」、「生存心態」及「文化」形構的競逐......361
  - 二 「場域」的競逐：「保釣世代」的生存心態、資本差異及文化形構......365

第五章 結論......383

- 第一節 「回歸現實」的路上：「保釣世代」的實踐及其歷史意義......384

第二節　「刊物研究」的視野：從「世代」角度見證「時代」
　　　　　　的轉型 ………………………………………… 386
　　第三節　保釣的「未竟之路」：「保釣世代」研究的再延續及
　　　　　　可能性 ………………………………………… 390

參考書目 ………………………………………………… 393
附錄 ……………………………………………………… 419

摘要

　　臺灣的七〇年代是政治制度、民主自由及文化變遷最為顯著的年代，因此被研究者定義為「軸心時期」。這個「軸心時期」緣起於臺灣在七〇年代初期接踵而至的外交失利所引發一群戰後世代成員的革新意識，因此也促成「回歸現實世代」的出現。而「釣魚臺事件」即是這段軸心時期臺灣外交挫敗的濫觴，隨後的「保釣運動」更帶出了這一群「保釣世代」對於國府施政、外交及文藝政策的意見分歧，也都提出了革新的路向，就此蔚為「回歸現實世代」其中的「世代單位」之一。

　　過去攸關「釣魚臺事件」或「保釣運動」的相關研究都慣於以「保釣世代」稱呼這一群曾經參與過釣運的知識分子，意即「保釣世代」已經形成研究中既定的範疇。據此，本論文試圖將六〇年代中期以降的「前釣運刊物」、七〇年代初期的「釣運刊物」作為研究對象，進一步想藉由「世代」理論重建「保釣世代」之所以成形的過程。首先，必定涉及到六〇年代中期以降的「知識分子」轉變為七〇年代初期「保釣世代」後各自呈現的「感覺結構」；其次，又以釣魚臺事件攸關於東亞冷戰體制內的權力恆動關係，故在此援引「霸權」理論釐清前、後階段「感覺結構」的承接與變異；最後，再以「場域」概念梳理出保釣世代分子之間的資本競合關係，以期勾勒出保釣世代內部分歧的全貌。

　　本論文以「議題式」的抽繹方式對於刊物群體進行分判辨析，目的在於歸納及分類出這些刊物群體所代表的知識分子或保釣世代的調

性。在「前釣運刊物」裡，可以見到六〇年代中期以降知識分子具備的世界觀與國際視野，無論對於留學潮的風行、存在主義及其他文化思潮的辯證，或是對於政治、民主的殷切關注，都成為了日後可以動員的思想資源。直至歷史的轉捩點「釣魚臺事件」爆發、留學生發起「保釣運動」、再由臺灣大學生迴響，自此「保釣世代」從創傷事件中覺悟啟蒙，進而成形。

從「釣運刊物」裡，可以窺見「保釣世代」成形後的分化路徑——保臺革新、左翼路線、親官方右翼，筆者所採用、取樣的釣運刊物代表的正是「保釣世代」分化後的三大路線。這樣的迥異立場，逐一展現在對五四議題、政治革新及文藝政策的討論之上，這也代表著保釣世代群體在異空間裡透過不同的刊物言論，試圖回應當前臺灣內政及國際局勢的方式，即便路線不一，但這一群具備文化菁英特質的「保釣世代」，其實已經動員了他們在釣魚臺事件、保釣運動之前積累的思想資源，又各自形成了保釣世代獨有的「感覺結構」，或反對國府、或協力政黨、或遊走在禁忌，都表現了他們接合世界後，轉而回顧臺灣的反思性質，也替七〇年代以降的臺灣政治體制、自由民主或文藝思潮埋下了革新的伏筆。

本論文從刊物群體的前、後變化，描繪出「保釣世代」成形的演化過程；也從刊物群體內的議題式討論歸納出「保釣世代」分化後的核心關懷。從六〇年代「蒼白無根」邁向七〇年代「回歸現實」的路程上，「保釣世代」面臨到的是初入軸心時期第一個重大的衝擊，因此他們用獨有的感覺結構的前、後變遷，重現了這一群戰後世代作為知識分子主體性最大的開拓性質，成為「回歸現實世代」的世代單位之一。

關鍵詞：釣魚臺事件、保釣運動、保釣世代、釣運刊物、感覺結構、
　　　　　霸權、場域

Abstract

This paper explores the pre-Baodiao publications during the mid and late 1960s and the Baodiao publications in the early 1970s and further reconstruct the formation process of Baodiao Movement Generation based on Karl Mannheim's generation theory. To reconstruct the process, first, different structures of feeling represented by the intellectuals in the mid-60s that composed the Baodiao Movement Generation in the early 1970s are discussed; second, since the Diaoyu Island Incident is related to the power dynamics within the context of East Asian Cold War, Antonio Gramsci's theory of hegemony is used to clarify the relation and transformation of the structures of feeling before and after the start of Baodiao Movement; last, by using Pierre Bourdieu's field theory to look into the capital co-opetition among the Baodiao Movement Generation, the difference of political ideologies within the generation is demonstrated.

Adopting an issue-based analysis of the Pre-Baodiao and Baodiao publications, the paper aims to characterize the intellectuals or Baodiao Movement Generation behind the publications. In the pre-Baodiao publications, what can be observed is the world picture portrayed by the intellectuals in the mid and late 1960s, whose focus onliterary and artistic trends and democratic politics gradually turned into ideological resources.Upon the outbreak of Diaoyu Island Incident, leading to the Baodiao Movement, the intellectuals of that period formed the Baodiao Movement Generation and split into three factions—Defending Taiwan through Reform, the left-wing, and the pro-official right-wing. From the Baodiao publications, the paper discovers that the different political positions of the Baodiao Movement Generation, who expressed divergent opinions on the May Fourth Movement, political reform, and literary and artistic policies. Those opinions are the Generation's attempt to respond to the domestic affairs of Taiwan and the international situation they were facing. Despite different political views, they all employed ideological resources previously accumulated and created their unique structures of feeling. Whether opposing the Kuomintang, cooperating with the regime, or wandering in the taboo, the Baodiao Movement Generation's points of view show their reflections on Taiwan after they were connected to the world, and they all laid the groundwork for the reform of Taiwan's political system, liberal democracy, or literary and artistic trends since the 1970s.

To sum up, using the publications issued before and after the emergence of the Baodiao Movement, the paper depicts the evolutionary process of the formation of the Baodiao Movement Generation and, based on the discussions of various issues covered in the publications, summarizes the core concerns of the Generation after their ideological separation. What the Baodiao Movement Generation faced was the first major impact of Taiwan's entry into the Axial Period. In response, they, as intellectuals, used their unique structures of feeling to re-present the pioneering nature of the post-war generation and officially became one of the generational units of the Back-to-Reality Generation.

Keywords: Diaoyutai; the Baodiao Movement; Baodiao Movement Generation; Baodiao Publication; Structure of Feeling; hegemony; Field

第一章
緒論

第一節　研究背景與議題重要性

  1970年代的臺灣，有一條隱隱然的軸線，那是從1970年開始的保衛釣魚臺運動開始，開展為海外的保釣運動，點燃起社會關懷的熱情，隨後是1972年的現代詩論戰、民歌運動、鄉土文學論戰等，乃至於1970年代後期的黨外運動，都是從這理想主義的燃燒開始的。可惜那最初的源頭，在大歷史脈絡中，未曾受到應有的評價。即使它的理想繼續燃燒。[1]

  楊渡歸結臺灣一九七〇年代一連串回歸本土、重溯現實的論爭及風潮，起源於保釣運動，變革的大時代引燃了「理想主義」的火苗。固然上述引文中，楊渡的論述縱然未顧及鄉土文學論戰及黨外運動自有其萌芽、發展的脈絡，但釣魚臺的地緣位置及經濟效益，涵蓋於東亞，甚至世界的權力流動之中，其所引發國際關係的效應的確超乎預期。誠如引文所述，起源於留美臺灣學生興起的保釣運動開啟回顧本土的契機，特別是七〇年代的臺灣外交孤立，在喪失主權、認同動搖的當下，留美的臺灣學生正是擎著火苗的努力者。弔詭的是：籠罩於國民黨威權體制之下，表徵出「苦悶、消極、自私、沉默、沒有熱

---

[1] 楊渡：〈燃情的青春，理想的追尋——保釣運動〉，《有溫度的臺灣史》（臺北市：南方家園文化，2018年），頁240。

情、現實而無理想」的戰後世代,[2]卻在美國異鄉藉著保釣運動點燃愛國的火種,進而凝聚「保釣世代」的想像共同體。

回溯至一九六〇年代(以下行文簡稱六〇年代)的臺灣社會,既被攏納於美國所型構的冷戰體制(1945-1991)[3]之中,享有來自美國軍備、經濟的資金援助,[4]扮演著協助美國維繫「自由主義」世界維

2　蕭阿勤引述六〇年代到七〇年代初大學生發表於報刊上的言論,整體而言在公共言論上展現其追求個人成就而對社會、國家等公共議題缺乏興致,故以此稱之。參見蕭阿勤:〈第二章　臺灣一九七〇年代回歸現實世代的浮現與形成〉,《回歸現實:臺灣一九七〇年代戰後世代與文化政治變遷》(臺北市:中央研究院社會學研究所,2010年),頁75。

3　對於冷戰起迄年份學界說法不一,一說以蘇聯成立的一九一七年為始,另一說則以一九四五年美國擲下原子彈宣告冷戰來臨,最後則有一九四六年英國首相邱吉爾「鐵幕說」開啟冷戰對立局勢,論者多以「鐵幕說」論述英美蘇三國的同盟關係在二戰後已然質變。隨後一九四七年杜魯門主義正式開啟美國二十年的外交政策,影響美國對於反共的方針。冷戰主要是以美國為首的資本主義陣營抗衡以蘇聯為首的共產主義集團,確切時間則以二戰後德國分裂為東西、東歐共產國家建國為起點,以德國柏林圍牆倒塌、蘇聯共產陣營解體、東歐共產政權瓦解、中國資本主義化作為冷戰迄點。見雷蒙德・加特霍夫(Raymond L. Garthoff)著、伍牛、王薇譯:《冷戰史:扼制與共存備忘錄》(*A journey through the Cold War: a memoir of containment and coexistence*)(北京市:新華出版社,2003年)、約翰・梅森(John W. Mason)著,何宏儒譯:《冷戰》(*The Cold War* (1945-1991))(臺北市:麥田出版社,2001年)。

4　「美援」源起於一九四八年美國國會通過的「援外法案」(Foreign Assistance Act),該年分配至中國大陸工業部門共七千五百萬美元中,有五百萬美元撥向臺灣,補助糖業、鐵路、電力設備;同年七月,外交部與美國駐華大使於南京簽訂的〈中美經濟協助協定〉(Economic Aid Agreement between the Republic of China and the united States of America)或稱〈中美雙邊協定〉(Bilateral Agreement)、一九五四年十二月簽署「中美共同防禦條約」(Sino-American Mutual Defense Treaty),皆確定美援之於臺灣經濟及軍事的資助。自一九五〇年六月爆發韓戰後,由於臺灣戰略位置險要,美國開始大量且持續的輸入援助,經濟援助直至一九六五年六月,軍事援助則至一九六七年。根據論者統計,就經濟而言,臺灣每年平均接受約一億美元的援助,軍事援助則共高達約廿四億美元,足見美援對於臺灣奠定社會工商業基礎的重要性,甚至影響臺灣經濟與軍事發展策略。見吳聰敏:〈美援與臺灣的經濟發展〉,《臺灣社會研究季刊》第1卷第1期(1988年),頁145-158。另由若林正丈指出,美

護者的角色,同時維護國府戒嚴體制(1949-1987)、延續反共政策之高壓懷柔,因此六〇年代的戰後世代曾被施淑譬喻為生存在「歇斯底里的時代」,[5]被蕭阿勤看作是「消極沉默的一代」,[6]被陳鼓應描述為「啞巴的一代」。[7]生存於關係弔詭的「雙重體制」內,除了由黨國機器主導而延續的反共文藝,「美援」也透過各種管道影響臺灣文學的生產,如陳建忠所言:「除了黨國所提供的愛國反共教育,『西化』、『親美』、『崇洋』的時代潮流,便成為我們理解作家之文學素養的另一批關鍵詞。」[8]自一九五〇年代開始,臺灣留美熱潮興起,統計數據指出一九五〇年至一九六九年臺灣留學美國總人數共計二一一七五人,約佔總留學人數八成強,[9]足見六〇年代臺灣大學生留學海外的蓬勃風氣。

對於六〇年代後開始的戰後世代,除了美援保障的穩定,蕭阿勤分析六〇年代的留美熱潮,適逢臺灣社會處於國府制式教育、言論出

國的軍事援助,直至一九七四年為止,總金額約廿五億六千六百萬美元,經濟援助係依據《共同安全法》(MSA, Mutual Security Act)進行,至一九六五年止,總計約十五億美元。見若林正丈著,洪郁如等譯:〈第二章　戰後臺灣國家與多重族群社會之重組——初期條件〉,《戰後臺灣政治史:中華民國臺灣化的歷程》(臺北市:國立臺灣大學出版中心,2014年),頁71-72。

5　參見施淑:〈現代的鄉土——六、七〇年代臺灣文學〉,《兩岸文學論集》(臺北市:新地文學出版社,1997年),頁305。

6　參見蕭阿勤:〈第二章　臺灣一九七〇年代回歸現實世代的浮現與形成〉,《回歸現實:臺灣一九七〇年代戰後世代與文化政治變遷》,頁66-101。

7　參見陳鼓應:〈序:民主、自由的先聲——記七〇年代臺大學生運動〉,收錄於洪三雄:《烽火杜鵑城:七〇年代臺大學生運動》(臺北市:自立晚報出版,1993年),頁1。

8　陳建忠:〈「美新處」(USIS)與臺灣文學史重寫〉,《島嶼風聲:冷戰氛圍下的臺灣文學及其外》(新北市:南十字星文化工作室,2018年),頁29。

9　參見戴肇洋、詹中原:〈出國留學政策回顧與變遷(表2-6)〉,《出國留學人數降低問題及因應對策》(臺北市:行政院研究發展考核委員會,2008年),頁26。

版控制，又有西方文化的吸引力，因此戰後世代之菁英多視留美為出路、寄託或解脫，且肩負上一代流亡寄寓心態，加上無根失落而孤懸於歷史之外，無論本省、外省籍都在黨政體系下與鄉土或國族絕緣、內在的無根寄託在「美」化之中，因此雙雙隔閡於中國國族歷史之外，自喻為「無根的一代」、「失落的一代」、「迷失的一代」，精神疏離於中國及臺灣，也因此美援所導致的西化潮流便帶動六〇年代的留美風氣，醞釀七〇年代「回歸現實世代」的形成。[10]

洪三雄也指出：「當時臺大的校園流行著這樣的口語：『來來來，來臺大；去去去，去美國。』躋身國外，彷彿成為大學生競相追求的『美』夢；留在國內的，則聽天由命，隨世浮沉。」[11]於是成群戰後世代的臺灣留學生憧憬著美國夢，留學異地，卻也得面對美國同一年代的內部動盪，譬如劉容生回顧其留學美國的時期：

> 同時1960年代在美國也是一個動盪的年代，包括反越戰、校園暴動、種族衝突和暴動、婦女運動、性解放等等。在那一段時間，美國政治和社會運動領袖被刺殺的事件層出不窮，包括美國甘迺迪總統，他的弟弟羅伯·甘迺迪（Robert F. Kennedy, 1925-1968），黑人種族運動的領袖馬丁路德·金恩（Martin Luther King），馬爾科姆X（Malcolm X）等，這些現象說明當

---

[10] 蕭阿勤指出，臺灣六〇年代充滿流亡與漂泊的特質，但從六〇年代初期到末期，先後有戰後世代知識分子繼起展現公共關懷與改革意識，故已可看出保釣運動後回歸現實世代的「先聲」。參見蕭阿勤：〈第二章　回歸現實世代的形成〉，《回歸現實：臺灣1970年代的戰後世代與文化政治變遷》（臺北市：中央研究院社會學研究所，2010年），頁71-101。

[11] 洪三雄：〈壹、保衛釣魚臺學生運動〉，《烽火杜鵑城：七〇年代臺大學生運動》，頁5。

時整個美國社會與政治動盪不安。[12]

六〇年代的美國對於臺灣留學生而言,的確是醞釀激情的土壤。接踵而來的眾多美國學生運動控訴著國家社會的不公義,遠渡海外的臺灣留學生剛遠離戒嚴高壓的臺灣本土,卻見證了多元訴求的解放思潮正席捲美國社會與政治,他們遭逢美國學運、社運最蓬勃的時代,受到了震撼。

遠赴留美的臺灣留學生,必須面臨環境適應的難題,譬如陳義陽指出:「語言的隔閡、生活的適應、工作的壓力、經濟的拮据,還有最難排解的思想苦悶終日圍繞在你的身邊。上述的難題已足夠令異鄉的遊子疲於應付,如果不是有特殊的事故發生,我想是不容易吸引留學生的注意力的。」[13]在此,陳義陽的話其實指出了歷史演化在線性時間軸上的發展及其轉折的特質,意即若沒有「釣魚臺事件」的歷史轉折,海外留學生便不會發起保釣運動,也就是「釣魚臺事件」才是歷史演化的必要條件,進而引起海外留學生的關注,讓這群海內、外的知識青年開始正向地面對臺灣的內政問題。

隨著臺灣七〇年代開始的一連串外交失利,諸如:除了保釣運動(1970-1971)之外,臺灣退出聯合國席次(1971)、美國國家安全事務助理季辛吉兩度訪問北京(1971.10、11)、美國總統尼克森訪問中國並簽訂「中美上海聯合公報」(1972),隨之日中建交(1972)、中美建交(1979)等,都給臺灣島內、外的知識青年帶來莫大震撼,鬆動了對臺灣享有國際政權的認知。其中尤其成為「特殊的事故」,點

---

12 劉容生:〈《新希望》與自覺運動〉,收錄於謝小芩、劉容生、王智明主編:《啟蒙・狂飆・反思——保釣運動四十年》(新竹市:國立清華大學出版社,2010年),頁53。

13 陳義揚:〈留學生的心路歷程〉,收錄於邵玉銘主編:《風雲的年代——保釣運動及留學生涯之回憶》(臺北市:聯經出版事業公司,1991年),頁136。

燃留美學生回望關注、激昂奮起的導火線，即是「釣魚臺」事件及其衍生的「保釣運動」（於下簡稱「釣運」）。「保釣運動」發軔於一九六九年底，臺、日對於釣魚臺列嶼因為蘊含油礦而引發主權的爭議。除了日本外務省強調日本擁有琉球暨釣魚臺的主權，且由美國國務院居中協調，最終在一九七一年六月由美、日簽署「歸還沖繩協定」，訂於一九七二年五月將釣魚臺劃分於琉球群島並「歸還」日本沖繩，[14]由學生興起的釣運至此劃下句點，同年九月中國總理周恩來與日本恢復建交，順勢擱置了釣魚臺問題，釣運左統人士寄望北京政府能捍衛釣魚臺的希望就此破滅。[15]

　　探討七〇年代初期的保釣運動，必須追溯六〇年代臺灣社會的政治體制、經濟制度，乃至於當時盛行的留學熱潮。六〇年代末期，海上列嶼攸關臺灣的領土主權、卻由留美的臺灣學生發起學運，再迴響至臺灣內部的學生運動，甚而改變七〇年代後期的臺灣社會政經走勢與文化思想。蕭阿勤借用德國雅斯培（Karl T. Jaspers, 1883-1969）「軸心時期」理論，[16]「保釣運動」開啟知識分子關心政治、社會改革的議題；松永正義視七〇年代為臺灣巨大轉型期，「保釣運動」則

---

14 攸關釣魚臺主權歸屬的議題，歷來討論甚豐，本文不再贅述。詳情可參酌馬英九：《從新海洋法論釣魚臺列嶼與東海劃界問題》（臺北市：正中書局，1986年）、鄭海麟：《從歷史與國際法看釣魚臺主權歸屬》（臺北市：海峽學術出版社，2003年）、許文堂主編：《七〇年代東亞風雲：臺灣與琉球、釣魚臺、南海諸島的歸屬問題》（臺北市：臺灣教授協會，2015年）等專書。

15 參見李雅明：〈保釣運動的回顧與展望〉，收錄於李雅明、謝小芩、國立清華大學圖書館編著：《保釣風雲半世紀：保釣運動領軍人士的轉折人生與歷史展望》（臺北市：時報文化出版，2021年），頁13-14。

16 蕭阿勤論述臺灣七〇年代的政治、文化的變遷，及對其往後社會的重大影響等，在戰後臺灣歷史上猶如雅斯培所認為的西元前時期（西元前800-前200年）在世界史上的重要性。參見蕭阿勤：〈第一章　導論〉，《回歸現實：臺灣1970年代的戰後世代與文化政治變遷》，頁1。

是成形「新民族主義」的契機,[17]因此七〇年代初期對於戰後臺灣歷史的重要性涵蓋了政治、外交、主權、經濟、思想、文化等層面,尤以七〇年代初的外交挫敗成為臺灣「回歸鄉土」的始點,而「釣魚臺事件」便是外交挫敗的開端,「保釣運動」成為知識分子從面向異國轉向臺灣的契機。

「保釣運動」作為臺灣七〇年代初期的歷史樞紐,面對這樣的一個突發事件,其中的推手即是海外的臺灣留學生及臺灣島內的知識青年。這群海外的留學生及島內的知識青年生長、求學於五〇、六〇年代的臺灣,屬於戰後第一代的他們,無論思想資源、文化涵養或其感染的社會氛圍,都是七〇年代初期釣運迸發的潛因,進而蔚為「保釣世代」。但歷來論述多關注於釣運始末、釣運作家文本及其書寫,亦著墨於其文本創作與歷史的接縫或隙縫;再者,更多文獻、回憶錄都指出:保釣世代即受六〇年代的刊物影響而形構其精神資源;且保釣運動從消息公布、社群聯絡到宣傳立場,皆以「刊物」作為傳播媒介,足見刊物對於保釣世代的形成、釣運的傳播及流通訊息的重要性,但針對釣運階段的刊物研究卻付之闕如。

筆者欲將六〇年代中期以降(即釣運發生前)由海內外知識青年所創辦的刊物——「前釣運刊物」,[18]以及釣運階段由保釣世代所發行

---

17 松永正義強調臺灣七〇年代的「新的民族主義」的成形背景有四:國際孤立感、落後的政治社會制度改革、社會結構急速變化、新世代的登場,並指出「保釣運動」是構成此「新民族主義」的契機。參見松永正義:〈第二章「中國意識」與「臺灣意識」〉,若林正丈編,廖兆陽譯:《中日會診臺灣——轉型期的政治》(臺北市:故鄉出版社,1988年11月),頁141-149。

18 謝小芩在回顧清大圖書館中保釣文獻典藏的蒐集過程,即以「前釣運刊物」定義在釣運興發前創刊的學生刊物,加上其參與創刊者大多數也都加入了保釣運動,展現其學生自覺行動與釣運發生的歷史社會脈絡,故筆者沿用此定義稱此批釣運前創刊、具有自覺性意義,且參與創刊者多數加入釣運的刊物為「前釣運刊物」,諸如《新希望》、《歐洲雜誌》及《大學雜誌》等刊物都名列其中。參見謝小芩:〈臺灣

的「釣運刊物」為媒介，試圖反映、勾勒出從「知識青年」到「保釣世代」的形成過程，同時將刊物視為他們文化實踐的場域，藉此重構出釣運前、後的歷史現場，亦能瞭解「保釣世代」形成中感覺結構的轉變及調整，更透過前、後階段刊物的編輯方向、選文面貌、議題討論來呈現保釣世代及其所處的時代，甚至是保釣世代作家及文本的另一種面向，補足「保釣運動」的研究缺角，進而裨補關於保釣世代作家、作品論述的見與不見。

第二節　研究動機及目的

「保釣運動」係由留美的臺灣學生興起，[19]隨後臺灣由臺大學生迴響，並有全球華人媒體刊物紛紛附和表示支持。「釣魚臺事件」肇始於一九七〇年九月《中國時報》記者搭乘海洋偵測船插上國旗並刻字，而後國旗遭琉球員警拔除；隨之一九七〇年十月則由王曉波投稿〈保衛釣魚臺〉一文於《中華雜誌》，引起留美學生關注。[20]留美學生

海外留學生刊物暨保釣運動文獻計畫〉，收錄於謝小芩、劉容生、王智明主編：《啟蒙・狂飆・反思——保釣運動四十年》，頁335。
19 其實釣運在美國的興發主要由臺大學生率先留意，旋即由美國留學生帶動釣運熱潮、組織集會遊行，再復返回臺灣引起知識青年的熱烈迴響。事件源起於一九六九年，美國、日本發表聯合公報，美國將於一九七二年交還琉球之行政權予日本，此舉始於二戰後由多數同盟國與日本簽定的《舊金山和約》，而釣魚臺列嶼即在琉球列島的行政範圍中，隨即引起輿論的大肆討論。張鈞凱指出：臺大校園學生刊物最先回應的是《大學新聞》中署名「樂吾生」的載文〈看釣魚臺的爭執〉、翌期再刊出康義的〈維護釣魚臺列嶼的主權〉，都表現了臺大學生對於釣魚臺主權議題的重視，也立刻引起當時海外留學生的注意，並在美國組織網絡、集會遊行。參見張鈞凱：〈世代與時代：1970年代臺大保釣與學生運動〉（臺北市：國立臺灣大學政治學研究所碩士論文，2012年），頁121-122。
20 參見：劉源俊〈《科學月刊》與保釣運動〉，收錄於謝小芩、劉容生、王智明主編：《啟蒙・狂飆・反思——保釣運動四十年》，頁73-75。

胡卜凱、余珍珠、沈平、李德怡等人於普林斯頓大學發起「保衛釣魚臺運動」，隨即引起紐約、波士頓、威斯康辛、加州柏克萊大學的響應，先後成立保釣團體、建立互聯網絡，並組織集會遊行。[21]翌年臺大校園由「學生代表聯合會」（代聯會）帶起臺大學生的釣運聲浪，循著「保釣會」的成軍及具體作為，各大學群起響應，經過座談、示威、代表上書、校內遊行等形式，串連臺灣各大學生掀起關注保釣運動，[22]隨著美日協議釣魚臺歸屬日本，最終由六一七示威遊行宣告臺大釣運的落幕。[23]

海內、外的釣運起迄時間雖未滿三年，卻引起廣大的迴響。對留美學生而言，目睹美國蓬勃的學運，面對釣運卻無能為力，因為傾向、路線迥異，最終在「安娜堡國是大會」後分化為三路；[24]對國內學生而言，釣運的落幕，開啟省思的契機，並激起臺灣潛藏的危機意識。因此，李慶平指出，釣運的興起讓臺灣內外諸多矛盾找到激化的

---

21 關於在美國興起保釣運動的始末，近年出版諸多著作，均聚焦於留美學生的聚集、組織及分裂的路線，可參酌邵玉銘主編：《風雲的年代——保釣運動及留學生涯之回憶》；謝小芩、劉容生、王智明主編：《啟蒙‧狂飆‧反思——保釣運動四十年》；春雷系列編輯委員會主編：《崢嶸歲月‧壯志未酬：保釣運動四十週年紀念專輯（上、下冊）》（臺北市：海峽學術出版社，2010年）；愛盟編著：《愛盟‧保釣——風雲歲月四十年》（臺北市：風雲時代出版公司，2011年）。
22 郭紀舟：〈第一章　我們來辦一本社會主義的雜誌〉，《七〇年代臺灣左翼運動》（臺北市：海峽學術出版社，1999年），頁29-34。
23 參見洪三雄：〈壹、保衛釣魚臺學生運動〉，《烽火杜鵑城：七〇年代臺大學生運動》，頁6-52。
24 根據林孝信指出分化後路線依序為：左派釣運分子寄望於與美建交的中共政權、右派分子組織「反共愛國聯盟」，持續駐守國民黨政權、中間自由派分子回首臺灣，試圖以內部的利益及認同為主，支持社會革新運動及民主運動。參見林孝信：〈導言：保釣歷史的淵源跟對海峽兩岸的社會的意義〉，收錄於謝小芩、劉容生、王智明主編：《啟蒙‧狂飆‧反思——保釣運動四十年》，頁30-32。

平臺，[25]意即釣運另一面象徵著臺灣變革的起點。釣運後更具體的革新，邵玉銘提出詳細的解釋：「保釣運動之後，臺灣又發生臺大的校園民主運動、民族主義論戰、哲學系教師解聘事件，有關臺灣前途的辯論、革新保臺的主張、鄉土文學論戰、臺灣左翼運動，以及一九七九年美麗島事件後展開的本土民主運動。」[26]是以學生自發響應釣運，並一改冷漠消極，接踵的現代詩論戰、民歌運動、鄉土文學論戰，乃至七〇年代的黨外運動，無一不是由釣運作為起點。

　　歷來關於「保釣運動」的研究議題豐富多元，除卻文獻類，兼雜歷史資料與回憶錄、訪談錄，尚有從歷史視角、國際法及地緣政治切入，分析釣魚臺主權爭議；攸關釣運的文化、文藝議題研究則多聚焦在保釣世代作家的文藝思想、文本創作。以往針對保釣世代作家的論述，即從作家生平、思想及文本切入，諸如簡義明〈書寫郭松棻：一個沒有位置和定義的寫作者〉[27]或黃啟峰《河流裡的月印——郭松棻與李渝小說綜論》[28]等研究著作，諸多研究縱使重溯個別作家的家世背景、時代氛圍或文藝思想，仍不足以清楚地解釋整個保釣世代形成前的思想養成、文化衝擊及精神史演化的全貌，乃至於無法窺見保釣世代成形後的集體意識與世代認同。

---

25 根據李慶平說明，保釣讓中華民國處於生存的拐點，臺灣內部中央民代二十多年未改選、農民、勞工、省籍、言論自由等問題浮現，故釣運是諸多矛盾激化的平臺。參見李慶平：〈保釣運動與愛盟的時代意義〉，《愛盟‧保釣——風雲歲月四十年》，頁146。

26 邵玉銘：〈第二部　臺灣的保衛釣魚臺運動〉，《保釣風雲錄——一九七〇年代保衛釣魚臺運動知識分子之激情、分裂、抉擇》（臺北市：聯經出版事業公司，2013年），頁168。

27 簡義明：〈書寫郭松棻：一個沒有位置和定義的寫作者〉（新竹市：國立清華大學中國文學系博士論文，2007年）。

28 黃啟峰：《河流裡的月印——郭松棻與李渝小說綜論》（臺北市：秀威資訊科技公司，2008年5月）。

回到有關「世代」及「世代單位」的討論。雖然釣運的成敗攸關國際外交局勢，但就臺灣內部社會、政治及經濟層面，釣運無疑是一道曙光。可以說保釣運動衝擊了七〇年代以降臺灣的世界觀、價值觀及歷史觀，成為時代與世代的分水嶺，因此形成蕭阿勤定義的「回歸現實世代」。蕭阿勤在此援引曼海姆（Karl Mannheim, 1893-1947）的「世代分析」理論，指出一個「實存的世代」（a generation as an actuality; an actual generation）是由參與了動盪的社會與時代中具有特色的社會和知識潮流，且積極或消極地體驗了新情境的種種力量所交錯的同年紀的個人所組成，同一個實存世代中又可以區分出不同的「世代單位」（generation），這些特殊的世代單位涉及了人人各有詮釋的一組事件且反應一致，便是隨著他們的共有經驗而採取相似的行動。[29] 就蕭阿勤所定義的「回歸現實世代」而言，「保釣世代」即屬於其中迥異的「世代單位」之一，且不同的世代單位可以彼此指涉、協力或抗拮。

　　蕭阿勤進一步在《回歸現實：臺灣一九七〇年代戰後世代與文化政治變遷》[30] 及〈記住釣魚臺：領土爭端、民族主義、知識分子與懷舊的世代記憶〉[31]，前者將釣運作為七〇年代「回歸現實世代」的形成的主因之一，其中也追溯了六〇年代戰後世代普遍的社會氛圍及共感，作為回歸現實世代的先聲；後者從懷舊與世代的集體記憶建構談起釣運對保釣一代人的關聯性，聚焦在左統保釣人士在「領土民族主義」之中的內化特質，歷經釣運低潮、記憶凋零後，藉由自述傳記、

---

29 參見蕭阿勤：〈第二章　臺灣一九七〇年代回歸現實世代的浮現與形成〉，《回歸現實：臺灣一九七〇年代戰後世代與文化政治變遷》，頁12-33。
30 蕭阿勤：《回歸現實：臺灣一九七〇年代戰後世代與文化政治變遷》。
31 蕭阿勤：〈記住釣魚臺：領土爭端、民族主義、知識分子與懷舊的世代記憶〉，《臺灣史研究》第24卷第3期（2017年9月），頁141-208。

回憶錄等懷舊情感標誌出「保釣世代」善於召喚過去、建構集體記憶進而傳承領土民族主義，二文依序標明釣運之於世代意識、認同及記憶塑形的關鍵性地位。

　　筆者奠基在諸多攸關釣運、保釣世代及作家研究的基礎上再行延伸、追問。首先，當大多數的研究聚焦在知識分子參與釣運後蔚為而成的「保釣世代」之上，延伸至他們先後生產的小說創作、回憶錄、自傳性文本等所建構出來的世代認同、世代意識進行討論。固然作者的小說創作、回憶錄、自傳性文本可以呈現「保釣世代」的精神結構，但是否這些在釣運後生產的「文本」種類是唯一理解保釣世代的路徑？在此筆者不否認這些「文本」種類的詮釋意義，因為它們更能呈現曖昧的社會因素，但對於「保釣世代」的形成、演變過程的解讀，是否另有更直接的方式足以呈現「保釣世代」的世代認同及世代意識？筆者認為這些「文本」雖然是分析保釣世代的途徑之一，但必須承認確實有其侷限性，例如南方朔分析劉大任二〇〇九年創作的〈遠方有風雷〉指出：「〈遠方有風雷〉之所以易於《昨日之怒》和《惑》，乃是劉大任已擁有比張系國和李雅明更好的敘述位置。」[32]於此南方朔所指「更好的敘述位置」其實便是時空背景、社會氛圍，乃至於政治環境的變化，也就是作者創作文本的「不確定性」乃受制於諸多因素。

　　其次，當「保釣世代」形成「回歸現實世代」裡的其中一個世代單位，在乍遇創傷事件──釣魚臺事件之前，是否早已醞釀構成世代意識、世代認同浮現的充分條件？這些充分條件又提供了什麼樣的思想資源作為六〇年代知識青年的（或言「準保釣世代」）的共同話語？

---

[32] 南方朔：〈「保釣」的新解釋：歷史沒有被浪費掉的熱情〉，《印刻文學生活誌》第74期（2009年10月），頁87。

最後，在「保釣世代」這樣一個世代單位裡，除了處在相同的線性時間軸上之外，位於不同空間、地域及文化場域是否牽動著更多元的糾葛關係？這樣的糾葛關係又各自形構出何種論述立場、政治勢力？

最後，既以「保釣世代」成為「回歸現實世代」中的一個世代單位，筆者藉由本文亟欲探究這樣的一個世代單位如何受到前行階段社會氛圍、思想資源及文化涵養的積累而成形？在面對歷史的轉折——釣魚臺事件後進而蔚為「保釣世代」，而這樣的一個世代單位內部是否又帶有類群之間的差異？其中迥異的組成成分為何？他們各自懷抱著什麼樣的詮釋方式？藉此釐清「保釣世代」這個世代單位內含的複雜性。從前行階段的「知識分子」到釣運階段的「保釣世代」，又分別在不同地域採用何種方式來凝聚世代認同與世代意識呢？當「回歸現實世代」這樣一個「實存世代」成形，身為其中的一個世代單位的「保釣世代」建構完成，將呈現何種姿態與其他世代單位產生連結或互動？進而契合、回應或裨補「回歸現實世代」的意識特質。

回應上述的幾個問題，筆者認為「刊物」是除了小說創作、回憶錄、自傳性文本之外最能直接反映「保釣世代」對於世代認同、世代意識的媒介，透過刊物宗旨、編輯方針、議題投稿及編輯策略的轉變等方式，得以歸納出保釣世代對於當下臺灣內部局勢、重要國際大事的回饋。[33]接著，對於「保釣世代」成形的充分條件，筆者嘗試藉由

---

[33] 任天豪從歷史學的角度詮釋「保釣史」的「遮蔽」效果，因為過往缺乏客觀檔案史料的稽核，隸屬報章雜誌、口述訪談等主觀的文獻資料容易受現實政治環境、民族主義等影響而有偏頗、受干擾，甚至無法釐清保釣運動歷史語境。有鑑於歷史學與文學關注的角度不同，筆者反而認為報章雜誌、口述訪談所帶來的「遮蔽」效果，正是探究保釣世代的精神結構最有力的切面，剖析這些「主觀」的文獻資料，這也是「刊物」研究最直接進入「保釣世代」核心的方式。參見任天豪：〈第一章 緒論〉，《從正統到生存，東亞冷戰初期中華民國對琉球、釣魚臺情勢的因應》（臺北市：國史館，2018年），頁2-3。

六〇年代的刊物，追溯臺灣內部情境、重大國際情勢所營造的社會氛圍、提供的思想資源及文化涵養，提出保釣世代的意識及認同有其先導期的醞釀階段，直到必要條件──釣魚臺事件爆發，「保釣世代」正式成形；加上在東亞冷戰體制下的保釣世代成形後，迥異的跨國、異地域關係，也會營造出不同的發言位置及關注議題，隨著表述立場的迥異、趁勢挑戰了話語邊界及亟欲鬆動的勢力，呈現出一套知識分子的論述話語修辭。最後，曼海姆指出任何實存世代的可能存在著分化出來、互相敵對且互相指涉的世代單位，而世代單位的特徵不只涉及一群人鬆散地參與大家都經歷、但人人各有詮釋的一組事件，而且涉及反應的一致性，[34]意即在同一世代單位之中，反應一致但對同一組事件各有詮釋，勢必「保釣世代」形成後，其中組成成員元素的交錯、碰撞或合流將構成這個世代單位專屬的感覺結構及論述語境，筆者想藉此回應或補上「回歸現實世代」獨有的世代特質。

其實，現存眾多釣運的相關文獻、回憶錄選輯都強調了「刊物」扮演著串連社群、溝通交流的角色，譬如鄭鴻生提及《大學雜誌》以新視野討論臺灣的社會結構，[35]成為釣運的前行刊物、劉源俊說明《科學月刊》流通了保釣運動的訊息，[36]李雅明解釋《大風》隨著釣運的左右分裂而停刊，[37]他們不約而同的指出了「刊物」與「釣運」的密切關係。故筆者想聚焦在保釣世代成形前所編輯、閱讀的刊物，

---

[34] 參見蕭阿勤：〈第一章　問題、理論與方法〉，《回歸現實：臺灣一九七〇年代戰後世代與文化政治變遷》，頁19。

[35] 參見鄭鴻生：〈校園驚蟄──保衛釣魚臺運動〉，《青春之歌：追憶1970年代臺灣左翼青年》（臺北市：聯經出版社，2001年），頁76-78。

[36] 參見劉源俊：〈《科學月刊》與保釣運動〉，收錄於謝小芩、劉容生、王智明主編：《啟蒙・狂飆・反思──保釣運動四十年》，頁68-78。

[37] 參見李雅明：〈海外保釣運動的回顧與檢討〉，收錄於謝小芩、劉容生、王智明主編：《啟蒙・狂飆・反思──保釣運動四十年》，頁80-83。

以及保釣世代在釣運階段所編輯的刊物，前者可以爬梳六〇年代中期的知識青年如何形構他們的知識分子論述、修辭的資源，後者可以重整保釣世代成形後如何動員前階段所醞釀的思想資源，以展現世代意識及認同，蔚為一套互為表裡的傳播理論及修辭，將有別於以往釣運作家研究、文本分析，藉此得以更直接地洞悉「保釣世代」的精神史演化。亦可從時代、歷史的角度更宏觀地體察世代對於社會的關懷，最直接地切入「刊物」與「保釣世代」的互動關係，同時打通深入釣運研究的途徑。

因此，本文試圖以「刊物」理解「保釣世代」形成的歷程及演化。先是取材釣運發生之前的相關刊物，其中刊載的社會議題或文藝思潮，除了供給保釣世代成形前的充分條件，同時呈現出時代趨勢、社會潮流等共同話語；其次由釣運時期發行的「刊物」理解「保釣世代」之所以凝聚的驅動力，各式刊物的位置、動機、訴求及口號便是保釣世代展現意識、認同與精神結構最直接的方式；最後也試著以「感覺結構」及「論述語境」分析「保釣世代」的形成及特質，再藉著「文化場域理論」分析保釣世代分化之後的三大路線，並聚焦於具體的行動者之上，依據其資本多寡、生存心態的互動關係，以期析論保釣世代的歧異性。尤其同時處在東亞冷戰體制、國共對峙與臺灣戒嚴的高壓體制中，這些在不同地域所發行的刊物如何見證從六〇年代中以降到七〇年代初期之間臺灣與國際互動的關係，又各自秉持不同的立場及身分協力、抗拒、呼籲及鬆動體制。

在先行的歷史文獻、學術研究分析及檔案史料基礎上，本文無意追溯保釣過程、細節及分化，而是聚焦於釣運前、釣運階段相關的刊物，展開釣運研究的新面向。本文目的在於重新呈現「保釣世代」形成過程中、形成後「某種經驗與思想」的積累、養成及實踐，也唯獨「刊物」研究才得以呈現時代的刻成與世代對於社會的關懷、熱忱及

建議，最終構成世代意識及認同。因此筆者以「刊物」作為媒介，透過釣運前行階段、釣運階段刊物所刊載的內容、議題觀察藉此探究「保釣世代」之所以形成、轉變的內、外因素，就時序上係由前往後觀察，別於一般作家文本研究論述多由後往前回看，想呈顯更客觀的方式，試圖作為釣運相關研究的另一隻眼，以此釐清以往保釣研究的「遮蔽」效果、洞悉釣運的全貌、構築「保釣世代」的形象。

第三節　研究框架與概念定義

本文以「保釣運動」發生前、發生期間的刊物作為研究對象，首先必須考量二戰後臺灣被納入美、蘇對峙的東亞冷戰體制的局勢，冷戰的區域幅員遼闊、研究議題廣泛，本文聚焦於東亞冷戰體制下的在美國、臺灣的臺灣人「保釣運動」及其刊物；再者，「保釣運動」為「學生運動」，而美國學運的蓬勃又與東亞冷戰體制密切相關，故必須釐清臺灣學生留學美國時期的學運背景，才能回應釣運興起的歷史背景；此外，本文挪用佛洛伊德的「創傷經驗」、蕭阿勤的「回歸現實世代」概念，輔以保釣世代的「懷舊意識」，定義「保釣世代」的形成。

一　東亞冷戰體制下的臺灣

肇始於釣魚臺主權的爭議，七〇年代初期由留美臺灣留學生、臺灣學生先後興起「保釣運動」，儘管過程意見分歧而導致路線分化，起源於國府曖昧不明的態度，尤其以回應柏克萊學生的〈致中華民國政府公開信〉更顯消極低調，因此任孝琦指出：「在保釣刊物中，學生形容向政府抗議，好像是『打在一片軟綿綿的官僚組織的橡皮墊子

上』。」[38]隨後民族主義的聲浪越發喧騰。國府之所以兩面難為、態度曖昧，必須追溯自美蘇兩國在一九四五至一九九一年建立的冷戰（Cold War）體制。[39]本文將聚焦於保釣運動前後的東亞冷戰體制框架，揭示東亞冷戰體制內國家權力流動，愈能顯示釣運發生期間美國、中共、日方與國府之間的利益糾葛。

韓戰（1950.6-1953.7）確立了東亞冷戰體制，美國將韓戰視為戰後共產主義擴張的第一步，自此施行杜魯門主義，其戰略政策便是由「重點圍堵」改為「全面圍堵」，以防止共產主義在東亞地區的骨牌效應。美國對於東亞政策轉向，[40]發布〈美國國家安全目標和計畫書〉（或稱「v-68號文件」），一改韓戰前對臺政策的袖手旁觀，因應臺灣戰略位置的重要，美國先後派遣第七艦隊進駐臺灣海峽、第十三航空隊協防，並在臺設立軍事顧問團，目的於嚇阻中共的軍事試探，以鞏固臺灣安全。不只如此，隨其韓戰爆發後美臺簽署《中美共同防禦條約》（1954），亦確保了國府在臺灣的地位，如同林滿紅指出：「1950年韓戰爆發，臺灣成為美國亞太防線上的重要據點，整個冷戰時期美國的政策是透過臺灣聯繫日本與東南亞。」[41]臺灣在韓戰爆發後出現了外交轉機，國府以「反共」為前提，制訂外交政策，主要以鞏固臺灣在聯合國的合法地位、爭取美援、阻礙中共國際接受度，目標在於

---

38 任孝琦：〈第四章　矛頭向右轉〉，《有愛無悔：保釣風雲與愛盟故事》（臺北市：風雲時代出版公司，1997年），頁72。

39 本文參照冷戰（Cold War）的時間起迄年份係採用約翰·梅森（John W. Mason）著，何宏儒譯：《冷戰》（*The Cold War (1945-1991)*）。

40 參見周湘華、董致麟、蔡欣容：〈第二章　韓戰與臺灣：現實主義下的兩極體系〉，《臺灣國際關係史：理論與史實的視角（1949-1991）》（臺北市：新銳文創，2017年），頁69。

41 林滿紅：〈東亞海域上的琉球與臺灣〉，《歷史月刊》第227期，2006年，頁54-55。

提升臺灣在國際外交的友好關係，[42]此時臺灣被納入東亞冷戰的體制之中。

韓戰開啟美蘇冷戰的東亞戰場，美國因此警覺到亞洲被赤化的危機；而越戰（1955-1975）的爆發，則牽扯中共、日本的國際利益，加上美國國內的反戰聲浪高起，故美國改變對臺策略，同時也影響臺灣在聯合國的發言位置。法越戰爭（1945-1954）後，除了日內瓦協定（Geneva Accords）開啟南北越南的局勢，美國接力投入越南戰場，除了遏制共產主義的擴張，還考量中南半島戰略地位及經濟價值。隨著曠日廢時的消耗戰，美國接連受到英、法、日的影響，又國內經濟赤字、反戰意識高漲，加上美國國會施予壓力，美國總統發表「尼克森主義」（Nixonism）、「七〇年代的美國對外政策：爭取和平新戰略」，先使越戰越南化，再收縮戰略，提出「伙伴關係、實力和談判」三大原則，直至簽署「巴黎和平協約」（1973）才終止美國的參戰。[43]越戰改變了美國既往的東亞策略，尼克森提出「五大力量中心說」（美、蘇、日、西歐、中），在東亞冷戰體制底下，美國須仰賴日本經濟體成為盟友，並改善中美關係，自此東亞冷戰體制的結構鬆動，臺灣國際地位開始動搖。

中蘇關係的惡化，自珍寶島事件（1969）爆發，中共重擬國際外交政策，美國自越戰撤軍加上蘇聯入侵捷克，毛澤東視蘇聯帝國主義（Soviet Imperialism）為潛在威脅，自此中美關係漸趨正常化，以發抵制蘇聯之效，而臺灣問題即成為中美關係的障礙，[44]聯合國會議上

---

42 參見高朗：〈第二章　歷史回顧〉，《中華民國外交關係之演變（1950~1972）》（臺北市：五南圖書出版公司，1993年），頁23-29。

43 參見丁幸豪、潘銳：〈從杜魯門主義到里根主義〉，《冷戰後的美國》（臺北市：五南圖書出版公司，1993年），頁15-16。

44 參見約翰·梅森（John W. Mason）著，何宏儒譯：〈第五章　躋身強國之列的中國〉，《冷戰》（*The Cold War (1945-1991)*），頁113-117。

親中國家提出「排我（臺）引中共入會案」後，臺灣宣布退出聯合國。在東亞冷戰局勢裡，臺灣藉由韓戰成為美國圍堵主義的一環，企圖透過越戰借力使力以反攻大陸，[45]但尼克森主義改變東亞冷戰結構，臺灣淪為東亞冷戰體制變化後的輸家。

在東亞冷戰體制內，國家結盟的關係並非敵我恆定，在訴求體系內權力平衡的過程中，國際關係經常面臨重組的檢核。因此「保釣運動」就政治層次上，是東亞冷戰體制內美國陣營的臺灣政府及日本政府共同抗拒中共的領土主權的明爭；同時也是國共內戰的延長——兩岸主權、意識形態的暗鬥。於是「保釣運動」除了見證七○年代臺灣外交勢力漸趨弱勢，過程中保釣左派且提出「海外中國人『認同』北京的中國或『臺北』的中國的課題」，[46]雖然保釣路線在安娜堡國是大會後趨左排右，甚至定位為「統運」，實則顯露雙方壁壘分明的「想像／認同」的民族議題。因此要審視保釣運動的始末歷程，筆者認為必須考量東亞冷戰體制裡權力組合的糾葛，同時必須權衡國共內戰延長賽中意識形態的拉扯、重新省思國府官方所面臨的危機處境及應對方式，才能兼顧保釣世代亟欲訴求的民族精神與分歧路向。

二　學生運動的屬性

「那個大時代有什麼樣的特質，都會或多或少在學運世代身上殘留；反過來看，學運世代的某些特質，也只是那個大時代的縮影與反

---

45 參見林孝庭：〈第九章　冷戰與臺灣在東南亞各國的秘密活動〉，《臺海·冷戰·蔣介石：解密檔案中消失的臺灣史1949-1988》（臺北市：聯經出版事業公司，2017年三版），頁293-294。

46 陳映真：〈前言二　突破兩岸分斷的構造，開創統一的新時代〉，龔忠武等編：《春雷之後：保釣運動三十五週年文獻選輯第一卷》（臺北市：人間出版社，2006年），頁5。

映而已。」[47]何榮幸由劉大任筆下的「浮游生物」到「眾聲喧嘩」，歸結出臺灣學運世代的特質轉變，而這樣的變異反映著大時代的歷史曲折。由「學運」映照歷史，更能凸顯時代精神。因此將「釣運」置入「學運」的詮釋框架，其中擔綱核心主體的「學生」，在過程的訴求、集會、遊行、分裂及鬥爭，既能縮影大時代的思想風潮，更能刻畫知識分子的面貌。

　　七〇年代「保釣運動」由海外臺灣留學生揭開序幕，隨即臺灣大學生響應，各自發行刊物流通資訊，立場不免迥異，但保衛領土的愛國心一致。譬如謝定裕在文獻選輯的前言說明：「成千上萬的同胞參加過保衛釣魚臺的活動，但釣魚臺運動的主力是學生及教育界人士。在美國是留學生，在臺灣及香港則是大學生。一如五十多年前的五四運動，愛國是他們心中的中心意識。許多參與者也認為他們在繼承五四的傳統。」[48]王曉波也提及：「保衛釣魚臺運動是一個愛國的運動，將與五十年前的『五四運動』並輝於中國歷史上，這是無可置疑的。」[49]透過保釣人士切身論述，點明釣運特質有二：一是強調「釣運」與「五四」的精神承繼，二是歸類二者同屬「學生運動」。

　　連結「釣運」及「五四」，除了「外抗強權，內除國賊」的口號相同，釣運文獻選輯《春雷聲聲》的序文從國際格局的變動、文化影響及左翼思想討論此二者的屬性相仿，更強調釣運的貢獻就是透過

---

47 何榮幸：〈第一章　學運世代這種人〉，《學運世代——從野百合到太陽花》（臺北市：時報文化，2014年），頁56。

48 謝定裕：〈前言〉，春雷系列編輯委員會主編：《崢嶸歲月・壯志未酬：保釣運動四十週年紀念專輯（上冊）》（臺北市：海峽學術出版社，2010年），頁5。

49 王曉波：〈編者序〉，《釣魚臺風雲》（臺北市：海峽學術出版社，2011年7月），頁XVII。

「學生運動」突出保衛領土及團結華人的歷史意義。[50]呂芳上論及自一九一九年中國五四運動興起，其後十年間的學運，原屬自發性質卻隨著政黨介入而趨於政治化；[51]而「保釣運動」，從左右分化後，程度上也挾帶著政治化的意義。此外，鄭鴻生則闡釋「五四」及「釣運」的差異，即五四以抵抗強權的政治運動為始，而釣運過程中的政治運動卻是尾聲，的確歷史語境的迥異拉開二者的距離，但保釣分子不可否認的精神承繼：「民國初年的五四自由精神與六〇年代歐美青年的造反呼聲，在這個時期交相衝擊，對戰後初生之犢的知識青年確實起了強大的啟蒙作用。」[52]鄭鴻生指明的釣運受到五四運動的影響，故將「釣運」納入學運框架裡，更能幫助還原其經驗、思想。

就「保釣運動」而言，留學生見證六〇年代的美國學運，適逢釣魚臺事件的主權爭議，因此燃起留學生對國家、民族的憧憬。林盛中回顧釣運發生時的美國社會，提及：

> 保釣運動之所以能夠蓬勃發展的一個重要客觀因素為美國國內的反越戰運動如火如荼。二十世紀六〇年代，世界局勢動盪。美國參加越南戰爭逐步升級，中國大陸於一九六六年開始搞文化大革命，紅衛兵到處造反，當時世界新聞的焦點集中在這兩個事件。
>
> 一九七一年春季，紐約哥倫比亞大學的學生佔領學校的辦公樓，

---

50 參見編輯委員會：〈序言：把釣／統運的愛國主義薪火永遠傳遞下去〉，林國炯等編：《春雷聲聲：保釣運動三十週年文獻選輯》（臺北市：人間出版社，2001年），頁4-5。

51 呂芳上：〈第一章　緒論〉，《從學生運動到運動學生》（臺北市：中央研究院近代史研究所，1994年8月），頁27-33。

52 鄭鴻生：〈前言〉，春雷系列編輯委員會主編：《崢嶸歲月・壯志未酬：保釣運動四十週年紀念專輯（上冊）》（臺北市：海峽學術出版社，2010年），頁43。

使得學校癱瘓，無法上課，開學才一個月就草草結束該學期。這可以說是中國大陸各大學的紅衛兵造反，佔領學校，使得學校癱瘓的翻版。有了美國學生參加反戰示威遊行的榜樣，所以臺灣留學生也敢於為了「保衛釣魚臺」而上街示威遊行。[53]

上述由保釣人士點出釣運的養分源自美國學運，而早在五〇年代的歐洲、南美及亞洲已有大學校園運動；直至六〇年代的歐美各國、日本學運陸續興起。簡言之，學運對內主張是學生自治、校園自主，對外訴求則是世界和平、種族平等、消弭戰爭，無分國界。[54]細究六〇年代國際間的學運到臺灣的釣運，張鈞凱指出結構性的內、外因子，無論國際形勢、人口增長、教育建設、思潮傳播及各地文化傳統，直接或間接地促進學運的蔓延，除了訴諸政治、性別與種族，仍涵蓋流浪漢、司法、教育、環保等層面，地域則延伸至美、德、英、法、蘇聯、日、韓等國家，此階段的學運力圖衝破國家內部的威權統治，甚而亟欲打破東西冷戰體制的保守與箝制，而釣運興起於七〇年代，故可視為臺灣「延長的六〇年代」或「遲到的六〇年代」。[55]

　　六〇年代的臺灣留學生前往美國，正值美國學運最蓬勃的階段。「美國的學生運動於民國五十七年四月哥倫比亞大學學潮時達到高峰。經由大眾傳播，哥大學潮立刻感染造成各大學的學生運動。這事情看在留學生的眼中自產生相當大的衝擊作用。」[56]先是黑人民權運動在

---

53 林盛中：〈前言〉，春雷系列編輯委員會主編：《崢嶸歲月・壯志未酬：保釣運動四十週年紀念專輯（上冊）》（臺北市：海峽學術出版社，2010年），頁15-16。
54 參見林玉体：〈二十世紀教育發展的重大事故〉，《跨世紀的教育演變》（臺北市：文景書局，1998年），頁182-184。
55 參見張鈞凱：〈世代與時代：1970年代臺大保釣與學生運動〉（臺北市：國立臺灣大學政治系碩士論文，2012年），頁19-32。
56 劉源俊：〈我所知道的留美學生保釣運動〉，收錄於邵玉銘主編：《風雲的年代——保釣運動及留學生涯之回憶》，頁188。

六〇年代初期的美國已然引起部分留學生留意種族與民權議題；[57]之後學生運動的奮起附和，從「學生工業民主同盟」到「學生民主社會聯盟」，陸續發布「休倫港宣言」（The Port Huron Statement）、「美國與新時代」（American and New Eva），鼓舞學生參與改革，針砭社會問題，又引起翌年柏克萊加州大學（University of California, Berkeley）的「自由言論運動」（Free Speech Movement），由學生訴求校園的言論自由及政治活動，不像以往「公開論壇」政策（An "Open Forum" policy），因此與校方產生拉鋸戰，成為美國六〇年代最具代表性的學運，「柏克萊」因此披上反傳統、反政府色彩，成為部分留學生嚮往的聖地，[58]「自由言論運動」則成為美國學運史上具示範的關鍵。[59]

美國介入越戰，因為徵兵所引發的「反戰運動」（Antiwar Movement），成為接力學生運動的主軸。自一九六三年至一九六八年，圍繞於耶魯大學、柏克萊大學、威斯康辛大學及哥倫比亞大學，學生以示威遊行、靜坐抗議反對校方與軍方共謀徵兵。一九七〇年四月，因為美國總統尼克森宣布進軍柬埔寨，引爆美國九百多所大學生的罷課浪潮，被視為反戰運動的最高潮。[60]不可忽視，此時適逢中國文化大革命（1966-1976），美國社會的紛爭與動盪間接渲染中共文革「烏托邦世界」的想像，當反越戰熱潮越激昂，則美國國內社會親中共的氣

---

[57] 參見春雷系列編輯委員會：〈楊貴平：從保釣到滋根〉，《崢嶸歲月‧壯志未酬：保釣運動四十週年紀念專輯（上冊）》（臺北市：海峽學術出版社，2010年），頁459-462。

[58] 參見吳建國：〈把「服務」融入生命裡〉，收錄於邵玉銘主編：《風雲的年代——保釣運動及留學生涯之回憶》，頁71。

[59] 參見蔡米虹：〈從1964年柏克萊言論自由運動論美國大學生的理想教育——兼論戰後美國高教危機〉，《興大歷史學報》第20期（2008年），頁200-209。

[60] 參見孫益：〈校園反叛——美國20世紀60年代的學生運動與高等教育〉，《清華大學教育研究》第27卷第4期（2006年8月），頁81。

氛越濃烈。[61]

　　六〇年代末美國學運興起高潮，連帶引起臺灣留美學生的反思，如同林孝信回憶：「美國那個時候校園的反戰浪潮不僅幫助臺灣留學生克服了對遊行示威的恐懼感，而且還激發了留學生潛藏在內心深處的理想主義。」[62]迥異於臺灣六〇年代黨政體系下的高壓懷柔，留學生目睹美國學運的興盛、見識美國社會的自由，不僅衝擊內心，也為接踵而來的七〇年代初「保釣運動」埋下種籽。

　　張鈞凱再指出東亞學運的特殊現象，「儒家思想」之於日、韓及中國的學運深具啟蒙意義。日本學運可上溯至明治時代、韓國學運反映知識分子肩負社會改革之責、中國以儒學發源自居，歷史與文化形塑抗議精神，甚而影響七〇年代的保釣運動，[63]此論述與臺灣保釣世代的精神不謀而合：「需要強調的是，不僅臺灣的留學生傳承了中國儒家的經世思想，所有受到中國歷史文化薰陶的中國人都在不同程度上傳承了這種思想」、「他們（臺灣留學生）在大時代裡盡了一個有良心的中國知識分子應盡的責任，樹立了言教身教的光輝典範」。[64]異於西方學運的反抗體制，承繼儒家思想的東亞學運更強調的是道德約束、維護倫理。將「釣運」納入學運脈絡，沿循著世界學運的脈絡發展，東亞學運又獨具傳統倫理思想，更能呈現「保釣運動」在「學生運動」裡的定位。

---

61 參見邵玉銘：〈保釣運動及校園紛爭——一頁椎心刻骨的回憶〉，收錄於邵玉銘主編：《風雲的年代——保釣運動及留學生涯之回憶》，頁55。

62 林孝信：〈導言：保釣歷史的淵源跟對海峽兩岸的社會的意義〉，收錄於謝小芩、劉容生、王智明主編：《啟蒙‧狂飆‧反思——保釣運動四十年》，頁36。

63 參見張鈞凱：〈世代與時代：1970年代臺大保釣與學生運動〉（臺北市：國立臺灣大學政治系碩士論文，2012年），頁25-27。

64 編輯委員會，〈序言：把釣／統運的愛國主義薪火永遠傳遞下去〉，林國炯等編：《春雷聲聲：保釣運動三十週年文獻選輯》（臺北市：人間出版社，2001年），頁7、9。

三 「保釣世代」的定義及其覺悟啟蒙與創傷經驗

誠如曼海姆的提醒所言:「沒有人會認為1800年左右普魯士的年輕人和滿清帝國的年輕人共享相同的世代位置。這是因為僅僅只是出生在同一時代這個事實本身,並不會產生一個共同的世代位置。」[65] 必須在同一歷史與文化的地區生長,並參與了動盪社會與時代裡特別的社會與知識潮流,即使參與的態度或積極度不一,但都體驗了造成新情境的諸多力量交錯的同年紀的個人,才算構成「實存的世代」,且隨著因應方式的不同而區分出不同的世代單位。在此,若要輪廓出「保釣世代」這個世代單位的範疇,先得回到蕭阿勤對於「回歸現實世代」的定義。

蕭阿勤對於「回歸現實世代」談起,所謂世代強調的是共同參與動盪社會的時代裡的特別的社會及知識潮流,即是對於歷史上的突發事件、社會上突如其來的變動萌生出共同的意識、行動,尤其別於上個世代的因應態度與方法,明確產生世代交替的作用,因此在七〇年代初期面對臺灣政局丕變、國際情勢詭譎迸發了鮮明的世代認同、意識。在此,蕭阿勤將釣魚臺主權爭議及退出聯合國等國際情勢視作「回歸現實世代」形成的其中一個充分條件,隨之帶動了知識青年意圖改革臺灣政治、社會的契機,從最切身的教育到知識分子對於社會責任的反省、思考,都成為「回歸現實世代」的特徵。

蕭阿勤歸結出七〇年代臺灣的戰後世代處於同一個「世代位置」,加上是居住在都市且受過大專以上教育的知識青年,又普遍受到政治社會變遷的衝擊,以迥異的方式及程度體驗政治社會改革與回

---

65 蕭阿勤:〈第一章 問題、理論與方法〉,《回歸現實:臺灣一九七〇年代戰後世代與文化政治變遷》,頁18。

歸鄉土的潮流，並感受在這樣的新情境中的種種力量交錯，因而構成「實存世代」，諸如《大學雜誌》成員、黨外與文化界、文學界人士，是推動政治社會改革與回歸鄉土潮流的主力，他們擁有相同的教育背景、熟悉中國民族主義歷史敘事，隨之再行構成實存世代中的「世代單位」，[66]筆者欲以此概念定義「保釣世代」實為「回歸現實世代」裡的世代單位。

　　「保釣世代」這個世代單位是「世代」與「群體」的重疊集合，也就是說並非所有七〇年代初期的海內、外知識青年都隸屬於保釣世代，也不是所有的留學生都是保釣世代。先是這群曾經參與海內、外釣運的戰後第一代知識青年既是生長在同一個世代位置，享有大專以上的教育水準、屬於中產階級的菁英分子，並且共同參與了動盪社會與時代裡的特別的社會與知識潮流──釣魚臺事件的爆發、釣運的分裂與起落，甚至爾後一連串的外交失利，這群知識分子如何因應原本在國族敘事下具有政權正統性的臺灣搖搖欲墜的現實？尤其在國民黨根深柢固的民族主義的教育體制下，這群特定的知識青年面對臺灣內政的積弱、外交的無力，在這樣的情況下萌生共感，興起自我省思的契機，也泉湧出社會革新、政治更迭的建言。意即「保釣世代」這個世代單位或許會與「回歸現實世代」中的其他世代單位產生重疊的集合，諸如蕭阿勤所述的挖掘日據時期臺灣新文學的文化界人士、鄉土小說家及支持者、黨外新生代等世代單位，「保釣世代」藉由釣運及其後的發展，也都展現了回歸現實世代的世代認同、國族認同及歷史敘事的互動關係，從中更佐證了「回歸現實世代」的覺醒、啟蒙、自省及革新意志。

---

66 參見蕭阿勤：〈導論〉，《回歸現實：臺灣一九七〇年代戰後世代與文化政治變遷》，頁22-23。

此外,「保釣世代」的範疇更包含了海外參與過釣運的知識青年,他們在同樣的教育體制下成長、同樣擁有強烈的國族敘事認同,同樣眼見著臺灣的內、外局勢的岌岌可危,只是他們萌生共感、發起省思、寄望臺灣內政革新的地點不在臺灣,而是異國。正是因為身處異國的關係,讓這群海外的「保釣世代」別於臺灣島內的「保釣世代」,反而享有更國際觀的視野、更明確的政治立場及更尖銳的發言話語,更凸顯在世代單位裡各有詮釋的角度,當然這背後牽扯到的又是東亞冷戰體制下的敵我恆動的競爭語境。因此,「保釣世代」屬於「回歸現實世代」中的世代單位之一,相較於蕭阿勤所提及的挖掘日據時期臺灣新文學的文化界人士、鄉土小說家及支持者、黨外新生代等世代單位的迥異特質,擁有留學經驗的「保釣世代」在國族敘事話語中開始展現接合國際的思想資源,臺灣島內的「保釣世代」開始做了鬆動制度的努力,即形成「保釣世代」自有的傳播系統及話語修辭。

　　再如蕭阿勤引述 Molly Andrews 的「覺悟啟蒙」或「覺醒」（Conscientization）概念中提到,位處同一個世代的成員要轉化成實存世代或世代單位時,必然經歷一段覺悟啟蒙的過程,從宿命的無力感轉化為具有批判意識、積極思考現狀並採取行動,從更龐大的權力脈絡與社會結構理解現狀。而「回歸現實世代」即是經歷過這段「覺悟啟蒙」的關鍵機制,進而能創造出強烈的世代意識及政治變遷理念,延伸至後續世代在思考與行動上的參考架構與限制條件。[67]海內、外的「保釣世代」從消極的「自在世代」（generation in-itself）到積極的「自為世代」（generation for-itself）即是遭遇到釣魚臺事件、保釣運動等劇烈的社會變遷,也因此歷經一段覺悟啟蒙的過程,帶來

---

[67] 蕭阿勤:〈第一章　問題、理論與方法〉,《回歸現實:臺灣一九七〇年代戰後世代與文化政治變遷》,頁28-29。

強烈的世代意識及政治變遷理論，但這樣的劇烈變化也成為「保釣世代」的「創傷經驗」，這樣的「創傷經驗」將成為「世代認同」或「世代意識」至關重大的條件之一。

蕭阿勤概括七〇年代臺灣的年輕知識分子，歷經紛起的外交挫敗後，逐漸「覺醒」，打破以往省籍之別，形成「回歸現實世代」，「類似臺灣七〇年代初外交挫敗之類的重大創傷事件（traumatic events），是激發年輕世代產生世代意識的主要因素」，[68]意即當保釣分子的世代意識源於「創傷」衝擊而形成「創傷經驗」。

佛洛伊德解釋「創傷經驗」強調：「一種經驗如果在很短暫的時間內，使心靈遭受非常高度的刺激，以致無論用接納吸收的方式或調整改變的方式，都不能以常態的方法來適應，結果最後又使心靈的有效能力之分配，遭受永久的擾亂，我們便稱之為創傷的經驗。」[69]由此可知，創傷經驗的「固著性」將延續於心靈且延宕輪迴，故沈志中進一步討論「創傷經驗」的時間性，指出：「創傷並非在於意外事件所造成的身體或精神傷害，而在於主體對於到來的事件一無所知、毫無準備。是這種毫無準備的狀態，賦予事件恐怖的性質。因此創傷的構成必然同時包含體驗-詮釋-重複這三個時間。」[70]意即當「事件」對主體構成「創傷」，則經由「詮釋」確立「事件」的歷史位置，並藉著「重複」平復「創傷」。黃心雅對於「書寫創傷」指出：「書寫創傷即在重新造訪深藏的記憶，透過創傷記憶的不斷展演，釋放過去，賦予沈默的過去一個聲音，從宏觀的角度來看，書寫創傷是在成就文

---

68 參見蕭阿勤：〈導論〉，《回歸現實：臺灣一九七〇年代戰後世代與文化政治變遷》，頁3。
69 佛洛伊德著，葉頌壽譯：〈第十八講 創傷的固著〉，《精神分析引論・精神分析新論》（臺北市：志文出版社，1997年），頁264。
70 沈志中：〈解構事件與911創傷〉，《當代》第207期（2004年11月），頁47。

學與歷史的見證,重塑過去斷裂、零落、破碎的歷史記憶,成為整個西方國家(族裔)歷史與知識傳承的重要情節。」[71]據此推究:「釣魚臺事件」之於七〇年代的保釣世代儼然構成「創傷經驗」,「釣運」發展的過程中則有海內、外臺灣學生出版刊物、文學創作來「書寫創傷」,且攸關釣運的文獻、回憶錄紛紛集結而成,故釣運分子藉由詮釋及重複試圖平復創傷,且透過創傷以凝聚世代認同與世代意識。

也許「懷舊」的詮釋框架更適合替「保釣世代」的自我解讀下注解。蕭阿勤曾以「懷舊」論述歸結保釣分子已屆懷舊的生命階段,藉由「自傳性記憶」常提供某種「可使用的過去」(usable past),透過追述成年初期的釣運歷程,實已成為評估自我生命、生命回顧(life review)的一部分,是歷史與生命週期的交叉點,且懷舊不只涉及個人的自我認同,更有引發「集體認同」的作用,進而產生「我們」的連帶感,激發集體認同。[72]甚而,釣運分子往往自我定位為「保釣一代人」、[73]「釣運一代」、「保釣的一代」及「釣統運的世代」,[74]更明確的經由「懷舊」集結其「世代認同」、「世代意識」及「集體記憶」。自此「保釣世代」挾帶創傷後的「世代意識」、懷抱著懷舊後的「世代認同」,為臺灣七〇年代初期的歷史片段留下見證,也幫「保釣世代」在歷史的發展留下印記。

---

71 黃心雅:〈創傷與文學書寫〉,《英美文學評論》第20期(2012年6月),頁vi。

72 參見蕭阿勤:〈記住釣魚臺:領土爭端、民族主義、知識分子與懷舊的世代記憶〉,《臺灣史研究》第24卷第3期,頁159-165。

73 林孝信:〈導言:保釣歷史的淵源跟對海峽兩岸的社會的意義〉,收錄於謝小芩、劉容生、王智明主編:《啟蒙・狂飆・反思――保釣運動四十年》,頁38。

74 陳映真:〈前言二 突破兩岸分斷的構造,開創統一的新時代〉,龔忠武等編:《春雷之後:保釣運動三十五週年文獻選輯第一卷》(臺北市:人間出版社,2006年),頁11、16、21。

第四節　研究回顧及對話

　　「保釣運動」由從初始的「學生運動」、「愛國運動」，轉化為「政治運動」及「創作實踐」，其中囊括的議題不一而足。蕭阿勤曾就釣運的研究文獻進行分析，筆者在此研究基礎上再作分類，分別就文獻選輯及個人回憶錄、學生運動、議題研究、釣運刊物、作家評述等進行研究回顧及對話，以利本文在此基礎上再行論述。

一　保釣文獻、回憶錄

　　蕭阿勤區分保釣運動的研究文獻為兩大類，第一類關於保釣的文獻，內容多兼具歷史資料及個人回憶，力圖呈現釣運時期的情景、見聞與歷程，且關於保釣運動的文獻多已集結成冊，資料蒐集已屬完整；第二類屬於學術研究分析，多數聚集歷史考據、國際法、國際關係、地緣政治等範圍，[75]有助於釐清國際法令對於釣魚臺主權的歸屬，或分析各國對於釣魚臺主權的主張及實踐，本文將不欲著墨於此，但此類研究有助於宏觀國際之間的權力互動，作為九〇年代釣運的借鑑。

　　就以上兩種分類而言，蕭阿勤所述的第一類文獻是足以呈現七〇年代釣運的史料，其中回憶見聞、個人評述及其節錄的報刊文章，均可為本文研究之刊物互涉的參酌資料，其中不乏左翼、右派的立場之別，諸如：《春雷聲聲：保釣運動三十週年文獻選輯》、[76]《崢嶸歲

75　參見蕭阿勤：〈記住釣魚臺：領土爭端、民族主義、知識分子與懷舊的世代記憶〉，《臺灣史研究》第24卷第3期，頁144-145。

76　林國炯等編：《春雷聲聲：保釣運動三十週年文獻選輯》（臺北市：人間出版社，2001年）。

月‧壯志未酬：保釣運動四十週年紀念專輯（上、下冊）》、[77]《春雷之後：保釣運動三十五週年文獻選輯（一－三卷）》[78]等選輯，論述呈現了釣運左統的思想脈絡；任孝琦著述《有愛無悔：保釣風雲與愛盟故事》[79]及《愛盟‧保釣——風雲歲月四十年》[80]紛述右派的核心精神；清大出版《啟蒙‧狂飆‧反思——保釣運動四十年》[81]等文獻，都相當全面地呈現釣運前、後的歷史沿革。在此其中，還包括若干個人所發行的回憶錄，諸如王曉波《尚未完成的歷史：保釣二十五年》[82]及《釣魚臺風雲》[83]、邵玉銘《風雲的年代——保釣運動及留學生涯之回憶》[84]與《保釣風雲錄——一九七〇年代保衛釣魚臺運動知識分子之激情、分裂、抉擇》[85]等書，清楚的梳理個人歷程或眾人的單篇追憶散文，誠為保釣研究的第一手文獻資料。

另外，吳任博〈中華民國政府與駐外人員的折衝：以一九七一年前後留美學界保釣運動為中心〉[86]補足國府對於海外釣運的視角，並梳理國府的因應對策；任天豪著述《從正統到生存，東亞冷戰初期中

---

[77] 春雷系列編輯委員會主編：《崢嶸歲月‧壯志未酬：保釣運動四十週年紀念專輯（上、下冊）》。

[78] 龔忠武等編：《春雷之後：保釣運動三十五週年文獻選輯》一－三卷（臺北市：人間出版社，2006年）。

[79] 任孝琦：《有愛無悔：保釣風雲與愛盟故事》。

[80] 愛盟編著：《愛盟‧保釣——風雲歲月四十年》。

[81] 謝小芩、劉容生、王智明主編：《啟蒙‧狂飆‧反思——保釣運動四十年》。

[82] 王曉波：《尚未完成的歷史：保釣二十五年》（臺北市：海峽學術出版社，1996年）。

[83] 王曉波：《釣魚臺風雲》（臺北市：海峽學術出版社，2011年）。

[84] 邵玉銘主編：《風雲的年代——保釣運動及留學生涯之回憶》。

[85] 邵玉銘：《保釣風雲錄——一九七〇年代保衛釣魚臺運動知識分子之激情、分裂、抉擇》。

[86] 吳任博：〈中華民國政府與駐外人員的折衝：以一九七一年前後留美學界保釣運動為中心〉（臺北市：國立臺灣師範大學歷史學系碩士論文，2011年）。

華民國對琉球、釣魚臺情勢的因應》[87]從東亞冷戰框架裡詮釋琉球與釣魚臺主權歸屬議題，提出國府由求「正統」到求「生存」的過程，有助於理解國府在冷戰下的因應政策。

二　學生運動研究

由鄭鴻生等人編輯《尋找風雷：一九七〇年代臺大保釣學生運動史料彙編》[88]聚焦在臺灣大學生響應釣運的始末，詳盡的文獻可補充稍早由洪三雄刊行《烽火杜鵑城：七〇年代臺大學生運動》[89]及丘為君《臺灣學生運動（1949-1979）》，[90]鎖定臺大校園為始的學運，詳述臺大釣運的迴響，並細數自釣運以降的臺大校園運動，強調學運指引著臺灣民主運動路線；張鈞凱以〈世代與時代：1970年代臺大保釣與學生運動〉[91]歸結歐美、東亞學運的興起與釣運世代的聯繫，帶動了七〇年代的改革；郭紀舟的《七〇年代臺灣左翼運動》[92]試圖將釣運納入戰後左翼系譜的脈絡，將釣運詮釋為左翼運動的一支。綜合上述，大多數的先行研究均指出釣運即屬學運性質，也搭建起歐美、東亞學運與釣運的脈絡關係。

---

[87] 任天豪：《從正統到生存，東亞冷戰初期中華民國對琉球、釣魚臺情勢的因應》。
[88] 鄭鴻生、王曉波主編，張鈞凱編輯，《尋找風雷：一九七〇年代臺大保釣學生運動史料彙編》（全六冊）（臺北市：海峽學術出版社，2011年）。
[89] 洪三雄：《烽火杜鵑城：七〇年代臺大學生運動》。
[90] 丘為君：《臺灣學生運動（1949-1979）》（臺北市：稻香出版社，2003年9月）。
[91] 張鈞凱：〈世代與時代：1970年代臺大保釣與學生運動〉。
[92] 郭紀舟：《七〇年代臺灣左翼運動》。

三　保釣議題研究

　　專論「保釣世代」的相關研究,主要有蕭阿勤《回歸現實:臺灣一九七○年代戰後世代與文化政治變遷》[93]及〈記住釣魚臺:領土爭端、民族主義、知識分子與懷舊的世代記憶〉[94]提供本文重構保釣世代形象的外緣背景、世代演變及其懷舊的敘事模式。前者視釣運作為形成七○年代回歸世代的始點,同時並細論其覺悟啟蒙後的認同、改革及敘事,以作為區別前世代的定位,更引述《大學雜誌》、《臺大法言》的文獻以證明回歸現實世代的行動實踐,堪為本文重要的研究基礎;後者細究保釣世代身為知識分子,處於邊境領土爭端事件之後,如何透過編纂出版反映其懷舊、建構集體記憶的召喚。此二篇論述演繹保釣世代在歷史脈絡中的演化,藉由釣運分子的文獻、回憶錄重溯保釣世代的形成、衝突及合流,尤重於民族主義的承繼與傳承,有助於以往以省籍概括七○年代政治、文化變遷的詮釋框架。本文將延伸此二文論述觀點,在時代與世代的互動、拉扯裡,以釣運前、釣運時期的刊物作為觀察對象,試圖刻畫集體記憶之內的關注議題、懷舊敘事裡的現實社會、世代意識中的渴望及想像,進而重建保釣世代的精神結構。

四　釣運相關刊物研究

　　有關釣運的刊物研究主要著墨在刊物的主軸意識與歷史意義,最早由南方朔在〈《大學雜誌》與現代臺灣——一九七一年至七三年的

93　蕭阿勤:《回歸現實:臺灣一九七○年代戰後世代與文化政治變遷》。
94　蕭阿勤:〈記住釣魚臺:領土爭端、民族主義、知識分子與懷舊的世代記憶〉,《臺灣史研究》第24卷第3期(2017年9月),頁141-208。

知識分子改革運動〉[95]及〈中國自由主義的最後堡壘——《大學雜誌》階段的量底分析〉[96]討論《大學雜誌》的發刊及內容，前者從社會結構探討《大學雜誌》之所以興起與式微的原因，後者將《大學雜誌》粗略分期，其認為當時知識分子因為囿於自由主義的格局而導致失敗。韋政通〈三十多年來知識分子追求自由民主的歷程——從《自由中國》、《文星》、《大學雜誌》到黨外的民主運動〉[97]認為《大學雜誌》凝聚了知識分子的力量，接續《自由中國》及《文星》以降的自由主義。其後依序有林振平〈七十年代「臺灣意識」論述探求——以《大學雜誌》、《臺灣政論》、《美麗島》三本雜誌為中心〉[98]分析三種刊物在黨國威權體制下「臺灣意識」的呈現議題及方式；吳泰豪〈《大學雜誌》政治主張之研究——以1971至1973年為中心〉[99]考察其發行的始末，呈現刊物與政治的張力、議題與立場的主張，為本文研究的基礎。洪麗娟〈被遺落的歷史拼圖——《臺灣與世界》雜誌研究（1983-1987）〉[100]則鎖定保釣後在北美所發刊的《臺灣與世界》，補充以往歷史敘事所缺乏的左翼視角，力求呈現全面性的臺灣現實，唯其刊物發刊時間晚於本文關注的核心刊物，故將其視為後保釣遺緒。

---

[95] 南方朔（王杏慶）：〈《大學雜誌》與現代臺灣——一九七一年至七三年的知識分子改革運動〉，收錄於澄社編：《臺灣民主自由的曲折歷程：紀念雷震案三十週年學術研討會論文集》（臺北市：自立晚報，1992年），頁375-394。

[96] 南方朔（王杏慶）：〈中國自由主義的最後堡壘——《大學雜誌》階段的量底分析〉，《自由主義的反思批判》（臺北市：風雲時代出版公司，1994年），頁115-176。

[97] 韋政通：〈三十多年來知識分子追求自由民主的歷程——從《自由中國》、《文星》、《大學雜誌》到黨外的民主運動〉（臺北市：中國論壇，1985年），頁341-380。

[98] 林振平：〈七十年代「臺灣意識」論述探求——以《大學雜誌》、《臺灣政論》、《美麗島》三本雜誌為中心〉（臺北市：國立臺灣師範大學國文學系碩士論文，2005年）。

[99] 吳泰豪：〈《大學雜誌》政治主張之研究——以1971至1973年為中心〉（臺北市：國立政治大學臺灣史研究所碩士論文，2009年）。

[100] 洪麗娟：〈被遺落的歷史拼圖——《臺灣與世界》雜誌研究（1983-1987）〉（彰化縣：國立彰化師範大學臺灣文學研究所碩士論文，2014年）。

尚有顏訥〈臺灣香港存在主義文學傳播現象——以五〇至七〇年代現代主義文學報刊書籍為對象〉[101]及柯志融〈戰後臺灣留學生赴法及參與社團之分析〉[102]二文對《歐洲雜誌》的刊行進行梳理與彙整，前者尤重於「存在主義」的譯介，後者梳理日治時期以降臺灣學生留學法國的概況，其中更論及其他臺灣留法學生刊物，二者即為本文追溯《歐洲雜誌》及其編輯方針、策略的研究基礎。

五　保釣作家論述

關於保釣世代作家論述的研究最豐碩，多集中討論郭松棻、李渝、劉大任及張系國等人，其中尤以郭松棻及其文本相關研究最多。單就綜論作家而言，周倩鳳《七〇年代臺灣留學生小說的國／家認同——以外省籍留美青年為例》[103]直接點出張系國、劉大任在釣運興起後對於國／家認同的掙扎；黃啟峰〈戰爭‧存在‧世代精神：臺灣現代主義小說的境遇書寫研究〉[104]析論張系國、李渝、劉大任在釣運中展現知識分子差異的意識形態，且延續、追溯前世代的歷史創傷，在流離與未定性的國族認同與定位中，體現三人對於存在主義的接受及影響，書寫異鄉中的時代自覺、反叛象徵。大致上，保釣世代作家的研究，不離留學生文學、現代主義等論述形式，在朱芳玲《流動的

---

101 顏訥：〈臺灣香港存在主義文學傳播現象——以五〇至七〇年代現代主義文學報刊書籍為對象〉（花蓮縣：國立東華大學華文文學系碩士論文，2011年）。
102 柯志融：〈戰後臺灣留學生赴法及參與社團之分析〉（臺南市：國立臺南大學文化與自然資源學系碩士論文，2018年）。
103 周倩鳳：〈七〇年代臺灣留學生小說的國／家認同——以外省籍留美青年為例〉（臺北市：國立臺灣師範大學臺灣文化及語言文學研究所碩士論文，2009年）。
104 黃啟峰：〈戰爭‧存在‧世代精神：臺灣現代主義小說的境遇書寫研究〉（桃園市：國立中央大學中國文學系博士論文，2014年）。

鄉愁——從留學生文學到移民文學》[105]之中，已見扼要的析論。吳孟琳〈流放者的認同研究——以聶華苓、於梨華、白先勇、劉大任、張系國為研究對象〉[106]定義「保釣小說」範疇，並以劉大任及張系國作品召喚其世界觀、凸顯其認同焦慮與根植臺灣的關懷；王智明的〈敘述七〇年代：離鄉、祭國、資本化〉[107]透過劉大任、張系國的小說，輔以《中國時報》的「七〇年代專輯」、《思想》雜誌的「臺灣七十年代」及海外華人思想雜誌《九十年代》，提出「華人七〇年代」及「跨太平洋反抗世代」的概念，涵蓋釣運分子的離鄉、海外左翼理想祭國、資本社會的進展，提供重新思索「七〇年代」的多元。近期有張重崗〈失敗的潛能：關於釣運的文學省思〉[108]分別回顧張系國《昨日之怒》、平路《玉米田之死》、劉大任《浮游群落》及《遠方有風雷》、鄭鴻生《青春之歌》等作品，橫跨半自傳體小說、保釣世代的心靈及精神層次，呈現作家書寫釣運的歷史認知。大抵上，對於保釣世代作家的研究，多集中在生涯歷程、思想形成、文學觀及現代主義美學的討論，其中更挾帶國族身分的認同論述，與本文末章分析「保釣世代」形成過程的感覺結構與論述語境可作為互為表裡的參酌資料。

其中就個別作家的論述，評述郭松棻的先行研究從不同面向切入，黃啟峰《河流裡的月印——郭松棻與李渝小說綜論》[109]從二者的生長

---

105 朱芳玲：《流動的鄉愁——從留學生文學到移民文學》（臺南市：國立臺灣文學館，2013年）。

106 吳孟琳：〈流放者的認同研究——以聶華苓、於梨華、白先勇、劉大任、張系國為研究對象〉（新竹市：國立清華大學中國文學系碩士論文，2008年）。

107 王智明：〈敘述七〇年代：離鄉、祭國、資本化〉，《文化研究》第5期，2007年秋季，頁7-48。

108 張重崗：〈失敗的潛能：關於釣運的文學反思〉，《自然、人文與科技的共構交響——第二屆竹塹學國際學術研討會論文集》（臺北市：萬卷樓圖書公司，2017年4月），頁343-368。

109 黃啟峰：《河流裡的月印——郭松棻與李渝小說綜論》。

背景、美學觀的養成分析了有關空間與記憶、文學與記憶的小說主題；簡義明以〈理想主義者的言說與實踐——郭松棻釣運論述的意義〉[110]分析郭松棻的精神結構、左翼思想、刊物編輯以及參與釣運的經過，算是提煉稍早〈書寫郭松棻：一個沒有位置和定義的寫作者〉[111]之中建構郭松棻的馬克思主義的生成、文學觀辯證及精神空間的研究，與魏偉莉的〈異鄉與夢土：郭松棻思想與文學研究〉[112]側重其左翼思想建構烏托邦的起滅互為補充，二者論述有利於深入理解郭松棻的思想及觀念。黃錦樹〈詩，歷史病體與母性——論郭松棻〉[113]、〈窗、框與他方——論郭松棻的域外寫作〉[114]二文，前者探討作者的哲學觀，進而分析革命、暴力、形上學對創作的預設及文學實踐，從「夢」與「鏡」寄託其烏托邦的想像；後者自「窗」與「框」分析了郭松棻寫作的現代主義技法及文字的煉金術。顧正萍從左派意識的建立、質疑與思考檢驗郭松棻的政治思想、理想及反思，進而討論其創作美學及主題意識，遂完成《從「介入境遇」到「自我解放」：郭松棻再探》[115]；劉淑貞的〈論寫作，以及它的匱缺：論郭松棻的小說〉[116]指

---

110 簡義明：〈理想主義者的言說與實踐——郭松棻釣運論述的意義〉，《郭松棻文集：保釣卷》（臺北市：INK印刻文學，2015年11月），頁23-43。
111 簡義明：〈書寫郭松棻：一個沒有位置和定義的寫作者〉（新竹市：國立清華大學中國文學系博士論文，2006年）。
112 魏偉莉：〈異鄉與夢土：郭松棻思想與文學研究〉（臺南市：國立成功大學臺灣文學研究所碩士論文，2003年）。
113 黃錦樹：〈詩，歷史病體與母性——論郭松棻〉，《中外文學》第33卷第1期（2004年6月），頁91-119。
114 黃錦樹：〈窗、框與他方——論郭松棻的域外寫作〉，《臺灣文學研究學報》第15期（2012年10月），頁9-35。
115 顧正萍：《從「介入境遇」到「自我解放」：郭松棻再探》（臺北市：秀威資訊科技公司，2012年11月）。
116 劉淑貞：〈論寫作，以及它的匱缺：論郭松棻的小說〉，《中山人文學報》第44期（2017年1月），頁33-54。

出保釣運動轉化了郭松棻對「文學」的看法,加上目睹中國文革後衝擊,烏托邦的幻滅凝聚了他對歷史與美學之間的思索及創作實踐。白依璇以〈保釣世代、現代主義、民族想像:論郭松棻、李渝早期寫作及所處歷史脈絡〉[117],爬梳二人的父輩血脈到小說美學的成形過程,兼具現代主義與人道關懷,並訴諸歷史與政治思索。綜觀上述先行研究,對於郭松棻的分析,一方面集中在小說美學的展現,另一方面不脫其左翼思想帶來的文藝實踐。

此外,諸如張系國、劉大任等作家的相關論述亦可視為「保釣世代」作家成形的佐證資料,從各研究論述的主題得以見到「保釣世代」作家文本創作的核心議題。對於張系國的評述多關注其主體意識、小說內涵。簡政珍〈張系國:放逐者的存在探問〉[118]闡釋放逐者的存在困境,即是作者自身的心靈矛盾,而「失根」的體驗成為文學創作的資產;劉秀美以〈位移的南方、想像的鄉愁──張系國七〇年代小說中的故土想像〉[119]延伸對於認同的觀點,敘述張系國身為「擬流亡心態」的外省第二代,文化上回歸的「鄉土」便是小說主角想望的「臺灣」;李家旭的〈張系國小說的救贖之道〉[120],以「自我救贖」詮釋歷來張系國小說創作的主題意識,從六〇、七〇到八〇年代,主題的遞嬗呈現作家的中心關懷,與王攸如〈張系國小說中的人道關懷

---

[117] 白依璇:〈保釣世代、現代主義、民族想像:論郭松棻、李渝早期寫作及所處歷史脈絡〉,《國史館館刊》第49期(2016年9月),頁65-98。

[118] 簡政珍:〈張系國:放逐者的存在探問〉,《中外文學》第24卷第1期(1995年6月),頁20-42。

[119] 劉秀美:〈位移的南方、想像的鄉愁──張系國七〇年代小說中的故土想像〉,《臺灣文學研究學報》第18期(2014年4月),頁241-260。

[120] 李家旭:〈張系國小說的救贖之道〉(臺北市:臺北市立教育大學中文系語文教學碩士學位班論文,1998年)。

與價值反思〉[121]的探討途徑相似，但後者在小說的「人道關懷」主題著墨更為細緻。大抵上對於張系國的討論，不脫國族認同、身分流離、人道關懷與創作救贖等論述觀點，呼應了王德威在〈科幻與寫實的交集──評張系國的《夜曲》〉[122]以科幻落實現實社會的批判與關懷。

對於劉大任的議題研究，南方朔在〈「保釣」的新解釋：歷史沒有被浪費掉的熱情〉[123]扼要的分析劉大任在釣運後的創作，因為時代氛圍、敘述位置的演變，對於釣運近四十年後創作的〈遠方有風雷〉擺脫以往的悲劇情懷，多了同情與理解；王德威在〈追尋「歷史」的慾望──評劉大任的《杜鵑啼血》和《秋陽似酒》〉[124]提醒了二文本在形式差異，其實暗示作者心態、理念上的轉換，前者採取類似偵探小說的形式，一路偵察的慾望變成執念、夢魘，回顧歷史、意識形態、政治運動、個人愛憎；後者詩化文句將執念更為凝鍊濃烈，縝密的細究小說敘事的方式。林燕珠〈劉大任小說中的家族與國族〉[125]回顧劉大任的創作歷程，特別由國族認同詮釋釣運後的文本，講述作者的心理糾結；劉明亮的〈對陣者的掙扎──劉大任小說研究〉[126]分類短、中、長篇小說，各自討論文本主旨及敘事方法。上述對於保釣作

---

[121] 王攸如：〈張系國小說中的人道關懷與價值反思〉（臺中市：逢甲大學中國文學系碩士論文，2016年）。

[122] 王德威：〈科幻與寫實的交集──評張系國的《夜曲》〉，《閱讀當代小說：臺灣・大陸・香港・海外》（臺北市：遠流出版社，1991年），頁197-198。

[123] 南方朔：〈「保釣」的新解釋：歷史沒有被浪費掉的熱情〉，《印刻文學生活誌》第74期（2009年10月），頁85-88。

[124] 王德威：〈追尋「歷史」的慾望──評劉大任的《杜鵑啼血》和《秋陽似酒》〉，《閱讀當代小說：臺灣・大陸・香港・海外》（臺北市：遠流出版社，1991年），頁191-196。

[125] 林燕珠：〈劉大任小說中的家族與國族〉（臺中市：國立中興大學中國文學系碩士論文，2000年）。

[126] 劉明亮：〈對陣者的掙扎──劉大任小說研究〉（臺北市：臺北市立師範學院應用語言文學所碩士論文，2004年）。

家個別的研究，主要以其文學觀、思想呈現、意識轉變、創作美學的層面進行探究，但也都留心其參與保釣運動的歷程對創作的影響。

　　筆者將從上述有關釣運的先行研究進行對話，依序如下：一、文獻選輯、回憶錄側重於釣運始末的介紹、強調其精神的傳承，此類文獻資料可提供筆者進行刊物發行的緣起及背景，同時也可從刊物的內容來觀察刊物編輯群或發表者的實踐方向，並從「刊物」重新核定、檢驗回憶錄，以達除魅之效；二、學生運動的研究有助於本文將釣運納入學運的發展脈絡之中，從歷年來歐美、中國學運的沿革，筆者發現：中國的五四運動興起了二〇年代以降在中國的學生運動，在臺灣則是由學生運動帶起七〇年代的保釣運動，乃至於影響廿一世紀初期的保釣運動，這便是筆者認為釣運研究可再補足學運研究的新面向；三、釣運議題的研究提供了回歸現實世代在意識、認同上的建構方式，筆者欲從中縮小範圍探討保釣世代如何從刊物如何建構世代意識及認同；四、保釣世代作家的文本創作歷來成為研究議題的大宗，範疇從作家的文藝思想、主題分析到美學實踐，由文本創作往前推究作者的核心議題，筆者想進一步勾勒保釣世代形成過程的感覺結構與論述語境，試圖從刊物作為媒介，再論及其文化場域的形構及競爭如何建構、闡釋保釣世代的世代認同及世代意識。本文從「刊物」觀察保釣世代作家成形前所關注的社會議題、文藝思想，由前往後推究出保釣世代作家的形成，甚而如何以文本創作映證釣運的影響，以作為保釣世代作家研究的新路線。

第五節　研究對象及理論觀點

　　「保釣運動」的範疇涵蓋政治、歷史、文化及文學領域，本文的研究對象鎖定釣運發生前（六〇年代中期以降）、釣運期間的相關刊

物，聚焦於刊物出版的場域、主題、內容及刊物之間的互涉，進一步再由刊物探討六〇年代中期以降的「知識青年」到七〇年代初期「保釣世代」的形成歷程。從釣運前的醞釀階段，勾勒出知識分子懷有的思想資源、社會關懷及民主傾向，乃至於保釣世代成形、分化後的政治立場、文藝思想及實踐路線的差異。同時著重於這一群特定的知識青年在劇烈的社會變遷及傷痛後「覺醒」（conscientization），進而蔚為「保釣世代」的演化歷程，且如何藉由刊物展現其「世代意識」，進而樹立保釣世代的「世代認同」。

是故，筆者主要藉由雷蒙德・威廉斯（Raymond Williams）的「感覺結構」（structureof feeling）（或言「感知結構」）觀點，爬梳釣運前、釣運期間的相關刊物，並從不同的議題式的討論裡抽繹出這一群特定的「知識青年」轉化為「保釣世代」的共感及歧異，試圖梳理出「保釣世代」成形過程前、後的論述語境，目的在於回溯或再現這一個特殊的群體對於時代的感知作用及體會經驗，進一步釐清這兩種前、後「感覺結構」的接合性、連續性及相似性。

一　研究對象：釣運前（六〇年代中期以降）到釣運期間的刊物

「保釣事件」於一九六九年底由留美學生興起，爾後臺灣學生予以支持、響應，直至一九七一年由六一七示威遊行宣告保釣運動的結束。但保釣運動卻埋下了日後臺灣社運、學運的種子，帶動一波校園民主抗爭熱潮，也引起國府的關注，直到一九七二年十二月「臺大哲學系事件」（1972.12-1974.7）爆發，由保釣運動所興起的諸多學運備受官方關注，七〇年代保釣運動的熱潮就此暫歇。乍看之下，專論七〇年代初期的保釣刊物以追溯「保釣世代」的形成看似合理；但若能

再回溯至六〇年代「保釣世代」成形前的暖身階段，便更能看見「保釣世代」成形後種種論述話語的完整性。

故回顧「保釣世代」的形成，筆者認為六〇年代的社會背景，諸如留學潮、知識分子論述、教育制度的反思乃至於由海外留學生轉譯、引介的文化思潮、民權運動或民主政治等議題正是「保釣世代」成形前的思想資源，此階段的思想資源的積累固然不全是「保釣世代」形成的必要條件，卻已經展現這時期知識青年看待世界的脈動、回顧臺灣的眼光，也呈現六〇年代準備啟動「回歸現實世代」的胎動期，直至釣魚臺事件爆發後，歷史的轉折點就此誕生；釣運階段的「保釣世代」成形後所關注的臺灣內政議題、動員的思想資源或文藝、文化主張，都足以表現出「保釣世代」的淑世實踐。

在保釣運動的研究論述上，筆者欲以「刊物」作為研究範疇，時間點從「保釣世代」形成之前的六〇年代中期以降，到七〇年代初期釣運的起落及臺大哲學系事件的結束。筆者目的在於從保釣世代形成前閱讀且受到影響的刊物、保釣世代形成後所編輯的刊物，觀察當時臺灣的知識分子所關注的社會議題、營造的社會風氣。本文以「刊物」作為研究對象，從中理解「保釣世代」成形前、後的差異，釐清何以保釣世代成形的背景及原因，是故筆者欲將研究刊物分為前、後階段進行討論。在此筆者沿用謝小芩的說法，將釣運前的前行刊物定義為「前釣運刊物」，在於探究保釣世代「成形前」的思想資源醞釀期；釣運階段的「釣運刊物」則具體地聚焦在保釣世代「成形後」的思想方向及實踐路線。這些釣運前、後相關刊物的取材都源自於國立清華大學圖書館的釣運典藏。

時任清大圖書館館長的謝小芩回顧釣運典藏的始末：二〇〇三年葉光南及葉芸芸捐贈葉榮鐘收藏及手稿，開啟了釣運典藏的始點，隨即二〇〇五年由葉芸芸及其友人捐贈一九七〇年代留美學生釣運文獻

予清大圖書館，二〇〇六年再由林孝信捐贈大量釣運及後續活動的刊物、手稿等文獻，奠定了釣運特藏的基礎。同時更廣求各方釣運資料及文獻，透過建立釣運文獻網站、文獻保存及數位化編目、多次舉辦釣運與學運的小型座談會、釣運人士口述歷史訪談等方式重建釣運典藏的豐碩資料，更於二〇〇九年舉辦「一九七〇年代保釣運動文獻的編印與解讀國際論壇暨文獻展覽」，並依序初版專書《啟蒙‧狂飆‧反思──保釣運動四十年》及《保釣風雲半世紀：保釣運動領軍人士的轉折人生與歷史展望》，前書統計了釣運相關館藏的數量及種類，後書歸納了釣運相關刊物發行、流通的地域，上述種種方式都重建了釣運與臺灣政治、社會發展的連結，延續保釣運動的精神、反映保釣世代的熱忱。[127]

相關於釣運的刊物分類主要有二：一為「前釣運刊物」，二為「釣運刊物」。在第一類「前釣運刊物」上，筆者在此沿用謝小芩在回顧清大圖書館釣運典藏文獻蒐集過程中所採用的定義之外，並考究曾經參與釣運的保釣世代回憶錄、自傳、訪談等文獻資料，加上清大圖書館徵求資料的過程中，這些保釣人士多數認為受到釣運興起前諸多刊物的影響，且參與前階段刊物的人士爾後也加入保釣運動，故將此階段影響保釣世代的刊物定義為「前釣運刊物」，目的在於與釣運階段的刊物作區分別類，以求更清楚地輪廓出保釣世代成形前的思想資源累積；第二類「釣運刊物」即為釣運期間發行、流通於保釣世代之間的刊物，甚至由保釣世代至八〇、九〇年代發刊的刊物，唯其精

---

127 參見謝小芩：〈臺灣海外留學生刊物暨保釣運動文獻計畫〉，收錄於謝小芩、劉容生、王智明主編：《啟蒙‧狂飆‧反思──保釣運動四十年》，頁334-341；謝小芩、李雅雯：〈留住青春的溫度──國立清華大學圖書館的釣運典藏〉，收錄於李雅明、謝小芩、國立清華大學圖書館編著：《保釣風雲半世紀：保釣運動領軍人士的轉折人生與歷史展望》，頁30-44。

神延續釣運以降的愛國意志、革新路線,故歸為此類,以便辨析前、後階段的差異。

根據統計指出:「前釣運刊物」及「釣運刊物」的來源地遍及美國、加拿大、歐洲、日本、香港、臺灣及其他不明地,二者總計有三六九種刊物,就地域性分類以美國比例最多,其次為臺灣;若就時間軸分類,七〇年代前發行的刊物共二十種、七〇年代發行的刊物有二六五種、八〇年代計六十八種、九〇年代後則有零散數種;從內容分類上可分為:保釣通訊、保釣行動後續報導、認識新中國、中國科技發展、臺灣民主運動、人權運動、黨外運動、中國同學會、臺灣同鄉會、左翼理論研究、二二八事件等,[128]可知釣運興發前、後持續都有刊物發行且流通,足見釣運的影響力。

據此,可參酌本文附錄以略窺這些刊物的概貌:首先,在釣運興發前、七〇年代前所發行的刊物,主要可歸屬於「前釣運刊物」的範疇之內,主要發行地多為臺灣、美國,亦有零星法國、東京或香港的刊物。從這些刊物中,可以看見六〇年代知識分子跨國的流動性,當然也包含了在臺的僑生辦刊,還有全球籠罩在冷戰體制下的文化思潮的傳播性,乃至於學運、社運的熱潮。

若以「前釣運刊物」為觀察,仍可歸納出此類刊物的特色。其中最具代表性的前釣運刊物以《新希望》(1963.3-1965.5)為首,許多保釣世代在回憶錄或訪談中都提到《新希望》的象徵性意義,諸如劉容生述及一九六三年發表於《中央日報》,作者署名為狄仁華的〈人情味與公德心〉一文,帶動了「臺大學生自覺運動」,進而在六月上旬發刊第一期《新希望》,雖然此刊前、後發行僅有八期,卻演繹了知識青年始於愛國情操、鼓吹民主與科學的核心精神,甚至許多參與

---

128 參見:謝小芩、李雅雯:〈留住青春的溫度——國立清華大學圖書館的釣運典藏〉,收錄於李雅明、謝小芩、國立清華大學圖書館編著:《保釣風雲半世紀》,頁36-40。

其中的知識青年也加入釣運。[129]此外，還有由林孝信、劉源俊等人創辦的《科學月刊》（1970.1-）也扮演著前釣運刊物中重要的啟蒙角色，林孝信等人懷著亟欲回饋臺灣社會的科學教育研究，因此從前身的兩期《科學月刊簡報》開始，隨後創刊《科學月刊》，目的在於做學生良好的課外讀物、成為有效的社會公器、普及科學、介紹新知、啟發民智、培養科學態度，甚者為健全理想的社會奠定基礎，[130]這樣的願景建立在林孝信等人赴美留學後，見證美、蘇冷戰對峙的勢力消長及互動影響，更甚者親身見聞了美國的學運、社運的蓬勃，以知識青年的姿態試圖一肩扛起強烈的社會責任感，以及當時復興中華的民族主義精神。

倘就上述的《新希望》、《科學月刊》作為觀察「前釣運刊物」的視角，便會發現這一批帶有進步思想的「前釣運刊物」早已醞釀知識青年對國族歷史、民主政治、社會變革的思想資源。這樣的「前釣運刊物」除了在臺灣、美國誕生之外，更蔓延到法國、東京及香港等地，且這些刊物發行的期數不一，諸如：由查良鏞（金庸）創辦於香港的《明報月刊》（1966.1-）至今仍持續發行、創刊於臺灣的《大學雜誌》（1968.1-1987.9）則橫跨六〇年代至七〇年代、由香港大同中學旅臺校友會創刊於臺灣的《大同》（1970）目前僅存一期，其實都展現知識青年在連接世界、接軌國際後回顧臺灣的自覺性與社會責任。

其次，「釣運刊物」的時間點主要在七〇年代初期釣魚臺事件興發之後，諸多以「釣魚臺」為名的刊物紛紛問世，創刊地點以美國最

---

129 參見劉容生：〈《新希望》與自覺運動〉，收錄於謝小芩、劉容生、王智明主編：《啟蒙·狂飆·反思——保釣運動四十年》，頁50-67。

130 參見劉源俊、林孝信、李淑珍：〈《科學月刊》的世代：林孝信與劉源俊對談〉，收錄於王智明編：《從科學月刊、保釣到左翼運動：林孝信的實踐之路》（臺北市：聯經出版事業公司，2019年12月），頁52-61。

多，其次有香港、臺灣、加拿大、比利時、東京等地，諸如：發行於美國明尼蘇達州的《明州釣魚臺通訊》、美國康乃狄克州的《中國人》（1971）、臺灣的《釣魚臺列嶼問題釋疑》（1971）及比利時的《釣魚臺激流》（1971）等刊物，雖然這階段的刊物多數僅刊行一期或僅存一期，卻明顯地具有網絡性組織交流的意味，足以見到「釣魚臺事件」在各地知識青年的闡釋下已然成為一個全球性的議題，這時關注的是釣魚臺主權的議題，尚未明確地萌生左、右翼立場之分，更具體地呈現的是美、蘇冷戰體制所衍生出的戰線蔓延議題。

到了一九七一年九月安娜堡國是會議召開之後，這些釣運刊物更確切地有了政治立場的分類，因應著保釣運動分化的三種路線而有了迥異的發刊目的，諸如：發刊於美國麻州的《波士頓通訊》（1971-1990），隸屬於國民黨海工會的刊物，代表的即是保臺革新派的立場、由郭松棻創刊的《戰報》（1971），便可以見到從《大風通訊》（1969-1970）以來一脈相承的左翼立場，是美西最早發起示威遊行、言論最為激烈的刊物，強烈地表達對美、日帝國主義及國民黨政權的不滿、由伊大國是研究社在美國伊利諾州發行的《時事簡報》（1971-1978）負責轉載各大報開對於新中國的局勢、文革後的變化，目的在於增進讀者對於中國的瞭解。這些釣運刊物表現了從「知識青年」到「保釣世代」的轉型及路向，意即從「刊物」的發行脈絡可見微知著地瞭解整個釣魚臺事件、保釣運動，乃至於保釣世代分化後的走向與趨勢。

最後，釣運告終後所發行的刊物，一般而言仍延續著保釣運動分化後的路線，其中釣魚臺事件、保釣運動及其分化的始末，帶來了「保釣世代」重新省思對於臺灣處於東亞冷戰體制框架下的可能性及方向性，更具體地是介入臺灣社會的實踐行動，傳承釣運以降對於臺灣革新的意志、回歸現實的目標。誠如王智明所述：在華府四一○大

遊行後，釣魚臺問題逐漸淡出了留學生的視野，取而代之的是如何介入太平洋兩岸中、港、臺三地的社會實踐，[131]諸如由黃信介、康寧祥及張俊宏創刊的《臺灣政論》（1975.8-1975.12），目標在於延續《自由中國》的自由主義傳統，更匯聚言論意見以交流民間與官方的作用；由鄭漢民、蘇慶黎、陳映真合作創刊的《夏潮》（1976.8-1979.1），以左翼思潮作為基礎，更以中國民族主義作為號召，延伸至兩岸統一的議題，同時也重視並挖掘日治時期以降的左翼文學傳統脈絡，恰巧與《臺灣政論》強化黨外民主運動的歷史意識形成對峙，也為一九七七年鄉土文學論戰埋下伏筆；[132]加入愛盟的邵玉銘及趙林回臺後加入由楊逢泰、潘嘉慶等人創刊的《人與社會》（1978.4-1979.2），此刊物立場偏向開明改革，主要傳播現代社會科學及人文學科之知識方法，並藉此分析文化及社會議題。這些諸多在釣運告終後才問世的刊物，或著眼在政論、或聚焦在文化之上，這些刊物所表現的立場、關注的議題其實都比「前釣運刊物」或釣運告終前的「釣運刊物」更直接、更尖銳，這也是釣運告終後這一批知識青年有意識的「回歸現實」的作為、介入社會的實踐行動。

　　意即：這一批約三六九種釣運相關的刊物中，無論前釣運刊物、釣運刊物，或是在釣運告終後復行發刊的刊物，逐一翔實地體現了六〇年代以降知識青年的國際視野、文化素養及思想資源；直待釣魚臺事件的爆發，即時性地集結網絡、組織流通訊息，實則表現了這一批特定的知識青年對於民族主義的關切；爾後釣運及其分化的迥異立

---

131 參見王智明：〈1990年代後的釣運〉，收錄於劉容生、王智明、陳光興主編：《東亞脈絡下的釣魚臺：繼承、轉化、再前進》（新竹市：國立清華大學出版社，2012年10月），頁98。

132 參見陳芳明：〈第十九章　臺灣鄉土文學運動中的論戰與批判〉，《臺灣新文學史》（臺北市：聯經出版事業公司，2011年10月），頁523-524。

場，更展現了保釣世代回顧臺灣、革新臺灣的急迫性；在釣運告終後的刊物群體，延續了聚焦臺灣的現實議題，亟欲以干涉的姿態介入社會實踐。透過理解這些相關於釣運的刊物群體，目的除了藉此勾勒出釣運及保釣世代分化的走向與趨勢之外，也藉此梳理出這些刊物群體的脈絡性、互涉性及抗拮性，更顯這一批與釣運相關的刊物群體在線性時間軸上的歷史意義。

　　奠基在清大圖書館釣運典藏的基礎下，筆者將時間限縮於一九七二年釣運告終前所發行的刊物以利於聚焦討論，故從上述的約三六九種刊物中，再行擷取出約一七六份刊物（參見附錄），範圍涵蓋了「前釣運刊物」到「釣運刊物」，其中超過六十份刊物的發行數量或現存館藏僅有一期，故考量到下述章節採取對位閱讀的比較方式，因此筆者從中選擇五份刊物進行綜合性議題討論，這五份刊物各有異同的特質屬性，分別是由出身臺灣的知識青年編輯、跨國度發行、跨域流通傳播、涵蓋了不同的論述立場、勾勒了各自的理想體制，且這五份刊物發行的期數及時間足夠、面向多元，以便考察刊物與社會的動態關係，更有利於研究「保釣世代」成形前、後的歷程及轉變。

　　在「前釣運刊物」中，筆者擷取《歐洲雜誌》（1965.05-1968.12）、《大學雜誌》（以1968.1-1970.12發刊者為主）及《聯合季刊》（1968.04-1971.11）三份刊物，主要考量這三份刊物在不同的地域、國度發刊，其中《歐洲雜誌》又創刊於存在主義思潮源起的法國、《聯合季刊》創刊於當時留學潮最盛行的美國，加以創刊於臺灣的《大學雜誌》一向被視為承襲《自由中國》及《文星》精神的刊物，也是最能直接展現身處於臺灣的知識青年思想的刊物之一。綜論此三份「前釣運刊物」發刊的時間性有其重疊性、發表的作者屬性相類，且都擁有豐厚的文化資本，故筆者想藉此描繪出六〇年代以降的知識青年共享的世界視野、共有的思想資源，以釐清這一批乍遇「釣魚臺事件」後

的「保釣世代」的形成過程及其分化始末。

在「釣運刊物」內，筆者擷取《大學雜誌》（以1971.1-1973.12發刊為主）、《水牛》（以1971.10-1973.12發刊為主）及《自由人》（1971.11-1972.10）三份刊物。這三份刊物正好代表著保釣世代分化後的三種路線，筆者試圖對譯出這三份立場迥異的刊物對於相同議題所表現出來的見解、論述及實踐方向。其中《大學雜誌》橫跨釣運前、後，特別是刊物編輯改組完成適逢釣運興起，可由此觀察出釣運之於刊物風格轉化的影響；同樣發行於紐約的《水牛》及《自由人》，代表著安娜堡國是會議後保釣世代分化的左、右翼立場，此二刊物的革新意志亦如《大學雜誌》般熱切，但所提出的實踐行動方向卻背道而馳，藉此更可以更全面地表現出「保釣世代」內部的歧異性。

（一）釣運興起前的「前釣運刊物」

首先，就保釣世代形成前的「前釣運刊物」中，筆者以三本刊物作為研究對象，依序為在巴黎創刊的《歐洲雜誌》（1965.5-1968.12）、在臺北發行的《大學雜誌》（以1968.1-1970.12發刊者為主）[133]、在紐

---

[133] 《大學雜誌》從一九六八年一月發刊，以文化、藝術、思想等議題見長；在一九七一年一月編輯改組完成，改組後初期《大學雜誌》與國民黨的關係尚稱融洽，也曾接受國民黨的經費贊助，直至刊載內容逐漸轉向批判時政、社會，埋下了雙方齟齬的因子。在一九七二年底又因為刊載內容支持學生運動，期間又生「臺大哲學系事件」，遂與官方關係日趨緊張；而後在一九七四年一月國民黨的脅迫下再度改組，從此成為純雜誌，與政治絕緣。筆者在此以《大學雜誌》前期階段（1968.1-1970.12）為研究對象，主要考量有二：一、《大學雜誌》前期結束的時間點吻合於釣魚臺事件發生的時間點，且刊物內容亦從一九七一年始討論釣運；二、根據研究指出，《大學雜誌》創刊的前三年，內容主要介紹文化、思想及文學藝術，與政治較無直接關聯，可客觀的呈現知識分子看待社會的視角。故筆者認為由此階段《大學雜誌》的發刊作為釣運前的刊物進行研究，透過其刊載的內容、議題，可以凸顯知識分子對於臺灣、社會的關切程度及面向。

約刊行的《聯合季刊》（1968.04-1971.11），利用此三者的刊載內容及其互涉的主題，追溯六〇年代中期以降留學海外或臺灣島內的知識分子所關注的社會議題，對於接踵而來的釣運提供何種養分。

第一種刊物為《歐洲雜誌》，此刊物由留法的臺灣學生在巴黎創刊、臺灣印刷、同時流通在臺灣及美國，並加入紐約「華人刊物協進會」，亦參與發起在美國的釣運，刊物內容主要以譯介法國文藝、資訊及生活為宗旨，同時以此回應臺灣社會的現實。創辦人金恆杰除了提及《歐洲雜誌》是留學政策的副產品之外，還說道：「它（《歐洲雜誌》）的出現，標誌了那一代年輕知識分子回饋根源土地的熱忱。」[134] 即便到了七〇年代初期，舒國治回憶道：「我曾去到中研院找一位陳三井先生向他買過期的《歐洲雜誌》，去到政大找一位尉天驄先生有意買過期《筆匯》。」[135]可知《歐洲雜誌》的誕生其實展現了釣運發生前知識分子對於臺灣社會的自覺實踐，開闢了當時傾向美、日留學以外的新路線，改變了當時六〇年代以降漠視歐洲文化的社會現象，它的受容還延續到七〇年代初期的知識青年身上。

第二種刊物是發行於臺北的《大學雜誌》，筆者在此欲以刊物前期階段（1968.1-1970.12）的發刊為主要研究範圍。《大學雜誌》刊載的內容偏向介紹當時臺灣知識分子關心的文化潮流、哲學思想、藝術思潮等議題。誠如吳泰豪所言：「《大學雜誌》創刊的前3年，內容偏重於文化、思想和文學藝術方面，議題不涉及政治，其具有明顯的『校園文化』特色，使它孤懸在社會和大眾之外。」[136]在此筆者認為

---

[134] 金恆杰、李明明：〈《歐洲雜誌》：兩代留法知識分子的交集〉，收錄於謝小芩、劉容生、王智明主編：《啟蒙‧狂飆‧反思──保釣運動四十年》，頁84。

[135] 舒國治：〈臺北游藝〉，收錄於楊澤主編：《七〇年代‧懺情錄》（臺北市：時報文化，1994年），頁19。

[136] 吳泰豪：〈《大學雜誌》政治主張之研究──以1971至1973年為中心〉（臺北市：國立政治大學臺灣史研究所碩士論文，2009年），頁1。

前三年的發刊雖帶有「校園文化」色彩，實則展現知識分子關切社會的視角，而非「孤懸在社會和大眾之外」，故筆者在此基礎上，從「校園文化」的角度切入，擇取前期的《大學雜誌》（1968.1-1970.12）作為釣運發生前的刊物，藉由觀察其編輯改組前的刊載內容，瞭解知識分子在釣運前留意的社會、政治、文化等議題。

第三種刊物是發行於紐約的《聯合季刊》，其內容以英美文化譯介為主，同時涵蓋大量留學的資訊動態、就業指南。姜宇晨評述釣運曾提出：「早在1969年8月就有建立各大學、中學生社團通訊網的討論並開始實施，包括《聯合季刊》、《大風》、《歐洲雜誌》、《匯流》、《大學雜誌》……。」[137] 可知早在釣運發生之前，《聯合季刊》亦屬知識分子流通、閱讀的刊物之一。此三種刊物發行的內容、議題各殊，筆者想藉由這三種刊物的內容，重新架構出釣運前知識青年對於國際情勢、文化思潮、民主嚮往、教育情勢、自然科學、社會人文的關注面向，進而能體現出醞釀保釣世代的思想潮流。

（二）釣運階段的「釣運刊物」

在此，筆者選擇三本釣運期間發行的刊物作為研究對象，此三者依序是：在臺北發行的《大學雜誌》（以1971.1-1973.12發刊為主）[138]、由臺灣留美學生在紐約發行的《水牛》（以1971.10-1973.12發刊為

---

137 姜宇晨：〈春雷怒吼釣魚島——1970年代中國留學生保釣運動述評〉，參見「中國文革研究網：萬象視野」網站。網址：http://www.wengewang.org/read.php?fid=46&tid=14733。檢索日期：2019年6月30日。

138 筆者欲以此時期的《大學雜誌》作為釣運期間的刊物研究，先是因為此階段吻合釣運始末的時間點，再者因為此階段所刊載的內容多與釣運議題相關，亦多見知識分子對海內、外的釣運發表感想，故可作為凝聚知識分子進而蔚為保釣世代的刊物之一。

主)[139]，以及一樣發刊於紐約的《自由人》(1971.11-1972.10)。

如上文所述，《大學雜誌》在一九七一年初編輯改組完成，轉向關注社會時事、政治情勢，誠如劉源俊指出：「(《大學雜誌》)在1970年代受到保釣運動、以及臺灣退出聯合國等事件的衝擊，以及雜誌社編輯改組等因素，遂使雜誌內容轉而批評時局與政治現象。」[140]故可知《大學雜誌》改組之前正值釣運興起、臺灣外交失利，因此刊物順應局勢而轉變，一改校園色彩的風格，具有批判時政的力道。在此筆者認為：釣運是催生《大學雜誌》轉變風格的政治事件之一，所以進行釣運時期的刊物研究，必須將風格轉變後的《大學雜誌》列為討論對象之一。

李椿萱回憶編輯《水牛》的過程提到：「(《水牛》)雜誌宗旨為啟蒙，主要是介紹新中國的現狀和建設成就，闡釋社會主義理論，偶爾也會刊發一些散文、詩歌等感性文字。」[141]《水牛》由初始每期發行數量為兩、三百份，持續穩定攀升至每期發行五、六百份，鼎盛時期甚至高達近一千份[142]，可見其影響力及流通量。此外，《水牛》的內容多元，除了如李椿萱所提及的「新中國」現狀，刊載內容還關注臺灣的政治議題、民生經濟及文化發展。在此，筆者見到在美的臺灣留學生想藉由刊物裡有關中國、臺灣的多元議題的互涉、交流，鋪設出

---

139 筆者以此階段的《水牛》作為釣運期間的刊物樣本，主要因此階段契合於釣運始末的時間點，且此階段的刊物所刊載內容多相關於釣運議題，海外的臺灣留學生多有發表，故可作為保釣世代的刊物之一。

140 劉源俊：〈《科學月刊》與保釣運動〉，收錄於謝小芩、劉容生、王智明主編：《啟蒙‧狂飆‧反思——保釣運動四十年》，頁78。

141 朱紅軍：〈40年前華人精英的保釣運動：曾被周總理接見〉，參見「人民網」網站之「中國近現代史」專欄，2010年10月18日。詳見網址：http://www.people.com.cn/BIG5/198221/198305/198865/12981045.html。

142 參見春雷系列編輯委員會：〈張信剛訪談〉，收錄於《崢嶸歲月‧壯志未酬——保釣運動四十週年紀念專輯(上)》，(臺北市：海峽學術出版社)，頁546-549。

一條保釣世代應該遵循的實踐路線。

最後，筆者將分析由「自由人月刊編輯委員會」發刊的《自由人》，歷來關於此刊物的討論不多，就刊物本身的立場而言，《自由人》堅守「反共」的立場迥異於《水牛》的左翼路線。《自由人》是由國民黨海外黨部支持下發刊，其發刊的時間點是在導致釣運左、右分化的「安娜堡國是大會」（1971.9）之後，是釣運分化後由留美的臺灣學生為維護國民黨政府立場而發行的刊物。筆者欲以《自由人》探討保釣世代在面對釣運路線分歧後，如何讓刊物成為國民黨在美國的代言刊物之一。

筆者之所以將《水牛》及《自由人》作為研究對象，首先是二者的編輯主要是參與釣運的臺灣留美學生；其次是也因為二者發刊的時間點都恰好在導致釣運路線左右分化的「安娜堡國是大會」[143]（1971.9）後；最後是此二種刊物的政治立場左翼、右派相反。綜合上述，筆者藉此想比較的是政治立場相反的刊物，在釣運路線分歧後，各自關注的內容、議題為何；筆者還發現，此二種刊物即便進行相似的議題討論，都還出現不同的詮釋方式、角度，也形成本文由刊物切入保釣世代、釣運研究的討論面向之一。

---

[143]「安娜堡國是會議」（1971.9）被視為是釣運左右分歧的分水嶺，路線的分歧事件源於中共與美國的友好，由美國參議院於一九七一年七月外交委員會通過廢止「臺灣決議案」（Formosa Resolution of 1955），自始釣運左趨；同年八月舉行於美東布朗大學的「美東國是會議」、九月舉行於密西根大學附近的「安娜堡國是大會」正式宣布釣運的左右分裂。大會中由左派留學生主導，且通過「承認中華人民共和國為代表中國人民的唯一合法政府」一案，雖然以五票之差險勝，會中親國府分子處處受制，會議後則籌組「留美中國同學會聯合會」（簡稱「學聯」）、改組「全美中國同學反共愛國聯盟」，形成釣運中勢力抗衡的兩方。參見邵玉銘：〈第一部美國華人的保衛釣魚臺運動〉，《保釣風雲錄——一九七〇年代保衛釣魚臺運動知識分子之激情、分裂、抉擇》（臺北市：聯經出版事業公司，2013年），頁64-81。任孝琦：〈第六章　愛盟的誕生〉，《有愛無悔：保釣風雲與愛盟故事》，頁116-137。

二　理論觀點

（一）感覺結構：「保釣世代」形成的前、後

　　臺灣社會從六〇年代到七〇年代，無論在政治、經濟、外交或文化氛圍，明顯地呈現了轉折；從蒼白、失根的一代到回歸現實世代，受到突發的創傷事件所帶來的文化變遷，讓世代呈現了截然不同的共感。筆者擬從英國學者雷蒙德・威廉斯（Raymond Williams）「感覺結構」（structure of feeling）（或言「感知結構」）還原過去時空的歷史情境形成過程，以理解不同世代的共享語境、世代轉折的差異，目的在於重現本文的聚焦對象——六〇年代中期以降知識青年、七〇年代初期的保釣世代的心理結構，一種訴求社會整體的共感形成。

　　雷蒙德・威廉斯以「感覺結構」（或言「感知結構」）解讀英國在工業革命前、後的文化變遷，包含工業化之後識字率、民主程度的提升。對於「文化」，雷蒙德・威廉斯提出三種定義：理想的文化定義、文獻式文化定義、文化的社會定義，他認為前二者文化的定義並不完備，因為它們主要限定在菁英主義的視角或對於所有文獻的分析上，而最後一種「文化的社會定義」則強調了文化與社會的關聯性、反映社會的功用性，打破文化的階級性。這樣的定義也影響到雷蒙德・威廉斯對馬克思主義的歷史唯物觀再行延伸，進而提出「文化唯物主義」，別於馬克思主義從階級鬥爭、經濟方式解釋社會發展，雷蒙德・威廉斯認為大眾文化和社會經驗所帶來的整體生活方式對社會發展也有一定程度的影響，故文化是一種多元的複合體，進而他提出了「感覺結構」來理解文化中最微妙也不明確、群體共有的且融入其中的文化活動表現。

這個詞彙（感覺結構）如同時代精神（Zeitgeist, Sprirt of the age）一般難以捉摸，它試圖捕捉某個文化的特殊感受與氛圍，以期人們在特定的歷史時期經驗這種感受的方式。威廉斯說，他試圖描寫的是：「如同『結構』這個詞所指的，它非常堅固與確定，然而它卻是在我們活動之中最細緻而無從捉摸的部分進行運作。」根據威廉斯的說法，感覺結構並非純屬個人之事物，而是為一個社群或世代所共同享有。它只能透過社會化與生活經驗而獲致，無法經由正式的教育管道習得。像文化理論家這類的局外人，必須竭盡所能地利用記錄文化（documentary culture）的方式來重新擷取感覺結構。[144]

上述關於威廉斯所提出的「感覺結構」明確地標誌了幾個特點：幽微性、時代性、世代性及群體性。首先是難以捉摸的文化氛圍，也就是「感覺結構」是在行動主體最微妙及不明確的部分中運作；其次是它象徵的是某一時代階段的文化氛圍，是一般組織中所有潛在因素交織而成的既定結果；再者不同的世代或社群共享著各自的感覺結構，是局外人必須透過模擬致力才能習得；最後群體性則象徵的是感覺結構跳脫個人感知，而是用集體的形式展現世代或社群的精神文化。

一如威廉斯自述：「由於感覺結構可以被定義為溶解流動中的社會經驗，被定義為同那些已經沉澱出來的、更加明顯可見的、更為直接可用的社會意義迥然有別的東西。」[145]這裡還標誌出了感覺結構的變動性，因為它以溶解且流動的樣貌現身，但它已經成為「結構」的

---

144 Philip Smith著，林宗德譯：〈第九章 英國文化研究〉，《文化理論面貌導讀》（臺北市：韋伯文化國際出版公司，2008年），頁217。
145 雷蒙德・威廉斯著，王爾勃、周莉譯：〈第二章 文化理論〉，《馬克思主義與文學》（開封市：河南大學出版社，2008年），頁143。

構形,因為這種構形處於邊緣位置,而且具有諸多前行階段構形的特點,直到社群主體在實踐、行動過程中找到了特定歷史轉折的接合點表述(articulations)方式才會產生改變。至此,「感覺結構」並非一種具體、固定的狀態,而是流動且變動的不穩定狀態,更可以定義活生生的現在(living presence)、一個特定的現時存在(present being)、一種由群體營造出來的社會認知感。正因為不同的社群、世代擁有不同的感覺結構,這說明了要理解「感覺結構」不能忽視線性時間軸的變動性;且同一個時代中的不同社群、世代也會擁有不同的感覺結構,這更提醒了要理解「感覺結構」也不能捨去空間維度裡不同群體的差異。

筆者擬採用「感覺結構」來理解六〇年代中期以降的知識分子,乃至於七〇年代初期的保釣世代。從「知識青年」到「保釣世代」,這樣的一個行動群體在連續性的歷史發展裡明顯地懷有不同的「感覺結構」,之所以稱為「結構」,象徵著其中各有牢不可破的穩固感知模式在運作,且不同的感覺結構更可以明確地區分特定的世代及歷史時間階段,「世代」的解讀與「感覺結構」的形構表裡相依。本文先是嘗試從「刊物」場域解釋六〇年代中期以降知識分子的「感覺結構」形塑,這樣被論述為「蒼白無根的一代」有沒有別於以往論述的形構方式?而這一群擁有相同感覺結構的知識菁英,出國留學後又各自發展出何種感覺結構?再者七〇年代初期的「保釣世代」形成後,又各自呈現出何種「感覺結構」?有趣的是,這一成員的組成多是重疊相近的群體,在「感覺結構」的持續發展、變動、調整及差距之下,又採用何種議題、眼光及角度表現歷史當下的群體的衝動、抑制及精神狀態?這裡便又牽涉到「論述」分析的運用,也成為本文研究方法之一。

(二)論述語境:「紮根理論」的應用

關於「論述」,筆者借用蕭阿勤在追溯「回歸現實世代」形成過程裡,對於六〇、七〇年代的文獻、史料進行「論述分析」(discourse analysis),以求釐清問題意識與分析焦點。他認為在「論述分析」中,這些史料文獻構成文本(text),文本便是對人們溝通行動的言語或文字記錄,而「文本分析」是論述分析的基礎。[146]蕭阿勤在此採取社會建構論的論述來分析立場,意即:言論的方式並非中立地反映世界、認同和社會關係,而是扮演積極的角色來創造跟改變它們,在傳統看法上,語言是描述跟溝通的媒介、是種社會實踐、一種做事的方法(a way of doing things),且社會與心理研究針對的現象是「在論述中並透過論述而構成的」(constituted in and through discourse),言談會構成我們生活在其中的現實,不只是簡單反映現實而已。[147]

但不可否認的是:論述分析亦有其限制。在游美惠的辯證中,雖然「文本分析」與「論述分析」超越「內容分析法」的明確性、客觀性及可信度,足以「爬出文本之外」(to "climb aboard" the text)、掌握其「未書寫出來的部分」("unwritten" part of a text),也就是論述理論可以闡明社會矛盾在政治鬥爭被經驗、被表現的方式,但在分析社會

---

[146] 對此,Fairclough列舉了四大理由支持「文本分析」的價值:理論上的理由、方法論上的理由、歷史的理由、政治的理由,並將文本分析分為「語言學的分析」(linguistic analysis)及「互為正文的分析」(intertextual analysis),除了內部語言符號的解析之外,更應注意文本之間的內在指涉關係,在此文本是多元文化意識形態互動的場域,「互為正文的分析」掌握了社會因素與文本的互動,連結了社會與文本;若進一步探討社會權力關係的介入與運作則需要「語境分析」,它是著重在文化、政治、制度或機構對文化生產的影響。參見:游美惠,〈內容分析、文本分析與論述分析在社會研究的運用〉,《調查研究》第8期(2000年8月),頁16-24。

[147] 參見蕭阿勤:〈世代認同與歷史敘事:臺灣一九七〇年代「回歸現實」世代的形成〉,《臺灣社會學》第9期(2005年6月),頁14-15。

中論述以外的層面，諸如：國家、經濟結構、既有的社會運動等等，仍需要其他分析方式的輔助、佐證，透過多元交叉驗證的研究策略，才能避免研究分析有失脈絡（decontextualized）。[148]

至於論述分析中蒐集資料跟分析的方式，蕭阿勤採用「紮根理論」（grounded theory）進行史料爬梳，在資料蒐集的過程中尋找、擴充概念而成為範疇並相互驗證、比較，隨即將其範疇化（categorizing），除了藉此歸納文本中所呈現的規則化論述，目的在於釐清那些形塑論述、因而界定、建構、與製造人們知識對象的歷史、文化、政治等力量，更能聚焦在社會文化中的語言使用者主體所達成、所欲達成的社會行動。[149]是故，要理解這些語言使用者主體的社會行動，藉由分析他們所形構的論述，除了能規則化他們的龐雜的經驗之外，更能貼近、體現及釐清各自相異立場的精神結構及驅動能量，也能進一步理解這些語言使用者日後構成社會行動的內含意義。

簡言之，「論述」的過程不能忽略難以分析的社會成分，諸如政治結構、經濟結構等影響的層面；且「論述分析」更在於釐清種種交纏的、足以影響到形塑論述的成因。也就是說，不同的「論述」呈現的絕非中立的立場，而是具有創造跟改變的目的性，論述也透過「社會實踐」、「一種做事情的方式」的語言形式再行建構理想的社會運作模式，當然其中也蘊含了諸多不同權力關係的糾葛，也因此要進行「論述分析」時，必須先行考量史料相關的社會場所、歷史文化脈絡及社會成分的組構。筆者欲借用此概念討論六〇年代中期以降的「知識分子」到七〇年代初期「保釣世代」的論述語境，若要分析知識分

---

148 參見游美惠，〈內容分析、文本分析與論述分析在社會研究的運用〉，《調查研究》第8期（2000年8月），頁28-29。

149 參見蕭阿勤：〈世代認同與歷史敘事：臺灣一九七〇年代「回歸現實」世代的形成〉，《臺灣社會學》第9期（2005年6月），頁15-16。

子或保釣世代各自的論述，乃至於保釣世代中不同類群的論述，他們的言語不僅是簡單的反映現實，而是在歷史語境中試圖建構論述，成為創造與改變的積極施動者。但在這群特定的知識分子爭奪詮釋權、製造認同、喚醒意識形態等的當下，都必須考慮到因應社會場址及歷史文化下所產生的權力運作關係，也就是史料之外的語境——國際情勢、政治制度、文化氛圍等對「論述」的影響層面，從中強調之所以在社會運作機制中會造成論述差異的結構性因素。

第六節　章節架構說明

　　第一章　緒論
　　　　第一節　研究背景與議題重要性
　　　　第二節　研究動機及目的
　　　　第三節　研究框架與概念定義
　　　　第四節　研究回顧及對話
　　　　第五節　研究對象及理論觀點
　　　　第六節　章節架構說明

本章透過研究背景及議題重要性交代「保釣運動」興起前的時代背景，藉此概括時代的輪廓及意義，同時呈現東亞冷戰體系的框架及臺灣內部政治、對外的外交情境；並且透過海外臺灣留學生、臺灣學生互涉的保釣運動凸出「刊物研究」可以補足過往的歷史敘事、議題分析，揭開檔案史料的遮蔽性效果。藉由東亞冷戰體制的框架重新審視釣運興起的國際外交、政治權力的流動；而六〇年代興起的國際性學運更是催生釣運的興起，形成示範效果，最後形塑保釣世代形成的世代意識及認同。

先行研究的回顧提供了本文論述的基礎資料。筆者以保釣刊物為研究主軸，則必須從相關的論述切入，方能見其全面。筆者在保釣文獻及回憶錄、學生運動研究、釣運議題研究、釣運刊物研究及保釣作家作品研究等基礎上提出「刊物」研究的可行性。接著，筆者介紹刊物種類與屬性，先概括出各刊物發行的時間及地點，進而提出刊物比較的原則、方式。最後，筆者認為除了基本的刊物研究法之外，採用布爾迪厄的「場域」理論，藉由場域、資本及生存心態討論將「刊物」發行作為場域的互動關係；接著闡釋從六〇年代中期以降的「知識分子」到七〇年代初期「保釣世代」之間的「感覺結構」差異，並分析在刊物裡的論述語境；而「世代意識」的歸納有助於理解保釣世代成形過程中世代認同，在這過程中「集體記憶」的理論裨益於重塑歷史凝聚的驅動力及展現權力。

第二章　釣運前的「世代」思想資源：歐美思潮的引介與臺灣知識分子的覺醒
　　第一節　《歐洲雜誌》、《大學雜誌》、《聯合季刊》的發行與訴求
　　第二節　被譯介的「留學潮」：六〇年代臺灣大學生的世界圖像
　　第三節　「存在主義」追隨者：知識分子思想形塑及其他思潮的影響
　　第四節　政治「不冷感」：國際政治、民主制度、臺灣改革

本章節藉由六〇年代中期以降釣運發生前的三份「前釣運刊物」理解知識分子關注的議題、內容，目的在於考察「知識分子」何以面臨釣魚臺事件、興起保釣運動之後，即凝聚成為「保釣世代」的潛行因

素。在此,筆者選擇三份具有「校園文化」的刊物,依序是《歐洲雜誌》(1965.5-1968.12)、《聯合季刊》(1968.4-1971.11)及《大學雜誌》(此章擬以1968.1-1970.12發刊者為主),作為釣運發生前的研究刊物,主要以「議題式」的方式考察此三者的刊載內容,藉此勾勒出在釣運興發前與「知識分子」相關的議題,目的在於呈現「保釣世代」成形前的感覺結構、潛行的思想資源及共享的社會氛圍。在此筆者先行釐清研究範疇:並非所有六○年代接觸到這三份刊物的知識分子都視為保釣世代的前身,但一來這三份刊物是保釣人士在回憶錄中指稱具有影響力的「前釣運刊物」,二來是這些保釣世代也共享著臺灣六○年代的社會局勢,故藉這三份刊物的議題爬梳,可以反映「保釣世代」成形前的知識分子思想、論述、話語及修辭。

筆者在第二節自三份刊物探討六○年代的「留學潮」。同一時期的三份刊物各自以不同的方式介紹海外留學的資訊,營造出此時期臺灣大學生對於世界的想像圖像。筆者認為固然美援文化是催生留學潮的主因,除了必須將其納入東亞冷戰體系之內,那麼《歐洲雜誌》有別於《大學雜誌》及《聯合季刊》,主要介紹法國文藝、生活、求學資訊,這樣的刊物在美援體制下發行、流通,是否潛伏著知識分子不滿於現有體制的意識,進而藉由刊物開闢出另一個留學的選擇。在第三節中,筆者主要從三份刊物刊載的哲學思想、文藝思潮,追溯知識分子精神結構的養成與影響。當三份刊物不約而同地刊載「哲學」議題及專欄,實則顯示了此時的知識分子重視探索精神、重審內心,蔚為風氣。《歐洲雜誌》專欄譯介「沙特」及「存在主義」,筆者藉由譯介「沙特」的現象,探討政治高壓的戒嚴體制裡,何以知識分子成為「沙特」存在主義的追隨者;《大學雜誌》依照發刊訴求,譯介「哲學」的入門理論及作家作品,甚而引起讀者的回覆與討論;《聯合季刊》廣泛的涉及各國的哲學思潮、文藝趨勢,雖各有輕重,卻都顯示

了臺灣及留學的大學生關切世界哲學思潮、文化藝術發展的另一種面向，可互為表裡。由此可知，「哲學」已然成為六〇年代知識分子關切的議題，故筆者整合討論，藉此呈現六〇年代知識分子對於「哲學」議題的熱衷及關注，亦可視作保釣世代成形前的閱讀資源、精神養分。第四節主要以知識分子的政治觀為探討核心。筆者認為：此三份刊物攸關政治的內容，其實都展現了此時期知識分子對於社會、政治議題的關切，與以往將六〇年代的知識分子形塑為冷感、蒼白、無根的世代大相逕庭，故筆者想從中補充過去的研究論述，提出知識分子的政治「不冷感」。

六〇年代的知識分子處在東亞冷戰體制之內，他們嚮往的留學地或許不同，但其實或多或少都呈現了此世代的知識分子對於臺灣社會的失望或消極；知識分子閱讀「沙特」，甚而成為「存在主義」的追隨者，借鏡沙特的經驗、思想，甚至旁及其他文藝、文化趨勢，正是展現了他們思索、自覺的開端；而知識分子對於臺灣時政的建言，其實是他們在思索、自覺後的嘗試。筆者認為六〇年代的知識分子其實已經形成「回歸現實世代」中「保釣世代」的先聲，且具備社會關懷的「世代意識」雛形，而「釣魚臺事件」即是形成「保釣世代」裂變的必要條件。

第三章　釣運時期的「世代」成形與分歧：政論刊物中臺灣知識分子思想塑形
　　第一節　《大學雜誌》、《水牛》、《自由人》的發行與關懷
　　第二節　挪植的遺產：「保釣運動」中的五四運動遺緒
　　第三節　革新的聲音：追求「理想」的臺灣知識分子
　　第四節　文化的競逐：保釣世代的文藝思想及主張

「釣魚臺事件」成為知識分子裂變的關鍵,自此「保釣世代」形成並興起海內、外的釣運,進而發行諸多刊物作為反餽。本章擇取釣運時期發行的三份「釣運刊物」作為觀察對象,試圖瞭解「保釣世代」在面對國際外交屢遭挫折、臺灣內政制度亟需變革的當下,如何動員前行時期所積累的思想資源,在不同的立場上發展論述,可能嘗試偷渡民主政治的風潮、鬆動體制的企圖心、鞏固自我立場的發言權,他們藉著自成一格且互相參照的傳播系統、話語修辭形構出「保釣世代」的思想維度,這樣的思想將帶起也呼應著「回歸現實世代」的危機意識、革新意志及社會關懷。

那麼,這群因為釣魚臺事件而集結、參與釣運後又分化的「保釣世代」透過特定釣運刊物展現了何種「世代意識」?在他們視中國歷史敘事為認同的情境架構下如何「自我定位」?從「面對國外」到「轉向臺灣」的曲折變化中,又如何展現迥異的立場?據此,筆者選擇在臺刊行的《大學雜誌》(以1970.1-1973.12發刊者為主)、同樣在紐約發行的兩份刊物《水牛》(1971.10-1978.6)及《自由人》(1971.11-1972.10)為主。其中《大學雜誌》的發刊自一九六八年開始,可從中觀察刊物因應時代而調整的改變;在同時間、同地點發行的《水牛》及《自由人》,在「安娜堡國是會議」後的路線分歧,即代表著不同的政治認同的傾向,可藉此觀察釣運期間刊物的不同面向,呈現「保釣世代」形成後的精神轉折與實踐方向。

此三份釣運時期的刊物都不約而同的將「五四運動」作為刊載的主題之一,故筆者在第二節裡想探討:「五四運動」何以成為不同地點、不同立場的刊物所號召的對象;這三份刊物又各自移植五四運動的環節,來作為保釣運動發展的遺緒。此外,在「安娜堡國是會議」之後,《大學雜誌》持續發行,《水牛》及《自由人》陸續創刊,可以明顯的發現在臺發行《大學雜誌》更關注於臺灣社會與本土,《水

牛》及《自由人》則各自發聲，捍衛自身的政治立場，筆者試圖觀察三份刊物各自切入的迥異面向，察覺到保釣世代分化後所關注的議題自然不同，卻是緊密地扣合各自的訴求，筆者藉由剖析差異性，目的在於讓刊物展現保釣世代回應釣運分歧後的方式、呈現彼此觀看社會的視角，進而發出截然不同的聲音，這也呈現了保釣世代雖然立場不同，但都試圖指出臺灣社會應該改革的問題及方式，實則展現了保釣世代關注的面向，也呼籲各自所要「改革」的路向，諸如《大學雜誌》對於臺灣內部的建設、選舉的制度提出改革的建議、《水牛》介紹「新中國」作為改革的目標、《自由人》著重推展反共思想以作為改革的前提，三份刊物對於保釣世代已然是「行動指導」手冊。第四節，筆者欲考察此三份刊物所關注的作家作品、書目評介及文藝思想，嘗試勾勒保釣世代面臨著丕變的國際情勢、迥異的政治立場之際，如何展現最初衷的理想，力求達到宣導、呼籲的效果。

綜合上述，筆者想要提出的觀察是：隨著釣運的發展及分化，釣運初期保釣世代的「世代意識」也隨之分裂，此階段的釣運刊物便是證明其「意識分裂」的證明。當保釣世代中立場迥異的群體，以「安娜堡國是會議」作為裂變點，此時「意識分裂」的左、右雙方，都讓「刊物」成為了敘事的場域，雙方且透過敘事場域的話語競逐，展現其權力運作的方式，各自再凝聚成新的意識及認同。因此，釣運時期的「刊物」，其實是本章論述的立足點，筆者也試圖從中找到以往攸關保釣議題、保釣世代研究的縫隙。

　　第四章　「保釣世代」的共感及歧異：「感覺結構」及「霸權」、「場域」的競合
　　　　第一節　溶解流動中的社會經驗：「感覺結構」與「霸權」的關係

第二節　六〇年代中期以降的「感覺結構」：以「前釣運刊物」為例

第三節　七〇年代初期的「感覺結構」：以「釣運刊物」為例

第四節　場域中的「資本競合」及「生存心態」：「保釣世代」的歧異

　　本章擬以感覺結構」、「霸權」、「場域」理論概念解釋「保釣世代」成形前、後的共感與歧異。這群六〇年代知識青年面對蒼白與無根流露了所謂「擬流亡心態」或「半擬流亡心態」，其中一群曾經參與釣運的海內、外知識分子形成「保釣世代」後各自懷抱著不同的立場，進而表述對臺灣內政弊端的焦慮，蔚為「回歸現實世代」的一個世代單位。無論是六〇年代的知識青年或是七〇年代的保釣世代，他們都共享著同樣的國族敘事、政治高壓及時代氛圍。

　　筆者認為，若要辨識這一群特定的六〇年代知識青年到七〇年代初期的保釣世代，可以採用雷蒙德・威廉斯的「感覺結構」詮釋這一組織群體對國族敘事、政治環境及時代氛圍的感知經驗，在訴求普遍經驗、感覺共感的群體之中，釐清這個群體獨有的認知地圖、歷史語境；在這樣的時空下，這個群體又有何種的回應姿態？有趣的是：六〇年代的知識青年某部分重疊於七〇年代初期的保釣世代，故同一個群體在交錯的時代誕生了依序更迭的感覺結構，那他們又是在什麼樣的語境下用各自的論述來鞏固立場？

　　加以威廉斯曾對安東尼奧・葛蘭西（Antonio Gramsci, 1891-1937）「霸權」（hegemony）提出詮釋，爾後陸續有加拿大學者艾倫・奧康納（Alan O'Connor）及澳洲學者保羅・瓊斯（Paul K. Jones）將「感覺結構」與「霸權」融合，彙整出掌控的（dominant）、殘餘的（residual）、

浮現的（emergent）、即將浮現的／感覺結構（Pre-emergent／structure of feeling）等四種社會文化實踐位置，藉此用以觀察「感覺結構」在「霸權體系」內的勢力消長。筆者欲引此概念理解「前釣運刊物」跟「釣運刊物」各自在前、後歷史時序內各自所表現的「感覺結構」為何？並從中爬梳出「保釣世代」在前、後階段的「感覺結構」的變異性質。

從「霸權體系」概念一窺「感覺結構」的生成或浮沉，目的在於觀看「保釣世代」形成的前、後，或許可以詮釋一種由內在感覺與外在環境交織、投射後的集體文化感知。但進一步想探問的是在這樣的感覺結構中是否又具有異質性？是故筆者想藉著布爾迪厄的「場域」試著討論，再聚焦於影響這三份釣運刊物甚鉅的保釣世代，想藉此討論在這樣一個文化生產場域裡的具體行動者，他們處在不同位置、擁有不同資本、懷抱不同的生存心態，透過釣運刊物如何構成場域內權力平衡的狀態，再現其背後所代表之刊物的競合複雜性。更何況不同刊物內的具體行動者又代表、影響著各自刊物的走向及趨勢，因此聚焦在個人、具體行動者更能釐清各自有意志的、決斷力、承擔力的價值判斷。試著分析不同的行動者的資本差異即可發現他們各自所處的位置不一，卻都想佔據場域內的主導權，進一步再藉由雷蒙德·威廉斯的文化構形分類釐清保釣世代在場域內的不同文化位置。由全貌性的感覺結構交織出世代變異的共感，進而限縮在點狀性的具體行動者之上，並建構出保釣世代分化後的歧異，以期描繪出文化生產場域內的拉鋸、協力或抗拮關係。

第五章　結論
第一節　「回歸現實」的路上：「保釣世代」的實踐及其歷史意義

第二節　「刊物研究」的視野：從「世代」角度見證「時代」的轉型

第三節　保釣的「未竟之路」：「保釣世代」研究的再延續及可能性

　　七〇年代的釣運作為臺灣回歸本土、內部改革的始點，其潛因自有六〇年代國際各式學生運動的催發，主因則源於釣魚臺領土主權的確立與爭奪，種種遠近因素實又被概括於美蘇營造的東亞冷戰體制之內。面對國際外交的失利、臺灣局勢的頹勢，回歸現實世代中的「保釣世代」因應世局的方式則又各自顯示其傾向與選擇。透過議題化「前釣運刊物」及「釣運刊物」，可以見到這群最有世界觀卻遍歷臺灣政治高壓、美國狂飆時代、歐洲荒謬異化的知識青年最曲折的精神結構。這樣的他們懷抱著對國族歷史敘事、異國文化衝擊的反思，透過刊物可以作為特徵、實踐的基本標誌，雖然不能作為一個制式的模組予以參照，但他們的確呈現了戰後第一代作為知識分子主體性最巨大的開拓。

　　此外，從「刊物研究」的角度裡更可見證時代變遷的痕跡。諸如從「前釣運刊物」到「釣運刊物」中的種種議題，其實都可以一窺時代轉轍的軌跡，這樣的軌跡起源於不同陣營的保釣世代致力構造的思想資源、網絡資源及論述政策，這樣的多音交雜的時代氛圍，為臺灣七〇年代初期以降的社會變遷、民主政治、文化政策搭建了轉型的軌道，尤以「刊物研究」更可裨益於理解文學研究中的社會歷史、時代背景，甚至補足文學作品所未見的視野、切入文學研究更多元的可能性。當然，「保釣研究」可以再延伸的議題繁多，無論是刊物的跨國性、社群的抗拒對峙或文本創作，都是呈現「保釣世代」更全面的研究方向。

第二章
釣運前的「世代」思想資源：歐美思潮引介與臺灣知識分子的覺醒

　　「釣魚臺事件」成為「保釣世代」告別無根與蒼白的分水嶺，這一群在海內、外目睹釣魚臺事件且參與釣運的知識青年，蔚為回歸現實世代中的世代單位——保釣世代。固然釣魚臺事件是「保釣世代」形成的必要條件，且「保釣世代」形成後再行分化成不同立場時，各有表述的論述立場。因應國際大事而生成的知識分子論述話語，必然有其前行胎動、醞釀的階段時期，故筆者在本章節擬重新追溯「保釣世代」成形前的思想淵源、資源積累，藉由三份「前釣運刊物」重塑臺灣六〇年代知識青年身處的社會氛圍、歷經的政治環境、目睹的歷史語境、經驗的文化涵養，以勾勒「保釣世代」形成後各方面論述話語的完整性。在本章節，可以見到保釣世代成形前的知識青年所懷抱的世界視野、期盼的政治理想、嚮往的文化傾向及素養趨勢，將有助於理解「保釣世代」的成形。

　　六〇年代的臺灣，被攏納於美、蘇對峙的冷戰體制之中，其中「臺灣」在「韓戰」之中，被美國視為重要的戰略地位，故「美援」的時代開啟，也開啟了臺灣親美的時代，[1] 美援文化既奠定了臺灣

---

[1] 「美援」源起於一九四八年美國國會通過的「援外法案」(Foreign Assistance Act)，該年分配至中國大陸工業部門共七千五百萬美元中，有五百萬美元撥向臺灣，補助糖業、鐵路、電力設備；同年七月，外交部與美國駐華大使於南京簽訂的〈中美經濟協助協定〉(Economic Aid Agreement between the Republic of China and the United States of America) 或稱〈中美雙邊協定〉(Bilateral Agreement)、一九五四年十二月

工、商業的基礎,也影響了臺灣經濟與軍事發展策略,甚至左右了臺灣文壇的趨向,更是決定了刊物發行的內容與讀者。誠如陳芳明所述:「臺灣在政治、經濟、軍事的對美依賴,也無可避免地形塑了一面倒的親美文化。在特定的、被支配的政經結構之下,知識分子的思考逐漸喪失『左』的批判精神,而只剩下『右』的共謀思考。」[2]陳芳明闡明美援文化介入知識分子的精神結構,辯證現代主義在地化的分析;趙綺娜進一步對於美援文化透過教育、文化活動傳播美國文化及意識形態,除了確定美國在冷戰中的主導位置,其實更顯示了臺灣的政經、文化的弱勢地位。[3]

陳建忠進一步提出「美援文藝體制」屬於「軟性體制」,與「國家文藝體制」的「剛性體制」相輔相成,促使臺灣文學的發展趨勢有利於美國,且以美國新聞處(United States Information Service,簡稱USIS)為例,說明香港美新處實為美援刊物編輯與出版的重鎮,同時也是冷戰時期、美援階段影響臺灣刊物發行最鉅的來源;臺灣先後有《文學雜誌》及《現代文學》代表冷戰時期的文學譯介、生產,卻也必須考量國家文藝體制與美援文藝體制的生產動力。[4]從世界性的冷

簽署「中美共同防禦條約」(Sino-American Mutual Defense Treaty),皆確定美援之於臺灣經濟及軍事的資助。自一九五〇年六月爆發韓戰後,由於臺灣戰略位置險要,美國開始大量且持續的輸入援助,經濟援助直至一九六五年六月,軍事援助則至一九六七年。根據統計,就經濟而言,臺灣每年平均接受約一億美元的援助,軍事援助則共高達約廿四億美元。參見吳聰敏:〈美援與臺灣的經濟發展〉,《臺灣社會研究季刊》第1卷第1期(1988年),頁145-158。

2 陳芳明:〈第十四章　現代主義文學的擴張與深化〉,《臺灣新文學史》(臺北市:聯經出版事業公司,2011年),頁347。

3 參見趙綺娜:〈美國政府在臺的教育與文化交流活動(1951-1970)〉,《歐美研究》第31卷第1期(2011年),頁79-127。

4 參見陳建忠:〈「美新處」(USIS)與臺灣文學史重寫〉,《島嶼風聲:冷戰氛圍下的臺灣文學及其外》(新北市:南十字星出版,2018年),頁28-76。

戰體制,聚焦到結構性的文壇體制,顯示了美援文化對臺灣文學的影響力,反映六〇年代臺灣內、外局勢的面貌。諸多研究論述詮釋了六〇年代臺灣文學的「美」化趨勢,如此的時代氛圍恰是保釣世代成形前接受薰陶的階段。

此外,李瑞騰提出:「對於個別雜誌的某一期,或某階段幾期,或全部刊物進行評析,處理編輯理念、策略與實際發表的作品之間的關係,甚至分析論斷一份雜誌或雜誌群的存在意義和文學史上的價值,這些應該屬於文學雜誌實際批評的範疇。」[5]筆者認為,姑且無論刊物的屬性,只要針對刊物、雜誌進行階段性的評述,無非是想釐清刊物的存在意義與歷史上的定位;任何刊物的發行階段、傳播狀況、議題意識其實是最能直白的表現出時代氛圍、社會風氣及其立場。因此,本章即從保釣世代成形前的刊物發行,重新勾勒當時臺灣知識分子的閱讀慣習、內容題材,進一步刻畫保釣世代在成形前的世界圖景與精神思想的醞釀。

第一節　《歐洲雜誌》、《大學雜誌》、《聯合季刊》的發行與訴求

一　「美」化之外:《歐洲雜誌》與留法學生的新視野

姜宇晨發表〈春雷怒吼釣魚島──1970年代中國留美學生保釣運動評述〉一文提及:「早在1969年8月就有建立各大學中學生社團通訊網的討論並開始實施。包括《聯合季刊》、《大風》、《歐洲雜誌》、《匯

---

[5] 李瑞騰:〈什麼是「文學雜誌學」?〉,《文化理想的追尋》(南投縣:南投縣立文化中心,1995年),頁121-122。

流》、《大學雜誌》……。」[6]由此可知，當時知識分子的閱讀刊物交流互動頻繁，因此探討「保釣世代」形成之前的知識分子所接收的資訊、關心的議題，甚至是社會的概況，由刊物切入最為直接，而《歐洲雜誌》（1965.5-1968.12）在眾多「美」化刊物異軍突起，它也是日後保釣世代追憶與釣運相關的「前釣運刊物」之一。

《歐洲雜誌》創辦人之一的金恆杰曾對六〇年代臺灣留美、法學生的人數懸殊作出說明：「去美國留學有打工求生的更多現實考量，所以從臺灣到歐洲留學的涓涓細水和到美國去的湍湍洪流，相較之下，人數是不成比例的。」[7]如其所述，在美、蘇對峙的東亞冷戰體制下，「美國」誠然是大學生留學的第一選擇。根據數據指出，臺灣在一九五〇年到一九六九年間，留學美國的學生人數為二一一七五人，而此期間留學法國的學生人數為二二〇人，[8]二者近百倍的差距即呈現了美國仍是大學生出國留學的嚮往聖地。此外，柯志融統整出教育部統計自一九六八年至一九八九年臺灣學生赴法研讀領域，專攻「人文學科」者超過百分之六十二，加上「藝術領域」及「社會科學」，人數超過七百人；再者，柯志融還統計知名留法學生的名單，以人文學科為大宗、藝術領域及社會科學領域為次要，[9]意即留法的臺灣學生通常以人文學科、藝術領域及社會科學領域為主，根據柯志融所整理的

6　姜宇晨：〈春雷怒吼釣魚島——1970年代中國留美學生保釣運動評述〉，本文引用自「中國文革研究網：萬象視野」專欄。亦可參見劉玉山：〈中國民間保釣運動研究的學術史回顧及前瞻〉，《樂山師範學院學報》第29卷第11期（2014年11月），頁70-73。

7　金恆杰：〈《歐洲雜誌》：兩代留法知識分子的交集〉，收錄於謝小芩、劉容生、王智明主編：《啟蒙・狂飆・反思——保釣運動四十年》（新竹市：國立清華大學出版社，2010年），頁85。

8　參見戴肇洋、詹中原：〈出國留學政策回顧與變遷（表2-6）〉，《出國留學人數降低問題及因應對策》（臺北市：行政院研究發展考核委員會，2008年），頁26。

9　柯志融：〈戰後臺灣留學生赴法及參與社團之分析〉（臺南市：臺南大學文化與自然資源學系碩士，2018年），頁37-38。

知名留法學生名單中,其中負責主編《歐洲雜誌》的李明明與馬森等人都名列其中,足見《歐洲雜誌》的發刊內容即著重於人文、藝術等領域,爾後甚至橫跨於經濟、科學及國際軍備議題。若以教育部統計一九六〇年到一九七九年間,臺灣海外留學生總人數中,「自然科學」類比例過半,遠高於「人文社會學科」的人數比例,更能凸顯《歐洲雜誌》的特殊性。

《歐洲雜誌》以季刊形式發行,共刊行九期,由留學法國的臺灣學生金恒杰(金恆杰、金戴熹,筆名吉末、異戈)、李明明、馬森、熊秉明、程紀賢等人在巴黎創刊、編輯,於臺灣印刷並流通,經費由中華民國駐法使館贊助,刊物前一、二期由「中國留法同學聯誼會」名義出刊,第三期後改由「歐洲雜誌社」獨立發行,[10]並加入紐約「華人刊物協進會」,其後參與、呼應了在美國興起的保釣運動,在六〇年代美國文化盛行的臺灣文壇,路線獨樹一幟。身為《歐洲雜誌》的主要創刊者之一,金恆杰(1934-2014)開闢了美援文化體制之外文化沃土,明顯的在《歐洲雜誌》裡擔綱譯介的橋樑,舉凡法國劇作家讓‧阿諾伊、存在主義大師卡繆、荒謬劇作家尤乃斯柯等作家、作品,或是沙特拒絕諾貝爾獎、攸關言論與創作自由的「洗尼阿夫斯基但尼爾事件」等國際議題都不假他人之手。

受到父親金溟若家學淵源的影響,金恆杰的文藝觸角遍及美學、小說、新詩、影像、繪畫、書法、雕塑、翻譯及評論等,留法前即發表小說創作在《文學雜誌》及《現代文學》上。金恆杰是戰後第一批留法的知識青年,有別於身處臺灣所沾染的美援文化影響,《歐洲雜誌》展現了他在留學前即有的文藝熱忱,對於文化、思想更懷抱著美國以外的憧憬。同是《歐洲雜誌》創刊者的李明明回憶:「(留法)不

---

10 〈編後記〉,《歐洲雜誌》第3期(1966年3月),頁162。

多久，恒杰便和幾位同學創辦了《歐洲雜誌》。這是戰後第一波臺灣留法的青年學生，自動自發，赤手空拳，在異國土地上所辦的文化性、思想性的中文刊物，恒杰把它定位為一種小型的文化運動。」[11]刊物訴求撤除意識形態，[12]金恆杰以「文化運動」定位《歐洲雜誌》的屬性，即是對法國，乃至於歐洲文化思潮的傳播有所期許，金恆杰也透過《歐洲雜誌》率先領軍引入了戰後的荒謬文藝思潮或西歐自由主義思想，甚至發刊早於一九六八年在歐洲興起的六八學運，可見金恆杰及《歐洲雜誌》在思想潮流上的前瞻性，其後即使停刊，仍有金恆杰的胞弟金恆煒（1944-）創刊《當代》承繼金恆杰及《歐洲雜誌》的精神，成為結合知識、文化及思想的綜合性刊物。其實負責刊物編輯的金恆杰等人象徵的是六〇年代知識分子的菁英階層，諸如得以直接承襲當時臺灣最風行的存在主義思潮、留學攻讀的是電影戲劇等藝術學科、家學淵源的加持等特點，逕自標誌出了《歐洲雜誌》的菁英氣息，這也是《歐洲雜誌》最與眾不同之處，尤其在轉譯沙特、卡繆等存在主義思想及文本作品的貢獻最甚，成為當時知識青年最直接汲取存在主義思潮的窗口。[13]

　　回顧《歐洲雜誌》的內容多元豐富，主要以譯介法國文藝、民生、社會及乃至於國際議題，試圖介紹法國的文化風氣、藝術思潮及

---

11 李明明：〈珍珠與泥土——代序〉，收錄於金恒杰著：《昭和町六帖：金恒杰文集》（臺北市：允晨文化實業公司，2017年11月），頁17。

12 根據李明明所述，《歐洲雜誌》在長達一年的籌備期中，雖然中國因為政治關係不再有留法學生，但前期的中國留法學生仍不吝投稿及支持，符合《歐洲雜誌》最初撤除意識形態的主張。參見金恆杰、李明明：〈《歐洲雜誌》：兩代留法知識分子的交集〉，收錄於謝小芩、劉容生、王智明主編：《啟蒙・狂飆・反思——保釣運動四十年》，頁87。

13 參見李明明：〈珍珠與泥土——代序〉，收錄於金恒杰著：《昭和町六帖：金恒杰文集》，頁19。

留學生活，既可供日後欲留法的學生參酌，從中亦回應臺灣所發生的國際或社會事件。此外，創辦人金恆杰提及《歐洲雜誌》是留學政策的副產品之外，並闡述：「它（《歐洲雜誌》）的出現，標誌了那一代年輕知識分子回饋根源土地的熱忱。」[14]甚至在創刊號即由陳祚龍發表〈認真介紹與研究西歐各國的學術與文化〉一文，內文先是強調國人對於西歐各國的學術與文化缺乏系統性介紹，後又說明國內見到介紹法國學術文化的書籍出版年代久遠，在缺乏西歐各國文化資訊的窘境下，作者發聲：「我希望『歐洲雜誌』的編輯委員們，目前至少可以認真地承當西歐各國學術與文化的重任。」[15]足見《歐洲雜誌》的誕生展現了留學法國的年輕知識分子亟欲回饋臺灣社會的自覺實踐、透過系統性的介紹歐洲學術、文化及民主政治思潮，另闢當時臺灣一貫傾向美、日留學以外的新路線，有別於臺灣六〇年代「重美輕歐」的社會現象。其後也因為陸續在第四期譯介〈「洗尼阿夫斯基但尼爾」事件〉、〈可愛的城市——柳比磨府〉、第七期〈一封給蘇維埃作家協會的信〉及第八期〈「為什麼那麼多人憎惡美國？」——諾門‧梅勒訪問記〉數文，試圖平衡六〇年代臺灣過度崇美的情結，因而受到告發而引起官方關注，雖然聯合國教科文組織臺灣代表表態支持財務，但編輯群不願受箝制而停刊，[16]就此凸顯了《歐洲雜誌》創刊的獨立性與批判性，既已走出臺灣，愈能體現留法知識分子回頭眷顧臺灣的社會責任。

《歐洲雜誌》的稿源主要由留法的臺灣留學生為主，亦有來自美

---

14 金恆杰、李明明：〈《歐洲雜誌》：兩代留法知識分子的交集〉，收錄於謝小芩、劉容生、王智明主編：《啟蒙‧狂飆‧反思——保釣運動四十年》，頁84。

15 陳祚龍：〈認真介紹與研究西歐各國的學術與文化〉，《歐洲雜誌》第1期（1965年5月），頁37。

16 參見金恆杰、李明明：〈《歐洲雜誌》：兩代留法知識分子的交集〉，收錄於謝小芩、劉容生、王智明主編：《啟蒙‧狂飆‧反思——保釣運動四十年》，頁89。

國、香港、越南等地的留學生撰稿支援,其中仍有來自中國大陸的留學生給稿以表支持。根據金恆杰回憶,《歐洲雜誌》長達一年的籌備期間,有中國大陸的留學生或學者熱心的供稿,且回應熱烈,如創刊號上的陳祚龍、齊佑之即為此例,由此可知:《歐洲雜誌》創刊最初已經破除「美國至上」的文化困境,內容專以歐洲學術交流、文藝譯介為發刊核心;同時也解禁在國內「逢共必反」的政治禁忌,對於中國大陸的意識型態,也因為作者出身背景的多元不若國府營造的濃厚反共色彩,更能兼容並蓄。一如〈創刊的話〉文末向知識青年疾呼:「敞開胸懷,多吸收,多消化一些我們這個時代的新思想,新事物。」[17]意即創刊初衷在於譯介法國文化及生活,範圍涉及歐洲人文藝術,文類多元且跨類別,從金恆煒論及:「是先從他的文章認識馬森。在『歐洲雜誌』上他用了好幾個筆名,寫論評、寫散文、寫小說、還寫電影,因為『歐洲雜誌』的晚期(一共出了九期),我曾在臺參與過,所以知道每一期馬森寫了些什麼文章。」[18]除了顯示《歐洲雜誌》最初發刊時的稿源吃緊,還足以呈現刊物內容的多元面向,就文化藝術層面,橫跨創作、評論及電影的譯介,屬於綜合性的文化刊物。

在創刊號〈創刊的話〉中,馬森提到《歐洲雜誌》的創刊宣言:「我們既崇仰我國固有的文化,也羨慕他人新興的文明;不反對古董的珍貴,但更讚嘆新事物的價值。不過對於新事物,我們並不贊成片面的膜拜式的頂禮,而主張全面的批評式的吸收。」[19]藉此馬森將此刊物定位於「批評式的吸收」,並且他概括式的論述《歐洲雜誌》的宗旨不僅要知道世界的新潮流,更是奠基於中國固有的傳統文化的積

---

17 馬森:〈創刊的話〉,《歐洲雜誌》第1期(1965年5月),頁4。
18 金恆煒:〈序〉,收錄於馬森:《東西看》(臺北市:圓神出版社,1986年),頁2。
19 馬森:〈創刊的話〉,《歐洲雜誌》第1期(1965年5月),頁3。

累，更求其並駕齊驅、超越世界的新興文明。若從馬森在創刊號裡對於刊物的定位進行觀察，便不難發現《歐洲雜誌》何以鍾情於西方文化、民主制度、民生經濟的介紹，在當時「美」化的社會氛圍裡別具一格。且同期〈編後記〉中提到《歐洲雜誌》的宗旨在評介歐洲當代的文學和藝術，「然而評介的方式很多：既可以籠統地表面地介紹，又可以各別地深入地批評。今後我們想盡量採取第二種方式，使讀者可以從一點突入，然後慢慢蔓延擴展而窺其全貌。」[20] 藉此可知刊物的編輯策略在於深入譯介，由法國文化為出發點，以期延展至歐洲文化，甚而編輯改制後更廣泛地涉及民主制度、民生經濟、核子軍備等層次，可見其發刊的視野愈趨寬廣多樣。

綜觀刊物的編輯方式，第一、二期係由「中國留法同學聯誼會」負責刊行，第三期始改由「歐洲雜誌社」獨立發行，並在當期〈編後記〉說明編制調整「一方面使雜誌的同人們可以集中力量；另一方面也可以擴大範圍，讓更多隻更有經驗的手攜帶著更鋒利的工具來共同開鑿這一條河，使本雜誌終有一天變成壯闊的大江聯繫著人與人。」[21] 脫離中國留法同學聯誼會的「歐洲雜誌社」獨立編輯作業，將刊物內容分門別類，除了承襲前兩期所發行的文化、文學等內容，更分設藝術文學、社會科學、座談會、訪問類等譯介主題，亦囊括了電影、生活、軍備等的議題的其他類，讓刊物的呈現方式更有條理、更具廣度。創刊號即介紹五位法國作家及作品，開啟了《歐洲雜誌》譯介法國作家作品、文化藝術的特色，〈普魯斯特和「重尋失落的年代」〉、〈介紹小王子和他的作者：安瑞·得·聖德士休白里〉，尚有〈沙爾特的哲學思想〉論究存在主義裡本質與存在的因果關係；延續至第二期的〈二

---

20 〈編後記〉，《歐洲雜誌》第1期（1965年5月），頁73。
21 〈編後記〉，《歐洲雜誌》第3期（1966年3月），頁162。

十年來十大藝術家〉、〈電影藝術的欣賞與創作〉更是跨出文學的範疇，就前二期的內容便可推知《歐洲雜誌》不僅著重於文學作品、哲學思想，更延展至文化藝術的層次。編輯改制後的第三期刊行〈關於尤乃斯柯〉及〈法國戲劇的新動向〉，更延伸觸角至戲劇譯介的層次；隨後第四期譯介〈羅曼羅蘭與音樂〉及〈談賈可梅提的雕刻〉，又擴展了刊物的新面向，甚至在第五、六期設闢專欄譯介卡謬及作品，不難發現《歐洲雜誌》有意識且多面向地推展歐洲文化的策略。

而第七期刊行〈關於郭良蕙的心鎖〉分析道德與宗教的兩難糾葛，為當時備受爭議的小說《心鎖》及其作者另闢詮釋的蹊徑。王鈺婷曾以《心鎖》為觀察對象，藉著《心鎖》備受臺灣文協的抨擊所展現的中華民族主義內部發展的焦慮，卻受到一樣在冷戰體制下的香港文壇聲援做出論證，指出郭良蕙在臺、港南來文人建構的「中國性」語境裡所具備的「離散華人」特質，讓她在兩地的文壇有著迥異的接受評價。不同於稍早的研究取向——女性身分地理的角度、文學史論述的不連貫（discontinuity）或斷裂（ruptire）、文學場域生態或去政治化的解讀方式，王鈺婷進一步嘗試由上述的文本多義性出發，指出《心鎖》所引發的摩登女郎（Modern Girl）——郭良蕙和新女性（New Woman）——五四女作家蘇雪林、謝冰瑩的矛盾對比，更將「摩登女郎」視為探究「心鎖事件」的啟發器（heuristic device），論證郭良蕙在臺灣女性小說家群體裡的身分多元性。[22]

那麼，《歐洲雜誌》裡對於《心鎖》的詮釋也重溯了這群留法知識青年的受容心態。〈關於郭良蕙的「心鎖」〉一文中，作者從情慾及宗教情緒、道德情緒的拉扯解讀文本，呈現小說中男、女主人公陷溺

---

22 參見王鈺婷：〈五○年代臺港跨文話語境：以郭良蕙及其香港發表現象為例〉，《臺灣文學學報》第26期（2015年6月），頁113-151。

於道德倫理跟情慾亂倫的兩難。但對於《心鎖》裡備受抨擊的情慾情節提出：「這是本書的內容所必須的成分。我們贊同寫性行為，但理由並不是作者提出的『為藝術而藝術』。我們認為小說是幫助我們正視人生，深入地認識人生的一種工具，帶著這態度寫性行為才有意義。」[23]在此作者重視小說反映人生的連結關係，因而正視了情慾的必要；加上這群留法的知識青年原來就對於人文藝術有更敏銳的觀察及見解，多數也專研人文藝術、社會科學領域學科，因此更能深刻地剖析人性深層的情慾與道德感，同時造就了《心鎖》在跨國的文學場域裡呈現了另一種受容的路徑，也呈現了這群留法學生對於文藝的接受絕對有別於文協體制的框架。就此觀察，《歐洲雜誌》不僅取材於歐洲世界的文化藝術，更回頭關注臺灣內部的文化動向，甚至以文字回應當局的文藝禁忌事件。

另外，觀察刊物第一、二期的發刊，除了譯介文化、文學的主題，針對政治制度的議題僅刊有〈民主與專制政體的新聞報導之比較〉一文，客觀地比較民主、專制政體對於報刊、廣播及電視的迥異態度，可謂為後續刊行的政治議題鋪路；直至第三期始，陸續有〈試釋法蘭西第五共和總統之職權〉、〈侵略定義的問題（上、下）〉、〈民族的一課：從法國總統大選看待樂高所受批評〉、〈核子能和平使用：所引起國際法上的問題（上、中）〉、〈從法國輿情看承認中共〉及譯介杜維吉的〈政治緒論〉等篇，更碰觸當時臺灣當局多所避諱的政治議題。若由金恆杰回憶《歐洲雜誌》的刊行實則不帶任何意識形態及政治色彩便可一探究竟，他說明：「如果一定說有什麼傾向的話，那就是期望臺灣逐漸民主化，那也是很正常的。然而，六十年代的國民政府在這一點上異常封閉。我們既然不能直接批國民政府的逆鱗，只

---

23 江萌：〈關於郭良蕙的「心鎖」〉，《歐洲雜誌》第7期（1967年春），頁65。

有採取迂迴策略，一方面著力介紹西方的民主制度，另一方便，介紹蘇聯的異議分子的言論。」[24]由此可知，《歐洲雜誌》上攸關西方政治、民主制度的篇章，自然有其刊載目的，且形成一股隱微的抵抗，與六〇年代的臺灣政治氛圍格格不入。除了創刊號以法國文化、教育體系、社會現象為主，尚無涉及有關政治、民主的議題，其他諸如：第二期〈民主與專制政體新聞報導之比較〉、第三期〈試釋法蘭西第五共和總統之職權〉、第三、四期〈侵略定義的問題〉、第五期〈核子能和平使用所引起國際法上的問題（上）〉、第六期〈從法國輿情看承認中共〉、第七期〈一封給蘇維埃作家協會的信〉、第八期〈核子能和平使用所引起國際法上的問題（中）〉等等，都直接論及歐美各國政治、民主制度的議題，替臺灣的知識分子開啟了美國以外的另一扇窗。

綜觀其刊載內容，筆者認為《歐洲雜誌》在六〇年代臺灣國府極力推行「反共」的基礎上再行轉化，除了譯介歐洲文藝、文化的思潮，更在反共的口號上，對專制政體提出抗議，間接的對國民黨進行建言、暗喻。金恆杰對於《歐洲雜誌》上刊載的政治、民主制度的議題，提到其刊物的目的有二：「第一，說到底，獨裁與民主的本質是一樣的，並無俄語、漢語之分。第二，話是蘇聯異議分子說的，對抗的又是共產專制制度，卻是我們要說給臺灣當局聽的。」[25]此外，《歐洲雜誌》有別於當時崇美情結，在第八期譯介了〈為什麼那麼多人憎惡美國？——諾門·梅勒訪問記〉則引起了國府的關切，由國民黨中央黨部外駐法國的「歐洲總督導」、駐巴黎的臺灣官方代表及一名留學生聯名告發，進而原由官方支援發刊的資金也備受限制，先轉為留

---

24 金恆杰、李明明：〈《歐洲雜誌》：兩代留法知識分子的交集〉，收錄於謝小芩、劉容生、王智明主編：《啟蒙·狂飆·反思——保釣運動四十年》，頁88。

25 金恆杰、李明明：〈《歐洲雜誌》：兩代留法知識分子的交集〉，收錄於謝小芩、劉容生、王智明主編：《啟蒙·狂飆·反思——保釣運動四十年》，頁88。

法學生往來的通訊刊物，最終在一九六九年停止刊行。

美、蘇對峙後形成的東亞冷戰體制，蔚為六〇年代臺灣知識分子的崇美傾向，尤以國府推行的「反共」意識，契合美國自由主義的表徵，因此臺灣社會沉溺在「美」化的氛圍之中。作為接軌歐洲文化的《歐洲雜誌》，由一群留法的臺灣知識青年開闢了一道美國以外能夠跟世界連結的新路徑，透過結社、發刊、傳播、流通，引入了當時資訊不豐的歐洲視野。除此之外，在釣運發生前夕，這一份作為與釣運相關的「前釣運刊物」，也提供了留法學生迥異於臺灣經驗的世界圖景，諸如回應六〇年代蒼白與無根的存在主義思潮、美援文化以外的歐洲經驗，甚至轉譯了歐洲文化及自由主義思潮，都成為知識青年形成思想與論述的傳播媒介，或直接、或間接地培養知識青年對臺灣、社會的自覺底蘊，也是「保釣世代」成形的前行階段積累思想及共同話語的載體。

二　止於至善：狂飆之前的《大學雜誌》與發刊初衷

《大學雜誌》（1968.1-1987.9）的發刊橫跨六〇年代末至八〇年代末，見證了臺灣從戒嚴到解嚴的歷程，在急遽變遷的七〇年代裡，《大學雜誌》的改組轉型，更記錄了臺灣文化風氣與民主政治的演化歷程，因此《大學雜誌》被視為是「引發狂飆年代的一份啟蒙性雜誌」，[26]成為臺灣七〇年代初期釣運、退出聯合國、社運或解嚴等歷史關鍵時刻的見證者，也是本文與釣運密切相關的「前釣運刊物」之一。

對於《大學雜誌》的研究，多集中於一九七一年初雜誌編輯方向

---

26 參見夏春祥：〈舊語言與新篇章：狂飆年代下的《大學雜誌》〉，收錄於陳達弘策劃編著：《見證狂飆的年代：《大學雜誌》20年內容全紀錄提要（1968-1987）》（臺北市：華品文創，2019年），頁XIX。

的轉型之後,一如陳鼓應以「啞巴的一代」形容身處於六〇年代的知識青年,「直至《大學雜誌》的改組,這一沉悶的局面才真正得到改觀。可以說,《大學雜誌》接續著一個特殊時代的自由呼聲,承載著一個特殊時代的民主記憶。」[27]此外,王杏慶(南方朔)論及:「一九七一至七三年的新生自由知識分子以《大學雜誌》為基底,所展開的改革運動則是一個全新的開始,它是近代臺灣的一座分水嶺。」[28]因為《大學雜誌》轉型後的刊行內容,貼合七〇年代臺灣民主政治的變遷脈動、體現國府面臨新世代崛起的應變處理,也因此《大學雜誌》一向被視作七〇年代重要的政論性刊物而受到關注,甚至在七〇年代初轉型後被定位作「承襲1950年代雷震的《自由中國》、1960年代的《文星》雜誌,秉持自由主義,相繼發出人權民主改革呼聲,也具體而深刻的展現幾個世代的臺灣知識分子對人權的渴望、對民主政治的理想及對社會改革的啟迪。」[29]足見《大學雜誌》繼《自由中國》及《文星》之後的社會關懷,不僅著眼於文化思想、文學藝術的層面,更無懼地直呼民主政治,發刊內容囊括保釣事件、臺灣社會力分析、退出聯合國、中央民代改選等議題,直擊臺灣戒嚴時期的政治底線。於此,本章欲以《大學雜誌》轉型前的發刊階段(1968.1-1970.12,共36期,第19期停刊)作為觀察對象,勾勒「保釣世代」成形前的文化思想與社會風氣;轉型後的《大學雜誌》與民主政治、戒嚴體制的互動,筆者將留待後章討論。

---

27 陳鼓應:〈臺灣社會中的歷史意識〉,收錄於陳達弘策劃編著:《見證狂飆的年代:《大學雜誌》20年內容全紀錄提要(1968-1987)》,頁VI。

28 王杏慶:〈《大學雜誌》與現代臺灣——一九七一至七三年的知識分子改革運動〉,收錄於澄社:《臺灣民主自由的曲折歷程:紀念雷震案三十週年學術研討會論文集》(臺北市:自立晚報出版,1992年),頁376。

29 劉吉軒:〈歷史需要保存,歷史更需要解讀與認識〉,收錄於陳達弘策劃編著:《見證狂飆的年代:《大學雜誌》20年內容全紀錄提要(1968-1987)》,頁XXXI。

創刊於一九六八年元月的《大學雜誌》以月刊形式發刊，由臺大心理系畢業生鄧維楨及其負責的野人出版社籌辦、自組委員會編輯，實際上由何步正負責總編，並由林松祥擔任發行人；出刊三期後，陸續有陳少廷、郭正昭、張俊宏、王曉波等人加入，採取在校園宿舍行銷的方式以求拓展刊物銷量。《大學雜誌》創刊前三年的發刊並未引起關注，亦無明顯的刊物色彩，從文化思想和文學藝術佔多數比例觀察，刊物屬性接近早期的《文星》，[30]因此初期的《大學雜誌》被定義為「讓民眾認識大學的校園讀物，或者也可以描述成是臺灣大學內部的同仁刊物」、[31]「臺大同人雜誌，是綜合性人文社會刊物」。[32]發刊初始即呼應著刊物的英文名稱「The Intellectual」（知識分子）的定位，創刊號由陳少廷疾呼「知識分子」的社會責任：「我們深信，以言論參與國是，是現代民主國家的國民，尤其是知識分子的一向無可讓渡的權利，更是一項無可逃避的責任。」[33]足見《大學雜誌》寄託當時「知識分子」的社會關懷，試圖藉由言論的力量打造現代民主的國家，甚至進一步說明「大學雜誌便是適應普遍的需要而創辦」，[34]同時點明《大學雜誌》創刊的遠景與期許。即便前三年刊物的發刊內容不比轉型後的尖銳犀利，但仍呈現「知識分子」關注的政治及社會議題，可視之為先驅刊物，尤以釣運期間《大學雜誌》更是發聲的傳播

---

30 參見韋政通：〈三十多年來知識分子追求自由民主的歷程——從《自由中國》、《文星》、《大學雜誌》到黨外的民主運動〉，收錄於中國論壇編輯委員會主編：《臺灣地區社會變遷與文化發展》（臺北市：中國論壇出版，1985年），頁364。

31 夏春祥：〈舊語言與新篇章：狂飆年代下的《大學雜誌》〉，收錄於陳達弘策劃編著：《見證狂飆的年代：《大學雜誌》20年內容全紀錄提要（1968-1987）》，頁XIX。

32 習賢德：〈《大學雜誌》的澎湃思潮與當今網路文化匱乏〉，收錄於《重現狂飆：大學雜誌50週年紀念》（臺北市：財團法人城鄉改造環境保護基金會，2017年），頁74。

33 陳少廷：〈這一代中國知識分子的責任〉，《大學雜誌》第1期（1968年1月），頁4。

34 編者：〈大學雜誌和你〉，《大學雜誌》第1期（1968年1月），頁1。

刊物之一，因此將有助於探究知識青年蔚為「保釣世代」前的關注議題、思想資源與精神結構。

尤其是扮演《大學雜誌》關鍵人物之一的陳少廷（1932-2012），在刊物裡發表的稿件頗豐，絕大多數都緊扣著「知識分子」的延伸議題，內容遍及知識分子的責任、知識工業的發展、現代大學的社會責任、社會科學的重要、民主觀念的推廣、學術風氣的革新、國際外交的政策及相關議題的書籍譯介，對於知識分子的啟蒙與革新大聲疾呼且不遺餘力，由身為社長的他領軍編輯走向，其實也表現了《大學雜誌》接棒《文星》及《自由中國》的先鋒性質。洪三雄回憶到當時受陳少廷之邀而加入社務並撰稿：

> 我們往來頻繁且經常促膝長談、臧否時政，故深知這位亦師亦友的前輩，是自由主義的忠實信徒。他對於民主自由的執著、不畏也不攀權勢的風骨、對臺灣未來的真知灼見，以及雖千萬人吾往矣的勇氣，正是《大學雜誌》所以能在那個政局不安的時代，屹立不搖的主要原因之一。[35]

洪三雄對於陳少廷的追述，呼應了陳少廷在《大學雜誌》裡的發表撰文，集中在知識分子的期許、社會科學的進化、臺灣民主的盼望等議題之上，綜觀陳少廷的譯作或書評，更早即發表於《自由中國》及《文星》，雖然篇章不多，但已經表現了勇於挑戰體制的知識分子性格；而《大學雜誌》裡的書評、政論、社論等攸關社會科學範疇的篇章高達一百餘篇，更見其不畏體制的果敢，即便後來《大學雜誌》歷

---

[35] 洪三雄：〈大學是社會的良心〉，收錄於陳達弘策劃編著：《見證狂飆的年代：《大學雜誌》20年內容全紀錄提要（1968-1987）》，頁XXIX-XXX。

經改組,面對刊物方向的調整,他的撰文仍能看見知識分子對於臺灣內政、國際外交的關切及脈動,甚至對政治體制的挑戰,在此陳少廷所關注的議題、言論已然挑戰臺灣六〇年代的言論禁忌邊界,形成一套知識分子對於社會變革的論述話語,也因此曾任《大學雜誌》發行人、總經理的陳達弘將臺灣當前享有言論自由、民主政治歸功於陳少廷的振聾發聵,以及《大學雜誌》曾經匯聚了一群思想前衛又胸懷抱負的知識青年。[36]

這一群《大學雜誌》編輯群的背景多元,突破臺灣六〇年代明顯的本省、外省籍之分,除了鄧維楨、陳少廷、郭正昭、張俊宏、王曉波、楊國樞等人,尚有來自香港的僑生何步正與鄭樹森,[37]顯示刊物兼容並蓄的編輯風格,一如南方朔所言,《大學雜誌》創刊初始即標榜自由主義的理性態度,也因為設限於知識文化等非政治權利事務而「無害」、「權力中立」,「因而具有較大的包容力,能將出身不同,觀念互異的知識分子集結於一處,成為雛形的『混沌式聯合』。」[38]可知《大學雜誌》發刊初期的編輯群出身迴異、立場各殊,卻也因為異質性的懸殊而埋下分化、轉型的伏筆。初始的《大學雜誌》編輯群背景多元,此階段的刊載內容多集中於文化思想及文學藝術的文章為

---

[36] 參見陳達弘:〈悼臺灣民主鬥士——陳少廷兄〉,收錄於陳達弘策劃編著:《見證狂飆的年代:《大學雜誌》20年內容全紀錄提要(1968-1987)》,頁65-66。

[37] 在此可以見到,其實香港在七〇年代所發行的刊物多與此階段的醞積期有關,諸如:《抖擻》或《七十年代》等刊物,除了刊載諸多攸關國際局勢的消長關係之外,也都在釣魚臺事件後反映了海內、外釣運的發展始末,尤以簡義明指出《抖擻》的編輯與作者多有海外留學與釣運經驗,唯筆者在本文尚未處理到香港對於釣運的反應,故留待日後進行深究。參見簡義明:〈冷戰時期臺港文藝思潮的形構與傳播——以郭松棻〈談談臺灣的文學〉為線索〉,《臺灣文學研究學報》第18期(2014年4月),頁211。

[38] 南方朔:〈中國自由主義的最後堡壘——大學雜誌階段的量底分析〉,《自由主義的反思批判》(臺北市:風雲年代出版公司,1994年),頁128。

主;[39]南方朔進一步歸類此階段的《大學雜誌》熱衷於文藝、教育及思想等三類議題,並細分為知識分子泛論、思想文化、科學、心理、經濟、文藝、教育與青年及其他(含司法,特殊非易於歸類之問題)等六類,更歸結其流露充分的「校園文化」,且孤懸於國家民族和社會大眾之外,多數內容呈現階級優越感、靈魂的富貴病、實際事務的冷漠和高調知識分子的使命感。[40]有別於南方朔的觀察,筆者認為除了細究刊物的內容,也必須還原時代的歷史背景,更裨益於勾勒《大學雜誌》初期的前鋒性格。

《大學雜誌》在創刊號即發出自我期許:「一方面,在各種問題上,我們要不斷地提出我們的批評和建議,作為改革的先導者,或歧途的提醒者;另一方面我們要努力地介紹各行各業傑出的知識分子,叫他們努力於運用他們的腦筋,貢獻他們的智慧。」[41]於此編輯群以「知識分子」作為改革的先驅,並由刊物承載建言,試圖藉此革新社會舊貌,回應同期陳少廷撰文疾呼「這一代的知識分子要承繼中國士大夫的報效國家的優良傳統,肩負起救國建國,復興中華文化的使命。」[42]甚者更直接點明優先刊載有利於大眾福利的稿件,目的在於「希望把大學裏的知識、知識分子的見解和藝術家的創作帶到每一個普通家庭裏去。」[43]足見《大學雜誌》的創刊實對「知識分子」的改革寄予厚望,也因此在創刊號由陳少廷執筆〈介紹胡適的一本好書——楊承彬著《胡適的政治思想》〉,總結其「寧鳴而死,不默而

---

39 參見夏春祥:〈狂飆與傳承:再論《大學雜誌》〉,收錄於《重現狂飆:大學雜誌50週年紀念》,頁52。
40 參見南方朔:〈中國自由主義的最後堡壘——大學雜誌階段的量底分析〉,《自由主義的反思批判》,頁142-146。
41 編者:〈讓我們來做一個實驗〉,《大學雜誌》第1期(1968年1月),頁1。
42 陳少廷:〈這一代中國知識分子的責任〉,《大學雜誌》第1期(1968年1月),頁4。
43 本社:〈我們的態度與見解〉,《大學雜誌》第1期(1968年1月),頁3。

生」、「憂於未形,恐於未熾」的言論自由,[44]藉此回應《大學雜誌》發刊的初衷,尤以在《自由中國》及《文星》被迫停刊後,愈顯其歷史意義。

　　盱衡《大學雜誌》前期的編輯方式,自創刊號始採專欄形式分類,依序為大學論壇、知識與人生、知識與思想、社會與人生、文學與藝術、書與出版、域外集、繪畫及散文專輯等類別,各期發刊主題、專欄不一,採交錯刊行。「大學論壇」可視為刊物專題,開放作者探究社會議題、針砭時事,由知識分子的角度發表對於社會趨勢的觀察,主要呼應《大學雜誌》創刊的態度「有關大眾福利的討論要比其他稿件先被發表」、「我們認為知識分子共同來解決目前共同面臨的困難,要比關心另一個國家的福利確實而且重要得多」,[45]惟其出發點聚焦於知識分子的視角,故創刊時期的主題多圍繞於知識分子的養成、學術文化的建立,諸如創刊號即有陳少廷〈這一代中國知識分子的責任〉、第二期〈中國新知識階層的建立與使命〉與第三期〈在學術文化上建立自我〉,甚至在第十二期由徐復觀以〈中國知識分子的責任〉強調知識分子必須以正確的人格及知識影響社會,接續闡釋「知識分子」的社會責任;隨後針鋒轉向探討大學教育的宗旨,第六期〈對我們大學教育的檢討〉、第九期〈大學研究所教學的成就與改進〉、第十四期〈消弭學術界的趨時風氣〉、第十六期以〈從大學教育到人才外流和留學政策〉議論大學教育的侷限與展望;此外,仍橫跨於國際政治、民主制度的討論,如第五期〈內戰與民權之間的選擇〉討論由馬丁・路德・金恩遇刺著眼於美國的種族問題、第十二期〈美國今後應走的路——對尼克森的希望〉即從越戰、經濟及國共對立的

---

44 陳少廷:〈介紹胡適的一本好書——楊承彬著《胡適的政治思想》〉,《大學雜誌》第1期(1968年1月),頁34-35。

45 本社:〈我們的態度與見解〉,《大學雜誌》第1期(1968年1月),頁2。

角度議論臺美關係、第十五期與第二十五期中,陳少廷陸續發表〈民主觀念的力量〉及〈論學者與政治〉強調「民主」之於社會進步的關係,綰合知識分子與政治的互動關係,同時更進一步定義知識分子的義務。同時,「大學論壇」的議題更橫跨至民生經濟、科技觀察與世界宗教,如第二十四期〈臺灣農業發展的基本問題與政策〉、第二十五期〈談適應現代化農業土地政策〉、第二十七期〈論世界宗教的共同精神〉及第三十三期〈今日我們對科技應取的態度〉等篇章,都凸顯「大學論壇」豐沛的視角,正是主編之一的張俊宏所述:「大家全憑一股衝勁,想為這個苦悶的時代開闢一個可以提供新鮮空氣的窗戶」[46],就《大學雜誌》的「大學論壇」議題觀察,可知改組前的《大學雜誌》雖然在各領域的討論多著眼於「政策面」,但觸角卻貼近社會的「實務面」,除了關注於知識分子的「精神面」,也留意到社會的「物質面」,為之後刊物改組、內容轉型埋下伏筆。

刊物裡「知識與人生」及「知識與思想」兩大專欄的主題相似,主要補充、延續稍早「大學論壇」所探究的議題,內容大多譯介科技知識、西方文化、留學資訊及延伸其他社會議題,諸如創刊號余光中以〈給莎士比亞的一封回信〉諷刺學術講究學歷的困境、第三期〈「新」數學的教科書〉譯介美國物理學家斐曼博士的論著,試圖補足數學教育的困境、第八期的〈文學、哲學與人生〉刊載顏元叔與成中英對談的「聯合演講」、第十五期〈近百年來中國現代化的過程〉將社會進展劃分為三階段,探討其經濟及文化的進步、第十六期始三期連載〈泛談當前臺灣農村經濟問題〉及〈漫談當前臺灣農村問題〉以座談會形式分析臺灣農業困境與突破。此二類專欄的性質類同,從

---

46 張俊宏:〈第一章 智者與權者的結合〉,《我的沈思與奮鬥》(臺北市:高山彩色印書公司,1977年),頁70。

《大學雜誌》創刊號到第十八期交互刊載，自第十九期到第三十六期刊物改組前，多由「社會與人生」及「社會與知識」專欄接力呈現。

其實「社會與人生」與「社會與知識」早在創刊初期即設有專欄，在十九期後取消「知識與人生」及「知識與思想」專欄後，此二專欄更延續至雜誌改組轉型的第三十六期。大抵而言，「社會與人生」與「社會與知識」更貼近讀者的生活，關心的議題愈加普遍性，諸如第六期〈新愛情觀念的確立——「假如我是一個女孩子」讀後感〉、第九期〈「娶了媳婦，丟了兒子」〉、第十四期〈從社會經濟的觀點看九年國民教育〉、第二十期〈從女性限額談勞動力的癥結〉或二十七期〈暑假的奮鬥：美國社會富強的代價〉等文，呼應其專欄名稱——攸關社會、人生的切身議題，即是《大學雜誌》發刊，不僅顧及知識分子的文化思想層次，更兼顧其生活周遭的核心議題。另外，自第十五期始有「域外集」專欄，集結海外留學生的思想及意見，目的在於讓「置身域外的我們，多少也體會到域外人的孤寂和苦悶，但我們相信這一代的中國留學生仍能為中國做一點事」，[47] 專欄裡多由張系國、劉大任或葉珊等人執筆，亦旁及其他留學生，內容涉及的議題多樣，既有書評、美國文化、文學藝術、中外思想哲學，也橫跨經濟學與科技，更譯介的美國學生運動的興起，成為臺灣瞭解海外學生運動進展的橋樑，為日後臺灣的釣運埋下種籽。

其他諸如文學與藝術、書與出版、繪畫及散文專輯等類型的專欄，涵蓋各式文學藝術的評論與譯介，提供讀者參酌的新視角。一九六八年創刊號中〈啟開夏丹琪的心扉——分析郭良蕙的心鎖〉一文，即與前一年《歐洲雜誌》第七期中〈關于郭良蕙的心鎖〉所討論的主題相同，雖然二者剖析的角度不一，實則顯示當時文壇的歧異性。第

---

47 域外人：〈域外人緣起〉，《大學雜誌》第15期（1969年3月），頁27。

三期蘇雪林發表〈中外神話互相發明例證數則〉、第四期梁實秋譯介〈莎士比亞的十四行詩〉、李永平在第十一期裡發表〈拉子婦〉,並由顏元叔予以評析、第十三期刊有許常惠〈中國現代音樂的回顧與展望〉、第二十期傅孝先〈文學漫談:漫談紅樓夢及其詩詞〉、第二十五期載有尉天聰〈中國古典小說的象徵精神〉等篇章,更不乏吳晟、商禽、洪素麗、蕭蕭、劉以鬯、羅青、梁秉鈞(也斯)、蓉子、王潤華、何欣、林煥彰、管管、張健等年輕作家的作品。由此可知:《大學雜誌》關注於文學藝術、文化學術的視野廣泛,文體橫跨新詩、散文、小說、繪畫、攝影、電影、音樂及雕刻等類型,作品縱越美、中、英、法及臺灣等地,呈現《大學雜誌》編輯成員的外語閱讀能力,亦突出其關注面向的多樣,更帶出六〇年代末知識分子所留心的知識面、文化面與精神面,突出其兼容並蓄的編輯方針。

　　簡言之,《大學雜誌》前期階段的發刊,即使論者將其歸於「羽翼未豐,不足以左右臺灣各方面的社會變化與輿論走向」,[48]卻足以顯示此時期臺灣知識分子的核心關懷,多元的編輯方針、開放的徵詢稿件、自由的登載投書、廣泛的議題專欄,實則是替下一階段《大學雜誌》的轉型投石問路。當南方朔定位《大學雜誌》轉型前純屬「自由主義知識分子放言空論的《大學雜誌》」,[49]甚至將其歸於「校園文化」、「純知識分子型」的刊物,強調其「非政治化」、「非社會化」的刊物屬性,[50]背後的成因必須考量到一九六五年《新希望》遭勒令停

---

48 習賢德:〈《大學雜誌》的澎湃思潮與當今網路文化匱乏〉,收錄於《重現狂飆:大學雜誌50週年紀念》,頁72。

49 南方朔:〈中國自由主義的最後堡壘——大學雜誌階段的量底分析〉,《自由主義的反思批判》,頁125。

50 參見王杏慶:〈《大學雜誌》與現代臺灣——一九七一至七三年的知識分子改革運動〉,收錄於澄社:《臺灣民主自由的曲折歷程:紀念雷震案三十週年學術研討會論文集》,頁382。

刊後，同為編輯的鄧維楨在一九六八年復行創刊《大學雜誌》，意即《大學雜誌》的起步階段背負著戒嚴時期的壓力，因此初始風格必須一如南方朔所言的趨近於校園文化屬性，但隨著刊物譯介了歐美進步的文化思潮、種族議題與學運的蜂擁，刊物最初的走向悄然變調、知識青年的論述批判逐漸浮現，這除了表現出《大學雜誌》賡續《新希望》對於民主政治、自由思想的精神，更突出了刊物本身具有進步、敏銳的社會觀察，這都成為此階段這一群知識青年的思想醞釀。

除了在創刊號將刊物標誌為「改革的先導者」、「歧途的提醒者」[51]之外，同期更揭示徵求稿件的知識性、普及性，既說明「我們不會用無理取鬧的文章」、「我們不喜歡，也希望讀者不喜歡多知道別人的私生活」，同時強調投稿需知「需要相當知識做基礎才能看懂的文章，例如〈太空導航的困難及解決〉也很少可能被採用」，[52]因此前行階段《大學雜誌》的發刊意義，在於知識分子自發、自覺性地亟欲普及社會知識作為核心目標，在六〇年代東亞冷戰體制裡，《大學雜誌》涉及多元的知識、文化層面，在軟性的美援文藝體制內仍兼顧了世界的視角、民主政治的議題、普及的知識與生活層面的訴求，尤鑑於《自由中國》、《文星》及《新希望》陸續被迫停刊之後，愈顯《大學雜誌》以知識分子的立場及責任為名，勇於挑戰剛性國府文藝體制的決心，甚而在「域外集」專欄連續兩期載文介紹〈哈佛大學的學生運動〉始末與發展，挑戰五四以降國府極力避諱的學運議題，至此六〇年代末的《大學雜誌》成為改革的曙光，為日後的轉型鋪路，一樣身為「前釣運刊物」，《大學雜誌》展現了知識青年的臺灣視角，遊走在政治禁忌邊緣的話語修辭，也是七〇年代初保釣世代成形前知識青年所共享的思想資源。

---

51 編者：〈讓我們做一個實驗〉，《大學雜誌》第1期（1968年1月），頁1。
52 本社：〈我們的態度和見解〉，《大學雜誌》第1期（1968年1月），頁2。

三　「美」土紀實：《聯合季刊》的留學生與美國視角

　　有別於《歐洲雜誌》及《大學雜誌》的發刊地點，《聯合季刊》（1968.4-1971.11）創立於美國紐約，由留美的臺灣學生組織「聯合雜誌社」，以季刊形式發行，共十三期（含保釣特刊，其中第一卷第三、四期合刊，缺第二卷第三期，最終期為第四卷第二期，且無交代停刊原因）。刊物從在地的留學生視角出發，闡述各國學潮、教育現象、文化史觀、文學藝術及民主政治等議題的觀察，甚至發刊釣運期間以特刊形式發刊，目的在於介紹釣運始末，更甚對釣運國府的處理方式提出批評，直指國府外交失誤，可見刊物發行的場域相對自由。以往對於《聯合季刊》的研究，除了有姜宇晨評析釣運時期刊物時提及：「早在1969年8月就有建立各大學、中學生社團通訊網的討論並開始實施，包括《聯合季刊》、《大風》、《歐洲雜誌》、《匯流》、《大學雜誌》……。」[53]尚有吳任博以釣運探究國府與駐外人員的關係提及，將其歸類於釣運前即發行的刊物，釣運期間仍報導相關議題[54]，其他相關研究則付之闕如，但上述二者的論述都解釋了《聯合季刊》與釣運的關係密不可分，即是說明了《聯合季刊》的刊行與「保釣世代」的成形息息相關，因此從《聯合季刊》的刊行內容亦可一窺「保釣世代」成形前所關注的社會議題及成形潛在因子。

　　《聯合季刊》創刊於一九六八年的紐約，由前一年「留美中國同

53　姜宇晨：〈春雷怒吼釣魚島——1970年代中國留學生保釣運動述評〉，參見「中國文革研究網：萬象視野」網站。網址：http://www.wengewang.org/read.php?fid=46&tid=14733。檢索日期：2019年6月30日。

54　吳任博：〈中華民國政府與駐外人員的折衝：以一九七一年前後留美學界保釣運動為中心〉（臺北市：國立臺灣師範大學歷史學系碩士論文，2011年），頁32。

學會」[55]召開第一屆理事會議決議發行定期刊物，並立社址於紐約，同時推舉陳雲門、凌渝郎及盧勝先為編輯委員，總編輯由鄭心元擔任，發行人為汪榮安。[56]隨後第三卷第二期〈我們的話〉以「聯合又邁進了一步」為題，延續創刊號「士敏土」的概念，將凝結散沙且獨立編務及刊物，[57]實則代表《聯合季刊》的擴編；[58]更在第三卷第三期〈聯合雜誌社單獨經營聲明〉一文，說明刊物延續創刊初始成為留美知識分子公有的園地之外，更應保持獨立性與持久性，不應受任何團體約束或人事變動，因而成立獨立經營的聯合雜誌社，[59]自此《聯合季刊》不再依附於留美中國同學會聯合會，直至第三卷第四期編輯人事又稍作調整，主編鄭心元改任發展計畫委員會召集人、張光華接替主編一職。[60]根據汪榮安在創刊號指出：《聯合季刊》受到國府駐美大使周書楷允諾奧援失利後，改由留美中國同學會募款發刊，於紐約

---

55 「留美中國同學會」定名為「留美中國同學會聯合會」，通訊處設於紐約，會員不限地區，宗旨係留美學生互助服務、職業介紹及溝通政府的渠道，目的在於為留美同學謀取福利，並由會員每年繳交五元會費，得推派理事十餘人、主席一人。參見〈留美中國同學會聯合會章程〉，《聯合季刊》第1卷第1期（1968年4月），頁32。

56 根據林孝信回憶：「中國同學會聯合會」（或言「留美中國同學會」，各回憶錄中說法不一）在保釣前即成立，並發行《聯合季刊》，大抵上是由關心政治的人士組成，一開始的時候無所謂左右立場。參見鍾瀚慧、蔡虹音訪文，鍾瀚慧、蔡虹音、李雅雯記錄編輯：〈第一章　林孝信教授訪談〉，《保釣風雲半世紀：保釣運動領軍人士的轉折人生與歷史展望》（臺北市：時報文化出版公司，2021年3月），頁65。此外，劉源俊也回憶：《聯合季刊》是「在美中國同學聯合會」辦的季刊，聯合會帶有國民黨背景，因此《聯合季刊》自然有國民黨色彩，但刊物裡所討論的議題不拘左、右派。參見謝小芩、李雅雯、蔡虹音訪問，李雅雯記錄編輯：〈第三章　劉源俊教授訪談〉，《保釣風雲半世紀：保釣運動領軍人士的轉折人生與歷史展望》，頁140。

57 參見無撰著人：〈我們的話〉，《聯合季刊》第3卷第2期（1970年8月），頁1。

58 參見無撰著人：〈編後記〉，《聯合季刊》第3卷第2期（1970年8月），頁48。

59 無撰著人：〈聯合雜誌社單獨經營聲明〉，《聯合季刊》第3卷第1期（1970年7月），頁2。

60 參見無撰著人：〈編後記〉，《聯合季刊》第3卷第4期（1971年3月），頁48。

編輯、臺灣印刷以撙節經費，[61]發刊後更有讀者自動捐款並附有名冊，[62]以上既說明了《聯合季刊》的刊行不受國府金援而備受牽制，同時也凸顯了《聯合季刊》何以在釣運期間疾言振書的立場，更在釣運前夕為保釣世代的形成種下遠因。

《聯合季刊》主要由留美學生擔綱編輯，採無償式責任制，[63]直到第一卷第三、四期合刊才發布具體的〈徵稿啟事〉，先是以留美學生的生活圈為刊載主軸，範圍囊括在美社團、在美學人以及留美為背景的文藝作品，也歡迎深入淺出的學術著作與幽默漫畫，[64]更設有「讀者投書」專欄增加刊物與讀者的頻繁互動，諸如林孝信、劉源俊等釣運人士，都曾回饋編輯意見；[65]稿源除了臺灣學生之外，尚有香港、澳門等僑居美國的學生，諸如創刊號由合子投稿〈在美國認識了什麼〉即為香港大學的畢業生，其他諸如〈臺灣體育運動的病因〉的作者朱仲育具有記者背景、〈從陳慧自殺說起〉的作者李華偉已經執教於賓州愛丁波羅學院、〈從內部看紐約時報〉的作者李子堅曾服務於《紐約時報》、〈讀杜南海文有感〉的作者司馬安山則攻讀心理學，[66]可見刊物的投稿者背景多元，擅長的專業領域不一而足，皆為留美的華人學子或學者，呈現繁盛多姿的刊物景貌，正是創刊號中留美中國同學聯合會〈成立大會宣言〉的目標，除了團結留美智識分子，仍期許聯合會能夠「在不分省籍，不分業別之下，親愛精誠，團結互助，

---

61 參見汪榮安：〈本刊編印經過〉，《聯合季刊》第1卷第1期（1968年4月），頁32。

62 無撰著人：〈讀者自動捐款，同仁十分感激〉，《聯合季刊》第1卷第3、4期（1968年12月），頁48。

63 參見無撰著人：〈編者的話〉，《聯合季刊》第1卷第2期（1968年9月），頁1。

64 〈徵稿啟事〉，《聯合季刊》第1卷第3、4期（1968年12月），頁5。

65 參見無撰著人：〈讀者投書〉，《聯合季刊》第1卷第2期（1968年9月），頁1；〈讀者投書〉，《聯合季刊》第1卷第3、4期合刊（1968年12月），頁1。

66 參見本刊編輯：〈讀者・作者・編者〉，《聯合季刊》第1卷第1期（1968年4月），頁32；編者：〈讀者・作者・編者〉，《聯合季刊》第2卷第1期（1969年4月），頁48。

盡同學的責任。」以及「發揚中國文化，展開東西文化交流，以盡國民外交的責任。」[67]因此刊物名稱也期許能凝聚留美學生向心力，進而捨棄其他名稱，命名為《聯合季刊》。[68]

就《聯合季刊》的撰稿人而言，不同於《歐洲雜誌》或《大學雜誌》裡發表稿件的具名化、各有發言準確且足以代表刊物色彩的編輯主要人，《聯合季刊》雖有明確的編輯成員，但在刊物前、後的編輯概要、編輯方向、編後記、我們的話等指標性的文章常不標注作者，而採以本刊記者、本刊資料室、本刊記者集體撰筆、本刊資料室等方式作為文章撰稿者，或直接省略署名以「匿名式」現身。筆者認為這種集體式的匿名性發表雖不像《歐洲雜誌》或《大學雜誌》裡即便是刊物編輯策略、方向等篇章仍有明確的署名，這種把群體視作個體的撰稿形式，即為「集體性」的特色，一來象徵著留美學生的群體量大、變動性強、流動量鉅，以便隨時調整編輯方向或議題，也顯示著《聯合季刊》的包容性高，符合本身的編輯目標；二來「集體性」也帶著多數同意的團體感，即是每期刊物出刊的編輯方向一致，更以全體留美學生作為宣傳、流通的對象，象徵其群體代表性，具有一定的影響力及說服力，也帶著對留美學生團結的期望。

例如：在《聯合季刊》創刊號裡，繼留美中國同學聯合會的〈成立大會宣言〉之後，目錄中篇名〈我們的話〉，即內文篇名〈散沙與士敏土〉一文將留美臺灣學生比喻為「散沙」，因為思想、政治立場的差異導致中國人無法團結，因此可視此文為創刊宗旨，刊物目的在於「一定要洗清猜忌、妒忌、龔（按：應為壟）斷的自私心，容忍、尊重反對者的意見，重視我們互相之間的通性，把士敏土滲在散沙中，造成刀槍不入的硬塊，把五個手指握成拳頭，發揮出最大的攻擊

---

[67] 無撰著人：〈成立大會宣言〉，《聯合季刊》第1卷第1期（1968年4月），封面內頁。
[68] 參見汪榮安：〈本刊編印經過〉，《聯合季刊》第1卷第1期（1968年4月），頁32。

及防守力量。」[69]身在異國的臺灣學生,無論是發揚中國文化、同是炎黃子孫的口號,皆以「中國」作為象徵,作為號召留美華人學生的符碼,更撇除國籍、省籍與政治立場,強調刊物是「中國同學公有的」;[70]此外,第二卷第一期刊末的〈讀者‧作者‧編者〉說明了刊物內容避免學術性論著、不歡迎反共八股、減少對政府的批評與建議,甚至避免政治性、宣傳性及教條性的稿件;[71]稍後的第三卷第二期〈我們的話〉一文,除了表明刊物獨立發刊、社務獨立運作,更標誌著刊物獨立後「決無門戶私見,其言論決不受任何黨派或團體所左右,我們將堅持客觀的立場與理性的原則,報導我們這一代中國人所關心的事務,探討我們這一代中國人所面臨的問題,發出我們這一代良知的心聲。」[72]如此愈是表現《聯合季刊》創刊對於異己黨派的包容、內容的多元訴求,更固守刊物的中立原則,如實地呈現留美生活最真誠的心聲,不挾帶政治立場,力求為知識分子的社會關懷發聲。

直至第三卷第四期因應釣運的興起,〈我們的話〉以「一個主張,一點質問」為題,闡述國府應堅守釣魚臺主權;隨後第四卷第一期發布緊急聲明,先免除汪榮安發行人職務,並批評夥同社務委員王碚私下運作《學聯通訊》以分化社務委員會、盜用訂戶卡片,[73]悖離《聯合季刊》創刊初始強調「合作」的精神,文末再度強調:「我們決心和野心家及惡勢力奮鬥到底,努力使『聯合』成為一個獨立、客觀、超越政權利益、為中國人發聲的雜誌。」[74]當期刊物末重申〈聯

---

69 無撰著人:〈散沙與士敏土〉,《聯合季刊》第1卷第1期(1968年4月),頁2。
70 參見本刊編輯:〈讀者‧作者‧編者〉,《聯合季刊》第1卷第1期(1968年4月),頁32。
71 編者:〈讀者‧作者‧編者〉,《聯合季刊》第2卷第1期(1969年4月),頁48。
72 無撰著人:〈我們的話〉,《聯合季刊》第3卷第2期(1970年8月),頁1。
73 參見無撰著人:〈聯合雜誌社緊急聲明〉,第4卷第1期(1971年7月),頁1。
74 無撰著人:〈聯合雜誌社緊急聲明〉,第4卷第1期(1971年7月),頁2。

合雜誌社簡介〉的宗旨，即發揮刊物探討問題的獨立性、持久性，同時不受任何團體約束、不受人事變動的影響，[75]以求聯合之效。釣運興起反而更加重現《聯合季刊》跨越黨派、種族及省籍的主張，迥異於當時臺灣國府戒嚴的高度政治敏感，唯有遠在美國的《聯合季刊》或法國的《歐洲雜誌》享有不受政治力量箝制及干涉的編輯、發表空間，也成為保釣世代成形前的養分來源。

　　創刊初始的《聯合季刊》雖以團結協力作為發刊宗旨，卻無標準的編輯格式。在創刊號最末的〈讀者‧作者‧編者〉一文，編輯先強調刊物的公有性，歡迎「有愛國熱忱的來稿」，無論〈臺灣體育運動的病因〉[76]或〈美國研究國際關係學的趨勢〉[77]，均以留美學生的視角對臺灣現狀提出建言，前者有感於臺灣工商體育協會的成立有反而發體壇當下的侷限、後者文末則期許臺灣學界能奮起直追美國各大學重視國際關係學的研究學科，其實都顯示出《聯合季刊》之所以發刊的焦慮，正是留美學生身處美國卻頻頻回首臺灣的憂心，也回扣了《聯合季刊》邀稿的愛國熱忱。

　　除了創刊號之外，其他依序發行的各刊都有主題專輯，輔以當期刊物前〈我們的話〉、刊末的〈讀者‧作者‧編者〉或〈編後記〉以歸納當期主題專輯的訴求，亦配合下期出刊登有〈有獎徵文啟事〉，顯現刊物編輯的策略與計畫，諸如：第一卷第二期「世界學潮專輯」講述各國學潮狀況以供參酌；第一卷第三、四期合刊的「教育專輯」，比較中式及美式教育，還涉及國內的音樂教育領域；第二卷第一期以「世界中國留學生生活專輯」介紹留美學生的奮鬥、感懷及困

---

75 參見無撰著人：〈聯合雜誌社簡介〉，第4卷第1期（1971年7月），封底頁。
76 參見朱仲育：〈臺灣體育運動的病因〉，《聯合季刊》第1卷第1期（1968年4月），頁7。
77 參見李本京：〈美國研究國際關係學的趨勢〉，《聯合季刊》第1卷第1期（1968年4月），頁17。

難；第二卷第二期刊有「留學生的戀愛與婚姻專輯」，更生活化地討論留學生的戀愛觀；隨後第二卷第四期載有「紐約華埠的現狀與展望專輯」，從女性的角度、中國城的歷史、文化差異到僑報介紹，整匯了留學紐約的相關訊息。整體觀察，第二卷的專輯主題切身於留美學生的生活，展現《聯合季刊》創刊初衷的關懷。

直至第三卷第一期「科學、社會和生活專輯」，從科學發展的視角討論文藝與國際關係；第三卷第二期的「海外人物專輯」介紹各領域的華人代表；第三卷第三期是「從海外看中國史觀和文化專輯」，講究用創新的方法復興中國文化的使命，更延伸至儒家心性文學的討論；第三卷第四期載有「藝術和建築專輯」，從視覺教育談到美國二戰後的建築風格，甚至跨至法國巴黎的畫風；第四卷第一期登載「美國婦女解放運動專輯」，內容討論美國、蘇聯到阿拉伯的女權議題；第四卷第二期標明「中國問題的探討專輯」，探究學生政治運動的歷史脈絡、留學生左傾的因素，乃至於留學生在釣運中的再覺醒，甚至發刊「釣運主題專輯」，介紹世界各地響應保釣的學運。

筆者認為，《聯合季刊》是以留美學生為發刊核心，計畫性且規模性地介紹世界動態及新知，最初從留美學生最衝擊的學潮、留學最關注的教育談起，再至最切身的生活議題及文化差異，隨後延伸至專業的科學、文化領域的彙整，最終議論婦女解放運動的議題，甚至因應釣運而討論中國問題，藉刊物的主題專輯可見留美學生的關切主軸，實為六〇年代末期留美史的見證及縮影。

此外，《聯合季刊》尚有「文化與教育」、「文藝」、「通訊與報導」、「學業與事業」、「散文・漫畫・詩」、「歐洲風采」等專欄，不定期交互刊載，亦有數期發刊不以專欄分類，直接刊載文章，但內容多不脫離上列專欄的主題。首先，第一卷第二卷登載「文化與教育」主題，以〈開發中國家科學人才外流的現象〉、〈由智力測驗談聯合招

生〉及〈留美研究社會科學經驗談〉三文,縱觀世界各國人才外流現象,肇因於留學生學成不歸國;再從招生制度的缺失談起,藉吳大猷的觀感,諫言臺灣教育應著手於智力測驗以釐清學子志趣;後以作者個人經驗,建議留美學生強化心理建設,此三篇文章連貫了教育制度、文化生態到就業市場,展現刊物對留美學生的關懷,小至求學、大至求職的切身議題。

其次,「文藝」、「詩與散文」、「散文・漫畫・詩」等專欄多刊載作家創作,在第一卷第二期中的〈蝟〉即為劉大任的短篇小說,同期〈現實、熱情與女作家的夢〉是刊物總編輯鄭心元對旅美作家於梨華的訪談紀錄,話題從創作延伸至美國生活;第一卷第三、四期合刊裡,別開生面地刊登了〈蓬門今始為君開〉及〈學生爸爸百事哀〉兩則漫畫,延續至第二卷第一期亦載有〈大學城中的「China Town」〉及〈老張又在炒中國菜了〉兩則漫畫,更增添了《聯合季刊》的娛樂性質;第二卷第二期裡刊有四首打油詩、〈城牆〉及〈天然橋來去〉等共六篇詩文;第三卷第一期中刊登余光中的詩作,並於當期編後記表示感謝,[78] 此時余光中因美國科羅拉多州教育廳邀請赴美,更見作家與刊物的互動頻繁,同時也顯示刊物稿源的吃緊;第三卷第二期於梨華發表〈長短調〉、第三卷第三期刊載王渝〈我們在異地〉、第三卷第四期登載胡沐〈想想⋯早晨、黃昏、晚上〉、第四卷第一期刊登金門客古詩〈釣魚臺吟〉等文藝作品,也都呈現《聯合季刊》內容的平衡性,且作者皆為留美人士、主題多契合異地生活與因應時事。

再者,刊物內「通訊與報導」及「學業與事業」的主題,最能重現留美生活的甘苦,公允地分析六〇年代的美國境況,亦能提供懷抱「美」夢的臺灣學子客觀的紀實。創刊號〈我所認識的幾位留美理工

---

78 參見無撰著人:〈編後記〉,《聯合季刊》第3卷第1期(1970年7月),頁49。

同學〉一文,講述理工學科較人文學科吃香,也講述美國根深柢固的種族歧視、同期的〈悼亡友:從陳慧自殺說起〉反映留學生異地求學的血淚,無論課業或家庭壓力甚鉅;第一卷第二期〈留美見聞錄〉簡介在美臺人的動態,〈留美學生就業的機會〉分析越戰之於留美學生的影響、男女差異及學科待遇之別;第一卷第三、四期合刊裡,〈圖書管理系攻讀就業實況〉更進一步討論就業市場的供需問題、〈留學生在婚姻問題中兜圈子〉就留美女性的婚姻觀探討社會風氣、〈介紹沈之方留美外史〉以書評之名點破一般人對留美生活的美好想像;第二卷第一期透過譯介〈一個美國經濟學家的看法〉講述美國人才外流的窘境,第二卷第四期的〈留學生的適應問題〉開門見山分析留學美國必須重建生活觀念、抉擇生活價值、平衡娛樂及工作;第三卷第一期〈基督教與留學生適應問題〉再延伸至宗教之於美國生活的核心價值;第三卷第二期透過〈談美國學術市場及選科系〉從市場供需問題提供抉擇科系的數據分析;第三卷第三期更以〈你和你的房東〉一文談留美學生的租房之道,說明異國居大不易的困難。諸如上述篇章,《聯合季刊》各期由不同的角度切入留美學生的生活,內容涵蓋層面上至教育制度、文化思想,下至生活飲食、戀愛婚姻,同時提供留美學生不同的思考面向,難能可貴的是在「留學美國」成為夢想的六〇年代,《聯合季刊》的發行並非全面「美」化留學生活,而是如實地傳達「美」土生活,紀實性質的意義大於宣傳性,翔實地展現美國在地的視角。

　　《聯合季刊》由留美學生創刊,內容側重再現美國在地生活,可視為留學美國的前哨紀實指南,但仍不乏對政治體制、民主制度或國際關係的觀察,先是創刊號裡〈中共原子科學的研究即發展概要〉一文,編輯自述摘錄自《帕米爾》雜誌,在中共持有原子彈之後,扼要地簡介原子科學的組織及應用;隨即以〈美國延伸國際關係學的趨

勢〉強調國際連結的重要，不僅於政治外交學科，更旁及經濟、社會與文化，此二文前後登載呼應，創刊初始的《聯合季刊》顯示留美學生審視全球國際互聯網絡的重要性。第一卷第二期的「世界學潮專輯」便逐一分析美國、英國、法國、波蘭、斯拉夫到日本的學運，蒐羅各國政府回應、學生訴求與報刊立場，是留美學生見證學運的始點，為日後留美學生興起釣運的埋下種籽。第二卷第二期譯介〈一個蘇聯知識分子的呼籲〉一文，轉引蘇俄氫彈之父沙卡洛夫析論世界局勢與科學發展的關係，直指作者在蘇俄共產的壓迫裡，仍客觀地分析社會、資本主義的利弊，並期望世界局勢和平的願景，藉此呈現《聯合季刊》雖有立場卻中立客觀，也表示刊物面向多元；直至第二卷第四期〈臺灣留美學生遊蘇俄〉藉由親臨蘇俄的經驗，證實了蘇俄的民生狀況、知識分子間的互動，公允的再現當時被視為禁忌的共產政體；第三卷第四期譯介〈越戰對美國經濟的影響〉扼要剖析越戰帶來的民生影響，無論通貨膨脹或事業問題都成為美國政府眼前的社會問題，提供留美學生分析美國經濟的趨勢；釣運興起後的第四卷第一期〈留學生的政治立場和行動〉一文，回歸至留美學生與國家之間的緊密連結，清楚地展現留美學生的愛國心及團結力，上述諸多篇章，不免流露留美學生的世界關懷、國際視野及政治立場。

相較於《歐洲雜誌》及《大學雜誌》，《聯合季刊》作為六〇年代最更貼近留學生生活的指南刊物，它嘗試跨出美國的視野，範圍遍及中國、臺灣、法國、奧地利、香港及日本等世界各國，也讓《聯合季刊》的「主題專輯」國際視域愈加寬廣，兼顧文學藝術的作品登載、翔實記載美國在地的生活，加上刊物的發行量漸增，意即影響力擴大、閱讀受眾增多，[79]尤其在釣魚臺事件爆發後，立即以「特刊」報

---

79 參見無撰著人：〈聯合雜誌社單獨經營聲明〉，《聯合季刊》第3卷第1期（1970年7月），頁1。

導攸關釣魚臺事件大事記、釣魚臺主權分析等篇章,可知《聯合季刊》實為日後留美知識青年蔚為「保釣世代」成形前的閱讀刊物。

第二節　被譯介的「留學潮」:六〇年代臺灣大學生的世界圖像

關於六〇、七〇年代臺灣文學的分野,施淑提出:區隔六〇年代現代主義運動、七〇年代鄉土文學論戰的即是「保釣運動」,再舉六〇年代現代主義作家為例,諸如白先勇、聶華苓、劉大任、林懷民等作家;[80]王德威論及「海外文學」作家,亦以郭松棻、李渝及劉大任為例,[81]這些被舉例的作家們不約而同都有「美國經驗」,除了聶華苓,其餘都是留學潮盛行時期的「留學生」。六〇年代沾染「現代主義」的作家,亦多有留美或美國經驗,而關於「留學潮」的討論,更不脫「美援」所帶來的西方想像。

臺灣六〇年代的美援始於一九四八年美國國會通過的「援外法案」(Foreigm Assustance Act),隨即同年在南京簽署了〈中美經濟協助協定〉(Economic Aid Agreement between the Republic of China and the United States of America),或稱〈中美雙邊協定〉(Bilateral Agreement),伴隨著一九五〇年韓戰接踵而至、一九五四年「中美共同防禦條約」(Sino-American Mutual Defese Trety)的簽訂,除了顯示臺灣對於美國戰略位置的重要性、美援對於臺灣經濟及軍事上的援助甚

---

80 施淑:〈現代的鄉土——六、七〇年代臺灣文學〉,《文學星圖:兩岸文學論集》(臺北市:人間出版社,2012年),頁139。

81 王德威:〈冷酷異境裡的火種〉,收錄於郭松棻著:《奔跑的母親》(臺北市:麥田出版社,2002年),頁4。

鉅,[82]更厚植了美國文化之於臺灣社會的影響力,數據指出:臺灣在一九六〇年至一九六九年間,留學生總人數共有二一二四八人,較之五〇年代成長四倍餘,且留美學生數佔最多,共一七二三五人,約八成強,[83]足見留美風氣的盛行。

此外,蕭阿勤歸結六〇年代的戰後世代為「消極沈默的一代」,受限於戰後國民黨威權統治對社會的鎮壓、教育體制的監控,又生存於國共對峙下的沈悶抑鬱、加上外省籍流亡心態的消極,且孤懸於歷史之外的無根與失落,但卻兼具強烈的孤絕感及使命感,孤絕感源自於歷史條件、使命感緣由於中國傳統的教化及國府教育下的國仇家恨,因此蔚為七〇年代「回歸現實世代」的先聲,亦為「相當消極的自在世代」,同時藉由各種文獻、史料及回憶錄也指出六〇年代的留美風潮的興盛。[84]蕭阿勤所定義的「消極沈默的一代」,實則攏納了成形前的「保釣世代」,並將其視為回歸現實世代的先聲,且一併追究出留學潮之盛行因素;筆者透過三份先後創刊於法國、臺灣及美國,且印刷及流通於臺灣的刊物,回推「保釣世代」成形前的「留學潮」,勾勒出六〇年代知識分子所具備的留學憧憬、國際視野及實際留學後的感受,有助於瞭解「保釣世代」成形前、後所懷抱的世界圖景。

---

82 參見吳聰敏:〈美援與臺灣的經濟發展〉,《臺灣社會研究季刊》第1卷第1期(1988),頁145-158;若林正丈著,洪郁如等譯:〈第二章 戰後臺灣國家與多重族群社會之重組——初期條件〉,《戰後臺灣政治史:中華民國臺灣化的歷程》(臺北市:國立臺灣大學出版中心,2014年),頁71-72。

83 參見戴肇洋、詹中原:〈出國留學政策回顧與變遷(表2-6)〉,《出國留學人數降低問題及因應對策》,頁26。

84 參見蕭阿勤:〈第二章 臺灣一九七〇年代回歸現實世代的浮現與形成〉,《回歸現實:臺灣一九七〇年代戰後世代與文化政治變遷》(臺北市:中央研究院社會學研究所,2010年),頁66-101。

一　憧憬「洋墨水」：「留學潮」的譯介與引力

　　如前所述，六〇年代的「留學潮」肇始於外在政治環境的高壓及內在心理思想的苦悶，將「留學」作為一種暫時解套的方式，如同王智明論述：

> 島內的威權統治與美國文化的影響，加上儒家傳統對士大夫的重視，都使得留美在當時成為一種文化潮流與取得知識資本的主要渠道。「來來來，來臺大；去去去，去美國」的說法相當程度忠實地反映了1960、1970年代臺灣島內的社會真實與心理結構。留學風潮與相伴隨的移民機會，不但強化了跨國想像的吸引力，也促使留學成為一種可資消費的異國情調。[85]

當「留學」成為大學生嚮往的異國情調，眾多的留學資訊、升學廣告便大量地湧現，更多的是留學生身歷其境的真實引介，無論異國情調、民生風情或文化藝術等議題，諸多被譯介、轉載的留學訊息，愈能激發臺灣學生對於「留學」的憧憬。

　　根據教育部國際及兩岸教育司數據統計：在一九六一至一九六九年間，臺灣大學畢業生共計有九一五五八人，[86]畢業後留學海外的學生總人數共二一二四八人，意即約二成三左右的學生出國留學，其中留美學生佔最大宗，計有一七二三五人，比例約八成強；留法學生人

---

[85]　王智明：〈亞美研究在臺灣〉，《中外文學》第33卷第1期（2004年6月），頁24。
[86]　參見教育部統計處「主要統計表：歷年」歷年校數、教師、職員、班級、學生及畢業生數（39-102學年度），網址：https://depart.moe.edu.tw/ed2500/News_Content.aspx?n=2D25F01E87D6EE17&sms=4061A6357922F45A&s=9548BB768A861B5E。

數計有二一〇人，比例僅佔不到百分之一。[87]就數據而言，可以看出六〇年代的大學生對於出國留學的風氣盛行，近四分之一的大學畢業生實踐了「留學夢」，且留學美國的風氣最盛，對於其他國家的留學選擇比例大幅減少，尤其以留美、法的學生數懸殊更凸顯當時臺灣高度的「美」化。

與「留學潮」關係最為密切的便是相關升學資訊，也是留學生最關注的議題之一，攸關日後畢業的出路及社經地位。創刊於巴黎的《歐洲雜誌》是六〇年代留學潮盛行中異軍突起的刊物之一，發刊共九期的刊數，提供了當時少見的法國文化藝術、民主政治、教育體制的最新資訊。創刊號〈巴黎大學法學院簡介〉、第二期〈再談巴黎大學法學院〉由不同作者先後詳述了巴黎大學法學院的硬體設備與軟體資源，其中囊括歷史淵源、新舊教學大樓、師資陣容、教授穿著以及異於英、美的學制，並說明法學院的師生教學情況與考試制度，且強調另有替外國學生開設的課程，因此吸引各國負笈遠來的留學生，以供雜誌讀者參酌，客觀地描述卻又挾帶作者的觀察，例如：在同學報告、教師補充的課堂上「師生早已打成一片，這即是培養學生『寫』與『說』的能力，以及對一專題作深入的研究之最好的啟發式教育。」[88]「對中國學生來說，在法學院聽課，是很容易適應的。教授念講義，同學抄筆記，有些懶的同學，連筆記也不抄，到時自有講義（Polycopier）賣。」[89]第二期還刊有〈法國工學院簡介〉一文，補充了前二文的不足，釐清學制「大學」與「學院」的差別，強調具有

---

87 參見教育部國際及兩岸教育司「出國留學——我國留學生人數統計資料（民國39年至78年出國留學生人數統計表）」，網址：https://ws.moe.edu.tw/001/Upload/userfiles/39-78(1).pdf。

88 李鍾桂：〈巴黎大學法學院簡介〉，《歐洲雜誌》第1期（1965年5月），頁25。

89 羅楚善：〈再談巴黎大學法學院〉，《歐洲雜誌》第2期（1965年9月），頁41。

實務經驗的工程師擔綱師資,也指出宿舍少而學生多的供需問題,關於未來出路則闡明法國工科不重研究,更迥異於文、理、法、醫的學院制度,故工程學校屬於獨立學制,點明「因此重視現實的法國工科畢業生對之並不感到興趣,工程博士在法國寥寥可數。」[90]對於法國留學的資訊,《歐洲雜誌》的創舉開啟新視域,以在地留學生的身分娓娓道來,不避諱揭露學習的現實面,兼顧實質生活面的須知,既是打破學子對於法國的憧憬,也拉近對於留法的距離。

依據柯志融彙整戰後知名臺灣留法學生略表中得知在一九六一至一九六九年間,知名留法學生公、自費人數共計有廿人,攻讀法學僅有四人,更無人研讀工科,多數以人文學科領域為主,[91]可知此時臺灣留法的學科趨勢仍重人文而輕理工,對比於當時金恆杰留法時候攻讀的巴黎大學文學院,法國留學多以人文社會學科為主,依此筆者認為《歐洲雜誌》創刊初始即圍繞於法學院與工學院的介紹,以留法學生的視角提出在地觀察,試圖平衡學子對留法的學科限制、釐清對留法的既定印象,順帶提高留法的多樣性,破除以留美為大宗的現象,此現象其實也一併說明了留學法國即將面臨的窘境與焦慮。

一樣介紹升學資訊,《聯合季刊》則提供了留美學生的觀察報告。除了留美人數的比例最高,也說明了留美學生的攻讀領域的比例差異,恰巧與留法學生的比例相反。從一九六〇年到一九六八年間留學生進修科別與人數統計觀察,專研自然學科比例佔近五成一,多於人文社會學科人數約七百四十人,[92]即是雖留法學生多以攻讀人文社

---

90 麥健生:〈法國工程院簡介〉,《歐洲雜誌》第2期(1965年9月),頁46。

91 參見柯志融:〈戰後臺灣留學生赴法及參與社團之分析〉(臺南市:臺南大學文化與自然資源學系碩士論文,2018年),頁38。

92 參見戴肇洋:〈第二章 出國留學政策回顧與變遷:表2-10 民國38年到民國78年我國留學生進修科別與人數〉,《出國留學人數降低問題及因應對策》,頁33。

會學科為主,卻仍少於自然學科人數,可知留美學生多以自然學科領域為攻讀科系。正如《聯合季刊》創刊號〈我所認識的幾位留美理工同學〉開宗明義闡述了自然、人文學科的懸殊待遇,以致人文背景學科的留學生轉行:「這些改行的同學中,有一小部分是的確興趣的轉變,但絕大多數因為解決現實的生活問題。的確,就現實上來說,學理工的同學可算是穩紮穩打。碩士得到後,總可找到每月六百元以上的工作。半年清理了債務以後,便可進入小康的境界。」[93]留美學生的動機以謀生及未來出路為主,獲得學位更留在美國,進而造成臺灣「人才外流」的現象。

第一卷第二期中,〈開發中國家‧科學人才外流的現象〉先後點出開發中國家移居美國的科學家、工程師及醫師人數在短短十二年內成長了四倍餘,且臺灣留美學成不歸者比例近九成,進而對國內就業結構產生負面影響,[94]數據指出留美學生攻讀科學、工程及醫學為多,成為留學比例上的偏重。因此,在同一期裡,〈留美研究社會科學經驗談〉由作者親身經歷談起英文的重要、讀書與思考能力須得跳脫國內填鴨式教育,甚至重視研究報告與論文的寫作規格,文末總結「一般而言,在國內讀理工較文法苦,而在國外正好相反,讀文法較理工苦,因為語文工具不如本地同學,而理工的公式則放之四海而皆準。」[95]接連著第二卷第二期〈中國人在美國的安全感〉亦表達同樣的看法:「學理工的,還可以退一步想,只要有了碩士學位,博士學位唸不成仍可以在工業界找事。唸文法的,唸不成就不容易解決出路

---

93 大樹俠:〈我所認識的幾位留美理工同學〉,《聯合季刊》第1卷第1期(1968年4月),頁10。

94 參見于寬仁:〈開發中國家‧科學人才外流的現象〉,《聯合季刊》第1卷第2期(1968年9月),頁4-6。

95 王介然:〈留美研究社會科學經驗談〉,《聯合季刊》第1卷第2期(1968年9月),頁12。

問題，因為研究文法學科唯一的出路是大學教授，有了博士學位才在這方面有發展機會。」[96]呼應於稍後第三卷第一期〈美國博士也會失業嗎？〉提及美國理工科系就業求過於供，年年享有鉅款補助，因此「這幾個科系的教授和學生們真是天之驕子。愛屋及烏，讀理工的中國留學生也因此沾了光，受惠非淺。他們當學生的時候，幾乎個個都可請到獎學金，學成後更不愁找不到工作，比起讀文法的那真是幸運多了。」[97]此外，早在第一卷第三、四期合刊裡，刊有〈圖書管理系攻讀就業實況〉一文更聚焦於特定學科，說明留美學生多數一改文法學科專長，轉至圖書管理系就讀，也因為待遇豐厚而引起各大學圖書管理系的排華現象，控制華人研讀本科系的人數。[98]就此得知：留美學生抉擇修習學科往往依據現實生活層面的出路、民生經濟的考量，解釋了留美學生之所以熱衷於理工學科或具前瞻性科系的熱潮，同時間接地影響留美學生的學科選擇，更鞏固理工學科的地位。

　　雖然留美學生必須屈服於未來出路的侷限，但也確實體悟「社會科學」之於工商業社會的重要，若僅重視傳統文、史、地的學科教育，忽視社會科學範疇內的政治學、法律學、經濟學或商業管理學等專門學科，最終僅能淪至落後、跟不上時代步伐的後果，〈知識的束縛〉一文便憂心於此並呼籲重拾對社會科學的重視：「社會科學是工商業社會的知識支柱。也許可以說，中國的工商業社會，還沒有進步到現代化的地步，是跟社會科學的發展是有相互關係的。」[99]相較於《歐洲雜誌》亟欲平衡留法學生重人文輕理工的現象，《聯合季刊》

96　合子：〈中國人在美國的安全感〉，《聯合季刊》第2卷第2期（1969年6月），頁3。

97　念慈：〈美國博士也會失業嗎？〉，《聯合季刊》第3卷第1期（1970年7月），頁6。

98　參見周卓懷：〈圖書管理系攻讀就業實況〉，《聯合季刊》第1卷第3、4期（1968年12月），頁23-24。

99　合子：〈知識的束縛〉，《聯合季刊》第2卷第4期（1970年2月），頁5-7。

恰巧凸顯出留美學生重理工輕人文的侷限,翔實地呈現留學美國的現狀及熱潮,也因此在譯介留美熱潮的同時,鼓勵留學生兼顧社會科學,力求平衡留美學生一向輕重失調的比例,更觀察到臺灣留法與留美學生所處的學習環境雖然迥異,但關心的議題、視野卻相類。

　　創刊於臺灣的《大學雜誌》,從國內大學教育體制談起,延伸至科系的出路,最終圍繞留學生心態調整的必然性。稍早回應於「社會科學」的重要性,《大學雜誌》第七期刊出〈社會科學的重要意義〉,作者陳少廷對比自然科學與社會科學形成的歷史因素、研究方法與侷限,並舉例印證,且強調社會科學所帶來的效益:「社會科學的真正的重要意義是,它開闢了試驗有關人及社會的命辭之可能性,這在從前被認為僅能訴於辯難、說服、或鎮制。就解決知識衝突的觀點來說,這是很重要的。」[100]之所以強調社會科學的重要性,其實也顯示了刊物對於臺灣側重理工教育而忽視人文教育的焦慮。在《大學雜誌》第二、三期刊有〈維納教授及其操縱學〉與〈「新」數學的教科書〉二文,分別譯介美國新興操縱科學及美國數學教育的現狀,前者以科學普及讀物的方式說明操縱學橫跨數學、物理學、工程學、電子學及醫學、人文科學等領域,並視操縱學為廿世紀科學思想的大革命;[101]後者譯介美國數學教科書的改良、教育方法、人才培訓等方式,[102]頗有借鏡美國的意味,種種都透露六〇年代美援文化的影響及崇「美」心態。

　　筆者觀察,《大學雜誌》對於臺灣的教育制度屢屢提出問題癥結與建言方向,也指出大學生應該具備的健康心態,卻間接地成為鼓勵

---

100 陳少廷:〈社會科學的重要意義〉,《大學雜誌》第7期(1968年7月),頁15。
101 參見陳少廷:〈維納教授及其操縱學〉,《大學雜誌》第2期(1968年2月),頁10-15。
102 參見斐曼博士原作,劉凱樂譯:〈「新」數學的教科書〉,《大學雜誌》第3期(1968年3月),頁10-13。

留學出國的推手。諸如：第五期的〈淡江文理學院的困擾〉反映了私立大學的財務窘境，其中更表達對大專聯考制度的不公、不滿，並提出替代方案，[103]透過校長的言論，顯露高等教育制度底下的盲點；第九期〈大學研究所教學的成就與改進〉進一步檢視了臺灣高等教育的施辦績效，一方面肯定國內大學研究所教學成就，另一方面則提出有待改進之處，更以美國為例：「有不少的大學，其研究生的數量，大足驚人，且遠超過其大學部本科學生。有一些著名的大學甚而有專辦研究所教育的趨勢。」[104]可見，朝美國的教育體制邁進，看似成為臺灣當時高等教育的目標。隨著經濟發展，教育識字率明顯增長，在第十三期〈從經濟看臺灣的教育〉一文，依序探討九年國民教育的惡性補習現象將造成農村與都市的人口失調、超過九成的留學生基於待遇、崇洋、成就感及受限於國內環境等因素而學成不歸；[105]第十六期刊載〈從大學教育談到人才外流和留學政策〉，由大學教授發文發表教學現場的觀察，針砭大學教育因為師資不足、教學待遇、外在環境使知識青年的責任感薄弱，最終影響留學政策、導致人才外流。[106]

此外，第二十二期〈當前教育制度上的兩口陷阱〉一文，雖然點出女性在聯考表現的成績優渥，卻仍秉持父權主義以區分男女就業差異，再者憂慮大專聯考落榜生處於與現實落差的教育環境中，以至於學無致用；[107]第二十三期〈大學生調查報告、討論和建議——大學教授給大學生的印象〉及第二十四期〈大學生調查報告、討論和建

---

103 參見梁煥釗：〈淡江文理學院的煩惱〉，《大學雜誌》第5期（1968年5月），頁36-37。
104 張金鑑：〈大學研究所教學的成就與改進〉，《大學雜誌》第9期（1968年9月），頁3。
105 參見孫震：〈從經濟看臺灣的教育〉，《大學雜誌》第13期（1969年1月），頁30-32。
106 參見呂俊甫：〈從大學教育談到人才外流和留學政策〉，《大學雜誌》第16期（1969年4月），頁3-5。
107 參見群芳：〈當前教育制度上的兩口陷阱〉，《大學雜誌》第22期（1969年10月），頁16-17。

議——大學生對學校的態度〉便透過問卷提出高等教育的檢討方案，議題從鼓勵學風獨立、教職員待遇、監督教學審查、考試方案改進到退休制度，[108]甚至從大學生在學校課外活動的自主權、攸關學校行政的參與權，無一不是對國內大學的學風提出建議；[109]第三十三期〈改進大學導師芻議論〉更針對大學導師制度提出改善方法，諸如以學生本位中心、訓而不導的方式、以分組替代集體訓話及主張師生一體以提升導師參與度。[110]

《大學雜誌》逐一指明臺灣高等教育的待改進之處，更間接地凸出留美的優勢。第六期〈關於醫科畢業生出國問題〉一文中，作者以自身為醫科學生為例，提出留學潮盛行的癥結，除了做學問的時間性講究一氣呵成，更強調留學是足以提高醫學水準及技術的方法，因此當務之急是必須吸收國外新血歸國，[111]即是凸顯了外國醫學科技的日新月異，成為醫科畢業生朝聖勝地；第十期〈解開留學生的結〉進一步點開美國就業市場公開性質，進一步更點出圖書館學科待遇的優渥，以致「大家心裡明白，為什麼迢迢千里而來，死啃圖書館這一枯燥的學科，還不是希望在美國找一棲身之所。」[112]留學生設想畢業後的出路，呈現了美國就業職場的吸引力；第三十期由作者切身談起社會工作在美國的備受重視，〈談美國社會工作發展的趨向〉指明社工

---

108 參見大學生調查小組：〈大學生調查報告、討論和建議——大學教授給大學生的印象〉，《大學雜誌》第23期（1969年11月），頁22-24。

109 參見大學生調查小組：〈大學生調查報告、討論和建議——大學教授給大學生的印象〉，《大學雜誌》第24期（1969年12月），頁24-26。

110 參見劉思量：〈改進大學導師制度芻議論〉，《大學雜誌》第33期（1970年9月），頁14-16。

111 參見陳茂元：〈關於醫科畢業生出國問題〉，《大學雜誌》第6期（1968年6月），頁7-8。

112 石永貴：〈解開留學生的結〉，《大學雜誌》第10期（1968年10月），頁9。

在美國社會突進、人權高漲後的需求量大增，因此培養專業與非專業人才各司其職，凸顯社工地位與身分的提高，當然待遇也隨之水漲船高，文中更指出：「五、六十年來社會工作一業已成為解決社會問題的助力之一，隨年月，工作績效漸為人認識了解，社會工作的職業地位只有日漸鞏固。」[113]相較於臺灣國內社會工作的不受重視，美國對於社會工作專業的備受重視足以與社會形態的進步與轉變息息相關。第三十二期的〈革新大學教育與副修制度〉期待大學青年成為推進社會進步的核心分子，再引用數據呈現大專學生八成餘未能依興趣選科就讀，因而寄望效法美國大學規程調整共同必修、主修、選修及輔修科目，[114]也呈現了美國教育的多元及彈性。

對比於《歐洲雜誌》及《聯合季刊》所呈現的歐美觀察視角，直截了當地介紹大學院校、專業科系及學習環境，更試圖平衡以往的學科比重；《大學雜誌》突出的是臺灣視野，雜誌主要以知識青年為關懷核心，表現出六〇年代知識青年對於臺灣高等教育的不滿，對此提出觀察與建言，自體制設備、師資硬體到學習態度，有鑑於臺灣高等教育的硬體、軟體的不足，進而表現出六〇年代知識青年對於高等教育的焦慮感，這樣的焦慮感源自於年輕知識分子不僅是國府政治高壓的脅迫、孤懸於歷史之外的疏離感，更是美援文化根深柢固的影響。筆者認為，由刊物作為觀察對象，《歐洲雜誌》及《聯合季刊》對於六〇年代的留學潮無形中凝聚成一股拉力，而《大學雜誌》卻無形中成形另一道推力，二者一推、一拉之間，正好表現出知識青年師法歐美的急迫、留學歐美的渴望。值得一提的是，無論《歐洲雜誌》、《聯合季刊》或《大學雜誌》，都呈現出六〇年代的知識青年將最切身的

---

113 蒲慕容：〈談美國社會工作發展的趨向〉，《大學雜誌》第30期（1970年6月），頁26。
114 參見黃天中、劉君燦：〈革新大學教育與輔修制度〉，《大學雜誌》第32期（1970年8月），頁6-7。

教育視為變革的起點，既透過留學，再檢討制度，後回首臺灣，都成為借鏡歐美的具體實踐，正是表現出知識分子亟欲改革的初衷，因此留學承載著知識分子的夢想與理想，同時也勾勒出保釣世代成型前知識青年對於革新的企圖。

二 當局者「清」：「現實」與「想像」的留學經驗

懷抱著「留學夢」的青年學子抵達夢想中的異國學殿，求學、生活與未來出路的難題逐一浮現，正標誌著現實與想像的懸殊差距，留學的夢想面臨著現實的試煉，留學生必須突破語言的隔閡、文化的藩籬，首當其衝的即是課業、求學上的考驗。

關於外語學習的議題，《歐洲雜誌》創刊號〈認真介紹與研究西歐各國的學術與文化〉開門見山直擊核心：「如說使其來法深造，則決不應以學過英文便可算數！因為在法國，通曉英文，既不能作為介紹與研究法國學術文化的工具，更不能作為『深造』的工具。」[115]可見在法國，英文不被視作研究深造的語言能力。延伸至第八期的〈法語與英語勢力的消長〉分析了法國官方立場拯救法語的力挽狂瀾，由世界局勢的發展表現出國際勢力的消長，其實更表示法國官方重視法語流通世界的使用率高低，透過數據顯示了法文書籍、畫報及畫冊的輸出外銷逐年增加，因為拉丁文的消失，法語因此可視作「現代世界的拉丁語文」，更名列為多國第一學習外文，並供給外國留法學生獎學金甚至由官方推廣法文教學，由法文傳播及研究中心與柏桑松大學法文字語研究中心合作，研發科學基本字彙：「從法國中等教育中第二級 DEUXIEM CYCLE 之化學、數學、自然科學及物理課程中來研

---

[115] 陳祚龍：〈認真介紹與研究西歐各國的學術與文化〉，《歐洲雜誌》第1期（1965年5月），頁36。

究，更利用電腦，希望能組成一項八百個科學上應用的字眼，來傳授給外國的科學學生。」[116]可見法國官方政府瞭解語言隔閡是留學的難關，因此試圖破除留學生語言上的藩籬以利招收外國留學生，同時也展現了重視科學研究的決心。消解了留學的語言難題，便是專業學習上的考驗。

《歐洲雜誌》創刊號的〈巴黎大學法學院〉，除了如前文所述，針對巴黎大學法學院的歷史沿革與設備師資進行介紹，更可從博士學位的考試方式區分為「國家博士」與「大學博士」，其中「前者的對象是獲得法國法學士的學生，而後者乃以所有國家的法學士為對象。其最大的不同即在攷試：前者包括兩科筆試與四科口試，而後者則科筆試與四科口試」；[117]第二期刊載的〈再談巴黎大學法學院〉再行補充，除了考試科目差異，連修習科目亦有分別，前者為多、後者為少，且作者更現身說法，就實習課程而言，每週必須由學生做專題報告以補足正課學習之不足，「擔任報告的同學，不但事前要將有關問題的名家學說充分研究，還要運用自己的思維，加以分析、研判，提出自己的結論。」[118]對於考核學習的邏輯、思辨能力，臺灣留法學生往往力不從心，也顯現出臺灣知識青年的學習通病及改進的良方，提供留法學生課業上的參酌意見。此外，第二期〈留學生話巴黎〉驗證了電影畫面的美麗，卻也傳達的留學生難解的鄉愁：「物質生活的不足，大抵容易克服，而精神生活的落寞卻很難排遣，因此書信的等待，自然成為每日生活的重要課題之一。」[119]從書信往返的情況，更帶出了法國罷工的常態。

---

116 黎松齡：〈法語與英語勢力的消長〉，《歐洲雜誌》第8期（1965年夏），頁22-23。
117 李鍾桂：〈巴黎大學法學院簡介〉，《歐洲雜誌》第1期（1965年5月），頁34。
118 參見羅楚善：〈再談巴黎大學法學院〉，《歐洲雜誌》第2期（1965年9月），頁38-43。
119 夏玉：〈留學生話巴黎〉，《歐洲雜誌》第2期（1965年9月），頁87。

較之《歐洲雜誌》引入法國的學院介紹、學制方式,《聯合季刊》的內容編輯貼近留學生的日常,更顯得平易近人。《聯合季刊》第一卷第二期〈留美研究社會科學經驗談〉一文也指出留學首重語文能力:「出國留學,首先遭遇的困難是留學國的語文。中國同學來美國讀研究院,普遍感到英文不夠派利。」[120]在稍早的創刊號〈從陳慧自殺說起〉再指出留學生乍到異國的處境:

> 目前國內一般青年仍抱有一種錯誤觀念——以為祇要能夠來到美國,一切就有辦法。因此,對自己英文程度如何?!經濟狀況怎樣?!以及應選何種學科?!生活能否適應等基本問題,事前毫不加以慎重考慮。結果,到了美國之後,處處碰壁,進退失據,痛苦難堪。其中,英文基礎太差者,吃虧最大。[121]

作者從密友的自殺事件表露了留學生的心理壓力,雖文末力籲政府駐外機構的關注,卻不免對於留學生生活的實際面提出憂心,諸如外語能力、經濟狀況、學科選擇及生活適應其實都不如出國前的憧憬。同期〈讀「海外夢迴錄」有感〉進一步講述作者的親身經歷,回首在國內求學一圓留學夢,留美後卻只能出賣勞力,過往求學的艱辛至今淪為「敲門磚」;[122]第一卷第三、四期合刊的〈學生「企枱」經驗談〉則延續了打工議題,留美學生在暑假前夕為了暑期工作苦惱:「多數的同學都在為暑期工作而四處打聽、探詢;看幹那一行才能夠在這短

---

120 王介然:〈留美研究社會科學經驗談〉,《聯合季刊》第1卷第2期(1968年9月),頁11。
121 李華偉:〈從陳慧自殺說起〉,《聯合季刊》第1卷第1期(1968年4月),頁19。
122 參見陳長華:〈讀「海外夢迴錄」有感〉,《聯合季刊》第1卷第1期(1968年4月),頁29。

短的三個月中,湊足千兒八百的。當然,對已有暑期工作經驗者而言,他們是早已成竹在胸。可是對我們這群來美不久者而言,找暑期工作可不是樁簡單的事。」[123]第二卷第一期甚至刊載「世界中國留學生生活專輯」,記錄美國、英國、魯汶、澳洲及日本的留學生實況,內容遍及工讀、課業、宗教等層面,擴大範圍從亞洲涉及至澳洲、歐洲及美洲,目的在於轉介各地留學生的真實生活,衝擊臺灣知識青年的想望。

　　經濟的困頓成為異國留學最現實的問題。在《聯合季刊》第二卷第一期〈唐德剛博士談大變動時代中留美學生的奮鬥〉述及:「留學生除了少數公費生(其實公費金額也多嫌不夠)和家庭富有的人以外,絕大多數都得靠暑假工作或學校獎助學金過活。」[124]第二卷第二期刊上〈我們的話〉慰勉暑假工讀的留學生:「當在國內的朋友羨慕你到了金元王國的時候,而在國外的各學人回國講學,享受衣錦榮歸之樂的時候,朋友,你卻在像蒸籠一樣的廚房滴著汗,在大廚的吆喝下加快你的動作,在衣冠楚楚的客人面前陪著笑臉。」[125]前者說明了留學生工讀的普遍性,後者呈現了留學生的工作性質,文中更勉勵體會「勞動世界」的百態、深入基層的豐收碩果,留學生的「美」夢似乎不若想像中的美好,既有課業上的學習壓力,又要面臨經濟上的窘境,更湧上情感層面的鄉愁。

　　第一卷第二期〈老同生出家苦修記〉即以赴美離家的丈夫身分傳達牽掛:「雖然妻時常在來信中給我慰勉,使我安心,孩子們病了總

---

[123] 李學濤:〈學生「企枱」經驗談〉,《聯合季刊》第1卷第3、4期(1968年12月),頁20。

[124] 張光華:〈唐德剛博士談大變動時代中留美學生的奮鬥〉,第2卷第1期(1969年4月),頁24。

[125] 無撰著人:〈我們的話〉,《聯合季刊》第2卷第2期(1969年6月),頁1。

是在病癒之後才告訴我，但是這一逃避家庭責任的事實常使我在惦念之餘深感內咎。」[126]第二卷第二期的「世界中國留學生生活專輯」裡的〈長春藤下〉表現了留學生的離鄉背井：「她躺在床上鬆了一口氣，卻忍不住想起家，累極了入夢，眼角卻掉下兩顆淚水。」[127]抒情的筆法客觀地描述的留美學生「她」初赴美的忐忑心境，與大多數的留學生相似，面對著學習挫折而湧上鄉愁。情緒的起伏波折之外，《聯合季刊》更表現出異國文化的差異，讓留學生必須磨合於眼下的民俗風情。創刊號〈我所認識的幾位留美理工同學〉說明了種族位階的優劣，即便法律保障為公民，仍無法完全融入美國生活圈：「即使生活習慣、宗教、禮節，和美國人一樣，而膚色永遠不會和他們一樣。」[128]此外，社會交遊的習慣甚有差異：「在美國社交場合的一個習慣，就是談談天氣、談談服裝、談談政治，千萬不要問到切身問題，他自己告訴你又是另一回事。」[129]或在第二卷第二期〈中國人在美國的安全感〉則點出赴美前後的心態差別：「假如可以在工作上或社交場合中盡量爭取跟美國人交談的機會，可以減少對他們的淺見和誤解。我們會發覺，種族的界限儘管存在，膚色和文化背景儘管不同，人在本質上是有很多共通點的。」[130]由香港留美學生直接點明風俗文化的差異，導致種族之間的誤解，同時也表露留學生在人際關係拿捏上的生澀。

延伸至宗教的適應上，第三卷第一期的〈基督教與留學生的適應問題〉闡釋了留學生對於基督教的觀察與適應，先提出基督教與中國

---

126 陸寶蓀：〈老同生出家苦修記〉，《聯合季刊》第1卷第2期（1968年9月），頁20。
127 林雯：〈長春藤下〉，《聯合季刊》第2卷第1期（1969年4月），頁40。
128 大樹俠：〈我所認識的幾位留美理工同學〉，《聯合季刊》第1卷第1期（1968年4月），頁11。
129 合子：〈在美國認識了什麼〉，《聯合季刊》第1卷第1期（1968年9月），頁3。
130 合子：〈中國人在美國的安全感〉，《聯合季刊》第2卷第2期（1969年6月），頁4。

傳統的隔閡，後詮釋基督教對於留學生涯的優勢：「所以教會具有『化冰』作用。一個中國教徒常常在教會出現自然多了許多結識其他教徒的機會，一回生二回熟，因此締結友誼的不在少數。」[131]將教會作為社交橋樑，鼓勵留學生善用群體廣結善緣，並拓展人脈，有助於開展留學生人際往來的新方式。甚至連留學生戀愛與婚姻議題，《聯合季刊》都闢有專題探討，諸如第一卷第三、四期轉載了〈留學生在婚姻問題中兜圈子〉便分析了留學生在婚姻關係的崇洋心態，範圍涉及社交關係、性別失調等觀察，文末作者提倡改良社會風氣的可行辦法：「如果我們的報章雜誌肯多報導一些在美國由於認識不正確而產生的婚姻悲劇，使後來者知所警惕，則也許今後『失婚』悲劇會減少一點」，[132]顯示了當時留學生對於兩性關係的困惑。

關於就業市場的供需，《聯合季刊》一併彙整美國職場的現狀以供參酌，卻也顯示了留學生的焦慮。第一卷第二期〈留美學生就業的機會〉論及同年的畢業生工作待遇優於以往、女性的就業機會增加，加上越戰爆發後的戰力需求，「一般大專畢業生及研究生均要投筆從戎，我留美學生之就業機會是否亦會因是而有所增加，目前尚不敢斷言，為可預言的是此舉對我留美學生之就業機會是決對（絕對）不會有任何不良影響的。」[133]就業機會、工作待遇增加的背後，其實隱露了社會動盪的危機，同期即刊載「世界學潮專輯」，點明美國學潮即肇因於學生的反越戰，以哥倫比亞大學為例，校園局勢愈顯不安；攸關專業學科及市場需求的問題，第二卷第四期〈知識的束縛〉討論了

---

131 匡雲：〈基督教與留學生的適應問題〉，《聯合季刊》第3卷第1期（1970年7月），頁18-19。

132 沈之方：〈留學生在婚姻問題中兜圈子〉，《聯合季刊》第1卷第3、4期（1968年12月），頁8。

133 李榮濤：〈留美學生的就業機會〉，《聯合季刊》第1卷第2期（1968年9月），頁6。

學以致用的就業困難:「假如你是文法科學生,而大學又是在臺灣或香港念的話,即使到了美國得了碩士學位,也會發現就業上的困難不難想像。」[134]固然理工科專長的畢業出路選擇多元,但作者的陳述實則表現了美國就業市場的偏狹,誠為文法科留美學生的隱憂,理工見長的畢業生也不乏其就業問題。

在第三卷第一期〈美國博士也會失業嗎?〉中,歸咎博士畢業生失業原因有二:一為越戰消耗國力、二是博士數量大增,由數據顯示:「過去十年中,美國各大學為了提高素質,每年幾乎都吸收了一半的博士畢業生。但是自一九七〇年以後,各大學及學院最多只能容納三分之一的博士,十五年後更要降為一比五了。」[135]於是下一期〈談美國學術市場及選科系〉提供物理研究機構的經費,指出新科博士的失業率節節升高,故提醒留美學生應憑興趣選擇專長,而非熱門學科為導向。第三卷第四期轉譯〈越戰對美國經濟的影響〉總結越戰之於美國不僅造成通貨膨脹、經濟困頓,引起美國年輕人普遍不滿,更間接形成失業問題,「國防工業的發展,對技術工人的分布和地區性的職業的重新分配,有很重要的左右力量。由此可知軍事消費對就業的某些方面會有不當的影響。」[136]同期刊載〈生活與文化〉同樣論及就業不均,肇因於美國過度發展工業,導致理工人才失業:「由於美國工業社會的過度發展,文化上跟著也有劇變,譬如紐約市的清道夫反而成了金飯碗行業,比大學生賺錢還要多反而生活又有保障。」[137]隨著越戰越演越烈,美國社會安定與經濟穩定每況愈下,進而影響就業供

---

134 合子:〈知識的束縛〉,《聯合季刊》第2卷第4期(1970年2月),頁6。

135 念慈:〈美國博士也會失業嗎?〉,《聯合季刊》第3卷第1期(1970年7月),頁7。

136 Douglass B. Lee Jr.、John W. Dyckman著,本社譯:〈越戰對美國的影響〉,《聯合季刊》第3卷第4期(1971年3月),頁19。

137 馬士珍:〈生活與文化〉,《聯合季刊》第3卷第4期(1971年3月),頁11。

需市場，其中也包含原來重理工、輕人文的偏重所致，讓留學生的「美」夢不再，《聯合季刊》見證了六〇年代美國的興衰，也緊扣留學生涯的日常，從個人生活、情緒調整、學科選擇、就業市場、人際互動到戀愛婚姻，翔實地呈現留學點滴，可視為留學指南參酌。

發刊於臺灣的《大學雜誌》，呈現臺灣內部對於留學熱潮的矛盾，既是懷抱著憧憬想望異國，卻又憂心於留學潮所帶來的人才外流，尤其重視留學生健康心態的調整。第六期〈關於醫科畢業生出國問題〉以醫學生角度對遠赴國外職場的畢業生提出觀察：「他們的出路並不好，因為他們所持的是工作護照，在美國工作四年後，必須離境。而且由於移民法的規定，外國不能考醫師執照，因此他們在法令與工作間，多所徬徨，有些就轉入基礎醫學的研究工作，有些轉赴加拿大另謀發展。」[138]文中也強調應該吸收國外新血以促進國內醫療水準，礙於法規限制，國外職場不如想像，同時也呈現當時遠赴國外覓職的風氣。第十期〈解開留學生問題的結〉除了講述留美學生畢業後的出路不如預期，美國圖書館職業工會下令禁止錄用中國籍管理人員，更甚提出：「倒不是經濟問題，而是在心理上，距離祖國日遠，除了幾張大牌，還可以以學人身分，利用暑假返回講學外，一般在美國的學生，內心上都非常寂寞的。」[139]如同《聯合季刊》所呈現的留學生心態，雖然負笈異地所面臨的不僅生活、經濟或課業的困難，還得承擔隻身在外的壓力，但崇洋的風氣卻絲毫不減，《大學雜誌》即對此現象提出異議。

第十一期的〈消弭崇洋與媚外的風氣〉便針砭臺灣社會的崇洋現象，除卻人才流失的弊端之外，各式媚外的亂象叢生：「今天臺灣大家競習英、日語，各種花樣的補習班生意興隆，有幾家簡直成了洋奴

---

138 陳茂元：〈關於醫科畢業生出國問題〉，《大學雜誌》第6期（1970年8月），頁8。
139 石永貴：〈解開留學生問題的結〉，《大學雜誌》第10期（1968年10月），頁9。

訓練班（它要教人為何與洋人應對、為何使洋人高興），臺北美國學校竟有許多的黃面孔；孩子何辜？」[140]作者再進一步闡釋理應截長補短，絕非毫無立場的全盤吸收，並以身為中國人為傲。第十六期的〈從大學教育談到人才外流和留學政策〉一文，作為大學教授的作者，即對國內「自貶」心態提出見解：「由於臺灣夾在中國大陸和美國之間（太平洋和臺灣海峽在我們心理上的距離，與地理上的距離似乎相反），我們慣於回想過去的大陸，瞻望眼前的美國，自然就覺得腳下的這塊海島太渺小了。」[141]因此影響對於國家民族的自信心，導致大學教育的迷茫，以及大量的人才外流現象，甚而提出改進留學辦法，提高留學生回臺就業的機會；同期由遠赴美國的作者投書〈知識分子的流失和人才外流〉一文，亦對教育部所擬定大專畢業後在臺服務兩年的規定不以為然。[142]

　　《大學雜誌》第二十期刊有「留學問題專輯」，對亟欲留學心態、留學生心理、社會風氣及人才外流的現象，一併提出詮釋。先是〈孤獨的一群〉對身處美國的知識分子抱持樂觀：「他們對祖國的未來也毫不缺少遠景與希望。他們只是在等待，等待一個挑戰性的機會——不是一個接收的機會。而是一個發展自己與國家的機會。」[143]甚而期待國內環境終究發生「人才內流」的可能性；其次，在臺的義大利籍神父〈謹獻給即將出國深造的同學們〉，眼見人才外流對亟欲留學的知識青年呼籲：「將來學成歸國，一定要為這些享受權利較少

---

140 張潤書：〈消弭崇洋與媚外的風氣〉，《大學雜誌》第11期（1968年11月），頁6。

141 呂俊甫：〈從大學教育談到人才外流和留學政策〉，《大學雜誌》第16期（1969年4月），頁4。

142 域外人：〈知識分子的流失和人才外流〉，《大學雜誌》第16期（1969年4月），頁29-30。

143 金耀基：〈孤獨的一群〉，《大學雜誌》第20期（1969年8月），頁5。

的貧苦人們做些事情。」[144]再者,〈變態的留學心理〉及〈關於留學問題〉依序對「人才外流」的提出辯駁,前者依據第十五期刊載的〈漫談留學心理〉贊成大專畢業生視留學為合理出路而建言,疾呼留學生能一改滯美心態,對臺灣稍盡反哺之心,後者為留學生辯護,指出國內硬體不足、人浮於事及教育制度不全的現象。[145]最後,〈留學和社會價值〉與〈責任與信心〉討論留學生與就業制度、社會價值的議題,前文建議調整普世價值觀:「社會的價值觀念不要對少數虛有其名的人物例如留學生加以崇拜,而是把價值付給那些對社會有貢獻的人們。」[146]後者強調大學教育應與社會接軌,此外更由組織運作,「我們一方面要對現在社會及學術界需要怎樣的人才做一次澈底的調查;另一方面我們應該成立『社會發展研究小組』,研究往後臺灣社會經濟發展各階段,所需的各類人才和數目。」[147]此時留學熱潮與人才外流的影響誠為社會議題之一,在「留學」與「學留」之間,《大學雜誌》除了點出癥結,更盡其所能地提出具體辦法。

　　早在第十五期〈漫談留學心理〉提倡重新思索留學的意義,留學生也必須懷有健康的心態:「當前我們需要面對的真正癥結,既不是要限制大專畢業生出國,亦不是要鼓勵留學生歸國,而是要懇切反省,究竟怎樣的人才需要出國,出國在心理上要有怎樣充分的準備。」[148]就社會制度面,第二十期的「留學問題專輯」中〈繁榮才是吸引人才的最有力資本〉提出辦法:「惟有經濟健康發展,社會真正繁榮,才

---

144 梅德純:〈謹獻給即將出國深造的同學們〉,《大學雜誌》第20期(1969年8月),頁7。
145 參見莊稼漢:〈變態的留學心理〉,《大學雜誌》第20期(1969年8月),頁8-9。劉述先:〈關於留學問題〉,《大學雜誌》第20期(1969年8月),頁9-10。
146 孫震:〈留學和社會價值〉,《大學雜誌》第20期(1969年8月),頁13。
147 王曉波:〈責任與信心〉,《大學雜誌》第20期(1969年8月),頁15。
148 劉述先:〈漫談留學心理〉,《大學雜誌》第15期(1969年3月),頁12。

是吸引人才的有力資本。」[149]第二十三期的〈人才外流〉就教育、就業制度面提出見解,前者強調大學教育與社會所需脫節,後者闡明社會就業退休制度的落後,須進行革新才有機會內留人才。[150]對於心理調適的問題,第三十三期的〈出國之心理適應問題〉,依序闡釋留學心理的不同階段,以求達到平衡階段,面臨迥異文化的當下,「健全的適應,必須要衡量自己心理的需要,能夠改變,必須改變的則改,不必改變,不能改變的加以保留。」[151]並非一味地融入,而是透過不斷地調整、磨合,以最適當、最健康的心態學習新知,才是出國留學的最佳心理狀態,以因應接踵而來的挑戰。

綜合來看,對於留學生活的紀實,《歐洲雜誌》、《聯合季刊》與《大學雜誌》各有不同的切入方式,呈現出不同的面向以供參酌。《歐洲雜誌》記錄留法生活,迥異於當時風行的留美熱潮,對於留學生活的寫照,之所以首重掌握語言能力的應用,其次強調課業學習的盲點、應具備的學習態度,其實顯現了當時留學目的地的熱度差異性。國內興起留美熱潮,故英語能力往往在留學前便予以養成;法語能力不比英語普遍,因此《歐洲雜誌》將語言問題作為留法首要,順勢也點出留法對實務課程的重視,且更要求思辨能力的邏輯運用,藉此消弭對留學法國的陌生,刺激知識青年對留學法國的熱度,試圖平衡留美熱潮的盛行。

《聯合季刊》以留美學生在地性的視角,貼近日常生活的觀察,傳達留學生活勢必遭逢的問題,諸如:課業學習、文化融合、畢業出路、婚姻戀愛等問題,不避諱地呈現留學美國的種種實境,既可破除

---

149 陳秉言:〈繁榮才是吸引人才的最有力資本〉,《大學雜誌》第20期(1969年8月),頁19。

150 李學叡:〈人才外流〉,《大學雜誌》第23期(1969年11月),頁19。

151 曾炆煋、徐靜:〈出國之心理適應問題〉,《大學雜誌》第33期(1970年9月),頁8。

知識青年對於美國一貫的嚮往，亦是留學前的指標性刊物。

　　駐足在臺灣的《大學雜誌》，以臺灣的視域看待留學風氣，延伸至留學對於人才外流的議題，從高等教育的制度到出國留學的方案，乃至於國內就業市場供需、留學生心態調整，《大學雜誌》成為作者與讀者討論的平臺，甚至藉由專欄議題，矯正國內留學熱潮的偏差心態，試圖導正「留學」後「學留」的人才外流、內留問題。

　　顯而易見，三份刊物對於「留學」的議題其實都與發刊地點、流通地區及供需數量相關，《歐洲雜誌》提供法國視野，試圖拉高學子對留法的興致，卻也帶出法語能力的重要；《聯合季刊》展示美國在地，在留美熱潮的盛行裡，揭開真面目以消解學子過度的想像空間；《大學雜誌》體現臺灣關懷，針對留學導致的社會議題發出疾呼、提出辦法，甚至透過讀者與作者的來稿互動，表現不同的觀點。

三　異地「中國性」：從「無根」、「尋根」到「埋／立根」的想望

　　負笈異國留學的知識青年，跨出國門甫驚覺異地求學的不易。無論《歐洲雜誌》、《聯合季刊》或《大學雜誌》，舉凡面臨鄉愁落寞、文化衝擊或人才外流等議題，「中國」便成為嚮往召喚的符碼。在此弔詭之處有三：一是六〇年代向來被論者視為「無根的一代」、「失落的一代」或「迷失的一代」，無論是否遠赴異國或身留臺灣，都以「中國」作為寄託鄉愁的標的，企圖從中尋根；其次「中國」是遙遠的彼端，何以絕大多數的學生都沒有中國經驗，卻都不約而同以「中國人」自居，號召某種精神深處的渴望；最後既以「中國」作為召喚的符碼，留學生在表現鄉愁的同時，卻以「留學」之名行「學留」之實，卻終成異國移民、羈留於異國。

筆者認為，此種心理狀態的轉變，從身處臺灣的「無根」，到遠赴異國的「尋根」，最終在異國「埋根」或在臺灣「立根」，正展現了六〇年代知識青年認知「中國性」的追求歷程。在此筆者藉由三份刊物，提出可能的詮釋框架，既以知識青年在「無根」的情境下遠渡重洋，紛紛在異國中「尋根」中國、在臺灣「尋根」中國，此時尋覓的「中國」根自何處？再者，留學生選擇「埋根」異國的原因為何？此節試圖重現六〇年代知識青年面臨留學潮風行、異國文化衝擊後所形構而重組的「感覺結構」。

誠如前節所述，《歐洲雜誌》原是依附在「中國留法同學聯誼會」，是以「中國」作為凝聚號召；此外，〈創刊的話〉論及刊物宗旨：「做一個現代的中國人，唯一的辦法就是眼睛歪的把它們擺正了，閉起眼的把眼睛打開，切切實實正正經經地看一看我們所處的這一個時代，和所處的這一個世界；看一看自己，也看一看他人。」[152]文章以「現代的中國人」作為發刊目標，力求接軌世界；同期〈認真介紹與研究西歐各國的學術與文化〉提出法國與臺灣各自研究外國學術文化的風氣差異，述及：「關于我國學術文化的博大與精深，是人都不會加以否認。如說法人現在需要介紹與研究中國的學術與文化，他們自然會千方百計，合力同心，在法國、在遠東、盡量訓練幹員。」[153]此外，第二期〈再談巴黎大學法學院〉對於巴大法學院的享有盛名，「是以每年從歐、美、亞、非各地負笈前來此的學子，多如過江之鯽，我中國青年，亦曷興乎來。」[154]同期馬森在〈電影藝術的欣賞與創作〉討論到藝術足以反映民族性的同時，評論「又有些中國的製片家，恰好

---

152 馬森：〈創刊的話〉，《歐洲雜誌》第1期（1965年5月），頁3。
153 陳祚龍：〈認真介紹與研究西歐各國的學術與文化〉，《歐洲雜誌》第1期（1965年5月），頁37。
154 羅楚善：〈再談巴黎大學法學院〉，《歐洲雜誌》第2期（1965年9月），頁43。

相反，深怕我國的影片受國外的影響，好像覺得西方在電影藝術上的成就都是洋玩意兒；中國觀眾怎麼懂這些洋玩意兒呢？」[155]《歐洲雜誌》上的諸多載文，上至編輯群、下到投稿作者，往往以「中國人」自居，無論發刊宗旨或刊載內文，「中國」似乎成為留學生身處法國的號召符碼，這樣的狀況在《聯合季刊》亦屢見不鮮。

《聯合季刊》原依附的「留美中國同學聯合會」在〈成立大會宣言〉提到大會宗旨：「我們要發揚中國文化，展開東西文化交流，以盡國民外交的責任。」[156]在此期許達到「國民外交」的目的，亦以「中國」自居；同期〈散沙與士敏土〉甚至做比喻：「把士敏土滲在散沙中，造成刀鎗不入的硬塊，把五個手指握成拳頭，發揮出最大的攻擊及防守力量。這樣我們才能衝破目前的悶局，為中國的前途開出一條康莊的大道。」[157]在此編輯群亦以「中國的前途」作為目標，團結留美學生、凝聚向心力；第一卷第三、四期合刊中，劉源俊在讀者投書專欄裡發表著對刊物的期許，更滿懷著「中國」：「我以為『聯合』的第一宗旨應放在集思廣益，為中國人之前途創造光明。我希望『聯合』做到下面兩點：一、多討論實際問題。二、多討論中國問題。」[158]對於《聯合季刊》的發刊，以讀者角度期許能將「中國」作為發刊議論的核心；同期〈我們的話〉以「教育專輯」為主題，開宗明義點出「當我們到了美國，跨進教室之後，便會發覺，美國課室中的氣氛和中國大不相同。」[159]唯有跨出國門才能感受差異，此處留美學生所指涉的「中國」已然是挾帶著國族敘事後的想像「中國」，因為絕大多數的留學生與實際的「中國」絕緣。

---

155 馬森：〈電影藝術的欣賞與創作〉，《歐洲雜誌》第1期（1965年9月），頁77。
156 無撰人：〈成立大會宣言〉，《聯合季刊》第1卷第1期（1968年4月），封面內頁。
157 無撰人：〈散沙與士敏土〉，《聯合季刊》第1卷第1期（1968年4月），頁2。
158 劉源俊：〈讀者投書〉，《聯合季刊》第1卷第3、4期（1968年12月），頁1。
159 無撰著人：〈我們的話〉，《聯合季刊》第1卷第3、4期（1968年12月），頁3。

接連著每期發刊的〈我們的話〉之中，亦總以「中國」自居，諸如第二卷第一期因應留學專輯，稱留美學生為「完成的大學教育的中國青年」，[160]第二卷第二期稱留學工讀得以鍛鍊出「中國有史以來，最大最甜的果實」、[161]第二卷第四期稱留學生「物質較為匱乏的中國，步入工商業發達的美國社會」、[162]第三卷第一期呼籲「要使我們炎黃子孫，能在五大洲上昂首闊步」，[163]乃至於第三卷第二期期許獨立後的《聯合季刊》「報導我們這一代中國人所關心的事務，探討我們這一代中國人所面臨的問題」，[164]甚至在第三卷第三期懇請留學生「要將自己帶有中國文化的生命，投入西方文明的洪流中」。[165]由此可見，《聯合季刊》對於留學生在生活工讀、學習課業或未來展望等層面，無一不以「中國」作為思考的始點、思想的框架，既以《聯合季刊》是美國在地性的留學生刊物，好不容易身處憧憬中的「美」土，卻懷抱著「中國情」，異鄉遊子的心態轉變耐人尋味。

直至《大學雜誌》對於「中國」的概念更具反思，同時也更顯嚮往。創刊號〈這一代知識分子的責任〉即由陳少廷以「作為中國知識分子的我們」呼籲知識分子必須善盡其責、參與國是，[166]在此創刊號表現了對改革的期待、對政治民主的寄託；第二期〈中國新知識階層的建立與使命〉以「新的建構化的知識階層」寄寓對國家社會的積極參與而非壟斷，須得符合新知識階層的「職業完整」，[167]強調知識階

---

160 無撰著人：〈我們的話〉，《聯合季刊》第2卷第1期（1969年4月），頁1。
161 無撰著人：〈我們的話〉，《聯合季刊》第2卷第2期（1969年6月），頁1。
162 無撰著人：〈我們的話〉，《聯合季刊》第2卷第4期（1970年2月），頁1
163 無撰著人：〈我們的話〉，《聯合季刊》第3卷第1期（1970年7月），頁3。
164 無撰著人：〈我們的話〉，《聯合季刊》第3卷第2期（1970年8月），頁1。
165 無撰著人：〈我們的話〉，《聯合季刊》第3卷第3期（1970年12月），頁1。
166 陳少廷：〈這一代中國知識分子的責任〉，《大學雜誌》第1期（1968年1月），頁4-5。
167 金耀基：〈中國新知識階層的建立與使命〉，《大學雜誌》第2期（1968年2月），頁2-4。

層之於社會的使命感;第六期〈求人不如求己〉以「海外華人要能自力更生」作為副標題,作者以海外華僑身分,點出從小深受國族主義的耳濡目染[168],藉由海外華人現有的成就點明臺灣內部現有的外患內憂;面對臺灣崇洋的留學風氣,第十一期的〈消弭崇洋與媚外的風氣〉提出「中華文化乃是世界上最優秀的文化之一」,並以「堂堂正正的中國人」作為文末期許,更具體地針砭臺灣內部崇洋導致的教育風氣;[169]透過座談會記錄,顏元叔在第十二期〈在西方文化陰影下的臺灣〉對於臺灣面對西方文化的攻勢,提出疑慮:「臺灣的中國文化是不是有一日會大部分或者整個的被美國人同化了?」[170]在此,顏元叔點出「臺灣的中國文化」其實正象徵了當時臺灣知識分子內心對於「中國」的想望、想像及焦慮,翌期發刊遂有作者提出異議。

第十三期中,徐復觀即以〈西方文化沒有陰影〉提出另類思維,對於西方文化應以尊重代替反抗、以自重代替自卑心態,更以成為「一個堂堂正正的中國人」自我期許,與美國、日本文化為友,[171]對於中華文化的定位,徐復觀提出心態調整的必然性,反思了臺灣內部的崇洋風氣;第十五期〈漫談留學心理〉作者以美國大學教授身分,稱呼來自臺港的留學生為「臺港兩地留美的中國學生」,[172]甚至第十六期作者擔任國內大學教授職位,以〈從大學教育談到人才外流和留學政策〉更提出口號:「我們還有隨時重回大陸的美麗願景呢!」[173]美、臺二地的大學教授,前者對於留美熱潮、人才互流抱持正向積極

---

168 黃鍾淵:〈求人不如求己〉,《大學雜誌》第6期(1968年6月),頁31-33、28。
169 張潤書:〈消弭崇洋與媚外的風氣〉,《大學雜誌》第11期(1968年11月),頁6。
170 顏元叔:〈在西方文化陰影下的臺灣〉,《大學雜誌》第12期(1968年12月),頁23。
171 徐復觀:〈西方文化沒有陰影〉,《大學雜誌》第13期(1969年1月),頁9。
172 劉述先:〈漫談留學心理〉,《大學雜誌》第15期(1969年3月),頁11。
173 呂俊甫:〈從大學教育談到人才外流和留學政策〉,《大學雜誌》第16期(1969年4月),頁4。

的看法,後者著眼於教育政策,進而增強對於國家民族的自信,二者對「中國」的理解仍充滿著冀望,卻也顯現留學熱潮不滅的風氣。

再者,《大學雜誌》的「大學論壇」專輯,陸續都採用「中國」、「華夏子孫」或「中華文化」等關鍵詞,談論強調學術風氣的革新必與「復興中華文化運動」互為表裡、[174]議論政治強調「中國新知識階層」的冷靜直諫、不為反對而反對、[175]對於學者與政治的關係,從傳統中國「學而優則仕」出發,認為「學者不宜從政做官,但應該參政作事」、[176]評當前學術則憂心崇洋風氣導致國人對於「近代中國」的政治、文化變遷一無所知、[177]論析中國智識分子的志向,鼓勵從西方文化汲取養分,成為現代化、科學、民主、兼具人本及理智主義的中國、[178]就政治家應有的氣度更以「儒家」內聖外王、反求諸己作為理想標竿,[179]甚或客觀地分析「民主究竟是否適合於中國國情?」[180]

這裡的「中國」指涉的是想像與實際交混的文化認同,具中華民國籍的知識青年站在臺灣土地,懷抱著國府建構而成的國族敘事傳統,遙想著素昧平生的彼岸中國,他們心中形構出一種「符號性中國」,對此背負著強烈的歷史感、使命感,但這樣憧憬中的中國、符號性的中國的形象既具體又模糊、既接近又遙遠。別於《歐洲雜誌》與《聯合季刊》的異地編輯、發刊,《大學雜誌》訴求的「中國」概念更加諸於「知識分子」之上,除了展現知識分子對於「中國」的期

---

174 陳少廷:〈論學術風氣的革新〉,《大學雜誌》第18期(1969年6月),頁2-3。
175 陳少廷:〈論政治與批評〉,《大學雜誌》第20期(1969年8月),頁2-3。
176 陳少廷:〈論學者與政治〉,《大學雜誌》第25期,1970年1月,頁3-4。
177 陳少廷:〈論學術自由〉,《大學雜誌》第26期(1970年2月),頁7-8。
178 陳少廷:〈論這一代中國智識分子的志向〉,《大學雜誌》第29期,1970年5月,頁5-7。
179 陳少廷:〈論政治家的氣度〉,《大學雜誌》第30期(1970年6月),頁3-5。
180 劉述先:〈現代政治的歧途——民主的理想與實際〉,《大學雜誌》第31期(1970年7月),頁3-7。

盼，也強化知識分子對於「中國」的認同，進而對知識分子所肩負的責任也越大，無論對留學風氣的盛行提出正反雙方見解、對知識青年的使命提出呼籲、對政治民主的自由提出嚮往，諸如此類的「中國」意象一再地被置入國族敘事的框架中，並且一次次的深化，表現了六〇年代知識青年的國族意識。

六〇年代發刊的三份刊物，對於「中國」的概念表現了不同層次的探求，卻都流露了對「中國」的文化歸屬與歷史認同。在異國發刊的《歐洲雜誌》與《聯合季刊》裡可觀察到：甫離開臺灣、身處異地的留學生，不停地透過刊物及投稿將「中國」作為召喚的口號，試圖喚醒內心的寄託；在臺灣刊行的《大學雜誌》一面強調「中國」認同，另一面更期待知識分子肩負建設現代中國的使命。筆者歸納此三份刊物對於「中國」的呼籲，不外乎展現在某些情境之下：先是與異國接觸的留學生力求接軌國際的視野，進而回首正視或復興中國的既有傳統；再是強調中國與外國的文化差異，藉此重新審視中國文化的特殊性；或是面臨國際問題後，標誌出「中國新知識階層」的使命感，試圖變革求新的「新中國」議題；甚至議論人才外流、教育政策或留學熱潮的社會風氣，因此不僅是留學異地的青年學子因為鄉愁而懷抱「中國」，連身處臺灣的知識青年也以投稿展現心懷「中國」的想望，此時的「中國」在知識青年的心靈即成為了寄託的「根」。

於此，筆者借用王智明在分析六〇、七〇年代的留學生文學時所提出的論證，他將「留學生文學」的接受心理分門別類為三：

> 當留學生文學裏的流離失所被當成是某種政治寓言來解讀的時候，它要不被當成中國傳統的延續（如齊邦媛），要不就被視為覆蓋臺灣主體的陰影（如葉石濤）。馬聖美更進一步注意到留學生作家的階級立場（布爾喬亞）與省籍背景（外省籍），認為他

> 們作品中所呈現的中華文化國族主義,遮蔽了其作品應有的視野,沒有去關照到底層移民(subalterb immigrant)的心聲,反而突顯了其移民主義性的國族布爾喬亞(national bourgeois)性格。[181]

無論是被當作「中國傳統的延續」,或是應該掀起遮蓋臺灣主體的陰影——中國性,甚至是著重在省籍之分的「階級」立場,不可否認的是:三者都強調了「國族主義」巨大的影響,即便立場不一,三者都指明了當時的留學生在「無根」的時代浪潮裡亟欲「尋根」的渴望。[182] 回應至刊物的發行之上,普遍被論者視為「無根」的六〇年代,筆者從《歐洲雜誌》、《聯合季刊》到《大學雜誌》的投稿、主題及呼籲,見到知識青年從「無根」到「尋根」的路徑。埋首於「尋根」的過程裡,知識青年又何以將「中國」視為「根」,甚至表現出如此急迫又熱切的需求?

蕭阿勤在回顧七〇年代「回歸現實世代」的形成,歸納六〇年代戰後世代雖然因為政治高壓、教育制式、國共對峙及美援文化等種種因素而懷有孤懸於歷史之外、對時局發展無能為力的感受,卻與國族敘事而生的強烈歷史感並行不悖,甚至有共生關係,即是國族敘事彌補或取代了對歷史現實的陌生隔閡,於是外省籍戰後世代在上一代口耳相傳與國族敘事深化下抱持著「擬流亡心態」或「擬漂泊心態」,

---

181 王智明:〈亞美研究在臺灣〉,《中外文學》第33卷第1期(2004年6月),頁26。
182 關於「尋根」的討論,以往多見於「留學生文學」、「海外華文文學」議題的探討,諸如:樊洛平提及:「這一代的臺灣留學生文學,始終掙扎在移根——失根——尋根的人生旅程中」:〈第貳編・第三章 留學——跨文化背景下的人生追尋〉,《當代臺灣女性小說史論》(臺北市:臺灣商務印書館,2006年4月),頁189。或見陳秀端藉由趙淑俠作品討論,曾述及:「海外華文文學作品中三個極重要的母題——鄉愁、漂流與尋根」:〈第一章 緒論〉,《文化與性別:趙淑俠的書寫維度》(臺北市:致出版,2019年4月),頁35。

而本省籍年輕一代在戰後國府建構的國族敘事及集體記憶的感染後懷有「半擬流亡心態」或「半擬漂泊心態」。[183]就此，蕭阿勤對「尋根」提出解釋，「國族敘事」連結刊物裡懷有想像的知識青年與憧憬中的「中國」，即使對於「中國」沒有實際經驗，無論外省或本省籍，實際上距離的隔閡阻隔不了內心對被架構出來的文化「中國」的認同感、歷史感。

　　無論本省或外省籍，從小耳濡目染於國族敘事所培養的認同感與歷史感底下，自然演繹出嚮往中國的「尋根」心態，那麼從「無根」到「尋根」之後呢？例如《聯合季刊》第三卷第二期〈「留學」與「移民」間的中國人〉談論「留學」到「移民」的社會風氣，提出「留移文化」的導因：除了內外制度的問題之外，更提出當時大陸來臺的家庭未能生根，第二代因此成為無根的一代，對「家園」的依戀成為移動的潛因，[184]在此呈現六〇年代「留學潮」後「移民潮」的盛行，因「留學」而「學留」的現象確實層出不窮。其實在《歐洲雜誌》、《聯合季刊》及《大學雜誌》裡，紛紛見到六〇年代留學熱潮的風行之外，亦見到攸關「人才外流」的政策討論、議題與篇章，何以出國留學後的知識青年口口聲聲懷抱著「中國」憧憬，卻選擇在留學後「學留」，進而以「羈留」作為終極目標？在此，本文觀察《大學雜誌》、《歐洲雜誌》及《聯合季刊》，對於仍在臺灣的知識青年而言，國族敘事讓他們在無根的年代中埋首於「尋根」的過程，以刊物疾呼「立根」的必要性，用來維繫知識分子的歷史感、使命感；對於浸染於國族敘事的留學生而言，在無根的年代中出國後尋根，卻在尋

---

183 參見蕭阿勤：〈第二章　臺灣一九七〇年代回歸現實世代的浮現與形成〉，《回歸現實：臺灣一九七〇年代戰後世代與文化政治變遷》，頁66-101。

184 參見林南：〈「留學」與「移民」間的中國人〉，《聯合季刊》第3卷第2期（1970年8月），頁4-6。

根後選擇「埋根」異國，但這樣的心態轉變恰巧與自小耳濡目染於「國族敘事」的成長背景背道而馳，這也正是探討六〇年代留學潮風氣的弔詭之處。

　　筆者認為：其實「國族敘事」對知識青年而言，正如一把雙面刃，加強了他們心中對於「飄零敘事」的確認。即是：越加深化「國族敘事」的力道，越是強化留學生「埋根」異國的機率、臺灣學生對政府當局的失望。這種「飄零敘事」源起於這群懷抱著國族意識、歷史感及使命感的知識青年，當時可能正身處臺灣或身在異國，眼見或耳聞六〇年代的《自由中國》事件、《公論報》停刊改組、《文星》被迫停刊等攸關民主的社會事件，諸如此類的刊物卻正是當時知識青年汲取新知、接軌國際或體現民主政治的刊物，更是維繫知識分子任重道遠的冀望。當知識青年發現臺灣內部浮現的政治及社會問題後卻無力改變，飄零的恐慌與從小到大銘刻的「國族敘事」互相矛盾、跟中國知識分子經世濟民的「文人傳統」有所衝突，知識分子改革的夢想，屢屢在牴觸政府的政治高壓下削減、消失，不免質疑了原有的「中國夢」。眼見在臺灣與憧憬中的「中國」漸行漸遠，留學生們選擇到異國懷想「中國」似乎更具正當性，而身處臺灣的知識青年只能將無力、失望或絕望繼續寄託到建設「中國」的口號裡，持續改革的一絲希望，二者都藉著「國族敘事」聯繫著對「中國」的想望。「無根」的時代裡知識青年們紛紛向憧憬的中國「尋根」，於是留學海外的知識青年選擇「埋根」異國，在臺灣的知識青年繼續懷有「立根」的想像，二者分別仰賴著「國族敘事」作為求學異國、變革臺灣的支撐力量，甚而演化為催眠內心的方式，得以在求學或工作中繼續懷抱著對「中國」最初衷的想像，也就是「國族敘事」看似召喚的拉力，但其實隱然已形成向外的推力，在留學潮盛行的風氣裡，更羈留著留學生的內心意志，甚至進一步將留在臺灣的知識青年反作用力式地往外推去。

在「埋根」與「立根」的糾結下,《歐洲雜誌》、《聯合季刊》與《大學雜誌》正好體現了六〇年代知識青年生活在美援及國府文化體制下的心理糾葛,因此外省籍留學生的「擬流亡心態」或「擬漂泊心態」在異國埋根後蔚為「羈留心態」;本省籍留學生的「半擬流亡心態」或「半擬漂泊心態」在異國埋根後亦然形成「羈留心態」;身留臺灣的知識青年則繼續仰賴國族敘事深化既有的「流亡心態」或「漂泊心態」。此種演化,正是六〇年代知識青年面臨出國或留臺的心理糾葛,直到六〇年代末保釣事件的爆發,點燃這些知識青年內心由國族敘事醞釀而成的認同感,自此見證了臺灣陸續外交失勢、內部黨外運動崛起,甚至現代詩論戰、民歌運動及鄉土文學論戰等大事件,此時期堪為保釣世代逐漸形成的醞釀階段,也是六〇年代知識青年看待世界的精神面貌。聚焦於刊物的內容,得以更完整地展現當時知識青年的感覺結構,也成為觀察「保釣世代」成型前較為全面的方式。

第三節　「存在主義」追隨者:知識分子思想形塑及其他思潮的影響

「六〇年代」的文藝思潮在臺灣文學史論述裡往往被歸類在「現代主義」的框架之中,從臺灣五〇年代中期以降的法國象徵主義,到六〇年代始由美援文化接力,西方文藝思潮先後進入臺灣文壇並蔚為影響,更進一步地展現臺灣文壇對於西方文藝思潮的受容、挪用或影響,陳芳明論述臺灣文壇在西方現代主義的過程裡,臺灣現代主義文學的特色有三:現代主義文學的誕生起於政治環境的影響、現代主義作品積極且正面地找尋思想與精神的出路、不全然是西方文學思考的

下游。[185]邱貴芬進一步歸納六〇年代現代派小說的生產，因為美援的關係，致使「西化論」形成風潮，英美現代文學、存在主義、佛洛伊德等西方思潮紛紛引進臺灣，[186]因此六〇年代的臺灣文學樣貌幾乎是與西方世界碰撞後的產物。

　　白先勇回憶，六〇年代現代主義作家為了閃躲政府高壓檢核，避開評論社論議題，因此題材轉向至內心的探求，諸如：「他們在臺的依歸終向問題，與傳統文化隔絕的問題，精神上不安全的感受，在那小島上禁閉所造成的的恐怖感，身為上一代罪孽的人質所造成的迷惘等。」[187]寫作的母題圍繞在內心閉鎖後的自我放逐，但這樣的放逐議題在蕭阿勤所引證的資料裡證明了時代氛圍、世代身分足以消弭省籍之別[188]，意即脫節於歷史背景、沉浸在國族敘事中的知識青年，展現在文學生產上，都是借鏡西方文藝思潮後所產生的焦慮與寄託。

　　一般而言，六〇年代的「現代主義」展現在不同領域的藝術形式，從新詩、劇場到小說；對於「現代主義」的文學作品更是不乏討論，但多數的論述已然將「現代主義」視為一個概括性名詞，其實其中所蘊含的類別繁多，譬如：象徵主義、表現主義、未來主義、意象主義、漩渦畫派、達達主義、超現實主義等[189]，表現在不同的文類上

---

185 參見陳芳明：〈第十四章　現代主義文學的擴張與深化〉，《臺灣新文學史》，頁347-348。

186 參見邱貴芬：〈第三章　翻譯驅動力下的臺灣文學生產〉，《臺灣小說史論》（臺北市：麥田出版社，2007年），頁208。

187 白先勇：〈流浪的中國人——臺灣小說的放逐主題〉，原收錄於《明報月刊》第121期（1976年1月），今收錄於《第六隻手指》（臺北市：爾雅出版社，1995年），頁111。

188 參見蕭阿勤：〈第二章　臺灣一九七〇年代回歸現實世代的浮現與形成〉，《回歸現實：臺灣一九七〇年代戰後世代與文化政治變遷》，頁83。

189 參見馬森：〈現代主義文學在臺灣——二度西潮的美學導向〉，收錄於臺中市東海大學中國文學系編輯：《戰後初期臺灣文學與思潮論文集》（臺北市：文津出版社，2003年），頁274-292。

更呈現了不同的風貌:新詩融會象徵主義、表現主義、意象主義、超現實主義等技法;小說以心理小說及存在主義小說為主流;戲劇囊括了象徵主義、表現主義、史詩劇場及荒謬劇場等流派。[190]以往備受矚目的六〇年代現代主義文學多以「存在主義」作為主要討論對象之一,劉紹銘以《現代文學》為例:「就拿『現文』圈子內的幾個經常撰稿人來說吧,已可看到存在主義、意識流和虛無思想在六十年代初期的臺灣文壇活躍情形。」[191]因此,解讀六〇年代的現代主義文學,「存在主義」成為必然的切入面向。關於「存在主義」的興起、傳播及文學影響,許多研究論述已從不同的角度詮釋,筆者無意過多著墨於此,本節試圖從這三份「前釣運刊物」中的發表及投稿,引證出六〇年代知識青年對於「存在主義」及其他社會文化思潮的受容及影響,藉此釐清六〇年代知識青年形構思想的路徑,更甚提出「存在主義」、其他文化思潮之於「保釣世代」之所以形成的關係,成為觀察保釣世代成形前醞釀階段的思想資源。

一　思想的養分:沙特、卡繆及嬉皮文化思潮的時代意義

　　無論《歐洲雜誌》、《聯合季刊》或《大學雜誌》,除了各有關注的議題之外,又各有偏重的角度。《歐洲雜誌》及《大學雜誌》明顯地譯介了法國存在主義思潮,《聯合季刊》以美國在地性刊物的視野,提供了美國六〇年代中期以降的社會文化思潮,三者因為地緣位置的差異,得以呈現不同的文化視角、知識青年所重視的文化現象、

---

190 參見陳美美:〈臺灣現代主義文學的萌芽與再起〉(宜蘭縣:佛光人文社會學院文學研究所碩士論文,2004年),頁13。
191 劉紹銘:〈十年來臺灣小說:一九六五-七五——兼論王文興的「家變」〉,《中外文學》第4卷第12期(1976年),頁6。

接收的文化思潮。在法國創刊的《歐洲雜誌》佔有地利之便，直接譯介了以往必須透過《文學雜誌》、《現代文學》或《文星》轉譯的「存在主義」；[192]《大學雜誌》就臺灣視角，體現了六〇年代的臺灣知識青年的閱讀習性與文化資源，思想緊扣儒家知識分子的文化責任之外，更涵蓋了存在主義及嬉皮文化的分析；《聯合季刊》展現了留美學生對於美國社會的觀察，介紹了美國青年的嬉皮現象、學運熱潮等文化思潮，三者各自展現六〇年代知識青年思想及文化的受容。

　　施叔青對於六〇年代的文化思潮提出回憶：「我們都是被拋棄到這世界來，注定要不快樂的，每一個文藝青年對這兩句話琅琅上口，我們去作家雲集的『作家』咖啡廳，雙手合疊談存在主義。」[193]這樣的畫面恰巧回應了蕭阿勤在回溯戰後六〇年代知識青年的心態形塑，更反覆引證存在主義之於知識青年的影響，述及：「在當時流行的西方知識文化中，對於形塑他們的孤高心態而言，存在主義大致扮演最重要的角色。」[194]筆者在此即從三份刊物中所刊載的文化思潮談起，除了證明六〇年代臺灣存在主義的風行，更旁及其他文化思潮，以「存在主義」為主要探討對象，並旁及存在主義所影響的「嬉皮文化」為分析對象，進一步嘗試解讀六〇年代臺灣知識青年思想形塑的來源、影響、詮釋及應用。對於存在主義或其他文化思潮，諸如嬉皮現象、學運熱潮等社會文化，本節專就刊物登載的內容入手，以釐清刊物所著重或擷取的深層意涵，在此擬先從線性時間軸回顧起，理解

---

192 參見顏訥：〈臺灣香港存在主義文學傳播現象——以五〇至七〇年代現代主義文學報刊書籍為對象〉（花蓮縣：國立東華大學華文文學系碩士論文，2011年），頁191-284。

193 施叔青：〈不快樂的六〇年代〉，《回家，真好：原鄉的變調》（臺北市：皇冠文化出版公司，1997年），頁211。

194 蕭阿勤：〈第二章　臺灣一九七〇年代回歸現實世代的浮現與形成〉，《回歸現實：臺灣一九七〇年代戰後世代與文化政治變遷》，頁92。

「存在主義」及其他社會文化思潮之於時代的回應方式及意義，更重要的是：這也是衝擊臺灣六〇年代知識青年的西方文化思潮，當他們擷取了跟這些西方文化思潮某種共通的時代背景、歷史意義後，這些被借鏡的文化思潮更理所當然的現身在臺灣。

存在主義與超現實主義一向被並列為影響廿世紀歐洲文化藝術甚鉅的兩種思潮，前者面對的是歐洲第二次世界大戰的物質與精神雙重危機，後者回應的是「理性主義」帶來的政治與文化的雙重毀滅，進而引起第一次世界大戰，二者不約而同地對人類的生存深感焦慮而引起文化的思潮。在文學史或哲學史的論述裡，「存在主義」的誕生象徵著人類在荒誕的世界裡思索存在的意義，並透過論辯、攻訐及著述建立了不同的流派。

第二次世界大戰（1939-1945）及戰後五〇年代初期的歷史階段，被法國文學史稱為廿世紀裡「困惑的年代」，戰爭已然成為人類的浩劫，即便戰爭宣告終結但卻醞釀了冷戰的到來，恐慌不安的時代氛圍成為「存在主義」擴散的最佳催化劑，因此無論法國文學史或文化史上，此時期具有決定性影響的事件都是「存在主義」的流傳[195]，甚至直言：「存在主義的直接背景則是歐洲第二次世界大戰產生的物質危機和精神危機。存在主義宣稱人是被『拋入世界的』，痛苦、挫折、疾病、死亡是人類現實的本質特徵。」[196]面臨時代的異化、世局的驟變，存在主義變成心靈寄託的對象，因為人類開始思索存在的意義。延伸至文藝創作裡，「存在主義作家的小說和戲劇作品構成一股強勁的潮流，其輻射範圍相當廣泛。在存在主義作家和其他一些作家

---

195 參見張澤乾、周家樹、車槿山編著：〈第三章　困惑的年代〉，《20世紀法國文學史》（青島市：青島出版社，2004年），頁182-184。

196 陳振堯：〈第十章　二十世紀文學（上）〉，《法國文學史》（臺北市：天肯文化出版公司，1995年），頁488。

的作品裡，創作方法已經發生了變化。」[197]從文學史或文化史的角度觀察，存在主義影響的幅度從哲學式思考蔓延到文學或文化場域的創作，透過文本或論述可再細分迥異的路數，且表現形式的質變更象徵了存在主義在此時期文學史、文化史論著裡的異軍突起。

在悲劇的時代裡，「存在主義」不僅是哲學形式，除了標示著反抗傳統哲學的種種逆流，雖然這些逆流又各自分歧，但核心思想便是將傳統哲學視為表面的、經院的和遠離生活的東西，並萌生不滿；[198]此外，「存在主義」還體現了人道主義的關懷，論者提及有關存在主義之所以具有歷久不衰的生命力，除了源自存在主義本身包含的真理性，還蘊含了其所包含的人道主義精神，以作家為例：「沙特和海德格都在1946年各自就存在主義的人道性質進行論述，深刻地表達了存在主義對人的命運的關切，體現出存在主義經由人道主義同西方乃至於全人類文化傳統的內在聯繫。」[199]因此存在主義的本質，除了抵抗特質，還有人道主義的關懷本質，更是哲學家意識到生命自身的變動流轉及世局苦悶憂鬱之外的自我覺醒[200]。存活在動盪的知識青年開始反芻「存在」的意義，正如楊照所闡釋：

> 卡繆、沙特他們在第一次世界大戰的衝擊長大，成年後又馬上遭遇了第二次世界大戰，因而戰爭帶來的無常陰影隨時在他們的作品中，構成了他們作品的底蘊，一種懷疑未來、只能緊張地近

---

197 李賦寧等主編：〈第二章 二十世紀二次大戰後文學〉，《歐洲文學史》第三卷下冊（北京市：商務印書館，2001年），頁611。
198 參見考夫曼編著，陳鼓應、孟祥森、劉崎譯：〈一、考夫曼：存在主義——從陀斯妥也夫斯基到沙特〉，《存在主義哲學》（臺北市：臺灣商務印書館，1993年），頁2-3。
199 高宣揚：〈序言〉，《存在主義》（臺北市：遠流出版社，1993年），頁ix。
200 參見傅毅成：〈序〉，《沙特——自己反對自己》（臺北市：北辰文化，1989年），頁1。

乎神經質尋找如何在不假想未來的情況下處理現實的追尋。[201]

因此存在主義的生成，揮別以往宗教、傳統信仰與科學主義至上的規則，以人的個體為單位，表現了一種要正視人存在的渴求、一種要思索人有效性地存在的渴望。[202]當「存在主義」成為西方二戰後流行的精神寄託、生存哲學，再輾轉表現或變形在各式文藝、文化創作上，其實更顯其內涵的龐雜多元。

關於存在主義的起源與流變，先行研究已多有探討，更多論述集中於存在主義的傳播及影響。大抵而言，存在主義的內容、形式和方法，先後繼承並融會了齊克果、胡塞爾的現象論、尼采的唯意志論、康德及笛卡兒的二元論和主觀唯心主義以及中世紀的經院哲學（Scholasticism）的思想，[203]以探問人的本質、質問人與世界的互動為主軸核心。誠如前言，在法國文學史上，二戰後及五〇年代初期被視作「困惑的年代」，且存在主義構成了此困惑年代裡現代小說的主流，尤以薩特（沙特）、加繆（卡繆）和德・波伏瓦（西蒙・波娃）成為世人矚目的中心。[204]沙特及卡繆一向被看作存在主義的核心人物，如同勞思光所言：「在存在主義的大家中，沙特大概應算是第一個最具影響力的人，也是發揮壞影響最多的人。」[205]而卡繆被視為與

---

201 楊照：〈第二章　哲學、戰爭與無常〉，《忠於自己靈魂的人：卡繆與《異鄉人》》（臺北市：麥田出版社，2014年），頁53。
202 參見杜小真：〈緒論〉，《一個絕望者的希望——沙特引論》（臺北市：桂冠圖書公司，1989年），頁3-6。
203 參見高宣揚：〈存在主義哲學的由來及發展〉，《存在主義》，頁122。
204 參見張澤乾、周家樹、車槿山編著：〈第三章　困惑的年代〉，《20世紀法國文學史》，頁187。
205 勞思光：〈第五章・法國存在主義者——沙特〉，收錄於張燦輝、劉國英合編：《存在主義哲學新編》（香港：香港中文大學出版社，2001年修訂版），頁84。

沙特一起出名的存在主義者,[206]亦是戰後第一位被引入到臺灣的法國當代作家,他的反共政治色彩,讓他在五、六〇年代的臺灣文壇佔有一席之地,更反映了戒嚴時期臺灣文學的思潮,[207]前者以哲學著述見長,後者以小說劇本聞名。楊照曾提出存在主義可能是人類歷史上最受歡迎的哲學思潮,甚至成為理解法國現代社會及文化的關鍵,而卡繆的小說與沙特的哲學論辯的參酌對讀是趨近「存在主義」同等重要的方式;[208]筆者依此類推:理解「存在主義」在臺灣的受容、影響及傳播亦屬理解臺灣現代社會與文化的途徑之一,在《歐洲雜誌》及《大學雜誌》中,亦多譯介二者的小說作品及哲學論辯,因此「存在主義」勢必是追溯保釣世代成形階段的面向之一。

　　對於沙特哲學的論述,以「虛無主義」為中心思想,其不離其存在先於本質、存在即自我、選擇絕對自由與介入世界的命題及辯證。先是強調人類虛無的意識所含的否定作用可以隔離現實世界,足以讓想像力超越一切實際的存在,既無法消滅在人類面前的現實事物,便僅能改變人與外界事物的關係,將自己置身於物外,這種將自己虛無化的能力便是「自由」。因此,人追尋自由,得善用自己的主觀意識,才能隔絕外物,藉此達到自我肯定、自我選擇的「自由」。正因為人的虛無,所以沙特把「自己創造自己」當作是人的本質特點,因此對於世界的否定成為了創造、行動、實幹的決心,行動是人之所以存在的先決條件,透過行動可以自己創造自己,即便沙特的存在主義因應著時代的丕變、戰爭的逼迫及政治的選擇而走向折衷,但卻反映

---

206 參見李鈞:〈第一章　存在主義整體觀〉,《存在主義文論》(濟南市:山東教育出版社,1999年),頁14。

207 參見吳錫德:〈卡繆作品的中譯及其在臺灣的影響〉,《我反抗,故我們存在:論卡繆作品的現代性》(臺北市:臺灣商務印書館,2018年),頁289。

208 楊照:〈自序　擴張視野,看見繁花盛開的庭園〉,《忠於自己靈魂的人:卡繆與《異鄉人》》,頁20。

了存在主義的變動與多樣。[209]上述有關沙特的存在主義學說其實都源自於「否定」的立場,甚至稱之為「否定哲學的哲學家」,無論對外部世界的否定、對他人的否定,或是對人之所以存在的否定,這種否定的帶動沙特哲學中「希求超越、擺脫自我、擺脫世界的精神。」[210]勞思光在論述沙特「否定」學說時延伸了「虛無」概念:一是「虛無」是特殊的實有,不斷地進入其他實有,影響其他實有;二是虛無進入實有產生影響後,即是決定「虛無」的作用;三是因為虛無的作用改變了人本來所預期的情意性,也正是因為這樣的情意性,改變了「實有」,因此被視作「以情意我為中心」的哲學。[211]

除了沙特的哲學論述,卡繆的荒謬劇亦足以象徵法國「存在主義」的另一種面向。曾經否認自己是存在主義者的卡繆,在作品裡所表現的「荒謬概念」,實則受到沙特、海德格、雅斯培及齊克果等人虛無主義、悲觀主義的影響,因為見長於創作,往往被稱為「存在主義的文學家」。[212]不同於沙特對於存在屬於形而上的思考,卡繆著眼於生存的本質上,因此從人類與世界的實質互動理解「存在」的意義。卡繆在第一次世界大戰背景下成長,接踵而來的是第二次世界大戰對於生存的威脅,戰爭的陰影一再籠罩,對他而言,他所生存的世界充滿荒誕,而人類的存在便是面對荒誕,因為存在即是荒誕;進而荒誕被卡繆定義為一種緊張關係,當人類決心在生存的世界發現目的、秩序——傳統的理性,卻與另一端的非理性存在對立、衝擊及不協調,這便是「荒誕」。[213]

---

209 參見高宣揚:〈沙特及其哲學思想〉,《存在主義》,頁226-233。
210 李賦寧等主編:〈第二章 二十世紀二次大戰後文學〉,《歐洲文學史》第3卷下冊(北京市:商務印書館,2001年),頁615。
211 參見勞思光:〈第五章・法國存在主義者——沙特〉,《存在主義哲學新編》,頁92。
212 參見高宣揚:〈存在主義的其他主要人物〉,《存在主義》,頁293-294。
213 參見張澤乾、周家樹、車槿山編著:〈第三章 困惑的年代〉,《20世紀法國文學史》,頁241-242。

即使人生面臨荒誕，卡繆提出人的心中其實蘊含著對於服從、聽命於荒謬的「反抗」精神。[214]人類看穿世界的荒謬，沒有條件可以規範、控制人類被荒謬所箝制住的本質，因此荒謬的人便成為了反抗者。楊照認為「反抗者」挾帶著對「本質」的體悟，甚至提出「反抗不是為了保護自己身上的尊嚴，自己的尊嚴會隨著更嚴厲的懲罰與侮辱而貶值，會隨著生命的喪亡而消失；但別人的尊嚴，或說整體人類的生命尊嚴，會因為我的反抗而得到一點保護的力量。」[215]但反抗並非以消除荒謬為目的，因為人類已然是荒謬的一部分，荒謬已經是人類的母體，雖然荒謬使人生一再地失落，但荒謬積極的一面便是帶領人類走出不切實際、活出本質，反抗其實是對荒謬的另一種肯定形式，過程中愈發強調反抗的目的──本質，因此卡繆認為反抗是既絕望又必須行動的行為，他在荒謬內通過堅持體驗自己的生存[216]。「存在主義」被定位為「反動」的哲學，反動便是對傳統哲學的質疑：

> 西方哲學發展到黑格爾的理性主義──自存在主義者的眼中看來──是病入膏肓，無可救藥了。因此要以大刀闊斧的手法，把傳統哲學所「匠心經營」的理性架構，摧枯拉朽的加以推翻，而重新建立人的哲學──與人的精神、心靈、行動相通相濟的哲學。[217]

---

[214] 參見科薩克著，王念寧譯：〈阿爾貝‧加繆〉，《存在主義的大師們》（北京市：中央編譯出版社，2002年），頁129。

[215] 楊照：〈第八章 從「荒謬哲學」到《反抗者》〉，《忠於自己靈魂的人：卡繆與《異鄉人》》，頁177。

[216] 參見李鈞：〈第六章 雅斯貝斯與加繆的文論思想〉，《存在主義文論》（濟南市：山東教育出版社，2000年），頁273-274。

[217] 何欣：〈存在主義是甚麼主義〉，《從存在主義觀點論文學》（臺北市：環宇出版社，1971年），頁261。

在此,論者強調存在主義目的在於重建「人的哲學」,即是以「人」作為出發點,回到人之所以存在的本質,在感知外在世界後所產生的舉動,都是追求本質的過程,呈現的狀態往往是回應世界最誠摯的心理狀態,也是記錄時代的方式之一。

五○年代法國「存在主義」藉由沙特及卡繆的文學作品、劇作傳到了美國,並迅速引起熱潮,「五○年代英國興起的『憤怒的青年』(The Angry Young Men)與發端於美國、後來又流行於歐洲各國的所謂『垮掉的一代』(Beat Generation)和『嬉皮運動』(Hippies)等,都是和存在主義一樣的社會現象。」[218]這裡所指的「社會現象」即是存活在第二次世界大戰後、對戰爭的殘酷記憶猶新,甚至又困惑於戰後的社會動盪與不安、生活失去意義徒留茫然,在此也直接點明了美國垮掉的一代、嬉皮運動與存在主義的一脈相承。

「垮掉的一代」是美國五○年代的產物,隨著二戰結束、冷戰興起,美國經濟復甦,物質與精神蔚為差距,人逐漸在異化的價值體系裡喪失個性,僵化的社會教條、價值觀念壓垮了年輕世代,「垮掉」便是象徵精神上的絕望與世界末日來臨的恐懼;[219]「嬉皮士」(Hippies)則源自五○年代美國作家諾曼・梅勒(Norman Mailer)小說裡「嬉皮斯特」的角色,隨著垮掉的一代持續反抗傳統文化,逐漸演變成六○年代中的嬉皮(Hippie)。[220]二戰後美國除了進入全球冷戰體系之外,依序還有民權運動、婦女運動及反越戰運動等蜂擁而至,最早從「垮掉的一代」沒有嚴密的組織與主張,純粹反抗傳統道德觀及舊有價值體系,追求無拘束的自我,最終成為六○年代中期嬉皮運動的先驅,

---

218 高宣揚:〈存在主義哲學的由來及發展〉,《存在主義》,頁116-117。
219 參見楊任敬:〈第四章第二次世界大戰後的美國文學(1945-1964)〉,《20世紀美國文學史》(山東市:青島出版社,1999年),頁554。
220 參見唐雅君、鄭麗瑩:〈美國「60後」嬉皮士文化與中國「90後」非主流文化的異同比較〉,《青年探索》雙月刊總第184期(2013年第6期),頁44。

同時也呈現了嬉皮成形的歷史背景。

　　如論者所述：嬉皮士多來自富裕家庭的中產階級，不像新左派或民權運動等成員訴諸政治手段表示抗議，被自己所擁有的特權所產生的罪惡感和乏味所觸動，進而透過音樂、吸毒、搖滾及性革命等方式期望重建「伊甸園」式的樂園，表達對愛、自由、正義與和平的訴求。[221]簡言之，美國嬉皮運動其實是六〇年代中期青年抵抗世界、社會、體制的方式之一，也是賴以生存的模式，更繼承了存在主義反抗的精神，強調個人主體意識的覺醒、重視個人生存的本質意義。從法國「存在主義」到美國「嬉皮運動」，一致反映了人類對於荒謬世界的「反動」，二者在類似的歷史背景基礎裡，醞釀、挪用並享有同樣的思想文化。當歐美自五〇年代到六〇年代籠罩於存在主義所延伸文化思潮，自是影響了遠赴歐美求學的臺灣留學生，因此從《歐洲雜誌》、《聯合季刊》到《大學雜誌》，不斷地透過譯介及發表，紛紛展現了六〇年代臺灣知識青年的思想淵源。

二　「存在主義」的借鏡：臺灣知識青年的思想形塑及精神結構

　　被稱做「無根」的六〇年代，臺灣社會的環境、氛圍，與五〇年代的法國、六〇年代的美國相仿，戒嚴體制的高壓政權帶來的是恐懼與無奈，加上美援體制的文化思潮，提供了知識青年思想的養分，也提供了「存在主義」扎根的沃土。《歐洲雜誌》、《聯合季刊》及《大學雜誌》分別從不同的地方場域，譯介了歐美國家的文化思潮，既是供給知識青年閱讀素材，從中更形塑了他們的思想與精神結構。

---

221 參見薩克文・伯科維奇主編，孫宏主譯：〈小說與社會──1940年至1970年〉，《劍橋美國文學史》（北京市：中央編譯出版社，2005年），頁177。

擁有地利之便的《歐洲雜誌》是譯介存在主義最適合的刊物。不只翻譯了存在主義作家的哲學著作，更評論存在主義思想及作家。現存八期的《歐洲雜誌》裡，有關存在主義的作品共有十二篇，其中評述有五篇，含劇本及作品譯作有七篇。《歐洲雜誌》創刊號裡介紹五位法國作家及作品，以周麟的〈沙爾特的哲學思想〉扼要地介紹沙特及存在主義。雖以哲學思想作為文章標題，但作者一開始便強調一九六四年沙特拒絕諾貝爾文學獎殊榮的消息，並稱之與其思想的「言行合一」，符合沙特所主張「行動先於存在」的思想。除了分析存在主義的源流、定義沙特思想中徬徨和煩惱的「生存」課題，更強化了存在主義對各國文藝思想的接受與感染。乍看之下，沙特的現身充滿悲觀，但實則不然，因為「人的生出，沙爾特認為是一種毫無意義的舉動，生出以後，在他視角以內，人又成為一個硬性的，有極厚度的存在。正因其生也無聊，人應當負起創造歷史的責任。」[222]當意識與外在事物接觸後所產生的判斷便是選擇，而選擇將決定世界的面貌，因此選擇更是負責的行動，甚至要投入整個生命。

隨後，《歐洲雜誌》第二期異戈以〈讓・保羅・沙爾特為什麼拒絕諾貝爾文學獎〉為題，直接翻譯一九六四年沙特拒受諾貝爾文學獎的說明稿，文章沙特自述拒絕獎項有其個人與客觀理由，前者沙特主張作家應屬獨立個體，為避免使讀者感受壓力，亦不應歸附於官方或任何機構；後者基於求得東方與西方文化的和睦相處，沙特本人則更傾向東方的社會主義，因此不屈服於任何高文化階層機構的獎項。文末的「譯後記」，異戈更指出《中央日報》的墨人、趙滋藩及《聯合報》的魏子雲等人的翻譯欠缺忠實，[223]因此此譯作有別於以往透過英

---

[222] 周麟：〈沙爾特的哲學思想〉，《歐洲雜誌》第1期（1965年5月），頁41。

[223] 參見異戈譯：〈讓・保羅・沙爾特為什麼拒絕諾貝爾文學獎〉，《歐洲雜誌》第2期（1965年9月），頁27-30。

文再轉譯的方式,亦屬《歐洲雜誌》優勢之一。在此,《歐洲雜誌》接續第一期對沙特存在主義的介紹,雖然譯者文末表明並不全然同意沙特的理論,但仍對沙特嚴肅的態度表達最高敬意,更聚焦在沙特的個人特質及行為上,對沙特本人塑造了正面意義,同時對「存在主義」更興起推波助瀾之效。

第三期再由江萌翻譯沙特〈絕對的追求〉,是沙特為雕刻家賈可梅提舉辦個展的介紹文,譯者在前言也提出了沙特哲學思想與賈可梅提雕刻作品的互文性。文中從賈可梅提蔑視文明、不相信進步談起,延伸至雕刻的樣態及材料,更切入賈可梅提的心靈,提到賈可梅提曾對虛無產生恐懼、對周遭物件晦暗無生氣而焦慮折磨,即契合了沙特「存在主義」的生成。文中進一步強調雕刻家以「人」的關懷為起點,視為「絕對的泉源」,因為貧困的威脅而讓雕刻在存在與虛無的狀態中獨自存在,這裡賈可梅提不斷的變動、修改實為雕刻家對人的「存在」所展現的焦慮,因為雕刻家的目的在於使石像不具石化性,而是鏤刻出一個存在的完整形象,目的是用來觸動其他的存在。沙特更以迦尼美底(Ganimede)為例,說明賈可梅提是第一個膽敢雕塑他所見的人,賦予石膏人物「絕對的距離」,每個作品都像一個觀念投入思維,無論趨近或走遠,都因為這段距離讓人認知了更真實的存在、更完整的存在,亦即當觀者與雕刻的距離不再是與石膏的距離,如此藝術便獲得救贖。因此「他的每一個人物都向我們展露出在『他人』眼裡所見的人的樣子、在人際世界出現的人的樣子。不是我方才為簡便而說的在十步、二十步外的人形,而是在人與人距離裡的那一個形象。」[224]在此,沙特以雕刻作品的形式與樣態顯示出主、客體的變動關係,任何人存在的本質都因他人而存在,這樣的存在也必須奠

---

224 江萌譯:〈絕對的追求〉,《歐洲雜誌》第3期(1966年3月),頁37。

基在絕對的距離之上才能清楚呈現。此外，譯者在引註裡更指出賈可梅提以收縮的、退潮的、枯槁的形體取而代之傳統圓實豐滿的技法，表現的即是「生命的懷疑、恐懼、焦慮，生之荒謬」。這般瘦弱、細長的影子更是人存在的痕跡，呈現著人在面對生命狀態的不安所遁逃的痕跡。

《歐洲雜誌》譯介沙特的評論及發表共三篇，從創刊號的存在主義的介紹先輪廓出沙特思想的特質，再附上沙特的作品，以證明其思想與行動的統一。其後，《歐洲雜誌》在第五期更刊有「卡繆專欄」，內容包含四篇評論、兩篇劇本譯作，其中兩篇劇本譯作延至第六期續載，並附有卡繆年表，連續兩期系統化且密集的編排，足見刊物有意傳播卡繆哲學思想的用心。「卡繆專欄」首先由金恒杰（按：應為「金恆杰」）以〈由卡繆說起（上）〉談論卡繆哲學思想的精髓，除了一反臺灣讀者對卡繆的「晦澀」認知，更說明卡繆作品在歐洲知識分子間的風行，並指出之所以臺灣讀者與卡繆思想的隔閡在於「觀念上的隔絕」，因此簡介西方文藝思潮的流變，直到卡繆作品的誕生才開啟了從虛無主義到荒謬人生的認知。在此，作者強調卡繆對荒謬的抵抗，即便世界的本質是荒謬，「卡繆不否認一種『有效的但卻有限度的』理性力量，「因為此種力量於這個沒有道理可言的世界上，給『創造、行動、與人類高潔情操』留了一席之地。」[225]更舉出《瘟疫》小說裡主角理性地組織群眾、對抗災難的奮鬥精神，第六期推進卡繆轉向於人道主義的關懷，並以〈卡里古拉〉、〈誤會〉、〈戒嚴狀態〉及〈守法者〉四部劇本印證了卡繆思想的轉折。

同一期〈閒話「戒嚴狀態」〉由《鼠疫》及《戒嚴狀態》中，總結卡繆的樂觀積極，雖然慣用存在主義作家「圍城」的意向，但象徵

---

[225] 金恒杰：〈由卡繆說起（上）〉，《歐洲雜誌》第5期（1966年秋），頁15。

的是希望、自然且普遍的幸福,且面對如鼠疫般的專制、暴虐的政權,透過主角闡釋追求自由的精神,更凸出了卡繆人道主義者的特質,文末更提出反抗暴政、集權的必要。[226]此外,同期譯介 Maurice Nadeau 的〈小說家卡繆〉,配合金恒杰的劇本詮釋,卡繆思想的輪廓愈加清晰,此篇譯作從《異鄉人》描繪生而為人的不幸,到《瘟疫》反抗法西斯主義的淪陷,最終《反抗的人》對生命、理性具有信心,總結了卡繆的創作生涯及作品特色;[227]最終易水撰稿〈「西齊弗的神話」及「異鄉人」〉一文,反駁卡繆被視為文字晦澀、消極悲觀的看法,再從〈西齊弗的神話〉與〈異鄉人〉重新提示了卡繆的對於荒謬的詮釋、反抗的意義,挾帶著對自由、熱情的正向力量。[228]

　　《歐洲雜誌》針對當時存在主義代表作家——沙特及卡繆的譯介不遺餘力,現存八期的刊物裡,有關存在主義的論述及譯介即佔有六期。此外,筆者認為:《歐洲雜誌》更真誠地面對「存在主義」的誕生及沿革,從沙特拒絕諾貝爾文學獎開啟介紹,固然有其政治、文學立場的差異,但亟欲傳達的是沙特存在主義裡「選擇」的意義,藉著沙特的選擇呈現其捍衛左翼思想的負責,更藉由行動反抗西方意識形態作祟的偏見;此外,存在主義標誌的是從「虛無」延伸的存在、本質、意識及選擇的議題,但刊物裡凸出的是在人類思索存在的當下,行動、選擇、負責,甚至創造歷史等積極的面向;對於卡繆的詮釋更一反當時臺灣文壇對於存在主義的認知,更客觀地強調了卡繆思想中的反抗意志,藉此凸出卡繆哲學思想的正向性。《歐洲雜誌》對於「存在主義」的理解強調的是行動主體的積極與正向性質,與臺灣六

---

226 後樂:〈閒話「戒嚴狀態」〉,《歐洲雜誌》第5期(1966年秋),頁49-51。
227 Maurice Nadeau著、邱淑華譯:〈小說家卡繆〉,《歐洲雜誌》第5期(1966年秋),頁52-57。
228 易水:〈「西齊弗的神話」及「異鄉人」〉,《歐洲雜誌》第5期(1966年秋),頁78-93。

〇年代現代主義文學趨近蒼白或無根的走向，看似同路實則異向。

三　「哲學」的思索：中西合併的文化與當代美國思潮的重現

　　《大學雜誌》的內容多元且廣泛，不像《歐洲雜誌》將存在主義作為討論的對象，而是從「哲學」的定義入手，自創刊號即刊載〈有系統的胡說八道〉詮釋「哲學」的範疇，文字淺白、舉例近人，甚以「有系統的胡說八道」戲稱哲學，其中更引述希臘哲學家頦利斯（Thales）、額乃克塞曼德（Anaximander）、額乃克塞門尼斯（Anaximenes）、赫拉克來特斯（Heraclatus）等人的名言，[229]在作者深入淺出地舉例並釐清哲學的內涵後，便開啟了《大學雜誌》接連數期對於哲學議題的探討，之後即以「哲學淺嘗」單元連載。第二期〈從視而不見談起〉對感知與真實下定義：「在現象世界的底下，另一個我們的感官所知覺不到的真實世界（real world）或實在（reality），真實世界是確定的，不變的。」[230]本文更延伸康德的「物自體」（Ding an sich）──真實世界的定義；翌期〈我在哪裡〉討論了「我」與「現象世界」的關係，本文由夢境談起，引用了笛卡兒將「我」作為分析感知世界後的最終根據地，亦是作者指涉的「靈魂」。[231]連續三期有關「哲學」的議題，從中扼要地引介諸多哲學家的見解，足見《大學雜誌》試圖化繁為簡的作法，也顛覆了以往「哲學」艱澀的形象。

　　到了第七期〈開放的「空中園圃」〉一文，作者從麥格雷（I. P. McGreal）的《哲學論證之解析》將哲學傳統分門別類，諸如倫理學

229　胡基峻：〈有系統的胡說八道〉，《大學雜誌》第1期（1968年1月），頁22-24。
230　胡基峻：〈從視而不見談起〉，《大學雜誌》第2期（1968年2月），頁22。
231　胡基峻：〈我在哪裡〉，《大學雜誌》第3期（1968年3月），頁18-19。

（Ethics）、美學或藝術哲學（Esthetics or Philosophy of Art）、邏輯（Logic）、形上學——本體論問題（Metaphysics—Problemsof Ontology）、形上學——宇宙論問題（Metaphysics—Problems of Cosmology）、知識論（Epistemlogy）、宗教哲學（Philosophy）、科學的哲學（Philosophy of Science）、政治哲學（Philosophy of Mind）等十五種哲學議題，[232]證明哲學的範疇廣泛，藉此提供讀者關於基礎哲學的輪廓，自此「哲學淺嘗」的單元暫告一段落，接著《大學雜誌》將哲學範圍再行擴大，連結了文學及人生。

在第八期〈文學、哲學與人生〉一文裡，由當時客座臺大的教授成中英與顏元叔兩人對談，各自表述文學、哲學與人生的關聯。成中英認為：「文學的一個功用可以說是透過形式對自我及世界作了解。表現這特色的特徵，我稱之為生命的主觀性（Subjectivity of Life）。至於哲學家所做的則是把生活本身當作對象，來做概括化的處理。」[233]因此文學家表現的是主觀的生命體驗，哲學家概括出形式或觀念以描述真理；顏元叔認為文學是哲學的戲劇化呈現，「任何一個作家在做他的作品之前必需先觀察人生，並得到某種結論，然後再為他這個哲學性的看法尋找具體的事實，表現出來而成為文學。這就是我所謂的『戲劇化』，也就是所謂的『具體化』。」[234]在戲劇化的過程裡，文學與哲學分道揚鑣，透過文學讓不同的哲學命題更具體化、深刻化。第十二期裡，顏元叔與李達三進一步延伸哲學議題，〈亞里斯多德「詩學」中的哲學、詩、與歷史的關係〉一文從詩與歷史的辯證，提出：「亞里斯多德認為詩比歷史『更具哲理性』（more philsosphical）意思就是說，『更有邏輯性』（more logical），我們知道，詩以歷史為基

---

[232] 胡基峻：〈開放的「空中園圃」〉，《大學雜誌》第7期（1968年7月），頁21-22。
[233] 顏元叔、成中英：〈文學、哲學與人生〉，《大學雜誌》第8期（1968年8月），頁21。
[234] 顏元叔、成中英：〈文學、哲學與人生〉，《大學雜誌》第8期（1968年8月），頁22。

礎——歷史是詩的素材（raw material），也是詩的唯一來源。」[235]詩的目的在於將不完整、非井然有序的歷史安排得有所條理，成為邏輯性結構。此外，成中英在第十三、十四期中，連載〈科學、真理、與人類價值——從哲學立場分析科學價值的衝突以及其解決途徑〉，對於廿世紀科學與人文主義的衝突提出看法，主題囊括科學真理的客觀性及可修正性、科學真理的中立性與工具性，甚而就真理的層次問題、科學真理與善的關係及維持都提出力求平衡的見解，其中更提到從十九世紀以來的存在主義與現象學亦屬人文主義的範圍。[236]

對於「哲學」的議題，在《大學雜誌》不僅著墨於西方哲學，對於中國哲學亦有著墨之處。在第三期的〈問題回答〉中，即有讀者以「中國哲學」為題投稿，詢問讓現代青年瞭解中國哲學的方式，《大學雜誌》則回應需有閱讀古籍及學通外國語文以相互攻錯之用；[237]第二十五期裡，劉述先以〈研究儒家哲學在今日的意義〉試圖喚醒知識青年對於中國儒家思想的重視，在儒家哲學僅被視作歷史意義的當下，文中以臺、港哲學思想大師方東美、唐君毅、牟宗三等人為例，再列舉西方漢學家顧理雅（H. G. Creel）、戴巴利（Theodove De Bary）、李約瑟（Joseph Needham）等人，更提出「在現在超自然的神話被戳破以後，中國哲學尤其是儒家思想，可以說是提供了惟一健康的信仰的出路。」[238]藉此證明儒家哲學之於現代社會的實用性。翌期，韋政通

---

235 李達三、顏元叔：〈亞里斯多德「詩學」中的哲學、詩，與歷史的關係〉，《大學雜誌》第12期（1968年12月），頁19。

236 參見成中英：〈科學、真理、與人類價值——從哲學立場分析科學價值的衝突以及其解決途徑——（上）〉，《大學雜誌》第13期（1969年1月），頁4-7；成中英：〈科學、真理、與人類價值——從哲學立場分析科學價值的衝突以及其解決途徑——（下）〉，《大學雜誌》第14期（1969年2月），頁4-7。

237 編者：〈問題回答〉，《大學雜誌》3期（1968年3月），頁36。

238 劉述先：〈研究儒家哲學在今日的意義〉，《大學雜誌》第25期（1970年1月），頁44。

即以〈儒家哲學在今日的意義〉附和前期劉述先的看法,再條列傳統中國儒家哲學家孔子、孟子及荀子為證,提出儒家哲學思想經歷時代的洗鍊後仍具有意義的部分。[239]至此,《大學雜誌》對於「哲學」的議題的討論,從西方哲學思想洄流至中國儒家哲學的傳統,異於六〇年代大多聚焦於西方文化思潮的臺灣文壇,除了回顧中國儒家哲學的時代性、跨地域及應用意義,更呈現中西合併的兼容並蓄及交會融合,《大學雜誌》另闢一條詮釋「哲學」的道路。

除了討論「哲學」議題,《大學雜誌》對於「存在主義」亦有所著墨。第六期張系國發表〈知識分子的孤獨與孤獨的知識分子〉一文,文中先提出「獨立思考」的意涵絕非是知識青年各行其是的藉口,其中援引當時臺灣知識界最流行的兩種思想——邏輯實證論與存在主義為例,說明代表人物羅素及沙特身為知識分子的與生俱有的孤獨、以孤獨為傲的特質,但知識分子絕不是懷著傲氣與十字架,秉持著先憂後樂或經世濟民的態度,因為知識分子必須在孤獨中創作,卻無法在孤獨中瞭解社會,最後張系國疾呼:「一個現代化社會要以群策群力的民主方式才能建立,不能單靠知識分子的領導和『登高一呼,風吹草偃』的。」[240]張系國標誌出了知識分子改革的使命,也提出了「沙特」作為存在主義代表的積極性。

此外,第十四期轉譯一九六八年《新觀察家》週刊裡由 Le Nouvel Observateur 著、陳三井節譯的〈一個學生領袖的自白——柯恩・班迪與沙特對話錄〉,與這場法國學運的領袖柯恩・班迪對話時,沙特指出任何運動都有熱度減退或藉機往前邁進的兩種情形,[241]沙特一再地提

---

239 韋政通:〈儒家哲學在今日的意義〉,《大學雜誌》第26期(1970年2月),頁32-34。
240 張系國:〈知識分子的孤獨與孤獨的知識分子〉,《大學雜誌》第6期(1968年6月),頁15。
241 參見Le Nouvel Observateur著、陳三井節譯:〈一個學生領袖的自白——柯恩・班迪與沙特對話錄〉,《大學雜誌》第14期(1969年2月),頁11-12。

出改革的口號,身為存在主義的代表人物,也隱喻了沙特在存在主義中力求改革的內涵。對於臺灣存在主義作品的評介,在第二十四期由陳鼓應應師大崑崙社之邀、張明輝所記〈談談王尚義的作品〉,討論了一向被視為存在主義作家的王尚義及其作品,兩人的友好,加上作者的哲學出身背景,除了提出王尚義的評論不符學術標準,再提出存在主義哲學與文學的差別,哲學在於客觀的描述、文學在於主體的感受,[242] 更在第三十一期的〈約伯——最早的存在主義者〉一文,定義聖經裡的約伯以人的標準衡量上帝的作為而發生疑惑,進而肯定自己存在與事實,並重視個人生命的價值,可作為最早的存在主義者。[243]《大學雜誌》在此藉由相關的文章對讀者起了釐清的作用,也還原了存在主義哲學最真誠的面貌,提供知識青年認知存在主義的契機。

從「哲學」面向到「存在主義」的釐清,《大學雜誌》試圖輪廓出六〇年代臺灣知識青年最熱衷的文化議題及思想精神;對於美國的社會文化,在第三十二期載有〈嬉皮的心理分析〉,說明美國社會的現狀與問題,首當其衝的便是越戰、種族、學潮及嬉皮四大問題。此文由精神科醫師執筆,先指出「嬉皮」對臺灣青年的影響,諸如:結幫組黨的太保太妹,隨著三百多個『披頭』被強制理髮的報導,導致人們留意起嬉皮的問題來了。文中針對美國社會的狀態,一一分析嬉皮成形的原因,從外在社會壓力、對社會的失望及抗議,到過度講求個人成就的反作用力、青年群眾心理的影響,其原始訴求的是現代社會得不到的互相關切及瞭解,卻也容易成為心理變態者的避難所,作者更進一步討論中國社會結構與家庭體系底下,難以形成「嬉皮」文

---

242 參見陳鼓應講述,張明輝記:〈談談王尚義的作品〉,《大學雜誌》第24期(1969年12月),頁10-16。

243 陳鼓應:〈約伯——最早的存在主義者〉,《大學雜誌》第31期(1970年7月),頁24-27。

化，而過度崇洋、大眾媒體傳播的渲染，才出現「仿嬉皮」的現象，文末更呼籲不必過度崇洋媚外、盲目地追隨「洋鬼子」，[244] 此文裡不只呈現了臺灣六〇年代的社會面貌，更析論了美國社會導致「嬉皮」成形的遠、近因素，成為臺灣過度崇美的借鏡；同期的〈談美國的地下文學〉定義六〇年代的「協疲氏」（Hippies）是五〇年代「搜索的一代」（Beat Gengeration）的第二輩，承繼了波希米亞式的生活形態，「Beat 的另外涵意是：疲憊不堪──對社會的禮教習俗厭倦至極；因此把 Hippies 譯作『協疲氏』亦非屬戲言。他們與政府壓力對抗，他們深信一個理想世界的建設有賴於個人的努力。」[245] 在此，作者更揭示由「搜索的一代」至「協疲氏」對美國文學史的影響。直到翌期，編輯部再行刊載〈英國的嬉癖士和乞丐〉一文，補充美國之外對於「嬉皮」的看法，可見嬉皮文化在英、美的盛行，文中比喻英國乞丐的打扮更勝「嬉癖士」，更以英國貴族為例，評論其為新奇而新奇、心靈空虛、行為荒誕，愈顯英國日暮途窮的「世紀末感」。[246]

同樣在《聯合季刊》裡，對於「嬉皮」仍有所著墨，由美國留學生所見，足以呈現更在地性的觀察視角。第三卷第三期裡〈現代的波希米亞人〉一文，細膩地詮釋了美國當前風行的嬉皮現象，文章從嬉皮參與了社會謀殺案談起，凸顯了嬉皮在美國社會裡的特立獨行、無所適從。文中呈現了嬉皮效法烏托邦主義四海為家的性格、跳脫了禮教束縛的性氾濫、耽溺於迷幻藥癮後的幻覺，再探究嬉皮在啟蒙時代後的理性、因果論裡追求神秘的心態，進而向東方探求神秘感，進而成為美國社會裡出世的產物。出身於中產階級二代的嬉皮，眼見前世

---

244 參見曾炆煋、徐靜：〈嬉皮的心理分析〉，《大學雜誌》第32期（1970年8月），頁8-12。
245 吳昊：〈談美國的地下文學〉，《大學雜誌》第32期（1970年8月），頁44。
246 參見編輯部：〈英國的嬉癖士和乞丐〉，《大學雜誌》第33期（1970年9月），頁17-18。

代歷經經濟恐慌與戰爭威脅，在富足後卻彌足空虛、生活庸俗，甚至成為偽善的偽君子，二戰後生長的嬉皮毋須再為溫飽奔波，他們追求性的自由、人際真摯的友誼，甚至要求自我實現（self-actualization），即便作者肯定嬉皮的離經叛道促進了美國中產階級的反省，卻必須引以為戒：「我們正需要美國中產階級的當年那種克苦奮鬥的精神，那種清教徒的道德。對於嬉皮文化的拒斥，無寧是必須的，儘管拿著剪刀，見長髮即剪的作風，讓人有智窮的聯想。」[247]文末奉孔子的儒家思想為圭臬，重申中國現代化的道路上不可擯棄道德理想。對於「嬉皮」文化的風行，《大學雜誌》客觀地呈現正反意見，對於嬉皮精神的消極與頹廢先表現出否定的態度，正突出了六○年代崇美心態的另一種鏡象，反映出刊物亟欲矯正青年風俗的急迫性、憂心社會風氣變質的焦慮，同時又肯定了嬉皮精神對於抵抗世局、變革風氣、尋覓烏托邦的理想，甚至成為美國文學史上重要的扉頁；《聯合季刊》的美國視角翔實地分析嬉皮文化的現狀與心理糾結，甚至展現其反抗性的一面，卻也呼籲必須引以為戒。在此，不可諱言的是六○年代的知識青年，對於「抵抗」、「變革」已經不陌生。

從「存在主義」的譯介與作品實踐到「哲學」思想的統整，再至「嬉皮文化」的盛行因素，《歐洲雜誌》、《大學雜誌》及《聯合季刊》勾勒出六○年代知識青年所處的時代氛圍、所受的感染影響。勞思光在解讀沙特時提到：「沙特代表這樣一個漸漸失去幻想的時代，在這個時代中，人們所受到的主要是挫折、喪失和痛苦。這是一個脆薄的時代，而且這個時代的人們想要把這種脆薄性當作屬於本質結構一面的東西而體驗。」[248]此外，六○年代嬉皮士運動的前身即是五○

---

247 王士英：〈現代的波希米亞人〉，《聯合季刊》第3卷第3期（1970年12月），頁13。
248 勞思光：〈第五章・法國存在主義者──沙特〉，《存在主義哲學新編》，頁93。

年代被僵化的社會制度、價值觀念給壓垮的「垮掉的一代」，演變成嬉皮一代，文學史除了提及嬉皮士運動是一種青年意識的大規模革命，還定義嬉皮運動足以「揭示同代人的衝擊和種族的憤怒精神，這就是充滿自信的『反文化運動』，它就是這個時代的主旋律。」[249]甚者，「存在主義」深深地影響著「嬉皮文化」的誕生，故此二者在時代的軸線上，各自在人類心靈最無助、徬徨及苦悶的當下，扮演著救贖的角色、寄託的出路。

臺灣六〇年代也具有類同的荒謬時代感，內有國府體制的政治高壓、外有美援體制的文化影響，對此諸多研究論述並定義了六〇年代的「無根」、「放逐」或「蒼白」特質。再者，經由筆者爬梳、歸納，六〇年代知識青年的閱讀刊物裡，「存在主義」、「哲學」及「嬉皮文化」已然是來自西方最直接、最快速的養分來源，也因此備受六〇年代知識青年矚目及青睞，甚而蔚為風潮。但筆者認為，在上述的三份刊物裡，此三者文化思想或現象各自有其表述的意義及目的：對於「存在主義」的詮釋，強調的是其積極、正向的選擇意志、反抗意識，對於荒謬的人生雖無可知卻充滿改革意志、期待及希望，迥異於一般臺灣文學史對於六〇年代現代主義文學的詮釋；再者，「哲學」更開啟了知識青年思索的契機，在西方哲學的基礎下，更強調了中國儒家哲學的兼容並蓄，在當時西方為重的文化思潮中另闢蹊徑；最後，刊物裡強調了「嬉皮」在英、美風行的現象，卻也都表現了對臺灣社會可能受其影響的擔憂，對於當時沉浸於美援文化的知識青年而言，除了認識當代西方思潮的迥異，更多的是去蕪存菁、截長補短的見證，去除的是嬉皮文化裡的荒誕不經，擷取的是嬉皮文化內涵中的反抗意識。以上三類文化思潮，對於保釣世代的成形亦有其影響，諸

---

249 楊仁敬：〈第五章　越南戰爭以來的美國文學（1964-1995）〉，《20世紀美國文學史》（青島市：青島出版社，1999年），頁675。

如改革意識、反抗意志,乃至於中國性的追求,逐一成為保釣世代心靈埋藏的思想種子。

第四節　政治「不冷感」:國際政治、民主制度、臺灣改革

　　六〇年代的戰後世代往往被視作是無根、放逐、失落或蒼白的一代,故相較於七〇年代所浮現的「回歸現實世代」而言,六〇年代的戰後世代屬於「相當消極的自在世代」,雖然曾有像自覺運動這種具有自發性的集體行動誕生,卻不涉及政治議題,也不具有挑戰既有威權政治及社會體制的威力,[250]這必然攸關於國民黨戒嚴體制下的威權監控。在這樣嚴密的監控體制裡,筆者嘗試將知識青年對於政治的關切以同心圓的概念敘述:最核心的一類屬於熱衷關注又富挑戰性的類別,這一類的知識青年數量最少,卻具有最強烈的改革意志;其次向外推的第二層屬於關心卻又礙於威權體制而表現冷漠,這一類的知識青年選擇沉默;最外圍的一類則是漠不關心,此類的知識青年數量最鉅,也往往被視為對政治、社會最冷感的一類。據此,筆者將聚焦在這同心圓的核心類別,嘗試釐清這一類數量最少卻極富挑戰性格、改革意志的知識青年在六〇年代如何透過「前釣運刊物」表達對政治的「不冷感」、對威權的挑戰、對改革的期盼。

　　於下,筆者透過《歐洲雜誌》、《大學雜誌》及《聯合季刊》的刊載內容,察覺這一群六〇年代中期以降的知識青年對於民主政治及其延伸議題都表現了各自的看法及立場,也因為《歐洲雜誌》與《聯合

---

250 參見蕭阿勤:〈第二章　臺灣一九七〇年代回歸現實世代的浮現與形成〉,《回歸現實:臺灣一九七〇年代戰後世代與文化政治變遷》,頁71-72。

季刊》各自編輯、發刊於法國及美國,故其承載的議題相較於臺灣發刊的《大學雜誌》則更具國際觀、感染力、鼓舞性,但不可諱言的是當時的《大學雜誌》已然游走在高壓檢閱的邊緣,亦足見其力圖革新的先驅性格。由《歐洲雜誌》、《聯合季刊》與《大學雜誌》三份刊物,也呈現了當時歐洲、美國的留學生及臺灣大學生對於世界政治、學生運動及全球冷戰體制的關注,藉此勾勒出此階段知識青年的社會關懷,將有助於理解「保釣世代」成形前的感覺結構及其轉化的過程。

一 反抗的力量:歐美學生運動與社會運動的思想資源

六〇年代對全球而言是動盪的時代,各國的學生運動及其延伸的社會運動如火如荼地蔓延,對於異地求學的留學生而言無疑是一大衝擊,抵抗既有體制對出身臺灣的知識青年更是天方夜譚。然而,在《歐洲雜誌》、《聯合季刊》及《大學雜誌》裡,也不避諱地再現歐、美國家的學潮及其延伸的社會運動,唯獨各自因為發刊的地域迥異,也因此各自著墨的面向不同,但都提供了留學生及臺灣知識青年一個嶄新的視野、變革的契機,因此埋下日後釣運萌芽的種籽。

由留學生在地的觀察,最能重現學潮與社運的實際面貌。《歐洲雜誌》第二期中,由留法學生以〈留學生話巴黎〉一文刻畫了法國罷工及學生運動,前者依序由公營事業工人聯合總罷工、巴黎電影院抗議政府徵收過度的娛樂稅罷工,以及法國醫生因為社會保險的待遇不公而罷工;後者因為法國會考數學試題的錯誤成為學生遊行示威的導火線。[251]文中,作者筆調輕鬆地帶出三者罷工後意外的插曲:公營事業的罷工讓三五好友集聚打牌、電影院罷工後免費招待顧客、參與社會

---

251 參見夏玉:〈留學生話巴黎〉,《歐洲雜誌》第2期(1965年9月),頁85-89。

保險的醫生罷工後以義診表示抗議，三場罷工既呈現了勞工捍衛自身權益勇於抗爭的決心，也帶出了法國巴黎罷工的普遍性；對於學生的遊行示威所導致的交通堵塞、破壞公設，作者予以否定的態度，不若罷工事件的公允客觀。第五期同樣由留學生發表的〈勒米蒂之行——旅行日記（上）〉提到：「法國的年青人（不，應該說是歐洲的年青人）臉上一絲憂鬱的影子都沒有。他們似乎絕不會悶悶寡歡、絕不會多愁善感；他們交際公開，競爭公開，有權利示威，遊行，批評，反對，為所欲為，只要不碰撞法律，法律之前，人人平等。」[252]文中概括了歐洲的年輕人勇於展現情感，擅長以遊行示威的方式表達不滿，與臺灣留學生從小所身處的社會環境大相逕庭，的確帶來了一幅嶄新的視野，對於留法學生而言，學潮的普遍可見一斑。

《大學雜誌》在戒嚴時期發刊，對於學潮或社運的著力較少，但也因為政治環境的親美因素，常以美國當局的社會運動為借鏡，有意地遞送攸關學潮或社運的相關消息，以供給臺灣知識分子參酌。在第五期〈內戰與民權之間〉即以馬丁・路德・金恩遇刺為例，追究了種族歧視在美國社會裡的根深柢固，白人與黑人的不平等待遇看似尋常，短時間卻無法拔去白人潛意識裡「道德的毒刺」，「幸而美國是一個朝氣蓬勃的國家。它不缺乏道德上覺醒之士，尤其在知識分子的階層裡。民權運動，就包括了許多白人，為黑人應得的社會公正，同聲呼籲。」[253]對於種族之間階級的平等，美國知識分子興起的「民權運動」正好為種族不平等提出改善；延續到第六期中〈對我們大學教育的檢討〉一文，扼要地總結當前大學生對「留學主義」與「文憑主

---

[252] 陳錦芳：〈勒米蒂之行——旅行日記（上）〉，《歐洲雜誌》第5期（1966年秋），頁143。

[253] 何友暉、何步正：〈內戰與民權之間〉，《大學雜誌》第5期（1968年5月），頁5。

義」至上的社會風氣,並惋惜於數年前的「青年自覺運動」[254]徒留空名,[255]在此《大學雜誌》不諱言地寄託「知識青年」應以社運改善社會風氣的期待。

法國在一九六八年五月的學潮引起了全球的關注,翌年《大學雜誌》第十四期裡譯介了〈法國五月學潮中一個學生運動領袖的自白——柯恩・班迪與沙特對話錄〉一文,其中由學潮領袖柯恩・班迪提出學潮的目標:「工人們將會在物質的要求方面獲得某些滿足,大學的重要改革也將由學生運動中的溫和派和教授們合力推動。我們所企求的並不是激烈的改革,但我們對此多少也有相當的影響力。」[256]知識分子對於社會改革懷抱著急切的責任感,在此象徵著大學生躍出封閉的學院體制,走入社會參與變革的開始。除了借鑑於法國學潮,《大學雜誌》第十七期更以〈紀念五四運動的第五十週年〉為篇名,先是定位「五四運動」為「學生愛國運動」,進而以愛國青年的新思想作為「革新事業之預備」為號召,並發刊各種出版物以影響社會,[257]點出中國廿世紀初的「五四運動」既有學潮的特質,且挾帶革新意志為宗旨。

到了第二十一、二十二期連載〈哈佛大學的學生運動〉一文,由留

---

[254] 「自覺運動」發起於一九六三年五月二十日,又稱為「五廿青年自覺運動」或「五・二〇青年自覺運動,本質上隸屬於道德運動,更以反崇洋與提倡公德心為運動目標,前者起因於俞叔平同年四月廿六日在《中央日報》副刊發表〈遊德有感〉,呼籲臺灣知識青年勿逃避責任及貪圖美國物質文明而出國留學;後者起因於留學美國的臺灣學生五月十八日在《中央日報》副刊發表〈人情味與公德心〉針砭臺灣大學生的敗壞風氣、過度個人主義色彩,進而引起大學生的迴響,甚至臺大發刊《新希望》雜誌。參見丘為君編、吳國棟著:〈五・二十青年自覺運動〉,《臺灣學生運動(1949-1979)》(臺北市:稻鄉出版社,2003年),頁21-32。

[255] 參見張潤書:〈我們對大學教育的檢討〉,《大學雜誌》第6期(1968年6月),頁5-6。

[256] 參見Le Nouvel Observateur著、陳三井節譯的〈一個學生領袖的自白——柯恩・班迪與沙特對話錄〉,《大學雜誌》第14期(1969年2月),頁11。

[257] 參見陳少廷:〈紀念五四運動的第五十週年〉,《大學雜誌》第17期(1969年5月),頁3-4。

美學生提出觀察,指出美國諸多名校學潮的蓬勃,而眾多的學潮主要圍繞在「越戰」所延伸出的種種議題,先由麻省理工學院(M.I.T)的教授與學生組織「科學行動協調委員會」(S.A.C.C)興起同年三月四日的罷工,目的在於反對美國因應越戰而過度投入國防預算,甚至引爆核子戰爭的可能;哈佛大學的學潮則是針對越戰所引發的「預備軍官」(R.O.C.T)而爭議,造成學制上的失衡;此外,種族歧視所引起的社會問題,更蔓延到生活於美國的少數民族,諸如黑人、波多黎各人、墨西哥人乃至於華人。文中除了回顧哈佛大學學潮的記錄,更細述此次因為「預備軍官」事件所引起的學潮過程,並分析學潮中的派系之別,也因為警力介入事件暫時落幕,卻引來學生更甚的反彈勢力而罷課數日,在校方的協議與退讓下事件告終。作者從中分析美國學潮與臺灣學生風氣的差異:「不論他們的教育家怎麼重視純學術研究,象牙塔外廣大群眾們似乎從未被他們忽略過。大小各校本科開課固然儘量配合社會上的需要,此外更有種種 Program,或訓練專才。」[258]對於美國近年來學潮的訴求包羅萬象:「從宿舍規則(爭取男女同屋共寓或深夜仍可逗留在異性宿舍中的自由)到越戰或者 ROTC 等國家大事,事事關心。然而綜合看來可說有三項特色:①政治性;②反知性 ANTI-INTELLECTUAL;③反商性 ANTI-BUSINESS。」[259]前者揭示了美國學潮的利他性、後者展現了美國學潮後的訴求世界和平、重視人文及反對功利主義。

爾後,《大學雜誌》在第二十四期刊登〈美國黑人作家的自由〉、〈美國的黑人文學〉二文及第三十二期〈美國大學動亂之析判〉陸續為美國學潮、社運後的社會風氣揭開更多元且客觀的序幕。透過三位

---

[258] 郭譽先:〈哈佛大學的學生運動〉,《大學雜誌》第21期(1969年9月),頁43。
[259] 郭譽先:〈哈佛大學的學生運動〉,《大學雜誌》第22期(1969年10月),頁31。

黑人作家、藝術家的訪談記錄，試圖理解「美國黑人文化」（American Negro Culture）的特色，並連結黑人文化體系與美國文化的關係；[260]或由黑人文學的特質，展現出黑人口語詩歌別於文學的生命力，再突出黑人文學在浪漫主義風行的小說趨勢裡仍不脫自然主義的魔影，原因在於種族之間的不協調，同時更呈現了黑人作家對於自我肯定的意義，當然不乏自覺性的白人作家，書寫黑人的困境與心靈。[261]由王杏慶（南方朔）譯介美國週刊記者 J. K. Footick 的〈美國大學動亂之析判〉帶出美國哥倫比亞大學畢業典禮中畢業生走出校長演講的會場，以示對反戰及社會福利運動的支持，顯示美國高等教育的抵抗：「造成校園中這種心智狀態的情境同樣也使得國家極不舒暢──環境污染，種族問題，貧窮，生活的性質，以及最重要的戰爭。學生們協助計畫了十月十日反戰的延緩服役運動，也成萬地加入了一個月後的動員努力。」[262]除此之外，更多的校園動亂引起的社會問題更引人注目，甚至旁及政治議題，因此校園行政高層陸續允諾改革，文末肯定學潮迫使校園改革的正向意義，也承認了大學校園是美國社會變遷的測候器。

　　《聯合季刊》更直擊了美國學潮及社運的盛況，創刊號〈在美國認識了什麼〉便談論美國大學生對於國家、社會的熱情：「月前華盛頓的聯合大示威參加的大部分是學生。美國人從上至下對政治的狂熱，可以從青年學生的這一股傻勁表現出來。」[263]文中更將其類比為「五四時代的中國青年學生」，一肩扛起國家興亡大任，表現出留學生對於美國學潮的積極評價。第一卷第二期的「世界學潮專輯」翔實

---

260 參見吳震鳴：〈美國黑人作家的自白〉，《大學雜誌》第24期（1969年12月），頁30-31。
261 參見吳昊：〈美國的黑人文學〉，《大學雜誌》第24期（1969年12月），頁32-35。
262 王杏慶譯：〈美國大學動亂之判析〉，《大學雜誌》第32期（1970年8月），頁16。
263 合子：〈在美國認識了什麼〉，《聯合季刊》第1卷第1期（1968年4月），頁4。

地將「學潮」作為專題報導，呈現世界學潮的風行，文中從世界學潮的地點談起，除了介紹美國哥倫比亞大學學潮之外，還逐一簡釋世界學潮的發生，最後由各國報刊從不同的角度詮釋學潮的興發。此期〈我們的話〉可視同為專題的序言：「洶湧的學潮，在自由國家氾濫，也在控制嚴密的鐵幕後激盪。學生們丟下了書本，走出課堂，向當政者做正面，直接的挑戰。」「中國青年，辛亥運動以來，對社會與政治的參與，從沒有放棄責任，但是我們這一代，到現在為止，算是繳了白卷。」[264]由此可見：留學生眼見各國學潮的興盛，如歐、美國家的學潮象徵民主自由的蓬勃，在此指涉的「鐵幕」是波蘭、捷克、東德等共產國家，在此代表學潮已然蔓延，共產國家的民主自由開始萌芽；對於臺灣留美學生而言，更期許知識分子對社會與政治的參與及改革，歐、美國家乃至於共產國家的學潮，提供了留學生對於國家社會革新的借鑑。

關於哥倫比亞大學學潮，《聯合季刊》客觀地呈現不同角度的說法，有助於全面瞭解學潮的經過。由〈哥大學生佔廈記實〉剖析哥大學潮的三大近因及學潮經過：首先是興建哥大體育館將影響黑人權益的議題，其次是哥大與五角大廈附屬國防研究中心合作將有礙於學術自由，最後是懲處示威運動的學生的相關問題，學潮過程中派系林立，由警力介入而雙方暴動之外，學期也因此草率結束。[265]再載有〈哥大學生報紙的辯白〉及〈社會輿論的反應〉二文，先由學生方辯駁，後呈現美國《紐約時報》、《每日新聞》、《紐約郵報》及《箴言報》等各大報刊的民情，多半肯定學潮的目的，卻譴責學潮中的暴

---

264 本社：〈我們的話〉，《聯合季刊》第1卷第2期（1968年9月），頁3。
265 參見李本京：〈哥大學生佔廈記實〉，《聯合季刊》第1卷第2期（1968年9月），頁31-32。

動、非理性。[266]撇開學潮過程中的暴動事件,哥大學潮的出發點實則顯現了知識青年對於國家社會的期待,試圖消解種族歧視的癥結、反對越戰以來的大幅徵兵,進而要求學術獨立於國家機器。連帶陸續由日本大學生組織「全日本夫生自治會總聯合」(簡稱「全學聯」)(Zenga Kwren);英國大學生在倫敦舉行的「反越戰示威遊行」;法國大學生為了受教權上街;以及波蘭、捷克、南斯拉夫等共產國家的大學生一同響應世界學潮的盛行。

　　有趣的是:學潮專輯中的多數專文都提到學潮與左翼的關係,例如〈富士山下的學潮〉提及「全學聯」成為了日共的鷹犬,也催生了「全國私學學生自治會聯盟」的誕生;[267]〈憤怒的英國學生〉講述英國學潮由左傾分子和共產黨員組織「激進學生同盟」(Radical student Alliance),並試圖領導全國學生領導權;[268]〈鐵幕後學生爭取自由之努力〉述及波蘭、捷克、南斯拉夫等國的大學生,迥異於西方學潮多由左傾分子興起,在共產國家裡的學潮主要由傾向自由民主的青年帶起;甚至轉引《人民日報》的報導,既是避而不談波蘭、捷克、南斯拉夫等國的學潮,還藉此加速毛澤東思想在西方國家的傳播;[269]專輯最後更譯介倫敦《觀察人》報刊記者紐爾‧艾奇遜的〈自由主義者眼中的世界學運〉一文,強調了東、西方學潮力圖打倒「官僚政府」,並且以與社會主義一樣悠久的「工人議會——蘇維埃」取代,由美國

---

266 參見王國棟:〈哥大學生報紙的辯白〉,《聯合季刊》第1卷第2期(1968年9月),頁33-34;丁丙衡:〈社會輿論的反應〉,《聯合季刊》第1卷第2期(1968年9月),頁35。

267 參見陳鵬仁:〈富士山下的學潮〉,《聯合季刊》第1卷第2期(1968年9月),頁36-37。

268 參見本刊資料室:〈憤怒的英國學生〉,《聯合季刊》第1卷第2期(1968年9月),頁38-39。

269 參見謝啟平:〈鐵幕後學生爭取自由之努力〉,《聯合季刊》第1卷第2期(1968年9月),頁40-41。

所發起的示威活動,影響了西德、英國、法國等國家學潮,甚而互相影響,就連左翼政黨也容易與左翼分子領導的學潮產生齟齬,被視作是「滑稽的聯合」,彼此干擾又不相容。[270]《聯合季刊》以學潮為例,反映了美國蓬勃的抗爭風氣,訴諸於種族歧視、反戰、國防等議題,世界各國的學潮無一不是將美國學潮視為領頭羊,其中自然挾帶冷戰體制中反共的精神、彰顯了美、蘇對峙的對立;再者,以自由主義為號召的美國,這樣的學潮現象正是民主自由的表現,卻也衝擊著既有的制度與思維模式,學潮自然是提供了冷戰體制建立後一個反省的機會。此時留學美國的臺灣學生,處在學潮盛行的社會思潮裡,逐漸凝聚追求平等、反抗不公的抵抗思想。

　　研究者指出學生運動的特徵有三:一是帶有高度理想的集體性抗議行動,且帶有激烈主義(radicalism)、二是學運多以理性為出發點,結果卻常為感性所掩蓋、三是學生運動其強調社會參與(social participation)和社會動員(social mobilization),[271]筆者認為上述的三點特徵其實同時點出了學潮裡知識青年的精神特質:具有改革的積極性,並期待國家社會的進化;因為集體感性而興發激烈行動,容易導致焦點轉向或派系、路線紛生;從學潮進而帶動大規模社運的生發,成為社運發展的固定模式。此外,一如論述所言,除了五〇年代全球性的大學校園騷動時有所聞,範圍從東歐布達佩斯與華沙、南歐馬德里、西歐巴黎及哥丁根與南美的布伊諾斯愛麗斯,甚至亞洲的仰光,更遑論美國學潮的興盛,直到六〇年代學潮已經屬於寰宇性的示威遊行,更擴大至巴基斯坦、奈及利亞、日本、德國、南非、英國與

---

270 參見艾奇遜著、周孟生譯:〈自由主義者眼中的世界學運〉,《聯合季刊》第1卷第2期(1968年9月),頁45-46。

271 參見丘為君:〈序言〉,《臺灣學生運動(1949-1979)》(新北市:稻鄉出版社,1993年),頁x-xiii。

法國,[272]引起學潮的導火線不外乎圍繞在種族歧視、教育資源、反越戰、反霸權、婦女解放等主題,諸如此類的學潮,透過《歐洲雜誌》或《聯合季刊》不免影響了留學生的思想,就連《大學雜誌》也無可避諱地介紹世界學潮的聲浪,而社運中攸關種族、教育、反戰、婦女等議題,其實也反映了國家、社會中最在地、本土的急迫性問題,這些議題的操作、運用都可以作為知識青年日後回顧臺灣在地、本土的借鏡資源。自學潮的蓬勃、議題的多元,乃至於集會的過程、運動的抗爭都成為臺灣知識青年日後醞釀「保釣運動」、成為「保釣世代」的參照系統。

二 東亞冷戰體制的反思:反越戰、反共的世界性浪潮

美、蘇對峙導致世界冷戰體制的幅員逐漸擴大,韓戰(1950.6-1953.7)則開啟了東亞冷戰體制,杜魯門主義(Truman Doctrine)正式宣告了美國全面防堵共產主義的擴張;緊接著越戰(1955-1975)爆發,直接影響了美國國內的經濟,引起反戰聲浪,最後由「巴黎和平協約」(1973)的簽署,美國參戰正式告終。東亞冷戰體制的建立,除了影響東亞地區國際之間的勢力消長之外,甚者提高美國對於國防軍事的預算,更大量向各大學募兵赴戰,都引起國內對於戰爭的恐慌及不滿;再者,因應杜魯門主義的施行,在美國所號召的自由主義旗幟下,「反共」也成為東亞冷戰體制內重要的訴求及口號。

六〇年代的臺灣知識青年,正處於東亞冷戰體制內,留學生出國前接觸到的便是國府大規模地灌輸反共思維、負笈留學後接觸到的是

---

272 參見林玉体:〈二十世紀教育發展的重大事故〉,《跨世紀的教育演變》(臺北市:文景書局,1998年),頁182-186。

歐、美國家知識青年對於冷戰體制所帶來的反彈、不以為然,甚而透過學潮或社運表達抗爭。諸如此類的反共、反越戰思想,已然成為六〇年代臺灣內部及歐、美國家多數的訴求,正值此時發刊的《歐洲雜誌》、《聯合季刊》與《大學雜誌》見證了冷戰體制下的思潮,「反共」是自由主義發酵一致的口號,「反越戰」卻是自由主義維護者——美國備受爭議、抗爭的訴求,二者之間恰巧蔚為張力,卻也呈現拉鋸作用,可以作為美、蘇對峙後冷戰體制所帶來的反思效應——將「自由主義」作為口號,卻又以此作為侵略、攻訐的藉口,而這樣的反思卻是由學潮發起,形成風氣。此三份刊物各自透過載文如實地呈現六〇年代臺灣知識青年在不同場域內的觀察,使涵蓋於東亞冷戰體制內的臺灣既能引以為鑑,也藉此重新思索東亞國家權力關係的拉扯與互動。

《歐洲雜誌》第三期的〈編後記〉提到:「今天,在世界各地殺得血肉橫飛的侵略者都打著一面『弔民伐罪』的旗子,替侵略下定義實在是刻不容緩的事。」[273]因此在第三、四期連載了〈侵略定義的問題(上)、(下)〉一文,回應各國之間相互侵略、戰爭的國際情勢。作者在文章裡對於「侵略」做了詳盡的論述,從歷史的回顧、侵略有無加以定義的必要、定義的方法、定義的構成要件及各種定義草案之研判等五部分,當中回顧聯合國前的「國際聯盟」時期到「聯合國」時期,對於「侵略」的定義接二連三的失敗,無論藉由組織國際法委員會或特別委員會,因為各國的看法莫衷一是而不了了之。對此各國提出詮釋:在科學與歷史的理由之上,「侵略」無法清楚地定義概念,也毫無用處;再由英美法學派與大陸法學派提出雙方的適用性,且聯合國憲章已然是具有伸縮性的國際刑法;何況基於政治的立場迥異,因應國際局勢的緊張,定義侵略的方法也都各持己見。因此回到

---

273 無撰著人:〈編後記〉,《歐洲雜誌》第3期(1966年3月),頁162。

定義的方法上,建議以綜合法兼採列舉法與概括法之長;至於構成侵略的主體、立意、結果及手段文中也各自舉例印證,在手段上有廣義與狹義的分別、對於侵略者亦有先行標準與和解標準、對於被侵略者更有提供庇護的建議;最終條列各種定義草案以提供參酌。[274]

　　第五期、第八期連載〈核子能和平使用所引起國際法的問題（上）、（中）〉一文,從政治、經濟及法律的觀點論起國際核子能合作的重要性,也逐一分析現有核子能體制機構的部署,以及現有各國對於核子能供需的規範法則,甚至延伸至專利權、買賣權、損益賠償及免責的介紹,重要的是運用在軍事裝備上必須謹守和平使用規則,同時列舉追蹤、不得轉移、替代、控制過剩材料及不得變更原則以作為規範或懲處辦法。[275]在第六期〈從法國輿情看承認中共〉裡,就一九六四年一月臺、法斷交,翌月中、法建交提出了客觀的析論,依照輿情的分類為三：贊成、批評及模稜兩可的態度。贊成方多以法國利益為考量,既可以脫離美國政策的約束,又可以與世界大國結為盟友,更享有經濟效益;批評方則憂慮法國的國際地位有所動搖,既可能引發反美效應,造成法國孤立、導致西方聯盟動搖。但文末作者預下伏筆,在輿情所致的外交政策下仍常有失誤：「當此法國與中共建交剛滿三年而關係漸趨冷淡之際,吾人亦可藉此印證若干人士的一廂情願的天真想法,是否靈驗？！」[276]即使處於外交劣勢的臺灣當局,對於中、法建交的輿情,編輯部在〈編後記〉述及本文：「相信凡願

---

[274] 參見羅楚善：〈侵略定義的問題（上）〉,《歐洲雜誌》第3期（1966年3月）,頁43-56；羅楚善：〈侵略定義的問題（下）〉,《歐洲雜誌》第4期（1966年夏）,頁89-110。

[275] 參見李世光：〈核子能和平使用所引起國際法的問題（上）〉,《歐洲雜誌》第5期（1966年秋）,頁97-116；李世光：〈核子能和平使用所引起國際法的問題（中）〉,《歐洲雜誌》第8期（1967年夏）,頁115-131。

[276] 楓丹露：〈從法國輿情看承認中共〉,《歐洲雜誌》第6期（1966年冬）,頁151-163。

意知道事實真相的人,一定會歡迎的。」[277]表現了對於法國政府、輿情的不予置評。

最後,第七期譯介自蘇聯作家 Alexandre Soljenitsyne 的〈一封給蘇維埃作家協會的信〉,本文原載於一九六七年五月卅日的法國《世界報》,內容強烈地表現作家不滿於政府亟欲干涉作家協會、文藝思想的高壓獨裁。先是表達了對高壓檢查制度的無可再忍,從中重申作家應具備的社會責任——影響心智領域或社會良知,卻在重層檢查制度裡被肢解,更甚者是檢查者扣上的罪名,諸如意識形態、思想的偏差;其次是對於作家協會未盡維護著作者及作家權利的檢討,以避免著作者妄受牢獄之災;最後更以自身為例,國家安全局沒收作者的稿件、劇本及文學資料,甚至中傷、羅織罪名[278]。同期編輯部在刊末〈編後記〉宣示:「我們可以感覺到,一個獨裁政體的國家,以不能不向自由思想作若干讓步,否則,不會有這種「信」的出現。」[279]從中既是否定了獨裁政權的高壓,更肯定了自由思想的急迫性。

對於「戰爭」的議題,《歐洲雜誌》著眼於大方向,從侵略切入國際局勢的紛亂,也顯現了侵略的定義各說紛紜;隨之提昇層次,再從國際核子能源的規範談起,顯示了世界各國壯大國力的路徑及可能引發的世界災難。針對「共產思想」的議題,載文從中、法建交談起,剖析法國輿情對於「承認中共」的意見,正反兩造的邏輯各有所長,但在文末卻流露對於共產思想的不以為然;由國家機器的檢閱制度更能顯現獨裁政體對人民思想的控制嚴厲,藉由蘇聯作家的深受其害及不滿,表現出共產思想的殘害。《歐洲雜誌》體現了留法學生的

---

277 無撰著人:〈編後記〉,《歐洲雜誌》第6期(1966年冬),頁182。
278 參見Alexandre Soljenitsyne著,華昌明譯:〈一封給蘇維埃作家協會的信〉,《歐洲雜誌》第7期(1967年春),頁101-105。
279 無撰著人:〈編後記〉,《歐洲雜誌》第7期(1967年春),頁145。

觀察,《聯合季刊》由留美學生更直接地揭露了美國社會對於反越戰、反共主義的聲浪。

《聯合季刊》創刊號〈在美國認識了什麼〉:「越戰至今三年多了,紐約時報至今還出現一整版向政府請願的聯名廣告。某大學校園內,還是經常有青年學生派傳單或站在石階上直著喉嚨演講。」[280]諸如此類的反越戰聲浪恰好帶出了第一卷第二期的「世界學潮專輯」,〈哥大學生佔廈紀實〉除了反越戰之外,更反對國防工業中心干涉學術的自由獨立;[281]日本偏左翼的「全日本夫生自治會總聯合」(簡稱「全學聯」)亦將反越戰作為學潮訴求之一;[282]英國的左傾激進學生組織在倫敦發動了一次大規模的反越戰遊行。[283]第三卷第四期更直接轉譯加州柏克萊大學兩位學者的〈越戰對美國經濟的影響〉,就經濟層面指出越戰扼殺的社會諸多方案的進行,舉凡戰爭所需的直接費用、國內通貨膨脹造成美國收支失衡,甚至導致嚴重的失業問題、戰爭的傷亡無以計數,也讓軍事與工業集團乘勢而起,最後提出轉型的建議以度過因為越戰引發的危機。[284]隨後,第二卷第一期〈科學對國際關係的影響〉剖析了核子和生化武器的駭人,除了各國現有的核子武器足以毀滅世界,就連生化作戰的武器一旦失控,後果變不看設想,文末強調戰爭不能解決問題,否則無異於集體自殺[285]。

另外,第二卷第二期轉譯了蘇俄「氫彈之父」沙卡洛夫的〈一個

---

280 合子:〈在美國認識了什麼〉,《聯合季刊》第1卷第1期(1968年4月),頁4。

281 參見李本京:〈哥大學生佔廈記實〉,《聯合季刊》第1卷第2期(1968年9月),頁31-32。

282 參見陳鵬仁:〈富士山下的學潮〉,《聯合季刊》第1卷第2期(1968年9月),頁36-37。

283 參見本刊資料室:〈憤怒的英國學生〉,《聯合季刊》第1卷第2期(1968年9月),頁38-39。

284 參見Douglass B. Lee Jr、John W. Dyckman合著,本社譯:〈越戰對美國經濟的影響〉,《聯合季刊》第3卷第4期(1971年3月),頁18-21。

285 參見資修:〈科學對國際的影響〉,《聯合季刊》第3卷第1期(1970年7月),頁44-48。

蘇聯知識分子的呼籲〉，文章開始即由譯者評價：「儘管共產黨在俄國統治五十年，嚴密壓制思想自由，而且他是俄共御用的首牌大科學家，在這種環境裡，沙氏卻能發展出這樣高遠的思想體系，客觀地評價社會和資本主義的利弊，又不得不讓我們感到由衷的敬佩和慚愧了。」[286]由共產國家的知識分子自剖共產主義的弊病，同時分析核子戰爭的毀滅性，重新釐清美、蘇大國應面對的國際性問題──飢餓、人口過剩、自然生態的破壞，進而延伸至各國政府、警察的獨裁、對思想自由的威脅，提出站在和平競爭的基礎上，更提倡社會或資本主義的合作四階段──分裂、改革、開發及和平。文末終歸於呼籲思想自由的重要、和平共存的合作，以及重新檢閱政治案件、釋放政治犯。即便是蘇俄當局的知識分子，都渴望擺脫箝制思想的枷鎖，藉此為美國的「反共」訴求再下一城。

回到了《大學雜誌》的刊行，則顯現了臺灣當局知識青年對於反共、反越戰的認知及看法。就反戰的議題而言，《大學雜誌》著墨的篇幅不比上述的《歐洲雜誌》或《聯合季刊》，第四期一首新詩〈濺出血的聲音遠方〉帶出戰爭的殘酷：「遠方燃燒著刺刀的光燄／天空飛竄著脫軌的彈頭／打中智慧的右眼／當左眼已爆出凶紅的警報／當人們僅是無助的爬蟲等待著那雙凶殘的手」，[287]面對戰爭的無情，想像人類臥倒匍匐的模樣，爬蟲類似的躲過層層武攻；第十一期〈核子時代的衝擊〉從原子彈進化至核子武器談起核子時代足以摧毀人類而有餘；[288]第十二期〈美國今後應走的路──對尼克森先生的希望──〉直指尼克森當選總統的主因，主要是美國人民不滿越戰的拖延戰術，

---

286 A. Sakharov著，張光華節譯：〈一個蘇聯知識分子的呼籲〉，《聯合季刊》第2卷第2期（1969年6月），頁8。
287 陳慧樺：〈濺出血的聲音遠方〉，《大學雜誌》第4期（1968年4月），頁29。
288 參見鄧維祥：〈核子時代的衝擊〉，《大學雜誌》第11期（1968年11月），頁7-10。

甚至越戰所導致的社會種種經濟民生、秩序及種族問題；[289]第二十六期轉譯的〈美國人六十年度的回顧〉歸納美國的六〇年代是匆忙、瘋狂且實驗性的年代，除了甘迺迪遇刺身亡之外，民權運動的現身、種族歧視的課題、登陸月球的歷史性一刻，甚至提到越戰所帶來的種種社會問題：「況且美國在越南久久不能得勝，白白的犧牲了許多寶貴的生命，所以國內就有了反越戰的示威型。」[290]到了第三十二期轉譯自《洛杉磯時報》的演講稿〈耶魯大學校長談大學生士氣的降落〉，愈顯美國民心對戰爭的省思：「假使不是為了防衛世界各地的侵略，從美國的利益來講，有什麼理論根據可以告訴我們，在何種情況下給予軍事協定才是正當的。」[291]就此呈現了冷戰局勢所帶給美國青年的擔憂及敏感，當年輕學子對國家政策表現緘默，其實更多的是無奈與失望。

　　《大學雜誌》對於「反共」議題用力甚鉅。第三期書介〈萬獸園〉譯介英國左翼作家喬治・奧維爾的小說《萬獸園》大力抨擊了共產主義的淪落及走樣，最初由動物自治的莊園卻淪落看似平等卻備受箝制且高壓制裁的社會：「在眾人迷信蘇俄美麗宣傳的時候，奧維爾竟冷眼旁觀，精細分析，而通過『萬獸園』一書，預言了俄共頭子必將與資本主義領袖再度攜手」[292]，文中除了對共產主義、蘇俄革命極盡諷刺之外，更非難了極權社會的手段、共產社會領袖的醜陋面。第十期在轉譯美國加州大學政治學教授艾賓斯坦（Dr. Willian Ebenstein）〈中俄共何以翻臉？〉分析了中共與俄共在民族主義、領土分配及外交角力上的糾紛與衝突，歸節中共甚至挑起種族多數的紛爭，並提醒：「不

---

289 參見張潤書：〈美國今後應走的路——對尼克森先生的希望——〉，《大學雜誌》第12期（1968年12月），頁3-5。

290 秦之棣譯：〈美國人六十年度的回顧〉，《大學雜誌》第26期（1970年2月），頁39。

291 Kingman Brewster Jr.著，李學叡譯：〈大學生士氣的降落〉，《大學雜誌》第32期（1970年8月），頁24。

292 喬休思：〈萬獸園〉，《大學雜誌》第3期（1968年3月），頁38。

管中共和蘇俄之間產生怎樣的緊張和衝突，自由世界的國家不應當忘記，中共和蘇俄衝突的主題並不是要不要埋葬非共產國家，而是怎樣去埋葬非共產國家。」[293]明顯的《大學雜誌》藉由轉譯試圖展現共產國家的內鬥；呼應於第十二期〈價值之肯定〉一文將共產黨視為本世界（廿世紀）最大的浩劫，以國際主義為號召，破壞人性、家庭、國家等觀念。[294]直到第十六期，再由張系國以書介的方式發表〈思想控制初步〉一文，藉著夏威夷大學雷蒙儂教授（G. Raymond Nunn）所著的《中共的出版事業》（*Publishing in Mainland China*）一書，分析中共自一九四九年到一九六四年間對於出版事業組織的嚴密控管，由數據顯示中國知識分子受箝制的狀況，更突出共產主義的封閉。[295]在第二十期一則書評〈美國與亞洲〉介紹賴世和（Edwin O. Reischauer）在美國所出版的《越南之後——美國與亞洲（Beyond Vietnam——U. S. A and Asia）》，此書主要檢討美國對亞洲的通盤政策，提出美國不應該支持法國殖民重返越南，而是讓越南成為一個民族色彩強烈的共產國家，將因為民族主義的因素，加上歷史成因，形成中共勢力的有效阻礙。[296]

此外，第三十五期由金恒杰譯介自法國《世界報》連載三日的〈蘇聯三個學者的宣言〉一文，凸出了蘇聯科學家對共產主義制度的焦慮。此文藉由三位蘇聯科學家薩卡洛夫（Sakhrov）、梅徹特夫（R. A. Medvedve）及杜清（Tourtchine）的現身說法，說明了共產主義的弊端叢生，影響的範圍橫跨經濟、教育到科學，期待蘇聯能循序漸進地

---

[293] Dr. Willian Ebenstein著，王順譯：〈中俄共何以翻臉？〉，《大學雜誌》第10期（1968年10月），頁37。
[294] 參見唐毒之：〈價值之肯定〉，《大學雜誌》第12期（1968年12月），頁6-7。
[295] 參見張系國：〈思想初步控制〉，《大學雜誌》第16期（1969年4月），頁32-33。
[296] 參見李維明：〈美國與亞洲〉，《大學雜誌》第20期（1969年8月），頁42-43。

推動民主化,並具體地提出步驟及方法,誠如文章前導言譯者即述:「通觀全信,所觸及的乃主要是『民主化』的問題,我們乃發覺共產集團反民主的政治所帶來的不良後果,今天已極為嚴重。」[297]本文既對共產主義發出警告之聲,又對專制政權提出辯駁之音,更高舉了民主政治的優勢。《大學雜誌》對於「反越戰」議題的刊載數量不多,更多的是著力於「反共」的討論之上,筆者推敲:前者與親美政策相關,以配合美國對於東亞冷戰體系的戰力分配;後者多藉轉譯或譯介書評的途徑,愈悄然地符合國府對內的治理方針,而這正是國府一再深化的國族敘事、集體記憶所致。

筆者發現,其實「反共」及「反越戰」二者息息相關,透過轉述、彙整或譯介,正足以三份刊物重新審視「冷戰體制」所帶來的全球新秩序。筆者認為:當美國張揚著「反共」的旗幟,行侵略之實,從國共內戰、韓戰到越戰,並持續地影響世界各國的社會安寧,此時「反越戰」的訴求似乎動搖了以美國為首的陣營,同時相悖於國家政策。當「反共」的目的是為了滿足冷戰體制內美國抗衡蘇聯的政治勢力時,「越戰」是無可避免的過程;當「越戰」的傷亡損害了冷戰體制兩造的國家利益時,「反越戰」的聲浪漸高,卻形成了共產主義擴散、蔓延的溫床。

基本上,此時「反共」跟「反越戰」呈現了一個弔詭的局面,基本上二者的成員組成結構大致上相反,前者主要由偏右翼分子組成,主張冷戰體制下務必遏阻共產主義的蔓延;後者主要由偏左翼團體組成,在此控訴美國因為帝國主義對國內造成的經濟壓力、社會動盪及國際間所形成的戰爭迫害。筆者認為:反共是臺灣在五〇年代到六〇年代根深柢固的主流支配意識,也是美援體制下的思維模式;反越戰

---

297 薩卡洛夫(Sakhrov)、梅徹特夫(R. A. Medvedve)及杜清(Tourtchine)著,金恒杰譯:〈蘇聯三個學者的宣言〉,《大學雜誌》第35期(1970年11月),頁3。

除了基於美國現實的經濟考量、民意的訴求之外，臺灣留學生及處於臺灣的知識青年，透過刊物見到的是戰爭的殘酷，藉此湧現儒家思維裡知識分子所懷抱「大同世界」、「人飢己飢」的終極理想，正好回應此三份刊物內文裡對於知識分子務必「經世濟民」的呼籲、「建設新中國」的使命。

絕大多數留學異國或正處於臺灣的知識青年，求學歷程中透過教育一再地透過被灌輸「反共思想」，加上對於越戰的曠日費時則顯露同情或流露對帝國主義的批判；當然在此也必須考量到部分知識青年源自家庭內的日本因素，他們見證或耳聞政權轉化的過程中所帶來的壓迫，隨之而生對國族敘事的質疑或不信任，據此形構出臺灣知識青年特殊的精神層面。筆者認為，這是影響日後保釣世代形成重要的因子之一，甚至蔚為保釣世代左、右分裂的成因，從服從到質疑、從質疑到反抗，種種的心態都是這些知識青年轉化到保釣世代深埋心中的潛藏因子。當神話般的反共思想產生裂縫，國府以美國自由主義為名，卻同樣施行高壓且嚴格的檢閱、限制，隨著《自由中國》事件、《公論報》停刊改組、《文星》被迫停刊等事件爆發，促使知識青年質疑冷戰體制下「自由主義」的精神，也藉此對「中國」仍懷抱著憧憬及理想，藉此成為這些知識青年在日後釣運中向左轉的催化劑。

三　政治的正軌：自由意志、民主思想的訴求

屬於校園刊物的《歐洲雜誌》、《聯合季刊》及《大學雜誌》，內容承載著知識青年的理想，自是顯露了知識青年的抱負與期盼。不同地理位置、場域所發行的刊物，代表知識青年對於不同國家的觀察及比較。前文爬梳了三份刊物對於當時風行的留學潮、文化思潮的視角，便能感受出留學生及臺灣學生亟欲接軌世界的渴望；在國際政

治、世界局勢的變動裡,體現了這些知識青年對於政治民主、自由意志的嚮往。有別於往昔的對於六〇年代文化思潮的研究論述——蒼白、冷漠及疏離,筆者發現從此三份刊物的內文裡,不約而同地表現了從「民主政體」、「政治思想」所延伸的議題,正是六〇年代知識青年的「政治不冷感」,亦是六〇年代末期保釣世代成形的關鍵因素。

《歐洲雜誌》開啟了知識青年對歐洲法國的視野,不僅是各式文藝的評介,刊物創刊初始帶有濃厚的文藝氣息,但仍保有創刊的初衷:「現在既是一個經濟、政治、社會、思想、科學、文藝各方面都在瞬息萬變日新月異的時代,我們追趕不上,立刻就有被拋進歷史垃圾的危險;因此我們只有奮力直追。」[298]由馬森為首的編輯群,重視的層面從文藝、思想橫跨至政治、社會等議題,也因此刊物裡仍不乏有關民主政體及政治思想的討論。諸如:第二期即刊載〈民主與專制政體新聞報導之比較〉,從迥異的政體對群眾新聞的影響談起:專制政體裡的新聞報導被視為政治宣傳的工具,不僅控制國內的傳播工具,還嚴密地封鎖國境,以防國外的新聞、書刊及廣播滲入,尤以法西斯主義擅長運用基本神話(Mythe)——種族、血統、民族、領袖及榮譽,並輔以殘酷的宣傳手段,有別於共產主義以說服、教育、重複的方式進行馬克斯主義的宣導,宣傳效果更勝於民主國家真實卻零散的新聞訊息;資本主義的國家裡,面對新聞報導的態度相對自由,卻因為自由的空氣仍不充足,導致新聞企業公司集中化、腥羶色主義抬頭、輿論平庸化及愚眾化的現象頻傳。[299]其實就新聞傳媒的角度觀察,當作者指出資本主義國家新聞報導的缺失,也凸顯了資本主義國家對於多元視角、自由思想的開放,相較於共產主義、法西斯主義的

---

[298] 馬森:〈創刊的話〉,《歐洲雜誌》第1期(1965年5月),頁4。

[299] 參見丁國煒:〈民主與專制政體新聞報導之比較〉,《歐洲雜誌》第2期(1965年9月),頁47-51。

政體所掌控的傳媒而言,更顯珍貴。

第三期〈試釋法蘭西第五共和總統之職權〉進一步討論政府與國會之間的制衡制度,歸結出法國第五共和的現行制度既非「責任內閣制」,亦非「總統制」,而是屬於「半責任內閣,半總統制」之政權,但從法蘭西共和制度的演化裡,作者在一九五八年第五共和制憲以降,即有維護司法權獨立、保障人民自由;在釐清責任內閣與總統制的差異時強調:「根據民主制度之真諦,國家最後之決策為人民。」[300] 從法國政權的演化,強調政府與國會的相互制衡,更顯西方民主自由的可貴。第四期〈「洗尼阿夫斯基但尼爾」事件〉一文透過蘇聯作家——洗尼阿夫斯基、但尼爾被捕、受審事件,指控蘇聯政府罔顧人權及創作自由。當兩位作家有感於政權獨斷而另尋文學創作作為出口,並於西方出版發行頗具批判、諷刺性的小說,隨即遭到蘇聯政府通緝、捕捉,期間不乏來自西方國家五十餘個作家協會的簽署聲明仍不免刑責。受審時,洗尼阿夫斯基駁斥蘇聯嚴密的教條式政權:「對一個以理論來分辨一切的人,是不會有選擇的自由的。我談蘇聯作家時,就是以此為準的。對他們而言,選擇的自由是不存在的,要麼,你有信仰,要麼(他看一眼被告席)就進監獄。」[301]《歐洲雜誌》接二連三地從新聞傳播的自由、創作言論的自由到共和政權的人民自由,都證明了自由思想之於人民、政權的重要性,諷刺的是當第八期刊載〈為什麼那麼多人憎惡美國?——諾門·梅勒訪問記〉,立即受到聯名告發而停刊。

一樣發刊於國外的《聯合季刊》,在原屬單元「留美中國同學聯合會」成立大會即宣告:「總有一天,能夠成為民主、自由、富強康

---

300 齊佑之:〈試釋法蘭西第五共和總統之職權〉,《歐洲雜誌》第3期(1965年9月),頁61。

301 吉莫:〈「洗尼阿夫斯基但尼爾」事件〉,《歐洲雜誌》第4期(1966年夏),頁22。

樂的國家。」³⁰²在創刊號刊物即表現了對民主及自由的追尋。第一卷第二期的「世界學潮專輯」更透過世界各國學潮的蓬勃,表現對於種族、戰爭、學術自由的多元歧見,要求各國制度的變革,其細部訴求如前文所述,這便是世界知識青年對民主、自由的實踐行動。第一卷第三、四期合刊的「教育專輯」,從教育層面切入,高談闊論美國教育善於創造思想的優勢,再回顧中國五四運動裡北大校長蔡元培與新教育的關係與貢獻:「學術研究的充分自由,有西方學術界不同的派別,不同政見的知識分子互相容納,『和而不同』的民主風度。」³⁰³就學習及迥異意見給予完全的尊重,成為知識分子學習的目標。

到了第二卷第一期〈從內部看紐約時報〉亦從新聞傳媒的角度剖析,透過作者親身參與編輯的經驗,強調《紐約時報》新自由派的立場:「紐約時報是一家自由派的報紙。但是自由派也有所謂老自由派、新自由派、跟極端自由派。時報是走在中間,是所謂的新自由派報紙。」³⁰⁴此外,《紐約時報》基於反暴動、破壞公共秩序的基礎之中,大力鼓吹民權運動、同情黑人遭遇,目的在於爭取種族之間的自由意志;客觀地分析新聞事件的詳盡因素,甚至不惜犧牲廣告的收益來源也要刊載完整的新聞,更平衡不同勢力的版面篇幅,力圖維護報刊「新自由派」的立場;直到第三卷第三期〈以變應變的紐約時報〉一文,說明《紐約時報》在人事變動後,除了擴大駐外分社、強化國內新聞、增加科學文藝評介之外,仍一貫地秉持盡可能客觀、持平的新聞原則,以求維繫社會民主的自由思想。³⁰⁵

---

302 無撰著人:〈成立大會宣言〉,《聯合季刊》第1卷第1期(1968年4月),封面內頁。
303 合子:〈蔡元培與新教育〉,《聯合季刊》第1卷第3、4期合刊(1968年12月),頁41。
304 李子堅:〈從內部看紐約時報〉,《聯合季刊》第2卷第1期(1969年4月),頁2。
305 參見李子堅:〈以變應變的紐約時報〉,《聯合季刊》第3卷第3期(1970年12月),頁2-7。

第二卷第二期轉譯了蘇俄「氫彈之父」沙卡洛夫的〈一個蘇聯知識分子的呼籲〉除了剖析共產主義的弊端之外，對自由思想更加推崇：「對思想自由的限制也就是對做人的價值和獨立的威脅，對人類生活意義的威脅。」[306]文中甚至認為自古希臘開始，新思想的產生，源自於自由討論、客觀的表達，而現今的蘇聯領導人卻嚴密監控全國思想。第三卷第一期〈建立「人」的觀念〉則從胡適對於東方精神文明與西方物質文明的演講談起：「我國的所以迄未能建立一個達到歐美標準的自由民主社會，原因也許很多；但，『不把人當人』的觀念在作祟，可能是其中的一個主要因素。」[307]更認為民主社會的建立有賴於有形的民主制度、無形的民主觀念與民主態度的養成，在此見到胡適身為青年導師的影響，從中也得知臺灣知識青年對於歐美「自由民主社會」的嚮往。

　　《歐洲雜誌》與《聯合季刊》從異國留學的視域帶來對於自由、民主的觀察，無論政體變革、新聞媒介或言論創作，都是留學生在出國以前前所未有的經驗，能夠大談闊論政體遞嬗的優劣、新聞媒介立場必須保持中立，甚至是言論及創作不受國家機器監視，無疑提供了留學生一股新鮮的空氣，而《大學雜誌》則更展現了臺灣知識青年對於自由、民主的渴望，因此在創刊號由陳少廷發表〈這一代中國知識分子的責任〉對知識分子爭取言論、諍諫自由有所期許：「我們深信，以言論參與國是，是現代民主國家的國民，尤其是知識分子的一項無可讓渡的權利，更是一項無可逃避的責任。」[308]在此，陳少廷點出知識分子應有的責任，將「民主國家」作為言論自由的背景礎石。

---

306 A. Sakharov著，張光華節譯：〈一個蘇聯知識分子的呼籲〉，《聯合季刊》第2卷第2期（1969年6月），頁11。
307 謝啟平：〈建立「人」的觀念〉，《聯合季刊》第3卷第1期（1970年7月），頁4。
308 陳少廷：〈這一代中國知識分子的責任〉，《大學雜誌》第1期（1968年1月），頁4。

此後，多篇載文都發表著對於民主、自由的言論及主張，從制度改革為始點，借鑑國際情勢，並著重臺灣內部政治的革新。此外，創刊號還有〈民主始於家庭〉借鏡美國，指出家庭是民主的培養期，唯有民主的家庭才能和樂，延伸至民主國家的特色有三：尊重個人、容忍異己、政府為人民謀福利而設，[309]這樣的論點在第十一期〈問題與回答〉也有類同的看法：「專制形態的家庭制度已經因為社會經濟架構的轉變而與日溶解——這是民主的一線生機。」[310]另外，創刊號中陳少廷另有書評〈介紹一本研究胡適的好書——胡適的政治思想〉，主要透過政治傳達胡適對於個人的政治哲學觀、自由與民主的立場、政治的建設與統一等單元，意即：《大學雜誌》創刊之時便側重於自由、民主的推行。

繼而在第二期〈民主的修養〉之中，作者強調：「民主政治把最重要的權利交給國會，而國會的意見又受輿論的影響，正是愛惜真理，不使其矇蔽的重要保障。」[311]將國會視為保障民主政治的防線，直到第四期的〈民主、守法、與節約——有望於此次臺省選舉——〉，作者以政大教授身分，呼籲在七十三位省議員與二十位縣市長的選舉中，能夠維護和保養這段民主政治的萌芽階段；[312]第六期由時任臺大歷史系主任的許倬雲演講發表〈關於現代化的幾個觀念〉對「自由」做了詮釋：「全民參政更給予了政治的自由。但是，最重要的，我們還要爭取免於愚昧的自由，擺脫我們加之於自己的鎖鍊！」[313]廿世紀的自由

---

309 參見王順：〈民主始於家庭〉，《大學雜誌》第1期（1968年1月），頁14-17。
310 黃樹民、江放：〈問題與回答〉，《大學雜誌》第11期（1968年11月），頁39。
311 王洪鈞：〈民主的修養〉，《大學雜誌》第2期（1968年2月），頁9。
312 參見張潤書：〈民主、守法、與節約——有望於此次臺省選舉——〉，《大學雜誌》第4期（1968年4月），頁7-8。
313 許倬雲講，黃俊傑記：〈關於現代化的幾個觀念〉，《大學雜誌》第6期（1968年6月），頁17。

逐漸進化，而全民參政的自由也標誌著廿世紀民主政治的里程碑。轉譯自美國女子學院 Vassar College 國際教育研討會之中，由美國教育家 V. M. Dean 演講的〈世界教育的前途〉一文，說明民主國家對於自由的重視：「在政治過程中，自由的地位是完全不同的。我們必須不惜一切代價來保衛的最偉大的自由是『知識的自由』。這種自由若被剝削，民主國家就變成了極權的警察國家。」[314]由教育作為起點，在民主國家中即便言論或思想不受歡迎，但知識分子的知識自由必須受到保障；延續到第二十六期的〈論學術自由——兼評當前的學風〉一文，陳少廷一樣強調的民主政治之於學術自由的正面影響，反之則學術自由有待努力，因此提出「蓋學術自由是一切獨斷教條——宗教的或政治的——天然敵人」，[315]此時陳少廷見微知著地提出二者的關係。

邁入第二年發刊的第十三期載文裡，陳少廷再度以〈論知識分子底新角色〉定位「知識分子」的社會責任，除了引鑑兩位美國總統甘迺迪「新境界」及詹森「大社會」的構想，強調政府與學術的溝通交流，一切都是為著「政治的革新和社會的進步」，[316]《大學雜誌》的發刊一再地強調知識分子對於改革的義務，且步步地朝政治改革邁進；第十四期陳少廷一樣發表於「大學論壇」中的〈論民主觀念的力量〉，更清晰地界定了「民主」的特徵，舉凡民主思想的倫理基礎、人民是民主力量的源頭、民主社會的多元特性、民主既是理想也是實踐；[317]此外稍晚的第二十九期〈論這一代中國智識分子的志向——涵「這一代中國智識分子的見解」代序〉一文，也提到知識分子隨著「智識工

---

[314] V. M. Dean原著、汪美儂譯述：〈世界教育的前途〉，《大學雜誌》第10期（1968年10月），頁13。

[315] 陳少廷：〈論學術自由——兼評當前的學風〉，《大學雜誌》第26期（1970年2月），頁8。

[316] 參見陳少廷：〈論知識分子底新角色〉，《大學雜誌》第13期（1969年1月），頁2-3。

[317] 參見陳少廷：〈論民主觀念的力量〉，《大學雜誌》第15期（1969年3月），頁3-5。

業」（knowledge industry）及科學革命（scientific revolution）的進步，必須建立現代化的中國、多元民主的社會，「在一個多元的、功能專業化的現代社會，他們將以專家的卓識，獨立自主的批評精神，參與國是。」[318]由此看來《大學雜誌》已經埋下日後呼籲政治變革的伏筆，同時不斷地強化知識分子對於改革社會、進化國家的責任。

第十七期，一樣由陳少廷執筆〈紀念五四運動的第五十週年〉，先是追溯五四運動的愛國性質，再者喚醒五四運動之於中國的新使命：「要使中國現代化，必須從思想的現代化做起；以文化思想的革新帶動社會政治的全面的革新。」[319]此外，同期的〈美國文化的內在精神〉一文，以美國文化中的「交換價值觀」，即是建立在雙方最大利益上的平等交換方式，「但因承認了雙方的平等地位及獨立性，交換不能不受到約束，即交換的一方不得強制他方。因為相伴隨『交換價值』說的，就是民主、自由、平等的精神。」[320]本文反省了全盤西化等同於美國化的臺灣社會，是否建立起民主自由的文化。第二十期的〈論政治與批評〉中，陳少廷以民主制度為目標，環顧臺灣當前政治環境的落差，文中闡釋美國民主政治的特徵：「因為民主政治異於『凡事謀人民的福利，凡事不由民自由決定』的開明專制，而是林肯所說的『民有、民治、民享』的政治，於是基於『民有』的特徵，乃產生代議制度。」[321]至此，由擔任主編的陳少廷借用美國政制作為師法對象，強調美國民主政治的代議特色，不諱言當前臺灣國府政治制度的不足──即國會人事上的陳襲，甚至深化健全的民主政治有賴於瞭解輿論、容忍內部批評，的確是臺灣戒嚴時期裡的利刃。在第二十

---

318 陳少廷：〈論這一代中國智識分子的志向──涵「這一代中國智識分子的見解」代序〉，《大學雜誌》第29期，1970年5月，頁7。
319 陳少廷：〈紀念五四運動的第五十週年〉，《大學雜誌》第17期（1969年5月），頁4。
320 域外人：〈美國文化的內在精神〉，《大學雜誌》第17期（1969年5月），頁31。
321 陳少廷：〈論政治與批評〉，《大學雜誌》第20期（1969年8月），頁3。

二期中，以雜誌社名義發表的〈慶祝五十八年國慶——論政治的革新〉一文，順著蔣介石主持國民黨中常會指示以「革新」作為國家發展目標，率先提出人事上的革新、政治上的革新，前者提出起用大批新血，後者提出整飭政風。[322]漸漸地，《大學雜誌》對於臺灣政治環境的改革興起了風浪。

先是針對議會選舉、國會選舉提出評論，藉機重申了民主政治的精髓、新血人事更迭的意義，隨後再轉向至政體革新的期待，可說《大學雜誌》拉近了人心所盼，也引起政府單位的注意。第二十五期的〈兩次選舉給我們的啟示〉除了對臺北市院轄市首屆市議員選舉及全省中央公職人員增補選提出觀察之外，再者細數執政黨曾經的選舉失利肇因於未開明的黨內初選，故此次市議員初選提名經過重重關卡，才能斬獲民心、取得勝利；更以洪炎秋、黃信介等人參與的立委選舉為例，雖然黃信介落選，卻點出了執政黨與中、下階級民心的距離。[323]

選舉所帶來的人事革新之外，第三十期〈論政治家的氣度〉進一步地將政治革新的層次提高至政治家的氣度，先是能用才而不忌才，再者能知人善任且不偏袒、無私心，最終歸結容忍異己是自由的根本：「因為有了容忍『異己』的雅量，才有思想言論的自由；有了思想言論的自由，才能有代表正義與真理的輿論。」[324]《大學雜誌》對於政治議題的範疇，已經從人事更迭、選舉議題逐漸進展到對國家黨政的諫言，已可算是下一階段的刊物路線做出投石問路的動作，當然其中仍不乏大量篇幅介紹在《自由中國》事件備受打壓的殷海光，[325]愈是

---

[322] 本社：〈慶祝五十八年國慶——論政治的革新〉，《大學雜誌》第22期（1969年10月），頁2-3。
[323] 章經：〈兩次選舉給我們的啟示〉，《大學雜誌》第25期（1970年1月），頁37-38。
[324] 陳少廷：〈論政治家的風度〉，《大學雜誌》第30期（1970年6月），頁5。
[325] 參見韋政通：〈我所知道的殷海光先生（一九六五-一九六九）〉，《大學雜誌》第25期（1970年1月），頁16-23。

展現刊物勇於挑戰威權的性格。翌期由劉述先發表〈現代政治的歧途——民主的理想與實際〉比較了西方與臺灣在政治上的差異，回顧西方民主政治的發展脈絡之外，還追溯至中國的民本政治制度，必須透過制憲才能過渡到民主政治制度，再借鏡美國民制度主政治發展中歷經的困難與解決方案，文末仍肯定美國民主的理想與傳統在歷史上的效益，[326]但民主政治的施行，更必須因地制宜。

前行階段的《大學雜誌》更在第三十五期刊載〈臺灣的大學生與政治參與〉一文，透過譯介美國學者對臺灣大學法學院學生對於政治參與的調查報告，凸顯了臺灣與美國大學生對於政治參與熱度的差異，臺灣大學生雖聲稱有強烈的政治責任感，但對政治問題的興趣並不積極，[327]譯者甚至在文末提出美國學潮的正面影響：「學潮對美國社會有建設性的影響，鼓舞了青年普遍地對公眾事務作深入的思考，而不再受少數一、二政客的操縱。」[328]輔以同期的另一譯作〈青年與社會改革〉，首先讚許青年學潮的積極、正向與希望，也鼓勵青年改革社會的意圖：「權力永遠不會被小數人所把持。事情的重大改變，都是來自下階層的。那是由許多人在不同的階層，互相合作在各方面所做努力的共同結晶。」[329]在此《大學雜誌》鼓勵青年主動參與政治、改革社會，唯有親身參與才能體現民主政治的意涵。前行階段的第三十六期，〈說民主〉歸結了《大學雜誌》對於民主、自由的終極追求，文中從政治民主、經濟民主兩大層次進行分析，前者不允許暴

---

326 參見劉述先：〈現代政治的歧途——民主的理想與實際〉，《大學雜誌》第30期（1970年7月），頁3-7。

327 參見羅珍褒著，王順譯：〈臺灣的大學生與政治參與〉，《大學雜誌》第35期（1970年11月），頁18-19。

328 王順：〈譯後記〉，《大學雜誌》第35期（1970年11月），頁19。

329 亨利・福特二世著，蔡顯泰譯：〈青年與社會改革〉，《大學雜誌》第35期（1970年11月），頁21。

君,也不歡迎仁君越俎代庖地替人民決定施政措施,因此人民必須有選舉代表和改組政府的權利;後者區分資本家與勞工者懸殊的差異,無產階級在本質上形同於上股的奴隸階級,屬於偽民主,同時辯證了自由主義、社會主義各自符合民主、不合民主的部分。因此回到民主政治的精髓:「人民有說話的機會,有聽到一切言論和消息的機會,有用和平方式自由選擇生活途徑的機會,有用和平方式選擇政府和政策的機會。」[330]鋪陳民主的真諦之後,隨即轉向評析國民政府訓政時期的得失,訓政階段是否為民主階段的準備期,端看推行的用意是否在於培養人民自動的能力,若僅是灌輸某一種思想、主義,仍是納民於政的企圖,而非還政於民的準備。此文從空間上取材了西方國家的自由主義演化,自時間上擷取了中國歷史上朝代的更迭,作為當前國民政府施政的檢討書,也點出了訓政階段以降的盲點,帶出《大學雜誌》犀利的政治關懷。

　　《歐洲雜誌》、《聯合季刊》及《大學雜誌》的創刊、發展特色各不相同,但都勾勒出六〇年代出身於臺灣的知識青年所關懷的政治議題、民主思想與自由意志。同樣作為此階段「前釣運刊物」,《歐洲雜誌》及《聯合季刊》對於民主政治、自由思想的關注層面甚廣,依序由新聞傳播媒體、外國政治體制的遞嬗、學術自由風氣、民主思想的箝制及開放等議題著眼;《大學雜誌》多透過「大學論壇」專欄呼籲知識分子對於民主政治、自由思想的追求及履踐,也藉由書評等譯介篇章傳達自由主義的重要性,更從臺灣民代選舉表達了民主政治有賴於人事的新陳代謝,並期許知識分子作為政治改革、社會進化的推手,從中亦不避諱談論國府高壓政權下的禁忌人物或事件、檢討訓政、憲政變革的優劣得失,三者各有所偏,卻也全面性地體現六〇年

---

330 蕭公權:〈說民主〉,《大學雜誌》第36期(1970年12月),頁11。

代知識分子對於民主政治、自由思想的關切。

　　從保釣世代回憶中，這三份「前釣運刊物」，各自有著明顯且不同的特點，對於此時期的知識青年知識涵養的培養帶來迥異的影響，但已然成為他們醞釀釣運的共同資源。就發刊地域而言，因應位置不同而特色不一：《歐洲雜誌》引介了存在主義思潮及歐洲自由主義、《聯合季刊》記錄了當時知識青年最嚮往的美國生活、《大學雜誌》在最受限的政治體制下抒發知識分子的社會責任與期許，但三者都傳播當時最風靡的留學盛況、哲學思潮及民主思想；進一步這三份刊物為知識青年開啟了全球冷戰體制臺灣以外的視角，《歐洲雜誌》的留法學生開闢了不一樣的路向，他們走出東亞、看到了世界冷戰體制下因為戰爭所帶來的異化、疏離及陌生、《聯合季刊》最切身地感受到因為冷戰而興起的各種社運及其反省、《大學雜誌》努力地在東亞冷戰體制下的臺灣邊界裡掙扎，既是借用美援話語的自由主義符碼，又等不及地想要突破眼前的困境，都是一群特定的知識青年轉化為「保釣世代」前的激點。當六〇年代的知識青年被歸類於政治冷感、蒼白荒蕪的世代，疏離於社會大眾、民意主流的同時，這三份「前釣運刊物」愈能回應、扭轉這樣的既定歸結論述，也正是仰賴於這批異國的留學生、臺灣大學生的集結、聚會、遊行，隨即面對七〇年代初期國際局勢乍變的必要條件——保釣事件，才能夠凝聚、激化成一股嶄新、熱血又充滿改革意志的保釣世代。

第三章
釣運時期的「世代」成形分歧：
政論刊物中臺灣知識分子思想塑形

　　身處六〇年代的知識青年，在戒嚴的政治高壓下成長，飽滿地吸取來自西方的諸多養分，閱聽讀物、思維模式、精神面貌等，無一不受到歐美文化的薰陶。曾經這一群特定知識分子滿懷著憧憬，遠赴異國開展留學生活，直到釣魚臺事件爆發、參與保釣運動的蓬勃、眼見釣運的左右分化、加上外交失利頻傳，此時他們內心面臨的是更多、更巨大的衝擊。這一群知識青年到「保釣世代」的形成，由後設的角度觀察或許僅是時間軸線、歷史場景的變化；但這短短十餘年的過程裡，這群「保釣世代」從臺灣島內或海外親眼見證、經歷了他們心目中的國族、家鄉在國際間碰頭撞壁的難堪，這股飽含糾葛、急於改變卻又無能為力的掙扎，在七〇年代初期終於成形。若從不同場域及立場的刊物之中，觀察彼此的互涉、互動或抗拒，勢必更顯這一群保釣世代的思想及精神史。

　　本章聚焦在研究釣運開始後所發行的刊物研究，從中汲取刊物之間屬性及特色。這些刊物都延續了釣運之前校園文化刊物的特色，轉向至對釣魚臺事件的發展提出評價、建議及建議路線，隨即更對臺灣國府體制下的政壇革新埋下伏筆。前一章筆者透過六〇年代的留學熱潮、存在主義等文藝思潮及對於國內、外政治的關注等面向，勾勒出「保釣世代」成形前的雛形共感、思想資源，在此可以看出在親美的冷戰體制之下對於國外留學的嚮往、國際時事的留意及政治革新的寄

望。直到七〇年代初期釣魚臺事件爆發，這群蟄伏在六〇年代特定的知識青年也因為釣魚臺事件、保釣運動的誕生進而成為「保釣世代」。若說六〇年代是這群保釣世代的蓄積期，七〇年代初便是這群保釣世代的實踐期，本章即追溯保釣世代成形後所關懷的議題，嘗試重建保釣世代共享的感覺結構，以證明保釣世代如何運用前行階段所醞積的思想論述，以及在釣魚臺事件後迸裂，甚至在釣運興起後萌生了各有詮釋的立場。

　　釣魚臺事件始於一九七〇年九月，隨即先後引起海外臺灣留學生及臺灣大學生響應，陸續發起「保衛釣魚臺運動」（簡稱「釣運」），國內、外諸多「保釣會」的成立，相繼舉辦座談會、示威遊行、上書政府等活動，無一不是「保釣世代」關注國際情勢、國家局勢及臺灣內部的具體實踐。在釣魚臺事件爆發後，《聯合季刊》在一九七一年即發行特刊專載釣魚臺事件的新聞大事，在導言中提到：「海內外同胞對於這件事也因而愈來愈關切，紛紛起來指責佐藤政府想要重振日本軍國主義的野心，和呼籲國府採取強烈手段以確保國土主權的完整。」[1] 其中更指明了《聯合季刊》發行保釣特刊的雙重意義——歷史性及時代性，前者蒐羅文件與意見已成為歷史文獻，後者以海外學子身分喚起注意並協助國府採取有效行動。

　　特刊刊載了釣運大事、主權分析及釣運行動等內容，隨後發行的最末兩期刊物即表達了對於釣運的意見及中立的立場：

> 當釣魚臺事件發生時，當馬來西亞的華人屠殺時，當印尼的華人被殘害時，這些報章都因為一、二個政權的利益，不能挺身而出，站在中國人的立場，來說幾句公道話。工作同仁們覺

---

[1] 黃養志、張顯鐘、張光華：〈釣魚臺事件特刊導言〉，《聯合季刊》特刊（1971年），頁1。

得,「聯合」應該是一個超越現有政權利害的雜誌,應該是站在中國人的立場,為受苦受難的中國人說話的刊物。[2]

當釣魚臺事件爆發,發刊於紐約的《聯合季刊》首當其衝地報導釣運的始末,呈現留美知識分子——保釣世代的心理及思維,先後載文以寓言象徵、小令詞作強化了釣魚臺事件的民族性,更撰文分析釣運提高了旅美的海外中國人的政治意識,疾呼民族意識與超越政權的必要性:「我們發起釣魚臺運動是為了中華民族的大利,因此必須提高政治意識,了解國際思潮,把由於受到政權宣傳而形成的錯覺——如狹隘的民族主義澈底消除。」[3]〈留學生的政治立場和行動〉一文更點出了海外留學生對於政治立場的矛盾不一,源自於現存的兩個政府不民主、言論不自由及政治制度不健全等因素,文末號召:「我們團結起來,對國是採取共同的立場,對國共政府提出我們的意見,這就是我們留學生這一團體以可以做的。到底我們對國是要採取那些立場,那就是我們大家今後應該討論的大題目。」[4]此時的釣運正告一段落,隨著釣運過程集結、遊行及分化,留學生在刊物裡點出了釣運裡的立場迥異的分歧,但仍以民族大義為繫。

最末期的《聯合季刊》更呈現了中立客觀的立場,無論左派、右翼等意見紛陳而出,除了在「我們的話」表明了雜誌所採納的客觀的、說理的、拒絕口號式的態度,當中也轉介了安娜堡國是大會的分化過程,更設置「中國問題之探討」專輯,其中左、右立場歧出,不乏連結釣運與五四運動的愛國特質、討論留學生左傾的現象、中國認

2　無撰著人:〈聯合雜誌社緊急聲明〉,《聯合季刊》第4卷第1期(1971年7月),頁2。

3　杜西樵:〈我對「釣魚臺運動」的若干斷想〉,《聯合季刊》第4卷第1期(1971年7月),頁9。

4　水秉和:〈留學生的政治立場和行動〉,《聯合季刊》第4卷第1期(1971年7月),頁12。

同的議題等，足見「保釣世代」在釣運過程中所碰撞出的火花。一如釣魚臺事件引爆了保釣運動，那麼保釣運動更點燃了「保釣世代」對於國家局勢、政治制度及臺灣路線的火種。

《聯合季刊》末幾期的發刊快速地勾勒了釣運發展過程及立場迥異的結果。在此章節中，筆者擬從《大學雜誌》、《水牛》及《自由人》三份刊物中，歸結保釣世代成形後的呼籲、路線及實踐作為，從這三份因應釣運而生的政論刊物，諸如：發刊地點、政治傾向與探討議題以觀看保釣世代成形後的政治意識、社會關懷，甚至針對同一個議題所探究的面向仍時有離齬，這便是「保釣世代」既有共感又帶有分歧的真實圖貌。

第一節　《大學雜誌》、《水牛》、《自由人》的發行與關懷

一　掣肘官方：《大學雜誌》與島內知識分子的政治關懷

從釣運爆發之前，前期《大學雜誌》（1968.01-1970.12）的發刊即展現了臺灣島內知識分子的視野跟關懷，內容橫跨社會、文藝及國際等時事，甚至隨著臺灣國際、國內的局勢起伏載文，其中不乏提出觀察及建議，諸多的釣運人士都承認《大學雜誌》是蓄積保釣世代的沃土之一。隨著釣魚臺事件的爆發，後期的《大學雜誌》（1971.01-1973.12）更形成臺灣內部回應國際外交局勢、國內政治情勢最直接的刊物之一，尤以刊物與國民黨的互動關係最是耐人尋味，正是如此，從前行階段的沃土期到後期回應國內、外釣運的發刊與載文，延續至釣運後對臺灣島內政治制度、選舉議題的關注，愈能展現保釣世代成形及其後發展的路線。

誠如前章節的爬梳，前行階段的《大學雜誌》被定位作「校園刊物」或「同仁刊物」，甚至冠上「孤懸在社會和大眾之外」，[5]南方朔更推論《大學雜誌》的誕生是戰後臺灣首批「歸國學人」匯合了非「歸國學人」的戰後世代所集結合作而成。[6]筆者認為：就性質而言，《大學雜誌》的校園或同仁屬性，其實更挾帶了知識分子之於國際、國家與社會發展的關注；就內容而言，前階段刊物內容其實對於臺灣對外局勢、對內的改革都有高度且密切的連結；就編輯群而言，更顯刊物在前階段打破省籍、學籍的藩籬。直到七〇年代先後爆發的釣魚臺事件、保釣運動、臺灣退出聯合國等外交挫敗，《大學雜誌》與國府之間的互動變化，更帶出刊物的時代意義。

一般而言，針對《大學雜誌》的研究多聚焦在一九七一年到一九七三年之間，這期間的刊物編輯與發展，正和臺灣在七〇年代初期的政治改革階段相互呼應。在前行階段的末幾期內容裡，即可窺見保釣世代逐漸成形的軌跡，強調政治參與、社會改革、國運發展等議題；隨著釣魚臺事件爆發、美國釣運興起，改組後的《大學雜誌》陸續載有回應保釣運動的篇章，隨後擴及至外交政策、經濟改革、學制檢討等議題，已然成形的保釣世代，便成為七〇年代初期臺灣改革的先驅。

隨著七〇年代初期臺灣接二連三在國際外交的失利，促成了國民黨改革的契機。《大學雜誌》之所以凝聚為七〇年代臺灣政治革新的力量，除了臺灣國際外交的挫敗所提供的契機之外，仍有賴於國民黨開啟革新的第一步。[7]李筱峰指出此階段的外交挫敗正是國民黨改革

---

5 參見吳泰豪：〈《大學雜誌》政治主張之研究——以1971年至1973年為中心〉（臺北市：國立政治大學臺灣史研究所碩士論文，2009年），頁1。

6 參見南方朔：〈中國自由主義的最後堡壘——大學雜誌階段的量底分析〉，《自由主義的反思批判》（臺北市：風雲時代，1994年），頁141。

7 根據王杏慶研究指出，《大學雜誌》的改組與蔣經國接掌國民黨政權以培養新勢力相關。在一九七一至一九七三年間，蔣經國曾多次公開鼓勵年輕人表達意見，國民

的濫觴：「國民黨中央黨部辦了兩次青年人士座談，會中許多青年對當時局勢提出許多批評，臺北市青商會會長張紹文提議召開青年國是會議，啟用優秀青年，貫徹政治革新，同時發行一報一刊以團結海內外青年。」[8]與會的青年婉拒了國民黨原先屬意創刊的《中國青年》，轉而加入《大學雜誌》的編輯群，促成了《大學雜誌》重新改組的機緣，成員更突破本省與外省籍之別。根據夏春祥指出：「菁英群體的人際網絡，是雜誌得以發展的實質基礎，因此《大學雜誌》由西方思潮的譯介一變成為呼籲政治革新的言論機關。」[9]就此除了對釣魚臺事件及保釣運動提出更深刻的主張，也涉及民代改選、國家經濟、政治革新等議題，開啟了《大學雜誌》與臺灣政治改革的脈動。

對於此階段《大學雜誌》的研究成果斐然，大體不離政治的範疇，刊物載文一貫地遊走在當時言論限制的邊緣，這正是刊物所扮演的歷史定位。諸如：以議題式探討陸續批判臺灣外交前途的走勢、對青年問題及學生運動的主張、提出中央民代改選的看法；[10]以時間軸探討，由改組後的編輯群發表對政治選舉、民生經濟的見解，影響的範圍涵蓋了釣魚臺、南海問題、社運、學運及言論自由，因此被視作是七〇年代的「狂飆時代」；[11]亦有將刊物以階段性特色劃分為四期，

黨秘書長張寶樹曾與青年代表召開座談會，試圖藉此發動青年革新政治運動以擁戴、鞏固蔣經國政權。參見王杏慶：〈《大學雜誌》與現代臺灣〉，《臺灣民主自由的曲折歷程》（臺北市：自立晚報社文化出版部，1992年），頁375-394。

8　李筱峰：〈臺灣政治革新運動與知識分子〉，《進出歷史》（臺北市：稻香出版社，1992年），頁172。

9　夏春祥：〈狂飆與傳承：再論《大學雜誌》〉，《重現狂飆：大學雜誌五十週年紀念》（臺北市：財團法人城鄉改造環境保護基金會，2017年），頁53。

10　參見吳泰豪：〈《大學雜誌》政治主張之研究——以1971-1973年為中心〉（臺北市：政治大學臺灣史研究所碩士論文，2009年）。

11　參見夏春祥：〈狂飆與傳承：再論《大學雜誌》〉，《重現狂飆：大學雜誌五十週年紀念》，頁49-67。

依序是初創期、大聯合時期、「土」「洋」內鬥時期、「土」「土」分裂時期，主要以編輯成員的歧見分裂為軸線。[12]筆者在此見到「釣魚臺事件」及其「保釣運動」不約而同地成為探究此階段《大學雜誌》的始點，隨後引發攸關臺灣政治、外交及選舉等內部革新的事件，李筱峰同樣指出：「《大學雜誌》自一九七一年開始提升對現實政治問題的關切，顯係受到七〇年底的釣魚臺事件以及海外知識青年的保釣運動的影響。」[13]因此筆者欲以「釣魚臺事件」作為始點，綜觀《大學雜誌》此階段的編輯、發刊及載文的走向。

此階段發刊的首期——第三十七期之中，由哈佛法學博士丘宏達發表〈從國際法觀點看釣魚臺列嶼問題〉一文，從現存法律的角度釐清中、日雙方對於釣魚臺列嶼的權利問題，歸結出：「我國對該地區（釣魚臺列嶼）的海底資源權利，有堅強的法律根據，應無疑問。」[14]第四十期由九十三位學人代表署名，堅決反對外國侵佔釣魚臺、支持政府維護列嶼主權，再由丘宏達編成〈釣魚臺列嶼問題大事記〉，[15]並轉載二月四日《華美日報》的〈留美同學的愛國運動〉，表明釣運的自發性、團結性及愛國性。[16]翌期關釣魚臺事件的專欄，編委會先是駁斥美國國務院繼四月九日發布釣魚臺主權未定的主張後，又對臺灣、澎湖的主權模糊從歷史、政治及法律的觀點切入並予以反對；[17]同期〈我

---

12 參見南方朔：〈中國自由主義的最後堡壘——大學雜誌階段的量底分析〉，《自由主義的反思批判》（臺北市：風雲時代出版公司，1994年），頁115-176。
13 李筱峰：〈臺灣政治革新運動與知識分子〉，《進出歷史》，頁172。
14 丘宏達：〈從國際法觀點論釣魚臺列嶼問題〉，《大學雜誌》第37期（1971年1月），頁21。
15 丘宏達編：〈釣魚臺列嶼問題大事記〉，《大學雜誌》第40期（1971年4月），頁18-24。
16 行健：〈留美同學的愛國運動〉，《大學雜誌》第40期（1971年4月），頁25。
17 參見本刊編輯會：〈駁斥所謂臺灣法律地位未定的謬論〉，《大學雜誌》第41期（1971年5月），頁2-6。

國大專學生保衛釣魚臺運動紀實〉一文，記錄臺大、師大及政大等大專學生集結經過及示威遊行的訴求，藉此表達愛國的動機、呼應海外釣運的熱血；[18]更轉載美國《聯合雜誌》釣魚臺特刊中〈釣魚臺主權誰屬的分析〉反駁日本政府片面宣稱釣魚臺主權為其所有的主張。[19]

第四十三期編委會以〈嚴厲警告美日政府侵略釣魚臺聲明〉對美國、日本擅自簽訂協定，將琉球群島、釣魚臺列嶼領土行政權移交日本表示不滿，除了對外交感到失望，更期許臺灣內部的革新：「所謂政治革新，並不只是行政效率的提高，而是全盤政治體制的根本革新。我們始終堅信，只有健全而現代化的內政，才能建立不可輕侮的國際地位，才能奠定成功外交的堅實基礎。」[20]接連的載文都反映了《大學雜誌》響應海內、外釣運的決心，其中仍不乏轉載自海外報刊雜誌，如第四十四期〈從釣魚臺上的建築說起〉轉載自《匹茲堡釣魚臺月報》，談論日人歷史遺跡絲毫無法動搖釣魚臺的主權歸屬、[21]第四十九期由親自參與釣運的李德怡發表〈我參加保衛釣魚臺運動的經過及感想〉表示保釣分子的奮鬥之心、[22]第五十期〈日本對於釣魚臺列嶼主權問題的論據分析〉從歷史脈絡及源流分析主權歸屬的問題，[23]至此對於「釣魚臺事件」、「保釣運動」告一段落，卻標誌著《大學雜誌》與海內、外保釣世代休戚與共的脈搏。

---

18 參見李中民、吳瓊恩、馮浩彬：〈我國大專學生保衛釣魚臺運動紀實〉，《大學雜誌》第41期（1971年5月），頁11-16。

19 參見〈釣魚臺主權誰屬的分析〉，《大學雜誌》第41期（1971年5月），頁22-26。

20 本社編委會：〈嚴厲警告美日政府侵略釣魚臺聲明〉，《大學雜誌》第43期（1971年7月），頁3。

21 參見颱風：〈從釣魚臺上的建築說起〉，《大學雜誌》第44期（1971年8月），頁59。

22 參見李德怡：〈我參加保衛釣魚臺運動的經過及感想〉，《大學雜誌》第49期（1972年1月），頁69-70。

23 參見丘宏達：〈日本對於釣魚臺主權問題的論據分析〉，《大學雜誌》第50期（1972年2月），頁22-30。

因為釣魚臺事件與海內、外釣運的興起，開啟了《大學雜誌》新階段的終極階段的《大學雜誌》曾合流於蔣經國政權的新興勢力，卻也因此受到蔣經國政權的箝制。吳泰豪的碩士論文將此階段的《大學雜誌》（1971-1973）刊載內容歸納出六大項目：外交／中華民國前途問題、青年問題、學運問題、中央民意代表全面改選問題、選舉問題、反對黨問題，[24]並進行縝密的引文及推論。其實，從這些項目觀察，不難發現《大學雜誌》從釣魚臺事件爆發、釣運興起，乃至於一九七一年臺灣交出聯合國代表權之後，刊物焦點從外交政策逐漸移轉至內部改革，其「革新保臺」的立場便愈趨明確，且環環相扣。就外交層面上，無非相關於東亞冷戰體制內的政治角力，從「一個中國」、「兩個中國」到「一中一臺」的糾葛纏鬥，《大學雜誌》所堅持「一個中國」的立場正式在退出聯合國後告終失敗，於是第四十七期編委會以〈信心・決心・革新——我們的呼籲〉表達力挽狂瀾的決心：「發奮圖強的根本途徑仍要從內部的政治革新和經濟建設做起，我們有足夠的理由相信這是自救圖存所必須遵循的道路，也是海內外同胞一致的願望。」[25]載文中訴求「革新保臺」，將民主憲政作為別於中共的口號，與國民黨政府在國際外交上試圖維持「正統性」的策略不謀而合，但國府力保的是在東亞冷戰體制內的地位，《大學雜誌》訴求的是民主憲政制度內的革新，因此兩造看似合流，實則扞格不入。

此外，由關中發表的〈論尼克森政府之對華政策〉一文，其實亦可看到《大學雜誌》對美國、中國的關係融冰及友好提出質疑，表現了《大學雜誌》評述美國在國際外交態度的前後不一。文中先是說明美國為了改善與中共的關係而讓步的種種政策，尤其展現在兩國經濟

---

[24] 參見吳泰豪：〈《大學雜誌》政治主張之研究——以1971至1973年為中心〉（臺北市：國立政治大學臺灣史研究所碩士論文，2009年）。

[25] 本社編委會：〈信心・決心・革新——我們的呼籲〉，《大學雜誌》第50期（1972年2月），頁4。

的互通上,進而推行「兩個中國」的政策上,美國在國際外交上已不反對承認中共的存在,也減少對臺灣的軍事援助,為臺灣退出聯合國席次的外交事件埋下伏筆。就此《大學雜誌》細數美國內政對於中國的搖擺立場、美國外交政策的唯利是圖,以及中國仇美、反美的政策不變,更凸顯出臺灣對內求團結、對外求獨立自主的方針,進一步再提陳美國的短視近利而罔顧亞洲、世界的前途,特別是美國未能認清中共的文化歷史及人民特質、盲目追求與中共和解而與虎謀皮,甚者是「兩個中國」的政策更是不智之舉,將受到中共的分化政策所影響,最終提出嚴重的警告。[26]此文表現了《大學雜誌》繼釣魚臺事件後對於美國的態度,文中其實也顯露出整個東亞冷戰體制的權力恆動性,同時也深化了《大學雜誌》有別於以下的《水牛》或《自由人》的立場,在「革新保臺」的立場裡先求經營臺灣的方向。

當國際外交連連受挫、失利之後,《大學雜誌》趁勢領起「革新保臺」的社會輿論,也因此吳泰豪所歸納的後五大項目,其實便是《大學雜誌》直指臺灣當下亟需革新的社會弊端,《大學雜誌》深諳唯有革新才能醞釀保臺的實力。首當其衝便是「青年問題」,搭上蔣經國政權接棒前的列車,國民黨力邀青年知識分子、舉辦兩次國是會議,展現民主改革的開明,但青年問題牽扯的層面甚廣,涵蓋至政治敏感、省籍差異到人才革新的面向。釣運開啟了「學生運動」議題的討論後,隨即一九七二年四月初,國民黨即在《中央日報》連載六天〈一個小市民的心聲〉,率先反對學生運動、拋棄知識分子潔身自好的自私、反對言論自由等主張,更發行單行本廣布宣傳,即引發《大學雜誌》在第五十三期共計十餘位作者、二十篇文章發文抨擊,諸如:黃默質疑〈一個小市民的心聲〉對內將助長消極苟且的態度,對

---

26 參見關中:〈論尼克森政府之對華政策〉,《大學雜誌》第42期(1971年6月),頁34-37。

外影響國際視聽與海外僑胞、知識分子的向心力、[27]張亞澐刊載被《中央日報》退稿的〈論學生運動〉提出學運的價值及鼓勵學運的必要、[28]王文興發表〈我看「一個小市民的心聲」〉指出大學生實具有獨立思考判斷的能力，更指出文章邏輯矛盾之處，再提出改革及時的必要，[29]藉此《大學雜誌》開展保釣世代對於知識青年的社會責任的認知，卻也是與蔣經國政權決裂的開端。

此外，對於中央民意代表全面改選問題、選舉問題更是《大學雜誌》對現行政治制度提出見解。陳少廷在第四十六期發表〈中央民意代表的改選問題——兼評周道濟先生的方案〉一文，將內政視為外交的後盾，因此革新政治的第一步必須改選中央民意代表，先是中央民意代表業已失去「代表性」，再是年邁的民代不應成為終身職，最後是上層結構的僵化必是社會進步的阻礙，[30]次期呂俊甫在〈教育與政治的革新〉呼應中央民意代表改選或增選的必要。[31]過程中仍穿插著對於地方選舉的期待，在第四十八期中陳少廷發表〈贏得民心比贏得選舉更重要——對國民黨辦理地方選舉提名的五點建議〉一文，依序提出：德行重於黨性、優先啟用當地人才、候選人財力與群眾基礎次之、避免一人競選、增加農工省議員名額及力求革新地方選舉等要項。[32]直到第四十九期開闢專欄「中央民意代表的改選問題」，依序有

---

27 參見黃默：〈智識分子與小市民的溝通——「一個小市民的心聲」讀後〉，《大學雜誌》第53期（1972年5月），頁36。

28 參見張亞澐：〈論學生運動〉，《大學雜誌》第53期（1972年5月），頁37-46。

29 參見王文興：〈我看「一個小市民的心聲」〉，《大學雜誌》第53期（1972年5月），頁33-35。

30 參見陳少廷：〈中央民意代表的改選問題——兼評周道濟先生的方案〉，《大學雜誌》第46期（1971年10月），頁13-16。

31 參見呂俊甫：〈教育與政治的革新〉，《大學雜誌》第47期（1971年11月），頁20-22。

32 參見陳少廷：〈贏得民心比贏得選舉更重要——對國民黨辦理地方選舉提名的五點建議〉，《大學雜誌》第48期（1971年12月），頁23-24。

臺大法言〈全面改選中央民意代表辯論〉、洪三雄〈支持全面改選中央民意代表之我見〉及陳少廷〈再論中央民意代表的改選問題〉、〈我對地方選舉延期的看法〉四篇文章，其實都展現了《大學雜誌》內部知識青年在釣魚臺事件、釣運及臺灣退出聯合國之後對於「革新保臺」的急迫與焦慮，甚至第五十六期登載〈廿五年來臺灣選舉史的檢討〉及〈中央及地方選舉問題座談會紀錄〉兩文展現臺灣政治體制內選舉演變的進程、檢討及成就，其實《大學雜誌》同時也挑戰了蔣經國政權的勢力，加上稍早「小市民的心聲」事件，《大學雜誌》與國民黨的關係裂痕已成鴻溝，留下了日後齟齬不和的伏筆。

綜觀《大學雜誌》此階段的載文脈絡，主要從釣魚臺事件及海、內外保釣運動起步，接續聚焦在臺灣退出聯合國及其後的應變與內部革新的期許，首重政治體制的變革，呼籲重建中央民意代表及地方選舉的新血；再者《大學雜誌》仍兼顧臺灣經濟層面，無論農業、工業、漁業或都市發展，無一不包；甚至還涉及教育體制的議題，內容囊括中、高等教育的影響。《大學雜誌》實質上涵蓋了民主、民權及民生的三大範疇，而釣運在此扮演的是帶領《大學雜誌》回顧臺灣的契機，也是《大學雜誌》在七〇年代初期力拚「革新保臺」的濫觴。

王智明的研究曾提出七十年代、保釣運動與《大學雜誌》的互動關係，七〇年代知識青年訴求的自由與民主可概括為「二反三要」：「反對國民黨威權統治和美日帝國主義，以及要求政治自由、民主體制與民族認同。保釣運動的出場將『二反』的主張提至前臺，並促成了三要的合法性。這也就是《大學雜誌》所扮演的歷史關鍵角色。」[33] 筆者認為，王智明所認為的「三要」係延續前行階段創刊的宗旨，聚焦在知識分子對政治、社會的關注，這裡的「民族認同」雖然仍在中

---

33 王智明：〈自由與民主：七十年代的啟示〉，《重現狂飆：大學雜誌五十週年紀念》，頁22。

華民族的敘事架構裡，但隨著釣運中保釣世代的分歧路線，已有朝向關懷臺灣鄉土的趨勢，這也關係到七〇年代後期黨外運動的發展路線；「二反」則與七〇年代臺灣在國際政治上的角力失利有關，前者「反國民黨威權統治」恰巧與七〇年代初期國民黨的革新路線相關，後者「反美、日帝國主義」不免與釣魚臺事件及臺灣退出聯合國相關，因此可知此階段的《大學雜誌》發刊，正是「保釣世代」展現思想的園地，由此更可觀察出保釣世代在釣運期間及其後的實踐及影響。釣魚臺事件與釣運誠為七〇年代保釣世代回顧臺灣的關鍵事件，也成為革新保臺的催化劑。釣運興發之前，《大學雜誌》是保釣世代成長、建立國際視野的土壤；在釣運蓬勃之際，《大學雜誌》是保釣世代實踐理想的園地；在釣運告終之後，《大學雜誌》是保釣世代開啟改革決心的起點。

二　釣運「左」轉：《水牛》的左翼之眼與統運路線

發行於紐約的《水牛》（1971.10-1978.6）屬於釣運裡的左翼刊物，風格溫和且不過分理論化。《水牛》的負責人主要是當時任教於紐約州立大學布法羅分校的張信剛，刊物名稱「水牛」源自於「布法羅」的中文，以手抄方式印刷並刊行於全國，性質屬於學生刊物。《水牛》最初發刊的定位屬於溫和左派，刊物的發行沒有總編輯或編輯制度，每期發刊份數約莫一千份，固定每月一期，經費多由外界捐款、稿源多由外界投稿，直至一九七六年張信剛轉任加拿大麥吉爾大學醫學院後，加上毛澤東病逝後四人幫垮臺，對崇拜左翼的知識分子衝擊甚鉅，《水牛》因故停刊。

《水牛》創刊的初衷，源於張信剛參與安娜堡國是會議後對左翼路線的認同，隨著楊振寧在中國會面毛澤東、紐約保釣團體支持恢復

中國在聯合國的席位,更強化創刊《水牛》的決心,可見釣運是《水牛》發刊的契機。就編輯路線而言,張信剛自述《水牛》未踏上左派的革命理論路線,主要以民族與中國近代史的角度觀察議題,引用毛澤東的話,卻不過分強調,逐漸形成以愛國主義為基調的時政刊物,以振興中華民族為目標,雖然刊物上常出現三個世界、資產階級及小資產階級的用語,但並沒有陷入文革時期的極左思潮。[34]參與過編務的李椿萱回憶《水牛》的宗旨,主要是介紹新中國的現狀與建設,同時闡釋社會主義理論,輔以感性的文藝作品,[35]細究《水牛》的發刊內容,愈展現其謹遵左翼思想的路線。

在《水牛》裡的撰稿者,明顯的與《聯合季刊》裡的「集體性匿名」不同,相較於其他刊物而言,《水牛》裡多數作者採用「筆名」現身,甚至在篇章亦較為敏感的稿件裡更不見作者筆名,而直接採取匿名策略。賴慈芸在分析冷戰期間英美文學翻譯的匿名初版指出:戒嚴時期的禁書多與譯者和出版社的政治立場有關,因此為了規避戒嚴時期的查禁,出版商除了改名大陸版書籍以迴避政策,更依照一九五九年的內政部新法在一九四九年前的出版品經過審查可略去陷匪分子的姓名或重行改裝出版,因此不署名或改用假名本來就是政府與出版商的默契。[36]據此,可知不署名或用筆名刊登稿件,無非是規避政治立場的迴異,立場左傾的《水牛》多是發表批國府、擁共產的稿件,諸如:指陳臺灣內政的迂闊、譴責美國發起越戰或歌送中國文革的進

---

[34] 參見春雷系列編輯委員會:〈張信剛訪談〉,收錄於《崢嶸歲月・壯志未酬──保釣運動四十週年紀念專輯(上)》(臺北市:海峽學術出版社,頁546-549。

[35] 參見朱紅軍:〈40年前華人精英的保釣運動:曾被周總理接見〉,參見「人民網」網站之「中國近現代史」專欄,2010年10月18日。詳見網址:http://www.people.com.cn/BIG5/198221/198305/198865/12981045.html。

[36] 參見賴慈芸:〈不在場的譯者──論冷戰期間英美文學翻譯的匿名出版及盜印問題〉,《英美文學評論》第25期,頁29-65。

步等議題，尤其受限於國府高壓檢閱的歷史語境中，即使《水牛》在美國發刊，但留學生群體終究受到國府外交部轄制，同時也必須考量自身安危，因為《水牛》此時已經不是挑戰、遊走在國府禁忌的邊緣，而是直接打破這群保釣世代受教育以來既有的國族敘事邊界。筆者認為：這種匿名性在《水牛》裡其實也帶有一種集體性操作，作為左傾立場的共同話語，以部分代替全體的作用，提供群體性的意願運作模式。

　　《水牛》刊行的內容誠如李椿萱所言，內容多以介紹中國政治、經濟及社會現狀為主，挾帶著留學生對於新中國、社會主義、中國統一的見解，但從中呈現的更是國府威權體制下的另一種視野，可以說釣運激起了當時海外的臺灣留學生對於中國的想像。嚴格論究，《水牛》沒有嚴謹的編輯方向或目標，甚至可將創刊號上的〈楊振寧‧歪曲宣傳‧良心〉一文作為發刊詞，顯現其創刊宗旨，意在駁斥臺灣與美國對於新中國的報導有失偏頗，在臺灣新聞媒體的反共、美國新聞傳播的反華、反共之下，必須仰賴到訪過新中國的切身經歷，重新省思新中國共產主義的路線，唯有走出唯心主義才能客觀公正的正視中國的現狀。[37] 簡言之，《水牛》創刊號即宣告了刊物的左翼路線，試圖釜底抽薪地重整在東亞冷戰、美援及反共文藝的三重體制下所建立的既定印象。雖然發刊並無嚴謹的主題或專輯規劃，但《水牛》的載文討論都緊扣住國際、中國及臺灣的議題，正好呈現出釣運興發後所聚集而成的保釣世代觀察世界的視角。

　　除了創刊號藉由楊振寧的「中國經驗」力求顛覆社會對中國先入為主的印象之外，接連著第四、五期中刊載〈何炳棣教授談中國行〉、〈何炳棣教授談中國行（下）〉，從歷史的更迭切入農業、經濟、

---

37 參見無撰著者：〈楊振寧‧歪曲宣傳‧良心〉，《水牛》第1期（1971年10月），頁1-3。

科技及軍事等面向,甚至歌頌文革,重現「新中國」迥異於從前的面貌,且強調其報導的真實性,諸如中國農業連年豐收、工業產量足、國家補助多、科技進步快、解放軍隊強,更不仰賴外援、無海外借款,文革更是成果最大且最澈底的「教育革命」,目的在於改革「世界觀」,在結語甚至提及:「祖國的情形一切都很好,不過不是說都非常之理想,有些還是不合乎理想的。不過諸位要明白這一點,我們祖國的最高領袖是海闊天空的,他們的胸襟是非常寬闊的。」[38]此外,第七期的〈重回祖國大陸的觀感〉及第十三期中〈學者訪問中國觀感匯集〉都重現了「中國經驗」的心得,前者由李我焱讚嘆新中國建設的進步,短短的三十幾年的進步大勝美國、日本的百年建設,豐碩的成果完全因為「為人民服務」的宗旨,「非常令我們驚訝的是在絕大多數的情形下,是在談公家的事情、集體的事業——就是為人民服務,為別人著想。」[39]後者摘錄了美籍中國學者群的心得,透過六位學者對比了中國解放前、後的差異,除了強調科技的進步促使水利、農業的發達,同時提出實務、理論並重的建議。[40]諸多切身擁有「中國經驗」的學者們,闡述了新中國的進步及壯闊,構成左翼人士嚮往的樂土。

這些具有「中國經驗」的載文,隨即引出了《水牛》對於「臺灣內部問題」的關注。在第三期以〈臺灣需要改革〉為文章標題,隨後依序撰文點出了以「中國臺灣」作為自治的路線、農村的走勢、臺灣經濟結構的趨勢,以及臺灣文化的特色。若以〈臺灣需要改革〉作為總綱,主要集中討論階級差異所導致的社會問題,先是區別臺灣農

---

38 何炳棣:〈何炳棣教授談中國行(下)〉,《水牛》第5期(1972年2月),頁13。
39 李我焱:〈重回祖國大陸的觀感〉,《水牛》第7期(1972年4月),頁22。
40 參見無撰著者:〈學者訪問中國觀感匯集〉,《水牛》第13期(1972年10月),頁8、23-26。

民、漁民、鹽民、小販及下級軍公人員的比例高達八五成，故政策的發展應以多數人為重；再者過度依賴外資的經濟結構犧牲了農民利益，且工、礦、漁、鹽業及小販的處境亦是腹背受敵，雖然帶來表面的繁榮，卻犧牲了絕大多數人的溫飽，文末提出：「臺灣需要的是社會、文化、經濟與政治的全面改革，這種改革需要有魄力有遠見的領導，更需要廣大民眾的覺醒與支持。」[41]直到第二十二至二十四期連載〈臺灣的勞工問題〉三篇，從工人階級的形成、工資與工時的不合理對待、女工及童工問題、工會組織不甚健全、勞資雙方的不平等等現象，都直指國民黨政府經濟政策的失誤、勾結外國、本國資本勢力的不當，強調了工人階級必須具備政治覺悟才能解決。[42]在此，基於階級立場差異的討論使《水牛》趨左的路線愈加顯著，也因此有關於「社會主義」與「民主制度」的探討也成為刊物的特色主題之一。

在第八期的〈社會主義與民主〉中，作者有感於「布法羅今日中國討論會」對於「社會主義」有深究的必要而作。文中闡釋「社會主義」理應建立在高度的工業生產力上，在物質基礎之上建立的社會主義制度才算是享有自由的開始；處於過渡階段的「社會主義國家」或「工人國家」在先天經濟條件、社會條件、民主傳統的落後之下，尚無能建立「社會主義」的典範，僅能有「無產階級專政」並享有無產階級的民主。[43]次期〈也談社會主義與民主〉進一步地釐清前文對於「無產階級專政」的定義：「要從人剝削人的社會過渡到沒有階級存在的共產主義社會，就必須要由佔人口比例最高、對社會貢獻最大的

---

41 無撰著者：〈臺灣需要全面改革〉，《水牛》第3期（1971年12月），頁3。
42 參見無撰著者：〈臺灣的勞工問題（上）〉，《水牛》第22期（1973年7月），頁2-6；〈臺灣的勞工問題（中）〉，《水牛》第23期（1973年8月），頁13-17；〈臺灣的勞工問題（下）〉，《水牛》第24期（1973年9月），頁12-15。
43 參見向明：〈社會主義與民主〉，《水牛》第8期（1972年5月），頁25-26。

階級實行專政,這就是所謂的無產階級專政。」[44]更進一步的提到「民主」與「專政」的矛盾性及依賴特質,「社會主義」的建造必須依賴由工農積極分子組成的革命政黨作為核心力量。從社會主義延伸至經濟制度的改善,在第十四期〈農村人民公社簡介〉解釋「人民公社制度」的起源、組織及生產方式,從一九五八年人民公社普遍建立以降,遂成為中國社會主義經濟發展的主要基礎。[45]其中更連載〈什麼是「唯物辯證法」?〉四篇及〈中國歷史的轉捩點——論文化大革命〉七篇重新闡釋在「社會主義」基礎下的重大思維及實踐。第二十五期〈周恩來在中共十大的報告〉節錄第十次全國代表大會的談話,稱許社會主義革命和社會主義改革的成績斐然,鼓吹堅持無產階級政治掛帥的決心。[46]

奠基於「社會主義」的蓬勃發展、經濟進步的基礎下,《水牛》指向中國與臺灣統獨、解放的議題。第二期〈中國人民的勝利〉一文即以一九七一年十月中國取代臺灣在聯合國的席次作為標頭,象徵中華人民共和國政權的正當性、肯定中國共產主義的路線、貶斥帝國主義的分化手段。[47]延伸至第四期的〈為中國統一而奮鬥〉,藉由釣運闡明「中國統一」的主要矛盾與次要矛盾,主要矛盾為帝國主義與中國人民的矛盾以及臺灣統治集團與中國人民的矛盾,次要矛盾是中國人民與臺籍同胞的矛盾及臺灣本身的階級矛盾。[48]第九期轉載北京新華社報導的〈中華人民共和國政府聲明:強烈譴責美擴大侵越戰爭〉嚴厲斥責美國以帝國主義之姿在越戰進行的粗暴攻勢,徒是增加人員傷

---

44 林以平:〈也談社會主義與民主〉,《水牛》第9期(1972年6月),頁21。
45 參見無撰著者:〈農村人民公社簡介〉,《水牛》第14期(1972年11月),頁4-9。
46 參見無撰著者:〈周恩來在中共十大的報告〉,《水牛》第25期(1973年10月),頁13-14。
47 參見無撰著者:〈中國人民的勝利〉,《水牛》第2期(1971年12月),頁1。
48 參見無撰著者:〈為中國統一而奮鬥〉,《水牛》第4期(1972年1月),頁2-4。

亡、暴露侵略者的虛弱本質。[49]但在統獨問題的同時，第十一期〈朝鮮南北方聯合聲明給我們的啟示〉即藉著朝鮮統一的議題指出分裂的國家、政權如何走向統一的路線：「朝鮮的統一問疑，必須排除外來勢力的干涉，由朝鮮人民自己來解決；要達到自主和平統一，應當超越思想、信念和制度的不同，首先促進民族大團結。」[50]至此，《水牛》點出了三個值得期待的目標：中國的統一、排除外來勢力與民族大團結，而這裡的「外來勢力」即是東亞冷戰體系下的美國。

在第十三期的〈中、日聯合聲明與中國和平統一〉一文，首先強調中、日兩國關係的和諧，再者強化兩國復交的基礎有三：中華人民共和國是唯一代表中國的合法政府、臺灣為中國領土、廢棄日臺條約，[51]前二者更是中國統一的先決條件。第十九期〈我們對中國統一、臺灣解放與和平談判的看法〉進一步對臺灣解放或中國統一提出具體的三大策略：「（一）臺灣人民在島內推翻蔣介石集團，（二）中國人民解放軍渡海殲滅蔣介石集團，（三）經由和平談判使蔣介石集團放棄政權。」[52]同期亦轉載《石溪通訊》的〈和談要以臺灣人民的解放為目的〉一文，以延續前文的看法，對比中國與臺灣的經濟發展的優劣，臺灣佔有得天獨厚的農業條件、地理位置，卻仍需仰賴外援，因此國民黨成為臺灣人民解放的最大阻礙：「如果國民黨高級官員能深切反省，放棄武力和特務所維持的政權，讓臺灣人民起來當家作主，讓農民和工人擺脫剝削、壓迫，我們贊成給他們一條出路，不

---

49 參見無撰著者：〈中華人民共和國政府聲明：強烈譴責美擴大侵越戰爭〉，《水牛》，第9期（1972年6月），頁2-3。

50 無撰著者：〈朝鮮南北方聯合聲明給我們的啟示〉，《水牛》第11期（1972年8月），頁2。

51 參見無撰著者：〈中、日聯合聲明與中國和平統一〉，《水牛》第13期（1972年10月），頁7-8。

52 無撰著者：〈我們對中國統一、臺灣解放與和平談判的看法〉，《水牛》第19期（1973年4月），頁2。

必一定要用武力解決，使臺灣人民的生命和財產受到損失。」[53]第二十二期〈臺灣島內的愛國運動〉一文由讀者來稿，將矛頭指向國民黨對於左翼思想的迫害，其中更交代臺大哲學系事件的細節。[54]

反之，透過中共的政策愈顯其寬容與遠見。在第二十三期〈中共對臺政策的認識〉一文中，回溯了中共的政權本質歸屬於人民，對內是尊重和發揚人民的獨立自主、自立更生的精神，對外則支持備受壓迫的少數民族爭取獨立，甚至以二二八事件為例，展現中共解放臺灣人民的決心，之所以反對「臺獨」更是避免帝國主義的入侵、階級資源不均的弊病。[55]同期接續載有〈臺灣的親友們如何看中共？〉一文，強調了臺灣民眾對國府反攻大陸的絕望、反共情緒的消弭，對於臺灣人民的疑懼提出解釋，[56]以正、反面向的論述方式動之以情。乃至於第二十五期先後刊載〈給《水牛》的話〉及〈覆立臺君〉相互因為立場而辯駁，前者由讀者投書，指陳《水牛》批評過於尖銳：「來自臺灣的同學對於故鄉和家人的依戀是綿長深遠的，這種故鄉之愛使得我們很難接受對於臺灣的各種尖刻批評，尤其當這種批評給人揭瘡疤的感覺。」[57]後者奠基於階級立場回應：「但那些都只是針對統治階層而不是針對一般老百姓的。正相反，唯其因為我們熱切關懷臺灣多數人的利益，才使我們『不遺餘力』地『剖析』『不合理不公平的現象。』」[58]《水牛》嘗試跨過國族的藩籬，以多數人利益為重，針砭臺灣社會中的階級不公。

最後，《水牛》也嘗試用文藝、文化展現左翼立場及共產主義思

---

53 無撰著者：〈和談要以臺灣人民的解放為目的〉，《水牛》第19期（1973年4月），頁7。
54 參見無撰著者：〈臺灣島內的愛國運動〉，《水牛》第22期（1973年7月），頁13-14。
55 參見陳一見：〈中共對臺政策的認識〉，《水牛》第23期（1973年8月），頁5-10。
56 參見海天：〈臺灣的親友們如何看中共？〉《水牛》第23期（1973年8月），頁4、11-12。
57 立臺：〈給《水牛》的話〉，《水牛》第25期（1973年10月），頁32。
58 無撰著者：〈覆立臺君〉，《水牛》第25期（1973年10月），頁33。

想。在第三期〈從文學看臺灣的文化〉一文，歸結臺灣文化反映了政權的半封建、半殖民特性與殖民地色彩特性，強調階級差異、過度保守、具買辦性、過於純文學性，甚展現自卑感與奴才性，臺灣的文學土地上長滿的毒草。[59]第五期〈促進中國統一——學用簡體字〉駁斥了臺灣根深柢固的反共思想，從「簡體字」出發，歸功共產黨普及教育與文化的績效，目的在於促進中國統一。[60]第九期裡〈評介革命京劇樣板戲《沙家浜》〉一文，先是歌頌抗日時期沙家浜老百姓掩護新四軍的戲劇情節，再高度評價革命樣板戲的創新、嚴謹及唱作俱佳，文末更強調中國電影表現與談論的議題有其必然性、客觀性，藉中國民俗藝術更能瞭解新中國的社會民情。[61]在第二十一期裡〈推廣健康的文藝〉指出缺乏文藝創作限制了釣運以來的愛國運動，卻又礙於留學生所接觸的文藝作品多為西方崇拜、自私貪婪、悲觀厭世、無病呻吟式的夢囈，因此「健康的文藝」必須：「（甲）有助於海外中國人愛國團結的；（乙）有助於社會的正確認識的；（丙）有助於建立面對現實、樂觀積極的人生觀的作品。」[62]當期即有〈談於梨華的小說〉一文指責於梨華作品的真實性、價值觀及解脫性，主要攻訐對象是全盤西化、對資本主義尚未醒悟的留學生。[63]雖然次期即有於梨華的回覆：「很可能我們已經過了那無根的階段，這並不是說，我們並沒有經過一段『無根的惶惑』。」[64]言下之意，於梨華仍承認「無根的一

---

59 參見卜曼：〈從文學看臺灣的文化〉，《水牛》第3期（1971年12月），頁19-21。

60 參見無撰著者：〈促進中國統一——學用簡體字〉，《水牛》第5期（1972年2月），頁2-3。

61 參見江流：〈評介革命京劇樣板戲《沙家浜》〉，《水牛》第9期（1972年16月），頁18-19。

62 無撰著者：〈推廣健康的文藝〉，《水牛》第21期（1973年6月），頁2。

63 參見有根：〈談於梨華的小說〉，《水牛》第21期（1973年6月），頁11-14。

64 無撰著者：〈於梨華與本刊編者論「無根的一代」〉，《水牛》第22期（1973年7月），頁17。

代」、「無根的惶惑」的存在，且藉由釣魚臺事件愈能激起留學生「尋根」的渴望。在此，《水牛》對於文藝、文化的態度，除了力求擺脫六〇年代以降的現代主義的籠罩，將並之歸結為全盤西化、資本社會的惡習，另一面尋求的是階級解放、共產主義的統一大業。

　　《水牛》的左翼路線從「中國經驗」談起，建立共產主義的「新中國」社會憧憬；隨後對比出臺灣內政問題，尤其重於階級問題、資源不均、政權獨裁及美國帝國主義的干涉，愈是凸顯「新中國」階級解放的可貴；即便在文藝、文化等層面，力斥國府反共思想、崇洋西化、純文學的風氣，從無根中尋求新中國的「根」。筆者不免思索：《水牛》身為釣運中左翼刊物的標誌之一，從刊物的內容、走向觀察，實則展現了海外的臺灣留學生左傾的進程，而「釣魚臺事件」及其延伸的「保釣運動」便是海外留學生思想與立場左傾的主要分水嶺。首先，海外留學生在釣魚臺事件裡見證了在東亞冷戰中美國為了維護己利的大力干涉、國府的軟弱無能；再回顧臺灣內部的政治、社會及民生問題，也的確二二八事件以降的政治壓迫、階級問題、資源不均的現象比比皆是；適逢「新中國」的建立提供海外留學生尋根的契機，親身造訪的「中國經驗」重闢了臺灣及美國之外的樂土，加上大肆宣揚社會主義中的解放階級、社會主義革命的成效斐然，這一批立場左傾的海外留學生就此生「根」，他們自臺灣航向海外尋根不著，再由海外想像「新中國」的「根」。《水牛》展現了海外的臺灣留學生尋根的路線，也重整了當時留學生對於「根」的想像與嚮往。

三　國府「右」手：《自由人》的先「右翼反共」再「革新保臺」

　　海外的保釣運動在安娜堡國是會議（1971.9）之後立場開始左傾，

留學生的立場開始左、右分裂。隨著臺灣退出聯合國後，第一批來自臺灣的五位保釣左派學生領袖，受邀參訪中國並與會中國國慶慶典，帶回前所未有的見聞，自此左派中的激進派已然成為主流，由柏克萊、洛杉磯的左翼學生陸續在美國各地成立「中國統一行動委員會」、提出「發動中國統一運動草案」、舉辦「中國統一討論會」，行動、集會積極且目標明確。另一方面，立場相左的學者、留學生亦有所行動，先是簽署、上書蔣中正「國是意見書」要求改革，再者十二月底在華府召開「全美中國同學反共愛國會議」，組織「全美中國同學反共愛國聯盟」（簡稱「愛盟」），與左派的「中國統一行動委員會」抗衡相左。愛盟在美東、美西、美中、美南各有分會，四者亦各發行刊物流通訊息，其中美東分會的刊物即為《自由人》（1971.10-1972.10）。[65]

　　釣運研究者任孝琦指出，其實早在「愛盟」成立之前，《自由人》已經由位於紐約的親國府學生創刊，隨後由國民黨補助稿費、抄寫費，[66]官方色彩強烈。郁慕明指出：在十二月底的反共愛國大會後，立場反共的留學生熱情熾烈，許多自辦刊物和雜誌如雨後春筍般熱烈響應，《自由人》即為其一；[67]劉源俊回憶，由反共留學生召開「反共愛國會議」後，偕同孟德聲、陳鵬仁、劉志同等人即參與了《自由人》的編輯，其中刊物名稱《自由人》即由陳鵬仁命名，[68]「（《自由人》）前三期分別於十月二十日、十一月二十五日、十二月二十五日出版，

---

[65] 參見邵玉銘：〈第一部　美國華人的保衛釣魚臺運動〉，《保釣風雲錄——一九七〇年代保衛釣魚臺運動知識分子之激情、分裂、抉擇》（臺北市：聯經出版事業公司，2013年1月），頁89-93。

[66] 參見任孝琦：〈第七章　文攻武鬥〉，《有愛無悔》（臺北市：風雲時代出版公司，1997年7月），頁140。

[67] 參見郁慕明：〈歲月刻畫出的人生方向——愛盟四十年感言〉，《愛盟・保釣——風雲歲月四十年》（臺北市：風雲時代出版公司，2012年1月），頁183-188。

[68] 參見陳鵬仁：〈我對愛盟的回憶與期許〉，《愛盟・保釣——風雲歲月四十年》，頁228-231。

幾全由我謄寫，乃是第一份標榜反共的留學生刊物。」[69]自劉源俊的回憶得知，《自由人》發刊於紐約，是第一個起來主張反共的刊物：「(《自由人》) 第一次出刊大概是在10月吧，因為對左派實在看不下去了，他們一直偏向中華人民共和國；以我的立場來講，他們就是釣運的破壞者。」[70]在此可知《自由人》的創刊編務係由留學生主導、國府官方協力，主要抗拮於促進中國統一的左派留學生組織與刊物，發刊成員更視左派陣營為釣運的破壞者、讓親共取代釣運的核心意識。

《自由人》創刊初始由留學生自費出版，發行形式較為簡單，「只有一般A3紙張的大小，三至六張，對折成冊，全部是工整的鋼筆手抄本。刊頭除了『自由人』三個大字，左邊還有一個手繪的圖案——一個拳頭緊握著一支燃燒著的火把，底下寫著：『爭自由、反奴役；爭民主，反極權』。」[71]一來充分地表現刊物的立場，再則展現將自由、民主作為目標的決心，且手抄本的形式更能呈現留學生當時所面臨的急迫性。關於《自由人》的先行研究多付諸闕如，僅保釣世代回憶其發刊形式及過程，但筆者認為《自由人》的官方立場更足以對照同樣美國發刊、立場左傾的《水牛》，以及臺灣刊行、主張革新保臺的《大學雜誌》。現存的《自由人》共七期，其中創刊號、第四期、第五期、第七期與第八期已不復見，但能從僅存的七期刊物裡，整匯出在保釣運動興發、分裂後，海外留學生對於釣運轉向統運的反對方意見。

筆者歸類現存刊物內的主題區分為四類：保釣議題、外交議題、反共政策、革新保臺，其內容呈現了保釣世代的另一種視角。首先在

---

69 劉源俊：〈從保釣、保臺到復興中華〉，《愛盟・保釣──風雲歲月四十年》，頁328。
70 謝小芩、李雅雯、蔡虹音訪問，李雅雯記錄編輯：〈第三章　劉源俊教授訪談〉，《保釣風雲半世紀：保釣運動領軍人士的轉折人生與歷史展望》(臺北市：時報文化出版公司，2021年3月)，頁152。
71 任孝琦：〈第七章　文攻武鬥〉，《有愛無悔》，頁140

保釣議題上，第二期〈聲援臺灣的大學生〉及從釣魚臺事件、保釣運動出發，認為海內、外的保釣運動使臺灣青年覺醒；[72]第三期《繼續保衛釣魚臺運動》裡，作者將矛頭指向美國與日本的聯盟政策既蠻橫又無理，對於臺灣政府寄予正向且鼓舞的期待，文中冀望代表全民的政府應根據自由、平等、普通及秘密的原則，以建設富強康樂的新中國，對於釣魚臺主權歸屬，提出：「我們認為只要我國的政府堅定立場，一時雖面臨挫折，將來必能獲勝，它（釣魚臺）永遠是屬於中國的。」[73]第六期〈革新的呼聲與反應〉中述及參與釣運的左派學生思想一廂情願、行動格調太低，相較於對留學生反共的肯定：「他們承續了釣魚臺運動的方向，以海外知識分子愛國之心，對國事提出批評意見。」[74]此外，在第十一期由全美中國同學反共愛國聯盟發表〈一封公開的信〉，更斥責日本政府先是覬覦釣魚臺主權，復與中共建交，罔顧中日和約，軍國主義死灰復燃；[75]翌期〈毋忘釣魚臺〉將各地釣運的沉寂歸結於中共與日本的共謀：「毛共對於釣魚臺問題的態度是令人可憎的，以往在搞統戰時，為了推波助浪，還曾經由新華社聲明『釣魚臺是中國領土』，後來為了急於與日本建交，甚而避開釣魚臺問題不談，大有出賣領土領海主權之勢。」[76]《自由人》創刊在釣魚臺事件、釣運及安娜堡國是會議之後，別於左翼的留學生眼見釣運轉向至統運，釣魚臺事件跟釣運在此扮演反共的橋樑，刊物裡格外強調的是中共、日本在釣魚臺事件及釣運裡的共謀，與《大學雜誌》或《水牛》裡一再地強調釣魚臺列嶼的主權歸屬、歷史源流不同，但

---

72 紀正斌：〈聲援臺灣的大學生〉，《自由人》第2期（1971年11月），頁2。
73 紀正斌：〈繼續保衛釣魚臺運動〉，《自由人》第3期（1971年12月），頁2。
74 程端：〈革新的呼聲與反應〉，《自由人》第6期（1972年3月），頁7。
75 參見全美中國同學反共愛國聯盟：〈一封公開的信〉，《自由人》第11期（1972年9月），頁9。
76 武言：〈毋忘釣魚臺〉，《自由人》第12期（1972年10月），頁15。

也間接地承認並接受釣魚臺主權歸屬的事實。

　　在外交議題上,《自由人》從臺灣退出聯合國談起,重述國際外交的危機、處境及方向。第二期〈聯大表決之後〉總結臺灣退出聯合國實為「塞翁失馬」,除了團結反共勢力之外,國民政府更能大刀闊斧的革新,中、蘇共產勢力必起內訌,[77]正向地將外交失利的危機視為轉機。第六期〈臺灣的危機〉指向臺灣國際處境的困難,在政治及經濟上飽受威脅,因為中共武裝及統戰威脅造成心理與實質上的雙重壓迫卻足以險境逢生,作者提出:「為著眼前的利害,共產強權不再奢言世界革命,民主強權也放棄了解放被奴役國家的責任,以期保持權力均勢而避免核子大戰。」[78]扼要地剖析東亞冷戰局勢的變化,試圖找出臺灣面對國際局勢丕變的走勢,就此帶出臺灣內政革新的契機,《自由人》由海外留學生的角度,依序點出數項可供進步的面向。

　　《自由人》先是內省留學生能致力之處,在第二期〈聲援臺灣的大學生〉裡,認為海外留學生必須先充實自身、貢獻國家,其次交換意見、避免閉門造車,再者嘗試理解國內大事,最後是爭取國際友人的支持並放遠目光;[79]同期〈為中國統一催生〉對臺灣內部改革提出質疑,從國代、立委及監委的改選、總動員方與戒嚴法的終止時序、報紙的言論自由,甚至出國旅遊的解放,提綱挈領式的點出重點。[80]第三期〈也談改革〉論及的是行政機關的改革,尤以《中央日報》的錯誤百出及美國使領館人員的行政效率低落為例;[81]第六期〈革新的呼聲與反應〉之中,提到目前不復見的第四期內容,知識分子在反共

77　參見龍種:〈聯大表決之後〉,《自由人》第2期(1971年11月),頁1-2。
78　武言:〈臺灣的危機〉,《自由人》第6期(1972年3月),頁1。
79　參見紀正彬:〈聲援臺灣的大學生〉,《自由人》第2期(1971年11月),頁2。
80　參見一民:〈為中國統一催生〉,《自由人》第3期(1971年12月),頁1-2。
81　參見昆:〈也談改革〉,《自由人》第3期(1971年12月),頁5。

愛國會議上，曾就臺灣內部的政治、經濟、教育及外交等面向，提出革新的建言，也得到國內廣大的迴響，進而對臺灣中央民意代表選舉的新陳代謝寄予厚望，再進一步提到擢拔青年才俊有助於挹注新血，更轉載了行政院秘書處的答覆。[82]第九期刊載〈對蔣行政院長的十點希望〉清楚地展現了保釣世代對於臺灣內部革新的具體期待，包含：組織「革新委員會」、嚴懲貪污、厲行退休制度、開放報禁、改革稅制、調整軍公教人員待遇、經濟獨立、軍事自主、自然與人文教育並重等項目，[83]在外交上求軍事與經濟的獨立、內政上求人才擢拔與革新、言論上求言論與出版的自由，此十項其實都緊扣著當時臺灣內部的弊端，但也是保釣世代在釣運後對蔣經國接棒的冀望，此後的發刊明顯各自有所聚焦，議題探討也更加深入。

在教育制度上，第九期〈我國教育往何處去〉一文，歸納當時臺灣各級教育的弊端，大專院校栽培留學人才以至於楚材晉用、升學主義蓬勃導致技職體系的荒廢、空虛浮泛授課內容忽略了臺灣實際需求，以及缺少擔當而消磨對民族的責任感；[84]第十期〈談建教合一〉講究大學生所學必須切合臺灣內部經濟發展，適當地與業界合作，將有別於留學外國的死路，甚至將範圍擴大：「建設當包括經濟、社會、文化各方面的建設，非僅經濟建設一端而已，建教合一指教育與一切建設相配合。」[85]在此可以見到保釣世代對於臺灣內部革新的期盼，並以留學生身分點出了臺灣高等教育的不足，兼顧理論與實務成為當務之急。

對於經濟制度的期望，第六期〈中國經濟之發展與中國之前途〉

---

82 參見程端：〈革新的呼聲與反應〉，《自由人》第6期（1972年3月），頁7-8。
83 參見匹夫：〈革新的呼聲與反應〉，《自由人》第9期（1972年6月），頁2-3。
84 參見一民：〈我國教育往何處去〉，《自由人》第9期（1972年6月），頁4-6。
85 紀正斌：〈談建教合一〉，《自由人》第10期（1972年7月），頁4。

即提出看法，本文從中國歷史脈絡談起，主張秦、漢以降的中國經濟相仿於西方初期的資本主義，甚至都市發展更早於西方文明，作者對於臺灣內部的經濟問題提出「混合經濟」制，意即融合民族資本、國民資本及國際資本，強調在民主憲政的體制下，突破黨派、階層、宗族隔閡，才能建立「民主法治、富強康樂、統一獨立的新中國」。[86]第十一期〈臺灣農工問題一夕談〉作者透過父執輩的對談將經濟問題的焦點聚集在農工困境之上，對於改良農業政策以提振農地價格、在農業肥料的價格及配銷方式多以農民利益考量；對於礦工職災安全則積極協調勞資雙方，成立礦場安全衛生委員會、礦場保安中心以保障礦工安全、減少職災發生；對於其他行業的工人工資更提出勞工保險費、交通費、醫藥補助、退休金、勞工貸款建屋及福利互助費等辦法因應勞工薪資過低的問題。[87]對於經濟制度面的改革，《自由人》強調中共在武力技術與工業技術的實力懸殊，十餘年的經濟成長率遠不足日本、俄國及美國，隨之教育及學術的水準落後，切合當時反共的聲浪，帶動釣魚臺事件後的反共意識。

由臺灣正式退出聯合國的外交挫敗開始，刊物內最大宗的載文不外乎從各種制度與體制切入，非難共產主義、左派思想的通病，強化以民主憲政為主體的反共意識。先是第二期轉載《橋》第十三期的〈我為什麼離開中國大陸〉，以不得不離開中國的立場，闡釋了中共箝制思想、限制自由，發出「但眼看青年們的理想像肥皂泡一樣被官僚主義、極權統治壓得粉碎，我們怎能不感到痛苦呢？」[88]因此離開成為唯一的選擇，留學國外的氛圍更顯自由的可貴。同期〈「中華人

---

[86] 參見無撰著者：〈中國經濟之發展與中國之前途〉，《自由人》第6期（1972年3月），頁6-7。
[87] 參見無撰著者：〈臺灣農工問題一夕談〉，《自由人》第11期（1972年，9月），頁1-4。
[88] 夏明：〈我為什麼離開中國大陸〉，《自由人》第2期（1971年11月），頁3。

民共和國」與「五星旗」〉一文,分析「中華人民共和國」的國號,指出「人民」在中共黨治下的變動,從無產階級、農民、小資產階級及民族資產階級之總和,到唯有支持共產黨才算是人民,直到文革時期更多原來屬於「人民」階級乍變為「反動派」;就「五星旗」的設計緣由,大星代表共產黨及解放軍的領導,四顆小星象徵工、農、小資產階級及民族資產階級四種階級的聯合,也因為思想、制度的高壓讓小資產階級及民族資產階級備受清算與迫害,尤為諷刺。[89]進而質疑中共領國的成效,要求公開反右鬥爭的真相、三面紅旗導致的大飢荒數目、政治犯的下落、文化大革命的效果及政治接班人的擇選標準,[90]內容無一不反映中共治國的黑箱作業及試圖蒙蔽事實的作風。

對於共產思想的遏止,第二期〈共產主義——一株大毒草〉歸納共產主義的兩大錯誤:唯物論不科學、唯物辯證法是一把三尖兩刃鬼頭刀,前者從神經心理學、精神神經學的角度認為馬克思的唯物史觀僅是政治目的的藉口;後者提出馬克思從黑格爾的辯證邏輯思維中建立起唯物史觀,在鬥爭中建立,卻也在鬥爭中滅亡,必須拔除共產主義這株大毒草。[91]第六期從《火炬》轉載的〈毛澤東思想是邪教——復孫觀漢博士的一封公開信〉,斥責毛澤東思想中的「言偽」及「行偽」:「採取『階級鬥爭』,『無產階級專政』,『暴力革命』的手段,決無法達到理想社會之可能。這一類犖犖大端的原則,已為現代中小學生所共曉。而中共一定要奉行毛澤東思想為唯一最高真理,不容許別人有思想自由,學術創造。」[92]共產思想的強制高壓手段成為了《自

---

89 參見明生:〈「中華人民共和國」與「五星旗」〉,《自由人》第2期(1971年11月),頁4-5。

90 參見一民:〈為中國統一催生〉,《自由人》第3期(1971年12月),頁1-2。

91 參見牛城居:〈共產主義——一株大毒草〉,《自由人》第2期(1971年11月),頁4-5。

92 謝扶雅:〈毛澤東思想是邪教——復孫觀漢博士的一封公開信〉,《自由人》第6期(1972年3月),頁10。

由人》攻訐的目標,「解放大陸」便成了另一個反共意識延伸的主題。

在第九期中的〈論解放大陸〉一文,比較了光復大陸、反攻大陸及解救大陸的差別,「反攻大陸」側重軍事上的意義、「光復大陸」係奠基在民族主義之上,「解放大陸」更重視的是政治、經濟制度及思想面的解脫,文末指出:「爭自由是人類的天性,民主是歷史的道路,反動的共黨極權制度必然像納粹及法西斯極權制度一樣,為時代所遺棄。」[93]同期再轉載《香港中國評論》的〈大陸上的人民生活真實情況〉,更強化了「解放」的必須:「貧下中農們都一致的咒罵說,今日在人民公社制度下生活得太苦,簡直是活不下去,行動更是不自由。」[94]第十二期〈對世局的觀察與蠡測〉一文,逐一針砭出美國、日本、南韓、菲律賓、法國、義大利、智利等國家受到共黨階級專政的荼毒,預言共黨階級專政的失敗。[95]

甚者,共產主義影響範圍更涉及文化藝術的表現,對於「紅色娘子軍」芭蕾舞劇,評論家認為演員個人技巧堪稱水準之上,但表現形式有待加強:「路蕙絲評論稱『紅』劇為『政治舞蹈』,『轟炸式宣傳』,『沒有性格』,『國術加舞蹈的大雜會』,『不中不西』,『越出舞蹈常規之外』,『動作重複太多』。」[96]此外,第十二期〈丁玲到那裡去了?〉細數作家丁玲的成名歷程,終究因為在《解放日報》上的〈三八節有感〉被下放土改,而後被作家協會鬥爭被開除黨籍,傳言下場落得在「作家大樓」擦地。[97]在此,《自由人》呈顯的是實行「共產主義」的負面慘狀,作為警惕及借鏡。

---

93 無撰著者:〈論解放大陸〉,《自由人》第9期(1972年6月),頁2。
94 金惠民:〈大陸上的人民生活真實情況〉,《自由人》第9期(1972年6月),頁11。
95 參見李亦孟:〈對世局的觀察及蠡測〉,《自由人》第12期(1972年10月),頁2-3。
96 無撰著者:〈美國舞蹈界對「紅色娘子軍」的評價〉,《自由人》第10期(1972年7月),頁5。
97 參見趙聰:〈丁玲到那裡去呢?〉,《自由人》第12期(1972年10月),頁9-11。

筆者認為：《自由人》雖然是在國府的協力下發刊，但回顧七〇年代初期的臺灣種種失利時，仍流露著保釣世代的焦慮與憂心。在保釣議題上，以正向的態度鼓勵國府應更積極的交涉外交取代消極的批判；在外交議題上，將危機視為轉機，帶動臺灣內部革新的可能性；在反共政策上，藉由共產主義的高壓專政、貧富差距，實則攘除臺灣內部的輿論、增強國民的認同感與向心力；在內部政治、經濟、教育層面的著墨最甚，更具體的舉列解決的方法及提案，這便是《自由人》作為保釣刊物幽微又引人注目的面向：立基於國府的立場發言立論，卻掩藏不住保釣世代對於變革、進化的意圖，《自由人》在遵守紀律的同時又懷抱著蠢蠢欲動的革新意志，成為一股欲言又止的發言。

參與過釣運的李雅明在提到釣運的派系分化主要圍繞在對於資本主義、社會主義和共產主義的觀點分歧與區別：

> 右派認為大陸的共黨政府殘暴獨裁、剝奪人民自由、破壞傳統文化。左派認為國民黨獨裁媚外，保衛國土不力，以資本主義剝削勞苦大眾。自由派則認為國民黨與共產黨基本上走的都是一黨專政的路線，獨裁的程度或許有些差異，但都沒有真正實行民主。[98]

透過保釣世代分析釣運後的三個立場派系分類，正是《自由人》、《水牛》及《大學雜誌》各自的取向。唯獨此階段的《大學雜誌》曾寄託改革的願景於國民黨的新人政治上而有了變動，但終究因為檢討並抨擊了國府施政的不力而埋下關係破裂的種子，但也趨向了自由派的路線；《自由人》在國府的支持下發刊，契合反共、反左的同時，也展

---

[98] 李雅明：〈導讀〉，收錄於李雅明、謝小芩、國立清華大學圖書館：《保釣風雲半世紀》（臺北市：時報文化出版公司，2021年3月），頁20。

現了右派保釣世代的內心糾結及張力;《水牛》的立場從一而終,透露了一貫從民生經濟出發、反帝國主義入侵的左派立場,也呈現了保釣世代回顧勞動大眾的關懷,從中可以看到迥異立場的保釣世代各自懷有一個理想的藍圖。

作為「反共」立場相似的刊物而言,《自由人》與《大學雜誌》對於臺灣內部革新的期望重疊、相仿,雖然《自由人》發刊於美國紐約,但綜觀其刊文及轉載文章,「反共」的立場遠過在臺灣刊行的《大學雜誌》。《大學雜誌》親眼見證了臺灣內政的紊亂及腐敗,經歷過釣運的保釣世代藉由國內釣運所喚醒的愛國意識,加上臺灣外交失利的契機,最強調「保臺革新」的訴求;在安娜堡國是會議後,保釣世代親眼見證釣運左轉為「統運」,左派的蓬勃催生了《自由人》的發刊,「反共」的立場更甚,爾後國府再挹注資源,目的在於鞏固海外知識分子對於臺灣的肯定、國府的認同,卻隱含著保釣世代的糾葛態度。此二者雖然同在國府的監督或鼓勵之下刊行,但各自著重的目標卻不一致,這也是爾後《大學雜誌》備受限制的開端。

處在同樣的時代氛圍,位於不同的政治場域,因應著東亞冷戰的局勢發展,《大學雜誌》成也革新、敗也革新,其對於臺灣內部的革新充滿期待,這是雜誌之所以興起的原因,卻也是後來深受國府箝制的原因;《自由人》在氛圍自由的紐約刊行,扮演著國府反共的「右手」,抗拒於釣運左轉後的統運聲浪,意圖抗衡左翼的興盛,二者立場相仿卻呈現出「保釣世代」組成的複雜與糾結。

第二節　挪植的遺產:「保釣運動」中的五四運動遺緒

六〇、七〇年代處於國府體制下的「五四」符碼的影響力不如預

期。研究指出,「五四」在一九六〇年代後淡漠的主因有二:先是國民黨對抗中共「五四新民主主義」宣傳政策,再是保守主義基於當時中共政權反傳統的刺激,痛批五四主張西化及反傳統的影響,更輔以政治箝制、言論管制與五四文人如胡適、傅斯年及殷海光的逝世,都讓五四光環黯淡褪色。甚者,國民黨所發起的「中華文化復興運動」有意對抗中共文革帶來的影響,卻也同時壓縮五四民主、科學及自由的啟蒙意識,[99]此時的「五四」服膺於政治、效忠於反共,所有宣傳式的口號都不見五四運動最初民主與科學的蹤影。在此,「保釣運動」點燃了臺灣島內對於五四的關注,在《大學雜誌》、《水牛》及《自由人》之中對於「五四」的見與不見,其實都再現了當時的政治導向、社會氛圍與場域趨勢,更顯保釣世代的終極關懷。

「保釣運動」隸屬於愛國運動及學生運動的性質,往往與民初的「五四運動」相提並論,就連釣運期間所主張「外抗強權,內除國賊」的口號都與五四運動相同。保釣運動的初衷即是為了保衛釣魚臺而生,從海外留學生興起,帶起臺灣知識青年的踴躍迴響,蔚為保釣世代的形成;民初五四運動的肇始於一戰後巴黎和約所延伸出的山東問題,由青年學生推動後造成熱烈響應。因此參與過釣運的保釣世代或研究者,往往汲取二者的重疊性質作為類比。

首先是二者的愛國性質相仿,謝定裕回憶裡提到保釣運動特色:「一如五十多年前的五四運動,愛國是他們的中心意識,許多參與者也認為他們在繼承五四的傳統。」[100]再者,胡卜凱回憶收到一九七〇

---

99 參見簡明海:〈第三章 沉寂後的再醒:五四意識在臺灣與變動中國的對話〉,《五四意識在臺灣》(香港:開源書局、臺北市:民國歷史文化學社,2019年),頁364-395。

100 謝定裕:〈前言〉,春雷系列編輯委員會主編:《崢嶸歲月・壯志未酬:保釣運動四十週年紀念專輯(上冊)》(臺北市:海峽學術出版社,2010年),頁5。

年十一月號的《中華日報》海外版:「因為上面有曉波兄很誠懇、很沉痛的文章。『中國的土地可以征服,而不可以斷送;中國的人民可以殺戮,而不可以低頭』,這兩句五四運動的口號,六十年後仍有它的鞭策力。」[101]此外,一樣身為保釣世代的王曉波評述:「『保釣運動』確實和『五四運動』一般,是青年學生的愛國運動,是近代中國民族救亡圖存的反侵略運動。」[102]透過曾經參與過釣運的保釣世代回憶,保釣運動與五四運動的連結在於熱切的愛國性質、熾熱的民族主義,以及同樣是當代知識青年自發性的組成,也因此當釣魚臺事件爆發,保釣世代在釣運蓬勃發展或事後回憶時,理所當然地連結了二者跨時代卻相類的性質。

的確,根據保釣世代的回憶指出,釣運興發的性質確實與民初的五四運動有相當的連結關係,卻也有其反向的操作方式,鄭鴻生提到保釣運動與外在國際形勢變化的背景相關,諸如反越戰、黑人民權、工人運動、文革、布拉格之春等政治運動,都是促成臺灣知識青年走向政治實踐的因素,甚至提出:「七○年代初的這些運動,以政治行動的形勢來為五四運動在六○年代臺灣的重演補足了完整性,畢竟五四運動是以外抗強權的政治運動開始的。然而臺灣的這次重演卻是個倒著走的五四,政治運動不是它的開始,反而是它的尾聲。」[103]在此鄭鴻生點出釣運與五四運動的差異,在此筆者強調的是三份刊物對於「五四」的解讀,無意回顧五四運動的始末,而是試圖藉由《大學雜

---

101 胡卜凱:〈憶保釣歲月〉,春雷系列編輯委員會主編:《崢嶸歲月・壯志未酬:保釣運動四十週年紀念專輯(上冊)》,頁129。

102 王曉波:〈保釣運動四十年的省思〉,收錄於鄭鴻生、王曉波主編:《尋找風雷:一九七○年代臺大保釣學生運動史料彙編・第一冊,知識分子的覺醒》(臺北市:海峽學術出版社,2011年5月),頁XIII。

103 鄭鴻生:〈前言〉,收錄於春雷系列編輯委員會主編:《崢嶸歲月・壯志未酬:保釣運動四十週年紀念專輯(上冊)》,頁39。

誌》、《自由人》及《水牛》三份刊物，釐清這段從學運走向政治運動的過程中，各自因應迥異的立場而動用「五四」符碼的差異，意即：「五四」符碼如何包裝了不同政治立場的釣運刊物，這些刊物又各自擷取了「五四」符碼的何種意涵？

一 「五四」再充電：《大學雜誌》中的「五四精神」賡續與轉向

誠如王智明在分析《大學雜誌》之於臺灣七〇年代的關係時所述：

> 保釣是一場企圖以愛國主義超克左右分裂的運動，那麼《大學雜誌》則是一場看似純真，實則詭譎的政治實驗，在「民主化」革新保臺旗幟下，鼓動了本土政治參與的風潮，從而將臺灣推向本土化的浪潮與統獨矛盾的漩渦之中。[104]

當《大學雜誌》因為蔣經國接手政權、挾帶著注入新血的活力而興起，此時刊物的走向便愈趨挑戰當局政府的既有勢力、替蔣氏新政權背書負責，卻也因此引來了走向危境的路程。吳泰豪將《大學雜誌》與官方的互動階段分為：友好期、緊張期、摩擦期與對立期，更從外交、學運、民代改選等三大主題提出觀察，[105]其中外交議題跟學運議題更是緊扣著保釣運動而衍生，而保釣運動的萌發與性質又被保釣世代緊扣著民初的五四運動，因此「五四」精神也成為《大學雜誌》在提倡保臺革新之際，各種政治改革、制度改革的催化劑。

---

104 王智明：〈自由與民主：七十年代的啟示〉，《重現狂飆：大學雜誌五十週年紀念》，頁14。
105 參見吳泰豪：〈《大學雜誌》政治主張之研究——以1971至1973年為中心〉。

在《大學雜誌》中,「五四精神」往往依附在保釣運動的議題之上,尤其在《大學雜誌》寄望蔣經國接掌新政權後的革新所帶來的新氣象。第三十七期〈論大學的任務與政治革新〉提到:「今日,我們講求民主與科學時代理念之際,國家形成公意的過程不但需要民主化,而且國家行政管理事務本身,亦應科學化。」[106]「民主」與「科學」正是五四運動中訴求的改變中國封建社會的口號,文中更賦予知識分子在民主政治的社會中以科學化的方式解決公眾事務的責任。《大學雜誌》裡可以見到,在保釣運動爆發之後,國內各大學紛紛振起響應,疾呼知識青年的參與,足見刊物以學運的姿態直接連結廿世紀初的五四運動。但在相隔逾半個世紀的保釣運動裡,《大學雜誌》在三份刊物裡堪稱承繼五四運動最鉅,也是最能因地制宜、因時制宜的刊物。

　　先是《大學雜誌》裡一再地強化釣運與五四運動的關係,除了如前文所述疾呼青年學子奮起保衛釣魚臺、從各種角度切入釣魚臺的政權歸屬、轉載海外保釣運動的發展及困難,在第四十期由丘宏達編著的〈釣魚臺列嶼問題大事紀〉之中,清楚地排列了從十五世紀初到廿世紀七〇年代攸關釣魚臺的主權的歸屬問題;[107]同期轉載自二月四日《華美日報》的〈留美同學的愛國運動〉一文,以「近年來罕見的一次學生愛國運動」定位稍早一月底在聯合國廣場舉行的示威遊行,歸結出此運動得以引起注意的三大因素:留美學生自動自發的結合、全美中國同學大團結的表現、中國青年一種純正愛國行動,[108]在此《大學雜誌》所定義的保釣運動的性質與廿世紀初五四運動的性質相

---

106 蘇俊雄:〈論大學的任務與政治革新〉,《大學雜誌》第37期(1971年1月),頁40。
107 參見丘宏達:〈釣魚臺列嶼問題大事紀〉,《大學雜誌》第40期(1971年4月),頁19-24。
108 參見行健:〈留美同學的愛國運動〉,《大學雜誌》第40期(1971年4月),頁25。

仿——由知識青年學子發起的愛國運動，翌期更闢專欄議論釣魚臺主權問題及釣運紀實。

第四十一期的〈與陶希聖先生一席談〉一文，透過訪談與國府關係密切的陶希聖帶出釣運與五四的關係，從中肯定釣運屬於自發性愛國運動的價值及釣運的方向：「我在大學預科時參加五四運動，那是一個自發的運動，所以具有它的價值。一個青年運動往往是發動不久就會下去的。」[109]文中透露這種自發性的學運能夠留下一個精神上及道德上的影響，更能對個人心理上跟思想上萌發作用。隨後第四十四期轉載了《紐約釣魚臺簡報》的〈兩個運動，一個方向〉一文，將釣運類比為五四運動，除了強調釣運是五四運動的延續而並非重演，就近而言屬於愛純愛國運動，放遠來看是一個「在海外發動的一個中國海內外青年大團結的運動」，再者「由團結而產生一致的民族意識形態」；[110]第四十六期〈釣魚臺問題對話錄〉由王曉波與時任外交部北美司司長的錢復對話，對保釣會徽章上沿用五四「外抗強權，內除國賊」的口號進行討論，王曉波藉此提出「現在正是我們團結青年，一致對外的時候。」[111]

在第四十八期中，周策縱的〈五四運動告訴我們什麼？〉直接將五四作為議題核心，歸納出知識青年發起五四運動的使命及遠見、鞏固主權的必要與中國現代化的自我改革，兼容抗議與容忍的精神，在紀念五四的當下「要特別想到中國留學生對中國問題和中國人應盡的責任。」[112]同期〈五四和我們這一代知識分子〉一文追溯「五四精

---

109 鄭夏琳、孫若瑄：〈與陶希聖先生一席談〉，《大學雜誌》第41期（1971年4月），頁18。
110 參見木君：〈兩個運動，一個方向〉，《大學雜誌》第44期（1971年8月），頁58。
111 王曉波：〈釣魚臺問題對話錄〉，《大學雜誌》第46期（1971年10月），頁31。
112 參見周策縱：〈五四運動告訴我們什麼？〉，《大學雜誌》第48期（1971年11月），頁67-70。

神」的意義，藉此挖掘五四精神何以失落的原因，也肯定釣魚臺事件提供知識青年「自我認同」的契機，藉此寄望知識青年從中連結五四運動所蘊含愛國、民族自信的初衷。[113] 在此，《大學雜誌》強調釣運與五四的關係，既是「自發性」的愛國運動，知識青年必須為國團結，至此未見明確的統獨分裂的引線，有的僅是民族意義的召喚。「五四」變成了連結知識青年的符碼，但隨著釣運行動的結束，《大學雜誌》將「五四」符碼推往另一個變革的路向。

第四十九期〈開放學生運動〉一文中，陳鼓應引述孫文一九二〇年的演說內容闡述開放言論自由的必要性，自五四運動以來，愛國青年以新思想作為革命事業之預備，革命成功必須仰賴思想之變化，[114] 文中更繫住五四與學運的關係，在釣運後「五四」被視為開放言論、開放學運的先例；直至第五十二期〈漫談留美學生的政治氣候〉點出留學生在釣運時期的政治傾向不一，呼籲以實際革新的行動共赴國難。[115] 翌期闢有紀念五四運動的專欄，載有李歐梵的〈五四運動與浪漫主義〉及陳少廷的〈五四與臺灣新文學運動〉二文，前者從文學的角度剖析五四之後浪漫主義的風行，隨之聚焦在知識分子的亟欲改革的西化風潮以及浪漫主義所帶來的衝擊、過度西化後的認同議題，強調著「六十年代的知識分子，勢須承認『五四』就是我們的文化背景，正如晚清的『國學』是『五四』時代知識分子的文化背景」[116]，李歐梵藉此鞏固了五四作為文化遺產的必要。後者原為陳少廷講稿，內文著眼於五四影響臺灣新文學的路徑，回溯其影響力橫跨多元文化

---

113 參見張春樹：〈五四和我們這一代知識分子〉，《大學雜誌》第48期（1971年11月），頁71-73。
114 參見陳鼓應：〈開放學生運動〉，《大學雜誌》第49期（1972年1月），頁66-67。
115 參見麥立：〈漫談留美學生的政治氣候〉，《大學雜誌》第52期（1972年4月），頁63-64、71。
116 李歐梵：〈五四運動與浪漫主義〉，《大學雜誌》第53期（1972年5月），頁16。

領域，從中讚許五四對於臺灣新文學的啟蒙意義、抗日意識。[117]在六〇年代五四符碼受到淡漠的體制裡，此二文都肯定五四的歷史養分，既是中國知識分子革新的始點，也是臺灣知識分子啟蒙的濫觴。

到了第六十四期的〈「五四」與傳統〉還原了五四與反傳統之間的糾葛，文中作者試圖重新評價五四運動之中「傳統」的意義。文中先追溯五四中「反傳統」與袁世凱帝制的淵源；再者肯定五四人物的反儒家及反傳統雖言詞過度，仍有助於中國現代化的進程；最終反省五四運動中的民主、科學流於教條主義的弊端，甚至助益社會主義的滋長，但文末提出社會主義之所以蔓延乃在於內含的「革命性新思潮」，足以滿足新知識分子性格上的需要。[118]同期陳少廷〈大學生的志向〉更點明知識青年的自覺及新志向，文中直言這一代的大學生思想成熟：「他們與五四、抗戰及日據時期的臺灣青年一樣，對於國家民族懷抱著理想，並有無比的信念與決心，要獻身國家的建設。」[119]甚至以書評的方式推薦《五四新文化運動的評價》及《五四運動與知識青年》二書，先後強調的五四運動的啟蒙精神、內政革新的必要性。[120]刊載於第六十八期的〈梁啟超與五四時期的新文化運動〉說明梁啟超透過歐遊、講學活動啟發五四時期知識青年的思想，以教育本位為主的啟蒙意義影響甚鉅，在重估傳統文化及革新層面佔有地位。[121]隨之載有更多篇章以「革新」為名，目標與行動更為深化且具體，足見《大學雜誌》凸顯出知識青年革新、突破與建設的意志，甚而強調愛

---

117 參見陳少廷：〈五四與臺灣新文學運動〉，《大學雜誌》第53期（1972年5月），頁18-24。
118 參見韋政通：〈「五四」與傳統〉，《大學雜誌》第64期（1973年5月），頁19-21。
119 陳少廷：〈五四與臺灣新文學運動〉，《大學雜誌》第64期（1973年5月），頁29。
120 參見新書介紹：〈五四新文化運動的評價〉、〈五四運動與知識青年〉，《大學雜誌》第64期（1973年5月），頁73-74。
121 參見張朋園：〈梁啟超與五四時期的新文化運動〉，《大學雜誌》第68期（1973年9月），頁63-68。

國、民主、科學之外社會服務的精神,可見「五四」符碼已然轉向。

此外,《大學雜誌》亦以五四文人標示著五四精神的傳承。除了在第五十五期〈愛國學人胡適博士〉重新爬梳胡適家世生平,並著墨其五四運動的貢獻;[122]第三十七期刊有殷海光遺著〈我對中國哲學的看法〉,隨後第四十二期的〈殷海光先生一生奮鬥的永恒意義〉等載文,可視為《大學雜誌》發揚五四精神的實踐。前文原為英文講稿,說明中國哲學具有融合生活化、創造性大於訓練性思想的特質,雖挾帶著欠缺邏輯、知識論的缺失,因此研究途徑須得著重後設語言學的探索及哲學家的人格發展;[123]後文先歸結五四時代是浪漫的啟蒙時代,因此五四運動是浪漫的啟蒙運動,浪漫來自於情感的激越,啟蒙源自於自我覺醒,而文中談論到殷海光身為「五四後期人物」,秉著特有的純真而強烈的道德熱情(Moral Passion)融合於西南聯大的五四遺風,肯定自由的民主制度能滿足道德要求、維護個人尊嚴,從早年的反傳統到晚年的調整制宜,特別在五四光環褪色之際,殷海光仍堅守五四精神的初衷。[124]

無庸置疑,胡適及殷海光是臺灣五〇年代自由主義的象徵人物,胡適曾任《自由中國》發行人、殷海光主筆《自由中國》,已有先行論述視胡適為五四的催生者、殷海光為五四的繼承者,強調殷海光別於胡適、傅斯年、羅家倫等人的妥協與讓步,成為反抗權威的代表性人物,甚者以五四為名,捍衛五四以降的科學方法及民主思想。[125]再者,周策縱提到五四運動的廣度與深度時,除了強調五四是中國知識

---

122 參見張朋園:〈愛國學人胡適博士〉,《大學雜誌》第55期(1972年7月),頁46-48。
123 參見殷海光:〈我對中國哲學的看法〉,《大學雜誌》第37期(1971年1月),頁18-19。
124 參見林毓生:〈殷海光先生一生奮鬥的永恒意義〉,《大學雜誌》第42期(1971年6月),頁50-54。
125 參見簡明海:〈第二章 二戰後五四意識的斷裂與接棒〉,《五四意識在臺灣》,頁328-341。

分子首次察覺到有徹底改革中國文明的必要,也顯示了中國知識分子對個人人權和民族獨立觀念迅速的覺悟,[126]比喻五四「有點像可以再充電的電池,即使時代變了,它還可能有它無比的感召力。」[127]保釣運動的確挪用了五四的文化遺產,也受到五四的感召,但《大學雜誌》裡所呈現的「五四」更像是催化劑,催促著七〇年代初期的臺灣步入變革的化學式。

保釣運動與五四運動相仿的是面臨國際局勢的崩解,知識青年因焦慮而生的責無旁貸,但保釣運動中保釣世代面臨的更是絕處逢生後的奮發自省,反而給予七〇年代的臺灣喘息且重生的機會,也正是保釣世代因地制宜、因時制宜的濫觴。筆者認為「五四運動」在《大學雜誌》裡是關鍵的樞紐,既是保釣運動興發的橋樑,也是保釣世代最初遵循的指標路向,更勾勒出屬於保釣世代對臺灣的期待與展望,繼而直指出保釣世代對臺灣變革的實踐。最初以青年愛國的呼籲連結了釣運與五四的關係,再者抓住五四運動具有的浪漫精神與啟蒙民智的思想,帶來了社會革新的契機、社會服務的實踐。《大學雜誌》挪用了五四精神的初衷,在國際關係丕變、國內政治高壓的情境下,帶動了七〇年代初期保釣世代矛頭朝內的改革意志,隨之興起了政治、經濟、教育、社會服務等面向的革新浪潮,卻也埋下了與國府高層齟齬的潛因。

二　「五四」的左窗:《水牛》中「五四精神」的左翼路線

一樣的「五四運動」,《水牛》充分地展顯左翼色彩,無論相關政

126　周策縱,王潤華等人譯:〈第一章　導言〉,《五四運動史上》(香港:香港聯合書刊物流公司,2019年),頁3-22。

127　周策縱,王潤華等人譯:〈自序　認知・評估・再充――香港再版《五四運動史》〉,《五四運動史上》,頁38。

治民主或經濟民生等議題,都遵循著左翼抗爭的路線。其實《水牛》裡攸關「五四」的篇章不甚多,但這些篇章所呈顯的核心思想都是延伸至左翼主題,諸如:推廣社會主義、力倡中國統一、勞工問題等面向,不難窺見《水牛》的立場。

一樣是著眼民主與自由的議題,《水牛》的立場明顯的迥異於《大學雜誌》。第四期中轉載自《七十年代》的〈民主和自由的哲學探討〉,作者從哲學的角度剖析資本主義社會與社會主義社會運作的差異:「在農奴制社會中,這些紀律要靠棍棒來維持,在資本主義社會中,這些紀律要靠饑餓來維持。而在社會主義社會中,則應該靠自覺來維持。」[128]藉此疾呼農奴制、資本主義社會純保障剝削者的經濟利益,唯有後者才是保護人民利益的手段,所謂的「自覺」更是以主人翁的態度著眼、以團體利益為出發點,便能享受制度裡的自由,在此足見奠基在社會主義上的民主和自由,呈顯的面向各異其趣,卻也否定了資本主義的民主範疇。

適逢五月的《水牛》,第八期數篇攸關「五四」議題的篇章。以〈你知道嗎?〉作為篇名,闡釋「中國青年節」的由來始於國民黨畏懼青年的革命化,改原訂青年節的五月四日至三月廿九日,爾後中央人民政府才改回五月四日為中國青年節,[129]至此直言青年革命對國民黨的威脅及畏懼。同期的〈「五四」與青年運動〉開宗明義即點出「五四運動」的左翼光譜,除了一樣強調五四運動屬於知識青年的愛國運動,更指出:「它衝擊了當時半封建半殖民地的社會。當時工人階級、學生群眾和新興的民族資產階級所組成的新的社會力量為這個愛國運動提供了某種程度上的成功的歷史條件。」[130]文中強化階級、

---

128 余從哲:〈民主和自由的哲學探討〉,《水牛》第4期(1972年1月),頁19。
129 無撰著者:〈你知道嗎?〉,《水牛》第8期(1972年5月),頁7。
130 無撰著者:〈「五四」與青年運動〉,《水牛》第8期(1972年5月),頁10。

群眾和民族的概念，刊物試圖開啟左翼的窗理解國府體制以外的五四思維，還分類五四以降的知識青年的不同路線：先否定脫離群眾的逆流分子，或成為凌駕勞動大眾的新興統治階級，或成為帝國主義的文化買辦；後肯定從五四覺悟的新青年融入群眾路線，唯有依靠工農群眾的力量，才能達到反帝、反封建的勝利，且臺灣的學運須得克服主觀意識及陰毒的政權鬥爭。

　　轉載自《普城通訊》第三期的〈青年導師胡適〉一文，作者顛覆胡適向來被視作五四領袖的地位，依序從政治、科學及文化三方面剖析胡適思想的禍源。在政治層面，作者逐一分析胡適的言論輔以時事佐證，先是胡適提倡的「改良主義」——強調點滴的進化文明忽略了文明演化過程是以漸變到突變；其次胡適鼓勵「多研究些問題，少談些主義」，卻不專心致力於研究社會問題，反之高談杜威實驗主義及歐美民主主義，一味地反省馬克思主義，更為了不得罪當局政權而提倡點滴主義；再者在蔣介石發動政變時，胡適收起原來主張「由好人當政，組織政府」的訴求，轉成「任何政府都應當有保護自己而鎮壓那些危害自己的運動的權力」；最後更發表「五鬼鬧中華論」，主張帝國主義侵略中國肇因於內部的貧窮、疾病、愚昧、貪污及擾亂五鬼，同時強調「走入實驗室」的紙上談兵，並成為蔣介石的辯護師。再從「科學」的角度攻訐胡適不懂科學卻好談科學方法，一來科學定律或學說絕非大膽假設，二來胡適忽略了中國自古以來科技的領先與貢獻，僅評論中國八股與紙上學問的侷限，卻不見自身研究亦屬紙上學問的範疇。在「文學」領域上稍加肯定胡適提倡白話文的貢獻，卻又逐一攻訐胡適主張的「八不主義」僅是空口的光說不練。文中歸結「胡適是一個典型的『留美歸國學人』，頂著『博士』、『北方名流』、『教授』、『大宗師』的招牌，像魔術師一樣，花樣百出，變出各種理論，造謠

惑眾，顛倒是非。」[131]五四運動中的胡適在諧音「劉學聲」為作者的評價裡全然服膺於政治及權力，喪失五四運動裡的反抗精髓。

此外，同期載有〈社會主義與民主〉一文，延伸了五四運動裡對於「民主」的解釋。文章開頭點明「社會主義」是理想的社會制度，在沒有剝奪情境裡人民才能享有自由。且按照歷史規律發展，先進資本主義將早於落後資本主義國家走上社會主義的道路，諸如俄國、中國等落後的國家卻因特殊環境使然先行爆發社會主義革命、推翻資本主義制度，先後成立工農政府，因此發展過程窒礙難行，僅稱得上是「社會主義國家」或「工人國家」，並實行「無產階級專政」，形成「無產階級民主」，具體地讓工農階級擁有言論、出版、集會與結社自由，並遴選代表機構監督國家行政及生產組織。[132]

隨即第十期〈也談社會主義與民主〉一文則對〈社會主義與民主〉提出異見，但筆者認為實則為補充延伸。作者先對〈社會主義與民主〉的模糊地帶提出質疑，說明「共產主義」裡絕不可能享有完全的自由與平等、民主都必然有受壓迫的群體，作者同義社會主義社會是資本主義、階級社會到共產主義、無階級社會的過渡，且階級的矛盾及鬥爭將以不同的形式持續存在，並進一步定義「無產階級專政」除了要對資本主義、封建制度、買辦階級做長期抗戰，由佔人口比例最高、對社會貢獻最鉅的階級施行專政，在佔全國比例最多的群眾裡施行民主，才算是享有自由，甚而提出「人民必須用社會主義的紀律來約束自己。因為自由和民主都是相對的，而不是絕對的；自由中應該有紀律，民主中應該有集中。」[133]在此，筆者認為作者試圖融合階級概念與民主制度，解釋邁向社會主義進程中必經的階段性阻礙，為

---

131 劉學聲：〈青年導師胡適〉，《水牛》第8期（1972年5月），頁15。
132 參見向明：〈社會主義與民主〉，《水牛》第8期（1972年5月），頁25-26。
133 林以平：〈也談社會主義與民主〉，《水牛》第10期（1972年7月），頁20-22。

現行社會主義國家的過渡階段尋找有利的詮釋，同時以階級鬥爭來鞏固無產階級專政的正當性。

第二十期〈歷史上的五月〉細數十九世紀末到廿世紀中葉的大事紀，其中記到一九一九年五月四日的「五四運動」時，先概括性地介紹五四運動的始末，強化帝國主義的蠻橫，肯定五四運動的改革意義；況且一九二五年的五卅慘案更肇因於五四運動後帝國主義國家的爭奪、支持軍閥內戰，以不平等條約開設工廠、剝削工人階級，其中更演化至工人罷工慘遭屠殺、上海學生受到英國巡捕開槍掃射；直至蔣介石在一九五七年五月二十四日與美國簽訂「美軍地位協定」，導致人民遭到美軍槍殺卻獲判無罪，國府更出動大批軍警鎮壓遊行隊伍、槍殺示威群眾，可視為美國帝國主義的延長。從五四運動貫穿五卅慘案，再延續至臺灣反美事件，《水牛》在此藉五四運動強調的是帝國主義的迫害不分時代、跨越地域，另一面則反映了民族主義的蓬勃，抗拒的是對於階級、種族的壓迫。

在文藝方面，第廿一期〈推廣健康的文藝〉亦將保釣運動類比為五四運動，就此批評北美洲留學生所觸及的文藝作品「大都是來自港臺兩地封建文化與買辦文化的產物。它們所宣傳的是對權勢、財富、西方『文明』的崇拜，是自私、貪婪、享樂的人生觀，是悲觀、厭世、虛無的心理與自憐自哀、無病呻吟的夢囈。」[134]並提出要以健康的文藝取代這些充斥市場的病態文藝，也駁斥了健康文藝容易陷入教條、八股的窠臼。《水牛》從五四運動出發，更甚攻擊六〇年代以降的現代主義文藝趨勢，呈現出亟欲改革的左翼思維。若以學運為議題，第二十二期〈臺灣島內的愛國運動〉以「臺大哲學系事件」為主軸，強調國府高壓下愛國大學生遭受不公平對待甚而犧牲，歸結出

---

134 無撰著者：〈推廣健康的文藝〉，《水牛》第21期（1973年6月），頁2。

「蔣幫逃臺後,二十三年來,愛國志士的英勇抗爆行為,從未間斷,而以這一次為二二八起義事件後罪狀列的自發性抗議行動。其犧牲之慷慨壯烈,殆可上承辛亥、五四、二二八,光輝永垂青史。」[135]至此,《水牛》將臺大哲學系事件視為愛國學運,五四就此成為攻訐國府執政腐敗的媒介,屬性更類比為辛亥革命、二二八事件。

因應釣運而生的《水牛》,標榜著左翼之眼,連結於「五四運動」的篇章多數圍繞在反帝國主義、強化民族主義及階級對立的議題上,擷取了五四運動裡學運愛國的成分,更藉此鞏固社會主義與民主的緊密關係,駁斥了二者向來相悖的認知,當然也不遺餘力的挑揀資本主義所引起的矛盾之處、破除在國府體制下以胡適為精神領袖的意義。「五四」在廿世紀初葉誕生,從愛國運動搖身一變成為政治運動的角逐象徵,延伸到七〇年代初的保釣世代因為釣運所引起的分化,竟讓五四運動再度成為了逐鹿的場域,必須留心的是這輩保釣世代在迥異政治立場下誕生的權力話語,往往反映、鞏固及強化的是政權體制或時代更迭的需求。

三　不談而談:《自由人》中隱晦「五四精神」的意涵

相較於《大學雜誌》及《水牛》各自闡釋「五四」的符碼意涵,《自由人》的刊行內容卻少見「五四」議題,其背後的意涵實則扣緊了刊物發行的權力角逐、海外國府政權的勢力延伸,以及抗拮於左翼勢力增長的立場。

綜觀現有九期《自由人》的發刊,時間從一九七一年十一月至一九七二年十月,今已不見創刊號及第四、五、七、八期。若依照刊物

---

[135] 艾思深:〈臺灣島內的愛國運動〉,《水牛》第22期(1973年6月),頁14。

的發行習慣，第八期的發刊時間適逢五月，應有攸關「五四運動」的討論篇章，但已付之闕如。僅在少數的發刊裡提及「五四」，諸如：第二期的〈評天真、八股之論〉中，作者批評紐約某學生刊物刊載兩篇天真、八股的文章：「天真的是陸達年的『五四』、『釣魚臺』和『留學生政治運動』；八股的是張清之的『國家分裂』中留學生的新使命」[136]。文中指出陸達年提出海外知識分子應盡超黨派的立場服務人民的說法天真之至，僅存於民主國家裡，接著駁斥在毛澤東政權下的高壓；甚至連第十二期述及五四時期女作家丁玲也僅論及左翼文壇的明爭暗鬥，隻字未提丁玲身為五四時期女作家的特色與創作。[137]

此外，在第六期轉載自《火炬》的〈毛澤東思想是邪教——復孫觀漢博士的一封公開信〉裡提及「五四新文化運動」，本文貶斥毛澤東思想的「言偽」及「行偽」，指陳其以人民為出發點「為人民服務」，實則「為人民造孽」，舉凡「人民共和國」、「人民政府」、「人民法院」及「全國人民代表大會」等，無一不是以人民為名，行壓榨之實。此外，細究中國近代基督教及共產主義所滋生的禍端：太平天國未能擷取基督教的精華、三民主義未能探索固有道德的本原、五四新文化運動提倡科學與民主卻隻字未提西方的精神文明、共產主義誘使青年飲鴆止渴，無一不挾帶著「洗腦」的成分，治標唯有改革腐化及惡化的政治制度和社會制度、治本唯有滌除人的罪性，更甚者「但若不幸處於像毛澤東思想獨斷專制，無法無天的狂焰之下，則第一步惟有藉不得已的革命，及早加以撲滅，方足以挽救國家民族的淪亡。」[138]意即：除了毛澤東掛帥的共產主義體制，必須藉由革命才能挽救國族的敗亡；

---

136 華國：〈評天真、八股之論〉，《自由人》第2期（1971年11月），頁5。
137 參見趙聰：〈丁玲到那裡去了？〉，《自由人》第12期（1972，10月），頁9-11。
138 謝扶雅：〈毛澤東思想是邪教——復孫觀漢博士的一封公開信〉，《自由人》第6期（1972年3月），頁10-11。

「五四運動」除了被視為是改革的環節之一，更成為「科學」與「民主」的符碼，甚者背後更須結合西方精神文明，但眼下「五四新文化運動」徒有科學、民主的皮囊，罔顧西方產生科學及民主的文化背景，在此《自由人》既肯定了五四運動的科學與民主，同時也否定了「五四」精神的異化、淡然。

再回到刊物的發刊背景，《自由人》由國府資助刊行，因此隨著釣運中期分化後的左翼思想愈發蓬勃，自然反共的立場不在話下，弔詭的是國府在這份紐約發行的刊物上卻少提及「五四」，甚至連轉載的篇章都僅是一語帶過。從研究的論據中可知：在國府黨政體系之下，攸關「五四」的論述都是避諱的議題。根據簡明海的分析：五四紀念熱度的退燒，約莫從六○年代初《自由中國》停刊開始，直至一九六二年胡適去世後此現象更加顯著，從一九六三年始「聯合知識庫」的紀錄中搜尋「五四」關鍵詞，更有七年沒有相關紀念或評論，除了引用學者王家儉評述五四運動被國民黨視為共產黨的溫床，恰之與中共想利用五四的態度成為強烈對照；隨之再引述張玉法說法，認為「五四」在六○年代前後的臺灣備受有意的忽略，但終有《文星》、《自由中國》及改組後的《大學雜誌》等刊物前仆後繼延續五四精神。[139]

甚者，簡明海強調：一九六九年美國哈佛東亞研究中心曾舉辦五四運動五十週年紀念研討會，但臺灣卻未見響應，當然這是與五四自由主義啟蒙傳統的斷絕與落寞，更顯當時蔣介石提倡中華文化復興運動的影響，間接壓縮了五四以降民主、科學的啟蒙精神。先有批評五四運動的黨國體制作家的論述，批評自由主義的氾濫，導致臺灣思想

---

[139] 簡明海：〈第三章　沉寂後的再醒：五四意識在臺灣與變動中國的對話〉，《五四意識在臺灣》，頁343-363。

受到污染，應該奉行以倫理、民主及科學為一體的「三民主義新文藝運動的時代」；亦有如朱西甯行文〈宜否開放五四和三〇年代的作品〉一文，重新標舉五四作家再現對民族文化的益處，時屆五四運動六十週年雖然稍見鬆綁，起源於中國學潮與社運的興盛，但對於「五四」依舊多有負面評價，更直言五四仍被「三民主義」附身，尤其當文革挪用五四反傳統的特色之際，便注定了六〇年代五四在臺灣的式微。[140]前行研究的論述中，「五四」已然被國民黨視為洪水猛獸，從一個叱吒風雲的學運到了臺灣後成為象徵性意義的文藝節日，至此除了凸顯《大學雜誌》接棒《文星》與《自由中國》的可貴，筆者認為這也直接詮釋了何以由國民黨官方資助發行的《自由人》避談「五四」的原因，但「不談之談」也誠為政治論述及手段。

《自由人》縱然在國府有意的規範之下避開了「五四」，但若細究攸關「民主」議題，仍可嗅出保釣世代對於「五四」隱晦的認同及影響，尤其透過青年學生的敘述，亦可見到在反共旗幟下包裝民主政治、自由言論的方式。在第二期中轉載自《橋》第十三期的〈我為什麼離開中國大陸〉提到：「每次我看到美國學生熱烈地辯論國家大事，我心裡一陣惋惜，要是中國的青年能有這樣的自由該多好。我愛中國，我愛我的人民，但是我更愛自由，更愛那思想的自由，那尋求真理的自由。」[141]第九期中的〈論解放大陸〉提到：「摧毀中共暴虐政權，將全大陸的同胞自極權的奴役制度下解救出來，恢復大陸同胞的一切自由與人權。」[142]同期的〈小語一則〉強調：「自由國家的人民最能充分發展你的抱負和力量，也最能愛國，共同建設偉大的祖

---

140 簡明海：〈第三章 沉寂後的再醒：五四意識在臺灣與變動中國的對話〉，《五四意識在臺灣》，頁364-395。
141 夏明：〈我為什麼離開中國大陸〉，《自由人》第2期（1971年11月），頁3。
142 無撰著者：〈論解放大陸〉，《自由人》第9期（1972年6月），頁1。

國，最能為同胞服務。」[143]第十期轉載自《火炬》的〈全球反共華人聯合起來〉文末期許:「在中國永久廢除無產階級專政的共產制度，建立政治自由，經濟公平，文教自由，人民康樂的新邦。」[144]諸如此類的論述多揚著民主的旗幟，卻遲遲未見廿世紀初掛勾民主最甚的「五四」，甚至包裝著反共的皮相，吶喊著解救大陸人民的訴求。

尤以第十一期〈與一位留學生談民主政治──並談「柏楊」事件──〉體現了民主政治的被詮釋權。文中作者以叔姪書信往來討論發生於一九六八年「柏楊事件」始末及延伸，先是留美研究中共問題的姪子提出「容惡是自由民主之基石」，再發問何以政府未能回應柏楊被捕事件，引來作者的回應。首先作者提出在美國研究中共問題無疑隔靴搔癢，甚至容易迷失方向；其次批駁「容惡是自由民主之基石」的說法，說明「守法也是自由民主之基石」，更強化政黨政治、議會政治的名正言順；再者以美國出兵越戰為例，痛斥反越戰即是間接地殘殺自己的將士及青年，不但破壞民主政治，更是反動國家；最後以民主政治自有規範，政府毋須回應社會輿論作為答覆，也給了柏楊批判傳統、諫言政府的作品負面評價。[145]筆者認為:此載文徹底展現了國府對於當局國際情勢、學運的態度，以及何以避諱五四學運的立場。

先是一九七二年初美國尼克森訪中，象徵著中、美關係的破冰，導致作者提出在美國研究中共問題的不切實際，認為有失偏頗，實則間接地表現了對美國的不滿；接著強化民主國家以政黨政治、議會政治決議的合法性，當人民守法也就不會有「容惡」的問題，同時也解

---

143 王鑫:〈小語一則〉,《自由人》第9期（1972年6月），頁14。
144 無撰著者:〈全球反共華人聯合起來〉,《自由人》第10期（1972年7月），頁9。
145 參見勞穗生:〈與一位留學生談民主政治──並談「柏楊」事件──〉,《自由人》第11期（1972年9月），頁5-9。

釋了國府高壓施政的合理;隨之以美國反越戰為例,深化美國國內因反越戰所興起學運的不正當性,視之為暴動、破壞真正的議會民主制度,在此可以見到國府避諱且試圖斂跡學運的態度;最後強調臺灣現行的憲政制度、地方自治、自由普選的優勢,再鞏固國府處理柏楊事件的正確性,當然字裡行間仍緊扣著反共思維,全面性的圍堵了共產思想的滲透,同時又閃躲了柏楊事件的疑慮,更重要的是冠上了學運等抗爭遊行的不民主、罔顧政治的罪名。

　　整體而言,在國府資助且操控的刊物裡,《自由人》少見的「五四」議題,其實不難窺見國府體制下對五四精神、五四學運的箝制,巧妙地避開了學運可能帶來的鼓譟與威脅,但不談五四實則就是立場明確的政治導向。呂芳上在回顧五四之後的學運發展史歸納出了三個現象:首先是學運可能肇始於學生對國家、社會的理想或憧憬幻滅而興起;其次是近代中國的學生抗議影響了國家現代轉型和走向,且學運是中國共產主義勝利的主因之一,學生更是動員群眾的主力,也是國民政府遷臺的原因之一;最後點出了學生與政權的糾葛關係,政權往往由學運支持者轉變成迫害者,目的在於鞏固政權。[146]加以稍早一九七一三月中旬中共、日本的乒乓球外交、翌月美國國務院發表釣魚臺連同琉球群島歸還日本的聲明後,保釣世代原來對國府捍衛國土的期許落空,同年的四一○保釣遊行蓄勢待發,引來國民黨的注目,於是下達文宣圍剿、勸導方式、武力對付的指令,目的在於全力防堵遊行。[147]根據上述的論述,可想而知國府極力閃避五四的目的,尤以在保釣事件中左、右路線分化的留學生陣容對立愈趨明顯,勢必淡化五

---

146 參見呂芳上:〈當「五四」成為啟蒙與革命的複合體:百年學運省思〉,收錄於思想史編委會:《思想史9》(新北市:聯經出版事業公司,2019年12月),頁56-58。

147 參見任孝琦:〈矛頭向右轉〉,《有愛無悔——保釣風雲與愛盟故事》(臺北市:風雲時代出版公司,1997年7月),頁72-75。

四學運的意義更為有利,取而代之的便是一層層「反共」的包裝。

　　林孝信在回顧釣運發展與五四關係時指出:「讀到五月初碰到了五四運動的日期,大家也都有一點心得了,又覺得保釣運動跟五四運動有一點關係——都是抗日,都是政府打壓抗日的人,那一年的五月一日剛好是週末,於是很多地方開始辦五四運動座談會,紀念五四運動。」[148]從保釣事件興發之後,「五四」符碼即從廿世紀初橫跨到六〇、七〇年代,地域也從中國大陸跨到了臺灣、美國及其他國家,無論時代的變遷、地域的迥異、立場的迥異,自然演化出一套「被詮釋」的話語、「被選擇」的面向,其中擷取了需要的精神,也淘汰了不需要的元素,閃躲了可能備受威脅的質疑。不可否認的是「五四」跨時代的重要性,無論談與不談,都成為保釣世代集體記憶中重要的一環,從中又各自構築出符合立場的「五四」精神。即在移植、動用及挪用五四的過程裡,「五四」僅被視為媒介或催化劑,在迥異的詮釋權下演繹著重新形塑的「五四」精神。

第三節　革新的聲音:追求「理想」的臺灣知識分子

　　整體而言,促成釣運左傾的導火線是「尼克森衝擊」——宣布季辛吉訪問北京與周恩來會談,並接受中共邀請受訪,就此在美國燃起一股前所未有的中國熱,[149]隨之世界的目光聚集中、美消融的敵對關係之上,加上當下文革挾帶而來的高度理想主義,其中反帝、反美的主張影響了左翼傾向的保釣分子,在此之前具有左傾思想的人不超過

---

148 陳光興、林麗雲:〈一生釣運、普及教育的苦行僧〉,收錄於王智明編:《從科學月刊、保釣到左翼運動》(臺北市:聯經出版事業公司,2019年12月),頁178。

149 參見本田善彥著,風間鈴譯:〈第三章　巔峰與分水嶺〉,《保釣運動全紀錄》(臺北市:聯經出版事業公司,2019年11月),頁66-67。

廿人。[150]直到釣運自安娜堡國是會議後正式宣告分化，左、右翼的對立逐漸明朗化，各自擁戴著迥異的論述。安娜堡國是會議肇因於一九七一年初九月下旬聯合國大會討論中國代表權問題，包含北美地區逾兩百個保釣組織的與會，會中左、右兩派各有擁護的政權及立場，也引來了國府與中共的關注，隨後雙方亦著力出版諸多刊物作為激化立場的橋樑，各自著眼的面向也大相逕庭。

　　安娜堡國是會議後，保釣運動的主流開始向左轉，雖然稍早即有左傾的留學生鼓吹左翼思想，但會議後催生的諸多刊物，勾勒了保釣世代歷經釣運後的徬徨、國際局勢的丕變之後，各自選擇的路向及訴求。不同的刊物講述著迥異的論立：臺灣刊行的《大學雜誌》處在戒嚴體制下，在與政治當局若即若離的關係裡，游移在理想與現實的兩難，卻又滿懷著革新的期待；紐約發行的《水牛》耕耘的是左翼思想中的反帝、反美精神，當然也切合著美國當局的時勢，訴求著反越戰、反殖民、反資本主義的概念；同樣海外發刊的《自由人》借右翼之名，行反共之實，從政治、思想及文藝方面切入分析。此刻海內、外的保釣世代大抵從「釣魚臺事件」見到了國際局勢的發展，即便左、右翼的出發點各有差異，都是奠基於臺灣，力求護衛國土、革新政治的目的，透過這些保釣世代的侷促不安、關注的面向歧異，實則勾勒出六〇年代末至七〇年代初的臺灣國內、外情勢，逐漸轉向由外而內的求新與改革，亦可視為重要臺灣歷史轉折的契機。

---

150 參見陳光興、林麗雲：〈第三章　一生釣運、普及教育的苦行僧〉，收錄於王智明編：《從科學月刊、保釣到左翼運動》，頁175-179。

一　耕耘左翼：《水牛》中的階級、經濟、反戰思想及統一訴求

一如林孝信所回憶，除了少數留學生在釣運前就接觸社會主義、顯露左傾思想，諸如劉大任、郭松棻及唐文標等人，其餘大多數的留學生眼見國民黨在釣運的消極態度後，開始將目光轉向至中國大陸：

> 保釣運動以來有一批留學生對臺灣政府澈底失望，那時剛好中共與美國發生乒乓外交，美國尼克森總統前往中共訪問，這樣發展過來，中共的聲望突然提高。很多人在保釣運動中，見過了兩次肅清，對臺灣政府很失望，甚至是絕望，不指望臺灣政府會來保釣，甚至你要保釣，它還把你當作需要整治的對象，當敵人般對付，當黑名單來打擊你。[151]

此後，社會主義思想隨著中共外交得勢而茁壯，左翼傾向的保釣世代逐漸公開表態支持中共。眼見著釣運過程中對國府失望的保釣世代向左轉，當下所引起的中國熱喧囂塵上，但筆者試圖釐清這群出身於臺灣的保釣世代，在左傾的路向上高舉著統一的大纛，各自懷抱著心態、切入的面向。同樣背負著愛國的使命，左傾的保釣世代亟欲臺灣進步的出發點，不亞於釣運裡分化的其他路線、群體。綜觀《水牛》的發刊篇章，著眼於左翼思想的推廣，不外乎從經濟制度強化階級制度的不公、從社會主義制度的分析強化中國統一的優勢，甚至圍繞在反戰思維、強化反帝國、反資本的民族論述上，顯現出了左傾的保釣世代最關注的議題，也是他們希冀臺灣革新、改善的面向。

---

151 林麗雲、陳瑞樺、蘇淑芬：〈第四章　保釣與海外左翼運動〉，收錄於王智明編：《從科學月刊、保釣到左翼運動》，頁214。

首先，《水牛》從第十至十六期，連載〈中國歷史的轉捩點——論文化大革命〉共七篇，細究階級論述與毛澤東社會主義的進程，全文正向化了文革的階級鬥爭及社會主義的憧憬。文中將一九六六年的文化大革命為視為中國歷史的轉捩點、毛澤東是俄國十月革命後變質為「社會帝國主義」的革新者，杜絕了資本主義的復辟。文革尤是奠基在中國穩健的經濟基礎上，隸屬於內部衝突階級矛盾的整合階段，也強調轉型為社會主義的路上必須仰賴階級鬥爭，駁斥了社會主義下擁有資產階級思維的知識分子、小資產階級革命者、劉少奇為首的修正路線的反社會主義分子，概括為「黨內走資本主義當權派」。且分析了毛澤東與劉少奇對於經濟建設的迥異路向，前者政治掛帥誠為走向社會主義化的路向，後者技術掛帥則反向趨往資本主義的捷徑，甚者助長的帝國主義對於技術的挹注，更延伸至教育及軍事制度的惡化。

在文革後提倡以「三結合」作為參政單位，由群眾組織代表、革命派或造反派組織代表及解放軍代表組成，目的在團結人民反對資本主義路線，並改變各行各界的現狀，以毛澤東主張的動員左派、爭取中間派，同時孤立死硬修正主義派，也揭露五一六兵團打著極左派名號試圖奪取政權的野心，在此大抵歸納了文革後的權力鬥爭概況。因此文革無疑是中國歷史的轉捩點，接力俄國十月革命的憧憬，取代蘇聯誠為世界革命的中心，期許無產階級力量的穩固、建立牢不可破的社會主義，並強調階級鬥爭的尖銳性、合理性及過渡性，即便過程有所犧牲，但文革前看似團結實則分裂的中國，藉由階級鬥爭重塑社會主義路線的可能性，文末更批評美國干涉內政後的求和。[152]連續載文

---

[152] 參見韓丁：〈中國歷史的轉捩點〉，《水牛》第10期（1972年7月），頁18-22；〈中國歷史的轉捩點（二）〉，《水牛》第11期（1972年8月），頁13-18；〈中國歷史的轉捩點（三）〉，《水牛》第12期（1972年9月），頁10-14；〈中國歷史的轉捩點（四）〉，《水牛》第13期（1972年10月），頁14-18；〈中國歷史的轉捩點（五）〉，《水牛》第14期

正面詮釋了階級鬥爭在文化大革命的階段性任務、中國經濟蓬勃發展後的必須性,進而形塑了以美國為首的帝國主義、資本主義的罪惡及侵略性,確實在釣運中、後期起了召喚留學生心生嚮往的作用,接著更延伸至臺灣內部的經濟現狀,同時對比中國、香港的經濟勃興,一樣從階級切入分析,試圖引起留學生共鳴。

《水牛》第三期即以〈臺灣需要全面改革〉作為封面文章,先從階級切面,細數臺灣就業人口結構,農工及下級軍公人員比例逾百分之八十五以上;再者分析農民、工人、漁民、鹽民等底層的飽受外資剝削;最後提出全面性的社會、文化、經濟與政治變革遠勝於單純政治革命的建議,[153]同期依序載有〈經濟成長為莊敬自強之本〉、〈臺灣經濟結構與現況〉、〈臺灣的農村〉及〈社會研究——香港工業和工人收入的新情況〉等文,逐一揭示了臺灣經濟體制的不健全以及農工階級的困頓。第八期〈「五一」的來源〉回溯勞動節的由來,藉機撻斥了十九世紀資本主義的剝削社會,勞工透過罷工試圖換取生存,卻引來更激烈的流血屠殺事件,尤以美國為首當其衝,順勢抨擊美國資本主義的惡質。[154]第十期的〈中國的鋼鐵工業〉裡挪用數據,強調中國工業水準的提升及展望,亦從經濟層面詮釋社會主義制度的正向發展。[155]第十一期〈中國的水利建設〉文中,從整治河川談起,不僅利於水力發電,更助長沿岸農業種植的多樣,縱貫歷史同時借鏡水利建設,強調解放後連新疆沙漠都能有效種植作物。[156]

(1972年11月),頁10-14;W. Hinton:〈中國歷史的轉捩點(六)〉,《水牛》第15期(1972年12月),頁5-9;W. Hinton:〈中國歷史的轉捩點(七)〉,《水牛》第16期(1973年1月),頁9-11。

153 參見無撰著者:〈臺灣需要全面改革〉,《水牛》第3期(1971年12月),頁1-3。
154 參見鈍心:〈「五一」的來源〉,《水牛》第8期(1972年5月),頁7
155 參見無撰著者:〈中國的鋼鐵工業〉,《水牛》第10期(1972年7月),頁23-24。
156 參見羽公:〈中國的水利建設〉,《水牛》第11期(1972年8月),頁9-12。

到了第十四期〈農村人民公社簡介〉一文，闡明了人民公社為了中國農業生產而建立的願景，目的在於打破個體經營所造成的資源不均，以生產合作制度為樣板，依規模大小組織互助組、初級農業生產合作社到高級農業合作社，同時也逐步提高對社會主義的瞭解，藉此克服過去由小農經濟形成的私有觀念，表現集體所有制的優越性，時屆一九五六年的中國糧食、棉花、油料及其他作物都創下最高產量，甚至再行擴大規模，從硬體的基本建設再到聯社組織，已然構成人民公社的雛形。這樣的組織運作透過有效的分工行政——公社、生產大隊、生產隊，輔以自願和互利的原則，走在農村社會主義的道路上，構成政、社合一的單位，就連組織的利潤所得都有固定的分配比例原則，亦發展相關的牲畜飼養事業，鞏固農村社會主義經濟建設的基礎。[157]

《水牛》從中國的農業經濟談起改善基礎階級的待遇與富庶，甚至延伸至第廿二至廿四期的〈臺灣的勞工問題〉三篇載文。此三篇載文引用了數據佐證勞工人數的龐大：在臺灣的農業經濟衰退的當下，加以國府引進外資，勢必勞工階級數量急遽成長。隨之議題延伸至工資過低與、工時過長及資本家的剝削，甚至女工及童工的社會問題層出不窮，加上工會不健全、勞資關係不對等，都成為臺灣潛藏的威脅。文中不斷強調國民黨經濟政策的偏失，肇始於輕農重工的政策，歸結於國民黨於外國資本勢力、本國資本家的相互勾結，因此勞工問題只會日漸尖銳化，文末更強調勞工問題必須藉由工人階級組織才能為己身謀福。[158]

---

157 參見無撰著者：〈人民公社簡介〉，《水牛》第14期（1972年11月），頁4-9。
158 參見無撰著者：〈臺灣的勞工問題（上）〉，《水牛》第22期（1973年7月），頁2-6；〈臺灣的勞工問題（中）〉，《水牛》第23期（1973年8月），頁13-17；〈臺灣的勞工問題（下）〉，《水牛》第24期（1973年9月），頁12-15。

除此之外,《水牛》的左翼色彩尚表現在反越戰、反帝國主義的議題討論之上。第九期〈中華人民共和國政府聲明：強烈譴責美擴大侵越戰爭〉先是追溯美國破壞日內瓦協議，導致越南南方的抗爭，進而擴大戰場至整個越南，甚至大規模入侵柬埔寨及寮國。文中控訴美國以帝國主義之姿，侵略越南民主共和國的主權，破壞其國際航運及通商自由，更踐踏了聯合國憲章與國際公法，申明中華人民共和國的反越戰的立場。[159]第十至十二期的〈越南：今日・昨日・明日〉連續載文，從數據指責美國在越南的武力侵略，無論炸藥量及武力裝備的進化，或是戰術策略的運用，無一不是種族屠殺（Genocide）及生態滅絕（Ecocide）的罪名；回推至稍早二戰爆發之際，從歷史淵源勾勒「越南獨立同盟」到「越南民主共和國」的成立，隨著國際戰事與各國條約交易的蔓延，法軍逐漸掌握越南領地，即便早有盟約，法軍卻有意從海關、經濟等層面施壓，甚而與越盟軍隊發生戰爭，更由美國以「反共」為由，大力支持法軍侵略越南的經費，甚至在戰況慘烈之際直接介入越戰。雖然美國破壞日內瓦協議且有意的干預南越、北越的統一，造成越南內部政權不斷的輪替，更藉由「東京灣事件」擴大侵略，終究不敵越南人民爭取「反帝」戰爭的信心。[160]

在諸多優劣立判的分析後，《水牛》提出「統一」的號召，向臺灣島內提出呼籲，儼然策劃一條最終的路徑。創刊號的〈楊振寧・歪曲宣傳・良心〉點出對新中國的認識不足，來自於「第一、資料來源有問題；第二、功夫沒有下到；第三、太過主觀。」[161]基於反共原

---

[159] 參見無撰著者：〈中華人民共和國政府聲明：強烈譴責美擴大侵越戰爭〉，《水牛》第9期（1972年6月），頁2-3。

[160] 參見無撰著者：〈越南：今日・昨日・明日（一）〉，《水牛》第10期（1972年7月），頁6-12；〈越南：今日・昨日・明日（二）〉，《水牛》第11期（1972年8月），頁4-6；〈越南：今日・昨日・明日（三）〉，《水牛》第12期（1972年9月），頁3-9。

[161] 〈楊振寧・歪曲宣傳・良心〉，《水牛》第1期（1971年10月），頁1。

則,臺灣、美國的報導自然有所偏頗,造成臺灣人民無知排華、政府有意反華,美國新聞界即擔綱反華宣傳員的角色。同期〈朝鮮南北方聯合聲明給我們的啟示〉一文,基於「民族」的立場,朝鮮人民掀起自主和平統一祖國的熱潮,試圖結束分裂廿七年的對立狀態,文末期許臺灣與中國應追隨統一的路線。[162]第四期〈為中國統一而奮鬥〉從釣運談起愛國保土的自覺,只要解決兩大問題——美國對臺灣的軍事控制的國際陰謀、臺灣內部統治集團在美帝保護傘下的高壓剝削,便能促成中國統一,且海外僑胞更是責無旁貸;[163]同期載有〈美東中國統一討論會紀實〉,公告翌年二月訴求中國統一的遊行活動,透過留學生轉述新中國的繁盛,臺灣與中國的問題絕對不容外國的干涉;[164]進一步呼籲學用簡體字以促進中國統一:「既然中國文化的主要繼承人——大陸上幾億新知識青年——使用的是簡體字,而海外華僑的文化又必須仰賴國內的文化而獲得豐富,我們就必須捨棄成見,立即學習簡體字。」[165]

第六期刊載的〈臺灣同胞的願望〉及〈紀念二二八並論臺灣獨立運動〉都表明了對中國統一的期盼,前者同時發表於一九七一年底的紐約中國統一討論會上,藉由痛責蔣氏政權導致的社會腐化——半封建、半殖民、半資本主義的社會,對比中國發展為初步繁榮的進步社會,依序從臺灣農民、工人或婦女,甚而全體人民等身分及立場,自經濟的角度剖析利弊關係,期盼中國統一;[166]後者借二二八事件廿五

---

162 參見無撰著者:〈朝鮮南北方聯合聲明給我們的啟示〉,《水牛》第1期(1971年10月),頁12-13。
163 參見無撰著者:〈為中國統一而奮鬥〉,《水牛》第4期(1972年1月),頁2-4。
164 參見無撰著者:〈美東中國統一討論會紀實〉,《水牛》第4期(1972年1月),頁14-15。
165 無撰著者:〈促進中國統一——學用簡體字〉,《水牛》第5期(1972年2月),頁2-3。
166 參見陳恒次:〈臺灣同胞的願望〉,《水牛》第5期(1972年2月),頁10-15。

週年紀念日評論臺獨分子不夠掌握客觀形勢,立足在反蔣、恐共及強烈的地方主義色彩之下,身為社會主義革命派的臺獨派必須撤除主觀情感的偏執,攜手與中國同胞合作,促成中國的統一陣線,[167]至此《水牛》展現了亟欲說服臺獨分子轉向統一路線的企圖心。

攸關「統一」的議題,尚有第十三期〈中、日聯合聲明與中國和平統一〉、第十九期〈有關和平統一中國的最近發展〉及第廿三期〈臺北最近對和談的反應〉等篇章,不約而同從國際形勢的角度切入中國統一的必然趨勢。〈中、日聯合聲明與中國和平統一〉一文從一九七二年九月的中、日政府建交談起,肯定日本長久以來的反華態度,並提出中國政府的復交三原則:中華人民共和國的唯一合法性、臺灣為中國領土一部分、廢棄日臺條約,將有效促進中國統一;[168]〈有關和平統一中國的最近發展〉強化了中、美建交後的默契,削弱了臺灣作為唯一政權的可能性,無論香港、新加坡、日本、西德或美國的媒體,都闡釋了蔣氏政權式微的趨勢;[169]〈臺北最近對和談的反應〉剖析了國府內部可能產生的矛盾心態,從臺、蘇合作的可能性到不與毛、俄接觸,貫徹復國及建國的信心,顯然的國府內部方向在面對國際情勢丕變的當下已經有所離齟、動搖。[170]在此,面對逐步艱難的國際關係,《水牛》強調「統一」是必然的路向。

《水牛》先展現了中國文革後的進化及發展,闡揚文革的階段性標誌;其次揭露臺灣內部階級資源不均、資本主義剝削下的不公不

---

167 參見無撰著者:〈紀念二二八並論臺灣獨立運動〉,《水牛》第6期(1972年3月),頁16-18。

168 參見無撰著者:〈中、日聯合聲明與中國和平統一〉,《水牛》第13期(1972年10月),頁7-8。

169 參見無撰著者:〈有關和平統一中國的最近發展〉,《水牛》第19期(1973年4月),頁4、17。

170 參見無撰著者:〈臺北最近對和談的反應〉,《水牛》第23期(1973年8月),頁2-4。

義;再者譴責美國以帝國主義之姿干涉越南問題所導致的反越戰,唯有社會主義得以救贖種種的失衡現況;最終以「統一」作為呼籲口號,從國內、外局勢分析,儼然成為保釣世代中左翼陣線的行動指南,自始至終圍繞著「社會主義」所框架的理想,營造出「統一」為志業的口號、步驟及目標,同時也展現了保釣世代中的左翼陣線的焦慮與擔憂,想望著中國文革後的繁榮、吶喊著統一的口號,追尋著臺灣進步的可能性。

二 溫和妥協:搖擺在官方立場及革新意志之間的《自由人》

《自由人》表現了處在異國的留學生面臨的是釣運分裂後左翼陣營的攻訐,加上國府勢力的介入,可以見到刊物圍繞「反共」的主軸,卻又不時見到積極且正向的改革口號。一樣是「革新」,卻與《大學雜誌》親眼目睹臺灣內部的改革屢遭阻礙的情況大相逕庭,從海外的視角懷抱著樂觀的心態想見臺灣革新的可能性,可想而知《自由人》的呼籲溫和、口號充滿希望,展現了同一時代裡位置環境不同、立場不同卻想見臺灣進步的初衷。

《自由人》可視為國府支持的海外留學生刊物,主調是透過反共大業以捍衛國府在海外的支持度。即便如此,《自由人》其實也展現了右翼的保釣世代對於「革新」的渴望,追逐「理想」的寄託。顯而易見的是:《自由人》除了大力的攻訐「共產主義」之外,仍將改革的矛頭轉向臺灣內部,尤其著墨於臺灣內部民意代表選舉的新陳代謝、經濟產業的改革目標,不難看出《自由人》雖受限於國府資源卻力求改革的寄望。《自由人》呈現了國府資源挹注下的保釣世代的心靈路線,一邊搖著反共的旗幟,一邊身處異國冀望臺灣內部的革新,

必須謹守著國府的期待，又不能違背內心期待革新的意志。

　　一九七一年底中共在聯合國大會上取得席次，象徵著國府在國際外交的失利，《自由人》除了堅守反共的立場之外，隨即呼籲臺灣內部的革新。第二期〈聲援臺灣的大學生〉疾呼建設的力量、革新的推動必須源自於臺灣內部，從「自強運動」到「向社會進軍」的口號都展現了外交失利後的決心，文末歸結：「臺灣的大學生們在改革社會風氣上面走在最前線，我們留學生在反共產爭自由上面也該在最前線。」[171]行文在改革的聲浪中仍不忘反共志業，契合國民黨所寄託的任務；同一期〈聯大表決之後〉除了扼腕於聯合國大會的挫敗之外，也寄託對臺灣內政修正的期待：「臺灣內政的修明是團結人心的重要因素。明年是一個大選年，下自縣市長，上至總統都要重選，希望造成一個新的氣象，蔚成一股新的朝氣，肅清貪官汙吏，免除特權階級，整頓社會風氣。」[172]在此點出臺灣內政的革新首重中央、地方首長及民代的選舉，文末再次強調中國政局的封閉，極集臺灣內政的穩定性。

　　遠在美國的《自由人》同時溫和的展現了對當局的質疑。第三期的〈為中國統一催生〉一文裡，先呼籲「統一」必須奠基在兩個政府的體制下，保有自由及言論權，不應由一黨、一人及一軍獨大，其實已然挾有認同國府為主權的發言；後也對國府施政提出闕疑：「我們也要求決策者說明國代、立監委為何久不改選？總動員法和戒嚴法的施行何時可以終止？報紙的發行何以仍受限制？許多法律為何仍受警備總部而非普通法院處理？肥料的價格為何偏高？為何容許日本貿易鉅額入超？」[173]一樣著墨在民代選舉的新陳代謝，延伸至言論與集會自由，再聚焦在民生經濟及國際貿易上，尤其在釣魚臺事件後重燃對

---

171 紀正斌：〈聲援臺灣的大學生〉，《自由人》第2期（1971年11月），頁2。
172 龍種：〈聯大表決之後〉，《自由人》第2期（1971年11月），頁2
173 一民：〈為中國統一催生〉，《自由人》第3期（1971年12月），頁1-2。

日本的慍怒，實則表現了海外留學生對日本的排斥，同時也飽含著民族主義的熱切。同期〈也談改革〉提出行政機關的改革急迫性更甚於中央民意代表的改選，先是《中央日報》的陳腐迂闊，後是使領館與人民的疏遠，[174]也凸顯出留學生看待官方刊物的不合時宜。

第六期〈臺灣的危機〉細究國府施政的功業與困難：經濟上成長顯著，反攻大陸卻窒礙難行，尤以國際外交局勢更顯棘手，但「最近執政的國民黨舉行三中全會所通過的各項決議，顯現了倡導全面革新的決心，第五次全國大會所通過的憲法臨時條款修正案，對擴大政治基礎凝結海內外人心必有助益，我們寄以殷切的期望。」[175]載文中一樣樂觀地看待國府亟欲改革的決心。同期〈革新的呼聲與反應〉回應了如今未見的第四期內容，即是留學生組織的「反共愛國會議」中提議改選中央民代、擢拔青年才俊及促進人才更迭的建言已受採納，前一項議題仍待國民黨執政革新的氣魄，後一項議題則有陳履安及李鍾桂二人做為青年的楷模，[176]至此可以見到海外留學生對於臺灣內政的癥結點僅停留在外層的人事革新，不見內部其他的問題，直到第九期才有了明確的改革標的。

第九期〈對蔣行政院長的十點希望〉進一步對身為接班人的蔣經國寄予厚望，條列期許政府施政的十個項目，依序是：召開全球性反共救國會議、嚴懲貪污、厲行退休制度、開放報禁、改革稅制、調整軍公教人員待遇、脫離與日本的技術合作、擺脫美國協防、不參與美俄外交的獨立自主政策、並重自然與人文社會教育，[177]溫和的風格逐一點出臺灣既有的社會問題，從外圍的反共救國到內部教育體制、從

---

174 參見昆：〈也談改革〉，《自由人》第3期（1971年12月），頁5。
175 武言：〈臺灣的危機〉，《自由人》第6期（1972年3月），頁2。
176 參見程端：〈革新的呼聲與反應〉，《自由人》第6期（1972年3月），頁7-8。
177 參見無撰著者：〈對蔣行政院長的十點希望〉，《自由人》第9期（1972年6月），頁2-3。

上層官僚體制到下層的言論報刊自由，特別點出了對日本、美國的質疑，可見在聯合國失勢之後，《自由人》雖翼覆在國府的勢力之下，卻也不免流露出海外留學生的擔憂，蔚為保釣世代的另一種切入國是的面向。

緊接著〈我國教育往何處去？〉及〈整飭政風的十大原則〉更貼近臺灣內部概況。在國府重編改組後，〈我國教育往何處去？〉提出了留學盛行造成人才外流的問題、升學主義至上導致疏忽技職體系的專長、重視國外制度的傳授而忽略國內的實質需求，以及過度崇洋媚外所導致缺乏士人氣概；[178]就〈整飭政風的十大原則〉一文實則為蔣經國接棒行政院長後的施政作了佈達，依序為：擯斥排場主義、消除虛耗人力及物力、避免出國考察觀光化、扭轉公務機關的官僚作風、遏阻公教人員鋪張矯飾、整肅官箴、地方首長自重職責、不得變相貪污及提高公務機關的效率。[179]至此不難見到《自由人》的視角不慍不火，將「革新」視為口號式的搖旗吶喊，搭配著刊物裡「反共」主軸的核心，國府「革新」的目標近在眼前。

第十期〈新人，新政，新攻勢〉為蔣經國的執政成效背書，也逐漸嗅到國府對《自由人》的干涉愈甚，文中先讚許蔣經國啟用臺籍人士的改革是「空前的開始」，省主席及臺北市長的易手更顯新內閣改革的決心，對於外交更應善用美國普遍的厭戰心態及對弱者的同情，拆穿中共的野心。[180]第十一期〈臺灣農工問題一夕談〉試圖解套左派陣營對國府經濟政策上的不力，文中透過留學生與任職於經濟部父執輩的對話，回應諸多備受攻訐的勞資不均、階級差異等問題，例如：面對工業成長快速所導致的農民收益低落、農村人口銳減的狀況，政

---

178 參見無撰著者：〈我國教育往何處去？〉，《自由人》第9期（1972年6月），頁4-6。
179 參見無撰著者：〈整飭政風的十大原則〉，《自由人》第9期（1972年6月），頁6。
180 參見僑光：〈新人，新政，新攻勢〉，《自由人》第10期（1972年7月），頁7-8。

府早已積極施行新農業政策、改善農業生產結構、擴大農場經濟規模、推展機械作業，現已見效；現行的「肥料換穀」政策絕非剝削農民，政府採取降低肥料換穀比例跟配售價格，也改進了肥料配銷方式，利於農民資金運用；對於礦場災變頻傳，政府允諾礦工參與礦政、成立「礦場安全衛生委員會」，並推廣礦工保安知識，協調勞資雙方的權益；相較於其他行業，工人每月所得薪資也尚能維持一般生活水準，政府更承諾勞工各項福利制度的建立與施行。[181]相應於前文《水牛》對於臺灣內部所提出的勞工問題、階級差距、資源不均等問題，此文不遺餘力的做出回應，為國府、蔣經國內閣發聲，在此可見《自由人》的立場、保釣世代中除了左傾之外的另一種聲音——臺灣正在進化、國府正在改善，外交失利後的臺灣充滿正面能量——既可達到反共效果，又能安撫海外留學生的不安，更試圖迴響至臺灣蔚為風氣。

　　筆者認為：《自由人》的發刊其實表現了傾向國府的保釣世代在政治立場認同上的妥協，同時挾帶著民族主義的鬱恨情懷，更體現了對內部革新的高度期盼。在政治立場上，國府的資源挹注的確影響了編輯方向，《自由人》在國府授予的反共旗幟底下扮演了宣傳佈達左翼的荼毒；在民族主義上，從釣魚臺事件到保釣運動，乃至於釣運中後期的陣營分裂都圍繞在反日的情緒中，直到喪失聯合國席次的事件爆發，等同於喪失國際認同的正統權，因而反美的情緒又迅速高漲，也凸顯出東亞冷戰體制情勢的詭譎；自此矛頭轉向臺灣內部，《自由人》由衷的開展對革新的嚮往：首先藉著中央及地方民代的改選意圖扭轉積累已久的人才停滯，進而帶動政風革新、務除貪腐的風氣；其次對臺灣久被詬病的勞礦工問題、階級差異、貧富不均等現象提出政策性的變革以回應左翼陣營攻訐的弊端叢生，甚至涉及到教育制度、

---

181 參見無撰著者：〈臺灣農工問題一夕談〉，《自由人》第11期（1972年9月），頁1-4。

人才外流等議題，最後還訴求開放臺灣內部的言論、報刊發行，呈現臺灣內部長久遭抑制的輿論自由，這是別於左翼陣營的保釣世代發自內心的嚮往，流露出搖擺在國府指導的路線與自我意志的天平之上。

　　《自由人》勾勒了一幅美好的藍圖，既可以滿足國府賦予的任務，同時平衡了保釣世代中左翼陣營的叫囂，還帶來一個國府即將開展變革的新局面，因此種種的建言、政策、方向及目標，都是希望的種籽。弔詭的是：這群遠赴異國的留學生，都在國府的戒嚴高壓體制下成長，卻對國府的改革寄予厚望，也不免讓人心生質疑，綜觀刊載的內容，不難發現《自由人》呼籲及建言，都是美好的憧憬跟目標，絲毫沒有述及實行的過程及進展，容易流於形式化的口號、漫無邊際的宣傳，但這卻也是國民黨指導《自由人》在美國發行的終極目的。

　　倘若《自由人》從美國的留學生視角繪製了符合國府期盼的藍圖，充滿理想的革新意志卻必須帶著枷鎖舞動；《水牛》則流露出留學生生長在國府體制底下的反抗意志，情緒激昂卻較疏遠於現實層面的考量；《大學雜誌》更洩導了最貼近臺灣內部的改革需求，針針見血卻處處直指核心，七〇年代初期的保釣世代積極的護衛著迥異的立場，卻也都各自營建了一套行動指南以供參照及實踐。

三　針針見血：《大學雜誌》的具體主張及實踐目標

　　相較於《自由人》遠在異國的鞭長莫及，身處臺灣的《大學雜誌》近距離的指陳臺灣內部在釣運之後、外交失利後的方向，一併提出改革的契機及內政遵循的準則，這群以刊物為軸心的保釣世代所提出的建言具體、實際且一針見血。雖然《大學雜誌》前期（1968.1-1970.12）刊載的內容多以文化、藝術及思想議題見長，實已逐漸顯露保釣世代成形前的思想；直至一九七一年一月編輯改組後，一度與

國民黨關係融洽，也曾接受過國民黨的經費贊助與補助，卻也因為改組後的內容轉向於批評時政、諫言民生而種下了扞格的種子，這也正是保釣世代展現在「革新保臺」上的具體實踐。

在此必須說明兩點背景成因：首先，一樣是接受國府經費的資助，《自由人》成功的扮演了國府海外宣傳的刊物，卻也流露出保釣世代的關懷；《大學雜誌》也因為經費不足而接受過國府的補助，這段與國府關係融洽的時期，正是蔣經國借力使力、展現接班人態勢的階段，卻在一九七一年十月〈國是諍言〉及〈中央民意代表的改選問題——兼評周道濟先生的方案〉二文刊載之後，正式開展了刊物編輯群與國民黨的齟齬，也加速了《大學雜誌》有別於《自由人》的溫和路線。再者，「釣魚臺事件」也成為《大學雜誌》與國民黨先親密融洽、後疏離摩擦的樞紐：「釣魚臺事件」帶來了《大學雜誌》「革新保臺」的動機，同時契合於蔣經國初時上任的新人政治路線，卻也因為釣魚臺事件後所帶來的外交失利，在《大學雜誌》轉向指陳內政弊端的當下，萌生彼此原來意圖合作的裂痕。

釣運之後，《大學雜誌》對於革新的期許明顯的轉向臺灣內部，也為民代改選議題埋下伏筆。陳鼓應在刊物編輯改組後的第三十七期〈容忍與了解〉即提出建議，除了建議正常程序的社會正義之外，也要充實學校訓導工作者的教育心理知識，更由政府積極培養青年人對於國事的參與感；[182]同期〈給 蔣經國先生的信〉對時任行政院長的蔣經國寄予厚望，提出：多接觸想講真心話的人、提供一個說話的場所、若有青年人被列入「安全記錄」而影響到他的工作或出國時，請給予申辯和解釋的機會三大建議。[183]在此可見「言論自由」成為《大

---

182 參見陳鼓應：〈容忍與了解〉，《大學雜誌》第37期（1971年1月），頁6-7。
183 參見劉福增、陳鼓應、張紹文：〈給 蔣經國先生的信〉，《大學雜誌》第37期（1971年1月），頁17。

學雜誌》認為變革的第一步，也成為其他更多元、更尖銳的議題的前導先鋒，隨後更圍繞在諸多改革面向的主題，範圍遍及民主政治、民生經濟及社會治安等層面。

首先，此階段的《大學雜誌》提出改革的當務之急，便是民意代表改選的必要。當一九七〇年十月聯合國會議裡中國取代了中華民國的席次，《大學雜誌》興起了一股改選萬年民代的風氣，隨後更蔓延至後來的臺北市議員選舉及反對黨議題的議題。第四十六期的〈國是諍言〉及〈中央民意代表的改選問題——兼評周道濟先生的方案〉衝擊了國民黨建立的威權體制。前者由十五位作者署名，涵蓋的範疇廣泛，主題有四，依序為：訴求治理階層必須革新，必須變動二十年來所維持的老大而終身化的高民意代表群；講究富民的經濟建設，從國防及外交節流，並重視行政機構的制度建立；建立正確的法治觀念，講究司法獨立、並行監察與諫察功能；開放多元價值的社會，反對思想的一致性、威權及八股教育，同時開放學術自由及大陸研究。[184]

後者由陳少廷撰文，主要回應周道濟發表於《東方日報》的〈我國中央民意代表的新陳代謝問題〉，文章開宗明義即指出「政治革新」的口號早已淪為「文學政治」，中央民意代表改選勢在必行，提出行政革新不等於政治革新，且中央民意代表早已失去「代表性」、脫離民意，這樣的論點也直陳上層政治結構的僵化，業已成為社會進步的窒礙，在法統上也必須突破舊有的窠臼。陳少廷認為周道濟也忽略了民主憲政的意義，先是中央民意代表必須產自民間，由人民直接選舉，若由國大代表代替人民選舉議員，名不正且言不順；其次由省市議員兼任國大代表，更是制度上的缺陷；再者若再由舊的民代選舉新的民代、由總統提名的國大代表選舉總統，在法理上更是不通；最

---

184 參見張景涵等十五人：〈國是諍言〉，《大學雜誌》第46期（1971年10月），頁1-10。

後若保障退休後的中央民代享有原來待遇,更是罔顧臺灣農工的經濟民生。[185]次期陳少廷再轉載原刊於《臺灣時報》的〈贏得民心比贏得選舉重要——對國民黨辦理地方選舉提名的五點建議〉一文,文中分別提出:德性比黨性重要、優先起用當地人才、經濟與群眾基礎次之、絕對避免一人競選、農工省議員應增加及力求革新地方選舉等五大建議,[186]至此顯見《大學雜誌》視中央或地方民代選舉為臺灣變革的第一要素。

　　第四十九期適逢《大學雜誌》四週年,元旦國是專文〈國是九論〉由十九位作者選擇當前臺灣必須面對且革新的議題,這九篇文章不約而同都指向臺灣內政的不足。〈論保障基本人權〉一文,呼籲言論自由、除去特務及非法偵訊,並維持司法公正且公布審判案件;[187]〈論人事與制度〉深論制訂及實行政策的文官制度,即是立即代謝名實不符國策顧問、資政及黨務顧問,拒絕退休性的酬庸機關,且執行政策也需仰賴文官制度的建立,適當的獎懲制度遠勝於空喊口號;[188]〈論生存外交〉乍看之下著重國際情勢的盱衡,文章中也訴求「重點外交」與「賺錢外交」,除了坦承美國對華政策掌握於少數人手中,臺灣必須掌握這批左傾卻尚未放棄臺灣的決策者,再提到臺灣外交人才換血更迭的必要性,更要捨棄「賠錢外交」的策略,改以國際貿易提高海外市場的外交勢力;[189]〈論經濟發展方向〉回顧臺灣內部在國際

---

185 參見陳少廷:〈中央民意代表的改選問題——兼評周道濟先生的方案〉,《大學雜誌》第46期(1971年10月),頁13-16。

186 參見陳少廷:〈贏得民心比贏得選舉重要——對國民黨辦理地方選舉提名的五點建議〉,《大學雜誌》第48期(1971年12月),頁23-24。

187 參見陳鼓應:〈論保障基本人權〉,《大學雜誌》第49期(1972年1月),頁8-10。

188 參見張景涵、許仁真:〈論人事與制度〉,《大學雜誌》第49期(1972年1月),頁11-14。

189 參見張景涵:〈論人事與制度〉,《大學雜誌》第49期(1972年1月),頁15-17。

變局下的經濟問題，指出不應再依循六〇年代以「輸出」為導向的策略，而應以住宅產業因應都市化的進展、開發耐久消費品產業可成為新的輸出品、開發重化工業以期改善七〇年代後期的經濟結構。[190]

經濟層面緊接著聚焦在農業發展上，〈論農業與農民〉，隨著經濟結構的變化，改善農民產銷制度必須透過強化農會組織、提供農情預測資料、為農業帶來現代化的領導者、積極地發展農民福利，並提供農業專責的就醫場所及保險，必能裨益同時進展的工業化且現代化的社會；[191]時屆各國都以福利政策為施政重心，〈論社會福利〉亦全面性檢視臺灣內部的福利制度，除了各級機關寬列社會福利經費、積極辦理失業保險、以消滅貧窮代替消極的救濟措施，再行建立社會服務義務，才能同時均衡地推進經濟發展；[192]在教育上有〈論教育革新〉倡導行政部門年輕化、考試方式訴求各級學校的入學選擇權、改善教師福利、更新課程及教材，輔以私校經營及評鑑方式的改良，目標在於進展臺灣教育及人才培育；[193]就政治層面，〈論地方政治〉針砭臺灣已形成地方自治的形式，尚無普遍培養人民的自治能力及責任感，也提出具體的實踐方式，接著提出地方財稅自主權的侷限性有礙地方建設，也必須在地方政治和地方黨派之間取得平衡，更應設置地方政治的學術研究單位；[194]最終〈論「青年與政治」〉分析臺灣與美國、日本與中國之間的矛盾糾葛，能振興臺灣的唯有青年政治力的表現，只是青年思想分歧，無論認同政府立場、左傾意識、西化的民族主義、失落的旁觀者或臺獨傾向者，都一致要求國家尊嚴、人權保障、

---

190 參見林鍾雄：〈論經濟發展方向〉，《大學雜誌》第49期（1972年1月），頁18-20。
191 參見蔡宏進：〈論農業與農民〉，《大學雜誌》第49期（1972年1月），頁21-24。
192 參見白秀雄、包青天：〈論社會福利〉，《大學雜誌》第49期（1972年1月），頁25-28。
193 參見呂俊甫：〈論教育革新〉，《大學雜誌》第49期（1972年1月），頁29-30。
194 參見陳陽德：〈論地方政治〉，《大學雜誌》第49期（1972年1月），頁31-35。

政治公平及社會正義，進而要求政府改革以期合流於民意，維護人權且保留歷史與文化的意義，再求透過學生參與國是及開放校園活動以消弭政府和青年之間的距離，更求培養並舉用青年政治人才，並維持考核公正、學生自治的可能性，方能提高青年的意見參與、社會參與及政治參與的認同感。[195]

〈國是九論〉全面性地概括了《大學雜誌》對於臺灣內政的理想目標，顯示出這群保釣世代面臨國際外交挫折後頻頻回顧、自省的能力。雖然論者韋政通認為〈國是九論〉的議題僅是〈國是諍言〉的重複，筆調也不若前次凶悍，從十九人各自署名更以揣測了《大學雜誌》當時的內、外壓力；[196]吳泰豪的碩士論文也從中提到「各自署名」此舉動象徵《大學雜誌》切割了知識分子的整體性，[197]但筆者認為：〈國是九論〉雖是〈國是諍言〉的延伸，筆調也趨近緩和，卻在每一篇的論述中都能借鏡國外西方政治的長處，諸如英國《大憲章》、美國〈獨立宣言〉、西方國家的文官制度及社會福利制度，客觀地分析臺灣在國際間的優、劣勢，足見這群保釣世代的視野更為遼闊，六〇年代取法歐美的養分派上用場，就發言的面向亦表現了集體的焦慮及不安，因此不免質疑現有制度的不合理，在此較之《水牛》或《自由人》具體且深入，也唯有深植臺灣的《大學雜誌》才能親眼見證臺灣政治制度、民生經濟或社會正義的盲點，三份刊物在「見」與「不見」、「說」與「不說」之間，已然呈顯其立場。至於各自署名的〈國是九論〉，筆者認為除了以示負責之外，尚須回溯至不同作者

---

195 參見王漢興、陳華強：〈論「青年與政治」〉，《大學雜誌》第49期（1972年1月），頁36-44。

196 參見韋政通：〈三十多年來知識分子追求自由民主的歷程──從《自由中國》、《文星》、《大學雜誌》到黨外的民主運動〉，收錄於《臺灣地區社會變千與文化發展》（臺北市：中國論壇，1985年），頁368。

197 參見吳泰豪：〈《大學雜誌》政治主張之研究──以1971至1973年為中心〉，頁60。

的專業能力與關注面向,既以《大學雜誌》成為刊載的場域,又根據張俊宏回憶此時期的雜誌社務委員亦從初期的五十七名增至一〇二名,範圍囊括國內、外專家學者,[198]且〈國是九論〉作者多數擔任雜誌的社務委員,更顯〈國是九論〉與《大學雜誌》的關係緊密。

自此,《大學雜誌》與國民黨的關係出現摩擦,同期陳鼓應的〈開放學生運動〉,以及刊於《中央日報》的〈一個小市民的心聲〉的回應,隨之《大學雜誌》連載六天的專欄——「小市民的心聲」的討論專欄,展現了《大學雜誌》與保守勢力的抗衡,也開啟了《大學雜誌》飽受國府高壓箝制的先聲,此事件已有研究爬梳事件的始末,筆者不再贅述,在此可以見到的是此階段的《大學雜誌》在釣運後蛻變的過程,稍早六〇年代蔓延的西風正是這群保釣世代的養分,跳脫封閉與框架之後:「釣魚臺事件」成為了「準保釣世代」蛻變為「保釣世代」的關鍵、「保釣運動」的告終蔚為《大學雜誌》趨向「革新保臺」的路向、喪失聯合國席次促使了《大學雜誌》展現了保釣世代非左傾、非官方的問政風範,逐一提出可行又具體的目標、亟欲表現理想臺灣的藍圖。

既以「保釣世代」成為蕭阿勤所定義的「回歸現實世代」之中的「世代單位」,由三份刊物的發刊路線恰好代表了「保釣世代」這個世代單位裡多數的組成元素:《自由人》背負的是國府賦予的反共任務,同時布達國府的正面形象,對國府更懷抱著革新的憧憬;《水牛》幫左翼陣營開啟一扇想像新中國的窗牖,闡釋著社會主義的合理性,以重新建立烏托邦為目標的想像;《大學雜誌》的「革新保臺」路線奠基在臺灣內政的優劣基礎上,在與國府先合流後齟齬的關係中步步為營。這三份刊物無論在挪用五四遺緒的方式,或是重現知識青

---

198 張俊宏:〈《大學雜誌》諫諍國是〉,《我的沈思與奮鬥》(臺北市:高山彩色印書公司,2001年),頁30-39。

年對於七○年代初期臺灣內部的變革方向都有不同的立場及見解,其實也再現了當時保釣世代迥異的政治意識和社會關懷。筆者想表達的是:當「保釣世代」的世代單位先行形成,隨後其中的單位元素產生質變,形成了迥異路線的三大類群,當然這三大類群或許不能代表所有保釣世代組成的全面性,但這三大類群的路向也的確豐富了保釣世代的群體認同、凝聚了保釣世代的集體意識,即便三者間有所出入,但著眼於臺灣的進化無疑是同一路向,彼此之間互為表裡也相輔相成,逐漸定型了保釣世代多元的面貌。或者可以換個角度詮釋,與其說「保釣運動」成為了七○年代臺灣內政變革的契機,毋寧說「保釣世代」成形且質變後或直接、或間接地成為臺灣內政變革的契機。

第四節　文化的競逐:保釣世代的文藝思想及主張

透過這三份釣運刊物依序勾勒出「保釣世代」成形後的三大類群所趨向的目標,無論是《水牛》的左翼傾向、《自由人》的趨官方立場,或是《大學雜誌》的革新保臺路線,從對「五四運動」的詮釋、解讀、挪用或避諱,再到對於臺灣內部變革的趨勢、方向及建議,都呈現了三大類群構成保釣世代的交纏與複雜,愈顯保釣世代的多元繁複。分析這三份釣運刊物對於思想、文化及文藝的解釋權,重現立場不同的刊物所刊載的文化思想議題、文藝作品及作家動態,得以幫助我們釐清「保釣世代」成為「回歸現實世代」中的「世代單位」時,其中的糾葛與拉扯。筆者關注的是:迥異的刊物如何挑選不同的文化現象、文藝作品及作家動態作為介紹?這樣的三份刊物在立基點相異、論辯又競逐的階段,運用了何種觀點來解釋文化、文藝的理想路徑?以及各自掌握了觀點分歧的詮釋權之後,又可以讓「保釣世代」這個世代單位裡的組成成分,激發出更強烈的火花,進而更凸顯「保

釣世代」的世代單位特質？下文在解釋刊物內的作家及作品時，筆者先回溯他們各自在文學史的位置，期望突出各個刊物之所以選擇作家、作品或譯介的原因與意涵。

一　聞者足以戒：《自由人》中藉左批左的文藝攻勢

奠基於國府的立場，《自由人》身負著反共的旗幟作為包裝，前文已介紹了《自由人》避諱五四運動的方式，自然有其背後的政治因素；另外也已爬梳《自由人》對於「革新」的立場與隱憂，都凸顯了「保釣世代」身為「世代單位」之一的複雜性。本節欲討論《自由人》中的文藝現象及策略，在此想探討的是：一個明顯擁有官方立場的刊物，是透過什麼樣的論述貶斥左翼陣營？採用什麼樣的作家及稿件作為攻訐左翼陣營的手段？這樣的方式背後又基於什麼樣的思維和目的？

《自由人》多數篇章都以攻訐左翼、共產陣營為立場，同時向內部讀者宣達國府施政的藍圖，當然其中也夾雜著知識分子對於改革的期盼，關於文藝動向、文化建設及作家近況介紹篇幅不多，明顯體現了刊物的官方文化論述建構屬性。第九期〈馬思聰將舉行小提琴演奏會〉的宣傳啟事中，內文刊載小提琴家的演出時間及地點，並載明「這次演奏會聞由美東地區中國同學反共愛國聯盟主辦，入場券在華埠各書局預售。」[199]這則宣傳資訊連帶暗示：保釣世代中的反共愛國聯盟組織支持文藝活動的不遺餘力；而「反共愛國聯盟」即是國府資助在海外對抗左翼陣營的留學生組織以凝聚留學生的勢力為目的。

第十期〈美國舞蹈界對「紅色娘子軍」的評價〉藉由美國舞蹈評

---

199 無撰著者：〈馬思聰將舉行小提琴演奏會〉，《自由人》第9期（1972年6月），頁8。

論家珍貝蒂‧路薏絲（Jean Betty Lewis）的評價，否定了中國《紅色娘子軍》的芭蕾舞劇的價值，指其為政治舞蹈、轟炸式宣傳、沒有性格、國術加舞蹈的大雜燴、不中不西、超出舞蹈常規之外、動作重複太多等，在文化及藝術上的失當，這都得歸咎於「不入流的電影名人「江青同志」。該文同時回溯了三〇年代「紅色娘子軍」真有其事的組成及班底，若就劇情而論更是硬拼湊起來的、歪取史實，即便鼓吹革命、男女平等的觀念，仍因為過於樣板而不被西方藝術界接受，淪為笑柄，文中甚至呼籲中共舞蹈家能效法蘇聯的舞蹈明星逃出鐵幕、投奔自由。[200]當文藝領域橫跨到舞蹈界，《自由人》點出了由西方興起的芭蕾舞蹈延伸到中國後的荒腔走板，舞蹈技巧單調刻板，失去融會的美感，劇情上也為了達到宣傳之效而罔顧史實，讓西方的舞蹈界視《紅色娘子軍》為不倫不類的樣板戲。在此指出了中國文藝的公式化，不僅是演劇，還擴展到舞蹈，甚至意圖竄改歷史，此文讓《自由人》抓到了中國文藝界的生硬與呆板，更完成了國民黨交予《自由人》的宣傳任務。

　　對於文藝策略、作家現象探究得最深入的莫過於第十二期的〈丁玲到那裡去了？〉，筆者認為此文藉著左翼作家的處境維艱，反映了左翼文壇的詭譎，乃至於呈現了中國實行社會主義後的嶙劣不齊，堪稱藉左反左、批左最有力的篇章，實則也間接表現出臺灣文壇對於五四女作家的接受度、別於中國政治丕變的文壇風氣。甚者，筆者想追問的是：何以〈丁玲到那裡去了？〉一文特以丁玲作為討論對象，而非以冰心、馮沅君或廬隱等五四女作家為對象？耐人尋味的選擇及討論，也隱含著《自由人》立基於親國府立場的文藝策略，讓左翼作家成為批鬥左翼陣營最直接的途徑。

---

200 參見傅萍：〈美國舞蹈界對「紅色娘子軍」的評價〉，《自由人》第10期（1972年7月），頁5-6。

首先回到文學史對「丁玲」作品的詮釋。文學史評述二〇年代初期的丁玲處女作《夢珂》，被視為承續了五四浪漫抒情小說的傳統、《莎菲女士的日記》中的女主人公莎菲成為了五四以後解放的青年女子在性愛上的矛盾心理的代表者，是歷經五四主義思想洗禮的覺醒青年在時代低壓下陷入徬徨狀態的真實寫照；直到二〇年代末，集體主義的革命主題取代了個性主義的寫作內容，體現了從文學革命到革命文學的轉性。隨之《韋護》試圖表現革命者對個性主義與集體主義的超越，卻因急遽左傾而有失其藝術性，直到短篇小說《水》的問世，才算脫離稍前「革命加戀愛」的寫作公式，備受左翼理論家的推崇，同時也呈現了三〇年代左翼文學的發展情況。稍後《母親》、《我在霞村的時候》與《在醫院中》，依序從社會革命的角度展示著時代變革與階級鬥爭、從思想革命的角度注視著反封建意義；[201]四〇年代後期《太陽照在桑乾河上》的創作構想、情節發展及人物設置都遵循著農村土地改革與階級鬥爭的理論、政策進行鋪敘，刻畫人性尤為深刻，[202]被稱作：「真實生動地描繪了農村尖銳複雜的階級矛盾，揭示出各個階級不同的精神狀態，並且展現了中國農民在共產黨領導下已經踏上的光明大道。」[203]就文本表現而言，丁玲的小說展現了二〇到四〇年代中國現代文學演化的進程。[204]

---

201 參見朱棟霖、朱曉進、龍泉明主編：〈第八章　30年代小說（一）〉，《中國現代文學史1917-2000（上）》（北京市：北京大學出版社，2007年），頁153-157。

202 參見朱棟霖、朱曉進、龍泉明主編：〈第十九章　40年代小說（三）〉，《中國現代文學史1917-2000（上）》，頁308。

203 唐弢主編：〈第十三章　抗日和解放戰爭時期的文學創作（二）〉，《中國現代文學史簡編（增訂版）》（上海市：復旦大學出版社，2008年），頁332。

204 整體而言，攸關丁玲的研究多從其創作的變革入手，從個性主義到革命理想的變化，具體而微地呈現了丁玲個人際遇與創作生涯的扣合。可參見羅久蓉：〈近代中國女性自傳書寫中的愛情、婚姻與政治〉，《近代中國婦女史研究》（2007年12月），頁77-140；郝譽翔：〈現代小說的返「鄉」之路——從1930年前後的上海再出

再者，關注到丁玲個人的際遇上，從前期感染五四的個性主義的女性情愛，到後期投身左翼文學的創作，種種變化都維繫於她個人的身世及遭遇。一般而言，三〇年代是丁玲創作的分界點，如同夏志清所言：「丁玲開始寫作的時候是一個忠於自己的作家，而不是一個狂熱的宣傳家。」[205]意即丁玲隨著加入左翼文學的寫作陣營後，成為一個狂熱的宣傳家，其中的轉捩點就在胡也頻被國民黨逮捕、遇難後，丁玲便正式投入左翼文學的創作陣營，除了加入左聯、擔任左聯黨團書記，更主編左聯刊物《北斗》，成為左翼文學的主力；一九三三年被國民黨逮捕並軟禁，直到一九三六年抵達陝北，組織中國文藝協會並擔任主席，備受毛澤東認可，先後任職中央警衛政治處副主任、中央文學研究所所長、中宣部文藝處長、《人民日報》主編、中國作家協會副主席、第六屆全國政協常委、全國婦聯理事長等職位；五〇年代至七〇年代末的丁玲飽受批判，除了有《解放日報》中的〈三八節有感〉、俞平伯的《紅樓夢研究》等事件之外，反右運動更迫使丁玲受到開除黨籍的處分，被迫在作家大樓擦地板、下放置北大荒勞改，甚至文革後飽受牢獄之災；[206]直到一九七九年復出後，重返文壇擔任作協副主席，宣稱「作家是政治化了的人」，並高舉「政治正確」的旗幟。[207]浮沉於中國文壇的丁玲，在《自由人》中成為宣導政策的負

發〉，《成大中文學報》第22期（2008年10月），頁95-119、蘇敏逸：〈「個性主義」與「革命理想」的辯證發展——丁玲小說創作發展歷程及其特色〉，《成大中文學報》第23期（2008年12月），頁157-194；蘇敏逸：〈從啟蒙走向革命——論二〇年代至三〇年代初期胡也頻與丁玲的小說創作〉，《淡江中文學報》第22期（2010年6月），頁67-103。

205 夏志清：〈第十一章 第一個階段的共產小說〉，《中國現代小說史》（臺北市：傳記文學，1985年），頁280。

206 參見楊昌年：〈不屈不撓話丁玲〉，《歷史月刊》第172期（2002年5月），頁117-122。

207 參見羅久蓉：〈近代中國女性自傳書寫中的愛情、婚姻與政治〉，《近代中國婦女史研究》（2007年12月），頁119。

面人物，無形中也展現了國府藉由《自由人》在海外留學生陣營裡對抗、攻訐左翼陣營的策略。

《自由人》第十二期中的〈丁玲到那裡去了？〉一文中，先揚後抑的筆觸影射了左翼文壇的動盪不安與爭鬥性質。文中先是類比丁玲與冰心同樣身為享譽文壇的女作家，但二者風格迥異，相較於同時期謝冰瑩的《女兵自傳》或淦女士（馮沅君）短篇小說的後繼無力，丁玲承繼冰心的地位當之無愧；接著細數冰心的成名、交遊及際遇，除了林語堂欣賞丁玲的才華之外，也記錄著丁玲周旋在胡也頻及沈從文之間的情誼。隨後，概述丁玲回到延安後的起落，即便受到一九四二年文藝整肅的批判，卻重新回到文壇且握有實權，與周揚的明爭暗鬥廣為人知。直到作協冠上「反革命」的頭銜，雖然期間情勢逆轉，但作協開了廿七次會議，終究以開除黨籍作為懲罰。文末感慨：「筆者見到好幾位從大陸逃出來的教授和講師，他們曾在北大荒勞改，全說在那兒見到過丁玲，這是一九六〇的事。現在又十二年了，她是否還在冰天雪地裏忍著那口氣頑強地掙扎？」[208]筆者認為，這樣一篇看似簡介左翼作家丁玲的一生，實則蘊含了耐人尋味的端緒。

先就篇章中對五四女作家群的評介即流露出對丁玲早期文風的認同，無論冰心的清麗俊雅、謝冰瑩的豪氣引人注目、淦女士（馮沅君）的題材掙脫束縛且勇敢熱戀，以及丁玲直率潑辣的筆觸，都顯示了濡染五四風潮以降的多元風格，突出女作家別於以往的匠心獨運，在此藉著林語堂的稱許間接地埋下對丁玲投身左翼文壇的惋惜，意即趨向左翼文學後的創作已然乏味，唯文章中隻字不提何以丁玲投身左翼陣營的原因，也避重就輕地略述丁玲被國民黨俘虜的過程。再者，文中特別強調三次丁玲受到左翼陣營批鬥的下場：一九四二年文藝整

---

208 趙聰：〈丁玲到那裡去了？〉，《自由人》第12期（1972年），頁11。

肅、一九五四年作協鬥爭、一九五七年反右整肅等,加上與周揚的明爭暗鬥肇使丁玲失勢,重現丁玲投奔左翼後終其一生的動盪奔波。最後,重申好幾位從大陸逃出來的教授和講師的見聞,除了凸出丁玲的悲慘遭遇,其實也強化了中國與臺灣的自由差異。

另外,筆者認為《自由人》在此激化丁玲投身左翼後的遭遇,必然有其策略性。其一藉著左翼作家丁玲的終其一生的際遇,縮影了左翼文壇,同時貶斥了左翼陣營文壇的不穩定、不自由及善鬥爭的性格,即便深獲毛澤東青睞、獲頒斯大林二等文藝獎的丁玲都可能淪落批鬥、勞改的下場,挾帶著濃厚的嚇阻、警惕意味;其二藉著丁玲創作前、後期的迥異,凸顯出從直率潑辣、大膽地抒寫變態心理的筆觸且深受林語堂讚許的文風,一轉成為服膺於社會主義的政治作家,全力著墨於土改、勞改的單調題材,也隱現著國府體制對於文藝範疇的相對多元與寬容;其三,當左傾的海外留學生逐漸醉心於左翼文學之際,《自由人》採取藉左反左、批左的策略,重新爬梳左翼陣營曾經備受矚目的作家經歷,試圖力挽狂瀾海外留學生逐漸左傾的趨勢,尤其在防止安娜堡國是會議後五位左翼領袖留學生訪問中國兩個月後,大力鼓吹中國施行社會主義後的進步方面,[209]愈顯其對策。

一如前文所述,《自由人》由國府挹注資源,目的在抗拒於左翼陣營的勢力,試圖遏止海外留學生左傾的趨勢,但刊物的稿件裡不時見到保釣世代對於臺灣革新的渴望。延伸到文藝或文化的建設方面,除了藉左批左的文藝政略以外,還可嗅到《自由人》裡保釣世代亟欲修正文藝、教育、學術及言論自由的企圖心。在第九期的〈對蔣行政院長的十點希望〉中,除了呼籲組織「革新委員會」施行各項斧正措

---

[209] 參見邵玉銘:〈第一部　美國華人的保衛釣魚臺運動〉,《保釣風雲路──一九七〇保衛釣魚臺運動知識分子之激情、分裂、抉擇》(臺北市:聯經出版事業公司,2013年),頁82-83。

施之外,其中第四點主張「開放報禁,鼓勵反共愛國人士辦報,保障正當的言論自由,培養健全輿論。」[210]在此可以見到《自由人》中兼顧國府期待與內心渴望的意圖,在反共愛國的口號底下堅持開放報禁,目的在保障言論自由及健全言論,在戒嚴以降的國府體制下,保釣世代順勢搭著蔣經國新人政治的作為才能表現出知識分子對於開放報禁、言論自由、輿論自由的想望。

　　同期的〈我國教育往何處去?〉一文省思了六〇年代留學潮所導致「楚材晉用」的現象,如此在精神或物質上不免成為外國的附庸,因此「政府應制定一套全盤的策略,鼓勵真正替中國人服務的學人,鼓勵製作中國化的音樂、藝術、戲劇和影片。」[211]同時鼓勵學術界及青少年回顧並建設臺灣島內的事業及責任才有意義。另外,第十期裡〈談建教合一〉一文中,也述及臺灣文化、文藝的趨勢令人堪憂,先是提到雖然西風東漸的風氣仍盛,但「中華文化」的復甦抑制了全盤西化的論述,無論資本主義或共產主義都只能作為吸收、消化的養分,不應取代中國固有文化,甚而提出:「我們的音樂界、藝術界、文學界,常趕時髦去學些西方不倫不類的新鮮玩意兒。我以為我們的教育文化界,應當端正自己的觀念,從編寫中文教科書、創製純正的中國鄉土音樂,從摒除『外來的和尚會念經』的錯誤觀念做起。」[212]該文強調的是「純正中國性」的文化藝術,從釣魚臺事件、保釣運動到外交紛紛失利,正好呼應國民黨自六〇年代末期所推行的「中華文化復興運動」,適逢抗拒此時中國如火如荼的「文化大革命」,彰顯臺灣作為中華文化正統性的代表,可見《自由人》在文藝政策的推廣符合於國府政治宣傳的大方向,但透過一群留學海外的保釣世代反省臺

---

210 無撰著者:〈對蔣行政院長的十點希望〉,《自由人》第9期(1972年6月),頁3。
211 無撰著者:〈我國教育往何處去?〉,《自由人》第9期(1972年6月),頁5。
212 無撰著者:〈談建教合一〉,《自由人》第10期(1972年7月),頁5。

灣的西化風潮提出進而「中國化」的反思格外有張力，除了契合於國府的中華文藝復興運動之外，其實也展現了海外的保釣世代亟欲擺脫以往蒼白、無根或晦澀的文藝風格、文化趨勢，也藉此幫外交失利後的臺灣在文藝或文化上找到解套的方法——在此《自由人》中的保釣世代在文藝或文化上重疊於國府賦予的重責大任，即是國府力圖藉由復興中華文化而號召反共，《自由人》卻藉由中國化而試圖重建文藝及文化的路線，也走出了保釣世代中「合而不同」文藝、文化路線，也呈現了其中的糾葛精神。

很明顯的，親國府立場的《自由人》，在文藝策略上透過批判的角度攻訐左翼文學的樣板化、左翼文壇的詭譎，乃至於左翼政局的激盪不安，除了稍早強化中華文藝復興的必要之外，無論是中國文藝的「紅色娘子軍」芭蕾舞劇的演出侷限、缺失，或是把「丁玲」作為作家現象的代表人物，甚至採用「和而不同」的策略展現了保釣世代對文藝、文化發展的焦慮，無非都將「文藝」作為立場相左的競爭工具，更增添了「保釣世代」成為「世代單位」的多樣性，也讓「文藝」變成重新理解保釣世代中的三大類群中的途徑。

二　同曲不同調：《水牛》左翼文藝中的樣板戲及「尋根」策略

當文藝或文化生產成為宣傳的工具，《自由人》藉著左翼文壇的作家遭遇警示著左翼陣營的瞬息萬變，藉著單調乏味的作品展現著左翼陣營服膺於社會主義下的千篇一律。在此筆者想追問的是：《自由人》裡被歸類既單調又平淡的樣板式的文藝作品，在《水牛》裡如何被詮釋而重獲新生？同樣的樣板戲劇作，在不同立場的詮釋之下，又採用了什麼樣的包裝策略？何以搖身一變成為了文藝創作的標竿？在

此筆者藉著還原文革時期的樣板戲發展、追溯其歷史素材,重新勾勒出《水牛》在東亞冷戰體制底下亟欲召喚集體認同的文藝策略。此外,當《水牛》抨擊著於梨華及其作品的無根與失落,究竟左翼的「根」著何處呢?就此得以窺見保釣世代中的左傾留學生別於《自由人》的策略,他們將社會主義奉為圭臬、將樣板式的文藝劇作視為嚮往中國的路徑。

隨著《水牛》第四、五、七期陸續刊載留學生訪中後的「中國經驗」,無論是讚嘆中國經濟民生的躍進、歌頌文革所帶來的進步,或是人心至高的服務精神,甚至是力邀右派的見證:「對中國了解之後,你就無所謂『左派』、『右派』,就要看你愛不愛國了。對舊中國愈了解的,對現在的中國就愈會驚訝,知道現在的路線是正確的。」[213] 都展現了《水牛》大聲疾呼新中國的美好與變革,也鞏固了保釣世代中左傾留學生的路線。奠基於左翼立場,《水牛》在文藝方面仍不遺餘力的捍衛著社會主義,先是貶抑了臺灣文藝的萎靡不振,爾後更大力宣達左翼文藝作品的感染力,足以帶動整個中國社會的進步。就《水牛》第三期中的〈從文學看臺灣的文化〉一文,直截了當地分析了臺灣文化的缺失,文中提到臺灣雖就文學方面看似洋洋多元、寫作方式專由知識分子而作、內容上豐富多貌,卻被憂國憂民的有志之士視為「文化沙漠」,足以反映臺灣廿多年來政權的半封建、半殖民性格,表現在諸如:以三民主義及儒家思想灌輸金字塔式的階級思想、復古派文學的保守性方面;而後者保守性又建立在臺灣文化殖民地色彩之上,表現在買辦性、純文學性、自卑感與奴才性等層面。[214] 整體而言,此篇文章就「金字塔思想」,攻訐了當局鼓吹階級對立以建立家天下的政權;就「保守性」,抨擊了文學戴上的理學的假面具,更

---

[213] 李我焱:〈重回祖國大陸的觀感〉,《水牛》第7期(1972年4月),頁25。
[214] 參見卜曼:〈從文學看臺灣的文化〉,《水牛》第3期(1971年12月),頁19-21。

引晉高祖石敬瑭向契丹的遼太宗自稱「兒皇帝」的典故，目的在嘲諷留美學人的自我陶醉，而後無論買辦性、純文學性及自卑感與奴才性，指出了當時臺灣文化的西風尤甚。從左翼的角度出發，此時臺灣的文化或文藝生產淪為失去自我、崇洋媚外、半殖民地的樣貌。

第九期〈評介革命京劇樣板戲《沙家浜》〉便指引出文藝、文化應有的趨向，也順勢將讀者拉進了當時中國文革的氛圍裡。文中簡介《沙家浜》的劇情圍繞在抗日的英雄形象、聚焦在沙家浜百姓掩護新四軍的情節上，既可以在觀眾心中建立緊湊的感性時序及空間，又可以強化劇情夜襲的戲劇效果，藝術水平甚高，從布景、景物、演員的唱做，無一不令人耳目一新。進而提到樣板戲的革新，在於中西樂器的並用襯出了唱腔、配音與布景開拓了京劇接場的新徑，更去除了舊劇中的優柔晦澀或隔離性的藝術與設計，接著指出：「這一切的革新使京劇更能平易近人，進而經由通俗生動的形象，向廣大人民宣傳，建立出革命時代的思想。」[215]文中還提到：當大眾視樣板戲為宣傳八股，實則忽略了影片中嚴謹生動的演出、認真十足的朝氣，同時呼籲觀眾要懂得欣賞樣板戲的革新，再行批判港、臺所見的影劇僅顧及藝術性與娛樂性，忽略了教育性功能。硬體設備、音效布景的進化，一甩過往傳統戲劇的陳舊，勝於港、臺影劇的更是革命性的教育意義，文革時期樣板戲的盛行，相較於臺灣六〇年代以降晦澀陰暗的文化風潮，更具積極的號召力及改革性。

對電影戲劇的論述，延續長至第十四期的〈從中國戲劇談起〉一文，此文歌頌了文革之後中國舊戲劇的變革。中國舊戲劇的保守、落後，加上缺乏合音、鑼鼓在室內演出的反效果，都讓戲劇逐漸與時代脫節。自文革後誕生的革命樣板戲貫徹了古為今用、洋為中用的路

---

215 江流：〈評介革命京劇樣板戲《沙家浜》〉，《水牛》第9期（1972年6月），頁19。

線,也見到在音樂上與製作上的進步,進而從中國歷史的遞嬗綰合了文藝與道德的緊密關係,從周朝的祭神舞蹈與戰舞、唐代歌舞與滑稽劇、宋元大曲和雜劇、明代傳奇及清代皮黃,都表現了忠孝、貞節等道德觀,配合政治及經濟的改革,形成一套闡述:「現在的革命樣板戲也是在社會主義的基礎上,為中國大多數勞動人民服務的,因此它的創作當然以工農兵等故事為背景。生長在資本主義社會的華人看了自然很難引起共鳴。」[216]文末總結樣板戲的路線之所以正確,在於不做無病呻吟、為人民服務,當然藝術也不能脫離人民。本篇還論及《自由人》批判的《紅色娘子軍》,為期二者切入的欣賞角度迥異,當《自由人》批判《紅色娘子軍》的單調、刻板,《水牛》強化的是其中融會民族舞蹈及京劇身段的民族意義,甚至以多數人民為受眾的服務性質。

除了樣板戲之外,就影片的文藝性,《水牛》亦有其詮釋的視角。第十五期中的〈《紅旗渠》——記錄片?宣傳片?〉討論了紀錄片的表現性及真實性的差異,藉此回應了影片中內容備受質疑、批評的政治宣傳性議題。影片中國家千辛萬苦地興建了「紅旗渠」作為河南林縣的民生用水,紀錄片的運鏡無論特寫或低鏡頭,均表現民眾對於紅旗渠興建的殷殷期盼,也因此被質疑是政治宣傳性的影片。面對質疑,稿件中作者借鏡美國寫實紀錄片、世運紀錄片,解釋了《紅旗渠》政治宣傳的合理:「新中國的紀錄片多半是關於工農建設及保健衛生及運動項目的。主要目的在於團結教育國內工人農民。基本目的與態度在為工農服務。」[217]

一樣是影片媒介的形式,第十七期〈李行導的是什麼《路》?〉

---

216 陳若翰:〈從中國戲劇談起〉,《水牛》第14期(1972年11月),頁19。
217 江流:〈《紅旗渠》——記錄片?宣傳片?〉,《水牛》第15期(1972年12月),頁19。

一文肯定了《路》(1967)以小鎮、陋巷為背景的清新感,刊屬臺灣「健康寫實片」的開路片之一,文中除了定義「寫實片」之外,實則非難了《路》的角色既飄浮在鄉土背景之上,且劇情的安排僅是渲染父慈、子孝、社會和諧的情節,刻意安排「健康」的結尾。文中作者設想了不同結局,主人公更應放下階級差異與世俗眼光,更凸顯了《路》劇情中的階級觀。[218]從文革樣板戲、渠道紀錄片到電影情節的改寫,《水牛》刻畫出保釣刊物中的左翼視野:樣板戲的教化意義、紀錄片為工農服務的基本態度及合乎健康寫實片的取向,其實都展現了當代左翼陣營重建集體認同的急迫性。若從後設的角度回顧《水牛》革命樣板戲、宣傳影片或健康寫實片的素材、議題及方式,自然無法窺見保釣世代、保釣刊物與歷史氛圍、社會時代互動、互涉的複雜性。於下筆者嘗試釐清樣板戲的生產之於《水牛》、保釣世代的互動關係,由小見大以窺見左翼保釣世代對於文藝、文化生產的詮釋與方向。

《水牛》第九期〈評介革命京劇樣板戲《沙家浜》〉介紹《沙家浜》的歷史地位、第十四期〈從中國戲劇談起〉簡述《紅色娘子軍》中西融合的教化意義,此二劇均隸屬於文革時期的八大樣板戲。[219]因此若從文革時期樣板戲的生產,進一步分析《水牛》引介樣板戲的目的,從歷史題材的引用、樣板戲的誕生到樣板戲所延伸的相關劇作、影片,除了還原樣板戲的歷史初衷,更能一探《水牛》的文藝、文化

---

218 參見莊靈:〈李行導的是什麼《路》?〉,《水牛》第17期(1973年2月),頁7-10。
219 一九六六年十二月二十六日的《人民日報》上載有〈貫徹執行毛主席文藝路線的光輝樣板〉一文,首次將京劇《紅燈記》、《智取威虎山》、《沙家浜》、《海港》、《奇襲白虎團》、芭蕾舞劇《紅色娘子軍》、《白毛女》及交響音樂《沙家浜》八部作品稱為「革命藝術樣板」,翌年5月31日〈革命文藝的優秀樣板〉一文,正式提出「樣板戲」詞彙。參見王燕:〈淺析樣板戲中的女性形象〉,《大舞臺》2011卷第8期(2011年7月),頁22。

策略。樣板戲《沙家浜》改編自一九六〇年上海現代戲《蘆蕩火種》，由江青推薦改編為京劇《地下聯絡員》，在一九六四年全國現代戲觀摩大會上由毛澤東提議改名為《沙家浜》。內容梗概圍繞在對日抗戰期間，男主人公郭建光帶領新四軍十八名傷員在沙家浜鎮養傷，遭逢忠義救國軍的胡傳魁及參謀長刁德一暗投日軍，有賴女主人公茶館老板娘阿慶嫂機智掩護、沙奶奶所代表的進步抗日群眾相助之下，新四軍得以傷癒並殲滅盤據在沙家浜的日軍殘餘勢力。有趣的是，毛澤東進一步指示需突出武裝鬥爭、加強軍民關係及正面人物的正面形象，因此原來由郭建光取代了阿慶嫂的主角位置，強化了他的革命戰士精神面貌。[220]

再者，一九六四年的芭蕾舞劇《紅色娘子軍》改編自一九六一年電影版《紅色娘子軍》，時間聚焦在三〇年代初期的海南島上，受到惡霸地主剝削的吳清華脫逃後，由共產黨員洪常清介紹加入紅色娘子軍，過程中飽受南霸天酷刑折磨、對娘子軍團的趕盡殺絕，直到吳清華體悟解放受壓迫的大眾更勝於報己私仇，隨後配合主力戰隊殲滅南霸天的地主勢力。《紅色娘子軍》的原型源於一九三一年五月成立的中國工農紅軍第二獨立師第三團女子特務連，多由農民赤衛隊、共產黨員及共青黨員組成，以飽受舊社會折磨及迫害的農村青年婦女為主，除了接受軍事化訓練，還有看守犯人、宣傳工作、保護紅軍師團與政府機關的責任，在一九三二年八月抵抗國民黨陳漢光圍剿瓊崖共軍根據地時遭遇強攻而被迫解散。[221]

---

[220] 參見劉艷：〈京劇的寫意特徵與「樣板戲」的英雄形象塑造〉，《文藝研究》（2001年第6期），頁39-50。

[221] 參見李紀岩、李夢婕：〈見黨百年視域下的「紅色娘子軍」革命形象的源・流・魂研究〉，《北京科技大學學報（社會科學版）》第37卷第4期（2021年8月），頁389-397。

從《水牛》所引介的樣板戲《沙家浜》、《紅色娘子軍》再回到文革時期樣板戲的研究上,可見刊物藉由樣板戲的再現凝聚讀者集體認同的用意,尤其臺灣島內正值中華文化復興運動,疾言厲色地譴責文革的當下,由海外留學生在保釣刊物上引介文革階段的樣板戲,更拉近了保釣世代與中國文革的距離。就文學史分析的角度分析:文革時期所生產的革命文藝創作如果受到真人真事的侷限,便違反典型化的原則,不利於表現作品的革命主題,必須「把生活中的矛盾跟和鬥爭典型化,從而才能有效地抵禦『寫真人真事論』、『靈感論』、『寫真實論』、『無衝擊論』、『娛樂論』等觀念對文藝創作的侵蝕。」[222]因此無論《沙家浜》或《紅色娘子軍》都曾歷經情節改編、角色主從的調換,[223]都為了契合於文革階段政治意識型態所要求的創作思維:一是由鄭季翹提出的創作思維新公式,[224]拒絕和清除直覺主義和神秘主義,表達權力意志的公式化創作路線;二是于會泳所提出的三突出原則——在所有人物中突出正面人物、在正面人物中突出英雄人物、在

---

222 朱棟霖、朱曉進、龍泉明主編:〈第一章 1949-1976文學思潮〉,《中國現代文學史1917-2000(下)》(北京市:北京大學出版社,2007年1月),頁22。
223 除了上述《沙家浜》由毛澤東指示凸出男主人公郭建光之外,根據羅長青考據紅色娘子軍的創作素材,女主人公吳清華的原型是特務隊長龐瓊花,但她卻未被解讀成女英雄,一來是她的丈夫任職於國民黨政府,二來是他被俘後被敵欺騙,陳述不利於革命的話,這也成為芭蕾舞劇《紅色娘子軍》女主人公改為吳清華的主因。參見羅長青:〈「紅色娘子軍」創作素材之史實考證〉,《南方文壇》2010卷第4期(2010年7月),頁67-72。另外,攸關《紅色娘子軍》的史實始末、組織的來龍去脈,還可參見張磊、卓慶林:〈紅色娘子軍傳奇〉,《嶺南文史》(2009年第1期),頁58-64。
224 鄭季翹所提出的創作思維新公式為:表象(事物的直接映象)—概念(思想)—表象(新創造的形象),也就是:個別(眾多的)——一般—典型,被文學史論者歸類為更具教諭性和寓言性的創作通道。參見孟繁華、程光煒:〈第九章 革命文學的高漲〉,《中國當代文學發展史》(北京市:北京大學出版社,2011年10月),頁192-199。

英雄人物中突出主要英雄人物。「樣板戲」的創作，蘊含著專屬於文革階段文藝創作的政治審美觀，洪子誠提到：「『樣板戲』的創作，在『文革』期間，被敘述為是與『舊文藝』決裂的產物，強調它們開創『文藝新紀元』的意義。」[225]

可見如今關於樣板戲的研究已經不乏公允的評價，[226]隨著文革結束後文學、文化及思想的發展，各個時代的側面都備受注目，使研究者更客觀、冷靜地看待文革時期的樣板戲生產。李松分別從創作思路、觀眾研究、藝術分析、思想主題、語言風格、人物形象及敘事模式七個維度檢視關於革命樣板戲的研究，橫跨了社會歷史、文化研究、倫理政治及心理學的角度，說明了樣板戲的多種面向，[227]他不否認樣板戲是文革政治意識美學實踐的產物，且具有一定的藝術革命先鋒性質，但攸關政治美學的正義與非正義，必然因為不同的利益群體而各有判斷，也因此「樣板戲研究」其實是對文學政治化生存的批判和反思，[228]這也呈現了文革時期樣板戲及其研究的詮釋美學及政治審美觀的迥異切面。

關於樣板戲的研究，先是樣板戲的藝術及技術改良談起，李妮娜認為：「『樣板戲』這樣一種扎根於傳統民族曲藝土壤上，用京劇藝術

---

[225] 洪子誠：〈第十四章　重新構造「經典」〉，《大陸當代文學史上編（1950-1970年代）》（臺北市：秀威資訊科技公司，2008年2月），頁286。

[226] 諸如：鮑煥然回顧樣板戲研究時指出：「雖然樣板戲因為其特殊時代的激進政治印記、體裁構成上的『含混曖昧』，以及因其政治意識形態符號特性和『非準則形式的文學』身分而導致審美『趣味』及『文學性』價值的缺失。」參見鮑煥然：〈模式與意義：文化整體性視域中的「樣板戲」研究〉，《學術論壇》2010年第11期（總第238期），頁80。

[227] 參見李松：〈近十年來革命「樣板戲」研究評述〉，《涪陵師範學院學報》第23卷第1期（2007年1月），頁26-31。

[228] 參見李松：〈結語〉，《「樣板戲」的政治美學》（臺北市：秀威資訊科技公司，2013年4月），頁369-374。

的形式融交響音樂、鋼琴伴奏和芭蕾舞來表現現代生活的藝術範型，是透視中國戲劇現代化追求歷程的時代性表徵，是中國戲劇現代化模式的終極性命名。」[229]趙黎明指出樣板戲堪稱綜合的藝術：「除利用京劇的臉譜化、程式化方法對正反角色進行戲劇化處理外，還利用光線、構圖等因素進行強烈的意識形態渲染。光線作為實施化與全力的手段，足以構成一部『光線政治學』。」[230]在此，多數的研究都見到了革命樣板戲與新舊文化、媒介交融後的嶄新風貌，形成獨有的傳播媒介。其次從樣板戲與傳播媒介的角度觀察，徐敏從文革時期電影工業的發展與播發機制、創作文本歸化於國家意識形態以期貼近「勞動人民共同體」的想像，透過再現獻身者把死亡轉化成犧牲的國家儀式，達成「把『樣板戲』和『樣板戲電影』也納入到建構『革命』價值觀與美學觀的宏觀歷史進程中。」[231]也因此《沙家浜》中的十八名傷員的傷口、《紅色娘子軍》中女子特務隊面對的嚴刑拷打都成為必要的符碼，是文革時期召喚集體認同的途徑。

再者，從樣板戲與現代性的角度談起，黃雲霞指出樣板戲帶有現代性質素，傳統戲曲的寫意性特徵消解，轉化為「樣板戲的寫實性實存空間」，逐漸被強化的是完美的英雄形象和政治型態話語，傳統文藝的「載道」功能變質為「無產階級的階級覺悟和鬥爭意志」，在吸收了傳統京劇、西洋音樂和現代話劇後，透過「音樂輔助」所喚起的既有記憶、中介的「隱喻圖式」指向新的話語指涉，最終的「意義話

---

[229] 李妮娜：〈從樣板戲看中國戲劇現代化轉型的探索〉，《赤峰學院學報（漢文哲學社會科學版）》第31卷第8期（2010年8月），頁146。

[230] 趙黎明：〈「革命樣板戲」的群眾——英雄話語探析〉，《重慶師範大學學報（哲學社會科學版）》（2006年第6期），頁46。

[231] 徐敏：〈「樣板戲電影」：電影工業、文本政治與獻身者的國家儀式〉，《文藝研究》（2007年第4期），頁99。

語」導向政治意識形態的目標,[232]主題先行的文藝創作再次透過樣板戲展現了載道的力道。最後,從諸多樣板戲角色形象、性別切入,宋光瑛提出女性形象的服飾符號也象徵著重要的符碼意涵,劇中女主人公所流露出的男性氣質、展現成為受難者的傷口反而有效操控了觀眾的道德評判,甚至運用了政治倫理化的策略,將家庭倫理化縫合現實政治意識形態和傳統倫理秩序之間的裂縫,藉此完成政治人物形象魅力的塑造,讓傳統倫理觀轉化成維護家國政治秩序穩定的意識形態。[233]就接受及廣傳度而言,許國惠對於文革之所以將樣板戲作為推行對象的主因在於國家自延安時期以降的重視、戲劇的力量便於意識形態的鬥爭、人民日常所及的媒介以及其他藝術形式表現的侷限與階級差異。[234]

　　上述攸關革命樣板戲的研究議題不一,卻都指涉了同一個面向:即是中西兼蓄的樣板戲透過不同的元素、成分,被國家體制設定為遵循的套式;藉由改編以模糊史實,卻可以契合大敘述的框架,同時置入國族意涵先於個人情愛的環節、獻身與犧牲轉化成光環,加上戲劇自身的表現形式及受眾層面的廣泛。林雯玲評介樣板戲《紅燈記》時借用李歐塔《後現代情況:對知識的報告》中現代知識與大敘述的關係,再引霍米‧巴巴的「國族是種敘述」強化樣板戲重現足以構成班納迪克‧安德森定義的「想像共同體」,意即「現代知識是訴諸大敘述──也就是企圖解釋人類所有經驗與知識的總體敘述,以建立自身合法性的科學(有關真理),同時控制社會關係的機構(有關正義),

---

[232] 參見黃雲霞:〈樣板戲之「現代性」質疑〉,《上海戲劇學院學報》2005年第1期(總123期),頁24-29。

[233] 參見宋光瑛:〈銀幕中心的他者:「革命樣板戲電影」中的女性形象〉,《文藝研究》(2007年第4期),頁103-111。

[234] 參見許國惠:〈第一章　引言〉,《樣板戲與文化大革命的政治思想》(臺北市:秀威科技資訊公司,2019年3月),頁6-29。

第三章　釣運時期的「世代」成形分歧：政論刊物中臺灣知識分子思想塑形 ❖ 283

也是一樣以大敘述取得正當性。」[235]因此，國家體制的大敘述藉著樣板戲的再現與重複以求鞏固政權、取得正當性，而大敘述底下樣板戲的政治話語更重現了文革階段的政治生態，成為召喚國族敘述、想像共同體的時代印記。

再回到保釣刊物上，面對《自由人》力圖解構樣板戲的大敘述，《水牛》選擇重現樣板戲力求建構大敘述的國家意識，在立場相互拉扯之下，更顯保釣世代及其刊物的張力。筆者想追問的是：樣板戲在《水牛》中究竟扮演什麼樣的催化劑？若樣板戲是左翼思想傳播的媒介，那麼《水牛》又背負了什麼樣的重責大任？筆者認為：首先，《水牛》中的左傾保釣世代，多數人在沒有實地到訪中國文革的情境下，卻視文革樣板戲為新中國改革的傳播載體，除了亟欲拉近與中國文革的距離，實則構築了一種不在場、未到場的「想像共同體」，恰好透過《水牛》作為媒介建構集體共識，甚而忽略中／臺實有的差異，這樣的「想像共同體」乃奠基於階級鬥爭、服務群眾與服膺家國的大敘述之下；其次，《水牛》透過樣板戲裡的英雄形象試圖召喚讀者的集體認同，並攏絡讀者到「想像共同體」內，藉著去欲化、強調階級、集體抗爭及建構國族敘述的重複與再現合理化大敘述的正統性；最終，借樣板戲的再現，重新塑造文革階段文藝創作的定義，發揚樣板戲中所蘊含的道德意識、啟蒙載道思維，以求跟上當時新中國文革的進步。對於《水牛》中的保釣世代而言，重建、革新才是烏托邦的嚮往，但也唯有置身海外發刊，追尋左翼才出現了可能性，展現了保釣世代中左翼陣營的決心及方向，於是乎樣板戲成了《水牛》推廣文藝、文化的催化劑，力求迸發出激烈的如文革般的化學反應。

---

235 林雯玲：〈解構紅色大敘述：《紅燈記》與樣板戲在海峽兩岸的兩個「小敘述」〉，《戲劇學刊》第15期（2012年），頁149。

除了樣板戲之外，第廿一期的〈參與話劇《雷雨》演出的感想〉進一步提到了參與演出的意義。曾經轟動的《雷雨》，雖然看似不合時宜，但改編後強調「壓迫者」與「被壓迫者」的尖銳化、摒棄了不必要糾纏與拖延的情節，讓《雷雨》的演出受到歡迎，甚而得到十餘個華埠團體的贊助，有感而發「多少年來大家看美國的電視節目，侮辱東方人的影片，武俠小說、邵氏公司的武打片，黃電影、轟華苓和於梨華的半人半羊式的所謂新小說。文娛活動與現實生活脫節，更成為忘卻現實的麻醉劑。」[236]隨後第廿四期〈《雷雨》演出的話〉接續讚嘆《雷雨》在卅年代揭露了封建家庭的腐爛墮落、控訴了資本家對勞動者的壓榨；《雷雨》仍在七〇年代一個仰靠外國勢力與封建殘餘的社會裡上演著：官僚資本家、新興買辦、自由主義知識分子的掙扎，唯有受欺騙的勞苦群眾們的反抗才能喚醒光明和美好的到來，《雷雨》堪稱三〇年代到七〇年代間的「健康文藝活動」。[237]《雷雨》在左翼陣營中變成了凝聚人心的符碼，這裡的「抗日」起源於釣魚臺事件的發展而立足在保釣運動上，但左翼色彩依舊濃厚地表現在強調集體性、抗爭性與現實性的情節上，訴求與現實生活有關的劇本是最迫切的事，擯斥了圍繞在左翼以外的任何文藝作品。若從《雷雨》的版本差異、變動觀察，便可凸顯《水牛》中保釣世代左翼陣營作為號召的文藝策略。

　　《雷雨》在文學史上一向被視為中國現代戲劇引入西方元素的成熟代表作，[238]至今原刊於一九三四年《文學季刊》的《雷雨》共有五

---

236 阿水：〈參與話劇《雷雨》演出的感想〉，《水牛》第21期（1973年6月），頁10。
237 參見日出劇團：〈《雷雨》演出的話〉，《水牛》第24期（1973年9月），頁21-22。
238 朱棟霖、朱曉進、龍泉明主編：〈第一章　1949-1976文學思潮〉，《中國現代文學史1917-2000（上）》（北京市：北京大學出版社，2007年1月），頁224；朱棟霖、丁帆、朱曉進主編：〈戲劇卷　第二章　三十年代戲劇〉，《二十世紀中國文學史》（臺北市：文史哲出版社，2000年9月），頁749。

種版本,[239]從《水牛》第二十五期〈《雷雨》演出的話〉中提到《雷雨》甫上演的轟動:「抗戰勝利前後,海外中國人在南洋、星馬、香港,以及美國舊金山華埠都有演出紀錄,解放後的中國,經曹禺親自改編的新版《雷雨》,也在當時舞臺上佔一席之地。」[240]文中更強調封建制度的腐敗、資本主義的剝削,推論在此的版本應為中國解放後的一九五一年《曹禺選集》的版本。一般而言,《雷雨》的主題被歸類為社會問題劇,講述家庭倫理悲劇與社會時代的不堪;[241]若從《雷雨》接受史來看,朱華陽、丁友芳由歷史看待曹禺下意識對封建制度的反映而非反對。[242]直到一九五一年《曹禺選集》重新編訂後,單昕比較其與一九三四年《文學季刊》的原版差異如下:以階級鬥爭削弱悲劇精神、刪去有損勞動人民的字眼、意識形態導致人物形象趨近扁平、語言風格靠攏宣傳說教、結尾醞釀工人運動暗示無產階級的勝利,就連曹禺本人在一九五〇年自述將作品在文藝上朝向為工農兵服務的方向。[243]

---

239 依序分別是一九三四年《文學季刊》的原刊本、一九三六年文化生活書社的初版本、一九五一年開明書店版《曹禺選集》本、一九五四年人民文學出版社《曹禺劇作選》及一九五九年中國戲劇出版社的《雷雨》第二版本。參見單昕:〈從《雷雨》1951年修改本看知識分子的文化生存狀態〉,《瀋陽教育學報》第7卷第3期(2009年9月),頁15。

240 日出劇團:〈《雷雨》演出的話〉,《水牛》第24期(1973年9月),頁21。

241 參見趙兵:〈談戲劇《雷雨》「序幕」與「尾聲」的文化意蘊〉,《現代語文》第2012卷第10期(2012年7月),頁60。

242 朱華陽、丁友芳指出:「革命思想成為時代主潮的三十年代,做為大學生的曹禺不但沒有意識到《雷雨》中人物命運的『自然法則』其實就是『社會法則』,而且在創作中流露了他那茫然的內心世界中對封建制度的下意識接受和認同,結果封建意識被渾然不知地滲透到作品中。」參見朱華陽、丁友芳:〈「命運」主題的折光——論《雷雨》的封建意識〉,《三峽論壇》第2013卷第5期(2013年12月),頁106-108。

243 參見單昕:〈從《雷雨》1951年修改本看知識分子的文化生存狀態〉,《瀋陽教育學報》第7卷第3期(2009年9月),頁15-17。

尤其在釣魚臺事件演化後的抗日、反美帝的心態愈盛，因此《水牛》中〈《雷雨》演出的話〉中提到的演出自是擷取、側重《雷雨》改寫轉化後的反封建、反資本的主題，並具體的提到：「在中國的一個角落，一個養靠外國勢力與舊式封建殘餘所支撐起來的畸形社會裡，《雷雨》仍然在上演著，一天也沒曾間斷過。」[244]《水牛》眼見著東亞冷戰體制內國民黨政府礙於美、日勢力而處理釣魚臺事件的無能為力，演出《雷雨》以召喚「想像共同體」，試圖對抗美、日及國民黨政權，這是保釣世代中的左翼陣營少數能詮釋、貼近且跟上左翼的方式，這也是藉由左翼思想重建理想的方式。

回到文本創作的檢核上，《水牛》中有兩篇圍繞在留學生文學作家於梨華及其作品上，分別是〈談於梨華的小說〉及〈於梨華與本刊編者論「無根的一代」〉，延續著〈參加話劇《雷雨》演出的感想〉中提到聶華苓、於梨華脫節於現實生活半人半羊式新小說，介於人、獸之間的情慾流動，紛紛成為忘卻現實的麻醉劑，[245]《水牛》以留學生刊物的姿態，批判留學生作家及作品所謂「無根的一代」、「失落的一代」、「陌生的一代」。前者就於梨華作品的真實代表性、價值觀與解脫三個層次討論：就真實代表性而言，於梨華小說隔絕了國家、歷史、知識，從中衍生的寂寞感恰好連結了一戰後的全盤西化；就價值觀而言，小資產人物對中上階級態度的矛盾，完全展現了酸葡萄心態的味道；就解脫而言，於梨華善用色情與暴力的方式尋根，徒用「愛」包裝著人倫失序的情節，文末提出當留學生親身體驗全盤西化與資本主義的不恰當、不適應及困難後應有所頓悟：「但是於梨華的小說卻以資本主義的一貫手腕，硬把這些困難說成是留學生本身的什麼失落、無根、陌生所造成的。這種反果為因的做法是一劑強制留

---

244 日出劇團：〈《雷雨》演出的話〉，《水牛》第24期（1973年9月），頁22。
245 參見阿水：〈參與話劇《雷雨》演出的感想〉，《水牛》第21期（1973年6月），頁10。

生接受現狀、自認無能的灰色猛藥。」[246]

　　在文學史論述中，於梨華毋庸置疑地被歸類在六〇年代現代主義創作的範疇裡，尤其以留學生文學作為現代小說重要的一支，陳芳明歸納其為「外部放逐或肉體放逐」。[247]若整體觀察、爬梳刊物裡飽受批評的於梨華及其作品所代表的「現代主義」起源與背景，便可還原《水牛》裡批判現代主義文本的目的性，或許更能貼近保釣世代中左翼陣營的心靈世界。施淑曾分析現代主義發生的條件及其對應的形式，對於蒼白空虛、遠離現實的評價，反而帶有反諷及敵對的意義，可從文本創作的語言、形式和意識窺見作者的壓抑、混亂、矛盾，甚至是自我懷疑、異化和解體。[248]因此現代主義文學就形式、語言或主題而言，可視作一種抵抗的方式。進一步在柯慶明歸結現代小說形式提到：現代主義小說家與讀者對現代世界命運深感迷惘、茫然，一來因為年輕，二來因為小說家欠缺能力與知識反映知識爆發的世界，因此寫作趨向專業化，寫作策略也偏向廣義抒情詩人，但其帶來的衝擊及感受絕對真實，都是透過經驗抒發「對我為真」的「主觀的真理」。[249]在抵抗的論述底下，現代主義文學展現的是作者當下最真實的主觀真理，也因此面對《水牛》的批判，於梨華親自回覆：「很可能我們已經過了那無根的階段，這並不是說，我們並沒有經過一段『無根的惶惑』。」[250]顯然於梨華沒有否定「無根」的論述，反而承

---

[246] 有根：〈談於梨華的小說〉，《水牛》，第21期（1973年7月），頁11-12。

[247] 參見陳芳明：〈第十五章　一九六〇年代臺灣現代小說的藝術成就〉，《臺灣新文學史》（臺北市：聯經出版事業公司，2011年10月），頁405-410。

[248] 參見施淑：〈現代的鄉土──六、七〇年代臺灣文學〉，《文學星圖：兩岸文學論集》（臺北市：人間出版社，2012年），頁139-144。

[249] 參見柯慶明：〈臺灣「現代主義」小說序論〉，《臺灣現代文學的視野》（臺北市：麥田人文，2006年），頁143-195。

[250] 無撰著者：〈於梨華與本刊編者論「無根的一代」〉，《水牛》第22期（1973年），頁17。

認曾有過「無根的惶惑」，這正好回應了施淑詮釋現代主義所反映的內心狀態，文本也符合了柯慶明所謂的內心「主觀的真理」。

既以「無根」是當時作者最直接的心靈面貌，那麼《水牛》又是基於什麼樣的立場大力抨擊以於梨華為首的「無根」呢？這樣的方式又呈現保釣世代中左翼陣營的什麼心理狀態呢？邱貴芬曾經從文化翻譯的角度剖析現代派與鄉土文學看似對立的創作路線：前者處處展現翻譯西方的動力，以回應社會對西方或現代性的欲求，其實是源自「落後」的焦慮；後者標舉民族主義修辭，排拒外來強勢文以處理強勢文化的衝擊，此二者都充滿了焦慮的「西方情結」。她進一步引用了張小虹從「創傷現代性」與「shame 代性」解讀中國現代性經驗的說法，指出中國創傷現代性除了現代性社會快速變動的創傷之外，更是中國文明與西方強勢文明相逢的創傷，這樣的西方情結展現了現代派的落後情結、鄉土派對外來強勢文化的排斥，而且現代主義所引發的文化焦慮，在於外來文化所提供的概念是否可以成功地收納到「中國」民族主義的文學歷史敘述，以及中國式的歷史敘述和修辭以對峙的角度來想像和述說歷史。[251]雖然邱貴芬意在討論現代派與鄉土文學的異同、解釋何以現代主義受到民族主義者的排斥，但筆者借用這概念重新解讀《水牛》何以抨擊於梨華為代表的留學生文藝，以及左翼陣營亟欲建立的文學趨勢。

對於梨華而言，小說中的認同失焦所導致的無根、蒼白，正展現了一如施淑、柯慶明所述的心靈糾結的狀態，但從文化翻譯的角度來看，的確也顯現了與傳統斷裂、社會現代化急速成長，必須接軌西方／現代卻又嚴重落後的焦慮，或更準確的說是跨文化語境中身分認同的焦慮；另一方面，以《水牛》為主的保釣世代中的左翼陣營，也

---

251 參照邱貴芬：〈第三章　翻譯驅動力下的臺灣文學生產〉，收錄於陳建忠等人合著：《臺灣小說史論》（臺北市：麥田出版社，2007年），頁197-273。

呈現對西方文化盛行的焦慮情結,一樣對外來強勢文化感到排斥,特別眼見著留學生以文本主題、形式或語言展現了身分認同傾向的當下。但這樣的焦慮、排斥也有其異同之處,正是以《水牛》為例的保釣世代左翼陣營心靈曲折之處。保釣世代中的左翼陣營與鄉土文學立場各有異同,筆者依序從對峙修辭、抗日精神及民族主義三個層面談起:二者在對峙修辭上基調相同,《水牛》除了邱貴芬具備所謂從晚清以降發展出來中國式歷史敘述與修辭——中西對峙、階級對峙之外,一樣站在普羅大眾階級立場控訴不公不義的壓迫性結構,筆者認為左翼保釣陣營在東亞冷戰體制下更強調的是國家位階對峙,這包含了臺灣國際地位的式微,意味著政權正統性的喪失、牽扯到臺美關係的不利,以及中美關係的重建之上,尤其在保釣之後、外交失利頻傳的階段,面對國民黨的無能為力,反而更能彰顯保釣世代左翼陣營的焦慮。

再者,二者同樣在「抗日」上著墨,前者立足於釣魚臺事件的始末,除了譴責日本政府的同時,仍不滿美國干涉、國民黨的不力,在此恰好延伸至反帝的基調上,而後者透過挖掘日治殖民的歷史與記憶重喚抗日記憶,但不可否認的是此二者的關係保持恆動關係,可以因時制宜並相互詮釋;最後,二者不約而同都奠基於民族立場上,但《水牛》在建立新中國的共同想像體中傾心於中國民族,表現出左翼陣營借力使力以重建烏托邦的願景,而鄉土文學則演化出中國/臺灣民族的不同論述立場。當《水牛》評論以於梨華為例的留學生文學創作的無根、陌生與蒼白,其實演繹了左翼陣營拒斥西方文化的焦慮情結,筆者認為這也呈現保釣世代中左翼陣營想像「有根」文藝的方式,必須建立在對峙修辭、抗日反帝及民族主義層次上才算「有根」的文藝創作。

從這樣的角度再驗證《水牛》第廿四期轉載自加州大學留學生刊物《大學》季刊的〈魯迅的討論——從〈阿Q正傳〉看留學生的精神

世界〉一文，便可一探究竟。文中討論魯迅及其作品，揭示「阿Q精神」的成因在於半殖民地、半封建的社會，內有軍閥混戰、外有帝國主義的侵略，因此「精神勝利法」是唯一的出路，甚而蔓延至留學生及港臺，前者表現在苦悶、懦怯、愚昧、自私中沒有一點面對現實的勇氣，後者表現在「道德重整週」到〈元旦告全國軍民書〉的淪為幻想的口號之中。[252]可以見到文章中強調留學生的「阿Q精神」意同於對於梨華的「無根」的批評，對於港、臺淪為口號式的革新期許僅是精神勝利法的延伸，在此見不到以《水牛》為例的保釣世代左翼陣營的應具備的對峙意識，喪失了應有的抗日反帝精神，遑論民族主義的追尋。

顯而易見，無論是右傾又具有官方色彩的《自由人》，抑或隸屬左翼陣營的《水牛》，對於文藝或文化生產都有一套制式的評論規則。相較於《自由人》的藉左批左，《水牛》在通俗性、文本內涵及精神層面的策略更加全面，就時間軸追溯至五四階段的魯迅作品、卅年代的戲劇、六〇年代的現代主義文學到文革階段的革命樣板戲；在空間維度上橫跨了中國、臺灣、美國及日本的歷史軸線，重整了左翼保釣世代的思想切面，辯證了樣板戲歷史意義到內在無根的心靈史面貌，甚而反向勾勒出從「尋根」到「有根」的文學傾向。《水牛》所流露的左翼路線、服膺於政治、高唱階級鬥爭、反資本主義或反帝國主義等議題，現在看似制式的模組套式，若回到七〇年代初期的東亞冷戰體制裡，實則表現了保釣世代中的左翼陣營的核心信仰與終極關懷。生長在國府戒嚴體制下的留學生，異國留學先後見證了釣魚臺事件的挫敗、釣運的分化、臺灣國際外交的失利、退出聯合國等重大事件，在在挑戰了國府承繼合法中國的正統性，對內其實也鬆動了國民黨戒嚴體制的統治，進而凝結成集體意識，追求趨向新中國的認同。

---

252 參見哈佛大學、麻省理工學院中國留學生研習小組：〈魯迅的討論——從〈阿Q正傳〉看留學生的精神世界〉，《水牛》第24期（1973年9月），頁4-11、20。

進一步由左翼陣營的《水牛》為例，先是破除國民黨的軟弱並傾向帝國主義之後，進而在想像共同體中，藉著不同的文藝形式，試圖拉近與新中國的距離、把想像中的新中國作為典範，目的在於追尋一個重建後符合理想的烏托邦，或許可以從《水牛》裡「破」與「立」之間，發現保釣世代左翼陣營的焦慮。

三　夾縫求生存：《大學雜誌》革新意念及文藝社會觀

　　一般而言，此階段《大學雜誌》裡攸關文藝或文化的論述較少被注意，多數的研究著重在刊物走向與政治制度的合流乃至於抗拒上；可惜的是此階段的《大學雜誌》其實已將刊載內容分類，特別獨立出「文學與藝術」、「文化與思想」類，只是論者少有評述，在此筆者從專欄中找出此階段《大學雜誌》對於文藝或文化論述的走勢，重新拼整出保釣世代中另一脈對於文藝、文化論述的訴求。在此，筆者想釐清的是：若將保釣世代視為一個世代單位，內含的三大類群除了上述的《自由人》及《水牛》之外，《大學雜誌》頂著保臺革新的盼望，在文藝或文化的論述上，採取了何種策略來標明刊物的立場？是否又能與保臺革新的目標維持平衡關係？在引介外國文藝及文化思潮的同時，是否遺留著六〇年代以降的西化風氣？或是蘊含著臺灣內部在保釣運動、退出聯合國之後的現實關懷？甚者，在國府高倡中華文化復興運動，用以抵禦中國的文化大革命的當下，《大學雜誌》在呼應國家政策的同時如何兼顧革新的意志？遊走在體制邊緣的島內保釣世代，其發行的場域相對於海外刊行的《自由人》或《水牛》而言更受箝制，但《大學雜誌》所遊走的一道道禁忌邊界，其實也體現保釣世代中保臺革新派的突破。

　　首當其衝的是對一九六七年國民黨所推行的「中華文化復興運

動」的看法,可以見到《大學雜誌》對文化復興與傳統的思路。根據林果顯的研究指出:中華文化復興運動誕生於臺灣島內的政治氣氛的緊縮、臺灣確保國際地位及反攻的可能性降低,國府為了鞏固政權正當性,在五〇年代依序由稍早的文化改造運動、文化清潔運動及戰鬥文藝運動進行文化改革的動員工作,也成為中華文化復興運動的背景。進而在一九六六年十一月十二日呼應蔣中正發表〈國父一百晉一誕辰暨中山樓落成紀念文〉後,籲請以國父誕辰紀念日為中華文化復興運動節,隨即中華文化復興運動政治展開,次年七月舉行「中華文化復興運動推行委員會」,分支機構遍布海內、外。委員會以蔣中正為文復運動委員會會長,強調國父與道統的繼承關係,奠定了「道統－國父－蔣總統」、「三民主義－文化復興－反攻大陸」的思維模式,印證三民主義為中華文化新生的憑藉,致力於中華文化的推展、對地方文化的壓抑、推動民族文化之研究、訴求具體呈現中華文化的意涵;[253]李知灝亦從班納迪克・安德森的想像共同體延伸,定位文復運動正世運用「官方民族主義」維護權威體制政權的正當性,[254]當然中華文化復興運動的推行更大的用意是抗拮於中國方興未艾的文化大革命。無論是從道統的角度、民族主義的視域,或是對抗文革的立場出發,「文復運動」等於是國民黨藉由東亞冷戰體制的漸趨穩定,試圖重建文化正統、召喚國族認同的媒介。

　　回到《大學雜誌》第卅七期中兩篇載文〈文化復興於創新〉及〈復興傳統文化的幾個問題〉都強調復興傳統過程中必須結合創新,前者從《中華文化復興月刊》的英譯採用「Chniese Cultural Renaissance

---

[253] 參見林果顯:〈「中華文化復興運動推行委員會」之研究〉(臺北市:國立政治大學歷史學系碩士論文,2001年1月)。

[254] 參見李知灝:〈「被嫁接」的臺灣古典詩壇──《中華民國文藝史》中官方古典詩史觀的建構〉,《臺灣文學研究學報》第5期(2007年10月),頁187-216。

Monthly」（按：應為「Chinese」），自然涵蓋了創新的意涵，細數中國傳統的儒家倫理觀印證了倫理價值的變動性質必然與社會的生活環境配合，強調：「現代社會是動態的，是要求每一個國民把他的生命和力量奉獻給全社會，以達到『改善』和『創新』的目的。」[255]後者作者由歸國留學生的身分對文化復興與創新提出五大問題：復興些什麼、過程中如何創新、如何普及文化於社會大眾、如何在崇洋心態中復興傳統文化、如何延續傳統文化的方式。[256]復甦傳統文化的路線延續到第五十九期〈中國文化與中國前途〉及第六十四期的〈略談我國的傳統文化與政治〉二文，前文談到中國文化的取向有四：開放與自由、人道與人權、至柔心態與反抗精神、消融與改造，尤以消融與改造為重：「缺乏消融力和改造力，則她的文化發展就必定有限，就必定在遭遇外來文化的挑戰或比較時，而終止她的文化不再繼續前進。」[257]後者說明現代社會的四大特性——工業化與知識化、法治與民主、平等與福利、開放與成就，因此「要步向政治系統的現代化，自須注意政治文化的現代化。」[258]

於此，《大學雜誌》在文復運動如火如荼的當下，已經展現了遊走在邊界的姿態。當然《大學雜誌》不否認傳統文化的重要性，卻也都強調必須與時俱進地借鏡且融會西方之長，「創新」的成分遠大於「復興」的任務；此外，就儒家思想所強調的傳統文化倫理觀，其實是鞏固統治階級的道德束縛，也因此「創新」乍看之下隨著現代社會的進展看似理所當然，實則也隱含了「改革」的意義，即是「革新」的內

---

[255] 文崇一：〈文化復興與創新〉，《大學雜誌》第37期（1971年1月），頁14。

[256] 參見喬健：〈復興傳統文化的幾個問題〉，《大學雜誌》第37期（1971年1月），頁15-16。

[257] 張曼濤：〈中國文化與中國前途〉，《大學雜誌》第59期（1972年11月），頁39。

[258] 胡佛：〈略談我國傳統文化與政治〉，《大學雜誌》第64期（1973年5月），頁24。

含裹著「復興」的保護色，也顯露保釣世代中保臺革新派的初衷。

除了帶有「革新」的意味，本節亦欲從《大學雜誌》的「書評」勾畫出刊物本身除了載文以外的文化趨勢，或者可說就這些被檢選過的書目，最直接地呈現出《大學雜誌》由出版品表現對文藝、社會，乃至於家國的想像或推廣，筆者認為這是《大學雜誌》藉著書目評介、出版品而展露社會關懷的轉化方式。諸如：第卅七期〈蕭公權著「跡園文存」簡介〉由陳少廷撰文，除了帶入蕭公權的學術成就、富含人本主義的思想及學術之外，再藉由蕭公權的政論與時評帶入了對憲政制度、民主憲政及訓政是否終能「還政於民」的看法：「國民黨推行訓政十幾年，不曾收到應得的效果。原因固多，而培養自動的努力不及灌輸主義的努力，恐怕是重要原因之一。」[259]在此，書評中強化了國府訓政效果不如預期，也提出了民主的意涵即在「還政於民」，更開出了釜底抽薪的藥方；再者，在第四十期中有譯者何欣譯介〈民主的真諦序〉一文，以《民主的真諦》及其他三篇書摘探究美國的民主制度，作者表示：「當時我讀這一類的書，只是要系統地理解美國的民主思想和這種思想如何具體表現在生活中。」[260]抑或第六十一期〈周著「中國經濟史綱」序〉一文，從民生基礎論究中國經濟發展的趨勢，扼要地歷數各朝代的經濟特質，從歷史考據出與人民為敵的政權終究曇花一現，建立在「殘民以逞」的政權敗亡，是歷史公平的裁判，[261]同樣的著作在第六十三期亦由陳少廷撰文書評與介紹，也強調了民生經濟與政治、文化緊密關聯性。[262]

---

259 陳少廷：〈蕭公權著「跡園文存」簡介〉，《大學雜誌》第37期（1971年1月），頁68。
260 何欣：〈民主的真諦序〉，《大學雜誌》第40期（1971年4月），頁69。
261 參見徐育珠：〈周著「中國經濟史綱」序〉，《大學雜誌》第61期（1973年1月），頁47。
262 參見陳少廷：〈周著「中國經濟史綱」簡介〉，《大學雜誌》第63期（1973年4月），頁80。

此外，第六十五期及第六十六期，載有轉引自《中央研究院近代史研究所集刊》中的〈高著「中國知識分子與辛亥革命」〉及援引自《國立臺灣師範大學歷史學報》的〈傅著「丁文江與中國科學和新文化」〉，二文同時評介了美國出版著作，也從中議論了知識分子與國家社會改革的關係。前文藉由作者解讀辛亥革命裡知識分子對於維新改革及激進革命的殊異見解，表現出當時知識分子對於現代化的訴求，當知識分子過度急躁、理想甚高，又立憲派與革命派的觀念分歧，革命便難有成效：「他們忽略了中國有著極為特殊的社會傳統，現代化之移植格外困難，其進程格外緩慢。」[263]評者公允地指出該書的優、缺點，也對「改革」的進程提出見解。後文聚焦在清末民初的中國科學家丁文江的生命歷程，擴及到中國科學與新文化精神的醞釀：丁文江在科學上提出革新之道取代革新口號；在政治見解及活動上要求知識分子挺身而出改變軍閥橫行、國家混亂；在社會進展上，以科學方法的進化論、遺傳學展望中國的人口問題。[264]

上述的書評中出現了兩位清末民初的學者，一為蕭公權，另一為丁文江，倘稍加析論二者的學術論著及思，更能窺見《大學雜誌》中挑戰國民黨當局的禁忌邊緣。專長於政治學、史學及社會學的蕭公權，留學階段致力於多元政治的研究，其政治思想受到英國政治思想家拉斯基（Harold J. Laski, 1893-1950）「多元政治論」（Political Pluralism）的影響，負笈美國後出版博士論文《政治多元論》後即被列為「國際哲學叢書」（The International Library of Psychology Philosophy and Scientific Method），同步亦受到拉斯基的稱許。陳惠芬歸納蕭公權「政

---

263 張朋園：〈高著「中國知識分子與辛亥革命」〉，《大學雜誌》第65期（1973年6月），頁79。
264 參見張朋園：〈傅著「丁文江與中國科學和新文化」〉，《大學雜誌》第66期（1973年7月）。

治多元論」的思想價值如下：

> （一）強調個人自由；（二）把團體引入政治思想，並指出一條比迄今普遍應用的社會組織更為具體的道理；（三）提出有關政治過程之一種包羅萬想的觀點——包括政府與法律，以及作為多重面向之道德存在之人的所有社會關係；（四）對政治關係的家長主義和絕對主義的有益反抗，以及對任何局部性制度之主權的警告。[265]

在此，蕭公權主張個人自由、講求團體應用、政府與法律的多元面向，以及反對政治上的制度壓迫等，都展現其政治多元論的民本思想。蕭公權更考證了拉斯基的譯本謬誤之處，也評論了他在理論上的矛盾之處，但政治多元論的核心價值已經內化成蕭公權的政治思想。進一步張朋園從歷史發展觀察蕭公權及其著作《中國政治思想史》對政治多元論的變通，藉此蕭公權先是肯定國民黨軍政、訓政及憲政的階段性時期，但在清末孫中山眼見列寧革命的成功後，改以一黨專政、以黨治國之姿改組國民黨，隨後蔣介石再行獨裁專制思想，對此蕭公權藉批判蘇俄的專制警惕中國共產黨，更直接針砭國民黨，自此蕭公權對訓政轉形成控制採取委婉態度，從反共、反法西斯的角度規勸國民黨不要迷失民主政治的方向。[266]黃俊傑連結了蕭公權與中國政治思想史的脈絡後提出：從蕭公權著作可以感受其強烈的價值關懷，諸如其推崇明代反專制政治思想、針砭清代的行政腐敗及控制，「價

---

265 陳惠芬：〈跨域的知識流轉：《政治典範》在中國〉，《歷史教育》第21期（2016年12月），頁166。
266 參見張朋園：〈政治家蕭公權〉，《臺灣師大歷史學報》第39期（2008年6月），頁75-91。

值關懷」一向是蕭公權及其著作的一大特色。[267]

　　此外，五四學人丁文江在《大學雜誌》裡的書評現身，亦可從中感受刊物對於政治氛圍的挑戰意味。一般而言，研究論述多定位丁文江為講究科學精神的地質學家，魏邦良引用了諸多軼事證明丁文江在教學上、提倡經濟建設上的科學精神和理性邏輯，[268]更在一九二三年的「科玄論戰」中駁斥了張君勱以〈人生觀〉為題宣揚玄學、高舉科學對於人生觀的無能為力；[269]谷小水從丁文江與胡適的深厚情誼談起，二人共辦《努力週報》以研究政治、討論政治、批評政治，作為提倡政治革新的準備，刊物發行第二期即表明了政治改革在於好人奮鬥的精神、與惡勢力奮鬥的精神，以促成憲政的、公開的、有計畫的政治實現，立即引發攸關「好政府主義」的討論，[270]因此曾評再進一步探究丁文江的政治思想，任育德透過胡適《丁文江的傳記》重新刻畫了胡適與丁文江的交遊、胡適為其作傳的政治背景，指出丁文江從《努力週報》中體認到人是政治的動物，並認定政治是唯一目的、改良政治是義務，爾後再引丁文江加入對抗日本帝國主義侵略的《獨立評論》刊物的文獻研究，其發表的文章數量僅次於胡適，再現他對現實政局的關注。[271]

---

267 參見黃俊傑：〈蕭公權與中國政治思想史研究〉，《臺大歷史學報》第27期（2001年6月），頁151-185。

268 參見魏邦：〈丁文江：「最講究科學的一個人」〉，《民主與科學》第2011卷第1期（2011年2月），頁55-59。亦可參酌陳國寶：〈丁文江——一位倡導和踐行中國近代科學的思想者〉，《自然雜誌》第30卷第5期（2008年10月），頁304-308。

269 有關論戰內容，可參見葉其忠：〈從張君勱和丁文江兩人和〈人生觀〉一文看1923年「懸科論戰」的爆發和擴展〉，《近代史研究所集刊》第25期（1996年6月），頁211-267。

270 參見谷小水：〈丁文江與胡適關係略論〉，《浙江學刊》第2005卷第3期（2005年5月），頁51-55。

271 參見任育德：〈描繪丁文江：論胡適《丁文江的傳記》〉，《國史館館刊》第38期（2013年12月），頁67-108。

就丁文江自身的地質學專業，在因緣際會下整理了《徐霞客遊記》的意義上觀察，簡君玲從五四的角度分析丁文江對於徐霞客的再閱讀兼顧了「整理國故」及「接軌西學」的核心精神，蔚為「丁氏徐學」，且丁文江考據了徐霞客在亂世中關切家國民生的儒士風範，標榜其「政治關懷」與「求知念專」，正好呼應了丁文江自身的「好人政治」，強調知識分子的責任感、改革中國政治、建立憲政的必要。[272]

　　《大學雜誌》除了上溯至清末民初蕭公權的政治多元論之外，還論究了丁文江的好政府主義、改良政治、好人政治及丁氏徐學的議題，都表現了知識分子之於時代、社會的責任感。筆者認為：書目、書評是刊物最直接鼓勵讀者閱讀的方式，也是最能展現刊物本身態度的形式。再聚焦在蕭公權、丁文江二人的經歷與關懷上，便能發現《大學雜誌》亟欲借用二人經歷呼籲政治改革的決心，同時也帶有借古喻今的比擬作用：首先，二人的留學經驗轉化為內涵底蘊，成為致力於政治理想的基石，也呼應了臺灣知識分子在七〇年代初回顧自身國家、鄉土的路線；加上兩人對於政治都圍繞在除舊、改革的論述上，無論是蕭公權從多元政治觀帶入對民主憲政的期盼，或是丁文江從好人政治基礎上再行建立憲政的、公開的、有計畫的好政府，無一不對政治的變革懷抱憧憬，這也正是《大學雜誌》遊走在官方的邊界、用最隱晦的方式表現對民主政治的渴望，也流露了想要偷渡民主政治、鬆動威權體制的意圖。

　　另外，就文藝、文化與國家政治、社會制度的關係，在第四十四期的書評〈文學與政治之間〉藉由譯介 Morris West 小說《大使與總統》，刻畫一九六三年越戰中南越與美國的政治糾葛，給予高度肯定：「沒有幾個現代作家，能夠如此高度利用現實政治的題材，來構成一

---

[272] 參見簡君玲：〈「整理國故」與「接軌西學」：論丁文江對徐霞客再閱讀的意義〉，《東華中國文學研究》第12期（2015年3月），頁119-146。

個如此成功的文學傑作。」²⁷³於此,文學已然成為重現政治鬥爭的媒介,美國諱莫如深的越戰報告書也證實了這段戰爭史的不堪。

從《大學雜誌》的書目、書評上可以見到刊物本身具備的特色:先是對民主政治的期望,必須建立在改革體制的前提之上;其次是對知識分子經世濟民的期盼,需得立足在革新思維及科學方法的實踐上;最後是借鏡美國對中國歷史的研究歸納,回顧臺灣內部的政經議題。諸多議題都表現了釣運後保釣世代嘗試回應臺灣在外交困境、內政迂闊的關注,他們也藉機提出調整的方針與策略,至此「改革」成為《大學雜誌》的核心目標。

此階段的《大學雜誌》分別舉行兩次座談會記錄,並同時刊載於第五十五期的〈座談會／文學與社會座談會〉(1972.7)及第五十七期〈「藝術與社會問題」座談會記錄〉(1972.9)都將文藝或文化的層次拉到社會的詮釋框架中。〈座談會／文學與社會座談會〉的與會人員有王文興、余光中、邢光祖、高準、彭歌及瘂弦六人,分別針對文學的社會功能、反映社會的作品及其文學價值、文學流派與社會的關係、文學反映社會應否加以限制、作家如何從社會取材與文學家的責任等六大議題進行討論。座談會記錄大抵圍繞在文學與社會、文學與作家、文學與讀者、文學與家國等主題上,除了承認文學與社會有密切關係、文學足以反映社會及影響社會,卻不必然成為唯一的改革工具;作家在文學創作中須有表達的自由,同時背負對同胞、社會、國家及時代前景的責任感,堪為社會良心的代言人;文學亦不能讓讀者萌生惡心,意即作者創作身負責任,而讀者也有閱讀的責任,理應提高讀者水準,才能真正避開黑色、黃色或灰色的作品;純文學創作乍看不能發揮愛國、救國的即時效應,但對家國有所裨益的仍應屬純文

---

273 郭靈:〈文學與政治之間〉,《大學雜誌》第44期(1971年8月),頁60。

學留下的歷史思想。[274]在此,創作者在官方文藝論述底下開啟了文藝創作的自由性格,兼顧文藝政策及創作意識。

　　第五十七期的〈「藝術與社會問題」座談會記錄〉一文記錄李錫奇、何懷碩、林惺嶽、席德進等四位畫家的對談,一樣圍繞在「藝術與社會」的議題之上。四位作家一致強調藝術與社會的關係密切,且維持著「互動」的關係,標明了藝術的確是社會性的創造,但藝術傳達的形式雖以「反映」的姿態現身,卻可以採取忠實、反抗、逃避等方式呈現,用「照妖鏡」映照出潛浮在表象內真實的面貌,更能超越現實的動盪與變化的干擾,成為永恆的陳列。對畫家本身而言,更牽涉到整個文明的發展、政治統治技術的進步、社會經濟型態的變遷、宗教世俗化的趨勢及藝術思想的變遷等等,因此無論美醜,都應納入藝術生命力的範疇,更和文學創作可以直接反映人生問題的深入性各有所長。[275]

　　上述兩次座談會的內容,都直接肯定文學、藝術和社會的關係緊密,透過文學或藝術可以體現人心,但此二文中均提到了文學、藝術和政治集權的關係。

> 因為只有極度腐敗的社會,才會沒有人去表現社會的問題,而紛紛逃避現實;只有極度墮落的社會,才會沒有人敢不歌功頌德;只有在極權控制下的社會,才會沒有人敢表現政治與社會的黑暗面或不同於官方八股的觀念;而一個沒有人敢表現其黑暗面的社會,正是所有的人都已經麻木不仁,喪失了良心和勇

---

274 參見王文興、余光中、邢光祖、高準、彭歌、瘂弦:〈座談會／文學與社會座談會〉,《大學雜誌》第55期(1972年7月),頁60-72。

275 參見本社:〈「藝術與社會問題」座談會記錄〉,《大學雜誌》第57期(1972年9月),頁64-71。

氣的極度腐化至於不可救藥的社會。[276]

今日的畫家對發展自我的反省與渴望比以往更為深入與強烈，而社會的演進，也比舊日提供出更適合畫家自由表現的環境，不過是指導（按：「導」為贅字）享有自由民主的國度而言，在集權而專制的地區，對藝術創作的壓制正與畫家自由的需求成尖銳的衝突，而使畫家感受到更多的壓抑之苦。[277]

二者都指出了政治專制、高壓集權對文學、藝術創作的扼殺甚鉅。先回到文復運動的背景，或可理解座談會的意義，以及《大學雜誌》再度挑戰官方體制底下文藝趨勢的用意，這也是臺灣島內的保釣世代保臺革新的實踐。

筆者在前文爬梳了《大學雜誌》對於中華文化復興運動的轉化方式——創新大於復興；但就文復會底下再細分為十餘委員會，[278]其宗旨不一，其中尤以文藝研究促進委員會致力於新文藝運動以光揚中華文化、揭發共匪破壞倫理道德及虐待文教人士之暴行、團結海內外知識分子加強反共宣傳及理論鬥爭、整編傳統戲劇樂曲並改善民俗舞蹈、召開亞洲作家會議與舉辦文藝課程及獎項等層面，種種文藝活動的策略可視為反共文藝政策的再延長，這種轉嫁民族主義、召喚認同

---

276 高準：〈座談會／文學與社會座談會〉，《大學雜誌》第55期（1972年7月），頁66。
277 林惺嶽：〈「藝術與社會問題」座談會記錄〉，《大學雜誌》第57期（1972年9月），頁68。
278 根據施志輝研究，文復會下各委員會依序為：國民輔導委員會、文藝研究促進委員會、學術研究出版促進委員會、教育改革促進委員會、基金委員會、李約瑟氏「中國之科學與文明」編譯委員會、標準行書研究推行委員會、中華戲劇研究推行委員會、推廣梅花運動委員會、為其研究推行委員會、中華科學技術研究發明獎助委員會。參見施志輝：〈「中華文化復興運動」之研究〉（臺北市：國立臺灣師範大學歷史研究所碩士論文，1995年）。

的方式,背後更蘊含著對中國文化大革命的抵抗語境、由文化道統再造國民黨的政治道統。

　　因此,筆者認為:《大學雜誌》兩次座談會的立論基礎在國府推行文復運動的時刻出現,除了強調文藝創作不受干擾的獨立性之外,實則隱喻了對當時臺灣文藝發展的期許,甚至是創作者群對備受束縛的創作環境感到徬徨無奈。這群保釣世代度過了從反共文藝政策到現代主義的興盛,因為釣魚臺事件才誕生回顧臺灣社會、鄉土的契機,卻眼見文藝再淪為官方文藝政策的附庸;再者表現了七○年代初期創作者的自主性格、揮別官方八股文藝創作的決心,同時也呈顯刊物本身正視文藝的影響力、文藝也作為審視臺灣時政進步與否的關鍵,但種種文藝創作及呈現都必須在官方文藝政策框架中的夾縫求生存,也因此不免在座談會中需得呼應官方立場。

　　這便是在臺灣發行的《大學雜誌》既前衛又保守的敘事位置,前衛的是他們最貼近臺灣島內,站在第一線試圖以知識分子的姿態振聾發聵;保守的是他們相較於《水牛》而言,也較貼近國府官方體制,侷限在反共政策所延伸出來的文復運動裡,但《大學雜誌》遊走在文藝政策禁忌、邊界上的力求突破,確實成為保釣世代中轉向臺灣、關注現實的第一步。

　　面對六○年代全面西化的社會風氣,在七○年代初期的《大學雜誌》明顯地減少對西方哲學思潮的譯介,正是七○年代初期回顧臺灣內部的趨勢,取而代之的是直接將問題指向臺灣內部的核心,但西方哲學思潮方面仍有〈叔本華論世界的痛苦〉、〈齊克果在思想上的兩點提示〉、〈叔本華的政治思想〉及〈尼采的挑戰〉譯介西方哲學家的思想、社會實踐及政治理論等數篇載文;[279]甚而在日本作家三島由紀夫

---

279 參見張尚德:〈叔本華論世界的痛苦〉,《大學雜誌》第37期(1971年1月),頁44-47;孟祥森:〈齊克果在思想上的兩點提示〉,《大學雜誌》第37期(1971年1月),

（1925-1970）自殺後，〈一個日本現代武士的殞落——三島由紀夫之切腹自裁及其意義〉、轉載自《中央日報》副刊的〈三島由紀夫之死〉、〈三島切腹的意義〉及〈三島之死的感慨〉等文章，回顧了三島由紀夫追求至美的精神、日本社會內在的缺陷、自省日本軍國主義的不堪，及其眼見傳統失落的苦痛心靈，都表現了一代知識分子的愛國志節。[280]

以下筆者試著解讀三島由紀夫的殉難，這也連結了《大學雜誌》對知識分子的社會責任、關懷。三島由紀夫與川端康成同被譽為是表現日本傳統美的作家，更結合了現代小說技法，甚者日本小說到三島由紀夫才完成了敘事型態上的成熟，[281]其自殺的「三島事件」震驚日本，引發日本政界、《朝日新聞》、《讀賣新聞》及《每日新聞》三大報的撻伐，但多數媒體仍以「憂國志士」、「死諫」報導其殉難的精神，[282]更有研究指出三島由紀夫的自裁是經過冷靜的思考、詳密的計畫，[283]用切腹的方式向崇拜的武士道致敬。

關於三島由紀夫自殺的背景必須回溯到二戰後日本因為戰敗而受到美國箝制，對於日本傳統文化及天皇神格化的消失感到焦慮，這意

頁48-53；張尚德：〈叔本華的政治思想〉，《大學雜誌》第44期（1971年8月），頁44-45；陳鼓應：〈尼采的挑戰〉，《大學雜誌》第50期（1972年2月），頁62-69。

[280] 相關文章可參見龔忠武：〈一個日本現代武士的殞落——三島由紀夫之切腹自裁及其意義〉，《大學雜誌》第37期（1971年1月），頁26-35；陶希聖：〈三島由紀夫之死〉，《大學雜誌》第38期（1971年2月），頁31-32；木下彪：〈三島切腹的意義〉，《大學雜誌》第38期（1971年2月），頁33-36；田放：〈三島之死的感慨〉，《大學雜誌》第38期（1971年2月），頁49。

[281] 參見王雪梅：〈試析三島由紀夫《春雪》的敘事策略〉，《文學教育》2011卷2A期（2011年2月），頁88-89；李保平：〈打開吧，三島由紀夫碩大的感官花朵〉，《滿族文學》第2010卷第6期（2010年11月），頁74-77。

[282] 參見王淑容：〈「愛之死」的構圖：三島由紀夫的〈憂國〉、電影《憂國》與華格納的《崔斯坦與伊索德》〉，《音樂研究》第19期（2013年11月），頁91-115。

[283] 參見藤井倫明：〈三島由紀夫與《葉隱》——現代日本文人所實踐的武士道〉，《臺灣東亞文明研究學刊第》第7卷第2期（2010年12月），頁255-288。

味著日本文化的主體性走向滅亡。在政治上，三島反對美國干涉日本民族主義、日本左翼陣營，加之其對近代文學的自我覺醒，痛惜天皇的人格化趨勢代表國家與民族的尊嚴盡失；又因為二戰後的日本文化的耗弱、精神的空虛，讓三島力欲振興傳統文化因應龐大的焦慮，故進一步建構了「天皇美學」的框架。[284]殉難成為三島彌補缺憾的方式、重建民族意識的路徑，因此無論是《金閣寺》主人公糾結在自體殘缺與美的追求、《春雪》破除禁忌以褻瀆權威的男主人公，甚至是《葉隱》裡主人公領悟武士道即是看透死亡的覺悟，都演繹了三島身為作者的心靈鬱悶、蒼白及焦慮。

若從三島由紀夫的心靈轉折及歷程類比《大學雜誌》中的保釣世代身處在臺灣政治、社會氛圍中的精神演化，筆者嘗試推演二者的重疊、相仿之處：一來是三島由紀夫耽溺唯美的現代主義手法，正契合於臺灣六〇年代階段的蒼白、無根，到七〇年代初期仍有影響力，對此鄭鴻生在回憶裡提及：三島由紀夫的唯美傾向頗能觸動當時臺灣知識青年灰色抑鬱的心靈，也因此由大學論壇舉辦座談會，邀請鍾肇政及李永熾對談，成功地引起迴響，並引來知識青年們向三島對生命的嚴肅態度、所採取的激越手段致敬；[285]其次是無論是三島由紀夫或保釣世代，都見證了東亞冷戰體制的權力鬥爭，也都面對了國族肇因外國勢力而淪喪主權的危機、不滿於國內政治體制的施政；最後是均各自表現了捍衛民族主義的決心，前者奠基在固守日本傳統文化、天皇神格的立場上，後者立足在趨於先經營臺灣、後放眼中國的民族主義上，二者都呈現了面對國族危難之際力求改革的知識分子論述，不約

---

284 參見黃亞萌：〈三島由紀夫的自我救贖與解體〉，《現代語文》第2010卷第19期（2010年7月），頁91-93。

285 參見鄭鴻生：〈第三章　山雨欲來——最後的大學論壇〉，《青春之歌：追憶1970年代臺灣左翼青年的一段如火年華》（臺北市：聯經出版事業公司，2001年），頁63。

而同地展現了知識分子主體性的最大開拓。

　　筆者認為「民族主義」對於《大學雜誌》中保臺革新的保釣世代而言是一種雙重引力：因應釣魚臺事件而興起的釣運是民族主義引起了保釣世代的認同，但面對國民黨處理釣魚臺事件的不力事實擺在眼前，在國家體制下策動的民族主義——文復運動反而再度間接引起了《大學雜誌》改革的契機，這兩種相似的「民族主義」在保臺革新派的保釣世代中變成了一種弔詭的拉扯，或者說他們提升了民族主義的層次——著眼於臺灣內部的改革、回歸現實，提出新的因應方式。從三島事件到《大學雜誌》裡的保釣世代，其實都展現了知識分子面對家國丕變、民族大難、亟欲變革的因應措施與精神態度。可見無論是叔本華以積極的態度將自己置身在贖罪的世界中以脫離罪惡、用政治幫人解決痛苦，或是齊克果對真理的主觀、追尋、擁有及實行，尼采精神所展現反傳統、指責迷失自我奴隸性的抨擊力道，甚至是三島由紀夫殉難於日本的傳統道德淪喪，不僅對保釣世代帶來的衝擊甚鉅，也從中體會並投射其心靈轉折於自身寫照，更隱含了《大學雜誌》賦予知識分子對於文藝、文化的社會實踐意義，乃至於社會、國家的積極革新責任與淑世目標。

　　整體而言，從若干方面觀察此階段的《大學雜誌》對文藝、文化的走向，依循著創新、革新、抵抗到實踐、關懷的路線。若進一步從這些篇章中歸納所謂革新或創新的「新」，在文藝、文化的外來思潮上，《大學雜誌》奮力地甩開了六〇年代以降的崇洋風氣，除了相關篇數明顯減少，在此他們提倡的不是效法外國思潮的無病呻吟，而是轉化外國文藝思潮中的積極因子成為新進化的養分，藉著西方哲學家、日本作家的心靈曲折與行動實踐，投射自身的精神寫照及期許；在文藝、文化的社會性上，藉由公開的座談會形式，藉當代作家、畫家的對談勾勒出創作者對文藝創作與社會的互動，撇開官方體制下的

文藝路線，而是兼顧文藝創作性及文藝社會性的新路線，當然也突出了知識分子在官方侷限底下的抗拒意志與生存危機；在書目評介上，也示意了刊物對民主政治、民生經濟革新的決心，讓各類出版品具體的現身說法，既可鑒往知來，亦借鏡外國經驗，契合《大學雜誌》甫創刊對於知識分子「經世濟民」的期許。此階段的《大學雜誌》在經歷釣運、退出聯合國席次之後趨往保臺革新的路上，在文藝策略上表面上必須有所呼應，但明顯的與文復運動所訴求的文藝體制漸行漸遠，甚至在政治高壓的箝制夾縫中強化了文藝、文化勾連現實社會、時局關懷以及揮別官方體制的必然性，這便是保釣世代中第三個類群──保臺革新派回歸現實、關注臺灣社會的關懷。

　　當文藝、文化成為傳播的載體、媒介，牽扯的層次擴及到政治立場的差異、所處的地域位置、資源應援的程度，甚至是根深柢固的思想淵源。本節透過此三份保釣世代所編輯的刊物，全然展現了在這世代單位裡的三大類群賦予文藝、文化的不同責任，當然政治立場的迥異影響的程度、面向最深，也因此《自由人》裡不談反共的願景、國府的展望，僅透過介紹左翼作家的作品及際遇，寄寓了藉左批左的立場，延伸至樣板戲套路的乏善可陳，被解讀作扼殺文藝創作的發展；《水牛》反而聚焦在樣板戲的技術層面上，善用戲劇、電影、紀錄片的通俗效應，為家國服務的精神遠大於藝術本身的價值，在指責留學生文學「無根」的當下，實則標誌了「根」的方向；《大學雜誌》將目光關注在臺灣島內，真正的從觀察者的角度看待七〇年代初期文藝、文化應當遵循的路線，既以討論文藝、文化，就讓創作者上陣傳達文藝作品應具備的社會關懷，不是反左翼的官方一言堂，也絕非高倡左翼文學的服務性質，而是繼釣魚臺事件、保釣運動、臺美關係破裂、喪失聯合國席次之後，真正回顧臺灣島內、審視島內僅存的文化資源、借鏡清末民初及海外的文化養分，在國府戒嚴體制底下，試圖

重新建構一條嶄新的文藝路向。

　　接著,筆者欲沿用蕭阿勤對於「回歸現實世代」的定義來剖析「保釣世代」這個世代單位中三大類群的位置,以及他們如何回應「回歸現實世代」的思維與實踐。蕭阿勤曾指出「回歸現實世代」的特質:在釣魚臺事件後的中美友好、臺灣退出聯合國等創傷事件後,學生與知識分子要求社會政治改革的出發點便是「回歸臺灣社會現實」,在社會政治上力行內政革新、回歸現實,進一步體悟到必須關懷自己生長而熟悉的土地,意即揚棄了「擬流亡心態」或「擬漂泊心態」。[286]在此,「保釣世代」便是「回歸現實世代」的世代單元之一,也因此本文所舉的三份刊物《自由人》、《水牛》及《大學雜誌》逐一反映了保釣世代所屬的「回歸現實世代」的特性,他們揚棄了擬流亡、擬漂泊的心態,重新將目光聚集在臺灣,他們改革的心志一致,只是依循的方式不同、路向不同、想建立的願景也不同。

　　不僅是同一個實存世代裡的世代單位會彼此指涉、分化或鬥爭,在「保釣世代」這個世代單位裡,其實可以見到三大類群的互動、對抗或協力,意即「保釣世代」成形後,三大類群各自拉著不同方向的線向前衝,亟欲圍繞出屬於自己「理想」的標準範圍時,這三大類群是否各自有相互重疊又排斥之處?筆者認為:即使是不同的路向、方式,但這群保釣世代各自展現了企求臺灣進步的渴望,而迥異的刊物、不同的篇章都像鏡子一樣倒映出他們的心靈面貌,表現了他們經過創傷事件後的覺悟啟蒙,同時各自擁戴著立場迥異的國族敘事,展示了「保釣世代」之所以精彩豐富的不同取向。筆者試著從下列圖示解釋三份刊物的交集,或許更能展現保釣世代的能動性:

---

286 參見蕭阿勤:〈第二章　回歸現實世代的形成〉,《回歸現實:臺灣1970年代的戰後世代和文化政治變遷》(臺北市:中央研究院社會學研究所,2010年5月),頁101-140。

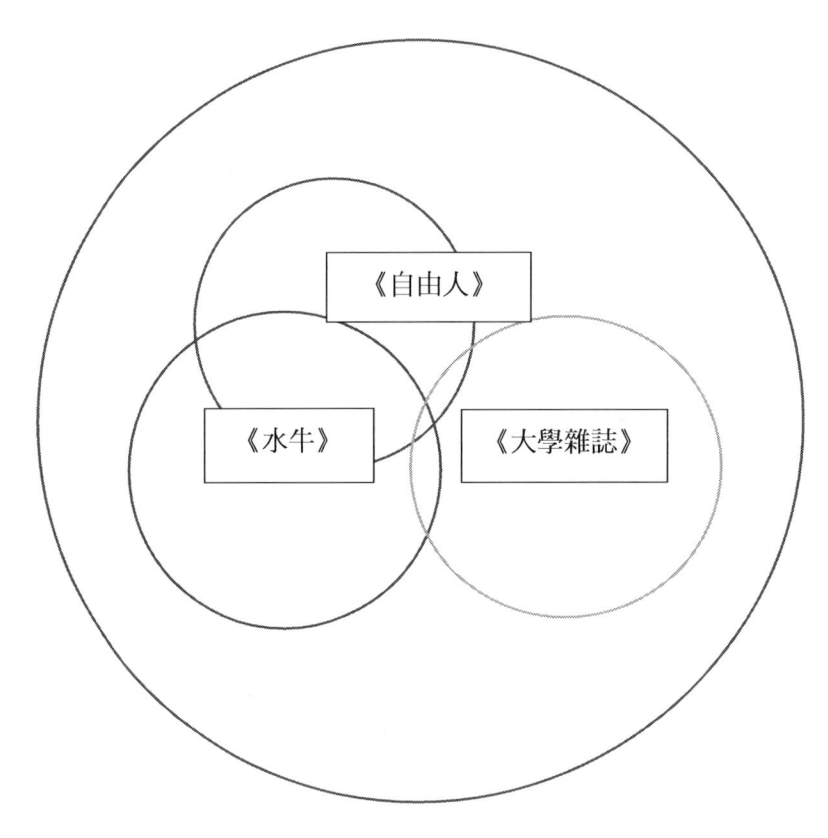

[Venn diagram showing three overlapping circles labeled 《自由人》, 《水牛》, and 《大學雜誌》, all contained within a larger circle]

保釣世代

（世代單位）

在世代單位——保釣世代之中，《水牛》和《自由人》的對抗位置最為明顯，它們在同一個地域發行，前者從左翼的角度闡釋反帝、階級鬥爭與為人民服務對社會進步的必要，後者從文復運動切入鞏固傳統、對抗文革的必要，但二者其實都奠基在國族主義的敘事模式上；《自由人》和《大學雜誌》的立場看似在同側政治光譜上，但前者根著官方立場疾呼反共的當下卻有所傾斜，後者隨著官方立場明朗化而趨向激烈的改革言論；《大學雜誌》和《水牛》雖然發行場域不同、各有著眼的立場，但他們抗拮於國府的官方敘述不謀而合，唯前者奠

基於臺灣現狀訴求內政改革，後者在呼應新中國的想像共同體中細數國府的不力。

這三份刊物看待美國都抱持著抵抗的態度，卻又各有貶斥的因素，《大學雜誌》及《自由人》從臺灣退出聯合國的角度視美國為搖擺不定的盟友，為了自身利益而罔顧盟友國的權益，但《大學雜誌》試圖化危機為轉機，藉此建立革新的路線；《自由人》從官方立場出發惋惜美國的決策，但更多的是對蔣經國政權的期盼，也流露出保釣世代在親國府官方與內心改革意志的游移；《水牛》從左翼光譜直批美國帝國主義式的干涉、侵略及霸權，三種不同的態度的確又展現東亞冷戰體制裡的權力分配，這便是不同刊物交集後所構成的拉鋸張力。

這三份刊物所代表的保釣世代類群都是戰後第一代、中產階級知識菁英，他們自小接受的同樣的國族教育敘事，因此多數人都擁有「擬漂泊」或「半擬漂泊」的心態，對於被建構出來的「文化認同」在釣魚臺事件、保釣運動後有了質變，也各自在刊物裡萌發批判、論述與辯證。不可否認的是：不同的批判、論述或辯證都必須仰賴於他者的存在才能凸顯自身的核心意義。薩依德（Edward W. Said）的「對位式閱讀」（contrapuntal reading）來詮釋這三份刊物互動之下所呈現「保釣世代」的有機體特質。薩依德先是提出檢視文化檔案必須考量的全面性：「當我們重新檢視文化檔案時，我們開始以並非單純意義地，而是對位式地重新解讀，並同時體認到被敘述出來的宗主國歷史和反抗（以及同時並存）其支配性論述運作的其他歷史兩者。」[287]

在這裡薩依德強調的是在霸權系統中統治與被統治協調出來的秩序關係，像是西方古典音樂的對位法上，特定的段落僅能凸顯一個臨時性的特權聲部，其餘的多聲部擔綱的是協調秩序的角色，也就是說

---

287 Edward W. Said著，蔡源林譯：〈串聯帝國與世俗的詮釋〉，《文化與帝國主義》（臺北市：立緒文化事業公司，2001年1月），頁106。

唯有「對位式」的理解方式才能重新勾勒出統治者與被統治者的權力分配關係。就上述的三份釣運刊物都籠罩在東亞冷戰體制的框架之內，廣泛的來說它們在這框架內的存在及論述便是一種對位式的理解，意即從這三份釣運刊物裡互抗或互涉的立場便可窺見整個東亞冷戰體制的運作過程、演化的歷程及最終的結果，除了可以看到主導權力的支配力量，也可以聽到被支配者的聲音及論述話語，如此更顯全面。

因此要理解六〇年代到七〇年代的東亞冷戰體制，從前章述及的「前釣運刊物」到本章論述的「釣運刊物」都形成一種對照的閱讀模式──首先是前釣運刊物與釣運刊物的對位式閱讀，它們展現歷史的前、後連續性的變化，當然還有像是釣魚臺事件這種轉折點的爆裂；再者是釣運刊物本身的對位式閱讀便帶有協力又抗拒的秩序規則，這其中也逐一演繹著它們對東亞冷戰體制的立場、理解與不滿；最後是這些前釣運刊物、釣運刊物與東亞冷戰體制框架的對位式閱讀，從這些刊物發行的當下、知識青年的回應、保釣世代的呼籲等，即可看見臺灣與日本、美國、中國之間形構的多角關係，這種關係包含了臺灣與日本在歷史淵源上的殖民遺緒、臺灣與美國在自由主義號召下的共謀與分裂、臺灣與中國在內戰後分化又必須依偎著世界兩大陣營而生，更多的是美國、中國及日本在國際情勢變動下的權力互動關係，取捨之間都展現了政治因素的必要考量。據此檢視上述的三份釣運刊物，便能理解這三份刊物面對東亞冷戰體制內的支配力量時何以產生不同的論述，這些不同的論述更有助於定位、定義彼此的位置，同時也維持恆動關係。

薩依德用以解釋十九至廿世紀之間的帝國主義及文化關係的互涉，但或許提供了保釣刊物作為釣運文獻的新面向：「我們所處理的文化認同之形成不是理解為本質化（雖然他們持久的訴求一部分是他們似乎被認為好像是本質化），而是對位式的綜合體，因為無任何一

種認同可以只憑恃自己而存在,而無需一整套的相反、否定和對立。」[288]薩依德在此所說的「文化認同」必定從對位的方式才能更顯意義,若從此解讀《自由人》、《水牛》及《大學雜誌》在釣運期間的互涉關係,或許更能清晰的凸顯各自的認同模式,這種認同模式包含了國族敘事的不同認知方向、對於內政革新的理想憧憬順序不同、表現在文藝或文化層面的分歧現象,彼此形成三角交集後的拉扯更顯「保釣世代」的有機變動性質。

「保釣運動」為七〇年代以降的臺灣點燃社會關懷的火種,蔓延至隨後興起的現代詩論戰、民歌運動、鄉土文學論戰或黨外運動;「保釣世代」從六〇到七〇年代初期的成形過程,更完整的表現一代知識分子藉由釣魚臺事件、保釣運動所凝聚的世代精神。筆者透過六〇年代的「前釣運刊物」追尋「保釣世代」成形前的思想資源、關注議題、文化涵養;再行透過七〇年代的「釣運刊物」描繪出「保釣世代」成形後的差異其實帶有差異,這個世代單位中的三大類群對於五四精神的詮釋、各自追逐理想社會的樣貌及建構方式的差異,乃至於到文藝、文化各有其深化面向與批鬥對象的競逐方式,無一不是互相牽動、影響、吸納或干擾,但這正是「保釣世代」詭譎又饒富張力的歷史意義。

---

288 Edward W. Said著,蔡源林譯:〈串聯帝國與世俗的詮釋〉,《文化與帝國主義》,頁108。

第四章
「保釣世代」的共感及歧異:「感覺結構」及「霸權」、「場域」的競合

　　若將六〇年代視為「保釣世代」成形前的積累階段,近幾西化的背景、留學潮的興盛、歐化的文藝素養,勾勒出這一群知識青年的時代共感,而這樣的時代共感其實也反映了當時臺灣的政治語境、社會氛圍和這群知識青年所醞釀的回饋方式。釣魚臺事件之後,這一群特定的知識青年參與釣運進而成為「保釣世代」,面對釣運分化後的立場迥異,他們在異空間用不同的方式設定自己的位置跟動機,也共享當下臺灣或國際的重要議題。

　　誠如前述章節所爬梳,六〇年代是知識青年蟄伏、醞釀、累積的時代,這一群知識青年是戰後第一代的菁英成員,他們大多數接受高等教育,其中更多數趕赴留學熱潮,帶著國府教育體制深植的思想,或負笈異國、或留在臺灣,無論他們接觸到無根的一代、苦悶的一代或狂飆的一代,每一種衝擊、異文化、社運、思潮都是自我省思的開端,也漸漸地重新積累他們在釣運中所運用的思想資源,直到轉折節點「釣魚臺事件」出現,這些思想資源成為這群保釣世代關注國際事件、臺灣內政的修辭話語,加上釣運分化後的類群差異,也成為「保釣世代」知識分子論述的歧義性。

　　就時間性而言,這群保釣世代橫跨了六〇年代到七〇年代初期;就空間性而言,他們從臺灣橫渡到歐洲及美國。意即:不同的時間點、不同的地域性,這群知識青年到保釣世代所建構出來的「感覺結

構」（structure of felling，或言「感知結構」）就會有所延伸、調整或變動。筆者想追溯「保釣世代」在形成過程中的「感覺結構」演化，不同階段所帶來的共感會倒映出何種國際情境、臺灣內政、社會氛圍，這樣的「感覺結構」勢必展現某種延續性與斷裂性，但也可以瞭解時代與世代的連結、互動關係。此外，筆者再透過「場域」概念爬梳保釣世代中不同的類群之間的資本競合及其生存心態，目的在於歸整出保釣世代的歧異性。

關於保釣世代成形前、後的論述，則必須考量到當時的歷史語境。游美慧討論「論述分析」時強調與社會研究的接合點，因為單獨地分析文本，可能受限於文本在社會情境中的使用，以及某些意義是在文本與讀者的社會情境交集的剎那所產生。[1]此外，蕭阿勤討論六〇、七〇年代的報紙、刊物、文集或論著等，以分析戰後世代表達對自我、社會、時代、國族及其關係之體驗與看法的言論，他採取論述分析（discourse analysis），對這些史料所構成的文本（text）——人們溝通行動的言語或文字的記錄進行爬梳，進而採取社會結構論的論述分析立場，將語言看作是一種社會實踐、一種做事情的方式（a way of doing things）。[2]筆者欲借用並延伸其論述分析方法，試圖重新討論與釣運相關的泛聯繫刊物及釣運刊物裡知識青年轉變成保釣世代的自我認知、話語修辭及實踐行動。

---

[1] 參見游美惠：〈內容分析、文本分析與論述分析在社會研究的運用〉，《調查研究》第8期（2000年8月），頁25-29。
[2] 參見蕭阿勤：〈世代認同與歷史敘事：臺灣一九七〇年代「回歸現實」世代的形成〉，《臺灣社會學》第9期（2005年6月），頁14-15。

第一節　溶解流動中的社會經驗：「感覺結構」與「霸權」的關係

從1950年代當局用白色恐怖手段來肅清左翼殘餘，並建構出一個美蘇冷戰下的反共社會以來，反抗的力量基本上只能以「自由主義」和「個性解放」的立場來發言，並且大半只能限於言說論述的範圍。在這種高壓統治下，1960年代的臺灣青年學子只能從殷海光李敖等人提倡的個人自由與個性解放的論述中，吸收思想養分，求取心理慰藉。那幾年，年輕人也曾如飢似渴讀著羅素與沙特，相對於全面籠罩的反共意識形態，他們的著作算是十分前衛與解放了。[3]

從耳語、小道消息，從被塗去、被撕裂、以至於整頁消失的「時代周刊」、「新聞周刊」，窺測臺灣現狀、鐵幕後的蘇聯、中國文化大革命、東京巴黎美國的學生運動、種族屠殺、布拉格之春等等世界大事。在這之外，以最奇怪的方式從進出基隆臺北高雄酒吧的美軍，看越戰正在進行。在咖啡屋聽披頭四、鮑伯·狄倫等找不到答案的音樂，感覺著嬉皮、迷幻藥、禪，以至於四大皆空的超感覺靜坐。[4]

我所看到的七○時代，是一個「臺灣」的年代，卻一點也不本土。所謂「臺灣」，乃在它已逐漸離開四○、五○年代的半日據、半閩南、半外省所綜合遺留之平寧質樸風貌，開始走進一種俗劣品味卻又頗具自我奢華如美耐板家具、床頭沙發墊、計

---

[3] 鄭鴻生：〈第四章　校園驚蟄——保衛釣魚臺運動〉，《青春之歌——追憶1970年代臺灣左翼青年的一段如火年華》（臺北市：聯經出版事業公司，2001年），頁76。

[4] 施淑：〈現代的鄉土——六、七○年代臺灣文學〉，《文學星圖：兩岸文學論集》（臺北市：人間出版社，2012年），頁140。

程車內布滿小閃燈的社會景狀,市鎮上到處散發著一種創發自臺島的自由語言,如售屋公司採「樣品屋」預售法即是。是一個對自由之呼吸極度需索,卻又一時之間尚未覓得適宜形式的兵荒馬亂時代。[5]

六〇年代後期陳映真和他的友人們入獄的事不斷在青年中流傳著。其實,始終沒有人弄清楚真相。他們閱讀的書籍,他們的組織,他們改革的方向,便當然被流傳的無稽一再訛誤或誇張,變成七〇年代如Y一般的青年憤怒、苦悶、恐懼,或夢想革命的莫名的情緒罷。[6]

上述的四段描述依序表現了六〇年代知識青年所感受的政治局勢、國際情勢與社會氛圍,還有七〇年代「臺灣」回顧本島的濫觴,以及七〇年代初期知識青年面對政治高壓的情緒與憧憬改革的意志。無可厚非,這群戰後第一代的知識青年,自五〇年代始被教育收攏在國民黨國族敘事的框架之內,到了轉換成了六〇年代美援文化的渲染,直到七〇年代初期面對的是臺灣處於國際外交的不被認同、國族敘事傳統赫然破滅的不堪。從外在的環境觀察,見到的是臺灣文化的丕變,但從這一群知識青年的精神面貌切入,足以感受到的是這些親眼見證、親身經驗所帶來的惶恐、不安、憧憬及興奮等情緒的更迭。

不可否認,這一群特定的「知識青年」到「保釣世代」,從出生、成長、接受教育到出國留學,都被攏納在既定的「霸權」體制內。因此,若想理解這一群特定的「知識青年」到「保釣世代」的演化路徑,或許可以重新追溯他們在霸權體制下所處的社會氛圍、歷史

5　舒國治:〈臺北遊藝〉,收錄於楊澤主編:《七〇年代·懺情錄》(臺北市:時報文化出版公司,1994年),頁15。

6　蔣勳:〈七〇──〉,收錄於楊澤主編:《七〇年代·懺情錄》,頁111。

語境帶來的累積、醞釀及衝擊。是故,筆者在此欲藉由雷蒙德・威廉斯的「感覺結構」分析這群「保釣世代」成形的共同話語與修辭,兼採葛蘭西(Antonio Gramsci, 1891-1937)「霸權」(hegemony)概念爬梳從「知識青年」到「保釣世代」面對霸權體制的因應方式與態度,除了可以反映從世代變化過程中「感覺結構」的移轉,也可倒映時代、歷史與群體的互動牽連。

一 「感覺結構」的溶解流動性質、「文化霸權」的宰制與內化

雷蒙德・威廉斯在《革命長途》(*The long revolution*)提出「感覺結構」(或言「感知結構」)詮釋英國在工業革命前、後的文化變遷。首先,必須釐清「感覺結構」與「意識形態」的差異。威廉斯曾舉出英國維多利亞時代的意識形態與感覺結構的差別:意識型態往往有意識地揭露貧窮、罪孽以及造成社會衰敗和偏差的種種不合理現象;感覺結構則通過狄更斯、艾米麗・勃朗特及其他作家新的語義形象顯示這種揭露,顯示已成為普遍狀況的人際隔閡、顯示作為這種狀況的相關例證的貧窮、罪孽或種種不合理現象。[7]往往先有群體感覺結構的表現後,才會往前追溯意識形態的形成,雖然意識形態可以充分的解釋某種現象,但卻無法深刻地展現行動主體曾體驗過「感覺結構」裡感受及張力。一如文學史上定義臺灣六〇年代是無根、蒼白的時代,這樣的說法趨近於「意識形態」的表述,因為這種對社會時代本質有所揭露、提出取代性的說法必是後來才形成,它表現了某種對時代的揭露及定義,但透過作家、作品的語義形象,便足以顯示當時

---

[7] 參見雷蒙德・威廉斯著,王爾勃、周莉譯:〈第二章 文化理論〉,《馬克思主義與文學》(開封市:河南大學出版社,2008年),頁143-144。

普遍狀況的時代氛圍，故威廉斯的「感覺結構」目的在於跳脫以「現在」理解「過去」的方式，而是還原過去的時空情境。

威廉斯指出：「在研究過去任何一個時期時，最難掌握的事情就是，這種感覺到的對特殊地點和特殊時代生活性質的感知：把特殊活動結合成一種思考和生活方式的感知。」[8]意即再多的、再完整的記錄文化（documentary cultrue），也僅能大致接近一個「被活出的文化」（lived cultrue）。因為「感覺結構」既不是「社會特徵」，也絕非「文化模式」，而是在某種程度上借以存活的實際經驗。所以他提出「感覺結構」這個術語用以詮釋對生活的一種感知、一種特殊的體驗群體，並傳遞著某種生活方式的特徵，群體之外的人絕對無法表現這種獨特的感知經驗，即是「在共同生活方式中，有特定的生活感、特定的經驗社區（community of experience），不需言明，僅憑共同生活方式的特點即是以一覽無遺。」[9]艾蘭‧普瑞德再進一步分析「感覺結構」：「威廉斯也認為任何過去或現在的感覺結構，是不易安置的共同元素，容許個別經驗的差異；也就是他所說的內在知識的結果，一種『生活的特殊感覺』，一種『特殊的、本土風格的清楚感覺』，『一種幾乎不需要特意表現的特殊社群經驗。』」[10]因此「感覺結構」可以回溯、界定、重現某一個組織群體對時代氛圍及周遭的感知經驗，故威廉斯歸結「感覺結構」涉及的是在意識和關係中關於衝動、抑制以及精神狀態等個性氣質的影響力因素，它不是與思想觀念相對立的感

8　雷蒙‧威廉斯著，趙國新譯：〈文化分析〉，收錄於羅鋼、劉象愚主編：《文化研究讀本》（北京市：中國社會科學出版社，2000年9月），頁131。

9　謝國雄：〈文化取向的傳播研究——雷蒙‧威廉斯（Raymond Williams）論點之探討〉（臺北市：國立政治大學新聞研究所碩士論文，1984年），頁55。

10　艾蘭‧普瑞德著，許坤榮譯：〈結構歷程和地方——地方感和感覺結構的形成過程〉，收錄於夏鑄九、王志弘編譯：《空間的文化形式與社會理論讀本》（臺北市：明文書局，1983年3月），頁92。

受,而是作為感受的思想觀念和作為思想觀念的感受,更具體地說,感覺結構是一種現時在場、處於活躍、相互關聯的連續性之中的實踐意識。[11]

　　進一步關於「感覺結構」的形成,威廉斯定義「感覺結構」是「溶解流動中的社會經驗,被定義為同那些已經沉澱出來的、更加明顯可見的、更為直接可用的社會意義構形迥然有別的東西。」[12]大多數的現行藝術與文化都和已經具有明確的社會構形——主導性的或殘餘性的形構相關,而與新興結構相關的主要是溶解流動狀態的感覺結構。這種感覺結構也以結構性質表現,並處在邊緣位置,還包含了許多前行階段的特點,直到世代或群體在行動、實踐中覓得的特定的歷史交合點(articulations)方式後才會產生變化。「感覺結構」之所以被定義為「溶解流動中的社會經驗」,除了在於它的現時變動性之外,或許可以從原來所處的邊緣位置到發現了特定的「接合表述」作詮釋,也就是「感覺結構」通常有別於主導性、殘餘性的社會位置,而是從邊緣位置出發,表現出一種正在形成、具象化的感覺作用,或是一種正在浮現的感覺作用。

　　在此,威廉斯仍強調不同世代的對於「感覺結構」必然的差距概念,這裡說明了世代之間既有某種程度的連續性、相似性關係,但因為具有獨立性的感覺結構不會以任何形式或方法被學習到,但新一代在接納的過程中採用著迥異的方式感覺整體的生活,仍然創造出新的感覺結構:

11　參見雷蒙德・威廉斯著,王爾勃、周莉譯:〈第二章　文化理論〉,《馬克思主義與文學》,頁141。

12　參見雷蒙德・威廉斯著,王爾勃、周莉譯:〈第二章　文化理論〉,《馬克思主義與文學》,頁143。

尤其有趣的是，它似乎並不是以各種形式習得的。一代人訓練自己的後繼者，在社會特徵或一般文化模式方面獲取尚好的成功，但是，新的一代人將有其自己的感覺的結構，他們的感覺結構好像並非「來自於」什麼地方。極為獨特的是，因為在這裡，變化的組織產生於有機體中：新的一代人將會以其自身的方式對他們繼承的獨特世界做出反應，吸收許多可追溯的連續性，再生產可被單獨描述的組織的許多內容，可是卻以某些不同的方式感覺他們的全部生活，將他們的創造性反應塑造成一種新的感覺結構。[13]

上文仍可以見到「感覺結構」對於世代差異的解讀。「感覺結構」除了強調文化共感之外，還強調了不同世代的群體會產出不同的感覺結構，意即世代之間的差距也是用來理解感覺結構的方法之一，不同的時間誕生不同的群體，不同的群體各有隱含的經驗結構，所塑造出來對社會的反應方式也不相同。另外，因為感覺結構有著世代位置的差異，因此要瞭解一個世代所帶有的「感覺結構」，可以嘗試追溯前一世代的「感覺結構」以釐清差異，藉由一段連續性的線性歷史，理解不同歷史語境中可能誕生的反應方式。因為行動群體因應歷史環境的不同，感覺結構可能也不同，它是有別於世界觀或意識形態，包含了衝動、限制和基調等表示特徵的元素，特別是意識和關係的情感性元素，並非與思想對立，而是感覺般的思想、思想般的感覺，往往被視作是民族、地方文化等整體複雜關係中不可分離的形成過程。[14]

---

[13] 雷蒙德・威廉斯著，趙國新譯：〈文化分析〉，收錄於羅鋼、劉象愚主編：《文化研究讀本》，頁132。

[14] 參見艾蘭・普瑞德著，許坤榮譯：〈結構歷程和地方──地方感和感覺結構的形成過程〉，收錄於夏鑄九、王志弘編譯：《空間的文化形式與社會理論讀本》，頁92-93。

威廉斯在七○年代出版《馬克思主義與文學》(Marxism and Literature)後，明顯的一改前期與左翼保持距離的意識，他在《馬克思主義與文學》中肯定、討論安東尼奧·葛蘭西（Antonio Gramsci, 1891-1937）「霸權」（hegemony）超越了整體社會過程的文化及意識形態，更帶有主從關係及滲透性。歐洲重要的共產理論學者葛蘭西的「文化霸權」源自於受到法西斯壓迫而在獄中創作的《獄中札記》(Prison Notebooks)，他指出除了經濟的不平等，政治和文化也是一種支配關係，例如義大利擁有革命的客觀條件，卻遲遲未興起革命，便是國家侵犯了公民社會（civilsociety）、接管了本來獨立自主的機構，國家是一種階級支配的工具，代表資本家、資本階級的利益。於是國家的力量除了有賴於武力，也來自思想控制，便更顯文化的重要性，「文化霸權」便是國家和統治階級在公民社會裡控制信念的能力，而霸權信念是位居支配地位的文化主題，足以強化不平等、截斷批評思考的可能，讓支配階級有效率的統治，並減少維持社會秩序應有的武裝需求。[15]

一九二六年的〈南方問題札記〉(Notes on the Southern Question)是葛蘭西第一篇使用「文化霸權」的文章，他以無產階級中的工人人口動員聯盟之所以取得廣泛的農民群眾的同意為例，因為他們跨群體的保護他者的利益成為領導的先聲，雖然在此仍以階級聯盟的觀點相同，但正是從「政治」層面到「知識的和道德的」層面的運動中，已經產生走向超越「階級聯盟」的文化霸權概念，這群「知識的和道德的」領導階級擁有一套思想和價值、一套橫跨部門的主體的立場，葛蘭西稱之為「集體意志」，這種「集體意志」將透過意識形態，變成了結合一個歷史性集團的有機黏合劑。[16]因此更重要的是吸納、重組

---

[15] 參見Philip Smith著，林宗德譯：〈第三章　文化與意識形態：西方馬克思主義〉，《文化理論面貌導論》（臺北市：韋伯文化國際出版公司，2008年1月），頁55-59。

[16] 參見Ernesto Laclau、Chantal Mouffe著，陳墇津譯：〈文化霸權：辛苦推出的新政治邏輯〉，《文化霸權和社會主義的戰略》（臺北市：遠流出版公司，1994年），頁91-95。

這一群被統治者的文化或價值觀,進而成為對統治者有利的道德觀與世界觀,取代傳統打壓、排拒的方式。[17]在此,葛蘭西說明了「文化霸權」的生成溯源,也提醒了「文化霸權」在生成的過程裡會有一群知識的、道德的領導階級凝聚「集體意志」,目的在於接合執行文化霸權階級的意識形態,以作為鞏固、穩定階級的方式,而且這樣的集體意識本來就是由多元的成分所組成,因此並不專屬於任何一種階級屬性。「文化霸權」的概念實則是爭奪整體社會領導權的命題。

更準確的說,「文化霸權」的建立是統治階級成功、生存的基礎,這樣受益於列寧的政治主張說明了:「一個成功的統治階級,就是那個在實際上取得政權之前就已經在精神上和道德上取得領導地位的階級。為了做到這一點,它必須擁有一個可以作為核心的領導集團,而該集團又有能力從社會其它集團中獲得支持。」[18]葛蘭西的霸權概念萌芽自馬克思、恩格斯、列寧及盧森堡等人,透過統治階級透過「霸權」這一種合法化的符碼,掌握自身的權力及利益、鞏固統治階級的道德權威及社會氛圍,但「霸權」實則經過統治階級同意後的產物,也是維持社會秩序的方式,它脫離於武力的壓迫或強制性的支配,但得以塑造被統治者的順從,並成為內化的思想原則。

這種「霸權」的傳播有賴於有機知識分子(organic intellectuals)的活動,相較於「傳統知識分子」(traditional intellectual)只有履行專業(profession),有機知識分子代表所屬階級的「文化上的自我意識與自我批判」,他們藉此創造意識形態、建構文化社會集團,並組織群眾進而創造自己階級的文化與政治霸權、打擊對立階級的文化與政

---

17 參見黃庭康:〈葛蘭西、霸權、與教育社會學〉,《網路社會學通訊期刊》第11期(南華大學社會學研究所,2000年12月15日)。
18 詹姆斯・約爾著,石智青校閱:〈第九章 知識分子;馬基維利;文化霸權〉,《葛蘭西》(臺北市:桂冠圖書公司,1994年4月),頁107。

治霸權。進一步有機知識分子互盟建立霸權集團（hegemonic bloc），藉此掩蓋集團內的利益、位階差異。葛蘭西從「文化政治學」中的階級和權力的角度看待文化，指出要消除霸權文化最好的方式是解除它的典律化（decanonization），[19]且必須透過與社會群體結盟、從運動戰（the war of maneuver）變成長期的「陣地戰」(the war of position)才能建構新的文化霸權取代舊的文化霸權。入獄後的葛蘭西，一改早年參與共產革命運動的方式，他選擇從統治者的角度思索權力布局、維續的滲透模式，因此「霸權」有別於「統治」，也讓他從被統治者的基層文化、價值觀切面，延伸至文化霸權的討論。

在此，筆者先行討論「感覺結構」及「文化霸權」的目的，在於凸出二者的特色，也藉此概念同行討論本文的研究對象——「前釣運刊物」與「釣運刊物」之中的「知識青年」到「保釣世代」的轉化過程。筆者認為：正如「感覺結構」是一種「溶解流動的社會經驗」，是故爬梳「保釣世代」形成前、後變動的感覺結構，可呈現出行動主體的社會共感；「文化霸權」當下的宰制性、變動性、修正性及再創性，亦可展現歷史語境中的恆動發展。此二者都與世代的變遷性質有所關聯，前者可以看到行動主體浮現共感的過程，後者則能見到歷史中的權力交纏。

二　「感覺結構」與「文化霸權」的連動、辯證關係

回到威廉斯對「霸權」的詮釋，將有助於理解二者融會的可能性。威廉斯在《馬克思主義與文學》中將葛蘭西的「霸權」視作馬克思主義文化理論的重大轉折點，他指出葛蘭西區分了「統治」和「霸

---

19 參見陳昭瑛：〈霸權與典律：葛蘭西的文化理論〉《中外文學》第21卷第2期（1992年），頁54-92。

權」,「霸權」是讓關聯體行動的社會力量或文化力量,既涵蓋又超越了「整體的社會過程的文化」與「意識形態」。「意識形態」往往以統治階級的姿態遮蔽了那些未清晰、複雜的、混合的且不完整的思想意識。「霸權」概念相似於「意識形態」,但它不把思想意識等同於意識形態,而是注意到有關主導與從屬的關係,並滲透到生活的整體過程及各種社會結構、關係、身分。是故,「霸權」是一種由實踐和期望構成的整體,覆蓋了生活的全部,包含對生命的感覺與分配、對自身與周遭的知覺體察。[20]

　　威廉斯更進一步提出:「霸權是一種實際體驗到的意義、價值體系,當這些意義、價值作為實踐被人們體驗時常常表現出彼此相互確證的情況。這樣,霸權就為社會中的大多數人建構起一種現實感、一種絕對的意義。」[21]在此威廉斯說明了「霸權」其實是一種社會裡多數人都具有的「現實感」,從根本上來說也是一種社會上既有的「文化」,在這裡「感覺結構」與「霸權」看似有了相類的重疊性質。威廉斯更認為「霸權」具有兩個優勢:一是它所具備的主從形式接近社會組織、涉及現代生活領域,而非出於統治階級的觀念投射,如此霸權顯然更具能動性,葛蘭西重視取代性霸權的創造力;二是霸權提供了一種完全不同的看待文化活動,因為文化產品及活動在意義上不再只屬於上層結構,因為任何一種文化霸權都存在於底層且貫通整體,加上文化傳統和文化實踐遠大於已然成形的社會結構和經濟結構的建構性質,且又存在於基礎性的構成過程之中、關聯到現實領域。故人們的能動經驗和實踐構成了絕大部分的文化現實和文化生產,不應受

---

20 參見雷蒙德・威廉斯著,王爾勃、周莉譯:〈第二章　文化理論〉,《馬克思主義與文學》,頁115-118。

21 參見雷蒙德・威廉斯著,王爾勃、周莉譯:〈第二章　文化理論〉,《馬克思主義與文學》,頁118。

化約、不應強迫這些經驗和實踐適應已然是主導性、確定且明顯的經濟關係或政治關係。[22]

這裡可以見到「霸權」除了可以瞭解統治階級的權力如何形成，也可以看到統治階級如何透過文化宰制整個社會體制的不平等，相同地也成為被統治階級的反抗策略。威廉斯歸納實際存在的「霸權」是一種過程而非系統或結構，是由經驗、關係和活動構成的現實複合體，是以多重、多元的複數型態呈現在社會結構裡，他進一步點出霸權的特質：

> 霸權絕不僅僅作為一種主導而消極地存在，霸權總是不斷地被更新、被再造，得到辯護，受到修飾；同時它也總是不斷地受到那些完全不是來自它自身的壓力的抵制、限制、改變和挑戰。於是，我們不得不在霸權概念之上添加上反霸權和取代性霸權等概念，它們都是現實的、持續性的實踐因素。[23]

威廉斯就此除了說明「霸權」的恆動性、變化性及更新性質之外，他也提示了一種霸權的被抵制特質，這種的被抵制來自於本身的因素，而是源自於社會裡存在著反抗形式的、直接對抗形式的政治和文化等因素，也就是這些取代性的政治因素或文化形式以及多種形式的對抗和鬥爭讓霸權體系充滿詭譎的變動性。正是這些變動性，研究者也曾指出這種互動會使霸權體系呈現三種情況：被統治階級吸納了的霸權主導（hegemonize-dominanat）部分、反抗統治階層掌控的抵抗（oppos-

---

22 參見雷蒙德・威廉斯著，王爾勃、周莉譯：〈第二章　文化理論〉，《馬克思主義與文學》，頁119-120。
23 參見雷蒙德・威廉斯著，王爾勃、周莉譯：〈第二章　文化理論〉，《馬克思主義與文學》，頁121。

titional）部分及暫時被統治者反抗者擱置在一旁的剩餘（residual）部分，而且這三者呈現不穩定的變動關係。[24]

據此，加拿大學者艾倫・奧康納（Alan O'Connor）採用霸權體系理解「感覺結構」，他指出威廉斯的「感覺結構」對應的便是一種文化形式正要浮現前的可變動的、可更新的時刻，[25]這裡也呼應了威廉斯對霸權的定義是「實際存在的霸權總是一種過程，而不是一種系統或結構（除非是在分析的時候才能這樣看）。」[26]對此概念，艾倫・奧康納指出：

> 霸權不是一整體系統或意識形態。它牽涉掌控與從屬關係的生產，掌控性的實存（dominant reality）中包含其他可能選項（alternatives），但卻也排除了許多可能的實踐。研究最重要、最吸引人的部分，往往是還未明朗的那些面向，或者是關於實踐與生產之新場域的浮現。其在各種形式及藝術上的開放或眾聲喧嘩（muliti-voiced）的特性，通常是觀察歷史變動的沃土。「感知結構」這個新概念，主要就是針對一個新的或已變遷的

---

24 參見黃庭康：〈葛蘭西、霸權、與教育社會學〉，《網路社會學通訊期刊》第11期（2000年12月15日）。
25 邱家宜在探討戰後初期的臺灣報人群體時採用威廉斯的「感知結構」概念，他指出新聞史是一種文化史，任務是要還原過往的想像形式與歷史意識，傾向於威廉斯所說的社會的整體「感知結構」。他在討論四種臺灣報人群體時，便取用艾倫・奧康納（Alan O'Connor）的概念，說明「感知結構」即是霸權系統中新的或已變遷的文化形式正要浮現前（pre-emergence）的時刻。邱家宜接著再採用澳洲學者保羅・瓊斯（Paul K. Jones）將「感知結構」納入「霸權系統」中的概念架構，指出「感知結構」除了可以被視為霸權理論結構的一部分，尤其在反對既有霸權的社會實踐上，更成為重要角色。參見邱家宜：〈戰後初期臺灣報人群體的多重「感知結構」〉，《新聞學研究》第112期（2012年7月），頁131-134。
26 雷蒙德・威廉斯著，王爾勃、周莉譯：〈第二章　文化理論〉，《馬克思主義與文學》，頁121。

> 文化形式正要浮現前（pre-emengerce）的時刻……[27]

這裡艾倫・奧康納即說明了「感覺結構」與「霸權」的互涉關係，一樣從主導與從屬的關係看待霸權，特別的是「感覺結構」象徵著一種新的霸權正式浮現前的時刻，呈現的是多元開放的變動性。[28]

對此，筆者在邱家宜討論戰後初期臺灣報人群體的多重「感覺結構」時得到啟發。邱家宜除了從威廉斯的「感覺結構」概念出發，還延伸至艾倫・奧康納及澳洲學者保羅・瓊斯（Paul K. Jones）對「感覺結構」的再詮釋，除了上述引用艾倫・奧康納對於感覺結構的理解，更引用保羅・瓊斯將「感覺結構」納入「霸權」理論中的一部分，尤其在萌生反對既有霸權的社會實踐上，「感覺結構」成為重要的角色，進而歸納出下列表一。其實保羅・瓊斯所根據的便是威廉斯在《馬克思主義與文學》裡對主導、殘餘及新興文化的定義所推衍，在威廉斯的定義中，文化的複雜度體現在多變的過程與社會性定義，還展現於已經發生或將發生的動態關係之中。

對於文化過程發展的動態關係中，除了要留意主導因素、有效因素這種霸權的存在，還得理解同時有殘餘因素跟新興因素的存在，這些因素和主導因素的互動關係對於理解權力的消長更是重要。是故，和主導因素產生關聯性的便是「殘餘的」與「新興的」因素，前者和主導文化保持距離、處在相互取代或對立的關係中，甚至被收編

---

[27] 轉引自邱家宜：〈戰後初期臺灣報人群體的多重「感知結構」〉，《新聞學研究》第112期（2012年7月），頁131。

[28] 在威廉斯的《馬克思主義與文學》中，他界定了主導、殘餘與新興的文化位置，同時提醒了在各種關係的勢力消長之中，會有一種「將要興起」的事物（a pre-emergence），它們積極生動、迫不及待卻尚未被清楚的接合表述出來。故艾倫・奧康納連結了這種「將要興起」與「感覺結構」的生成，而保羅・瓊斯更將之轉化解讀。參見雷蒙德・威廉斯著，王爾勃、周莉譯：〈第二章　文化理論〉，《馬克思主義與文學》，頁135-136。

（incorporated）到主導文化內，以求不危及到主導文化的地位；「新興的」因素則是在不斷地被創造的過程裡，象徵著「在任何一種現實的社會結構中（尤其是在這種社會的階級結構中）總是存在著某種適應於文化過程中那些要取代主導的或與主導對立的因素的社會基礎。」[29]這裡可以看到的是「新興的」因素與「主導」因素的對立抗拮，同時也表現出某種階級的興起、壯大及覺醒。

表一[30]

「感知結構」在霸權場域中的相對位置		
社會文化實踐位置	在霸權中的角色	例子
掌控的（dominant）	意義與價值的核心系統	英國社會在特定時期的（文化）霸權
殘餘的（residual）	過去曾經一度掌控，目前存續但活力稍退，可視為核心系統的反對者	鄉村社區的概念、教會
浮現的（emergent）	經常得力於新興階級、新社會運動的新（文化）形式，可視為核心系統的反對者	十九世紀英國社會中所流行判道離經的通俗讀物
即將浮現的／感知結構（Pre-emergent／structure of feeling）	尚未被清楚描述的「溶解狀態的社會經驗」，處在形成具象化之前的階段	Williams 在《關鍵詞》（*Keywords*）一書中所討論的語意的歷史變化

---

29 雷蒙德・威廉斯著，王爾勃、周莉譯：〈第二章　文化理論〉，《馬克思主義與文學》，頁132。
30 資料來源：*Raymond Williams's Sociology of Cultrue: A Critical Reconstruction* (p.73), by Paul K. Jones, 2004, London, UK: Palgrave MacMillan. 轉引自邱家宜：〈戰後初期臺灣報人群體的多重「感知結構」〉，《新聞學研究》第112期（2012年7月），頁132。

在表一中，可以看到保羅‧瓊斯將感覺結構放置在社會文化實踐裡即將浮現的位置，也就是最浮動、最不確定、變動性最高的位置，表現了感覺結構本身最動態的特色。但邱家宜卻認為保羅‧瓊斯僅將感覺結構對應於霸權場域的一部分過於狹隘，應該反向以理解表格內個體行動者各自當下的感覺結構，意即：「不論是『掌控的』霸權核心、『殘餘的』歷史遺緒、已『浮現』的當前情境，或是『即將浮現的』新興趨勢，都是其當下『感知結構』的一部分，成為其對環境進行回應、和群體或群體中其他個人溝通互動的基礎。」[31]因此邱家宜認為這個原來用以分析霸權概念的表格，也可以轉而用來分析「感覺結構」，尤其是「即將浮現的感知結構」存在於霸權體系中邊緣位置，也最容易產生質變，因此有可能催生另一種霸權系統，在霸權轉化的過程裡隨即變動了不同的相對位置，進而表現出霸權體系內轉化、浮現、穩固前的勢力消長關係，甚至強調的是行動主體具有突破既有限制的可能性，因此除了可以看到主導霸權的權威性，也可以呈現出感覺系統當下在面對霸權體系所帶來的變遷、異動或動盪時的多樣性、連續性與變動性。

筆者在此概念的融合上延續討論「刊物」群體所代表的「知識分子」到「保釣世代」在霸權體系內各自所呈現的感覺結構。之所以採用此方式呈現，除了想表現出不同刊物的知識分子、保釣世代所代表的感覺結構之外，還想觀察在「感覺結構」與「霸權」概念之間的消長關係，更想藉此看到不同的感覺結構之間的拉鋸，用這樣的方式來理解保羅‧瓊斯對感覺結構的詮釋，其實更凸顯了不同類型的行動主體會有各自當下「感覺結構」，隨著他們在霸權體系內位置不同，也會產生各自溶解流動的經驗特色，便可以回到這些行動主體當下的感

---

31 邱家宜：〈戰後初期臺灣報人群體的多重「感知結構」〉，《新聞學研究》第112期（2012年7月），頁133。

受、精神、文化等面貌，也就是威廉斯所認為的「認識人類文化活動最大的障礙在於，把握從經驗到完成了的產物這一直接的、經常性的轉化過程相當困難」，[32]藉此以期勾勒出時代、群體及世代的面貌，再由此三者彼此的交融、互動以呈現出完整的網絡圖像。

第二節　六〇年代中期以降的「感覺結構」：以「前釣運刊物」為例

既以「感覺結構」可以在「霸權」體系內作為觀察行動主體消長、變動，那麼不同的群體在同一個霸權系統裡也會有萌生對應的感覺結構，這些不同的感覺結構各自又象徵著行動主體反映時代、社會的意義。於下，筆者擬借用保羅・瓊斯詮釋「感覺結構」之於「霸權」的互動關係，試著從釣運前、後的刊物群體探究這一群六〇年代中期以降的「知識青年」到七〇年代初期的「保釣世代」在面對既定的霸權體系時所浮現的、溶解的、流動的「感覺結構」，藉此勾勒出前、後階段的共感差異。

一　「前釣運刊物」在霸權體系中的位置說明

筆者在此以釣運發生前的「前釣運刊物」為討論對象，試圖追溯出六〇年代中期以降知識青年的「感覺結構」。下列表二、表三及表四，依序是以「前釣運刊物」——《歐洲雜誌》、《聯合季刊》與《大學雜誌》所代表的知識分子在霸權體系內所產生的感覺結構，得以一

---

32 雷蒙德・威廉斯著，王爾勃、周莉譯：〈第二章　文化理論〉，《馬克思主義與文學》，頁136。

窺這一群特定知識青年在六〇年代中期透過前釣運刊物如何回應於當時的時序、環境、政治變異而凝聚出一股正在生成的溶解、流動的性質，即便仍處於尚未被描述清楚、處在具象化之前的階段，這正是「感覺結構」特質，也是當下知識青年的共感。

表二　《歐洲雜誌》在霸權體系中的「感覺結構」分析表

《歐洲雜誌》在霸權體系中的「感覺結構」分析表		
社會文化實踐位置	在霸權中的角色	情境
掌控的 （dominant）	意義與價值的核心系統	中華文化霸權、 冷戰下的美援文化、 國民黨的國族敘事教育
殘餘的 （residual）	過去曾經一度掌控，目前存續但活力稍退，可視為核心系統的反對者	前期受打壓的言論、 日式教育的家庭因素、 孤懸於歷史的蒼白無根
浮現的 （emergent）	經常得力於新興階級、新社會運動的新（文化）形式，可視為核心系統的反對者	留法後的見聞 1.譯介文學、文化思潮 2.學潮、社運遊行蓬勃 3.比較民主／專政差異
即將浮現的／感知結構 （Pre-emergent／structure of feeling）	尚未被清楚描述的「溶解狀態的社會經驗」，處在形成具象化之前的階段	留法後的感受與衝擊 1.存在主義的抵抗變革 2.冷戰下的反戰、反共 3.強化民主自由的可貴

（框線為筆者強調用）

表三　《聯合季刊》在霸權體系中的「感覺結構」分析表

《聯合季刊》在霸權體系中的「感覺結構」分析表		
社會文化實踐位置	在霸權中的角色	情境
掌控的 （dominant）	意義與價值的核心系統	中華文化霸權 冷戰下的美援文化 國民黨的國族敘事教育
殘餘的 （residual）	過去曾經一度掌控，目前存續但活力稍退，可視為核心系統的反對者	前期受打壓的言論、日式教育的家庭因素、孤懸於歷史的蒼白無根
浮現的 （emergent）	經常得力於新興階級、新社會運動的新（文化）形式，可視為核心系統的反對者	**留美後的見聞** **1.世界、美國學潮介紹** **2.翔實轉述在地性生活** **3.串連國際性的大議題**
即將浮現的／感知結構 （Pre-emergent／structure of feeling）	尚未被清楚描述的「溶解狀態的社會經驗」，處在形成具象化之前的階段	**留美後的感受與衝擊** **1.留學生活的現實層面** **2.嬉皮帶來的自省變革** **3.嚮往民主自由的目標**

（框線為筆者強調用）

表四　《大學雜誌》（前釣運刊物階段）在霸權體系中的「感覺結構」分析表

《大學雜誌》在霸權體系中的「感覺結構」分析表		
社會文化實踐位置	在霸權中的角色	情境
掌控的 （dominant）	意義與價值的核心系統	中華文化霸權 冷戰下的美援文化 國民黨的國族敘事教育

第四章 「保釣世代」的共感及歧異:「感覺結構」及「霸權」、「場域」的競合 ❖ 333

《大學雜誌》在霸權體系中的「感覺結構」分析表		
社會文化實踐位置	在霸權中的角色	情境
殘餘的 (residual)	過去曾經一度掌控,目前存續但活力稍退,可視為核心系統的反對者	前期受打壓的言論 日式教育的家庭因素、孤懸於歷史的蒼白無根
浮現的 (emergent)	經常得力於新興階級、新社會運動的新(文化)形式,可視為核心系統的反對者	見證當下的臺灣 1.知識分子的社會責任 2.探討留學與教育風氣 3.學社運帶出民主政治
即將浮現的／感知結構 (Pre-emergent／structure of feeling)	尚未被清楚描述的「溶解狀態的社會經驗」,處在形成具象化之前的階段	留在臺灣的感受與衝擊 1.反省西方思潮的盛行 2.知識分子的改革必要 3.藉學運嚮往民主政治

(框線為筆者強調用)

　　按照保羅・瓊斯的理解,這樣的結構用以分析霸權概念時,強調的是結構宰制跟自我再生產的面向;邱家宜在此逆向分析「感覺結構」時,強調的便是行動主體在結構中具有突破既定限制的可能性。[33]也就是說用這樣的結構理解刊物所代表的知識青年時,可以看到他們即將浮現的／感覺結構所帶有蓄勢待發的突破。

　　依據上述三個表格,先行釐清這三份與釣運相關的前釣運刊物所面對的「掌控性」(dominant)及殘餘性(residua)的實踐位置,以這三份刊物為例,同時也可以呈現出六〇年代中期以降的知識青年所面對文化霸權及共享的社會氛圍。基本上,這三份刊物在霸權體系內所面對的「掌控的」主導權相同,筆者歸納為中華文化霸權、冷戰下

---

33 參見邱家宜:〈戰後初期臺灣報人群體的多重「感知結構」〉,《新聞學研究》第112期(2012年7月),頁133。

的美援文化及國民黨的國族敘事教育。在蕭阿勤的研究中,臺灣五〇年代初期國民黨撤退抵臺並由蔣中正復任總統後,隨著一九五〇年的韓戰爆發,臺灣被攏納在美國的反共陣營裡,接著共同防禦條約的簽署,臺灣保有穩定的政權與聯合國的席次;在政治體制上,國民黨挪移在中國大陸所建立的三個國會機構,分別是國民大會、立法院與監察院,並延長任期,由蔣中正擔任國民黨主席、國家元首與三軍統帥,是為仿效列寧黨國體制所建立的一黨專政系統;[34]在文藝制度上,除了延續五〇年代以降的戰鬥文藝、反共文學之外,如前文所述,為了抗拮於一九六六年的中國興起的文化大革命,國民黨興起中華文化復興運動,強化三民主義思想以捍衛中華民國的正統性,國民黨儼然成為中國傳統文化的守護者,輔以國府透過嚴密的訓導教育深入校園、國族歷史的敘事,都成為這三份前釣運刊物所代表的知識青年當下最直接、必須面對的「掌控的」威權,也可以視作為這三份前釣運刊物前行階段的「感覺結構」。

　　「殘餘的」實踐位置可以作為前行階段反對「掌控的」核心系統的反對者,在此筆者歸納為三者:前期受打壓的言論、日式教育的家庭因素及孤懸於歷史的蒼白無根,這三者也都反映了在掌控的威權體制下備受壓迫或延伸而出的歷史情境。此階段知識青年的感覺結構,必須考量的是對他們曾經發生過影響、殘餘的大環境因子或個人因素,諸如:《文星》、《自由中國》及《公論報》的被迫停刊,接著一九六四年彭明敏等人印製〈臺灣人民自救運動宣言〉被捕、一九六六年呂國民等本省籍知識分子訴求臺灣獨立而組織「全國青年團結促進會」被捕。蕭阿勤認為:相較於最強而有力的校園訓導系統,國民黨對於政治異議與行動較難對一般戰後世代成員與社會大眾產生普遍而

---

34 參見蕭阿勤:〈第三章　戰後語言問題與文學發展〉,《重構臺灣:當代民族主義的文化政治》(臺北市:聯經出版事業公司,2012年),頁135-138。

有效的影響，[35]但這種最嚴密監控的氛圍卻可以創造出知識青年對社會的無力感，例如鄭鴻生回憶自從五〇年代白色恐怖肅清左翼殘餘、建構冷戰體制內的反共社會以降的：「可以說在殷海光去世，而李敖與陳映真相繼遭到牽制封口繼而投獄之後，1960、70年代之交臺灣的思想控制最是令人窒息。」[36]無論是《自由中國》中的殷海光、《文星》裡的李敖，雖然都在高壓戒嚴體制下封口，但不可不說他們確實影響了當時知識青年的感覺結構。

　　在「殘餘的」實踐位置中，還有受到日式家庭教育因素的知識青年，也是成為抵抗主流權威的一員，這些知識青年多屬本省籍，成長背景中歷經過日本政權與國府政權的轉換、被殖民到新政權的再壓迫，郭松棻即為此例，這樣的背景成因也成為他日後踏入釣運、傾向左翼的前導因素。郭松棻成長背景中，除了他經歷了美軍轟炸臺灣的經驗，還有二二八事件裡時屆十歲的他便蒐集厚厚一本了關於陳儀的剪報，或是見證父親在畫壇上對於正統性的弱勢，也因此他層層萌生過「亞細亞的孤兒」心態，[37]種種因素都成為他日後左傾的潛因，同時也建構了他日後思索馬克思主義的傾向，特別在釣運後親眼見證新中國後的幻滅、共產國家對於馬克思主義的扭曲誤解，也讓他在免疫於新中國的想像中再重新思索、定位馬克思主義，在此成長的背景因素也成為抵擋主流權威的殘餘勢力之一。

　　嚴格說來，「現代主義」的誕生既是一種「雙重隔絕」，也是一種「雙重抵抗」。「雙重隔絕」源自於國府接掌臺灣後文藝政策即是隔絕

---

35 參見蕭阿勤：〈第二章　回歸現實世代的形成〉，《回歸現實：臺灣1970年代的戰後世代與文化政治變遷》（臺北市：中央研究院社會學研究所，2010年），頁72。

36 鄭鴻生：〈第四章　校園驚蟄——保衛釣魚臺運動〉，《青春之歌——追憶1970年代臺灣左翼青年的一段如火年華》，頁76。

37 參見魏偉莉：〈第二章　生平簡介與分期〉，《異鄉與夢土：郭松棻思想與文學研究》（臺南市：科寶文化事業公司，2011年1月），頁31-37。

中國、隔絕臺灣本地的歷史與文學;「雙重抵抗」便是對五〇年代以降的政治氛圍與文藝政策的抵抗。在「殘餘的」社會實踐位置裡,「孤懸於歷史的蒼白無根」便是在這雙重隔絕、雙重抵抗中油然而生的歷史語境,於是撇開省籍差異,知識青年熟悉的唯有國民黨建構出來的國族歷史、戰鬥文藝、反共文學,是故「孤懸於歷史的蒼白無根」即是對知識青年對主流威權最沉默的抵抗,卻也是最能直擊知識青年精神的方式。

直到這些知識青年出國留學、接受高等教育之後,在霸權體制內的「浮現的」(emergent)社會實踐位置便成為這些知識青年最直接的衝擊。無論以留學生為主的《歐洲雜誌》或《聯合季刊》,或是以臺灣大學生為主的《大學雜誌》,都展現了知識分子接軌國際、見識臺灣以外的視野與企圖心,如同艾蘭・普瑞德在評析感覺結構的差異所言:「就某些感覺結構的構件來說,由於地方的不同而會有所不同。」[38]因此這三份前釣運刊物所代表的知識青年,從臺灣負笈歐美、或選擇留在臺灣,在此見到的現象都為下一階段「即將浮現的／感覺結構」做好準備。

綜合來說,這三份刊物在「浮現的」社會實踐中,學運、社運最能衝擊《歐洲雜誌》及《聯合季刊》的留學知識青年,最是對「掌控的」社會實踐形成抵抗。浮現在眼前的學運及社運有別於在臺灣島內的噤若寒蟬,《大學雜誌》明顯地用革新意志包裹著學運、社運的議題,也寄託著知識分子與社會責任的密切關聯,更牽涉到留學風氣盛行所帶來的影響;三份刊物也都流露出對歐、美文藝思潮的想望,《歐洲雜誌》直接接觸到六〇年代以降最風行的存在主義思潮、《聯合季刊》見證了美國嬉皮接續存在主義後的荒誕、《大學雜誌》更走

---

38 艾蘭・普瑞德著,許坤榮譯:〈結構歷程和地方——地方感和感覺結構的形成過程〉,收錄於夏鑄九、王志弘編譯:《空間的文化形式與社會理論讀本》,頁96。

出中西兼容的特色，這也成為下一階段知識青年省思的契機；更重要的是這些知識青年也都已經看到所謂歐、美的先進國家對民主跟專制上的分野，在臺灣的教育體制下他們以「反共」為先，但透過攸關民主議題的討論，他們進一步看到冷戰體制下自由主義的意義，這還包含在學運、社運中的反戰聲浪，都成為正在成形的感覺結構因子。

二　「前釣運刊物」在霸權體系中的「感覺結構」

　　這三份前釣運刊物中的知識青年，他們透過霸權體系下的掌控的、殘餘的、浮現的三種實踐位置，已經逐漸形構出他們處在不同地域裡的感覺結構。正因為感覺結構的變動性高、流動性強，這種感覺結構反而可以映照出他們對於整個社會結構的回應，展現他們的創造性、能動性，也得以折射出他們所處的時代、社會、歷史脈絡的演化。若嘗試重疊這三類感覺結構，便會發現他們雖然地域不同，但卻營造出相似的感覺結構，這樣的原因絕大部分和他們所面對的霸權體系內的掌控的、殘餘的實踐位置相同有關，這種跨國性又相似的感覺結構，正是筆者用以審視保釣世代形成前的思想資源形構及醞釀，這也將成為下一階段「保釣世代」處於霸權體系內的「浮現的」實踐位置之一，也建構出「即將浮現的」感覺結構。

　　筆者認為：這三份刊物重疊後相似的「感覺結構」其實都呈現了這一批知識青年留學後、汲取新知、受到高等教育後的回顧與省思，依序為西方文化思潮的譯介與省思、轉譯各國學運與社運的蓬勃與嚮往民主政治的施行。在西方文化思潮的譯介與省思上，《歐洲雜誌》最大的貢獻便是直接譯介了六〇年代臺灣知識青年最盛行的存在主義思潮，相較於當下臺灣知識青年的蒼白、無根與荒蕪，《歐洲雜誌》更真誠的面對存在主義的誕生及演化，強調的是選擇、行動、積極創

造與行動抵抗的精神意志;《聯合季刊》重現的是美國嬉皮文化的樣態,延續著存在主義精神的意義,重新思索中產階級特權、既有的價值觀;《大學雜誌》除了融會中、西方哲學,它選擇更貼近臺灣內部的現狀、用作家創作來檢驗存在主義。

此時,他們都已經開始直接認清、思索檢核、反省檢討這些文藝思潮對於個人、社會或國家的影響層面,先是存在主義思潮醞釀了積極正向的創造意志、抵抗行動的思維;再者試圖喚醒臺灣知識青年對於儒家思想的重視,這除了契合臺灣當時官方推行的中華文化復興運動之外,還展現了知識青年富有經世濟民的淑世情懷;[39]更大的框架是顯現了戰後世代對中國性的嚮往與認同,進而亦重省歐美國家在二戰後異化、變質的人性,藉機更反省了臺灣當下過度崇美的社會風氣。

在轉譯學運及社會的實踐位置上,開始鼓動知識青年處於臺灣高壓戒嚴體制下心中一股蟄伏的動能。相較於《歐洲雜誌》跟《聯合季刊》實況轉譯當地的學運及社運,都肯定最初的動機的當下,卻譴責了遊行造成的破壞,《大學雜誌》藉著呼籲革新意識、社會變革以偷渡社運、學運及五四運動的介紹,但三者也都延伸至反共、反越戰的思潮之上,呈現了六○年代中期以降知識青年對於國際大事的接收與思考。這些種種浮現的實踐位置,已然對這批知識青年造成衝擊,也為七○年代初期的臺灣埋下變動的伏筆。

大體而言,學運、社運的蓬勃作為這群知識青年的借鏡,輔以存在主義的抵抗精神,集結成前所未有的實踐意志,留待一個當下仍未

---

39 對此,蕭阿勤提出相同的看法,他以張系國為例,提出當時青年強調知識分子的責任、知識分子的驕傲,這種混合著孤獨與驕傲、苦悶與責任的感受,不僅源於西方思潮的強化,更來自於中國傳統士大夫階級懷有經世濟民的影響。參見蕭阿勤:〈第二章 回歸現實世代的形成〉,《回歸現實:臺灣1970年代的戰後世代與文化政治變遷》,頁92-93。

知的歷史轉折點——釣魚臺事件的爆發而發揮；就冷戰體制下的「反共」與「反抗戰」的詭譎拉扯，帶領這一群知識青年再度思考以往臺灣政治情境下絕不可見的雙線思考，同時也讓他們看見歐、美國家知識青年對國事的關切、勇於抗衡國家元首布達的命令、向威權挑戰的決心。更廣泛的來說，若以全球性的學運或社運裡的黑奴種族議題為例，美國自五〇到六〇年代即有黑人反對種族歧視、爭取民權運動，從一九六一年許多白人便給予學生參與的非暴力抗議運動支持、一九六三年由馬丁・路德・金恩（Martin Luther King, Jr., 1929-1968）在南方興起示威要求取消種族隔離，隨之民權運動迅速擴大，同年更有廿五萬人向華盛頓進軍遊行以求就業與自由權利，隔年總統詹森就簽署了《民權法》（*Civil Rights Act of 1964*），雖然金恩博士在一九六八年遭到暗殺，但此時美國各地已萌生女權運動，[40]象徵著美國民權運動多元訴求。

　　研究指出：從一九六三年起，美國都會區非裔暴動超過百起，一九六八年的全國性非裔抗爭運動規模更大於稍早的一九六五年在洛杉磯瓦特區與一九六七年在底特律與紐華克的先例。[41]謝國榮也曾對於美國六〇年代中後期的「黑人權力」（Black Power，或言「黑權運動」Black Power Movement）提出論述，肯定此階段的「黑人權力」所帶來的正面影響，其中強調種族團結、群體權利、顛覆偏見、從同化走向自我肯定、改變政治基礎與權力結構等等，都是美國從白人種族主義走向多元文化發展的先行條件。[42]此外，王穎指出「黑力運動」的

---

40 楊仁敬：〈第五章　越南戰爭以來的美國文學〉，《20世紀美國文學史》（青島市：青島出版社，1999年），頁673。

41 參見王穎：〈美國後民權運動時代早期的種族囹圄政治　鮑德溫在七零年代的批判〉，《中外文學》第47卷第2期（2018年6月），頁49-50。

42 參見謝國榮：〈20世紀60年代中後期的美國「黑人權力」運動及其影響〉，《美國民權運動史新探》（北京市：商務印書館，2016年），頁213-236。

實踐行動除了反抗國家暴力（violence of state），一方面透過社區服務濟弱扶傾、積極救援國家放任之下的資本霸權受害者；另方面也透過武裝行動、強勢要求國家遏止警察濫權（policebrutality），藉機要求革新司法體系的不公。更由黑權運動組織黑豹黨（Black Panther Party）在非裔集中地建立自衛隊社區服務網，再廣泛地與北越、北韓、共產中國建立跨國左派聯盟，引起聯邦調查局長胡佛的譴責、拘捕及處刑。[43]

刊物裡都將學運及社運作為刊載的主題，甚至設有專欄討論，這些學運、社運或直接、或間接都對這一批知識青年都造成了影響，[44]諸如：親身感受到社運及學運的留學生隨後因應釣魚臺事件的保釣運動、隨著反美與反越戰而興起的左翼知識分子集結親共的氛圍，[45]臺灣在保釣運動興起後落實社會服務的醒悟，[46]甚至影響稍晚所興起的鄉土文學議題討論，都與美國此階段的訴求、行動與演化不謀而合，表現了這群知識青年能感受到了臺灣以外的國家回顧本土、重視族群平等、重新連結鄉土的契機，也是臺灣七〇年代思考鄉土的契機、解嚴以後多元文化主義崛起的遠因。這三份刊物代表著一群臺灣知識青年在六〇年代中期後身處臺灣、歐美的所見所聞，之所以作為刊物的

---

43 參見王穎：〈美國後民權運動時代早期的種族囹圄政治──鮑德溫在七零年代的批判〉，《中外文學》第47卷第2期（2018年6月），頁53。
44 任孝琦提出當時美國學運的內涵和武力抗爭的方式，對從政治溫室中出去的臺灣留學生是震撼，也是啟蒙，就在震撼還在醞釀時，就有第二代華僑青年和香港僑生組織「大專學校華人社會行動社」，一邊強調華埠的貧窮落後，一邊積極從事社區服務。參見任孝琦：〈第一章 風雲變色〉，《有愛無悔：保釣風雲與愛盟故事》（臺北市：風雲時代出版公司，1997年），頁12。
45 參見邵玉銘：〈保釣運動及校園紛爭──一頁椎心刻骨的回憶〉，收錄於邵玉銘主編：《風雲的年代──保釣運動及留學生涯之回憶》（臺北市：聯經出版事業公司，1991年），頁55。
46 參見洪三雄：〈壹、保衛釣魚臺學生運動〉，《烽火杜鵑城：七〇年代臺大學生運動》（臺北市：自立晚報出版，1993年），頁64-66。

議題，便是代表這些議題是他們覺得重要、需要被傳播、得知的國際大事，流露了他們當下所懷抱的「感覺結構」。

最後這三份刊物在嚮往民主政治的實行的層面上，都表現了直接借鏡歐美國家、挑戰國府政治體制的嘗試，試想《歐洲雜誌》與《聯合季刊》正是因為海外發刊才能享有部分的言論自由，卻也必須受到外交部的審查檢核；而臺灣發行的《大學雜誌》適逢蔣經國展現新人政治的革新制度才能短暫生存。關於民主政治，這群知識青年表現出亟欲渴望的態度，誠如蕭阿勤歸納六〇年代中期以前《自由雜誌》與《文星》代表的是當時知識青年「以西方為標準」的政治與文化改革理念，對這些戰後世代成員而言，實踐西方政治和文化理念、承擔中國傳統知識分子的使命並行不悖；此外他也歸結《大學雜誌》延續著《文星》與《自由中國》的改革使命，其中展現出戰後知識青年問政的開端、鼓吹「開明的自由民主的政治」和「現代化的中國新文化」，這些具有強烈公共關懷與改革意識的知識青年，在刊物中顯露的是五四以降中國知識分子的責任，以民主、科學、自由為訴求，以文化與思想啟蒙為策略、以諍言問政而盼望改革的方式。[47]

這樣的精神、思想與盼望，也都表現在《歐洲雜誌》及《聯合季刊》上，特別以其海外發刊的特色，也表現出這些海外留學的知識青年對民主政治實行的渴望更能引他山之石為鑑，多以直接引用實際的國際勢力為例，因此也更具體、更深入。諸如《歐洲雜誌》就新聞媒體討論民主與專政的差異、藉法國總統制度的演化釐清人民決策的真諦、透過蘇聯作家遭捕控訴蘇聯政府的罔顧人權；《聯合季刊》更有系統地以主題專輯分類，從世界學潮的蓬勃及相互支持、回應，到高等教育應該養成知識分子的自由與尊重、報刊媒體是堅守社會民主自

---

47 參見蕭阿勤：〈第二章　回歸現實世代的形成〉，《回歸現實：臺灣1970年代的戰後世代與文化政治變遷》，頁93-96。

由思想的基礎，也延伸到蘇聯知識分子對共產的反省。

相較於如蕭阿勤所述的《大學雜誌》表現出青年問政的姿態，筆者認為《歐洲雜誌》與《聯合季刊》更確切地說出了留學生當下普遍認知的民主政治的具體實踐方向。當《大學雜誌》苦心提倡言論自由的重要、民主政治的必要，《歐洲雜誌》與《聯合季刊》便已提出的是這些留學生親眼見證、可行性高、得到支持又符合世界興情的建議，或是更直接地表現出效法的必須，當然其中不能忽視的是《大學雜誌》面對的是國府高壓的箝制。是以《歐洲雜誌》及《聯合季刊》的性質雖然普遍被歸屬為文化性、生活性的刊物，可能不比《大學雜誌》一向發言的尖銳或犀利，但它們體現的卻是海外知識青年最直接的海外見聞、最切身的親身體驗、最有力的衝擊洗禮，可以視為是下一階段釣魚臺事件爆發、保釣運動興起前潛伏的思想資源，至此這一群六〇年代中期以降的知識青年已然建構出他們獨有的「感覺結構」。

第三節　七〇年代初期的「感覺結構」：以「釣運刊物」為例

蕭阿勤定義七〇年代橫跨的這十年期間是戰後臺灣歷史上的「軸心時期」，而「回歸現實世代」堪稱「軸心世代」[48]，「釣魚臺事件」的爆發可說是這個軸心時期的歷史轉捩點，也是軸心世代形成的濫觴。這個關鍵的時期，將影響著臺灣民主政治、言論自由、鄉土文學與黨外運動的發展。於下的表五、表六、表七中，筆者歸結前文所彙整的三份釣運刊物，一樣透過整合的方式試圖歸納出這一群特定知識青年遭逢釣魚臺事件、保釣運動後轉化成保釣世代的「感覺結構」變化。

---

[48] 參見蕭阿勤：〈第二章　回歸現實世代的形成〉，《回歸現實：臺灣1970年代的戰後世代與文化政治變遷》，頁1-4。

一　「釣運刊物」在霸權體系中的「感覺結構」

透過以下的整理，目的除了可以看到前、後階段「感覺結構」的接續性與突破性，也想藉此爬梳「保釣世代」在形成的過程中，在霸權體系內的掌控的、殘餘的、浮現的實踐位置如何影響這階段感覺結構的形成，甚至在「保釣世代」這個世代單位裡又各自因應立場的歧異而產生出不同的「感覺結構」。必須先瞭解的是：這三份刊物僅是釣運刊物群體的一隅，僅是筆者用來便以作為歸納、統整的媒介，但這保釣世代分化後的三種立場，應當可作為本文參酌、延伸的討論對象。

表五　《大學雜誌》（釣運刊物階段）在霸權體系中的「感覺結構」分析表

《大學雜誌》在霸權體系中的「感覺結構」分析表		
社會文化實踐位置	在霸權中的角色	情境
掌控的 （dominant）	意義與價值的核心系統	中華文化霸權、 冷戰下的美援文化、 國民黨的國族敘事教育
殘餘的 （residual）	過去曾經一度掌控，目前存續但活力稍退，可視為核心系統的反對者	前期受打壓的言論、 日式教育的家庭因素、 孤懸於歷史的蒼白無根
浮現的 （emergent）	經常得力於新興階級、新社會運動的新（文化）形式，可視為核心系統的反對者	1.釣魚臺事件、釣運 2.西方文化思潮省思 3.學運與社運的蓬勃 4.嚮往民主政治的施行
即將浮現的／感知結構 （Pre-emergent／structure of feeling）	尚未被清楚描述的「溶解狀態的社會經驗」，處在形成具象化之前的階段	1.革新保臺的立場 2.先經營眼前的臺灣 3.改革臺灣內政的弊端

（框線為筆者強調用）

表六　《水牛》在霸權體系中的「感覺結構」分析表

《水牛》在霸權體系中的「感覺結構」分析表		
社會文化實踐位置	在霸權中的角色	情境
掌控的 （dominant）	意義與價值的核心系統	中華文化霸權、 冷戰下的美援文化、 國民黨的國族敘事教育
殘餘的 （residual）	過去曾經一度掌控，目前存續但活力稍退，可視為核心系統的反對者	前期受打壓的言論、 日式教育的家庭因素、 孤懸於歷史的蒼白無根
浮現的 （emergent）	經常得力於新興階級、新社會運動的新（文化）形式，可視為核心系統的反對者	1.釣魚臺事件、釣運 2.西方文化思潮省思 3.學運與社運的蓬勃 4.嚮往民主政治的施行
即將浮現的／感知結構 （Pre-emergent／structure of feeling）	尚未被清楚描述的「溶解狀態的社會經驗」，處在形成具象化之前的階段	1.釣運分化後的左翼端 2.嚮往文革後的新中國 3.以左翼思維改革臺灣

（框線為筆者強調用）

表七　《自由人》在霸權體系中的「感覺結構」分析表

《自由人》在霸權體系中的「感覺結構」分析表		
社會文化實踐位置	在霸權中的角色	情境
掌控的 （dominant）	意義與價值的核心系統	中華文化霸權、 冷戰下的美援文化、 國民黨的國族敘事教育
殘餘的 （residual）	過去曾經一度掌控，目前存續但活力稍退，可視為核心系統的反對者	前期受打壓的言論、 日式教育的家庭因素、 孤懸於歷史的蒼白無根

《自由人》在霸權體系中的「感覺結構」分析表		
社會文化實踐位置	在霸權中的角色	情境
浮現的 （emergent）	經常得力於新興階級、新社會運動的新（文化）形式，可視為核心系統的反對者	1.釣魚臺事件、釣運 2.西方文化思潮省思 3.學運與社運的蓬勃 4.嚮往民主政治的施行
即將浮現的／感知結構 （Pre-emergent／structure of feeling）	尚未被清楚描述的「溶解狀態的社會經驗」，處在形成具象化之前的階段	1.分化後親官方反共端 2.正面看待蔣氏新政權 3.反共中帶著改革意志

（框線為筆者強調用）

基本上，這三份「釣運刊物」雖然在此階段的霸權體系下的「掌控的」、「殘餘的」實踐位置大抵上與前階段相似，但筆者在此必須先作解釋：從六〇年代中期以降到七〇年代初期約莫五年左右的時間，此二類實踐位置中的情境雖然相似但仍有其變異性，特別在美、中關係破冰之後，更顯其幽微。首先，在「掌控的」實踐位置上，「中華文化霸權」延續了前階段的特色，這樣的凝固性表現在國民黨的中華文化復興運動、以三民主義捍衛中華民國的正統性，但隨著釣魚臺事件後接踵而起的外交失利，[49]在海外興起的臺灣獨立理念、在臺灣內部湧現「回歸傳統」的文化潮流，挑戰了國民黨的政權合法性地位，官方藉由提倡中國史觀的臺灣史研究、展覽、講習、大學課程等以重振中國意識，無論是「臺灣史講習會」（1973年更名為「臺灣史蹟研

---

49 於此可參考若林正丈依據資料所整理的「中國民國與中華人民共和國邦交國數的變動」圖表，在一九七一年臺灣退出聯合國之後，與中華民國建交的邦交國從一九六九年的六十八國減少至五十五國，反之與中國建交的邦交國從一九六九年的四十四國增加到六十五國。參見若林正丈著，周俊宇、岩口敬子譯：〈第三章 不合理體制的惡化與調整——啟動過程〉，《戰後臺灣政治史：中華民國臺灣化的歷程》（臺北市：國立臺灣大學出版中心，2016年4月），頁125。

究會」、1978年更名為「臺灣史蹟源流研究會」），表面上鼓勵「尋根」，實則宣導「愛鄉更愛國」的口號，[50]種種的政策其實都表現了國民黨積極縫合臺灣與中國在歷史源流上的密切關係，這也是國民黨面對東亞冷戰詭譎不定的權力配置之際鞏固國族敘事的方式之一。

此外，雖然東亞冷戰體制因應越戰的耗日費時鬆動了美國對中國的態度、影響了美國與臺灣的密切互動關係、更形成臺灣退出聯合國的伏筆，但「冷戰下的美援文化」仍然被筆者歸類在內，只是順應著釣魚臺事件及保釣運動後而萌生質變。首先是就霸權體系而言，任何一種位置的轉移並非一時半刻，既以美援文化在前行階段定型，在此階段仍然發揮其影響力；其次就時間點而言，七〇年代初期，美國與中國尚未建交，且美國國務卿季辛吉向駐美大使沈劍虹表示不會立即完全撤退在臺的武力及軍備、沒有暗盤交易，以及美國主管遠東事務助理國務卿葛林訪臺時向錢復表示中、美關係的正常化就是建立外交，[51]意即美國仍在意臺灣當局的反應，同時不希望臺灣對美國失去信心。但不可否認的是：早在釣魚臺事件、保釣運動之後，海內、外的保釣世代除了對於國民黨的軟弱感到無奈或憤怒之外，也對六〇年代始靠攏、仰賴的美國萌生質疑，尤其在親眼目睹美國蓬勃的學運、社運為了反越戰而民意高漲，特別在一九七二年中、美關係改善後，這一股從六〇年代影響甚鉅的美援文化也開始質變及式微，取而代之的已然是逐漸轉向回歸現實且落實臺灣的思想取向。

其後，在「殘餘的」文化實踐位置中，亦有其變化。在「前期受打壓的言論」情境中，誠如前文所引鄭鴻生的回憶述及：六〇、七〇

---

50 參見蕭阿勤：〈第六章 書寫民族歷史〉，《重構臺灣：當代民族主義的文化政治》（臺北市：聯經出版事業公司，2012年12月），頁281-281。

51 周湘華、董致麟、蔡欣容：〈第五章 中美關係正常化：戰略三角下的小國外交〉，《臺灣國際關係史：理論與史實的視角（1949-1991）》（臺北市：新銳文創，2017年），頁203。

年代之交臺灣思想的控制最是令人窒息。直至七〇年代初期，這一股原來備受打壓的言論所帶來的無奈、閃避及恐懼已經開始因為這一群保釣世代的國際視野、進步思想而有了鬆動，除了有這一群保釣世代焦慮於臺灣外交的挫折、民族主義的認同傾向之外，最重要的是源自於保釣世代見證了歐美民權運動、種族運動或學運的無畏強權與捍衛權益，以及更早在釣運前就醞釀的革新思想，甚至展現在即時性強烈的各種組織網絡、流通傳播的進步刊物上。

還有受到「日式教育的家庭因素」的情境中，這一批知識青年轉變成「保釣世代」之後，籍貫與國府的壓迫早已成為立場左傾的潛因，但面對國民黨在釣魚臺事件及保釣運動中的無力乏困，這樣已然左傾的保釣世代立場更堅定，例如郭松棻在釣運前即加入左翼色彩濃厚的「大風社」、參與《大風》刊物（1970.6-1971.8），雖然《大風》隨後因為社員立場的分歧而停刊，但郭松棻的左傾路線延續到《戰報》（1971.2-1971.6）兩期的創刊，即便僅有兩期發行，但根據簡義明分析刊物內容所述，刊物內屢屢以尖銳的發稿挑戰國民黨臺灣以政治犯和思想犯的名義逮捕李敖等人、在釣運遊行期間的打壓施政與言論，以至於國民黨點名郭松棻、劉大任及董敘霖淪為共匪、特務之名，[52]也因此在「殘餘的」文化實踐位置裡，「日式教育的家庭因素」情境中所引起的發酵及影響較之六〇年代中期階段更加強烈。

在「殘餘的」社會實踐位置中，六〇年代的「孤懸於歷史的蒼白無根」象徵著知識青年對主流權威最沉默的抵抗，也是展現精神面貌的途徑之一；到了七〇年代初期，筆者認為「孤懸於歷史的蒼白無根」仍可視為核心系統的反對者，只是一樣出現衰微的現象。尤其在國府加強提倡中國史觀、中國意識以鞏固國族敘事，此階段的「蒼白

---

52 簡義明：〈理想主義者的言說與實踐——郭松棻釣運論述的意義〉，《郭松棻文集：保釣卷》（臺北市：INK印刻文學，2015年11月），頁26-32。

與無根」除了帶有延續前行階段的抵抗意識之外，不免仍顯露著這一群知識青年面對島內高壓威權統治、國際外交失利而萌生的種種惆悵與鬱悶，但蕭阿勤仍認為這一群七〇年代初期的「回歸現實世代」的使命感明顯較少摻混六〇年代知識青年的孤絕感，[53]這代表著這種「孤懸於歷史的蒼白無根」的情境已經逐漸衰微。但筆者更進一步認為若體現在這一群保釣世代上，這樣的衰微代表著他們明確地意識到必須得擺脫前行階段的「孤懸於歷史的蒼白無根」，才能闢路接軌各自的意識形態、政治立場，乃至於論述話語。

筆者認為在此階段的霸權體系中，「釣魚臺事件」與「釣運」扮演著「浮現的」文化實踐裡關鍵的角色，可以視為是一種「轉型式的事件」（transformative event），[54]這源自於多數的保釣世代成員認為國民黨在處理釣魚臺事件軟弱不力，[55]因此可以看作是對核心系統的反對者，也確實是釣魚臺事件的興發，才促成保釣世代的生成；「保釣

---

53 參見蕭阿勤：〈第二章　回歸現實世代的形成〉，《回歸現實：臺灣1970年代的戰後世代與文化政治變遷》，頁121。

54 吳乃德在解讀「美麗島事件」時提出「轉型式的事件」（transformativeevent）的說法，他認為多數革命及運動等重大事件都發揮著「情感動員」的效果，事件的發生固然是結構性因素長期的積累，而影響人的行為的卻是「事件」，事件也創造出自身的政治效果，雖然事件的持續時間短，但效果經常維持相當長的時間。結構性因素只是事件發生的背景，不會直接影響人的行為；因為事件，人產生對既有秩序的反感，特別是對統治團體的厭惡，以及對不義壓迫的道德憤怒，透過情感動員將旁觀者轉化為支持者，將潛在的支持者轉化為積極的支持者。故筆者認為可挪用此概念來作為釣魚臺事件、保釣運動等事件及其後續的影響。參見吳乃德：〈美麗島的資產〉，收錄於黃煌雄編：《三代臺灣人：百年追求的現實與理想》（臺北市：遠足文化，2017年10月），頁442-443。

55 對此，邵玉銘曾指出：一九七一年一月底在美國舉行保衛釣魚臺示威之後，海外學生情緒高漲，對國民黨處理釣魚臺事件的軟弱大肆批評，並擬定四月舉行第二次示威活動。參見邵玉銘：〈第一部　美國華人的保衛釣魚臺運動〉，《保釣風雲錄——一九七〇年代保衛釣魚臺運動知識分子之激情、分裂、抉擇》（臺北市：聯經出版事業公司，2013年），頁40。

運動」更是這一群保釣世代分歧的轉捩點,在安娜堡國是會議後的分裂,讓保釣世代各有迥異的路線及立場,也因此成為本文所探討的重心。因此筆者將前階段的「感覺結構」視為此階段「浮現的」實踐位置,再加上釣魚臺事件、釣運,想進一步釐清這一群特定「知識青年」成為「保釣世代」過程中感覺結構的萌發、建立與影響。

另外,因為釣運過程中的分化,讓此階段的保釣世代分裂為三:保臺革新的中間路線、左翼立場與親官方右派路線。即便這三份釣運刊物所代表的保釣世代共享著霸權體系內掌控的、殘餘的、浮現的三種實踐位置,但筆者認為這裡之所以建構出不同的「感覺結構」,除了有「掌控的」、「殘餘的」及「浮現的」實踐位置相互交融而成的複雜因素,再加上釣魚臺事件、釣運的爆發,交織後各自凝聚成保釣世代內迥異的感覺結構。舉例來說,受到日式教育的家庭因素而從小對國府反感的知識青年,又耳濡目染反戰學運或社運的盛行,在釣運爆發後可能傾向左翼;澈底地接受國民黨的國族歷史敘事教育的知識青年,在文復運動下堅守三民主義的思維,在釣運後又接受官方資源的挹注,自然傾向官方立場;受美援文化影響而產生孤懸於歷史的蒼白無根的知識青年,眼見前階段備受打壓的言論,感染到學運、社運的蓬勃,適逢釣運而對臺灣興起改革的意志,自然成為革新保臺的一分子,這些例子之外或許還有更複雜的融會樣貌,但都表現了霸權體系內的交纏情境。

於上可以觀察到「釣運」的發生的確是影響保釣世代「感覺結構」生成的關鍵。誠如上一章節所述,《大學雜誌》、《水牛》與《自由人》的立場不一,發現雖然他們都對「五四運動」做了回應、對改革有了目標、對文化提出建議,但迥異的論述及策略便是這三份刊物所代表的保釣世代有著認同上的差異。就五四議題而言,相較於《水牛》強調的是五四運動中反帝國、強調民族主義與階級對立,《大學

雜誌》挪用了五四的初衷，訴求的是改革與啟蒙，《自由人》服膺在中華文化復興運動之下，隱晦了五四學運的歷史痕跡，更強化了學運的惡名。三份釣運刊物在「改革」層面上更確切地指出了路線的差異：《大學雜誌》回顧臺灣內政走的是當下先好好經營臺灣、將中國統一視為終極目標；[56]《水牛》藉著歌頌文革後的新中國揭露臺灣受到美帝影響的失衡，希望借新中國經驗從臺灣經濟革新起；《自由人》呈現游移在官方與革新意志的糾結，妥協於國府並為其背書以示負責的當下，又流露出對內政改革的期許。除了《水牛》亟欲以左翼模組打破國府建立的政治體制之外，《大學雜誌》與《自由人》都是奠基在既有的框架中訴求變革，[57]這樣的迥異立場當然也延續到文藝策略之上，顯露出各自對於文藝、文化的理想藍圖。

　　以上都是「保釣世代」遭逢創傷事件後急速凝聚而成的「感覺結構」，會有這樣分歧的感覺結構，背後其實蘊含著這群保釣世代對雖然擁有同樣的「國族認同」，對臺灣的革新大聲疾呼，但他們的方向不同、詮釋不同，因此回應的方式也不同：在國族敘事框架裡，《大學雜誌》保臺革新的方向回應的是釣運後對於內政改革的急迫性、《水牛》傾向左翼的方向回應的是參酌新中國文革後的模組重新改革臺灣、《自由人》親國府的立場回應的是官方體制內的革新盼望。一般

---

[56] 蕭阿勤引用黃默所述的「重視現實」來形容《大學雜誌》成員的特色，指出他們認為臺灣不應再為當前的無法實現的目標耗費過多心力。他們認為中國統一是終極目標，但主張當下最重要的任務是好好經營臺灣。參見蕭阿勤：〈第三章　戰後語言問題與文學發展〉，《重構臺灣：當代民族主義的文化政治》，頁143-144。

[57] 根據王甫昌指出七〇年代的政治反對運動，在挑戰理念和過去老一輩的地方性黨外政治人物差異並不大，例如《大學雜誌》、《臺灣政論》及《美麗島》等推行民主化刊物的內容裡，除了保障人權、解除戒嚴、開放黨禁之外，也公開提出全面改選中央民意代表，但是他們並沒有公開而直接的挑戰更高層的國家定位與非常時期假設。參見王甫昌：〈族群政治議題在臺灣民主化轉型的角色〉，《臺灣民主季刊》第5卷第2期（2008年6月），頁108-109。

而言，對於保釣世代分化而成的三種路線往往被視為歷史必然的演進，但筆者認為：若保釣世代「形成」的歷史轉折點是「釣魚臺事件」，而保釣世代的「分化」的歷史轉折點便是「美、中關係的改善」。

誠如上一節所述，保釣世代的形成必有其思想資源的積累與醞釀，而保釣世代的分化也必然有其潛藏的因子，這些潛藏的因子蟄伏在即將誕生的保釣世代中的三種路線中，筆者更認為：這些各自潛藏的因子，正是影響保釣世代分化後的三種路線——保臺革新派、左翼路線、親官方右翼最關鍵的思想資源，也是他們「感覺結構」成形前的關鍵醞釀階段。

二　左翼思想的隱蔽、醞釀及再現：以左翼保釣世代分化前、後為例

對於《大學雜誌》在釣運後之所以遵循保臺革新路線的潛因，或許可從前一節對於《大學雜誌》前期為例的知識青年所懷有的感覺結構作為說明，因為《大學雜誌》並非為了釣運而創的刊物，在六〇年代末期已經展現了當時臺灣知識青年對於國家社會、國際情勢與文化思潮的關心，故可採取上文對六〇年代中期以降知識青年的「感覺結構」來理解釣運分化後在臺的保臺革新派一脈發展的形式；另外，筆者認為以《自由人》為例的親官方右翼保釣世代，則是在前階段知識青年的感覺結構中又混雜了國民黨所挹注的資源，尤其後來《自由人》成為親國民黨的「全美中國同學反共愛國聯盟」（簡稱「愛盟」）的刊物，[58]便可知道何以《自由人》無法像《大學雜誌》疾呼改革，而是擺盪在革新、游移在官方，必須堅決地表現反共態度、正向地肯

---

58 關於「愛盟」的建立及其與《自由人》的關係，可參見任孝琦：〈第六章　愛盟的誕生〉、〈第七章　文攻武鬥〉，《有愛無悔：保釣風雲與愛盟故事》，頁117-160。

定國府施政,甚至幫國民黨的政策背書、表示認同,也成為官方在海外攏絡留學生、布達施政的傳聲筒。

　　最引筆者注意的便是第三支路線「左翼保釣世代」的生成。上一節筆者對三份前釣運刊物採用霸權體系以理解知識青年感覺結構的方式,並未清楚地釐清何以釣運後會出現左翼保釣世代一脈,特別是在國民黨成功又澈底的國族敘事底下,釣運後左翼保釣世代的正式浮現愈是耐人尋味。對此,筆者想追問的是:首先,是哪些潛在的因素讓保釣世代在遭逢創傷事件時,竟然讓前一階段由國府在知識青年身上建構完成的「國族認同」質變而遵循著左翼的路向?在此,在國府體制下知識青年的左翼思想備受隱蔽,直到釣魚臺事件、釣運後才正式搭上左翼的世界迴圈,因此中間必定有一段左翼思想醞釀的過程。再者,這三種迥異的方向,重疊後又指涉出「保釣世代」的何種特質?最後,這樣的特質,又將如何對七〇年代初期以降的臺灣造成影響?於下筆者想藉由「左翼保釣世代」的論述,企圖釐清、對照保釣世代群體對「國族認同」分歧的過程,亦可折射、側映出「保釣世代」各自的「感覺結構」之所以形成的歷程,同時也演繹出臺灣知識青年到左翼保釣世代的路線。

　　在第二章討論前釣運刊物時,筆者提出這些六〇年代中期以降的知識青年,他們的異地「中國性」特質,都流露了對「中國」的文化歸屬與歷史認同。到了第三章討論釣運刊物時,這些已然成形的保釣世代,他們在主權、領土、文化等層面也都以中國人自居,展現了要革新在「臺灣的中國」的意志,意即「中國」成為前階段的知識青年、後階段的保釣世代共同想像的、具號召性的符碼。之所以得以建構這樣具有想像的、號召性「中國」符碼,最大因素還是源自於國民黨抵臺後所建構出來的國族敘事認同,這種國族認同無疑是透過若林

第四章 「保釣世代」的共感及歧異：「感覺結構」及「霸權」、「場域」的競合 ❖ 353

正丈所說的「中國國家體制」、[59]或是王甫昌所提出的「中國民族主義」所建構而成，[60]再加上蕭阿勤針對國民黨為了合理化史觀與統治性，強調的是臺灣與大陸共同的血緣連帶、文化背景與政治發展關係，藉由建構過去的集體記憶讓臺灣人成為反共的新助力。[61]

「中國性」在釣運前、後對於這一群保釣世代而言並無太大的變化，反而成為釣魚臺事件、釣運爆發後建構集體記憶、記體認同的媒介，甚至成為解決當前國際危勢的方式之一，這樣的變化可以清楚的從本文第二章到第三章議題式的抽繹廓清其輪廓：六〇年代的知識青年處於留學潮盛行的當下，即便在海外發行刊物、集聚留學生團結勢力、傳承留學經驗等議題，都將「中國」作為號召的主軸；經歷過存在主義風潮風行的時代，省思西方的同時仍不忘兼容中國哲學的跨域；甚至在此階段見證西方社運與學運、嚮往民主政治的同時，便流露了中國知識分子經世濟民的論述話語。隨之七〇年代保釣世代成

---

59 若林正丈歸納國府初抵臺後，將臺灣作為反攻復國的復興基地，保持著正統中國國家的立場，堅持政治制度與國民統合意識所架構出的「中國國家體制」，而這種體制有賴於維持與共產黨的內戰態勢、把臺灣中央化、把本省人中國人化、彰顯中華民國正統性的象徵性事物建構。參見若林正丈著，陳桂蘭譯：〈第二章 戰後臺灣國家與多重族群社會之重組──初期條件〉，《戰後臺灣政治史：中華民國臺灣化的歷程》，頁81-82。

60 王甫昌認為：臺灣的反對運動主要須挑戰的是五〇年代後國民黨用以合理化當時政治權力結構的過去歷史、及未來政治目標的一套意識形態，而這種意識形態內容可以說是國民黨版的動員戡亂時期「中國民族主義」。國民黨以動員戡亂為理由，暫時性地修改憲法中規定的國家政治體制，目的為了凝聚民眾反共向心力，也合理化不合於民主體制的政治安排，並宣導一套動員戡亂時期的「民族主義」，這套民族主義要對抗的是國府所定義的「偏離中國正統」中共，更深的意涵是轉化臺灣本島省民認同中華民族，以求激發或喚醒臺灣本省籍居民的國家認同。參見王甫昌：〈臺灣反對運動的共識動員：一九七九至一九八九兩次挑戰高峰的比較〉，《臺灣政治學刊》第1期（1996年7月），頁142-147。

61 參見蕭阿勤：〈第六章 書寫民族歷史〉，《重構臺灣：當代民族主義的文化政治》，頁280-281。

形、分化後,不同的政治立場面對「五四」所採取的策略,目的也都在於疾呼臺灣內部革新的必要;進而這一群保釣世代在釣運刊物上所力求的革新方向、文藝思潮,縱使當中各有其方向及目標,但都展現了亟欲穩定正處於危疑不安的臺灣局勢、貼近社會改革的現實層面。

其實種種攸關「中國性」的論述,無一不是將臺灣攏納、收編於中國民族主義的歷史論述裡。但這裡這一群保釣世代所呈現的更是基於臺灣立場所展現的「中國性」,這樣的「中國性」也更帶著改革意志、拋開過去冷戰體制下依賴美援所暫時建構出來的民治久安,更助益於他們從中定位「回歸現實」的路線,也開啟了七〇年代初期以降一連串的變革。意即無論是研究論述中的「中國國家體制」、「中國民族主義」或共享的血緣、文化、集體記憶,都建構了知識青年對於國族認同的歸屬及想像。但這樣的「國族認同」的歸屬及想像在保釣運動後產生了分歧。《水牛》代表的是釣運分化後的左翼立場,釣運分化後左翼的立場一度蓬勃高漲,根據保釣世代群體的回憶,這樣的盛況不外乎來自於蟄伏在六〇年代的左翼臺灣留學生、對美國學運或社運的認同、對國民黨執政不力的失望而轉向、國民黨國族敘事的推力、對帝國主義的不滿,以及對當時新中國在國際局勢上浮現勢力所影響。

先是鄭鴻生曾經逐一點名六〇年代在反共大旗下左傾的留學生,諸如:約翰‧霍普金斯大學的段世堯與陳若曦夫婦、夏威夷大學的陳玉璽,還有一樣身為留學生的蒙韶與劉大任等人,其中有人選擇回歸社會主義中國、有人暫留美國等待回臺的機會,這些左傾的留學生組織了讀書會,成為他們蟄伏時期的主要活動,並延續到保釣運動前夕,[62]隨後即成為釣運左翼的主要戰力。

---

62 參見鄭鴻生:〈解嚴之前的海外臺灣左派初探〉,收錄於劉容生、王智明、陳光興主編:《東亞脈絡下的釣魚臺:繼承、轉化、再前進》(新竹市:國立清華大學出版社,2012年10月),頁46-50。

其次根據留學柏克萊大學的劉大任在訪談中回憶到：先是柏克萊大學是美國學運的發源地，早在六〇年代中期就已爆發自由言論運動，從一九六六年到一九七〇年幾乎天天都有校園活動，黑人激進運動團體黑豹黨（Black Panther Party）曾亮相在行政大樓的臺階上，往往留學生乍到美國見證學運時，大家都要惡補這段歷史，每個人走的路子都不一樣，也因此對思想與行為影響也不盡相同，在釣運前彼此少有交集，因應釣運激化而政治上才有不同選擇結果。[63]

再者，林孝信也在面對訪談時分析保釣運動分化後的兩個路線，一支是關心新中國的發展，另一支從釣運認識到臺灣的問題：

> 前一支大家比較有注意到，因為較為公開，保釣運動以來有一批留學生對臺灣政府澈底失望，那時剛好中共與美國發生乒乓外交，美國尼克森總統前往中共訪問，這樣發展過來，中共的聲望突然提高。很多人在保釣運動中，見過了兩次肅清，對臺灣政府很失望，甚至是絕望，不指望臺灣政府會來保釣，甚至你要保釣，它還把你當作需要整治的對象，當敵人般對付。[64]

國民黨的執政不力不只是對釣魚臺事件的軟弱，還有對海外留學生示威遊行的猶豫、干涉、阻遏到分化；[65]同時李雅明也回憶：七〇年代

---

63 參見李雅明、謝小芩、國立清華大學圖書館著，李雅雯記錄編輯：〈第八章 流大任先生訪談〉，收錄於國立清華大學李雅明、謝小芩主編：《保釣風雲半世紀：保釣運動領軍人士的轉折人生與歷史展望》（臺北市：時報文化出版公司，2021年3月），頁348-349。

64 林麗雲、陳瑞樺、蘇淑芬訪談、記錄：〈第四章 保釣與海外左翼運動〉，收錄於王智明編：《從科學月刊、保釣到左翼運動：林孝信的實踐之路》（臺北市：聯經出版事業公司，2019年12月），頁214。

65 參見任孝琦：〈第四章 矛頭向右轉〉，《有愛無悔：保釣風雲與愛盟故事》，頁57-67。

的保釣左派不滿於國民政府的獨裁,而對於中共政府卻沒有切身的經驗,他們因而把抨擊的對象都放在了國民政府身上;[66]林盛中也述及一九七一年四月十日在華盛頓的釣運示威達到高潮,但國民黨當局仰人鼻息、軟弱無力的真面目暴露無遺,也因此寄希望於中國大陸來解決釣魚臺事件的問題。[67]

甚至,保釣世代的左傾還與國民黨成功地布達國族認同的教育有關。身為左翼保釣世代的夏沛然提出左傾的因素之一,是國民黨實施的民族主義與和愛國主義的教育,除了國民黨在教育體制裡灌輸中華文化源遠流長的歷史、遵從三民主義以及繼承中華文化的道統之外,又強調了中華民族近百年來備受侵略、欺壓的歷史,因此釣魚臺事件引起了日本對中國侵略的民族情懷,當然還有異國生活中的挫折與歧視變相地加強了對民族的認同。[68]還有鄭鴻生分析這一段釣運之所以轉化為統運,歸因於「20世紀第三世界知識青年尋求國家自主與民族解放的命定途徑。」[69]這一段左翼的愛國運動有著反帝及社會改造的特質,前者是眼見美國將釣魚臺私相授受日本,開始反思美帝世界霸權對第三世界的侵略;後者則視中國文革為理想社會的另類藍圖。

最後還有中國在美國亟欲建立正常關係之下而浮出檯面,除了上述的乒乓外交、尼克森釋出善意改善與中國關係,都已經象徵美國對中國的重新接納與開放,就此任孝琦指出:許多學校的保釣會改組為

---

66 參見李雅明:〈保釣運動的回顧與展望〉,收錄於國立清華大學李雅明、謝小芩主編:《保釣風雲半世紀:保釣運動領軍人士的轉折人生與歷史展望》,頁2。
67 參見林盛中:〈前言〉,春雷系列編輯委員會主編:《崢嶸歲月・壯志未酬:保釣運動四十週年紀念專輯(上)》(臺北市:海峽學術出版社,2010年),頁17。
68 參見夏沛然:〈一個保釣左派的反思〉,春雷系列編輯委員會主編:《崢嶸歲月・壯志未酬:保釣運動四十週年紀念專輯(上)》,頁144。
69 鄭鴻生:〈解嚴之前的海外臺灣左派初探〉,收錄於劉容生、王智明、陳光興主編:《東亞脈絡下的釣魚臺:繼承、轉化、再前進》,頁32。

「國是研究社」、學生刊物紛紛改名為《國是研究》或《國是論壇》，原就左傾的留學生更認定唯有強大的中共可以保衛中國前途、原來同情政府的留學生開始對臺灣的前途感到惶恐絕望，故左傾學生自此將方向改往支持中共加入聯合國。[70]

從上述左翼保釣世代的諸多論述裡，看到了左翼思想在保釣世代群體的起伏始末。這些出國的留學生透過讀書會討論左翼思想，無論是前往中國、任職聯合國，或是滯美等待回臺曙光，都暗示了左翼思想在臺灣的被迫隱蔽，而國外相對開放的社會氛圍形成了醞釀的契機；這種左翼醞釀的契機還迴盪在這些留學生的生活周遭，學運、社運裡的反戰、反帝國主義等民權運動形成的社會關懷，這時國府成功地國族敘事教育、強調備受欺壓的歷史敘事便理所當然地成為了一道抵抗的作用力，搭配著左翼思想的滲透，這是國府始料未及的反效果；直到釣魚臺事件後這一股醞釀漸成的左翼思想在保釣世代的平臺上正式浮現，成為臺灣七〇年代改革的原始動能。

這樣的左翼思想其實更早就在法國沙特、卡繆的存在主義呈現了抵抗的意志、積極的行動，目的用來對抗戰後異化的人性與荒謬的社會，到了法國、美國等歐美國家再演化成反越戰、反美帝的行動抗爭，作用在這一群知識青年所構成的左翼保釣世代上，他們試圖與想像中的、文革後的新中國連結，除了當下以左翼立場思索著對臺灣革新的意志、對臺灣進步的期望，這樣的左翼思潮所影響之下所強調關注中下階層的思維，更延續至七〇年代以降的臺灣，轉化成落實社會服務的關懷、反省了過度依賴美、日的經濟市場，更成為現代詩論戰、鄉土文學論戰，甚至是稍晚的黨外運動的思想資源累積，從這裡可以一窺左翼思想的世界性流動，以及在地性著根的因地制宜。

---

[70] 參見任孝琦：〈第五章　運動向左轉〉，《有愛無悔：保釣風雲與愛盟故事》，頁84-90。

種種的論述大致上可以逐漸勾勒出如《水牛》為例的左傾保釣世代集結發聲的圖像，也逐漸構成左翼保釣世代成形背後的潛因。狹義上來說這支左翼保釣世代在親身經驗、見證過新中國文革後的真實面貌便逐漸沉寂銷聲。但是這一脈左翼保釣世代在建構他們獨有的感覺結構時，也已成為臺灣改革的先聲，一來是保釣中的左翼思想所激起的愛國心和民族主義，讓保釣世代思考東亞冷戰體制下的美國價值，二來延續到鄉土文學論戰後的鄉土派反帝、反資的主張、為社會中下階層發聲的訴求，[71]開始有了社會主義的反省跟民族主義的覺悟，[72]他們在六〇年代胎動，在七〇年代便奮力支援臺灣的民主運動，[73]被稱作是「臺灣民主演化的伴跑員」。[74]

那麼，如《大學雜誌》為首的保臺革新派，或如《自由人》的親官方右翼一脈，又對七〇年代以降的臺灣有什麼樣的影響呢？他們與左翼保釣世代除了重疊了改革意志之外，又呈現了什麼樣的關注面向？以《大學雜誌》為例，當時代聯會主席王復蘇在〈臺大社會服務團成立始末〉一文中呼籲：「青年們走出學校的象牙塔，一方面能體會到真實社會的面貌，真正的做『貧苦大眾的代言人』；另一方面，

---

71 參見林麗雲：〈序言〉，收錄於王智明、林麗雲、徐秀慧、任佑卿主編：《回望現實・凝視人間——鄉土文學論戰四十年選集》（臺北市：聯合文學出版社，2018年12月），頁10-11。

72 參見陳福裕：〈「保釣運動」與七〇年代的思想啟蒙〉，《東亞新視野——從釣魚臺列嶼展開的討論、對話、解讀》（臺北市：臺灣釣魚臺光復會，2013年7月），頁103-104。

73 參見鄭鴻生：〈解嚴之前的海外臺灣左派初探〉，收錄於劉容生、王智明、陳光興主編：《東亞脈絡下的釣魚臺：繼承、轉化、再前進》，頁33-34。

74 本田善彥歸納左翼保釣世代曾被國民黨列入黑名單而不得返臺，亦有任職於聯合國或回到中國的留學生，他們都見證了臺灣在釣運以後的民主，因此稱為「民主伴跑原」。參見本田善彥著，風間鈴譯：〈第六章 「保釣」催生出民主伴跑員〉，《保釣運動全紀錄》（臺北市：聯經出版事業公司，2019年11月），頁97-111。

青年們更可以經過這個過程而獲得『靈魂的洗禮』。」[75]於是走出校園、進入社會成為當時的口號,進一步王復蘇召集代聯會幹部在一九七一年的寒假分組、分區調查眼下最迫切的社會問題,依序為:農村問題、都市貧民的問題、勞工問題、警民問題、選舉問題[76],此後諸如一九七〇年十月組織的「臺大慈幼會」、一九七二年的「社會服務團」等,[77]都具體而微地表現了保釣世代自省後的「回歸現實」,蕭阿勤更延伸為這是對先前內化的民族主義的再充實與具體化,成為一種再認同的過程,替國族認同注入新生命,賦予的更實質的內容。[78]

與「愛盟」關係密切的《自由人》一脈,若以「愛盟」的發展為例應可更明確地看到右翼保釣世代的奉獻與演化。「愛盟」主要負責的是釣運分化後鞏固海外留學生的認同,成員曾廣順回憶:「有了愛盟,代表政府並不孤立,支持政府的人也不孤立。」[79]「愛盟」在海外的興起與沉寂與國民黨的重視與否相關,在釣運分化後的數年愛盟確實備受禮遇,這包含了國府對於經費的援助,雖然一度想獨立卻也受限於經費因素,直到七〇年代中期以後國府將重心移轉至反臺獨之上,愛盟的影響勢力漸趨式微。但這一群右翼的保釣世代回顧時,都指出了愛盟成員歸國後無論進入校園或創辦刊物,諸如邵玉銘與趙林回臺後創辦《人與社會》雙月刊,並進入國民黨擔任要職,抑或郁慕

---

75 王復甦:〈臺大社會服務團成立始末〉,《大學雜誌》第49期(1972年1月),頁62-63。
76 參見〈走出校門 進軍社會〉,原載於《代聯會訊》(1971年12月13日);〈挖掘迫切社會問題〉,原載於《畢聯會訊》(1972年12月18日),今收錄於春雷系列編輯委員會主編:《崢嶸歲月・壯志未酬:保釣運動四十週年紀念專輯(上、下冊)》(臺北市:海峽學術出版社,2010年),頁201-205。
77 參見洪三雄:〈壹、保衛釣魚臺學生運動〉,《烽火杜鵑城:七〇年代臺大學生運動》,頁64-66。
78 參見蕭阿勤:〈第四章 鄉土文學〉,《回歸現實:臺灣1970年代的戰後世代與文化政治變遷》,頁206。
79 任孝琦:〈第八章 海外愛盟走入歷史〉,《有愛無悔:保釣風雲與愛盟故事》,頁163。

明與趙守博等人曾參與反統戰與反臺獨的工作，甚至解嚴後愛盟成員在一九九〇年籌組政團「新連線」參與選舉，爾後更自組「新黨」，成為一九九〇年後臺灣釣運重要的實踐者；[80]當然仍不乏在中、美建交後重新組織臺灣島內的愛盟，在示威遊行中與國民黨的再三磨合，以求穩定臺、美斷交後的民心惶惶，諸多社會實踐其實都展現了這一群海外右翼保釣世代對臺灣的影響、關懷與期待。

根據前文所統整的「釣運刊物」之於「霸權體系」的表格中（表五、六、七），可以見到這三份不同的釣運刊物除了立場不同之外，它們對於「改革」都懷抱憧憬，也都看到他們跟霸權體系內各種位置的互動、抵抗與創生。既以保釣世代歸屬在蕭阿勤所定義的「回歸現實世代」裡，也的確表現了這一群保釣世代相較於上一代對社會的關注與政治的變革更具動能。就像之前所歸納：保釣世代在安娜國是堡會議後從為了聯合國的代表權正統性而分化，隨後各自著眼改革的面向不一，但展現的都是對於國族認同的知識分子論述。無論分化後的路線為何，這一群保釣世代都表現了對於臺灣現狀的不滿，無論政治、經濟或言論自由等層面，這種不滿在釣魚臺事件後膨脹、在釣運之後因為立場的不同而更顯緊張，這裡省籍之別的影響成分已經遠小於回歸現實的企圖，揚棄了擬漂泊／半擬漂泊或擬流亡／半擬流亡的心態，正式成為「回歸現實世代」的一員。

第四節　場域中的「資本競合」及「生存心態」：「保釣世代」的歧異

上述章節筆者透過「感覺結構」與「霸權」的連動關係討論了「回

---

80 參見王智明：〈1990年代後的釣運：兩岸保釣的交流與合流〉，收錄於劉容生、王智明、陳光興主編：《東亞脈絡下的釣魚臺：繼承、轉化、再前進》，頁98-99。

歸現實世代」中的世代單位——「保釣世代」的三種類群。本節筆者進一步從「場域」概念討論與此三份釣運刊物具有緊密關係的保釣世代分子——影響《大學雜誌》走向最鉅的陳少廷、《自由人》創刊人之一的劉源俊以及創刊《水牛》的張信剛，目的在於釐清這三位立場不一的保釣世代分子所掌握的資本及生存心態的差異，尤其這三名保釣世代在釣運分化後的路線不一，筆者欲從中勾勒出這三位保釣世代分子參與釣運刊物創辦及編輯過程中所表現出來的場域競合關係，也就是聚焦在這些參與刊物的行動者，試圖更具體地表現出這些邊界清楚的行動主體在創刊編輯、發行的過程中，因應其享有的資本多寡所帶來的歧異性及影響性。

一 「場域」的要素：「資本」、「生存心態」及「文化」形構的競逐

張誦聖藉著皮耶・布爾迪厄（Pierre Bourdieu）的文化生產場域（the field of cultural production）理論克服了八〇年代從「影響研究」框架理解現代主義與主導文化研究所帶來的侷限——不夠正面有系統地處理歷史脈絡中複雜的文學現象、無法釐清政治經濟、文化思想領域裡的歷史動力如何作用在文學生產活動上。[81]透過張誦聖的論述，可以見到戰後臺灣文學場域內不同位置致力於爭奪主導權、建立正當性的運作路徑，當其中一方把持場域內的主導權，其餘位置的活動者將在場域內角力，伺機翻轉已成形的場域秩序，因此「場域論」破除以往二元對立的研究模式，強調的是場域之間互動、制衡、競爭的運

---

81 參見張誦聖：〈第一章　現代主義文學在臺灣當代文學生產場域裡的位置〉，《現代主義・當代臺灣：文學典範的軌跡》（臺北市：聯經出版事業公司，2015年），頁269-170。

作機制。「場域」所呈現的複雜樣貌,即是連結了看似各自獨立的其他場域,藉由行動者所掌握的特殊資本,以進行維護或提升行動者位置的地位或高度。就此而言:張誦聖提醒了「場域」內恆常變動的關係與角逐競爭主導權的特色。

先回溯至布爾迪厄對於「場域」的延伸及應用,即是探討行動主體和社會結構互動的關係模式。「場域」源自於「社會空間」概念,實則以「力場」的方式呈現,且「場域」係由不同的社會地位和職務所建構的空間,場域的性質也隨著個人的地位和職務而定,因此延伸出諸多場域。場域內的不同位置,實則類似由權力軌道所構成的磁場系統,每一個行動主體在場域內的位置既是主動取得,也是被動界定。布爾迪厄將社會空間比擬為市場體系,而社會空間又是由許多場域結構而成,行動者依據不同的特殊利益,進行特殊的交換活動,這些場域如同一個又一個市場,提供多重的特殊資本(des capitaux specifiques)競爭的場所。[82]而且所有的場域不管大小,都存在著強弱、高下、優劣的關係,即是駕馭與被駕馭的關係。

接著,「資本」的概念正是討論「場域」必要條件。意即:任何一個場域都是個人或集體的行動者運用各種資本進行競合的鬥爭空間,布爾迪厄依序提出了經濟資本(economic capital)、文化資本(cultural capital)、社會資本(social capital)與象徵性資本(symbolic capital)。經濟資本由生產的不同因素、經濟財產、各種收入及各種經濟利益所組成,且不同的社會經濟資本具有不同的特性;文化資本和經濟資本是構成社會區分化兩大原則,又分成三種形式:被歸併化的形式是人內在化的稟性和才能,且攸關於生存心態的組成、客觀化的形式是具有一定價值的文化財產、制度化的形式是由合法和正當化制度所認證

---

[82] 邱天助:〈第五章 再製理論的建構〉,《布爾迪厄文化再製理論》(臺北市:桂冠出版公司,2002年),頁120-129。

的學位文憑；社會資本是借助所佔有的社會性網絡而把握的社會資源或財富，足以決定能動員的社會網絡幅度，也決定於所動員的成員中所掌握的各種資本；象徵性資本則是用以表示禮儀活動、聲譽或威信資本的累積策略等象徵性現象的重要概念，具有「被否認」和「被承認」的雙重性質，也就是透過「不被承認」的方式而「被承認」。[83]

故結合經濟資本與文化資本，才能佔有重要的社會地位及聲譽；社會資本必須仰賴行動主體長期經營、有意識的攏絡、交涉才足以形成；象徵資本代表著聲譽或威信資本的累積。前三種資本可以互相轉化，亦可積累蔚為象徵資本，足以成為場域內具影響力的權威的概念象徵。行動主體會爭奪為了斬獲不同類型的資本，就此形成場域內權力位置的重建，故資本成為權力關係的決定性條件。因此，本文的研究對象——不同的刊物在這個刊物發行的場域裡實有鬥爭跟遊戲的存在特質，在維護既有利益跟顛覆秩序的拉扯中，端看這些刊物所擁有的特殊資本。

此外，「生存心態」（慣習、習氣、習癖）（habitus）同樣攸關場域理論的分析。布爾迪厄定義「生存心態」是一套「稟性」（disposition），是「促使行動主體以某種行動和反應，也就是人們知覺和鑑賞的基模，一切行動均由此而衍生。這種生存心態是在特定的歷史條件下，個人無意識內化社會結構影響的結果，特別是特定社會中教育系統在個人意識的內化和象徵結構化的結果。」[84]「生存心態」是行動主體透過主觀的知覺，對其客觀的生存條件所形成的行為傾向或稟性，故它是一種存在的方式、身體的習慣狀態，指向一種趨勢或傾向，對主體行動是一種導向的作用，是個體行動與社會結構之間的橋樑，

---

83 高宣揚：〈第五章　場域與社會結構動力學〉，《布爾迪厄》（臺北市：生智出版，2002年），頁247-252。

84 邱天助：〈第五章　再製理論的建構〉，《布爾迪厄文化再製理論》，頁111。

故不同的社會群體將實際生存條件的可能性，內化後形成迥異的行為傾向，包含自我期待、應對方略、行事標準等等，這些不同的行為傾向也就是不同的生存心態。[85]構成生存心態的稟性系統擁有五大特質：教化的（inculcated）、結構的（structured）、持久的（durable）、衍生的（generative）、可轉化的（transposable），也就是說生存心態既是由逐步教化而習得，並且反映個人所處的社會條件，擁有根深柢固的系統性質，且能擴展到其他場域，最重要的是具有調整、運作及更新的作用，故可變動的生存心態會影響行動主體活動實踐、擁有資本、佔據位置及競合資本的關鍵因素。

布爾迪厄提出十九世紀下半葉法國社會中的文化生產場域漸已脫離文學以外的正當性而趨於自主，張誦聖進而提出現、當代中國和臺灣的文學場域裡，往往政治性因素遠大於經濟性因素，且「純文學」更異於歐洲是基於文學生產者對市場將藝術商品化的反動，而是文學的「非政治性」，也關乎於文學生產者的「宿習」，因此必須先瞭解這些文學生產者所佔有的位置的歷史軌跡，以及它們特有習性的過程之歷史軌跡。對此，張誦聖更結合雷蒙德・威廉斯對於主導、另類和反對文化形構的分析，勾勒出由政治力所支撐的「主流」美學位置及其他相對位置，以呈現文化生產場域的全貌。[86]

據此，筆者從布爾迪厄的「文化生產場域」概念出發，比較這三

---

85 參見邱天助：〈國家意志下，人文社會學術生產的再反思：Bourdieu場域分析的啟示〉，《圖書資訊學研究》第2卷第1期（2007年12月），頁6-7。
86 在此，張誦聖所引用的三種文化形構——主導、另類與反對文化，便是雷蒙德・威廉斯在《馬克思主義與文學》中所定義的主導、殘餘及新興文化模式，此概念可參見雷蒙德・威廉斯著，王爾勃、周莉譯：〈第二章　文化理論〉，《馬克思主義與文學》，頁129-136。筆者在此欲借用張誦聖的概念，便引她的翻譯為用，參見張誦聖：〈第二章　「文學體制」、「場域觀」、「文學生態」〉，《現代主義・當代臺灣：文學典範的軌跡》，頁290-296。

位釣運世代分子——陳少廷、劉源俊、張信剛在場域中分別掌握不同資本及其生存心態,其中包含創刊目的、編輯趨勢及刊物走向,釐清之後能更清晰地呈現這三名保釣世代曾經密切參與的釣運刊物背後所代表的生態關係,藉著抽析這三位保釣世代的資本多寡,也可以看出這三名保釣世代及其參與編輯的刊物各自在雷蒙德・威廉斯定義的三種文化形構中的不同位置,甚而彙整出「保釣世代」這樣的一個世代單位裡懷有的生存心態的差異特質。當然,這樣的互動同時必須考量到臺灣當時政治局勢攸關權力的結構關係,因此必須追溯到這三位保釣世代分子的成長背景、受教程度、政治立場及其創刊動機等因素,透過這些行動者的具體性高、決斷力大、承擔力強的實踐行為,作為回應文化生產場域的競合關係。

二 「場域」的競逐:「保釣世代」的生存心態、資本差異及文化形構

布爾迪厄的「生存心態」(habitus)是一種場域間異體同型關係,具有集體性的、持久的、規則行為的生成機制,「生存心態」還關係到「稟性」(disposition)、指的是一種存在的方式、習慣狀態、趨向、傾向、素質與偏好,更是行動主體外部生存或結構透過自我覺知轉變為自我期待的結果,所以不同的社會群體會內化形成不同的行為傾向,形成不同的「生存心態」,既可以制約行為,也可以生產行為。[87]

布爾迪厄提出構成生存心態的稟性系統有五大特質——教化的(inculcated)、結構的(structured)、持久的(durable)、衍生的(gener-

---

[87] 參見邱天助:〈國家意志下,人文社會學術生產的再反思:Bourdieu場域分析的啟示〉,《圖書資訊學研究》第2卷第1期(2007年12月),頁6-7。

ative)、可轉化的（transposable），且生存心態給予社會行動主體一種「遊戲的感覺」（sens du jeu or feel for the game），提供了行動主體在日常生活中實踐動作及回應的感知，具有導向作用。布爾迪厄進一步認為這是一種軀體狀態、一種存有（being）的狀態，因為個人的軀體已經成為稟性的貯藏器，因此實踐的行為或方式都是自然天成，且軀體是併合化的歷史，既是歷史的產物，也可以再造歷史。再者，形成或改變「生存心態」的基礎有三：來自社會化機構的生存心態，即是個體行動者家庭的社會化過程；社會環境的客觀條件，即是個體受到自我生存的社會環境客觀物質條件或社會條件所制約；個體的歷史經驗，即是生存心態可透過社會分析而調整變動，甚至透過意識的覺醒進而操控自己的稟性，這種分析的效力部分源自於原有的生存心態，也決定於發生自我意識覺醒的客觀條件。[88]

筆者欲從構成生存心態的稟性系統討論與這三份釣運刊物關係最為密切的保釣世代分子的生存心態生成與演變，於下便輔以此三位保釣世代的求學成長、思想養成及其社會實踐方向作為例證。在「教化的」（inclulcated）性質上，尤其是早期的兒童經驗影響最甚，除了家學淵源之外，這群「保釣世代」稟性的養成多被收攏於國民黨撤退遷臺後建構的國族敘事教育體制下，輔以二二八事件後的白色恐怖、國府的黨政軍特體制外，還有名義上的各種文藝協會所組成的「國家文藝體制」支配了文藝思潮走向。[89]

諸如：影響《大學雜誌》最鉅的陳少廷，父親陳銓生係為日本法政大學法律學士，身為臺灣文化協會的成員，也是日治時期臺灣留學生抗日運動的中堅分子，因為崇尚社會主義而長期被日本憲兵跟

---

[88] 邱天助：〈第五章　再製理論的建構〉，《布爾迪厄文化再製理論》，頁110-115。
[89] 參見陳建忠：〈「美新處」（USIS）與臺灣文學史重寫〉，《島嶼風聲：冷戰氛圍下的臺灣文學及其外》（臺北市：南十字星文化工作室，2018年8月），頁34-35。

監，[90]陳少廷就讀屏東高中一年級時出借腳踏車給高中教師葉老師，因而多次被「情治特務」當成「少年匪諜」追捕，直待轉學至臺南長榮中學時仍須定期報備行蹤，報考大學前無故遭到情治當局拘留，經過哀求後才得以赴考；畢業後擔任臺灣大學政治學系教師後又因與殷海光撰文於《自由中國》被拘禁、解職。[91]

創刊《自由人》的劉源俊，選讀臺灣大學物理系即是就讀基隆中學的高中階段受到一九六二年十月蘇聯發射第一顆人造衛星的影響，在這樣美、蘇冷戰體制下成長的知識青年進入臺灣大學就讀後首當其衝的便是「青年自覺運動」；隨後一九六七年留學美國即見證了反越戰的學運，加上中國文革的鼓吹，他也曾經在左派留學生的輿論壓力下開始閱讀左翼書籍，以便釐清當時留學生左傾的路線，並與左翼學生辯論；爾後還參與林孝信創刊的《科學月刊》，擔任要職並加入保釣運動的行列。[92]

《水牛》的創辦人張信剛與劉源俊同為外省籍出身，八歲抵臺後先後進入臺北師範附小、師大附中等學校。求學背景中他坦言：「我記得上小學的時候，有老師會忽然失蹤，人們傳說他們是被特務拉走了。這些老師教我們唱歌、畫畫，其實很多都是知識青年，都是在大陸教過初中的。」[93]張信剛還回憶，當時仍有一些老師曾在《自由中

---

90 陳少卿：〈少廷成長的背景〉，收錄於陳林瓊琚等人著：《啟蒙者　臺灣良知：陳少廷先生紀念文集》（臺北市：臺北市荻生文化藝術基金會，2012年12月），頁12。
91 參見〈政治學者典範「臺灣良知陳少廷教授」〉，收錄於陳林瓊琚等人著：《啟蒙者　臺灣良知：陳少廷先生紀念文集》，頁1。
92 參見謝小芩、李雅雯、蔡虹音訪問，李雅雯記錄編輯：〈第三章　劉源俊教授訪談〉，收錄於李雅明、謝小芩、國立清華大學圖書館編著：《保釣風雲半世紀：保釣運動領軍人士的轉折人生與歷史展望》（臺北市：時報文化出版公司，2021年），頁133-151。
93 鄭小惠、童慶鈞訪談，鄭小惠、張娛、齊靜整理：〈第三章　美國、海外口述訪談〉，收錄於春雷系列編輯委員會主編：《崢嶸歲月‧壯志未酬：保釣運動四十週年紀念專輯（上冊）》（臺北市：海峽學術出版社，2010年6月），頁541。

國》上發表文章，因此思想上較為開放。這樣白色恐怖的時代氛圍，身為知識青年，他在高中後趕上沙俄時代的書籍解禁，屠格涅夫的《父與子》開啟了內心反封建的思想，師大附中的校訓自由、民主、健康、科學也帶來了別於國民黨高壓的視野，他的父親因為對國民黨的施政不滿而任職於世界衛生組織並遠赴埃塞俄比亞。大學階段藉著同學的藏書接觸到魯迅，他也承認思想受到其影響；直到留學生涯間接轉赴埃塞俄比亞才看到了對殖民地的窮苦及不公，美國的民權運動、種族運動、反越戰，興起內心對中國左翼的好感。[94]

這三位保釣世代的成長求學背景，正好呈現其稟性系統中攸關「教化的」特質。一樣統攝在國府的教育體制之下，本省籍出身且有日式家庭教育影響的陳少廷，不僅從小見證國府戒嚴體制下的高壓，更是從中學階段便親身歷經逃亡、追捕的政治壓迫；擁有外省籍背景的劉源俊在求學過程中既是籠罩在國府高壓下而絕緣於左翼思想、切身感受冷戰體制下的國際權力拉扯，也見到其留學生涯所受到的學運影響；張信剛從小耳濡目染著父親對國府的不滿、透過閱讀開啟了左翼視野，更藉由殖民地的窘境、留學階段的學運開展了對左翼的偏好，同時也接觸中國媒體的傳播、關注中國文革的發展。這三人在「教化的」性質上，其實都展現了兒童成長階段、甚至是早期求學階段經驗的影響，誠如布爾迪厄對「教化的」性質所定義，各自在世俗性的訓練與學習過程中，塑造其因應環境的第二本性，[95]這也影響了這三人爾後在釣運期間及其分化後的立場，更關係到他們創辦刊物、發表稿件的趨勢。此外，此三人的籍貫不一，也正好反映了「知識青

---

94 鄭小惠、童慶鈞訪談，鄭小惠、張娛、齊靜整理：〈第三章　美國、海外口述訪談〉，收錄於春雷系列編輯委員會主編：《崢嶸歲月・壯志未酬：保釣運動四十週年紀念專輯（上冊）》，頁541-544。

95 邱天助：〈第五章　再製理論的建構〉，《布爾迪厄文化再製理論》，頁112-113。

年」在釣魚臺事件、保釣運動興起後蔚為「保釣世代」的當下,往往打破省籍之別,或言省籍的差異在釣魚臺事件爆發後已然退居於國族歷史敘事認同之後,促成七〇年代初期「回歸現實」的路線。

　　至於「結構的」(structured)性質上,則強調的是教化後反映個人所處的社會條件,最大的不同便是不同階級所反映的社會環境,加上類似的背景將影響生存心態的同質性。換言之,這三位「保釣世代」幾乎都是受過高等教育、屬於中產階級的知識分子。諸如:陳少廷畢業於臺大政治學系,「政治學者」的背景讓他對臺灣當下的內政、外交情勢充滿敏銳的體察;劉源俊從基隆中學直接保送到臺灣大學物理學系,劉容生、林孝信、胡卜凱等保釣世代分子也都是當時就讀於臺大的同學,甚至由同系同學在課堂上輪流授課,以取代師資之不足,[96]爾後取得哥倫比亞大學物理學博士學位,並返臺任教於各大學,從中亦可體現其菁英色彩的結構性特質;張信剛除了父親身為臺灣大學的外科教授,他一路從師大附中、臺大土木工程學系、史丹佛大學到取得西北大學博士學位的求學路程、留學經驗,亦然展現其知識菁英特質。正是擁有相似的社會條件,這三位保釣世代分子所習獲的稟性系統自然展現了中產階級、知識菁英的特性,這樣的行動主體享有相似的社會條件背景,也將反映出同質性、相類似的生存心態。[97]

　　再者,「持久的」(durable)性質則表現出稟性系統的根深柢固,且持續地在行動主體身上發揮作用,這是「保釣世代」之所以堅持各自實踐行動的原因,也足以表現出他們「生存心態」的特質,意即這三位保釣世代分子成長、求學過程中的經驗,或受到政治脅迫、或受

---

96 參見謝小芩、李雅雯、蔡虹音訪問,李雅雯記錄編輯:〈第三章　劉源俊教授訪談〉,收錄於李雅明、謝小芩、國立清華大學圖書館編著:《保釣風雲半世紀:保釣運動領軍人士的轉折人生與歷史展望》,頁134-135。
97 參見邱天助:〈第五章　再製理論的建構〉,《布爾迪厄文化再製理論》,頁113。

到家庭濡染、或絕緣於左翼思想的種種經歷，都將在主體上持續的發酵並作用，這勢必也影響他們乍逢釣魚臺事件及釣運分化後的立場抉擇。直至「衍生的」（generative）特性強調的是跨場域、擴展到其他領域的特色，從行動主體生存的場域擴展到其他場域，並生產實行和知覺的多元性，[98]若反映在「保釣世代」的「衍生的」特質上，便是他們紛紛跨域到「刊物」場域上，表現其迥異的立場、特質，以求爭奪主導性的發言權，藉此發揮實踐及感知的作用，這樣的跨場域質性得以讓保釣世代分子的集結、組織、聯絡、交流或抗拒更加活絡，也展現了「保釣世代」更全面的生態組成。

最後，「可轉換的」（transposable）性質上，愈是強調生存心態在磁滯性（hysteresis）中仍具有的更新、再造及調整特色，在這裡「保釣世代」在這三份釣運刊物裡的立場迥異，便表現出在同一種教化的、結構的且持久的稟性特質下，仍具備著變化性高、再造性強的特色。[99]在此，可以看到這三名保釣世代分子面臨釣魚臺事件爆發、保釣運動及其分化過程中，或是接踵而至的外交失利及臺灣局勢在東亞冷戰的權力失衡等事件，都能即時性地表露意見，並且適時地發表言論作出回應、再行調整或強化刊物的路向，這都足以表現出這一群保釣世代分子乍臨突發事件、歷史條件更迭之下的更新、再造及調整性質。

必須承認的是：這三名立場迥異的保釣世代分子的「生存心態」之中，共享著類似的某些稟性特質，這也便是他們在釣運後均顯露了革新的意志，只是他們原來的生存心態會隨著歷史環境、發言語境的影響而有所變動，導致革新的方向與目標不盡相同。筆者在釐清此三位立場迥異、曾參與或創辦釣運刊物的保釣世代分子所持有的稟性系統中的特質後，進一步探究這三位保釣世代分子在釣運期間如何在釣

---

98 參見邱天助：〈第五章　再製理論的建構〉，《布爾迪厄文化再製理論》，頁113。
99 同上註。

運刊物場域內進行競合關係。之所以將此三位保釣世代分子作為代表，正好象徵著保釣世代分化後的三種路線，再由他們所參與或創辦的釣運刊物進行分析，並輔以回憶錄與訪談紀錄，探究在這樣的文化生產場域內，作為行動主體的這三位保釣世代分子，如何藉由在場域內所掌握的「資本」數量的多寡，以資證明「象徵暴力」（symbolic violence）的合法性宰制，[100]復行延伸至雷蒙德・威廉斯所定義的三種文化形構之上，作為看待這三位保釣世代分子各自在刊物場域裡的權力互動、抗拮關係。

先回溯至這三位保釣世代分子參與或創辦釣運刊物的過程，更可清楚地辨析並定位他們各自的場域位置。《大學雜誌》自一九六八年初創刊，根據夏春祥指出：

> 這雜誌可定義為讓民眾認識大學的校園讀物，或者也可以描述成是臺灣大學內部的同仁刊物，總編輯是當時的經濟系學生，但後來只出了三期便面臨難以為繼。已經畢業的臺大校友陸續加入，有錢的出錢，有力的出力，並在大學宿舍裡以校園行銷方式拓展銷量，大家共同的期待則是為了當時因黨國體制而沉

---

100 布爾迪厄所定義的「象徵暴力」（symbolic violence）意味著是象徵系統的權力和宰制對事實所建構的勢力，即是一種知識和宰制的工具，更是試圖經由社會世界所謂正確和合法性的強制定義，而將宰制予以合法化。「象徵權力」依賴於象徵資本與事實基礎，政府更是象徵權力的最大泉源，因此政府不僅是合法身體暴力的獨佔者，而且也是合法象徵暴力的獨佔者。簡單來說，象徵暴力是隱藏權力基礎，運用象徵的強制性宰制，對個人或信仰造成扭曲的現象，其作用在於排除和剝削隸屬階級，造成個人經驗和社會確認的象徵創傷，因此象徵暴力源於「委任」（delegation），係由社會行動主體指定代理人以增進利益，這種身分的代理會滋生出能力的代理，進而產生「祭司效應」（oracle effect），稱之為「合法的詐術」（legitimate trickery）。參見邱天助：〈第五章 再製理論的建構〉，《布爾迪厄文化再製理論》，頁161-170。

悶的時代開闢一個提供新鮮空氣的窗戶。[101]

上文點出了《大學雜誌》初創的宗旨及目標，也指出創刊經費最初源自於集資合辦，雖然隨後《大學雜誌》陸續向國民黨和青商會等社會團體的各類成員尋求經費支援，並由出版商陳達弘接手，但這起步已經展現知識青年對於臺灣的社會關懷。身為關鍵人物的陳少廷從創刊號即有〈這一代中國知識分子的責任〉一文發表，逕自指出知識青年對於言論論國的權利及責任，隨後他加入編輯群並在一九七一年刊物編輯改組後任職社長，當時的社務委員不分省籍，均屬臺灣社會的知識菁英，囊括胡佛、楊國樞、李鴻禧、許信良、連戰等人，[102]這當然也關係到陳少廷與《大學雜誌》在文化生產場域內對於資本的掌握程度。誠如前文所述，陳少廷早在《自由中國》及《文星》即有載文發表，再綜觀其除了任職《大學雜誌》社長、參與編輯之外，在《大學雜誌》上刊載的社論、書評及政論超過一百餘篇，就編輯層面與撰稿層面而言，陳少廷著實開創、領軍《大學雜誌》從六○年代末到七○年代初期的新氣象。

海外的保釣運動正值分化之際，劉源俊、孟德聲等人即創辦、編輯了《自由人》，這份刊物甚至早於「愛盟」成立，隨後便成為美東「愛盟」的機關刊物之一，[103]每期的出刊量約一千份左右，刊物發行

---

101 夏春祥：〈舊語言與新篇章：狂飆年代下的《大學雜誌》〉，收錄於陳達弘策畫編著：《見證狂飆的年代：《大學雜誌》20年全紀錄提要（1968-1987）》（臺北市：華品文創，2019年11月），頁XX-XXI。

102 夏春祥：〈舊語言與新篇章：狂飆年代下的《大學雜誌》〉，收錄於陳達弘策畫編著：《見證狂飆的年代：《大學雜誌》20年全紀錄提要（1968-1987）》，頁XX。

103 根據劉源俊指出：當釣運轉向變質為統運後，保釣世代面臨到分裂的必然性，尤其陸續在親共學生八月在布朗大學舉辦的「美東討論會」及九月初的在安娜堡舉行的「國是討論會」中明顯的左傾路線，激發出十二月華盛頓召開的「反共愛國會議」，更陸續有鮮明反共的刊物誕生，如：紐約的《自由人》、芝加哥的《留學

的經費主要從最早的學生自費出版到由國民黨補助稿費及抄寫費。[104]
劉源俊回憶《自由人》的創刊過程說道：雖然愛盟成立於一九七一年
九月，但稍早即有醞釀階段，這便是親共、反共陣營的對立，延伸至
刊物的對立上，第一份反共刊物便是《自由人》，他更述及發刊緣起：

> （《自由人》）第一次出刊大概是10月吧，因為對左派實在是看
> 不下去了，他們一直偏向中華人民共和國；以我的立場來講，
> 他們就是釣運的破壞者。這些人沒有好好的搞保釣，保釣就因
> 為這些人搞親共，搞壞掉了。我不能原諒這批人，像李我焱、
> 袁旂、徐守騰這些人，他們要負責保釣運動沒有延續下去的責
> 任。[105]

這裡清楚地見到了劉源俊之所以創刊《自由人》的動機，乃是抗拒於
保釣運動分化後蓬勃的左傾留學生聯盟。從最初的自費出版刊物到由
國民黨金援資助，其實表現出《自由人》最初衷的反共精神恰正好合
流於國府亟欲在留學生陣營所布達的核心主旨。特別是刊頭標誌著
「爭自由，反奴役；爭民主，反極權」的標語，也順勢撐起國民黨一
貫的口號及訴求，此時有賴於《自由人》的發刊，國民黨試圖力挽狂
瀾海外留學生左傾的風潮。當然，劉源俊及其所創刊、編輯的《自由

生評論》與《野火》、波士頓的《波士頓通訊》及《獨立評論》、舊金山的《清流》、洛杉磯的《中國人》等刊物。參見劉源俊：〈我所知道的留美學生保釣運動〉，收錄於邵玉銘編：《風雲的時代——保釣運動及留學生涯之回憶》（臺北市：聯經出版事業公司，1991年6月），頁211-212。

104 參見任孝琦：〈第七章　文攻武鬥〉，《有愛無悔》（臺北市：風雲時代出版公司，1997年7月），頁140-141。

105 謝小芩、李雅雯、蔡虹音訪問，李雅雯記錄編輯：〈第三章　劉源俊教授訪談〉，收錄於李雅明、謝小芩、國立清華大學圖書館編著：《保釣風雲半世紀：保釣運動領軍人士的轉折人生與歷史展望》，頁152。

人》，自始至終都堅守著反共留學生的陣營，他有感於釣運的左傾讓海外保釣運動的方向質變、失焦，但不可忽視的是他與《自由人》最初始的目標：捍衛著釣魚臺的領地主權、國族歷史敘事的正當性、在東亞冷戰體制內即將失勢的國民黨政權的合法性。

如前文所言，《水牛》的創刊者張信剛其左翼思想萌芽自父親對國民黨施政的不滿、切身經歷白色恐怖的氛圍，加上高中階段透過閱讀養成反封建的思想、大學階段閱讀當時被禁的魯迅作品、留學階段目睹美國的反越戰等民權運動，左翼的傾向逐漸成形。釣運初始，張信剛礙於妻子即將臨盆故不熱衷於此，直到安娜堡國是會議，張信剛開始投身釣運，還有親炙甫從中國歸來的楊振寧所影響：

> 不久之後在安娜堡開一個會，我們夫妻帶著兩個小孩開車開了不只八個小時，去了密西根大學參加會議。去了以後發現很多熟悉的臉孔，袁旂、徐守騰等等。國是會議討論說大陸才是中國人真正的中心，我的思想上、言行上屬於這一派的。也有一些人說要革新保臺，促使臺灣革新。不過在反對把釣魚臺交給日本這一點大家都是一致的。我記得第一個發言的是袁旂。我們都是臺大土木系的，他大肆的時候我大一。在回去的路上我跟我太太說，看來人家都在辦刊物，我們布法羅也有很多人，也可以辦一個刊物。[106]

自此，仰賴於張信剛夫妻收入的手抄形式左翼刊物《水牛》誕生。屬於溫和左翼的《水牛》不過分理論化，沒有定期的編輯制度，也沒有

---

106 鄭小惠、童慶鈞訪談，鄭小惠、張娛、齊靜整理：〈第三章　美國、海外口述訪談〉，收錄於春雷系列編輯委員會主編：《崢嶸歲月・壯志未酬：保釣運動四十週年紀念專輯（上冊）》（臺北市：海峽學術出版社，2010年），頁546-547。

第四章 「保釣世代」的共感及歧異:「感覺結構」及「霸權」、「場域」的競合 ❖ 375

專職的總編輯,跟《自由人》一期一千份的發行量相類,其中不乏曾任中研院士的田長霖、香港科技大學創校校長吳家瑋等人的捐款、謝定裕及李南雄的投稿。據此,可以得知:身為保釣世代的張信剛先是不滿於釣魚臺事件的主權歸屬,在此亦懷有國族主義的認同;但張信剛左翼思想的萌芽、養成終究發酵於《水牛》的創辦之上,趁著當時海外隨著反越戰、民權及種族運動而水漲船高的左翼聲浪,進一步著眼於臺灣內部的革新方向,展現了海外留學生的左翼力量。

在爬梳這三位保釣世代分子參與或創辦釣運刊物的動機及過程後,愈能理解他們各自位於刊物這樣一個文化生產場域中身為行動主體的位置。筆者即在不同立場的保釣世代分子及其所代表的、關係密切的釣運刊物中,透過文化場域生產概念,試圖彙整出這些行動主體的實踐行為或策略運用。布爾迪厄說明行動主體的實踐或策略運用,往往受到「生存心態」、「資本」以及「場域」的交涉影響,因此提出了一道公式:〔(生存心態)(資本)〕+場域=實際行為。[107]於下,筆者將透過表八(保釣世代分子的掌握「資本」與「文化」關係表)進行討論:

表八

保釣世代分子的掌握「資本」與「文化」關係表

陳少廷
《大學雜誌》
(另類文化)

劉源俊
《自由人》
(主導文化)

張信剛
《水牛》
(反對文化)

資本種類:文化資本、經濟資本、社會資本、象徵資本

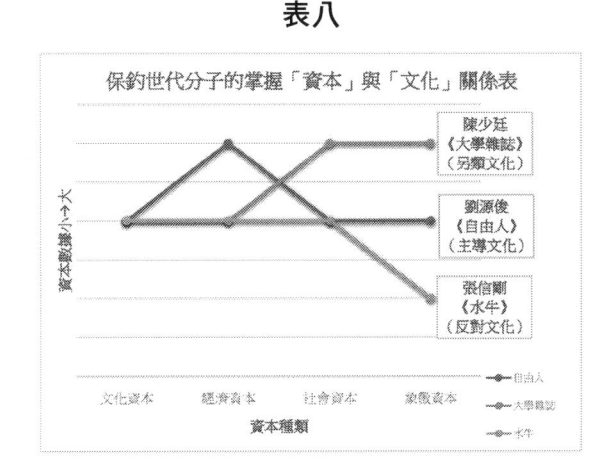

107 參見邱天助:〈第五章 再製理論的建構〉,《布爾迪厄文化再製理論》,頁153。

正因為刊物向來屬於匯集意見、表現看法的載體，雖然仍有表現主編意志、篩選策略的特質，但刊物本身的邊界原來就不像特定的行動主體清晰明辨。有鑑於此，筆者特以聚焦在保釣世代分子之上，並兼論與其關係密切、參與編輯或創辦的釣運刊物，將這一群具有意志、決斷力、承擔性的保釣世代分子及其深刻影響且帶有明顯主張的釣運刊物視為同一討論個體，以便於更清楚地歸整出他們在刊物這種文化生產場域中的競合互動關係。

從上文表八可以見到，這三位保釣世代分子與其代表的釣運刊物在各種資本上的異同。首先，布爾迪厄認為「文化資本」有三種呈現形式：被歸併化的形式，指的是長期且穩定的內在化並成為稟性與才能，且具有歷史性和時間性的性質，又必須耗費相當程度的經濟資本才能內在化個人修養與才能；客觀化的形式，便是擁有某種物化或對象化的文化財產，更包含鑑賞和消費的支配性能力；制度化的形式，意指合法化和正當化的制度所確認的畢業文憑，也表現出持有者的自律性。[108]據此，若就三位保釣世代分子掌握的「文化資本」討論，他們都是接受高等教育的中產階級的知識分子，也都成為國內、外大專院校的教師，無論是內化形式的教養，或是客觀形式的判斷能力，甚至是制度化的學歷文憑都代表著他們擁有相似的「文化資本」，在文化資本相似的情境下，反而更能凸顯他們在文化生產場域中不同實踐行動的意義。

其次，就「經濟資本」來說，布爾迪厄認為不同的社會經濟資本具有不同的特性，諸如攸關農業的經濟資本必須遵從往年收穫的特殊規律、資本主義經濟中的經濟資本要求的是嚴格的合理化估算。[109]在

---

108 高宣揚：〈第五章　場域與社會結構動力學〉，《布爾迪厄》（臺北市：生智文化，2002年6月），頁250-251。
109 參見邱天助：〈第五章　再製理論的建構〉，《布爾迪厄文化再製理論》，頁130。

刊物的文化生產場域中，經濟收入直接著影響刊物發刊、出版的實質費用，也影響著其發揮的效應，也因此是否能夠得到經費金援，更關係到刊物編輯、出版的規模及形式。的確，文化資本的掌握也會影響到經濟資本的多寡，諸如《水牛》的出版即有賴於張信剛夫妻、田長霖、吳家瑋等握有文化資本的行動主體；《大學雜誌》初始也由握有文化資本的知識青年動員發刊、隨後再尋求團體資助；《自由人》明顯地掌握較之其他兩份刊物屬於獨立發行屬性擁有更多的經濟資本，特別是來自於國民黨的金援經費，卻也因此籠絡於官方體制之下。

　　關於刊物的「社會資本」，可以直接考量到這三份由這三位保釣世代分子影響最甚、創辦編輯的釣運刊物，能夠發揮動員的影響力大小，因為社會資本在某些情境下可轉換為經濟資本並予以制度化，故社會資本強調的是社會網絡之中所能掌握到的資源跟財富，也因為社會資本係由社會關係所組成，屬於實質或潛在性的資源的聚合，既帶有制度化，也關係到彼此熟識或承認的持久網絡關係，[110]也決定於在行動主體所聯繫的網絡中的成員所持有的各種資本——包含經濟資本、文化資本或象徵性資本的總容量。[111]據此，可以辨析這三位保釣世代分子及其釣運刊物所掌握的社會資本多寡，以陳少廷及《大學雜誌》所掌握的社會資本最鉅，雖然不比劉源俊及《自由人》擁有國民黨挹注的經濟資本，但無論是陳少廷從《大學雜誌》創刊、重組後任職社長，他在刊物上的撰文奠定了《大學雜誌》接棒《文星》及《自由中國》的先鋒性格，再加上諸如胡佛、楊國樞、李鴻禧、許信良、連戰等社務委員的參與，更顯其影響力及傳播，甚至曾一度與蔣經國的新人政治合流，故其掌握的社會資本大於同樣發行在紐約的《自由人》及《水牛》。

---

110 同上註，頁131。

111 參見高宣揚：〈第五章　場域與社會結構動力學〉，《布爾迪厄》，頁251。

正是因為社會資本容量的組成決定於各項資本的總容量，故筆者認為：劉源俊及其《自由人》所掌握的社會資本與張信剛及《水牛》所掌握的社會資本相仿。除了此二人都是海外留學生的身分之外，此二刊物的編輯成員也同樣由海外留學生組成，無論是劉源俊或是張信剛，他們的創刊不外乎都是以捍衛自己所認同的意識形態及政治立場，加上此二刊物的發行量每期都以一千份左右為主，故其影響、傳播的力道相類。就背景而言，劉源俊與《自由人》發刊後有「愛盟」支持、國民黨的金援資助，意即與政黨的關係正向又密切，隨之成為親官方的釣運刊物之一；張信剛及《水牛》在左翼思潮的風行中自發性創刊，符合當時的釣運轉向統運的影響，更契合於海外留學生左傾的熱潮，因此成為左翼釣運刊物的代表性刊物之一。意即：此二人及其創辦的刊物，都動員了各自立場所屬的陣營，試圖在海外留學生群體裡發揮影響力。

最後，所謂的象徵資本，在布爾迪厄的詮釋中，是用以表示禮儀活動、聲譽或威信資本的累積策略等象徵性現象的重要概念，而聲譽或威信資本將有助於加強信譽或可信度的影響力，也因此象徵資本被經濟學家稱為「不被承認的資本」或「否認的資本」，即是它擁有被否認和被承認的雙重性質，也就是透過「不被承認」而「被承認」，藉由無形和看不見的方式，以達到比有形和看得見的方式更有效的正當化目的的競爭力量。[112]在前述的三種資本交互作用下，這三份釣運刊物所掌握的象徵資本排序以《大學雜誌》、《自由人》、《水牛》為先後順序。

之所以以陳少廷與《大學雜誌》為最先，除了一度合流於蔣經國的新人政治而享有政治權力的庇護之外，從刊物創刊、改組以降，陳

---

112 參見高宣揚：〈第五章　場域與社會結構動力學〉，《布爾迪厄》，頁252。

少廷與《大學雜誌》因為掌握著最大的社會資本、動員幅度最鉅，故其影響力也最甚，也因此享有聲譽及威信資本的可信度最高，雖然之後因為針砭臺灣內政而離齟於國民黨，但本身懷有的這種「不被承認的資本」已經透過無形、看不見的方式對臺灣內政、民主制度的實施產生後續效應，這種效應發揮在釣運以降所延伸出來的諸多議題之上，範圍涵蓋國際外交、政治民主及經濟民生。劉源俊與其創刊的《自由人》在象徵資本層面之所以大於《水牛》，源自於「政治權力」就是為了作為各種類型資本再分配的仲裁者和控制者而存在，所謂權力就是透過某種資本轉化為象徵資本而獲得的剩餘價值的總和，[113]故劉源俊及作為親官方的《自由人》在政治權力的影響範疇下，雖然享有的社會資本與張信剛及《水牛》相仿、擁有的社會資本不比《大學雜誌》，但劉源俊及《水牛》所掌握的經濟資本應屬最大，也因此在各種資本轉化為象徵資本的過程中，仍大於張信剛與其所創刊的《水牛》。藉此，從這三份釣運刊物作觀察，可見當文化資本相似的情況下，「象徵資本」的大小實則多取決於社會資本及經濟資本的數量多寡。

稍早，張誦聖結合了威廉斯的對於主導、另類與反對文化的分析來勾畫當代文學場域的變遷，因為國家機器對知識生活及藝術生活的箝制，因此文化參與者必須默認政治掛帥的前提，尤其當政府文化政策由強制性（coercive）轉型為主導性（hegemonic）之後，文化生產者的內化與妥協，且對文化生態猶有強大影響力，便形成保守的主流文化型態；「另類文化」雖然對保守文化造成衝擊，但不直接威脅到統治階級的政治基礎，且具有菁英特色並很快地被吸納於主導文化之中；[114]「反對文化」自然是構成主導文化的威脅，因此容易被視為歧

---

113 參見高宣揚：〈第五章　場域與社會結構動力學〉，《布爾迪厄》，頁253。
114 參見張誦聖：〈第二章　「文學體制」、「場域觀」、「文學生態」〉，《現代主義・當代臺灣：文學典範的軌跡》，頁294-296。

異而受到壓迫。

　　若從上述的文化構形角度出發，本文所探討的這三位保釣世代分子及其釣運刊物其實也表現出在場域內不同文化型態之間權力關係的互涉及鬥爭。從掌握資本的多寡差異便可理解這三位保釣世代分子及釣運刊物在場域內文化屬性的差別。張信剛與《水牛》所代表的左翼保釣世代立場，必然受到由國民黨政治力所支撐的主流價值排拒，因為它對主導文化的挑戰在於批判右翼官方立場所挾帶的政治壓迫與施政弊端，一樣奠基在革新臺灣的立場，但想遵循的是新中國文革的成功路線，雖然新中國的幻想終究破滅，但這一支左翼保釣世代及其刊物，仍然為日後的臺灣拓闢了一脈左翼路線的發展軌跡。

　　一樣具有菁英特質的陳少廷及《大學雜誌》，其所代表的革新保臺路線的保釣世代，除了前期階段契合於蔣經國新人政治之外，絕大部分的議題與論述都最貼近臺灣本土，兼容看似扞格不入的「中國意識」與「臺灣意識」，以「中國意識」作為靠攏國民黨政策的方式，又以「臺灣意識」作為革新內政的社會關懷，此階段的陳少廷與《大學雜誌》因此統攝於官方意識形態之下，足以對官方涉入的主流文化造成衝擊，卻不會直接影響到統治階層的政治基礎，遂在場域中被接納也被收納，但不可否認的是陳少廷及《大學雜誌》從創刊號以降所指陳的弊端、選舉的必要、知識分子的論述，都成為七〇年代初期重要的革新指南。

　　最耐人尋味的便是屬於主導文化的劉源俊及其《自由人》所代表的右翼保釣世代。他們的親官方右翼色彩合乎國民黨政治權力所期盼的主流位置、近於國家機器所主導的動員能力，意即在刊物發行的場域內享有最優渥的經濟資本，因此近於國家機器所主導的動員典範。只是在這主導文化內的保釣世代又與政治權力亟欲導向的政策方向、內涵意識有所出入。也就是說，劉源俊與他所創辦的《自由人》雖然

在釣運刊物中隸屬於主導文化一脈，在資源取得、方針路線上契合於國民黨所設定的規則與路向，但這群負責刊物稿件發行、傳播的右翼保釣世代悄然地在主導文化指導的內部裡展現意志的拉鋸，意即這群親官方右翼保釣世代的革新意志雖然看似合流、妥協於國府的官方體制，但他們本身所流露出對於社會關懷應有的知識分子論述同時也交疊、穿插在肯定國府施政藍圖之上，更顯《自由人》所懷有的感覺結構之糾結，這也是刊物場域內文化資本受控於經濟資本、政治權力的兩難寫照，進一步也反映了「保釣世代」分化後的三種路線裡又隱蔽於政治權力下的複雜性，但《自由人》所含有的革新意志仍是七〇年代初期臺灣邁向改革、趨向本土的關鍵。

第五章
結論

　　邱貴芬提出五〇、六〇年代的臺灣不只是個在高壓政治下蒼白殘喘的社會，也是個充滿矛盾的年代，這樣的矛盾來自於政治高壓戒嚴，同時社會經濟又在美援體制下突飛猛進；[1]這樣的高壓戒嚴體制，一直延續到七〇年代之前都不曾出現過對國民黨建構出來的政治體制、國族敘事及文化教育有過挑戰，雖然在六〇年代在蒼白、無根的論述底下，蘊含著歐美文化衝擊的驅動力，但直到釣魚臺事件、保釣運動以降，臺灣就此邁入改革的年代，諸如：內政革新、文化路線或開啟黨外運動，足以讓這十年稱為臺灣史上的「軸心年代」，進一步造就了一群「軸心世代」——「回歸現實世代」。[2]

　　本文藉由「前釣運刊物」及「釣運刊物」的繼承性、演繹性，目的在於勾勒一群特定的「知識青年」成為「保釣世代」的變遷過程，在此筆者無意將刊物等同於保釣世代，而是藉由這一群「知識青年」到「保釣世代」在這些刊物上編輯、發表、傳播的稿件，作為他們轉化、定型的話語論述代表，以便於進行分析。是故本文作為第一本從「保釣刊物」角度出發的研究，目的在於釐清一個攸關臺灣軸心時代的「保釣世代」成形前、後的社會關懷與責任，也企圖辯證這一群「保釣世代」成形、分化後的路線差異及核心論述。

1　參見邱貴芬：〈第三章　翻譯驅動力下的臺灣文學生產〉，《臺灣小說史論》（臺北市：麥田出版社，2007年），頁215。

2　參見蕭阿勤：〈第六章　結論〉，《回歸現實：臺灣1970年代的戰後世代與文化政治變遷》（臺北市：中央研究院社研所，2010年），頁344。

第一節　「回歸現實」的路上：「保釣世代」的實踐及其歷史意義

　　「保釣世代」既以成為「回歸現實世代」其中的世代單位，動用著六〇年代所醞釀的思想資源、留學經驗、歐美文化，或許可稱為革新的先導者，本文奠基在蕭阿勤所定義的「回歸現實世代」上延伸，嘗試想補足這樣一個「回歸現實世代」的全貌，除了挖掘日據時期臺灣新文學的文學界人士、鄉土小說家及支持者、黨外新生代之外，能否再加入「保釣世代」以求勾勒出某一群特定的「回歸現實世代」在感覺結構上的變異、轉折與趨勢，或許「保釣世代」的改革行動不若其他世代單位的具體實踐，但從中可以發覺這一群試圖想重構臺灣、革新臺灣的知識分子的意志、決心。

　　臺灣的七〇年代是本土化或臺灣化具體呈現的開端，這樣的開端必須追溯回美、蘇對峙所建構的東亞冷戰體制內，這樣的時空背景造就了國府治臺的雙重矛盾──「自由主義」與「戒嚴體制」的拉扯、抗拒，同時也成為七〇年代知識分子力求革新前的背景。直到海外開啟的保釣運動迴盪至臺灣島內，初始國內、外的知識分子互相支援也彼此打氣，的確也暫時性地展現了相同的國族認同；直到釣運分化後的三種立場、路線，開展了這一群「保釣世代」由本來的朝向外國轉回面對臺灣，建立了對於臺灣革新應有的想像圖景。本文的研究對象，除了聚焦在七〇年代的釣運刊物之上，仍回顧了六〇年代中期以降的知識分子如何建構他們在臺灣生成的國族敘事、在國外備受衝擊的社運與學運及其背後的成因與動機，這些醞釀或積累都成為釣魚臺事件、保釣運動發生後最直接、可動用的思想資源。

　　正如蕭阿勤歸納：七〇年代初期即有國民黨革新保臺的有限措施，加上戰後年輕知識分子倡導以回歸政治現實、建國優先、民主至

上的籲求,以及重視土地與人民的回歸鄉土文化潮流,[3]此時臺灣力倡的「革新保臺」路線,若以《大學雜誌》為代表,正是保釣世代在釣運分化後的其中一支主流路線。本文即以釣運刊物作為媒介,再歸納出在「革新保臺」的當下,海外的保釣世代實有另外兩脈路線,在提出革新呼籲的同時,卻有著迥異的政治傾向,自此蔚為保釣世代的三大類群。在這樣的分類上,本文的研究取向所留意的不只是「保釣世代」,更是這一群保釣世代所建構出來的知識分子論述的變化,以及他們對於創傷事件的回應方式,還有他們透過刊物媒體建立的辯證議題,甚至是他們所引發的一連串臺灣變革的爆裂點。

　　毋庸置疑,這一群「保釣世代」的國族認同都建立在中國民族主義的基礎之上,他們在面對重大的創傷事件之後,即便立場不同、路線不一,但他們都表現一種必須「革新」的世代意識,於是他們提出不同的方式、不同的可能性以嘗試挑戰國府從中國帶來臺灣再行建構的政治系統及文化體例,同時也定義了「保釣世代」的歷史定位,而這些議題討論、政治立場其實無形中也建構了保釣世代獨有的世代論述模式,當然這些論述也都呈現著彼此干擾、抵抗或吸納的方式。本文的第二、三章即採議題式析論「前釣運刊物」及「釣運刊物」的核心關懷,再現從知識分子到保釣世代、從消極沉默到覺悟啟蒙、從無根蒼白到回歸現實的路徑,目的在於證明「保釣世代」的誕生並非一種理所當然、自然演化的歷史過程,而是在歷史演化的過程中乍逢歷史性的轉折,才得以讓這一群特定的知識分子轉化成為「保釣世代」,並且鄭重地面向臺灣、正視臺灣長久以來積累的政治問題與社會弊端,於是保釣世代所凝聚的「革新」意志便成為了激化社會進步的動能之一。

3　參見蕭阿勤:〈第六章　結論〉,《回歸現實:臺灣1970年代的戰後世代與文化政治變遷》,頁344。

接著，本文第四章試圖採用感覺結構、霸權與場域的分析方式，對上述章節中的抽繹、歸納與分類再行重建保釣世代在異空間裡的刊物言論如何透過刊物形成場域，進而再現「保釣世代」的感覺結構變異及轉折，這樣的變異其實就是國府教育體制下的國族敘事資源與保釣世代接觸或轉譯的歐美歷史事件、文化思潮與批判自省擦撞後的火花，進而在刊物場域裡立場迥異的保釣世代分子又各自建構出一套話語修辭，目的在於爭奪場域內的主導權力，這當然又牽涉到刊物本身能掌握的資本數量多寡，因此更可以分辨刊物場域裡的主導、另類與反對文化的位置，但這些刊物所佔據的位置，其實都為七〇年代以降的臺灣奠定了改革的礎石。

　　這群「保釣世代」展現了對於中國民族主義的認同，他們繼承著過往國府建構、教育且加諸身上的歷史敘事，眼見或耳聞著歐美國家人民捍衛權益的衝擊、懷抱著民族主義蔓延而生的期盼，更重要的是他們想重新建構臺灣的決心，如果說六〇年代的臺灣呈現的是借鏡歐美而嚮往歐美的時代，那七〇年代初期由保釣世代所呈現出來的臺灣便是借鏡歐美而重建臺灣的時代。「保釣世代」走在這條「回歸現實」的路上並不孤單，而是更具指標性意義，因為他們開啟了七〇年代革新的脈動，這種革新意志除了是對現有體制的不滿，更是對整個東亞冷戰體制恆動的權力糾葛所導致的動盪不滿所引發的反動思潮。

第二節　「刊物研究」的視野：從「世代」角度見證「時代」的轉型

　　本文作為將「前釣運刊物」、「釣運刊物」作為研究對象，旨在從「刊物研究」的角度分析六〇年代的「知識青年」之所以蔚為七〇年代初期的「保釣世代」形成過程，從議題式的抽繹裡，展現了六〇年

代中期以降的知識青年因為釣魚臺領土主權的歸屬而興起一股臺灣文化民族主義發展的認同；爾後帶起了七〇年代初期回歸現實世代的風潮。自六〇年代中期到七〇年代初的時間階段，無疑是臺灣文化政治變遷最關鍵的時間階段，是故本文藉由文化論述的分析方式來區辨「回歸現實世代」中的世代單位——「保釣世代」裡類群組成的複雜性，試圖藉著「世代」變遷的角度見微知著地窺見「時代」的轉型趨勢。

在「前釣運刊物」裡，呈現出六〇年代美援文化的影響甚鉅，這樣的情勢可以展現在留學生赴美的比例為最大宗之上。先是，以往討論六〇年代現代小說中的「留學生文學」時，文學研究者往往將其歸類於外部放逐或肉體放逐，[4]諸如於梨華、歐陽子等人的小說，亟欲傳達的即是認同的歸屬，因此延伸出國族認同、家庭流亡及情慾流亡等議題。但是有別於六〇年代現代小說的旨趣，這些「前釣運刊物」的投稿撰文裡實則表現出這一群留學生從「無根」到「尋根」的渴望，即便最終羈留於異國，但透過對於「中國性」的追求，恰好也反映出美援體制下的反作用力，裨補了「留學生文學」研究論述裡對於國族認同、無根放逐的討論，同時也為下一階段因應釣運而生的保釣世代及其分化的主因埋下伏筆。

此外，關於六〇年代風行的「存在主義」思潮，稍早的研究往往聚焦在作家文本之上，其中多以郭松棻的哲學思想、文本研究為聚焦對象。若對應到「前釣運刊物」之上，可以發現六〇年代的知識青年的確籠罩在存在主義的熱潮裡，甚至蔓延到嬉皮文化及其他哲學思想上，「存在主義」裡最關鍵的沙特、卡繆所代表的積極、革新、行動的意志，或是嬉皮文化中的反叛思維，或直接、或間接影響了知識青

---

4 參見陳芳明：〈第十五章 一九六〇年代臺灣現代小說的藝術成就〉，《臺灣新文學史》（臺北市：聯經出版事業公司，2011年10月，頁403。

年的思想資源養成，這樣的影響或許更遠大於六〇年代末期美國紛沓而起的種族、民權及反越戰學運，這也是這一群在臺灣成長的知識青年投身至釣運的潛因，若從這樣的角度再進一步理解保釣作家郭松棻在釣運中的左翼傾向、創刊實踐及後來的文本創作，勢必也更清晰地呈現其精神轉折的原委；甚至爾後在《大學雜誌》所舉辦的攸關文學與社會的座談會中，諸如王文興、余光中、瘂弦等人對於文學的討論，已經試圖挑戰高壓集權對文藝的負面影響、撇開文藝政策下的改革功能，也嘗試連結文學與社會的社會責任，這些都是知識青年透過「前釣運刊物」所展現、累積出來的思想資源及展現，也呈現了五〇年代以降固滯的文藝思想正在轉型的曙光。

乍看之下，這一群留學的知識青年奔向普世價值中最令人嚮往的美國，卻在留學階段親眼見證、親眼目睹的蓬勃學運及社運，這對以往談到政治便心生畏懼、漠不關心且冷感的知識青年而言，無疑是當頭棒喝。眼見著歐美學運及社運為了種族、民權及反越戰等議題捍衛自身的權利，這使得從小籠罩在美援體制及戒嚴體制的知識青年開始思索民主、自由的真諦，同時也逐漸理解美、蘇對峙所建立的東亞冷戰體制的權力恆動關係。在此，「前釣運刊物」呈現了這一群知識青年的視線由海外逐漸回看臺灣島內的社會關懷，確實也展現了六〇年代社會氛圍即將轉型的契機。

誠如前文所爬梳，保釣運動分化後的保釣世代大抵分為三種路線，當保釣世代成形後面臨的便是立場迥異的詮釋話語修辭，雖然詮釋方式、角度各有差異，卻也都呈現了七〇年代初期保釣世代群體正朝向「回歸現實」的實踐路線。在《釣運刊物》裡，以「五四」的討論最能顯露保釣世代別開生面的革新意志，從這種革新意志再延伸到保釣世代對國際外交、政治制度、民生經濟，乃至於對民代選舉的關注與期盼。「五四」基本上在保釣運動之前是國民黨極力避諱的議

題，直到保釣運動爆發後，五四的口號在海內、外頓時蜂擁而出、形成迴響。六〇年代是五四熱度最為消沉的時代，緣起於《自由中國》的停刊及胡適的逝世，甚至五四在胡適逝世後成為「文藝節」的符碼。[5]

官方刻意的避諱、閃躲五四，因此在這一群保釣世代的成長過程裡「五四」是一個既疏離又嚮往的議題。六〇年代對「五四」的既定印象來自於官方，但很明顯地這一群保釣世代在最關鍵釣魚臺事件爆發後，喚醒了從前亟欲避諱於官方的五四意識，這也象徵著保釣世代極力衝破國民黨體制所賦予五四運動的框架。無論是《大學雜誌》裡直接肯定且挪用五四運動的民主、科學，進而強調知識分子之於社會的責任、啟蒙民智的思想，由陳少廷、周策縱等人撰文強化五四的再現意義；或是《水牛》中開啟左翼的窗扉，以反帝、反資本的方式以鞏固社會主義的適當性；甚至在《自由人》裡由親官方的保釣世代隱晦地在淡化五四的設限裡又偷渡五四思想的民主自由。時隔近半世紀的「五四運動」在「保釣運動」裡死灰復燃，也成為了保釣世代引燃七〇年代臺灣社會變革的火種。可以說保釣運動的興起、保釣世代的形成有賴於「五四」的號召力，而「五四」也因為保釣運動的興起、保釣世代的形成而被挖掘重現，至此「五四」很顯然地成為七〇年代初期臺灣社會轉型到「回歸現實」的關鍵議題，也是刊物研究別於作家、文本研究最貼近歷史的特色。

更不用說由五四運動作為號召符碼繼續蔓延的改革意志。在臺灣外交頻傳失利的當下，持著各自立場的釣運刊物對於臺灣內部的革新湧現了明確的方向及施行的策略，當然不同的釣運刊物有不同的核心

---

[5] 簡明海：〈第三章　沉寂後的再醒：五四意識在臺灣與變動中國的對話〉，《五四意識在臺灣》（香港：開源書局、臺北市：民國歷史文化學社，2019年），頁345-347。

主軸,《水牛》將文革中的新中國作為嚮往的目標,階段性的任務從反階級不均、資本主義的剝削,再到反美帝的呼籲,乃至於以社會主義作為行動指南;《自由人》妥協於官方的立場,帶枷舞動的革新意志其實更顯這一群保釣世代的內心糾結;《大學雜誌》直指臺灣內政的核心問題,從制度檢核到政策變革其實都揭開了國民黨極力遮掩的瘡疤,也因此雖然一度因為蔣經國的新人政治而合流於國民黨,卻也因此萌生離齬。於此,釣運刊物表現的是革新的意志,追根究柢這般革新的必要其實都源自於臺灣在國局情勢上的被動及受壓迫後,這一群保釣世代的焦慮與不安。是故若將「釣運刊物」放置到更大的東亞冷戰體系的脈絡裡,更可以見到這一群保釣世代重新思索冷戰的意義、臺灣的定位,也是保釣世代正式踏出轉向至「回歸現實」的第一步。

第三節　保釣的「未竟之路」:「保釣世代」研究的再延續及可能性

正因為釣魚臺事件、保釣運動攸關於美、蘇在東亞建立的冷戰體制內的權力互動,特別是釣運又從海外留學生群體引燃導火線,迴響至臺灣更有僑生的先鋒性參與及呼籲,[6]這些曾經參與釣運的「保釣世代」在海外、臺灣紛紛建立起互連的網絡,透過刊物之間的流通、傳播,建構出保釣世代獨有的感覺結構。在這裡,可以見到「保釣世代」議題的範疇甚廣,本文即涉及了最基礎的刊物研究,乃至於到世代變異、場域辯證與霸權分析等議題。其實上述的這些議題討論的區域性更不僅限於臺灣,更可以從中國、香港或日本的視角切入,更符

6　參見本田善彥著,風間鈴譯:〈第九章　突破〉,《保釣運動全紀錄》(臺北市:聯經出版事業公司,2019年11月),頁144-147。

合了釣魚臺事件及保釣運動的跨國性意義，以求勾畫出保釣運動及保釣世代研究的全貌。本文的用意在於從刊物釐清保釣世代的形成，章節中各以三份「前釣運刊物」及「釣運刊物」作為討論對象，目的在於帶出一個「回歸現實世代」的世代單位——「保釣世代」成形的演化，故採取相對簡易的對讀分類方式，卻也實有其不足之處。

時至廿一世紀，釣魚臺的主權歸屬仍是東亞懸置未定的議題，間接地表示東亞冷戰的遺緒持續發酵，其實「釣魚臺事件」及「保釣運動」仍有諸多有待發展、釐清的議題。若將「保釣世代」作為圓心輻射，可以延伸的議題更是多元且龐雜，諸如：相關釣運刊物的再釐清可以從東亞史的脈絡切入，加入當時還是英國殖民地的香港立場，像是《七十年代》、《抖擻》等刊物，甚至是日本、菲律賓都有保釣世代的發表，如此釣運的景貌勢必更顯清晰，再行延伸至加拿大、法國、比利時等地的視域，除了可以重現保釣運動在東亞冷戰體制內的權力關係運作，還可以見到保釣運動的世界性輻射波動；就臺灣釣運的始末，更可以從臺大保釣會、代聯會等學生集結的互動關係，進一步呈現國府之於保釣運動在臺灣的回應態度，也關係到七〇年代黨外運動的興起；爾後落實於基層服務的社會關懷，尤是擷取左翼保釣世代一脈相承的精神，亦可視為釣運後續的實踐影響，更可以是往後社運、學運的他山之石；保釣世代後續的集結，像是「中華保釣協會」、「臺灣釣魚臺光復會」、「人人保釣大聯盟」及「還我釣魚臺大聯盟」等，各自都懷抱著不同的理想目標及實踐精神；甚至是釣魚臺主權的歸屬說法莫衷一是，更帶有東亞冷戰體制權力鬥爭的意義，更攸關著漁民的經濟生計議題；保釣世代作家的文本創作，其實也象徵著臺灣六〇到七〇年代的文壇縮影，不論是備受存在主義思潮影響的現代主義文本，或是經過反思自省後的鄉土文學論戰，都是能再現臺灣文學多元且充沛的面向，也是八〇年代眾聲喧嘩的基礎。

本文從刊物研究作為出發點，除了理解「保釣世代」成形的前、後歷程，也藉此勾勒出東亞冷戰體制對整個國民黨施政及外交史的影響，愈加整理出臺灣從戒嚴到解嚴之間的政治、民主的趨向及動態。誠如筆者依照刊物發行年份初步整理出來的附錄表格，就空間地域而言，這些前釣運刊物、釣運刊物，多數在美國發行、流通，除了橫跨到加拿大或法國，更輻射到東亞國家，諸如：臺灣、日本、菲律賓、香港等地，即是暗示了保釣運動、保釣世代的跨地域、跨國界性質；就時間維度來說，從七〇年代以降到廿一世紀，跨越近半世紀的歲月，這一群「保釣世代」也足以成為臺灣政治制度、民主自由演化的見證者。

參考書目

一　報刊雜誌（按首字筆畫排列）

《大學雜誌》（1968.1-1987.9）。
《水牛》（1971.10-1978.6）。
《自由人》（1971.10-1972.10）。
《歐洲雜誌》（1965.5-1968.12）。
《聯合季刊》（1968.4-1971.11）。

二　訪稿、演講稿

陳光興、林麗雲主訪、郭佳整理：〈一生釣運、普及教育的苦行僧：林孝信訪談〉，《人間思想》，2016年春季號，頁12-46。

林麗雲、陳瑞樺、蘇淑芬：〈保釣與海外左翼運動：林孝信訪談〉，《臺灣社會研究季刊》第103期，2016年6月，頁155-175。

劉大任：〈想像與現實——我的文學位置——根據2011年9月19日在臺灣清華大學的演講錄音改寫〉，《文化研究月報》第122期，2011年11月，頁29-33。

鄭小惠、童慶鈞訪談，鄭小惠、張娛、齊靜整理：〈第三章　美國、海外口述訪談〉，收錄於春雷系列編輯委員會主編：《崢嶸歲月‧壯志未酬：保釣運動四十週年紀念專輯（上冊）》，臺北市：海峽學術出版社，2010年6月，頁541-553。

謝小芩、李雅雯、蔡虹音訪問，李雅雯記錄編輯：〈第三章　劉源俊教授訪談〉，收錄於李雅明、謝小芩、國立清華大學圖書館編著：《保釣風雲半世紀：保釣運動領軍人士的轉折人生與歷史展望》，臺北市：時報文化出版公司，2021年3月，頁131-164。

三　專書（按出版姓氏筆畫排列）

〔英〕詹姆斯・約爾著，石智青校閱：《葛蘭西》，臺北市：桂冠圖書公司，1994年4月。

〔美〕Philip Smith 著，林宗德譯：《文化理論面貌導論》，臺北市：韋伯文化國際出版有限公司，2008年1月。

〔美〕雷蒙德・加特霍夫（Raymond L. Garthoff）著，伍牛、王薇譯：《冷戰史：扼制與共存備忘錄》（*A journey through the Cold War: a memoir of containment and coexistence*），北京市：新華出版社，2003年。

〔美〕Roger Sliverstone 著，陳玉箴譯：《媒介概念十六講》，臺北市：韋伯文化國際出版公司，2003年。

〔美〕約翰・梅森（John W. Mason）著，何宏儒譯：《冷戰》（*The Cold War 1945-1991*），臺北市：麥田出版社，2001年。

〔英〕雷蒙德・威廉斯著，王爾勃、周莉譯：〈第二章　文化理論〉，《馬克思主義與文學》，開封市：河南大學出版社，2008年。

〔美〕Edward W. Said 著，蔡源林譯：《文化與帝國主義》，臺北市：立緒文化事業公司，2001年。

〔美〕考夫曼編著，陳鼓應、孟祥森、劉崎譯：《存在主義哲學》，臺北市：臺灣商務印書館，1993年。

〔美〕薩克文・伯科維奇主編，孫宏主譯：《劍橋美國文學史》，北京市：中央編譯出版社，2005年。

（奧）佛洛伊德著，葉頌壽譯：《精神分析引論・精神分析新論》，臺北市：志文出版社，1997年。

〔日〕本田善彥著，風間鈴譯：《保釣運動全紀錄》，臺北市：聯經出版事業公司，2019年。

〔日〕若林正丈編，廖兆陽譯：《中日會診臺灣——轉型期的政治》，臺北市：故鄉出版公司，1988年。

〔日〕若林正丈著，洪郁如等譯：《戰後臺灣政治史：中華民國臺灣化的歷程》，臺北市：國立臺灣大學出版中心，2014年。

（阿根廷）Ernesto Laclau、（比利時）Chantal Mouffe著，陳墇津譯：〈文化霸權：辛苦推出的新政治邏輯〉，《文化霸權和社會主義的戰略》，臺北市：遠流出版事業公司，1994年6月。

科薩克著，王念寧譯：《存在主義的大師們》，北京市：中央編譯出版社，2002年。

丁幸豪、潘銳：《冷戰後的美國》，臺北市：五南圖書出版公司，1993年。

王德威：《閱讀當代小說：臺灣・大陸・香港・海外》，臺北市：遠流出版事業公司，1991年。

王明珂：《華夏邊緣：歷史記憶與族群認同》，臺北市：允晨文化實業公司，1997年。

王曉波：《尚未完成的歷史：保釣二十五年》，臺北市：海峽學術出版社，1996年。

王曉波：《釣魚臺風雲》，臺北市：海峽學術出版社，2011年。

王智明編：《從科學月刊、保釣到左翼運動》，臺北市：聯經出版事業公司，2019年。

丘為君編著：《臺灣學生運動（1949-1979）》，臺北市：稻香出版社，2003年。

白先勇：《第六隻手指》，臺北市：爾雅出版社，1995年。
朱棟霖、丁帆、朱曉進主編：《二十世紀中國文學史》，臺北市：文史哲出版社，2000年。
朱棟霖、朱曉進、龍泉明主編：《中國現代文學史1917-2000》，北京市：北京大學出版社，2007年。
朱芳玲：《流動的鄉愁——從留學生文學到移民文學》，臺南市：國立臺灣文學館，2013年。
任孝琦：《有愛無悔：保釣風雲與愛盟故事》，臺北市：風雲時代出版公司，1997年。
任天豪：《從正統到生存，東亞冷戰初期中華民國對琉球、釣魚臺情勢的因應》，臺北市：國史館，2018年。
何榮幸：《學運世代——從野百合到太陽花》，臺北市：時報文化出版公司，2014年。
杜小真：《一個絕望者的希望——沙特引論》，臺北市：桂冠圖書公司，1989年。
邱天助：《布爾迪厄文化再製理論》，臺北市：桂冠出版公司，2002年。
李筱峰：《進出歷史》，臺北市：稻香出版社，1992年。
李雅明、謝小芩、國立清華大學圖書館：《保釣風雲半世紀》，臺北市：時報文化出版公司，2021年。
李瑞騰：《文化理想的追尋》，南投縣：南投縣立文化中心，1995年。
李　松：《「樣板戲」的政治美學》，臺北市：秀威科技資訊公司，2013年。
李鈞：《存在主義文論》，濟南市：山東教育出版社，1999年。
李賦寧等主編：《歐洲文學史》第三卷下冊，北京市：商務印書館，2001年。
吳錫德：《我反抗，故我們存在：論卡繆作品的現代性》，臺北市：臺灣商務印書館，2018年。

何　欣：《從存在主義觀點論文學》，臺北市：環宇出版社，1971年。
林玉体：《跨世紀的教育演變》，臺北市：文景書局，1998年。
林國炯等編：《春雷聲聲：保釣運動三十週年文獻選輯》，臺北市：人間出版社，2001年。
林孝庭：《臺海・冷戰・蔣介石：解密檔案中消失的臺灣史1949-1988》，臺北市：聯經出版事業公司，2017年三版。
孟繁華、程光煒著：《中國當代文學發展史》，北京市：北京大學出版社，2011年。
周策縱，王潤華等人譯，：《五四運動史上》，香港：香港聯合書刊物流公司，2019年。
周湘華、董致麟、蔡欣容：《臺灣國際關係史：理論與史實的視角（1949-1991）》，臺北市：新銳文創，2017年。
金恒杰著：《昭和町六帖：金恒杰文集》，臺北市：允晨文化實業公司，2017年。
邵玉銘主編：《風雲的年代——保釣運動及留學生涯之回憶》，臺北市：聯經出版事業公司，1991年。
邵玉銘：《保釣風雲錄——一九七〇年代保衛釣魚臺運動知識分子之激情、分裂、抉擇》，臺北市：聯經出版事業公司，2013年。
春雷系列編輯委員會主編：《崢嶸歲月・壯志未酬：保釣運動四十週年紀念專輯（上、下冊）》，臺北市：海峽學術出版社，2010年。
洪子誠：《大陸當代文學史上編（1950-1970年代）》，臺北市：秀威科技資訊公司，2008年。
施　淑：《兩岸文學論集》，臺北市：新地文學出版社，1997年。
施　淑：《文學星圖：兩岸文學論集》，臺北市：人間出版社，2012年。
施叔青：《回家，真好：原鄉的變調》，臺北市：皇冠文化出版公司，1997年。
柯慶明：《臺灣現代文學的視野》，臺北市：麥田人文，2006年。

洪三雄：《烽火杜鵑城：七〇年代臺大學生運動》，臺北市：自立晚報出版，1993年。

南方朔：《自由主義的反思批判》，臺北市：風雲時代出版公司，1994年。

高宣揚：《存在主義》，臺北市：遠流出版事業公司，1993年。

高宣揚：《布爾迪厄》，臺北市：生智出版，2002年。

高　朗：《中華民國外交關係之演變（1950~1972）》，臺北市：五南圖書出版公司，1993年。

馬　森：《東西看》，臺北市：圓神出版社，1986年。

馬英九：《從新海洋法論釣魚臺列嶼與東海劃界問題》，臺北市：正中書局，1986年。

唐疆主編：《中國現代文學史簡編（增訂版）》，上海市：復旦大學出版社，2008年。

夏志清：《中國現代小說史》，臺北市：傳記文學，1985年。

許文堂主編：《七〇年代東亞風雲：臺灣與琉球、釣魚臺、南海諸島的歸屬問題》，臺北市：臺灣教授協會，2015年。

許國惠：《樣板戲與文化大革命的政治思想》，臺北市：秀威科技資訊公司，2019年。

陳林瓊琚等人著：《啟蒙者　臺灣良知：陳少廷先生紀念文集》，臺北市：臺北市荻生文化藝術基金會，2012年12月。

陳芳明：《臺灣新文學史》，臺北市：聯經出版事業公司，2011年。

陳平原主講：《晚清文學教室：從北大到臺大》，臺北市：麥田出版社，2005年。

陳建忠等人合著：《臺灣小說史論》，臺北市：麥田出版社，2007年。

陳建忠：《島嶼風聲：冷戰氛圍下的臺灣文學及其外》，新北市：南十字星文化工作室，2018年。

陳達弘策畫編著：《見證狂飆的年代：《大學雜誌》20年全紀錄提要（1968-1987）》，臺北市：華品文創，2019年11月。

陳秀端：《文化與性別：趙淑俠的書寫維度》，臺北市：致出版，2019年。

陳振堯：《法國文學史》，臺北市：天肯文化出版，1995年。

張澤乾、周家樹、車槿山編著：《20世紀法國文學史》，青島市：青島出版社，2004年。

張誦聖：《現代主義‧當代臺灣：文學典範的軌跡》，臺北市：聯經出版事業公司，2015年。

張俊宏：《我的沈思與奮鬥》，臺北市：高山彩色印書公司，2001年。

張俊宏、許信良、甄燊港、邱立本、何步正、夏春祥籌備召集：《重現狂飆：大學雜誌五十週年紀念》，臺北市：財團法人城鄉改造環境保護基金會，2017年。

張燦輝、劉國英合編：《存在主義哲學新編》，香港：香港中文大學出版社，2001年。

郭松棻：《郭松棻文集：哲學卷》，臺北市：INK 印刻文學，2015年11月。

郭松棻：《郭松棻文集：保釣卷》，臺北市：INK 印刻文學，2015年11月。

郭紀舟：《七○年代臺灣左翼運動》，臺北市：海峽學術出版社，1999年。

黃啟峰：《河流裡的月印──郭松棻與李渝小說綜論》，臺北市：秀威科技資訊公司，2008年5月。

傅毅成：《沙特──自己反對自己》，臺北市：北辰文化，1989年。

愛盟編著：《愛盟‧保釣──風雲歲月四十年》，臺北市：風雲時代出版公司，2011年。

楊澤主編：《七〇年代・懺情錄》，臺北市：時報文化出版公司，1994年。

楊碧川：《漢江怒潮——韓國學生運動史》，臺北市：前衛出版社，1988年2月。

楊　照：《忠於自己靈魂的人：卡繆與《異鄉人》》，臺北市：麥田出版社，2014年。

楊　渡：《有溫度的臺灣史》，臺北市：南方家園文化，2018年。

楊任敬：《20世紀美國文學史》，山東市：青島出版社，1999年。

趙　剛：《求索：陳映真的文學之路》，臺北市：聯經出版事業公司，2011年。

樊洛平：《當代臺灣女性小說史論》，臺北市：臺灣商務印書館，2006年。

鄭海麟：《從歷史與國際法看釣魚臺主權歸屬》，臺北市：海峽學術出版社，2003年。

鄭鴻生：《青春之歌：追憶1970年代臺灣左翼青年的一段如火年華》，臺北市：聯經出版事業公司，2001年。

鄭鴻生、王曉波主編，張鈞凱編輯：《尋找風雷：一九七〇年代臺大保釣學生運動史料彙編》（全六冊），臺北市：海峽學術出版社，2011年。

閻素娥：〈釣魚問題的歷史與現狀〉：《北京科技大學學報》第24卷第3期，2008年，頁141-145。

蔡明諺：《燃燒的年代——七〇年代臺灣文學論爭史略》，臺南市：國立臺灣文學館，2012年。

劉容生、王智明、陳光興主編：《東亞脈絡下的釣魚臺：繼承、轉化、再前進》，新竹市：國立清華大學出版社，2012年。

劉金質：《冷戰史》（上）（中）（下），北京市：世界知識出版社，2002年1月。

謝小芩、劉容生、王智明主編：《啟蒙・狂飆・反思——保釣運動四十年》，新竹市：國立清華大學出版社，2010年。

蕭阿勤：《回歸現實：臺灣一九七〇年代戰後世代與文化政治變遷》，臺北市：中央研究院社會學研究所，2010年二版。

戴肇洋、詹中原：《出國留學人數降低問題及因應對策》，臺北市：行政院研究發展考核委員會，2008年。

簡明海：《五四意識在臺灣》，香港：開源書局、臺北市：民國歷史文化學社，2019年。

顧正萍：《從「介入境遇」到「自我解放」：郭松棻再探》，臺北市：秀威科技資訊公司，2012年11月。

龔忠武等編：《春雷之後：保釣運動三十五週年文獻選輯》第一～三卷，臺北市：人間出版社，2006年。

四　專書文章、論文

〔美〕艾蘭・普瑞德著，許坤榮譯：〈結構歷程和地方——地方感和感覺結構的形成過程〉，收錄於夏鑄九、王志弘編譯：《空間的文化形式與社會理論讀本》，臺北市：明文書局，1983年3月，頁81-103。

〔英〕雷蒙・威廉斯著，趙國新譯：〈文化分析〉，收錄於羅鋼、劉象愚主編：《文化研究讀本》，北京市：中國社會科學出版社，2000年9月，頁125-137。

〔日〕松永正義：〈第二章　「中國意識」與「臺灣意識」〉，若林正丈編，廖兆陽譯：《中日會診臺臺灣——轉型期的政治》，臺北市：故鄉出版公司，1988年11月，頁141-149。

王杏慶：〈《大學雜誌》與現代臺灣——一九七一至七三年的知識分子

改革運動〉，收錄於澄社：《臺灣民主自由的曲折歷程：紀念雷震案三十週年學術研討會論文集》，臺北市：自立晚報，1992年，頁375-397。

呂芳上：〈當「五四」成為啟蒙與革命的複合體：百年學運省思〉，收錄於思想史編委會：《思想史9》，臺北市：聯經出版事業公司，2019年12月，頁35-60。

韋政通：〈三十多年來知識分子追求自由民主的歷程——從《自由中國》、《文星》、《大學雜誌》到黨外的民主運動〉，收錄於中國論壇編輯委員會主編：《臺灣地區社會變遷與文化發展》，臺北市：中國論壇出版社，1985年，頁341-380。

馬　森：〈現代主義文學在臺灣——二度西潮的美學導向〉，收錄於臺中東海大學中國文學系編輯：《戰後初期臺灣文學與思潮論文集》，臺北市：文津出版社，2003年，頁274-292。

張誦聖：〈「非常時期」與臺灣冷戰時代的文化生產〉，陳建忠編：《跨國的殖民記憶與冷戰經驗：臺灣文學的比較文學研究論文集》，新竹市：國立清華大學臺灣文學研究所，2010年11月19-20日，頁7-20。

張誦聖：〈臺灣冷戰年代中的「非常態」文學生產〉，陳建忠編：《跨國的殖民記憶與冷戰經驗：臺灣文學的比較文學研究》，新竹市：國立清華大學臺灣文學研究所，2011年5月，頁17-38。

張重崗：〈失敗的潛能：關於釣運的文學反思〉，《自然、人文與科技的共構交響——第二屆竹塹學國際學術研討會論文集》，臺北市：萬卷樓圖書公司，2017年4月，頁343-368。

簡義明：〈理想主義者的言說與實踐——郭松棻釣運論述的意義〉，《郭松棻文集：保釣卷》，臺北市：INK 印刻文學，2015年11月，頁23-43。

五　期刊文章（按出版姓氏筆畫排列）

〈紀念保釣鬥士林孝信（1944.4.3-2015.12.20）〉，《臺灣社會研究季刊》第102期，2016年3月，頁303-308。

編輯部：〈從新竹清華到北京清華的吳國禎：《犇報》社慶談保釣一代的心路歷程〉，《遠望》第2卷第5期，2016年5月，頁46-47。

王曉波：〈釣魚臺事件的「亞洲觀點」──《尚未完成的歷史：保釣二十五年》自序〉，《海峽評論》第69期，1996年9月，頁70-71。

王曉波：〈保釣與臺灣愛國主義傳承──序吳瓊恩《輕舟已過萬重山》〉，《海峽評論》第88期，1998年4月，頁71-73。

王曉波：〈不要再為保釣擔憂　林孝信的典型理想主義〉，《海峽評論》第301期，2016年1月，頁75-78。

王智明：〈亞美研究在臺灣〉，《中外文學》第33卷第1期，2004年6月，頁11-40。

王智明：〈敘述七〇年代：離鄉、祭國、資本化〉，《文化研究》第5期，2007年秋季，頁7-48。

王鈺婷：〈五〇年代臺港跨文話語境：以郭良蕙及其香港發表現象為例〉，《臺灣文學學報》第26期，2015年6月，頁113-151。

王可菊：〈釣魚島及其在東海劃界中的地位〉，《中國海洋法學評論》第3期，2006年，頁39-49。

王德水：〈從國際法視角看中日的釣魚島主權爭議〉，《海洋開法與管理》第24卷第3期，2007年，頁65-69。

王　燕：〈淺析樣板戲中的女性形象〉，《大舞臺》2011卷第8期，2011年7月，頁22。

王雪梅：〈試析三島由紀夫《春雪》的敘事策略〉，《文學教育》2011卷2A期，2011年2月，頁88-89。

王淑容：〈「愛之死」的構圖：三島由紀夫的〈憂國〉、電影《憂國》與華格納的《崔斯坦與伊索德》〉,《音樂研究》第19期,2013年11月,頁91-115。

毛鑄倫：〈保釣二十五週年懷想〉,《海峽評論》第54期,1995年6月,頁57。

〔日〕本田善彥著、劉滌昭譯：〈戒嚴令下的蠢動：保釣系譜〉,《海峽評論》第290期,2015年2月,頁70-76。

白依璇：〈保釣世代、現代主義、民族想像：論郭松棻、李渝早期寫作及所處歷史脈絡〉,《國史館館刊》第49期,2016年9月,頁65-98。

朱華陽、丁友芳：〈「命運」主題的折光──論《雷雨》的封建意識〉,《三峽論壇》2013卷第5期,2013年12月,頁106-108。

任育德：〈描繪丁文江：論胡適《丁文江的傳記》〉,《國史館館刊》,第38期,2013年12月,頁67-108。

邱家宜：〈戰後初期臺灣報人群體的多重「感知結構」〉,《新聞學研究》第112期,2012年7月,頁117-158。

呂正惠：〈讀張系國〈職業殺手〉〉,《中外文學》第25卷第10期,1997年3月,頁94-96。

李瑞騰：〈文藝雜誌學導論〉,《文訊》第213期,2003年7月,頁6-7。

李進益：〈劉大任小說中的父與子──以《晚風習習》為中心〉,《花蓮師院學報》第20期,2005年5月,頁1-16。

李知灝：〈「被嫁接」的臺灣古典詩壇──《中華民國文藝史》中官方古典詩史觀的建構〉,《臺灣文學研究學報》第5期,2007年10月,頁187-216。

李孟舜：〈誰來喚醒你？──從《浮游群落》探討六十年代知識青年的思想歷程〉,《華文文學》第99期,2010年4月,頁11-17。

李　　楠：〈甲午恥猶未雪，南京恨不曾休　滕王閣上話保釣〉，《海峽評論》第238期，2010年10月，頁29-30。

李東霖：〈郭松棻〈草〉的孤寂書寫〉，《輔大中研所學刊》第24期，2010年10月，頁143-156。

李紀岩、李夢婕：〈見黨百年視域下的「紅色娘子軍」革命形象的源・流・魂研究〉，《北京科技大學學報（社會科學版）》第37卷第4期，2021年8月，頁389-397。

李　　松：〈近十年來革命「樣板戲」研究評述〉，《涪陵師範學院學報》第23卷第1期，2007年1月，頁26-31。

李妮娜：〈從樣板戲看中國戲劇現代化轉型的探索〉，《赤峰學院學報（漢文哲學社會科學版）》第31卷第8期，2010年8月，頁146。

李保平：〈打開吧，三島由紀夫碩大的感官花朵〉，《滿族文學》2010卷第6期，2010年11月，頁74-77。

汪立峽：〈《夏潮》、保釣、鄉土文學論戰與黨外雜誌：「反杜邦運動」的歷史匯集及其前後發展〉，《人間思想》，2017年4月，頁152-159。

宋玉祥：〈中日釣魚島爭端的解決方式問題〉，《中國海洋法學評論》第3期，2006年，頁50-63。

宋子玉：〈釣魚島爭端問題的不同解決方案比較分析〉，《鄖陽師範高等專科學校學報》第31卷第1期，2011年，頁111-114。

宋光瑛：〈銀幕中心的他者：「革命樣板戲電影」中的女性形象〉，《文藝研究》2007年第4期，頁103-111。

宗育文：〈青春無悔話保釣──釣運二十五週年紀念座談會〉，《海峽評論》第55期，1995年7月，頁45-52。

沈志中：〈解構事件與911創傷〉，《當代》第207期，2004年11月，頁42-56。

谷小水：〈丁文江與胡適關係略論〉，《浙江學刊》2005卷第3期，2005年5月，頁51-55。

吳聰敏：〈美援與臺灣的經濟發展〉，《臺灣社會研究季刊》第1卷第1期，1988年2月，頁145-158。

吳國禎：〈「保釣」運動——二十五週年有感〉，《海峽評論》第55期，1995年7月，頁43-44。

吳國禎：〈不容青史盡成灰（上）周本初教授捐贈北京清華大學圖書館「保釣、統運」史料〉，《海峽評論》第203期，2007年11月，頁57-64。

吳國禎：〈不容青史盡成灰（下）周本初教授捐贈北京清華大學圖書館「保釣、統運」史料〉，《海峽評論》第204期，2007年12月，頁61-64。

吳任博：〈再探一九七〇年代初期之保釣運動：中華民國政府之視角〉，《史耘》第15期，2011年6月，頁133-174。

吳　慧：〈國際海洋法爭端解決機制對釣魚島爭端的影響〉，《國際關係學院學報》2007卷第4期，2007年，頁22-33。

武聖濤：〈中國對釣魚島享有主權之歷史依據〉，《內蒙古電大學刊》2008卷第10期，2008年，頁20-21。

林滿紅：〈東亞海域上的琉球與臺灣〉，《歷史月刊》第227期，2006年，頁52-56。

林建光：〈政治、反政治、後現代：論八〇年代臺灣科幻小說〉，《中外文學》第31卷第9期，2003年2月，頁130-159。

林家鵬：〈淺論當代海外小說中的國族想像：以郭松棻〈雪盲〉與白先勇〈謫仙記〉為例〉，《真理大學人文學報》第9期，2010年4月，頁1-12。

林雯玲：〈解構紅色大敘述：《紅燈記》與樣板戲在海峽兩岸的兩個「小敘述」〉，《戲劇學刊》第15期，2012年，頁149。

侯如綺：〈王鼎鈞〈土〉、劉大任〈盆景〉與張系國〈地〉中的土地象徵與外省族裔的身分思索〉，《臺北教育大學語文集刊》第17期，2010年1月，頁235-264。

南方朔：〈「保釣」的新解釋：歷史沒有被浪費掉的熱情〉，《印刻文學生活誌》第74期，2009年10月，頁85-88。

南方朔：〈廢墟中的陳儀〉，《中外文學》第25卷第10期，1997年3月，頁80-84。

胡祖述：〈保釣的解讀〉，《海峽評論》第222期，2009年6月，頁17-19。

姜宇晨：〈要保釣，中國必須統一賀「1970年代保釣運動文獻編印與解讀國際論壇」〉，《海峽評論》第222期，2009年6月，頁13-16。

袁詠紅：〈臺灣與釣魚島問題當議〉，《湖北大學學報》第42卷第2期，2015年3月，頁95-101。

徐聖心：〈在異域回眸中國：劉大任袖珍小說的文化反省〉，《中外文學》第42卷第4期，2013年12月，頁51-77。

唐雅君、鄭麗瑩：〈美國「60後」嬉皮士文化與中國「90後」非主流文化的異同比較〉，《青年探索》雙月刊總第184期，2013年第6期，頁44-49。

孫　益：〈校園反叛──美國20世紀60年代的學生運動與高等教育〉，《清華大學教育研究》第27卷第4期，2006年8月，頁77-83。

孫　愷：〈論青年馬英九的「保釣」實踐〉，《常州大學學報》第15卷第1期，2014年1月，頁73-101。

孫國軍：〈中日釣魚島爭端中「美國因素」的歷史探究〉，《赤峰學院學報》（哲學社會科學版）第33卷第10期，2012年，頁1-4。

徐　敏：〈「樣板戲電影」：電影工業、文本政治與獻身者的國家儀式〉，《文藝研究》2007年第4期，頁99。

郝譽翔：〈現代小說的返「鄉」之路──從1930年前後的上海再出發〉，《成大中文學報》第22期，2008年10月，頁95-119。

陳寶國：〈丁文江——一位倡導和踐行中國近代科學的思想者〉，《自然雜誌》第30卷第5期，2008年10月，頁304-308。

陳崇真：〈從保釣到釣魚臺教育計畫到年輕世代〉，《人間思想》第13期，2016年8月，頁21-25。

陳昭瑛：〈霸權與典律：葛蘭西的文化理論〉，《中外文學》第21卷第2期，1992年，頁54-92。

陳惠芬：〈跨域的知識流轉：《政治典範》在中國〉，《歷史教育》第21期，2016年12月，頁133-184。

張朋園：〈政治家蕭公權〉，《臺灣師大歷史學報》第39期，2008年6月，頁75-91。

張東才：〈民族的復興與價值觀的發展海外釣運40年的反思〉，《海峽評論》第237期，2010年9月，頁47-49。

張俐璇：〈雙面一九八三——試論陳映真與郭松棻小說的文學史意義〉，《臺灣文學研究學報》第25期，2017年10月，頁219-249。

張磊、卓慶林：〈紅色娘子軍傳奇〉，《嶺南文史》2009年第1期，頁58-64。

曾健民：〈釣魚島風雲的本質和保釣之路〉，《海峽評論》第262期，2012年10月，頁38-41。

游美惠：〈內容分析、文本分析與論述分析在社會研究的運用〉，《調查研究》第8期，2000年8月，頁5-42。

黃俊傑：〈蕭公權與中國政治思想史研究〉，《臺大歷史學報》第27期，2001年6月，頁151-185。

黃庭康：〈葛蘭西、霸權、與教育社會學〉，《網路社會學通訊期刊》第11期，南華大學社會學研究所，2000年12月15日。

黃心雅：〈創傷與文學書寫〉，《英美文學評論》第20期，2012年6月，頁 v-xi。

黃錫麟：〈保釣風雲再起：勇者無敵〉,《海峽評論》第212期，2008年8月，頁39-40。

黃錦樹：〈詩，歷史病體與母性——論郭松棻〉,《中外文學》第33卷第1期，2004年6月，頁91-119。

黃錦樹：〈窗、框與他方——論郭松棻的域外寫作〉,《臺灣文學研究學報》第15期，2012年10月，頁9-35。

黃啟峰：〈主觀的真實——論臺灣現代主義世代小說家的國共內戰書寫〉,《臺灣文學研究學報》第19期，2014年10月，頁9-49。

黃秀端：〈政治權利與集體記憶的競逐——從報紙之報導來看二二八的詮釋〉,《臺灣民主季刊》，2008年12月，頁129-180。

黃碧蓉：〈先秦名論視域中的釣魚島「正名」考〉,《外語學刊》2012卷第6期，2012年8月，頁19-24。

黃雲霞：〈樣板戲之「現代性」質疑〉,《上海戲劇學院學報》2005年第1期（總123期），頁24-29。

黃亞萌：〈三島由紀夫的自我救贖與解體〉,《現代語文》2010卷第7期，2010年7月，頁91-93。

單　昕：〈從《雷雨》1951年修改本看知識分子的文化生存狀態〉,《瀋陽教育學報》第7卷第3期，2009年9月，頁15。

葉先揚：〈世上無難事，只要肯登攀——保釣和統運的現實意義〉,《海峽評論》第54期，1995年6月，頁59-63。

葉其忠：〈從張君勱和丁文江兩人和〈人生觀〉一文看1923年「懸科論戰」的爆發和擴展〉,《近代史研究所集刊》第25期，1996年6月，頁211-267。

楊瑞松：〈「集體記憶」專題引言〉,《東亞觀念史集刊》第7期，2014年12月，頁55-61。

楊昌年：〈不屈不撓話丁玲〉,《歷史月刊》第172期，2002年5月，頁117-122。

趙綺娜：〈美國政府在臺的教育與文化交流活動（1951-1970）〉,《歐美研究》第31卷第1期，2011年，頁79-127。

趙　剛：〈陳映真對保釣可能提出的疑問〉,《臺灣社會研究季刊》第79期，2010年9月，頁377-397。

趙黎明：〈「革命樣板戲」的群眾──英雄話語探析〉,《重慶師範大學學報（哲學社會科學版）》, 2006年第6期，頁46。

趙　兵：〈談戲劇《雷雨》「序幕」與「尾聲」的文化意蘊〉,《現代語文》2012卷第10期，2012年7月，頁60。

漢　渝：〈美國華人二度保釣記〉,《海峽評論》第1期，1991年1月，頁50-52。

潘怡帆：〈重複或差異的「寫作」：論郭松棻的〈寫作〉與〈論寫作〉〉,《中山人文學報》第42期，2017年1月，頁29-46。

潘怡帆：〈「將臨」或「匱乏」？論〈論寫作，以及它的〉匱乏：論郭松棻的小說〉,《中山人文學報》第44期，2018年1月，頁55-56。

潘怡帆：〈缺席及錯置的作品：從郭松棻的〈寫作〉到〈論寫作〉〉,《政大中文學報》第30期，2018年12月，頁249-280。

蔡米虹：〈從1964年柏克萊言論自由運動論美國大學生的理想教育──兼論戰後美國高教危機〉,《興大歷史學報》第20期，2008年，頁200-209。

鄭保國：〈美國釣魚島政策的緣起與演變〉,《湖北大學學報》（哲學社會科學版）第42卷第2期，2015年，頁89-94。

劉大任：〈反芻民族主義〉,《人間思想》第1期，2012年7月，頁49-57。

劉源俊：〈保衛釣魚臺是一長期的事業：講於「中華保釣協會」第一屆第一次會員大會〉,《海峽評論》第216期，2008年12月，頁58-59。

劉建基：〈愛與「癱瘓／麻痺」：論郭松棻〈雪盲〉中的喬伊斯幽靈〉，《文化越界》第1卷第4期，2010年9月，頁121-134。

劉秀美：〈位移的南方、想像的鄉愁——張系國七〇年代小說中的故土想像〉，《臺灣文學研究學報》第18期，2014年4月，頁241-260。

劉彼德：〈觀點和記憶——試比較白先勇《謫仙記》和張系國《香蕉船》〉，《世界華文文學論壇》，2009年3月，頁60-64。

劉玉山：〈中國民間保釣運動研究的學術史回顧及前瞻〉，《樂山師範學院學報》第29卷第11期，2014年11月，頁70-73。

劉淑貞：〈論寫作，以及它的匱缺：論郭松棻的小說〉，《中山人文學報》第44期，2017年1月，頁33-54。

劉紹銘：〈十年來臺灣小說：一九六五－七五——兼論王文興的「家變」〉，《中外文學》第4卷第12期，1976年，頁4-16。

劉中民：〈近十年來國內釣魚島問題研究綜述〉，《中國海洋大學學報》（社會科學版）2006卷第1期，2006年，頁21-25。

劉　艷：〈京劇的寫意特徵與「樣板戲」的英雄形象塑造〉，《文藝研究》2001年第6期，頁39-50。

賴慈芸：〈不在場的譯者——論冷戰期間英美文學翻譯的匿名出版及盜印問題〉，《英美文學評論》第25期，頁29-65。

簡政珍：〈張系國：放逐者的存在探問〉，《中外文學》第24卷第1期，1995年6月，頁20-42。

簡義明：〈冷戰時期臺港文藝思潮的形構與傳播〉，《臺灣文學研究學報》第18期，2014年4月，頁207-240。

簡君玲：〈「整理國故」與「接軌西學」：論丁文江對徐霞客再閱讀的意義〉，《東華中國文學研究》第12期，2015年3月，頁119-146。

蕭阿勤：〈集體記憶理論的檢討〉，《思與言》第35卷第1期，1997年3月，頁247-296。

蕭阿勤：〈記住釣魚臺：領土爭端、民族主義、知識分子與懷舊的世代記憶〉，《臺灣史研究》第24卷第3期，2017年9月，頁141-208。

鮑煥然：〈模式與意義：文化整體性視域中的「樣板戲」研究〉，《學術論壇》2010年第11期（總第238期），頁80。

魏偉莉：〈創傷與重生──從早期作品論郭松棻創作基調的形成〉，《臺灣文學研究》第1期，2007年4月，頁33、35-71。

魏　邦：〈丁文江：「最講究科學的一個人」〉，《民主與科學》2011卷第1期，2011年2月，頁55-59。

羅久蓉：〈近代中國女性自傳書寫中的愛情、婚姻與政治〉，《近代中國婦女史研究》，2007年12月，頁77-140。

羅長青：〈「紅色娘子軍」創作素材之史實考證〉，《南方文壇》2010卷第4期，2010年7月，頁67-72。

藤井倫明：〈三島由紀夫與《葉隱》──現代日本文人所實踐的武士道〉，《臺灣東亞文明研究學刊》第7卷第2期，2010年12月，頁255-288。

關文亮：〈回首保釣風雲二十五年〉，《海峽評論》第55期，1995年7月，頁38-40。

蘇敏逸：〈「個性主義」與「革命理想」的辯證發展──丁玲小說創作發展歷程及其特色〉，《成大中文學報》第23期，2008年12月，頁157-194。

蘇敏逸：〈從啟蒙走向革命──論二〇年代至三〇年代初期胡也頻與丁玲的小說創作〉，《淡江中文學報》第22期，2010年6月，頁67-103。

六　學位論文（按出版姓氏筆畫排列）

王鈞慧：〈世代感與感覺結構——論《七〇年代理想繼續燃燒》、《七〇年代懺情錄》、《狂飆八〇》中的文化論述與記憶建構〉，臺南市：國立成功大學臺灣文學系碩士論文，2010年。

王攸如：〈張系國小說中的人道關懷與價值反思〉，臺中市：逢甲大學中國文學系碩士論文，2016年。

李家旭：〈張系國小說的救贖之道〉，臺北市：臺北市立教育大學中國語文學系碩士論文，2008年。

李佩儒：〈唐文標與其《張愛玲雜碎》研究〉，嘉義縣：國立中正大學臺灣文學研究所碩士論文，2011年。

林燕珠：〈劉大任小說中的家族與國族〉，臺中市：國立中興大學中國文學系碩士論文，2000年。

林仁傑：〈一段跨時代的敘事：臺灣學生運動史研究（1920-1994）〉，臺北市：國立臺灣師範大學教育研究所碩士論文，2004年。

林振平：〈七十年代「臺灣意識」論述探求——以《大學雜誌》、《臺灣政論》、《美麗島》三本雜誌為中心〉，臺北市：國立臺灣師範大學國文學系碩士論文，2005年。

林肇豐：〈王拓的文學與思想研究（1970-1988）〉，臺北市：國立臺灣師範大學臺灣文化及語言文學研究所碩士論文，2007年。

林竣達：〈政治主體的誕生：戰後臺灣政治論述及民主概念1970s-1980s〉，臺北市：國立臺灣大學政治學研究所，2010年。

林秀一：〈環境運動的演變及其思想背景：70~90年代臺灣環境與論述的一個歷史考察〉，臺中市：東海大學社會學系碩士論文，2012年。

林果顯：〈「中華文化復興運動推行委員會」之研究〉，臺北市：國立政治大學歷史學系碩士論文，2001年1月。

周倩鳳：〈七○年代臺灣留學生小說的國／家認同——以外省籍留美青年為例〉，臺北市：國立臺灣師範大學臺灣文化及語言文學研究所碩士論文，2009年。
吳靜儀：〈文學的寂寞單音：郭松棻小說研究〉，高雄市：國立中山大學中國語文學系研究所碩士論文，2006年。
吳孟琳：〈流放者的認同研究——以聶華苓、於梨華、白先勇、劉大任、張系國為研究對象〉，新竹市：國立清華大學中國文學系碩士論文，2008年。
吳泰豪：〈《大學雜誌》政治主張之研究——以1971至1973年為中心〉，臺北市：國立政治大學臺灣史研究所碩士論文，2009年。
吳任博：〈中華民國政府與駐外人員的折衝：以一九七一年前後留美學界保釣運動為中心〉，臺北市：國立臺灣師範大學歷史學系碩士論文，2011年。
吳銘龍：〈胡秋原在臺文化觀之研究（1951-2004）〉，桃園市：國立中央大學歷史研究所碩士論文，2016年。
施淳孝：〈時代考驗青年？從中國青年自覺運動到統中會事件（1963-1970）〉，臺北市：國立政治大學臺灣史研究所碩士論文，2016年。
施志輝：〈「中華文化復興運動」之研究〉，臺北市：國立臺灣師範大學歷史研究所碩士論文，1995年。
洪麗娟：〈被遺落的歷史拼圖——《臺灣與世界》雜誌研究（1983-1987）〉，彰化縣：國立彰化師範大學臺灣文學研究所碩士論文，2014年。
柯鈞齡：〈李渝小說的藝術性追尋與實踐〉，臺北市：國立臺灣師範大學國文學系在職進修碩士班碩士論文，2009年。
柯志融：〈戰後臺灣留學生赴法及參與社團之分析〉，臺南市：國立臺南大學文化與自然資源學系碩士論文，2018年。

范怡舒：〈張系國小說研究〉，臺北市：國立臺灣師範大學國文研究所碩士論文，1999年。

高淑芬：〈流動與轉向——文季系列刊物研究（1959-1985）〉，臺北市：國立臺北市立教育大學中國語文學系碩士論文，2009年。

莊永同：〈長廊杜鵑望鄉關——劉大任小說研究〉，臺北市：中國文化大學中國文學研究所碩士論文，2002年。

張鈞凱：〈世代與時代：1970年代臺大保釣與學生運動〉，臺北市：國立臺灣大學政治學研究所碩士論文，2012年。

陳卓欣：〈劉大任散文研究〉，臺南市：國立成功大學中國文學系碩士論文，2010年。

陳韋廷：〈知識分子與疏離——張系國前期小說研究〉，臺中市：東海大學中國文學系碩士論文，2011年。

陳昱齊：〈國民黨政府對美國臺灣獨立運動之因應〉，臺北市：國立政治大學臺灣史研究所碩士論文，2012年。

陳昱文：〈臺灣香港一九七〇年代現實主義文學傳播現象——以《龍族》、《羅盤》詩刊為例〉，花蓮縣：國立東華大學華文文學系碩士論文，2015年。

陳美美：〈臺灣現代主義文學的萌芽與再起〉，宜蘭縣：佛光人文社會學院文學研究所碩士論文，2004年。

黃小民：〈郭松棻小說研究〉，臺北市：中國文化大學中國文學研究所碩士論文，2005年。

黃啟峰：〈河流裡的月印：郭松棻與李渝小說研究〉，桃園市：國立中央大學中國文學系碩士論文，2007年。

黃啟峰：〈戰爭・存在・世代精神：臺灣現代主義小說的境遇書寫研究〉，桃園市：國立中央大學中國文學系博士論文，2014年。

蔡雅薰：〈臺灣旅美作家之留學生小說及移民小說研究（1960~1999）〉，高雄市：國立高雄師範大學碩士論文，2002年。

蔡明諺：〈龍族詩刊研究——兼論七〇年代臺灣現代詩論戰〉，新竹市：國立清華大學中國文學系碩士論文，2002年。

鄧安琪：〈鶴與鷺鷥的飛行——閱讀李渝與郭松棻〉，臺北市：國立政治大學國文教學碩士在職專班碩士論文，2014年。

劉明亮：〈對陣者的掙扎——劉大任小說研究〉，臺北市：國立臺北市立師範學院應用語言文學研究所碩士論文，2004年。

劉秋蘭：〈於梨華小說創作道路與主體嬗變之研究〉，臺北市：淡江大學中國文學系碩士在職專班碩士論文，2010年。

盧乙欣：〈從精神分析探論郭松棻現代主義小說——以〈奔跑的母親〉、〈論寫作〉、〈今夜星光燦爛〉為例〉，臺中市：靜宜大學臺灣文學系碩士論文，2013年。

謝國雄：〈文化取向的傳播研究——雷蒙·威廉斯（Raymond Williams）論點之探討〉，臺北市：國立政治大學新聞研究所碩士論文，1984年。

簡義明：〈書寫郭松棻：一個沒有位置和定義的寫作者〉，新竹市：國立清華大學中國文學系博士論文，2007年。

顏　訥：〈臺灣香港存在主義文學傳播現象——以五〇至七〇年代現代主義文學報刊與書籍為對象〉，花蓮縣：國立東華大學華文文學系碩士論文，2011年。

魏偉莉：〈異鄉與夢土：郭松棻思想與文學研究〉，臺南市：國立成功大學臺灣文學研究所碩士論文，2003年。

魏龍達：〈想像主體的轉換：1970-1990年代政治論述的歷史社會學考察〉，臺北市：東吳大學社會學系碩士論文，2010年。

羅皓文：〈劉大任運動散文研究〉，臺北市：國立臺北教育大學教育政策與管理研究所碩士論文，2005年。

羅燕芬：〈從政治環境來看舞蹈創作——以雲門舞集的林懷民舞蹈作

品為例〉，高雄市：國立中山大學藝術管理研究所碩士論文，2007年。

羅永莊：〈唐文標的生平及其在戰後臺灣文學的地位〉，新竹市：國立清華大學臺灣研究教師在職進修碩士學位班碩士論文，2012年。

羅玉瑩：〈1970年代黃春明小說中兒童的家國寓言〉，臺中市：國立中興大學臺灣文學與跨國文化研究所碩士論文，2015年。

附錄

1963-1972年清大圖書館收錄之「前釣運刊物」與「釣運刊物」[1]

編號	中文刊物名稱	發行日期	發行地點	發行單位	現存特藏卷數／期數
1.	新希望	1963.6-1965.5	臺北市	臺大新希望編輯委員會	9
2.	春秋	1964-1986	臺北市	春秋雜誌社	6
3.	歐洲雜誌	1965.5-1968	法國巴黎	留法中國同學聯誼會	9
4.	明報月刊	1966.1-迄今	香港	明報月刊編輯委員會	發行中
5.	盤古	1967.3-1978.7	香港	盤古社	108
6.	大學新聞合訂本	1968.10-1972.6	臺北市	臺灣大學新聞社	3
7.	臺大學生刊物合訂本	1968.10-1972.7	臺北市	不詳	1
8.	大眾日報	1968.5-1970.5	臺北市	大眾日報社	6
9.	聯合季刊	1968.4-1971.11	美國紐約	聯合雜誌社	13

（續）

---

[1] 此附錄係參照「國立清華大學釣運文獻館——1970年代台灣海外留學生刊物暨保釣運動文獻」資料彙整，其中刊物若至今仍發行者便以最近期期數為主；若有刊物卷數或期數少缺，則以館藏公布期數為主；其中若有發行地或發行單位不清者，則不填入。此外，彙整過程中不免有所訛誤，筆者日後將盡力補足，敬請見諒。

編號	中文刊物名稱	發行日期	發行地點	發行單位	現存特藏卷數／期數
10.	大學雜誌	1968-1987	臺北市	野人出版社	209
11.	工專僑生	1969	臺北市	臺北工專僑生聯誼會	1
12.	大風通訊	1969-1970.9	美國加州	大風社	6
13.	望春風	1969-1979	美國德州	望春風社	14
14.	越南僑生	1970	臺北市	越南僑生雜誌社	1
15.	大同	1970	臺北市	香港大同中學旅臺校友會	1
16.	臺大僑生	1970-1972	臺北市	國立臺灣大學華僑同學會	7
17.	全美中國同學反共愛國會議快報	1970	美國	不詳	2
18.	臺生報	1970.10-1971.7	日本東京	在日臺灣學生連誼會	6
19.	留學	1970.11-1976.4	美國威辛康辛州	威斯康辛大學中國學生會	8
20.	臺大醫訊	1970	臺北市	臺大醫學院醫代會醫訊社	1
21.	七十年代	1970.2-1984.2	香港	七十年代雜誌社	239
22.	吶喊	1970.12-1971.7	美國紐澤西州	普林斯頓大學華裔留學生出版	3
23.	大風	1970.6-1971.8	美國賓州	大風雜誌社	4

（續）

編號	中文刊物名稱	發行日期	發行地點	發行單位	現存特藏卷數／期數
24.	科學月刊	1970-	臺北市	科學月刊雜誌社	發行中
25.	普大中國同學會月刊	1971	美國紐澤西州	普大中國同學會	1
26.	釣魚臺運動簡報	1971.6-1972.4	加拿大滑鐵盧市	滑鐵盧大學中國同學會釣魚臺特輯小組	2
27.	歐洲通訊	1972.1-1980.5	德國漢諾威	歐洲中國和平統一促進會	68
28.	中國人	1971	美國康乃狄克州	耶魯大學中國同學討論會中國人編委會	1
29.	中大學生報（號外）	1971	香港	香港中文大學學生會	1
30.	耶魯大學討論會保衛釣魚臺專輯之二	1971	美國康乃狄克州	耶魯大學中國同學討論會	1
31.	耶魯大學討論會保衛釣魚臺專輯之三	1971	美國康乃狄克州	耶魯大學中國同學討論會	1
32.	五四運動——耶魯大學討論會保衛釣魚臺專輯之四	1972	美國康乃狄克州	耶魯大學中國同學討論會	1

（續）

編號	中文刊物名稱	發行日期	發行地點	發行單位	現存特藏卷數／期數
33.	釣魚臺戰訊	1971	香港	香港專上學生聯合保衛釣魚臺研究及行動委員會	1
34.	星火	1972.12-1977	美國奧克拉荷馬州	星火雜誌社	5
35.	保衛釣魚臺第一次討論會通知	1971	美國加州	柏克萊加州大學中國同學會	1
36.	保衛釣魚臺列島一廿九示威籌備大會通知	1971	美國加州	保衛釣魚臺列島行動委員會	1
37.	保衛釣魚臺列島一廿九示威遊行大會通知	1971.1.29	美國加州	北加州保衛釣魚臺聯盟	1
38.	中運通訊	1971	美國明尼蘇達州	不詳	1
39.	明州釣魚臺通訊	1971	美國明尼蘇達州	不詳	1
40.	釣魚臺列嶼問題	1971	臺北市	海外出版社	1
41.	釣魚臺列嶼問題釋疑	1971	臺北市	僑訊半月訊刊社	1

（續）

編號	中文刊物名稱	發行日期	發行地點	發行單位	現存特藏卷數／期數
42.	釣魚臺事件須知	1971	美國 華盛頓州	保衛中國領土釣魚臺 行動委員會	1
43.	保衛釣魚臺快訊	1971	美國 密西根州	保會釣魚臺委員會 密西根大學分會	1
44.	工作通訊	1971	美國 紐約州	中國同學聯合會 紐約籌備會	2
45.	伊大釣魚臺快訊	1971	美國 伊利諾州	伊大釣委會編輯部	3
46.	中國人	1971.12-1972.4	美國 加州	中國人行動委員會	2
47.	星期二通訊	1971	不詳	不詳	5
48.	耶魯中國同學會討論會保衛釣魚臺專輯之二	1971	美國 康乃狄克州	耶魯大學 中國同學討論會	1
49.	耶魯中國同學會討論會保衛釣魚臺專輯之三	1971.3	美國 康乃狄克州	耶魯大學 中國同學討論會	1
50.	釣魚臺事件報導	1971	美國 路易西安納州	紐奧良連絡中心	1
51.	安那堡國是大會評論特刊	1971	美國 喬治亞州	不詳	1

（續）

編號	中文刊物名稱	發行日期	發行地點	發行單位	現存特藏卷數／期數
52.	釣魚臺激流	1971.4	比利時魯汶	比利時保釣委員會	1
53.	釣魚臺	1971	美國科羅拉多州	科羅拉多大學	1
54.	聯合號外	1971.4-1971.7	香港	香港大專院校學生團體	2
55.	洛城保衛釣魚臺特刊	1971.5	美國加州	洛杉磯釣魚臺委員會	2
56.	芝加哥八‧六示威專刊	1971	美國愛荷華州	艾荷華保釣行動委員會	1
57.	保衛釣魚臺簡報	1971.5-1971.8	加拿大安大略省	多倫多大學保釣釣魚臺行動委員會	3
58.	釣魚臺簡報	1971	美國康乃狄克州	耶魯討論會	1
59.	釣魚臺簡報	1971.1-1971.4	美國紐約州	保衛中國領土釣魚臺行動委員會紐約分會宣傳組	5
60.	東風	1971.3	美國華盛頓州	華盛頓大學中國同學會	1
61.	釣魚臺外刊	1971.6-1971.8	美國康乃狄格州	康州大學留學生	2

（續）

編號	中文刊物名稱	發行日期	發行地點	發行單位	現存特藏卷數／期數
62.	新境界月刊	1971.7-1973.6	美國羅德島州	保衛釣魚臺布朗第二分會	16
63.	釣魚臺事件特刊	1971	加拿大溫哥華	卑詩大學中國同學會	1
64.	釣魚臺野營討論會特刊	1971	美國威斯康辛州	麥城釣委會	1
65.	釣魚臺特刊	不詳	美國伊利諾州	中西部釣魚臺行動委員會芝加哥	1
66.	保衛釣魚臺專刊	1971	美國伊利諾州	南伊大保衛釣魚臺行動委員會	1
67.	美國東區釣魚臺手冊	1971	美國紐約州	保衛中國領土釣魚臺行動委員會康乃爾分會	1
68.	Houston釣魚臺通信	1971.3	美國德州	休士頓釣魚臺行動委員會	1
69.	釣魚臺快訊	1971.10	美國奧克拉荷馬州	奧克拉荷馬大學保衛釣魚臺分會	1
70.	西南部釣魚臺簡報	1971	美國德州	Texas A&M 釣魚臺行動委員會	1
71.	北盟快報	1971.4-1971.7	美國加州	北加州保衛釣魚臺聯盟	3

（續）

編號	中文刊物名稱	發行日期	發行地點	發行單位	現存特藏卷數／期數
72.	西南地區保衛釣魚臺通訊	1971	美國德州	萊斯大學保釣分會	2
73.	密蘇里快訊	1971.7	美國密蘇里州	密蘇里大學保釣分會	2
74.	科學月報工作通報	1971	不詳	不詳	3
75.	布法羅保衛釣魚臺通訊	1971	美國紐約州	不詳	1
76.	西南通訊	1971	美國路易斯安那州	路州大學保釣會	1
77.	西雅圖釣運通訊	1971	美國華盛頓州	西雅圖保衛釣魚臺行動委員會宣傳組	3
78.	西雅圖釣魚臺簡報	1971.3	美國華盛頓州	保衛中國領土釣魚臺行動委員會 西雅圖分會宣傳組	1
79.	保衛釣魚臺通訊	1971	美國賓州	費城分會	3
80.	佛大釣魚臺通訊	1971.6-1971.12	美國佛羅里達州	佛羅里達大學保衛中國領土釣魚臺行動委員會	5

（續）

編號	中文刊物名稱	發行日期	發行地點	發行單位	現存特藏卷數／期數
81.	釣魚臺文摘	1971	美國 密西根州	密西根大學保衛釣魚臺行動委員會	1
82.	密西根大學：保衛釣魚臺通訊	1971	美國 密西根州	密西根大學保衛釣魚臺行動委員會	1
83.	臺大法言	1971.10	臺北市	臺大法言社	1
84.	石溪通訊	1971.12-1977.3	美國 紐約州	石溪大學保釣會	46
85.	紐約釣魚臺簡報	1971	美國 紐約州	紐約保衛中國領土釣魚臺行動委員會	3
86.	釣魚臺簡報	1971.1-1971.4	美國 紐約州	保衛中國領土釣魚臺行動委員會 紐約分會宣傳組	5
87.	為民報	1971.10	美國 加州	SanFrancisco, Calif：WeiMinShe.	1
88.	言論	1971	美國 加州	言論雜誌社	1
89.	釣魚臺快訊	1971	美國 愛荷華州	艾城 保釣行動委員會	7
90.	華生報	1971	美國 加州	John Ong	1

（續）

編號	中文刊物名稱	發行日期	發行地點	發行單位	現存特藏卷數／期數
91.	學聯通訊	1971.4	美國紐約州	留美中國同學會聯合會	2
92.	聯合通訊	1970.3-1971.11	美國紐約州	聯合雜誌社	7
93.	晨濤	1971.12-1972.9	美國加州	南加州中國同學會	8
94.	留美中國同學會聯合會會刊	1971.10.21	美國紐約州	留美中國同學會	1
95.	紐約皇后區服務通訊	1971.3-1972.5	美國紐約州	Whitestone, N.Y.	2
96.	波士頓通訊	1971-1990	美國麻薩諸塞州	The Free Chinese Association	209
97.	自由人	1971.10-1972.10	美國紐約州	自由人月刊編輯委員會	8
98.	臺灣研究所通訊	1971.11-1972.3	美國加州	Formosan studies	2
99.	火炬	1971.11-1972.9	日本東京	火炬社	8
100.	反日本軍國主義專號	1971	加拿大	溫哥華英屬歌倫比亞大學保釣會	1
101.	中文運動	1971.10-1972.2	美國紐約州	美東推動中運委員會	2
102.	KU保衛釣魚臺行動委員會期刊	1971	美國堪薩斯州	KU保衛釣魚臺行動委員會編輯部	4

（續）

編號	中文刊物名稱	發行日期	發行地點	發行單位	現存特藏卷數／期數
103.	建臺	1971	加拿大	Vancouver B.C. Canada	3
104.	國事簡訊	1971-1975	美國 密西根州	密西根州立大學 國事簡訊編委會	23
105.	戰報	1971	美國 加州	柏克萊 保衛釣魚臺行動委員會	2
106.	燎原	1971	美國 紐約州	燎原雜誌社	4
107.	橋刊	1970-1976.6	美國 紐約州	紐約中國同學會	40
108.	新橋	1971	加拿大	Vancouver, B.C.	5
109.	新中國	1971.10-1976.2	美國 堪薩斯州	TYT Action Committee, University of Kansas	23
110.	釣魚臺簡報	1971.2-1972.5	美國 麻州	Cambridge, Mass: Boston Action Committee	8
111.	釣魚臺快訊	1971.2-1978.2	美國 伊利諾州	芝大釣魚臺行動委員會	160
112.	釣魚臺月報	1971.	美國 賓州	匹茲堡 保衛釣魚臺行動委員會	4
113.	紐約釣魚臺月刊	1971-1972	美國 紐約州	紐約保衛中國領土	6

（續）

編號	中文刊物名稱	發行日期	發行地點	發行單位	現存特藏卷數／期數
				釣魚臺行動委員會	
114.	野草	1971.12-1975	美國紐約州	野草編輯委員會	25
115.	國是通訊	1971-1972	美國加州	Los Angeles, Calif.: TYT Committee	3
116.	破立	1971.8	香港	香港保衛釣魚臺行動委員會	1
117.	時事簡報	1971.11-1976.10	美國伊利諾州	伊大國是研究社	41
118.	柏克萊快訊	1971.12-1973.6	美國加州	保衛釣魚臺行動委員會 柏克萊、洛杉磯分會	17
119.	麥迪遜保衛釣魚臺運動通訊	1971	美國威斯康辛州	Madison, Wis.: Tiao-Yu Tai Action Committee	1
120.	中西部保衛釣魚臺運動通訊	1971	美國威斯康辛州	中西部保衛釣魚臺運動通訊編委會	2
121.	保衛釣魚臺運動特刊	1971	美國威斯康辛州	麥城釣魚臺事件行動委員會	2
122.	保衛釣魚臺通訊	1971	美國印第安納州	普渡大學保衛釣魚臺行動委員會	3

（續）

編號	中文刊物名稱	發行日期	發行地點	發行單位	現存特藏卷數／期數
123.	西雅圖通訊	1971.12-1972.5	美國華盛頓州	西雅圖保衛釣魚臺委員會	12
124.	水牛	1971.10-1978.6	美國紐約州	水牛編輯委員會	77
125.	釣魚臺事件專輯	1971	美國紐約州	國是研究社	1
126.	保釣特刊	1971	美國德州	保衛釣魚臺行動委員會	1
127.	五四特刊：統一分裂	1971	美國密西根州	密西根大學保衛釣魚臺委員會	1
128.	保衛釣魚臺列島第一次討論會通知	1971	美國加州	柏克萊加州大學中國同學會	1
129.	簡報：保衛釣魚臺運動的回顧．第一部	1971	美國印第安納州	不詳	1
130.	美東討論會紀錄	1971	美國紐約州	美東討論會石溪編輯委員會	1
131.	保衛釣魚臺列嶼	1971	美國伊利諾州	伊大保衛釣魚臺行動委員會	1
132.	安娜堡國是大會記錄	1971	美國密西根州	密西根大學保衛釣魚臺行動委員會	1

（續）

編號	中文刊物名稱	發行日期	發行地點	發行單位	現存特藏卷數／期數
133.	統一通訊	1971.12-1973.1	美國賓州	匹茲堡中國和平統一行動委員會	10
134.	洪流	1972	日本東京	洪流編輯委員會	1
135.	日里曼通訊	1972	菲律賓奎松市	菲大中國同學會	1
136.	華鋒	1972-1974	美國密蘇里州	華鋒發行委員會	4
137.	清流	1972.3-1973.3	美國加州	清流月刊社	6
138.	美南之聲	1972	美國田納西州	Tennessee	2
139.	釣魚臺	1972	美國伊利諾州	Chinese cultural and educational association	1
140.	釣魚臺專刊	1972	美國紐約州	康大保釣會	1
141.	華府春秋	1972.5-1978.12	美國華盛頓州	華府保衛釣魚臺委員會	49
142.	土城簡報	1972.3-1972.12	美國亞利桑拿州	中國討論社	6
143.	自由中國評論月刊	1972.6	臺北市	W.Y. Tsao	1
144.	費城釣魚臺通訊	1972.10-1972.12	美國賓州	保釣運動學生團體	2

（續）

編號	中文刊物名稱	發行日期	發行地點	發行單位	現存特藏卷數／期數
145.	長城	1972.10-1975.7	美國路易斯安那州	長城編輯委員會	7
146.	釣魚臺	1972-1973	美國紐約州	紐約保衛中國領土釣魚臺行動委員會	6
147.	學習	1972.3-1972.5	美國紐約州	New China Study Group of Cornell University	3
148.	康乃爾通訊	1972.11-1974.5	美國紐約州	康乃爾通訊社	6
149.	留學生評論	1972-1978.10	美國伊利諾州	留學生評論編輯委員會	9
150.	芝加哥通訊	1972	美國伊利諾州	芝加哥區中國同學會	1
151.	東潮雙月刊	1972.3-1973.7	美國密西根州	東潮雙月刊發行委員會	9
152.	更生	1972	美國紐約州	Ithaca, N.Y.：康大	3
153.	自由中華月刊	1972.1-1972.2	美國紐約州	自由中華月刊	2
154.	臺灣	1972-1976	美國印第安納州	普渡臺灣同學會全美臺灣同鄉會普渡分會	3
155.	臺獨	1972.3-1978	美國紐澤西州	臺灣獨立聯盟總部	9

（續）

編號	中文刊物名稱	發行日期	發行地點	發行單位	現存特藏卷數／期數
156.	方向	1972.5-1972.7	美國堪薩斯州	堪薩斯州立大學、堪薩斯大學中國同學會	2
157.	大眾	1972	美國紐約州	大眾雙週報出版委員會	1
158.	東風	1972.4-1975.7	美國伊利諾州	東風雜誌編輯部	8
159.	歐洲通訊	1972.1-1980.5	德國漢諾威	歐洲中國和平統一促進會	68
160.	新天	1972.1-1973.6	美國印第安納州	普渡新天編輯小組	6
161.	普渡月刊	1972.4	美國印第安納州	普渡大學中國同學會	2
162.	普城通訊	1972.2-1973.4	美國紐澤西州	普城中國統一行動委員會	7
163.	統一通訊	1971.12-1973.1	美國賓州	匹茲堡中國和平統一行動委員會	10
164.	密西根月報	1972.3-1974.9	美國密西根州	密西根大學國事學習社底特律國是研討會	25
165.	紐約香港學生聯誼會月報	1971-1972	美國紐約州香港	學生聯誼會	6

（續）

編號	中文刊物名稱	發行日期	發行地點	發行單位	現存特藏卷數／期數
166.	星火	1972.12-1977	美國 奧克拉荷馬州	星火雜誌社	9
167.	俄州通訊	1972.12	美國 俄亥俄州	Ohio News Letters	1
168.	佛羅里達通訊	1972.2-1973.6	美國 佛羅里達州	佛羅里達通訊編輯會	16
169.	西北風	1972.10-1973.8	美國 伊利諾州	西北大學 現代中國研究組	4
170.	生活	1971	香港、美國	生活與學習月刊雜誌社	1
171.	布朗通訊	1971.11-1972.1	美國 羅德島州	布朗大學保釣分會	2
172.	廣角鏡	1972.10	香港	廣角鏡出版社	1
173.	書評書目	1972.9-1981.9	臺北市	洪建全 教育文化基金會	100
174.	釣魚臺事件近況專號	1972	美國 奧克拉荷馬州	奧克拉荷馬大學保釣分會	1
175.	國事	1971-1973	加拿大 艾伯塔省	Edmonton, ALTA: China Studies Group, University of Alberta	11
176.	柏青月報	1972.1	美國 加州	加大中國同學會	1

文學研究叢書・臺灣文學叢刊 0810018

保釣世代的形成及其文化實踐：感覺結構與論述語境

作　　者	陳俊益
責任編輯	林涵瑋
特約校稿	林秋芬

發 行 人	林慶彰
總 經 理	梁錦興
總 編 輯	張晏瑞
編 輯 所	萬卷樓圖書股份有限公司
排　　版	林曉敏
印　　刷	百通科技股份有限公司
封面設計	陳薈茗

發　　行　萬卷樓圖書股份有限公司
　　　　　臺北市羅斯福路二段 41 號 6 樓之 3
　　　　　電話 (02)23216565
　　　　　傳真 (02)23218698
　　　　　電郵 SERVICE@WANJUAN.COM.TW
香港經銷　香港聯合書刊物流有限公司
　　　　　電話 (852)21502100
　　　　　傳真 (852)23560735

ISBN 978-626-386-237-1
2025 年 1 月初版
定價：新臺幣 660 元

如何購買本書：

1. 劃撥購書，請透過以下郵政劃撥帳號：
　　帳號：15624015
　　戶名：萬卷樓圖書股份有限公司
2. 轉帳購書，請透過以下帳戶
　　合作金庫銀行　古亭分行
　　戶名：萬卷樓圖書股份有限公司
　　帳號：0877717092596
3. 網路購書，請透過萬卷樓網站
　　網址 WWW.WANJUAN.COM.TW

大量購書，請直接聯繫我們，將有專人為您服務。客服：(02)23216565 分機 610

如有缺頁、破損或裝訂錯誤，請寄回更換
版權所有・翻印必究
Copyright©2025 by WanJuanLou Books CO., Ltd.
All Rights Reserved　　　Printed in Taiwan

國家圖書館出版品預行編目資料

保釣世代的形成及其文化實踐：感覺結構與論述語境/陳俊益著.-- 初版　.-- 臺北市：萬卷樓圖書股份有限公司, 2025.01
　　面；　公分
ISBN 978-626-386-237-1 (平裝)
1.CST: 臺灣文學史 2.CST: 保釣運動 3.CST: 文藝思潮
863.09　　　　　　　　　　　　114000761